La mano del diablo

Douglas Preston

Lincoln Child

La mano del diablo

Traducción de

Jofre Homedes Beutnagel

CÍRCULO de LECTORES

Douglas Preston dedica este libro
a Barry y Jody Turkus

Lincoln Child dedica este libro
a su hija, Veronica

AGRADECIMIENTOS

Lincoln Child desea dar las gracias a Bruce Swanson, Mark Mendel, Pat Allocco, Chris y Susan Yango, Jerry y Terry Hyland y los doctores Anthony Cifelli, Norman San Agustin y Lee Suckno por su amistad y ayuda. Gracias, como siempre, al agente especial Douglas Margini por su asesoramiento sobre Nueva York, New Jersey y todo lo relacionado con las fuerzas de seguridad de ámbito nacional. Gracias a Jill Nowak por su luminosa lectura del texto. Mi agradecimiento a Bob Przybylski por la obtención de varios datos sobre armas de fuego. Gracias también a monseñor Bob Diacheck por leer y comentar el manuscrito. Gracias a mi familia, nuclear y extensa, por aguantar a un escritor excéntrico, y en especial a mi mujer Luchie y mi hija Veronica por su amor y su apoyo.

Douglas Preston está en deuda con Alessandro Lazzi por su amable invitación a presenciar la caza del jabalí en su finca de los Apeninos toscanos. Mi agradecimiento a Mario Spezi por haberme suministrado muchos datos útiles sobre el funcionamiento de los carabineros italianos y sobre la investigación criminal en general. Quisiera expresar mi gratitud a Mario Alfiero por haberme ayudado con el dialecto napolitano. Algunos escenarios de la novela no habrían sido posibles sin la amable ayuda de mucha gente, en especial de la familia Cappellini, propietaria del magnífico Castello di Verrazzano, en Greve; de la familia Matta, titular de Castello Vicchiomaggio, y de los monjes de La Verna y Sacro Speco (Subiaco). Vaya mi agradecimiento, asimismo, a Niccolò Capponi por su extraordinaria ayuda, y a nuestro traductor italiano, Andrea Carlo Cappi, por sus consejos y su apoyo. Agradezco a Andrea Pinketts que nos haya prestado su ilustre nombre. Por último, pero no menos importante, vuelvo a dar las gracias a mi familia, que se merece todas las del mundo: Isaac, Aletheia, Selene y Christine.

Y, como siempre, nuestra especial gratitud a quienes hacen posible las novelas de Preston y Child: Jaime Levine, Jamie Raab, Eric Simonoff, Eadie Klemm y Matthew Snyder.

Para acabar, queremos pedir disculpas por cada mala interpretación de la escritura de Wayne P. Buck, o por la aplicación incorrecta de la proporción áurea del profesor Von Menck. Todas las personas, departamentos de policía, corporaciones, instituciones, agencias gubernamentales y lugares estadounidenses e italianos mencionados en esta novela son ficticios o están utilizados de manera ficticia.

I

Agnes Torres estacionó su Ford Escort blanco al pie del seto, en el pequeño aparcamiento, y salió al aire fresco del amanecer. El seto, de cuatro metros de altura, era tan impenetrable como un muro de ladrillo. Desde la calle sólo se veían las últimas tejas de la mansión. En cambio, se oía el romper de unas olas invisibles, y olía a mar.

Agnes tomó la precaución de cerrar el coche con llave (siempre era mejor hacerlo, incluso en un barrio así). Después buscó la llave en medio del manojo y la metió en la cerradura. La pesada verja, de chapa metálica, basculó hacia dentro y dejó a la vista un gran césped verde flanqueado por dos dunas, que se extendía trescientos metros hasta la playa. Al otro lado de la verja, el piloto rojo de un teclado empezó a parpadear. Agnes introdujo el código con nerviosismo. Disponía de treinta segundos antes de que se disparasen las alarmas. Un día se le cayeron las llaves, tardó más de la cuenta en introducir el código y casi despertó a todo el pueblo, además de provocar la llegada de tres coches patrulla. El señor Jeremy se enfadó tanto que sacaba fuego por la nariz. Qué mal trago pasó.

Pulsó el último botón y suspiró aliviada al ver que el piloto se ponía verde. Cerró la verja con llave e hizo una pausa para santiguarse. Después sacó el rosario y cogió la primera cuenta con veneración. Ya estaba protegida. Se volvió y empezó a caminar por el césped con sus cortas y gruesas piernas, lo bastante despacio para poder musitar en español sus padrenuestros, avemarías y glorias. Siempre que entraba en la finca de Grove rezaba una decena del rosario.

La casa, grande y gris, se erguía como un cíclope severo, cuyo ojo era la única ventana del tejado, nota amarilla en el gris acerado de la casa y el cielo. Un grupo de gaviotas la sobrevolaba.

Agnes estaba sorprendida. No recordaba haber visto nunca esa luz encendida. ¿Qué hacía el señor Jeremy en el desván a las siete de la mañana? Normalmente no se levantaba hasta mediodía.

Al final de la oración guardó el rosario y volvió a santiguarse. Fue el gesto rápido y automático de una mano encallecida por varias décadas de trabajo doméstico. Esperaba que el señor Jeremy no estuviera despierto. Prefería trabajar con la casa vacía; con él resultaba todo tan desagradable... La ceniza de cigarrillo que tiraba al suelo al paso de su mopa, los platos que amontonaba en el fregadero justo después de que ella hubiera terminado de fregar, los comentarios y tacos entre dientes, al teléfono o leyendo el periódico, seguidos siempre por una risa bronca... La voz del señor Jeremy era como los tajos al aire de un cuchillo oxidado. Era un hombre delgado, una mala persona que apestaba a tabaco y almorzaba con coñac, y recibía a sodomitas en su casa a todas las horas del día y de la noche. Una vez intentó decir algo a Agnes en español, pero ella le paró los pies. A ella no le hablaba nadie en español, salvo sus parientes y amigos; además, Agnes Torres hablaba perfectamente inglés.

Por otra parte, ya había trabajado para mucha gente, y como jefe el señor Jeremy era muy correcto: pagaba bien y con una puntualidad infalible, nunca le pedía horas extra, nunca le cambiaba los horarios y jamás la había acusado de robo. Un día, muy al principio, blasfemó contra el Señor en su presencia, pero bastó un simple comentario para que se disculpase con educación y no reincidiese.

Al llegar al final del camino curvo de losas, introdujo otra llave en la puerta y accionó nerviosamente el segundo teclado para apagar la alarma interna.

Era un edificio lúgubre y gris, con una fachada de ventanas con molduras orientadas a una playa larga y llena de algas, al pie de un mar furioso. Dentro de la casa casi no se oían las olas. Hacía más calor de lo habitual.

Agnes percibió un olor extraño, como si un trozo de carne con bastante grasa se hubiera quedado en el horno más tiempo de lo debido. Entró en la cocina con pasitos cortos, pero no había nadie, sólo platos amontonados y el desorden de siempre, con restos de comida por todas partes. Pero no era eso lo que olía. Por lo visto, el señor Jeremy había hecho pescado para cenar. Los martes Agnes no solía limpiar la casa, pero la noche anterior se había celebrado una fiesta, una de tantas. Había transcurrido un mes desde el día del Trabajo, y sin embargo los fines de semana de juerga del señor Jeremy durarían hasta noviembre.

Al pasar al salón volvió a notar el mismo olor. Decididamente algo se estaba cociendo. También olía a otra cosa, como si alguien hubiera jugado con cerillas.

Empezó a ponerse nerviosa. Todo estaba más o menos igual que como lo dejó el día antes a las dos del mediodía, menos los ceniceros rebosantes de colillas, las típicas botellas vacías de vino en el aparador, el fregadero lleno de platos y una mancha de queso fundido en la alfombra, con la huella de un zapato.

Levantó su cara regordeta y volvió a husmear. El olor procedía de arriba.

Subió por la escalera sin hacer ruido, se detuvo a olfatear en el rellano y siguió avanzando por el pasillo de puntillas. Al final del primer tramo, donde estaban el estudio y el dormitorio de Grove, cambió de dirección y se dirigió a la puerta del segundo piso. El olor era más intenso que abajo, y el ambiente más cargado y caluroso. Quiso abrir la puerta, pero estaba cerrada con llave.

Sacó el manojo de llaves, lo sacudió, encontró la llave que buscaba y abrió la cerradura. ¡Madre de Dios! Olía mucho peor. Trepó por los peldaños de la escalera, empinada e inacabable: uno, dos, tres... Sus piernas artríticas descansaban un poco en cada escalón. Cuando llegó al último, recuperó el aliento.

Se encontraba en un gran desván, con un largo pasillo que reunía media docena de dormitorios infantiles inutilizados, además de un cuarto de juegos, varios baños y un espacio inacabado que servía como almacén, atiborrado de muebles, cajas y horribles cuadros modernos.

Vio una franja de luz amarilla al fondo del pasillo, bajo la puerta del último dormitorio.

Después de unos pasos vacilantes, volvió a santiguarse. Su corazón latía muy deprisa, pero con el rosario en la mano se sentía a salvo. El olor se hizo más intenso al acercarse a la puerta.

Dio unos golpecitos por si había algún invitado del señor Jeremy durmiendo la mona, pero no contestó nadie. Al poner la mano en el pomo, le sorprendió encontrarlo un poco caliente. ¿Qué pasaba? ¿Un incendio? ¿Se había dormido alguien con el cigarrillo en la mano? Olía un poco a humo, pero también había un olor más fuerte, más... pútrido.

Intentó girar el pomo, pero estaba cerrado con llave. Se acordó del colegio de monjas, cuando murió la loca de la hermana María y tuvieron que derribar la puerta.

Podía haber alguien dentro que necesitara su ayuda, alguien enfermo o inmovilizado. Buscó de nuevo entre sus llaves. Desconocía cuál era, así que tuvo que intentarlo unas diez veces antes de que girara el pomo. Abrió la puerta aguantando la respiración, pero sólo pudo empujarla unos centímetros. Algo la bloqueaba. Empujó mucho más fuerte y oyó que algo se caía al otro lado.

¡Santa María! El señor Jeremy se despertaría. Esperó, pero no oyó sus pasos ni la puerta del lavabo ni tampoco la cadena u otro de los ruidos que indicaban su irascible despertar.

Al segundo empujón pudo introducir la cabeza, pero contuvo la respiración. Dentro había una especie de neblina, y un calor propio de un horno.

La habitación, que llevaba cerrada muchos años (al señor Jeremy no le gustaban los niños), tenía las paredes desconchadas, con sucias telarañas. Lo que se había caído era un viejo armario que atrancaba la puerta. De hecho, parecía que estuviera bloqueada por todo el mobiliario de la habitación. Todo menos la cama. Agnes vio que estaba al fondo, y que el señor Jeremy yacía en ella completamente vestido.

–¿Señor Jeremy?

Sin embargo, ya sabía que no contestaría. El señor Jeremy no dormía. ¿Cómo iba a dormir, si tenía los ojos tan quemados que no podían cerrarse, el cono ceniciento de su boca paralizado en un grito y la lengua negruzca, hinchada como un chorizo, saliendo de ella como si fuera un mástil? Era imposible dormir con los codos separados de la cama y los puños tan cerrados que corrían hilillos de sangre entre los dedos. Imposible dormir con el torso chamuscado y hundido como un tronco quemado. Agnes había visto muchos cadáveres durante su infancia en Colombia, pero ninguno tan muerto como el del señor Jeremy. No se podía estar más muerto.

Oyó una voz. Se dio cuenta de que era ella que murmuraba «En el nombre del Padre y del Hijo y del Espíritu Santo». Tras volver a santiguarse, incapaz de dar un paso o apartar la vista, sacó el rosario. A la derecha de la cama, el suelo estaba quemado. Reconoció la huella.

Fue en ese momento cuando entendió lo que le había pasado a Jeremy Grove.

Un grito ahogado salió de su boca. De pronto tenía la energía necesaria para apartarse de la puerta y cerrarla. Buscó la llave y la usó, sin dejar de murmurar ni por un momento «Creo en Dios, Padre todopoderoso, creador del cielo y de la tierra». Se santiguaba una y otra vez, con el rosario en el puño y éste en el pecho, mientras retrocedía por el pasillo y mezclaba sollozos con atropelladas oraciones.

La huella quemada de una pezuña en el suelo le había dicho todo lo que necesitaba saber. Al final el demonio se había llevado a Jeremy Grove.

2

El sargento dejó de poner la cinta policial amarilla, y al levantar la cabeza se le agrió el rostro. Era un follón, con todos los puntos a su favor para convertirse en un follón de mierda. Las vallas se habían colocado demasiado tarde, y la playa y las dunas ya eran un hormiguero de mirones que pisaban las pistas que pudiera haber en la arena. Para colmo las habían puesto mal y habían tenido que moverlas, encerrando dos Range Rovers, cuyos dueños (un hombre y una mujer) estaban ahora fuera del coche, gritando que tenían importantes compromisos (peluquería y tenis) y enseñando los teléfonos móviles, mientras amenazaban con llamar a sus respectivos abogados.

El ruido viscoso que oía a sus espaldas era la mierda que amenazaba con llegarles hasta el cuello. Era el 16 de octubre en Southampton, Long Island. Acababan de encontrar asesinado en la cama al vecino más ilustre del pueblo.

Oyó la voz del teniente Braskie.

–¡Sargento, se deja estos setos! ¿No le he dicho que lo acordonara todo?

El sargento empezó a tender la cinta alrededor del seto que rodeaba la finca de Grove, sin molestarse en responder. Como si un seto de tres metros con alambrada oculta no pudiera frenar a los periodistas, pero una cinta de plástico sí... Vio que se acercaban varios camiones de la televisión y furgonetas con antenas parabólicas. También oyó el ruido amortiguado de un helicóptero. La prensa local se apelotonaba en la barricada de Dune Road para discutir con la policía, mientras llegaban coches patrulla de refuerzo de Sag Harbor y East Hampton, además de la brigada de homicidios de South Fork. El teniente distribuía a los nuevos agentes por las playas y las dunas, en un vano esfuerzo por contener al público. Mientras tanto, ya estaban llegando los del departamento de pruebas. El sargento los vio entrar en la casa con sus maletines metálicos de laboratorio forense. En otros tiempos habría estado con ellos, y hasta los habría dirigido. En otros tiempos, en otro sitio...

Siguió colgando cinta en el seto, hasta llegar a las dunas de la playa. Algunos policías se ocupaban de los curiosos, gente bastante dócil y de mirada bovina que contemplaba los gabletes, torrecillas y extrañas ventanas de la mansión. La juerga estaba a punto de empezar. Alguien había puesto un loro a toda pastilla, y algunos tíos cachas se paseaban con birras en la mano. Era un día de veranillo de san Martín más caluroso de lo habitual. Todos iban en pantalón corto o en bañador, como si no quisieran aceptar el final del verano. El sargento rió para sus adentros al imaginarse cómo quedarían todos esos cuerpos diez después de veinte años de cerveza y patatas fritas. Probablemente como el suyo.

Al mirar la casa, vio a los del departamento de pruebas gateando por el césped. El teniente caminaba junto a ellos sin enterarse de nada. «Parecía mentira –pensó el sargento con otra punzada de tristeza–, que un hombre como él, con toda su formación y su talento, estuviera acordonando la zona, mientras otros se ocupaban del trabajo serio.»

De nada servía pensarlo.

Los camiones de la televisión ya habían descargado su equipo. Un grupo de cámaras había conseguido una buena perspectiva de la mansión. Mientras tanto, los guaperas de los corresponsales pegaban berridos por el micro. ¡Anda, qué sorpresa! El teniente Braskie se había apartado de los del departamento de pruebas y se acercaba a las cámaras, como una mosca volando hacia una mierda fresca.

El sargento hizo un gesto de incredulidad.

Vio a un hombre que corría agachado y en zigzag por las dunas. Salió tras él y le cortó el paso al principio del césped. Era un fotógrafo. Cuando el sargento le dio alcance, ya se había arrodillado y enfocaba su teleobjetivo, largo como el aparato de un elefante, hacia uno de los detectives de homicidios de

East Hampton, que estaba interrogando a una criada en la galería.

El sargento puso una mano sobre el objetivo y lo apartó con suavidad.

–Fuera.

–Venga, hombre...

–¿Qué quieres, que te confisque el carrete?

El tono del sargento era afable. Siempre había sido muy tolerante con la gente que sólo aspiraba a hacer su trabajo, aunque fuera de la prensa.

El fotógrafo se levantó, dio unos pasos y, después de volverse para robar la última foto, se fue corriendo. El sargento regresó a la mansión, vieja y destartalada. El viento traía consigo un olor peculiar, como de fuegos artificiales. Vio que el teniente se había situado dentro del hemiciclo de cámaras de televisión y que disfrutaba como un niño pequeño. Braskie pensaba presentarse al puesto de jefe en las siguientes elecciones. Con su superior de vacaciones, la ocasión era inmejorable, casi como si el asesinato lo hubiera cometido él.

El sargento dio un rodeo por el césped, para no acercarse a los del departamento de pruebas, y pasó cerca de un pequeño estanque de patos con una fuente. Al salir de detrás de unos setos, vio a alguien que tiraba trozos de pan a los patos. Llevaba un alucinante conjunto de dominguero, con camisa hawaiana, gafas de sol Oakley Eye Jacket y unas bermudas enormes y sueltas. Parecía su primer día al sol después de un largo y frío invierno (o de una docena de ellos), y eso que el verano había terminado hacía un mes. Las simpatías que sentía el sargento por los fotógrafos o periodistas que intentaban cumplir con su trabajo se reducían a cero cuando se trataba de turistas, que representaban la purria, lo peor de lo peor.

–¡Eh, oiga!

El hombre levantó la cabeza.

–¿Se puede saber qué hace? ¿No sabe que han matado a alguien?

–Sí, agente, lo siento, pero...

–Váyase ahora mismo.

–¡Es que hay que dar de comer a los patos! ¡Tienen mucha hambre! Supongo que normalmente los alimentan cada mañana, pero hoy...

Sonrió y se encogió de hombros.

El sargento estaba alucinado. ¿Cómo se podía ser tan burro como para pensar en los patos a las pocas horas de producirse un asesinato?

–A ver, enséñeme la documentación.

–Ahora mismo. –El hombre hurgó en sus bolsillos y pareció avergonzado–. Lo siento, me he puesto estas bermudas justo después de oír la noticia, pero la cartera debe de haberse quedado en la chaqueta que llevaba ayer por la noche.

Su acento de Nueva York crispó los nervios del sargento. En circunstancias normales se habría limitado a expulsarle al otro lado de la barrera, pero notaba algo extraño. Por un lado, la ropa de aquel tipo era tan nueva que aún olía a tienda; por el otro, la mezcla de colores y dibujos era tan atroz que debía de haber cogido cualquier cosa de la tienda de ropa del pueblo. No era simple mal gusto, sino que se trataba de un disfraz.

–Bueno, ya me voy...

–De eso nada. –El sargento sacó su cuaderno, lo abrió por el medio y chupó el lápiz–. ¿Vive cerca?

–He alquilado una casa en Amagansett para una semana.

–¿Dirección?

–Brickman House, Windmill Lane.

Otro rico de mierda.

–¿Y la habitual?

–Ah... Edificio Dakota, Central Park Oeste.

El sargento hizo una pausa. Vaya, qué coincidencia.

–¿Nombre? –preguntó.

–Oiga, sargento, si molesto me voy y tan...

–Nombre de pila, por favor –dijo con mayor dureza.

–¿Es necesario? Cuesta casi tanto de escribir como de pronunciar. Siempre me ha extrañado que mi madre...

El sargento le hizo enmudecer con una mirada. A la próxima tontería sacaba las esposas.

–Segundo intento. ¿Nombre de pila?

–Aloysius.

–Deletréelo.

Así lo hizo.

–¿Apellido?

–Pendergast.

El lápiz del sargento empezó a anotarlo, pero se quedó en el aire. El sargento levantó despacio la cabeza. Las gafas de sol habían desaparecido. En su lugar apareció un rostro conocidísimo, de pelo casi blanco, ojos grises, facciones perfectamente modeladas y una piel tan pálida y traslúcida que parecía mármol de Carrara.

–¿Pendergast?

–El mismo, mi querido Vincent.

El acento neoyorquino se había convertido en un deje musical de sureño culto que el sargento conservaba muy fresco en la memoria.

–¿Qué hace aquí?

–Lo mismo podría preguntarle yo.

Vincent D'Agosta sintió que se ruborizaba. En su último encuentro con Pendergast era un orgulloso teniente de la policía de Nueva York. Ahora estaba en esa mierda de pueblo como simple sargento, adornando los setos con cinta.

–La noticia de que Jeremy Grove había fallecido en extrañas circunstancias ha coincidido con mi presencia en Amagansett. ¿Usted cree que podía resistirme? Le pido disculpas por el disfraz, pero tenía prisa por llegar.

–¿Trabaja en el caso?

–Mientras no se me asigne oficialmente a él, lo único que puedo hacer es dar de comer a los patos. En mi último caso trabajé sin plena autorización, y digamos que puse nerviosas a algunas personas influyentes. Permítame, Vincent, que exprese mi alegría por este encuentro.

–Lo mismo digo –respondió D'Agosta, que volvió a sonrojarse–. Perdone que no esté en mi mejor momento, pero...

Pendergast le puso una mano en el brazo.

–Ya habrá tiempo de hablar. De momento veo que se acerca un hombre muy alto, que parece afectado por alguna obstrucción.

Una voz grave y amenazadora dijo a sus espaldas:

–Siento mucho tener que interrumpirles.

Al volverse, D'Agosta vio al teniente Braskie.

Éste miró a Pendergast, y al cabo de un rato se dirigió a D'Agosta.

–Corríjame si me equivoco, sargento, pero ¿esta persona no se encuentra sin permiso en el lugar del crimen?

–Pues... sí, teniente, pero es que estábamos...

D'Agosta miró a Pendergast.

–¿No será amigo suyo?

–Pues la verdad...

–El sargento me estaba diciendo que me fuera –intervino suavemente Pendergast.

–¿Ah, sí? ¡Vaya! Y ¿se puede saber qué hace aquí, si no es una pregunta indiscreta?

–Dar de comer a los patos.

–Dar de comer a los patos...

D'Agosta vio cómo la cara de Braskie enrojecía, y deseó que Pendergast enseñase rápidamente su placa.

–Ah, me parece muy bien –dijo Braskie–. A ver, su documentación.

D'Agosta esperó, complacido. Iban a divertirse.

–Como acabo de decirle al señor agente, me he dejado la cartera en casa y...

Braskie se volvió hacia D'Agosta y vio el cuaderno en su mano.

–¿Tiene los datos de este hombre?

–Sí.

D'Agosta miró a Pendergast con una expresión al borde de la súplica, pero el rostro del agente del FBI permanecía hermético.

–¿Le ha preguntado cómo ha cruzado el cordón policial?

–No, pero...

–¿No le parecería oportuno?

–He entrado por la puerta lateral de Little Dune Road –dijo Pendergast.

–Imposible. Está cerrada con llave. Lo he comprobado personalmente.

–Es posible que la cerradura sea defectuosa. Al menos yo la he abierto sin problemas.

Braskie miró a D'Agosta.

–Bueno, pues ya puede hacer algo útil, sargento: vaya a arreglar la cerradura. Ah, y quiero que me informe a las once en punto. Tenemos que hablar. En cuanto a usted, caballero, le acompaño al otro lado.

–Gracias, teniente.

D'Agosta vio cómo se alejaba la silueta del teniente Braskie, y a Pendergast siguiéndole muy tranquilo. Iba con las manos en los bolsillos de sus bermudas de surfista y con la cabeza hacia atrás, como para tomar el fresco.

3

El teniente L. P. Braskie hijo, de la policía de Southampton, se encontraba detrás del emparrado de la pérgola de la mansión viendo trabajar a los del departamento de pruebas, que buscaban pistas por el enorme césped. Con una imperturbable expresión de profesional, pensó en el jefe MacCready jugando al golf en las Highlands escocesas. Se imaginó el campo de Saint Andrews en otoño, con sus bruscos recodos, el lúgubre castillo y los páramos al fondo. Había decidido esperar un día más antes de llamar al jefe e informarle de todo. MacCready era jefe desde hacía veinte años, y su viaje a Escocia era otra razón por la que Southampton necesitaba sangre fresca. En cuanto a Braskie, además de tener raíces en el pueblo y amistades en el ayuntamiento, había sabido tejer importantes lazos con algunos de los veraneantes. Los favores bien administrados hacían milagros. Un pie en cada mundo. Había jugado bien sus cartas.

Y ahora la guinda. Pillarían al culpable en una o dos semanas, y en noviembre, cuando llegara la fecha de las elecciones, las tendría ganadas de antemano. Bien pensado, quizá llamase a MacCready *pasado* mañana: «Verá, jefe, no me atrevía a interrumpir unas vacaciones tan merecidas...».

Gracias a su larga experiencia en la brigada de homicidios de South Fork, Braskie sabía que las primeras veinticuatro horas de una investigación criminal solían ser decisivas. De hecho, o se encontraba la pista y se seguía lo antes posible o más valía renunciar. Una vez detectadas las vías de entrada y de salida, todo lo demás (pruebas forenses, arma del crimen, testigos, móvil) formaba una cadena que conducía hasta el culpable. El trabajo de Braskie no consistía en ocuparse de ello personalmente, sino en garantizar que todos hicieran su trabajo, y no dudaba de que el eslabón débil de la cadena era el sargento Vincent

D'Agosta, que no hacía lo que le pedían. D'Agosta lo sabía todo mejor que nadie. Decían que había sido teniente en una brigada de homicidios de la policía de Nueva York, y que era bueno, pero que lo dejó para escribir novelas policíacas en Canadá, y al quedarse sin un duro tuvo que volver con la cola metidita entre las patas. Estaba en Southampton porque no había encontrado nada en la ciudad. Con Braskie de jefe no le habrían aceptado, eso para empezar, porque por muy bueno que fuera en su trabajo era de los que siempre causaban problemas. No sabía trabajar en equipo, y su resentimiento tenía las dimensiones de Manhattan.

Braskie miró su reloj. Las once en punto. Hablando del rey de Roma... Vio que D'Agosta se acercaba al emparrado. ¡Qué personaje! Melenita hasta los hombros, una barriga más que respetable, rezumando chulería como quien suda... En Southampton cantaba más que una almeja. No tenía nada de raro que su mujer prefiriese quedarse en Canadá con su único hijo.

–Señor... –dijo D'Agosta, que tenía el don de revestir de impertinencia hasta la palabra más ínfima.

Braskie volvió a mirar a los del departamento de pruebas, que buscaban por el césped.

–Este caso es importante, sargento.

D'Agosta asintió.

Braskie entornó los ojos para mirar la mansión, y luego el mar.

–No podemos permitirnos el lujo de cagarla.

–No, señor.

–Me alegro de oírselo decir. Sepa usted, D'Agosta, que desde que entró en este cuerpo ha dejado muy claro que le gustaría estar en cualquier sitio menos en Southampton.

D'Agosta no dijo nada.

Braskie suspiró y le miró a los ojos, pero sólo encontró una mirada de desafío. Era su cara de «alégrame el día».

–¿Tengo que decírselo aún más claro, sargento D'Agosta? Está aquí, en Southampton. Es un sargento de la policía de Southampton. Asúmalo.

–No entiendo por qué lo dice, señor.

Empezaba a ser irritante.

–Mire, D'Agosta, para mí usted es como un libro abierto, y me importa un pepino lo que hiciera antes. Lo que necesito es que cumpla con sus obligaciones.

D'Agosta no contestó.

–Esta mañana, sin ir más lejos, le he visto hablar con ese hombre unos cinco minutos y no he tenido más remedio que intervenir. No es que le agobie porque sí, pero no puedo permitir que uno de mis sargentos pierda el tiempo explicándole a un imbécil por qué tiene que irse. Tendría que haber expulsado enseguida a ese tipo, sin discutir. Usted se cree que puede hacer las cosas a su manera, pero yo no puedo consentirlo.

Se quedó callado, observando a D'Agosta. Creía haber detectado una sonrisita burlona. Decididamente, el sargento tenía un problema.

Braskie se percató de la presencia de alguien con ropa estridente a su derecha. Era el mismo subnormal de la camisa hawaiana, las bermudas y las gafas de sol caras y aerodinámicas, que se acercaba a la pérgola con toda la pachorra del mundo. Volvía a estar dentro del cordón policial.

Braskie se volvió hacia D'Agosta y le dijo en un tono muy sereno:

–Sargento, arreste a este hombre y léale sus derechos.

–Un momento, teniente.

Increíble. D'Agosta estaba a punto de discutir con él. ¡Después de todo lo que acababa de decirle! La voz del teniente se serenó aún más.

–Sargento, creo haberle dado una orden. –Se volvió hacia el intruso–. Espero que esta vez haya traído la cartera.

–Pues sí, ahora que lo dice, sí.

El hombre metió la mano en el bolsillo.

–¡Por Dios Santo, no quiero verla! Resérvela para el sargento, que le tomará los datos en comisaría.

Pero el intruso, con un movimiento de gran elegancia, ya había sacado la cartera, que se abrió por su peso. Braskie captó un reflejo dorado y plateado.

–Pero ¿qué...?

Se quedó mirando la cartera.

–Agente especial Pendergast, del FBI.

Braskie tuvo la impresión de que se le subía toda la sangre a la cabeza. Le habían tendido una trampa. El FBI no podía justificar su participación con ningún argumento. ¿O sí? Tragó saliva. Convenía ir con pies de plomo.

–Ya veo, ya.

La cartera se cerró con un ruido seco y volvió a las bermudas de su dueño.

–¿Alguna razón especial que justifique este interés federal? –preguntó Braskie, haciendo un esfuerzo por controlar su voz–. Lo estábamos llevando como un simple asesinato.

–Existe la posibilidad de que el asesino, o los asesinos, vinieran y se fueran en barco por el estrecho. Tal vez de Connecticut.

–¿Y?

–Que habrían cruzado el límite entre estados.

–Un poco forzado, ¿no?

–Es una razón.

Ya. Claro. Seguro que Grove se había dedicado a blanquear dinero, o a traficar con droga. Eso si no estaba relacionado con el terrorismo. En un momento así, con tanta mierda por el mundo, uno no podía ni tirarse un pedo sin que se le echaran encima los federales, como una tonelada de estiércol. En todo caso, aquello daba un nuevo giro a las cosas, y más valía aprovecharlo.

El teniente tragó saliva y tendió la mano.

–Bienvenido a Southampton, agente Pendergast. Si podemos ayudarle en algo, yo o el departamento de policía de Southampton, háganoslo saber. El jefe está de vacaciones, así que si quiere algo aquí me tiene. Estamos para servirle.

La mano del agente del FBI era tibia y seca. Como su dueño. Braskie nunca había visto a un federal con ese aspecto. Parecía incluso más blanco que aquel artista que había frecuentado el pueblo. ¿Cómo se llamaba? Sí, aquel rubio extraño que hacía de Marilyn Monroe. Por muy otoñales que fueran las fechas, para cuando se hiciera de noche Pendergast necesitaría un litro de aftersun y una jarra de martinis para poder sentarse.

–Bueno, pues ahora que está todo resuelto –dijo el agente con afabilidad–, ¿sería tan amable de hacerme de guía? Confío en que ya se habrán cumplido los preliminares, y en que tendremos el camino despejado. –Miró a D'Agosta–. ¿Nos acompaña, sargento?

–Sí, señor.

Braskie suspiró. Con el FBI era como tener la gripe: lo único que podía hacerse era esperar a que pasaran el dolor de cabeza, la fiebre y la diarrea.

4

Vincent D'Agosta siguió a Pendergast y Braskie por el césped. No muy lejos de allí, en un gran patio umbrío, la brigada de homicidios de South Fork había instalado un improvisado centro de interrogatorio, con una cámara de vídeo. Salvo la criada que había encontrado el cadáver, no había mucha gente a quien interrogar, pero fue a ese patio hacia donde Pendergast dirigió sus pasos, tan veloces que D'Agosta y Braskie casi tuvieron que correr para no quedarse rezagados.

El inspector jefe de East Hampton se levantó. D'Agosta no le conocía. Era bajo y moreno, con ojos grandes y pestañas largas.

–El inspector Tony Innocente –dijo Braskie–. Y éste es el agente especial Pendergast, del FBI.

Innocente se levantó con la mano tendida.

La criada estaba sentada al otro lado de la mesa. Era una mujer de baja estatura y aspecto imperturbable. Teniendo en cuenta que acababa de descubrir un cadáver, se la veía muy en su lugar, con la excepción de cierto brillo de desasosiego en los ojos.

Pendergast le hizo una reverencia y le ofreció la mano.

–Agente Pendergast.

–Agnes Torres –dijo ella.

–¿Me permite?

Pendergast dirigió una mirada inquisitiva a Innocente.

–Adelante, adelante. Le aviso que la cámara está en marcha.

–Señora Torres...

–Señorita.

–Gracias. Señorita Torres, ¿cree usted en Dios?

Innocente y los otros inspectores se miraron. El silencio resultaba incómodo.

–Sí –dijo ella.

–¿Es usted católica practicante?

–Sí.

–¿Cree en el demonio?

Otra larga pausa.

–Sí, también.

–Y supongo que ha sacado conclusiones de lo que ha visto en la casa; ¿me equivoco?

–Las he sacado, sí –dijo la mujer con tanta rotundidad que D'Agosta sintió un escalofrío.

–Pero ¿usted considera que las creencias de esta señora tienen alguna importancia? –intervino Braskie.

Pendergast le miró con unos ojos grises y desapasionados.

–Nuestras creencias condicionan lo que vemos, teniente. –Volvió a dirigirse a la criada–. Gracias, señorita Torres.

Se encaminaron hacia la puerta lateral de la casa. El policía que la abrió hizo una señal con la cabeza al teniente. Cuando estuvieron los tres en el vestíbulo, Braskie se detuvo.

–Aún no tenemos claro cómo entraron y salieron –dijo–. La verja estaba cerrada con llave, y hay alarmas por toda la finca. El jardín tiene sensores de movimiento activados por teclado. Estamos averiguando quién tenía los códigos. Todas las puertas y ventanas de la casa estaban cerradas con llave y conectadas a alarmas. Dentro de la casa hay detectores de movimiento, sensores de infrarrojos y láser. Hemos comprobado el sistema de alarma y funciona perfectamente. Observará que el señor Grove tenía una colección de arte bastante valiosa, pero no hemos constatado que falte nada.

Pendergast miró con admiración una de las pinturas que tenía cerca. A D'Agosta le pareció un cruce entre un cerdo, unos dados y una mujer desnuda.

–Anoche el señor Grove celebró una fiesta. Poca gente, cinco invitados en total.

–¿Tienen la lista?

Braskie miró a D'Agosta.

–Pídasela a Innocente.

Pendergast detuvo al sargento con una mano.

–Preferiría que el sargento se quedase, teniente, siempre que tenga a otro agente disponible...

Tras una mirada de recelo a D'Agosta, el teniente hizo señas a otro agente de la sala.

–Siga, por favor.

–Que sepamos, a las doce y media ya no quedaba ningún invitado. Se fueron casi todos al mismo tiempo. Desde ese momento hasta las siete y media de esta mañana, Grove estuvo solo.

–¿Saben la hora de su muerte?

–Todavía no. El forense aún no ha bajado. Sabemos que a las tres y diez de la madrugada estaba vivo, porque es cuando llamó a un tal padre Cappi.

–¿Grove llamó a un sacerdote?

Pendergast parecía sorprendido.

–Parece ser que eran amigos desde hacía mucho tiempo, pero no se habían visto en treinta o cuarenta años. Se distanciaron por alguna razón. De todos modos no tiene importancia, porque a Grove le saltó el contestador.

–Necesitaré una copia del mensaje.

–Cuente con ella. Grove estaba histérico. Quería que el padre Cappi fuera a verle enseguida.

–¿Con una Biblia, una cruz y agua bendita, por casualidad? –preguntó Pendergast.

–Veo que ya estaba al corriente de la llamada.

–No, ha sido una simple suposición.

–El padre Cappi llegó a las ocho de la mañana. Salió de su casa nada más oír el mensaje, pero claro, ya era demasiado tarde, y sólo ha podido administrar los últimos sacramentos al cadáver.

–¿Ya han interrogado a los invitados?

–Declaraciones preliminares. Por eso sabemos a qué hora terminó la fiesta. Se ve que ayer por la noche Grove no estaba muy en forma. Se encontraba nervioso, hablaba mucho, y a algunos de los invitados les pareció asustado.

–¿Es posible que alguien se quedara, o que volviera a la casa disimuladamente después de que se marcharan los demás?

–Estamos investigando en esa dirección. El señor Grove tenía gustos sexuales... digamos que... pervertidos.

Pendergast arqueó las cejas.

–¿En qué sentido?

–Le gustaban los hombres y las mujeres.

–¿Y los gustos sexuales pervertidos?

–Lo que acabo de decirle: hombres y mujeres.

–¿Quiere decir que era bisexual? Tengo entendido que esas tendencias las comparte el treinta por ciento de los hombres.

–Pues en Southampton no.

D'Agosta tosió para aguantarse la risa.

–Le felicito, teniente. ¿Qué le parece si pasamos al lugar del crimen?

Braskie se volvió y les condujo al interior de la casa, donde el olor peculiar que D'Agosta había notado en el jardín era mucho más intenso. Cerillas, fuegos artificiales, pólvora... ¿Qué era exactamente? También había otros olores, de madera quemada y de algún asado fuerte que recordó a D'Agosta la carne de oso que le había traído una vez un amigo, y que intentó asar en su casa de las afueras de Invermere, en la Columbia Británica. A su mujer le dio tanto asco que se fue, y acabaron pidiendo una pizza.

Subieron al primer piso, cruzaron un pasillo con varios ángulos y llegaron a otra escalera.

–Esta puerta estaba cerrada –dijo Braskie–. La abrió el ama de llaves.

La escalera, estrecha y ruidosa, les condujo al último piso, a un largo pasillo con varias puertas a ambos lados. Al fondo había otra puerta abierta, por la que salía mucha luz. D'Agosta respiró por la nariz.

–La puerta de la habitación del fondo también estaba cerrada, como la ventana –añadió Braskie–. Parece que el difunto la bloqueó desde dentro con toda clase de muebles.

Cruzó el umbral, seguido por Pendergast y D'Agosta. La peste era insoportable.

Se trataba de un pequeño dormitorio, que seguía la forma del tejado y se asomaba a Dune Road por una sola buhardilla. Jeremy Grove yacía en la cama del fondo, vestido de pies a cabeza, aunque la ropa tenía algunos cortes para que el forense pudiese investigar. Este último se hallaba al pie de la cama, de espaldas, tomando notas en una tablilla.

D'Agosta se secó la frente. Por alguna razón (el sol en el tejado o la intensidad de las luces) el ambiente era asfixiante. El olor a carne mal asada se le pegaba como un sudor aceitoso. Se quedó en la puerta, mientras Pendergast, con el cuerpo en tensión como el de un águila, circundaba el cadáver y lo examinaba desde todos los ángulos posibles. Su expresión de avidez resultaba inquietante.

El muerto yacía con los ojos muy abiertos e inyectados en sangre, y las manos apretadas. Su carne tenía un color extraño, como de sebo, y una textura anómala; pero lo que hizo que D'Agosta apartase la vista fue la expresión de su rostro, un rictus de terror y sufrimiento. En sus largos años de policía en Nueva York, D'Agosta había acumulado una biblioteca breve, pero ingrata, de imágenes en su cabeza que no olvidaría mientras viviese. Pues bien, acababa de incorporar una más.

El forense empezó a guardar los instrumentos, mientras dos ayudantes recién llegados se disponían a meter el cadáver en una bolsa y subirlo a una camilla. En el suelo había otro policía cortando un trozo de tablón con una quemadura.

–Doctor... –dijo Pendergast.

Cuando el forense se volvió, D'Agosta se sorprendió al ver a una mujer con el pelo escondido bajo la gorra, una rubia joven y muy atractiva.

–Dígame.

Pendergast le mostró su identificación.

–FBI. ¿Me permite que la moleste con algunas preguntas?

La forense asintió.

–¿Ya ha determinado la hora de la muerte?

–No, y puedo decirle que será difícil hacerlo.

Pendergast enarcó las cejas.

–¿Por qué?

–Nos hemos dado cuenta de que no sería fácil determinarlo al extraer la sonda anal a una temperatura de ciento ochenta grados.

–Es lo que iba a explicarle –dijo Braskie–. No sé cómo, pero han calentado el cadáver.

–Correcto –dijo la doctora–. El calentamiento más importante ha sido por dentro.

–¿Por dentro? –preguntó Pendergast.

D'Agosta estaba seguro de haber percibido una nota de incredulidad en su voz.

–Sí. Es como si... como si hubieran asado el cadáver desde dentro hacia fuera.

Pendergast miró fijamente a la forense.

–¿Había alguna señal de quemaduras o lesiones superficiales en la piel?

–No. Por fuera, el cadáver prácticamente no presenta marcas. Está completamente vestido, y con la piel sin desgarros ni morados, a excepción de una quemadura bastante peculiar en el cuello.

Pendergast guardó silencio.

–¿Cómo es posible? ¿Un ataque de fiebre?

–No. La temperatura inicial del cadáver rozaba los cincuenta grados, demasiado para tratarse de algo biológico. A esa temperatura, la carne se asa parcialmente. El proceso de cocción ha trastocado por completo todos los indicios habituales para determinar la hora de la muerte. La sangre se ha cuajado en las venas. Se ha solidificado. A esas temperaturas, las proteínas de los músculos empiezan a desnaturalizarse, no hay rígor mortis y, además, como la temperatura ha destruido casi todas las bacterias, no se ha producido ninguna descomposición apreciable. Tampoco hay autolisis, porque no se produce la digestión enzimática espontánea habitual. Ahora mismo, lo único que puedo decir es que ha muerto entre las tres y diez de la madrugada, hora en que por lo visto hizo una llamada telefónica, y las siete y media, cuando han descubierto su cadáver. Claro que eso es una consideración que no tiene nada de médica.

–¿Eso de ahí es la quemadura de la que hablaba?

Pendergast señaló el pecho del muerto. La piel cetrina tenía grabada a fuego la marca inconfundible de una cruz.

–Cuando le encontraron, llevaba una cruz al cuello; una

cruz muy cara, a juzgar por su aspecto, pero el metal estaba parcialmente fundido y la madera se había quemado. Al parecer tenía brillantes y rubíes engastados, que han aparecido entre las cenizas.

Pendergast asintió lentamente. Al cabo de un momento, dio las gracias a la doctora y dirigió su atención hacia el hombre que trabajaba en el suelo.

–¿Me permite?

El agente retrocedió unos pasos. Pendergast se puso de rodillas a su lado.

–¿Sargento?

Vincent D'Agosta se aproximó a él, seguido rápidamente por Braskie.

–¿Qué le parece?

D'Agosta miró la imagen grabada a fuego en el suelo. Aunque el contorno estuviera lleno de fisuras y ampollas, se distinguía claramente la marca de una enorme pezuña, profundamente grabada en la madera.

–Parece que el asesino tenía sentido del humor –murmuró D'Agosta.

–Pero ¿usted cree que se trata de una broma, mi querido Vincent?

–¿Usted no?

–No.

D'Agosta sintió que Braskie le observaba. El «mi querido Vincent» no le había sentado nada bien. Entretanto, Pendergast se había puesto de cuatro patas y olisqueaba el suelo al igual que un perro. De repente sacó una probeta y unas pinzas de sus bermudas y recogió una partícula marrón, que se acercó a la nariz antes de ofrecérsela al teniente.

Braskie frunció el entrecejo.

–¿Qué es?

–Azufre, teniente –dijo Pendergast–. El clásico azufre del Antiguo Testamento.

5

El Chaunticleer era un minúsculo restaurante de seis mesas, escondido en una callejuela de Amagansett, entre Bluff Road y la calle principal. D'Agosta miraba a su alrededor parpadeando, sentado en una estrecha silla de madera. Todo parecía amarillo: los narcisos de los maceteros de las ventanas, las cortinas de tafetán, las mismas ventanas, los manteles... Y lo que no era amarillo poseía un toque verde o rojo. El conjunto parecía uno de esos platos octogonales franceses carísimos que tenían tanto éxito. Cerró los ojos. Después de la penumbra y la humedad del desván de Jeremy Grove, esa alegría resultaba casi insoportable.

La dueña, una mujer madura, baja y con el rostro enrojecido, se acercó rauda a su mesa.

–¡Ah, *monsieur* Pendergast! –dijo–. *Comment ça va?*

–Bien, madame.

–¿Lo de siempre, *monsieur*?

–Oui, merci.

Miró a D'Agosta.

–¿Y usted, agente?

D'Agosta echó un vistazo al menú, que estaba escrito en una pizarra al lado de la puerta, pero no conocía la mitad de los platos y la otra mitad no le atraía. Su nariz aún conservaba el hedor de la carne de Jeremy Grove.

–Para mí nada, gracias.

–¿Algo de beber?

–Una Bud bien fría.

–Lo siento mucho, *monsieur*, pero no tenemos licencia para vender alcohol.

D'Agosta se humedeció los labios.

–Pues tráigame un té helado, por favor.

Vio cómo se alejaba la dueña y miró a Pendergast, que ya llevaba su traje negro de siempre. Aún no había asimilado la sorpresa de encontrárselo en esas circunstancias. El agente no había cambiado nada desde su último encuentro, a pesar de los años transcurridos. Le avergonzó no poder presumir de lo mismo. Él tenía cinco años y diez kilos más, y dos galones menos. ¡Qué vida!

–¿Cómo ha encontrado este sitio? –preguntó.

–Simple casualidad. Queda a pocas manzanas de donde me alojo, y es posible que sea el único restaurante decente de Southampton que aún no ha sido descubierto por la *beautiful people*. ¿Seguro que no quiere comer nada? Le recomiendo encarecidamente los huevos Benedict. Madame Merle hace la mejor salsa holandesa que he probado fuera de París: ligera pero untuosa, con el punto justo de estragón.

D'Agosta se apresuró a negar con la cabeza.

–Aún no me ha dicho qué hace aquí.

–Como le he comentado antes, tengo alquilada una casa para una semana. Estoy... ¿Cómo se dice? Buscando exteriores.

–¿Buscando exteriores? ¿Para qué?

–Para la... digamos convalecencia de una amiga. Ya la conocerá en su momento. Ahora me gustaría oír qué ha sido de su vida. Lo último que sé es que estaba en la Columbia Británica escribiendo novelas. Le diré que *Ángeles del Purgatorio* me pareció legible.

–¿Legible?

Pendergast hizo un gesto con la mano.

–Carezco de criterio para valorar el género policíaco. En este tipo de narrativa mis gustos se detienen en M. R. James.

D'Agosta pensó que debía de referirse a P. D. James, pero no dijo nada. No le apetecía tener una «conversación literaria». Ya había tenido bastantes en los últimos años.

Llegaron las bebidas. D'Agosta tomó un gran sorbo de té helado, y al darse cuenta de que no llevaba azúcar abrió un sobrecito.

–Mi vida se cuenta muy deprisa, Pendergast. Como la literatura no me daba para vivir, regresé, pero no pude recuperar mi antiguo trabajo en el Departamento de Policía de Nueva York porque el nuevo alcalde está reduciendo la plantilla. Por otro lado, me había creado muchos enemigos. En definitiva, empecé a desesperar, me enteré de que había un puesto libre en Southampton y me presenté.

–Supongo que hay sitios peores para trabajar.

–Al principio puede parecerlo, pero después de un verano persiguiendo a los que no recogen la mierda de su perro en la playa te desengañas. Además, la gente de aquí... Como multes a alguien por exceso de velocidad, al día siguiente ya tienes en comisaría al mejor abogado de la ciudad, cargado de escritos y citaciones, pagando la fianza. Ni le cuento lo que nos gastamos en servicios jurídicos.

Pendergast bebió un sorbo de algo que parecía té.

–¿Y cómo se trabaja con el teniente Braskie?

–Es un gilipollas. Sólo le interesa la política. Va a presentarse a jefe.

–A mí me ha parecido competente...

–Pues será un gilipollas competente.

Le inquietó la fijeza con que le miraban los ojos grises de Pendergast. Ya no se acordaba de ellos. Daban la impresión de poder penetrar hasta en el más íntimo secreto.

–Se ha saltado una parte de la historia. La última vez que trabajamos juntos estaba casado y tenía un hijo. Creo recordar que se llamaba Vincent.

D'Agosta asintió con la cabeza.

–Sí, lo sigo teniendo, pero vive en Canadá con mi mujer. Bueno, mi mujer sobre el papel.

Pendergast no dijo nada. Al cabo de un momento, D'Agosta suspiró.

–Lydia y yo nos habíamos distanciado. Ya sabe que en la policía se trabajan tantas horas... Al principio no quería irse a Canadá, y menos a un sitio tan aislado como Invermere. Cuando llegamos, me tenía en casa a todas horas intentando escribir... En fin, que nos poníamos nerviosos mutuamente. Por decirlo con suavidad. –Se encogió de hombros y negó con la cabeza–. Lo curioso es que acabó gustándole Canadá. Se ve que mi regreso a Nueva York fue la gota que colmó el vaso.

Madame Merle volvió con lo que había pedido Pendergast. D'Agosta decidió que era el momento de cambiar de tema.

–¿Y usted? –preguntó, en un tono casi agresivo–. ¿Qué ha estado haciendo? ¿Mucho trabajo por Nueva York?

–La verdad es que acabo de volver del Medio Oeste, concretamente de Kansas, donde me ocupé de un caso modesto, aunque tenía sus... peculiaridades.

–¿Y Grove?

–Ya conoce mi interés (malsano, dirían algunos) por los homicidios inhabituales, Vincent. Es un interés que me ha llevado a hacer viajes bastante más largos que a Long Island. Reconozco que se trata de una costumbre algo molesta, pero difícil de romper.

Pendergast clavó el tenedor en un huevo, inundando el plato de yema. Más color amarillo.

–Y ¿está aquí oficialmente o no?

–Mis días de *freelance* son historia. El FBI de ahora ya no es el de antes. Sí, estoy aquí oficialmente.

Dio una palmadita al teléfono móvil que llevaba en el bolsillo.

–¿Qué interés tiene este caso? Quiero decir para los federales. ¿Drogas? ¿Terrorismo?

–Simplemente lo que le he dicho al teniente Braskie, la posibilidad de que el asesino cruzara el límite entre estados. Es poco, pero tendrá que servir. –Pendergast se inclinó y bajó un poco la voz–. Necesito que me ayude, Vincent.

D'Agosta le miró. ¿Era una broma?

–Pero si... –vaciló– no le hago ninguna falta.

Su tono fue más duro de lo que deseaba. Ya volvían a mirarle esos ojos grises de mil demonios.

–Quizá no tanta como yo a usted.

–¿Por qué lo dice? Yo no necesito a nadie. Me va muy bien.

–Perdone que me meta, pero no le va tan bien como afirma.

–¿Se puede saber por qué lo dice?

–Está trabajando muy por debajo de sus capacidades, y eso, además de desaprovechar su talento, se refleja claramente en su actitud. El teniente Braskie parece una persona muy correcta, y es incluso posible que posea cierta inteligencia, pero no le corresponde darle órdenes. Cuando sea jefe, la relación entre ustedes dos no hará sino empeorar.

–¿Inteligente y muy correcto, ese gilipollas? ¡Anda que...! Seguro que no pensaría lo mismo si trabajase un día con él.

–El que tiene que pensar de otra manera es usted, Vincent. Hay policías mucho peores que el teniente Braskie. Usted y yo, sin ir más lejos, hemos trabajado con alguno.

–O sea, que va a salvarme, ¿no?

–No, Vincent. Le salvará el caso. Se salvará usted mismo.

D'Agosta se levantó.

–No tengo por qué oír esas chorradas, ni de usted ni de nadie.

Sacó la cartera, tiró un billete arrugado de cinco dólares sobre la mesa y se fue.

Diez minutos más tarde, D'Agosta encontró en el mismo sitio a Pendergast y el billete arrugado. Cogió la silla, se sentó y pidió otro té helado con el rostro como un tomate. Pendergast, que estaba terminando su plato, se limitó a asentir. Luego sacó un papelito del bolsillo de su chaqueta y lo dejó suavemente encima de la mesa.

–Aquí tiene una lista de las cuatro personas que estuvieron en la última fiesta de Jeremy Grove, y el nombre y el número del sacerdote que recibió su última llamada telefónica. Es un punto de partida tan bueno como cualquier otro. Teniendo en cuenta la brevedad de la lista, algunos nombres son muy interesantes.

Deslizó el papel por la mesa.

D'Agosta asintió, y al mirar los nombres y las direcciones se le enfrió la cara. Sentía nacer algo en su interior: la vieja emoción de trabajar en un caso. Un buen caso.

–Pero ¿cómo lo haremos, si estoy en la policía de Southampton?

–Convenceré al teniente Braskie de que le nombre enlace local con el FBI.

–No lo permitirá.

–Al contrario. Estará encantado de librarse de usted. En todo caso, no lo presentaré como una solicitud. Ya ha dicho usted que Braskie es un animal político. Hará lo que le digan.

D'Agosta asintió con la cabeza.

Pendergast miró su reloj.

–Casi las dos. Venga, Vincent, nos espera un largo viaje en coche. Los curas cenan temprano, pero si nos damos prisa todavía podremos entrevistarnos con el padre Cappi.

6

Embutido en el cuero blanco de un Rolls Royce Silver Wraith del 59, D'Agosta tenía la sensación de haber sido engullido por la ballena blanca del capitán Ahab. ¡Y con chófer, además! Estaba claro que Pendergast había ascendido mucho de categoría desde los malos tiempos de los crímenes del museo, ya que entonces conducía un Buick moderno, propiedad del FBI. Tal vez se le hubiera muerto algún pariente, dejándole unos miles de millones. Le miró. Quizá, simplemente, ya no se molestaba en fingir.

El coche circulaba por la carretera número 9, siguiendo un tramo muy bonito del valle medio del Hudson, al norte de Poughkeepsie. Después de tantos meses entre dunas y matojos, las verdes colinas suponían un alivio para la vista. D'Agosta distinguió varias mansiones antiguas a cierta distancia de la carretera, asomadas al río o rodeadas de árboles. Algunas tenían letreros que las identificaban como monasterios o lugares de retiro, mientras que otras parecían seguir en manos privadas. Hacía calor, pero el otoño ya insinuaba algunas pinceladas en los árboles que poblaban las suaves laderas.

El coche redujo su velocidad y enfiló un largo camino de tierra hasta frenar silenciosamente ante una puerta cochera de ladrillo rojo. Al bajar del coche, D'Agosta vio que habían llegado a una gran mansión de estilo flamenco. El estrecho campanario que la flanqueaba parecía una adición posterior. Al otro lado de la casa había un prado muy cuidado que bajaba hacia el Hudson. Una placa atornillada en la fachada informaba de que el edificio había sido construido en 1874 y de que figuraba en la lista de monumentos históricos del Registro Nacional de Lugares Históricos.

Les abrió la puerta un monje encapuchado, con su hábito

marrón y un cordón de seda atado a la cintura. Sin decir nada, les hizo pasar a una elegante sala que olía a antigüedad y cera de suelos. Pendergast hizo una reverencia y le entregó una tarjeta. El monje asintió con la cabeza y les indicó que le siguieran. Un pasillo con muchos recodos les condujo hasta una habitación espartana, con paredes encaladas y sin mobiliario, a excepción de un crucifijo y dos hileras enfrentadas de sillas de madera. Cerca de las vigas vistas, una ventana dejaba penetrar una franja de luz.

El monje se retiró con una inclinación. Poco después apareció otra figura en la puerta. También llevaba un hábito de monje, pero cuando se bajó la capucha, D'Agosta descubrió con sorpresa a un hombre de más de un metro ochenta de estatura, ancho de hombros y cuadrado de mandíbula, con un brillo muy vivo en sus ojos negros. En ese momento oyó un toque lejano de campanas que, por alguna razón, le produjo escalofríos.

–Soy el padre Bernard Cappi. Bienvenidos a la cartuja de Hyde Park. Aquí rige el voto de silencio, pero una vez a la semana nos reunimos en esta sala para hablar. La llamamos Sala de Disputas, porque es donde nos quejamos. En una semana de silencio se acumula mucho rencor.

Alzó su hábito para sentarse.

–Le presento a mi colega, el sargento D'Agosta –dijo Pendergast, siguiendo el ejemplo del monje–. Es posible que también desee hacerle preguntas.

–Encantado de conocerle.

El sacerdote estrujó la mano de D'Agosta, que pensó: «Este tipo no es ningún corderito de Dios». Luego el sargento se sentó en una silla, pero fue incapaz de encontrar una postura cómoda. La sala era fría y húmeda, a pesar del día soleado. A él que no le buscaran para monje.

–Mis más sinceras disculpas por esta intromisión –dijo Pendergast.

–No pasa nada. Espero poder ayudarles. Ha sido todo tan trágico...

–No le haremos perder más tiempo del necesario. Podríamos empezar por la llamada telefónica.

–Ya se lo he contado a la policía: la recibí en mi domicilio a las tres y diez de la madrugada (lo sé por el contestador), pero no estaba en casa porque cada año me retiro durante dos semanas aquí. Al levantarme miro si hay mensajes; la regla no lo permite, pero mi madre es muy mayor. Salí inmediatamente para Long Island, pero claro, ya era demasiado tarde.

–¿Por qué le llamó?

–Es una pregunta complicada, que necesita una respuesta muy larga.

Pendergast le invitó a contestar con un gesto de la cabeza.

–Jeremy Grove y yo nos conocíamos desde hacía mucho tiempo, desde que fuimos compañeros de facultad en la Universidad de Columbia. Yo opté por el sacerdocio, y él se fue a Florencia a estudiar Arte. En esa época éramos los dos... digamos que no muy religiosos en el sentido habitual de la palabra. Los dos estábamos espiritualmente *intrigados*. Nos pasábamos toda la noche discutiendo sobre cuestiones de fe y de epistemología, sobre la naturaleza del bien y del mal y todas esas cosas. Yo me fui a estudiar teología a Mount Saint Mary's, pero seguimos siendo amigos, y unos años después oficié su matrimonio.

–Ajá –murmuró Pendergast.

–Grove se quedó en Florencia. Le visité varias veces. Vivía en una villa muy bonita de las colinas del sur de la ciudad.

D'Agosta carraspeó.

–¿De dónde sacaba el dinero?

–Es una historia interesante, sargento. En una subasta de Sotheby's compró un cuadro atribuido a un seguidor tardío de Rafael, pero consiguió demostrar que era obra del propio maestro y lo vendió al museo Getty por treinta millones de dólares.

–No está mal.

–No, la verdad es que no. El caso es que en Florencia Grove se volvió muy devoto, en un sentido intelectual, como ocurre con algunas personas, y le gustaba debatir conmigo. Los intelectuales católicos existen, señor Pendergast, y Grove respondía a esa descripción.

Pendergast asintió.

–Era muy feliz en su matrimonio. Adoraba a su mujer, pero

ella le dejó de la noche a la mañana y se fugó con otro hombre. Me quedo corto si les digo que estaba desolado. La palabra indicada sería destrozado. Y concentró toda su ira contra Dios.

–Entiendo –dijo Pendergast.

–Se sintió traicionado por Dios, y se volvió... Ni ateo ni agnóstico, eso sería mentira. Digamos que se peleó con Dios. Se embarcó deliberadamente en una vida de pecado y violencia contra Dios, que en realidad era una vida de violencia contra lo más elevado de su propio ser. Se hizo crítico de arte. La de crítico es una profesión que da cierta licencia para la práctica del vicio, fuera de los límites del comportamiento civilizado normal. ¿Verdad que por regla general nadie le dice en privado a otra persona que el cuadro que ha pintado es una porquería repugnante? Pues al crítico no le importa pronunciarse públicamente en esos términos, como si cumpliera una misión de alto calado moral. No existe ninguna profesión más innoble que la de crítico, como no sea la del médico que asiste a las ejecuciones.

–En eso tiene razón –dijo D'Agosta, convencido–. Los que no pueden crear dan clases, y los que no dan clases critican.

El padre Cappi se rió.

–Muy cierto, sargento D'Agosta.

–El sargento D'Agosta escribe novelas de misterio –explicó Pendergast.

–¿De verdad? A mí me encantan las novelas policíacas. Dígame un título.

–El último que ha escrito es *Ángeles del Purgatorio*.

–Lo compraré enseguida.

D'Agosta mascullló una palabra de agradecimiento. Era el segundo mal rato que pasaba en ese día. Tendría que comentarle a Pendergast que hablara menos de su frustrada carrera de escritor.

–Me limitaré a decir –siguió explicando el sacerdote– que Grove era un crítico magnífico. Se rodeó de las personas más viles, egoístas y crueles que encontraba. Todo lo que hacía era excesivo: la bebida, la comida, el sexo, el dinero, el chismorreo... Organizaba cenas dignas de un emperador romano y salía mucho en televisión para cargarse al artista de turno, siempre con mucho encanto, claro. Sus artículos del *New York Review of Books* tenían verdaderos adictos. Naturalmente, lo mejorcito de la sociedad de Nueva York lo mimaba.

–Y ¿qué fue de la relación entre ustedes dos?

–Grove no podía perdonarme lo que yo representaba. Nuestra relación no tenía futuro. Así de sencillo.

–¿Cuándo ocurrió? –preguntó D'Agosta.

–Su mujer lo dejó en 1974, y yo me distancié de él poco después. Desde entonces no he tenido noticias suyas. Bueno, hasta esta mañana.

–¿Y el mensaje?

El sacerdote sacó una minigrabadora de su bolsillo.

–He hecho una copia antes de entregársela a la policía.

La levantó con una mano y la puso en marcha. Se oyó un pitido.

«¿Bernard? ¡Bernard! Soy Jeremy Grove. ¿Me oyes? ¡Coge el teléfono, por Dios!»

La voz era aguda, forzada y estridente.

«Oye, Bernard, tienes que venir. Ven ahora mismo. Southampton, el número 17 de Dune Road. Es... es horrible. Trae una cruz, una Biblia y agua bendita. ¡Bernard, por Dios, ha venido a buscarme! ¿Me oyes? ¡Ha venido a buscarme! Tengo que confesarme. Necesito el perdón, la absolución... Bernard, coge el teléfono, por el amor de Dios...»

Interrumpida por el límite de tiempo del contestador, la voz ronca de Grove quedó flotando en la sala desnuda y encalada. D'Agosta sintió un escalofrío de miedo.

–Vaya –dijo Pendergast tras unos instantes–. Me gustaría conocer su opinión, padre.

El padre Cappi estaba muy serio.

–Yo creo que se veía encima la condenación.

–¿La condenación? ¿O el demonio?

Cappi, incomodado, se movió en la silla.

–Por alguna razón, Jeremy Grove supo que su muerte era inminente y quiso obtener el perdón antes del final. Para él resultó ser más importante que llamar a la policía. Como ve, nunca dejó de ser creyente.

–¿Conoce los indicios físicos que han aparecido en el lugar del crimen? ¿La quemadura en forma de pezuña, los restos de sulfuro y el peculiar calentamiento del cadáver?

–Sí, me lo han dicho.

–Y ¿cómo lo explica?

–Como la obra de un mortal. El asesino de Grove quería dejar claro el tipo de hombre que fue Grove, de ahí la pezuña, el azufre y todo lo demás. –El padre Cappi guardó la grabadora en el hábito–. El mal no tiene nada de misterioso, señor Pendergast. Nos rodea constantemente. Yo lo veo a diario. Además, dudo mucho que el auténtico demonio, sea cual sea la forma que adopte, quisiera atraer una atención tan inoportuna hacia su modo de obrar.

7

Acababa de caer la noche, y el hombre a quien se conocía simplemente como Wren recorría entre montones de basura la espaciosa calzada de la parte superior de Riverside Drive. A su izquierda se extendían las negras manchas de Riverside Park y el río Hudson, y a su derecha las moles de una serie de mansiones que en su día fueron lujosas, pero que ahora estaban vacías y abandonadas. La sombra de Wren saltaba de farola en farola, mientras el cielo perdía los últimos vestigios de color rojo sangre. A pesar del proceso de aburguesamiento que ascendía desde el sur de Manhattan, aquél seguía siendo un barrio peligroso, por el que pocos se atrevían a circular tras la puesta de sol, pero Wren, por alguna razón (quizás el aspecto cadavérico de sus facciones, o su paso escurridizo y silencioso, o su melena blanca, más poblada de lo habitual en alguien de su edad), disuadía a los agresores.

Se detuvo ante una gran mansión de estilo *Beaux Arts* que ocupaba toda una manzana de Riverside Drive entre las calles Ciento treinta y siete y Ciento treinta y ocho, una mole de cuatro plantas rodeada por una valla alta, erizada de púas y cubierta de herrumbre. El jardín, con viejos arbustos de ailanto, estaba infestado de malas hierbas. El edificio parecía a punto de venirse abajo. Sus ventanas habían sido tapadas con láminas de cinc, sus tejas de pizarra estaban melladas, y al mirador le faltaba la mitad de los balaustres.

La puerta de hierro de la entrada estaba abierta. Wren se deslizó por la abertura sin la menor vacilación y tomó el camino de piedras que conducía a la puerta cochera, en cuyas esquinas el viento había acumulado basura en formas caprichosas. El espacio negro del otro lado de la entrada de carruajes dejaba entrever una puerta de roble de batiente único, adornada con grafitos y de apariencia sólida. Wren levantó una mano huesuda y dio dos golpes, separados por un intervalo.

El eco se perdió en la amplitud de los espacios interiores. Durante uno o dos minutos todo quedó en silencio, hasta que se oyó el chirrido de una gran cerradura y la puerta se abrió despacio, rechinando. La silueta de Pendergast se recortaba bajo una luz amarilla, con una mano en el tirador. El resplandor incandescente del recibidor acentuaba la palidez de sus facciones. Hizo pasar a Wren en silencio y cerró la puerta con llave.

Wren cruzó el vestíbulo de mármol y siguió al agente del FBI por una larga galería revestida de madera. Detuvo bruscamente sus pasos. No había visto la casa desde el último verano, cuando había dedicado varias semanas a catalogar las nutridas colecciones de la mansión mientras Pendergast pasaba sus vacaciones en Kansas, y entonces era una verdadera ruina tanto por dentro como por fuera: paneles arrancados, tablones levantados, yeso y listones a la vista... El resultado de una minuciosa búsqueda. Contando a Pendergast y a Wren, sólo cuatro personas (no, cinco) conocían el resultado de esa búsqueda, y lo que significaba.

Ahora el revestimiento de castaño estaba recién pulido, las paredes alisadas y cubiertas de un discreto papel victoriano, y una luz tenue se reflejaba en toda suerte de apliques de latón y cobre. La galería estaba llena de hornacinas y plintos de mármol que albergaban los especímenes de una espléndida colección: meteoritos, piedras preciosas, mariposas raras, fósiles de especies extinguidas... El interior de esa casa, un gabinete de curiosidades sin parangón, había recuperado el esplendor de un siglo atrás. Y sin embargo, estaba destinado al mayor de los secretos.

–Me encanta cómo lo ha dejado –dijo Wren, refiriéndose al conjunto de la sala con un movimiento de su mano. Pendergast inclinó la cabeza–. Parece mentira que lo haya hecho en tan poco tiempo. Hace dos meses esta casa era una ruina.

Pendergast se dirigió al fondo de la galería.

–Hace tiempo, mi familia disfrutó de los servicios de una serie de artesanos y de carpinteros cajun de Louisiana, que ahora han vuelto a demostrar su talento. Y eso que no estaban muy de acuerdo con el... entorno, por decirlo de algún modo.

Wren profirió una risita monocorde.

–No tengo más remedio que coincidir con ellos. Resulta un poco raro que se haya instalado usted aquí, teniendo un espléndido domicilio en el Dakota y... –Dejó la frase a medias, mientras la comprensión le hacía abrir los ojos–. A menos que...

Pendergast asintió.

–Sí, Wren, la razón es ésa. Al menos una de ellas.

Habían accedido a la gran sala de recepciones, cuyo techo abovedado lucía una nueva pintura de color azul Wedgwood. Las paredes estaban cubiertas con vitrinas de cristal esmerilado, magníficos expositores para otra parte de la colección. El suelo de parqué estaba sembrado de pequeños esqueletos de dinosaurio y una serie de animales disecados. Wren tiró de la manga de Pendergast.

–¿Cómo está?

Pendergast detuvo sus pasos.

–Físicamente bien. Emocionalmente... todo lo bien que cabría esperar. Vamos progresando poco a poco. Ha pasado tanto tiempo...

Wren asintió en señal de comprensión, antes de introducir la mano en un bolsillo y sacar un DVD.

–Aquí tiene –dijo, dándoselo a Pendergast–. Un inventario completo de las colecciones de esta casa, catalogadas e indexadas lo mejor que he podido.

Pendergast asintió.

–Sigue pareciéndome increíble que el mayor gabinete de curiosidades del mundo esté bajo este techo.

–Es lógico que le sorprenda. Supongo que las piezas que le di le parecerían un pago suficiente por sus servicios.

–Sí, claro –susurró Wren–, más que suficiente.

–Recuerdo que tardó tanto en restaurar cierto libro de contabilidad indio que temí que su dueño empezara a inquietarse.

–El arte no entiende de plazos –dijo Wren, altanero–. Además, era tan bonito... Lástima que... En fin, el tiempo. El tiempo todo se lo lleva, como dijo Virgilio. Ahora mismo está destruyendo mis preciosos libros más deprisa de lo que soy capaz de restaurarlos.

El domicilio de Wren era el sótano número siete de la biblioteca central de Nueva York, el más bajo de todo el edificio, donde él presidía una infinidad de libros deteriorados y sin catalogar, por cuyas interminables hileras nadie, salvo él, sabía moverse.

–Claro, claro. En ese caso, le aliviará saber que ha terminado su trabajo en esta casa.

–También habría inventariado la biblioteca, pero en cuanto a eso, parece que ella lo tiene todo catalogado en la memoria.

Wren se permitió una risa amarga.

–El conocimiento que tiene de esta casa es notable. De hecho, ya le he encontrado una utilidad.

Wren le miró con curiosidad.

–He pensado pedirle que reúna el material de la biblioteca sobre Satanás.

–¿Satanás? Un tema muy amplio, *hypocrite lecteur*.

–Cierto, pero sólo me interesa un aspecto: la muerte de seres humanos causada por el diablo.

–¿Se refiere a la venta del alma? ¿Al pago por los servicios prestados y todo eso?

Pendergast asintió.

–Sigue siendo un tema muy amplio.

–No me interesa la literatura, Wren, sólo las fuentes no narrativas. Las primarias. Preferiblemente, testimonios de primera mano y de testigos oculares.

–Ha pasado demasiado tiempo en esta casa.

–Me parece provechoso mantenerla ocupada. Como bien ha dicho usted, ella conoce al dedillo los fondos de esta biblioteca.

–Ajá.

La mirada de Wren se desvió hacia la puerta del fondo de la sala.

Pendergast se dio cuenta.

–¿Quiere verla?

–¿Le sorprende? Después de lo que pasó en verano, soy prácticamente su padrino. Olvida usted mis funciones.

–No olvido nada. Siempre estaré en deuda con usted, aunque sólo sea por eso.

Fueron las últimas palabras de Pendergast antes de acercarse a las puertas del fondo y abrirlas en silencio.

Al mirar al otro lado, los ojos amarillos de Wren se iluminaron. Al fondo había una suntuosa y nutrida biblioteca compuesta por un sinfín de estanterías. Los libros llegaban hasta el techo; reflejaban en sus lomos la cálida luz de una chimenea. En el suelo, cubierto por una alfombra persa, había media docena de pequeños sofás y sillones de orejas, en uno de los cuales una joven hojeaba un gran volumen de litografías de Piranesi. Llevaba un delantal, un vestido blanco y medias negras. Cuando pasó la página, la luz del fuego iluminó sus gráciles extremidades y su pelo y ojos negros. Cerca de ella había una mesa baja con servicio de té para dos personas.

Pendergast carraspeó discretamente, haciendo que la joven levantase la cabeza. Al verles, una chispa de miedo atravesó sus ojos, pero su expresión demostró enseguida que los había reconocido. Entonces dejó el libro, se levantó, alisó su delantal y esperó a que se acercaran.

–¿Cómo estás, Constance? –dijo Wren, con toda la dulzura que podía tener su áspera voz.

–Muy bien, gracias, señor Wren. –Constance hizo una pequeña reverencia–. ¿Y usted?

–Ocupadísimo. Mis libros consumen todo mi tiempo.

–Pero ¿se puede hablar con resentimiento de esa noble ocupación?

El tono de Constance era serio, pero sus labios se curvaron en un amago de sonrisa. ¿Pícara? ¿Condescendiente? Wren no tuvo tiempo de averiguarlo.

–¡No, no, claro que no! –Trató de no mirarla fijamente. ¿Cómo podía haber olvidado su voz pausada y su lenguaje pintoresco? ¿Y esos ojos, al mismo tiempo ancianos y enmarcados por un rostro joven y hermoso? Carraspeó–. Bueno, Constance, cuéntame a qué dedicas el tiempo.

–Llevo una vida tranquila. Por la mañana leo latín y griego bajo la dirección de Aloysius. Las tardes las reservo para mí.

Suelo pasarlas en la biblioteca, corrigiendo alguna etiqueta mal puesta.

Wren miró fugazmente a Pendergast.

–Después, a última hora, tomamos el té y Aloysius acostumbra a leerme los periódicos. Después de cenar, practico con el violín. Aloysius tiene la delicadeza, ingenuo de él, de hacerme creer que mi técnica es aceptable.

–El doctor Pendergast es sincero como pocos.

–Digamos que tiene más tacto que la mayoría.

–No entraré en discusiones. En todo caso, me encantaría oírte tocar alguna vez.

–Sería un placer.

Constance hizo otra reverencia. Wren asintió y se dispuso a salir, pero Constance le llamó.

–¿Señor Wren?

Wren se volvió con una pregunta en sus pobladas cejas.

Constance sostuvo su mirada.

–Gracias otra vez. Por todo.

Pendergast cerró suavemente las puertas de la biblioteca y regresó con Wren a las galerías, llenas de ecos.

–¿Le lee el periódico? ¿A ella? –preguntó Wren.

–Artículos seleccionados, como comprenderá. Me ha parecido la manera más fácil de lograr una... ¿cómo se lo diría? Una descompresión social. Ya hemos llegado a la década de 1960.

–¿Y los... merodeos nocturnos de Constance?

–Ahora que está a mi cuidado ya no necesita salir a buscar nada. Y ya he decidido dónde hará su recuperación: en la finca de mi tía, que ahora está vacía, a orillas del Hudson. Si se administra con cuidado, debería ser una buena manera de acostumbrarla otra vez al sol.

–El sol... –Wren repitió despacio la palabra, como si la paladeara–. Después de lo ocurrido, me sigue pareciendo imposible que haya permanecido aquí, tanto tiempo, en los túneles del río. De hecho, aún no sé por qué me reveló su presencia.

–Quizá porque le tomó confianza. Tenga en cuenta que le vio trabajar durante mucho tiempo, todo el verano, y que pudo observar su amor por las colecciones, que para ella también poseen un valor incalculable. A menos que hubiera llegado al extremo de necesitar a toda costa algún contacto humano, más allá del riesgo que significara.

Wren negó con la cabeza.

–Pero ¿está seguro de que sólo tiene diecinueve años? ¿Seguro al cien por cien?

–Es una pregunta más difícil de lo que parece. Físicamente, su cuerpo es el de una persona de diecinueve años.

Habían llegado a la puerta principal. Wren esperó a que Pendergast sacase la llave.

–Gracias, Wren –dijo el agente del FBI mientras abría la puerta y dejaba entrar el aire de la noche, cargado de rumores de tráfico.

Wren cruzó el umbral, vaciló un momento y se volvió.

–¿Ya ha decidido qué hará con ella?

Al principio Pendergast no contestó. Después asintió en silencio.

8

El Salón Renacimiento del Metropolitan Museum of Art era uno de los espacios más admirados del museo. Había sido trasladado pieza a pieza y piedra a piedra desde el antiguo Palazzo Dati de Florencia y reconstruido en Manhattan; recreaba hasta el último detalle un *salone* de finales del Renacimiento. Entre las majestuosas galerías del museo, ninguna era tan imponente y austera como ésa; por ello fue elegida para el oficio fúnebre en memoria de Jeremy Grove.

D'Agosta se sentía ridículo en su uniforme de policía con la insignia dorada del departamento de Southampton y los modestos galones de sargento. La gente se volvía a mirarle como si fuera un bicho raro, pero enseguida se olvidaba de él, tomándole por un simple refuerzo policial.

Entró en el salón detrás de Pendergast, y le sorprendió ver dos largas mesas, una de ellas llena de comida y la otra con suficientes botellas de vino y alcohol como para tumbar a una manada de rinocerontes. ¡Vaya funeral! Se parecía más a un velatorio irlandés. (Durante su pertenencia a la policía de Nueva York había asistido a unos cuantos, y consideraba una suerte haber sobrevivido.) En cualquier caso, lo habían organizado todo muy deprisa, porque Grove sólo llevaba muerto dos días.

La sala estaba llena. No había sillas, ya que la intención era que la gente alternase, no que se quedase respetuosamente sentada. Varios equipos de televisión habían instalado sus aparatos cerca de un escenario enmoquetado, donde sólo había un pequeño podio. En uno de los rincones del salón había un arpa, pero el ruido de la gente casi enmudecía sus notas. Si alguien lloraba por Grove, lo disimulaba muy bien.

Pendergast se acercó a D'Agosta.

–Vincent, si le apetece algo comestible es el momento de entrar en acción. Con semejante fauna no durará mucho.

–¿Comestible? ¿Se refiere a lo de la mesa? No, gracias.

Sus escarceos en el mundo literario le habían enseñado que en esos actos se servían cosas como huevas de pescado y quesos tan apestosos que daban ganas de mirarse las suelas, por si las moscas.

–¿Circulamos, entonces?

Pendergast empezó a moverse entre el gentío como una sílfide. Mientras tanto alguien había subido al escenario, un hombre impecablemente vestido, alto, con el cabello repeinado hacia atrás y un brillo de maquillaje profesional en la cara. Aún no había llegado hasta el micrófono y ya no se oía ni una mosca.

Pendergast cogió a D'Agosta por el codo.

–Sir Gervase de Vache, el director del museo.

El orador, digno, erguido y elegante, cogió el micrófono.

–Bienvenidos todos –dijo. Al parecer consideraba innecesario presentarse–. Nos hemos reunido aquí para honrar la memoria de nuestro amigo y colega Jeremy Grove, pero como le habría gustado a él: con comida, bebida, música y alegría, no con caras largas y discursos lúgubres.

Tenía un ligero acento francés.

La presencia de De Vache en el estrado hizo que Pendergast detuviera sus pasos, pero D'Agosta vio que su mirada inquieta seguía vagando por la sala.

–Conocí a Jeremy Grove hace veinte años, cuando reseñó nuestra exposición de Monet en *Downtown*. Fue... no sé cómo decirlo. Una crítica Grove, con todo lo que comporta.

Hubo varias risas de complicidad.

–Por encima de todo, Jeremy Grove era un hombre que decía las cosas como las veía, de manera inflexible y con estilo. Su ingenio afilado y sus irreverentes salidas animaron muchas fiestas de...

D'Agosta desconectó. Por su parte, Pendergast no sólo seguía observando sin descanso, sino que había empezado a moverse muy despacio, como un tiburón que acaba de encontrar un rastro de sangre en el agua. D'Agosta le siguió. Le gustaba verle en acción. Siguió la dirección de su mirada y vio que al lado de la mesa había un joven muy apuesto, vestido enteramente de negro y con perilla, sirviéndose una copa de algo fuerte. Llamaba la atención por el tamaño de sus ojos, profundos y líquidos, y por sus dedos, aún más largos y estilizados que los de Pendergast.

–Maurice Vilnius, el expresionista abstracto –murmuró el agente–. Uno de los muchos beneficiarios de las atenciones de Grove.

–¿Y eso qué quiere decir?

–Recuerdo una crítica de Grove de hace unos años sobre los cuadros de Vilnius. Aún tengo fresca en la memoria una frase: «Son cuadros tan malos que inspiran respeto, por no decir veneración. Hace falta un talento de unas características muy especiales para crear mediocridades de ese nivel, y Vilnius lo posee en abundancia».

D'Agosta aguantó la risa.

–Para matarle.

Se apresuró a recuperar la compostura, porque Vilnius se había vuelto y les había visto acercarse.

–¡Ah, Maurice! ¿Qué tal? –preguntó Pendergast.

El pintor arqueó sus negrísimas cejas. D'Agosta, que también había recibido malas críticas, esperaba ver algo de enfado o, como mínimo, de rencor en su enrojecida expresión, pero lo que encontró fue una sonrisa de oreja a oreja.

–¿Nos conocemos?

–Me llamo Pendergast. Hace un año, durante el *vernissage* en la galería Dellitte, charlamos un rato. Me gustaron mucho sus obras. De hecho, he pensado en comprarme alguna para mi apartamento del Dakota.

La sonrisa de Vilnius se ensanchó.

–Encantado. –Tenía acento ruso–. Pase cuando quiera. Hoy mismo, si le apetece. Así ya habré vendido cinco cuadros en una semana.

–¿Ah, sí?

D'Agosta observó que Pendergast eliminaba cualquier rastro de sorpresa de su voz. De fondo se oía la voz del director:

«... un hombre valiente y decidido, que no entró dócilmente en esa dulce noche, como diría Dylan Thomas...»

–Maurice –dijo Pendergast–, me gustaría hablar con usted sobre Grove y su último...

De repente, alguien se acercó al pintor. Era una mujer madura, de cuerpo macilento, envuelta en un vestido de lentejuelas. Le seguía un hombre alto, con esmoquin negro y una calva que brillaba como una piedra preciosa.

La mujer tiró de la manga de Vilnius.

–¡Maurice, cariño, qué ganas tenía de felicitarte personalmente! La última crítica es sensacional. La verdad es que te la debía.

–¿Ya la habéis leído? –respondió Vilnius al volverse hacia la pareja.

–Sí, esta tarde –contestó el hombre alto–. Me han enviado una copia por fax a la galería.

«... y ahora una de las sonatas de Haydn que tanto le gustaban a Jeremy...»

La gente seguía hablando sin prestar atención al orador. Vilnius miró a Pendergast y, sacando una tarjeta del bolsillo, le dijo:

–Pues nada, encantado, señor Pendergast. –Se la dio–. Pase por mi estudio cuando quiera.

A continuación se volvió hacia la anciana y su acompañante, y antes de alejarse D'Agosta le oyó decir:

–No me explico lo deprisa que corren las noticias. En principio la crítica tenía que publicarse pasado mañana.

D'Agosta miró a Pendergast, cuya atención también estaba puesta en el grupo.

–Muy interesante –musitó el agente del FBI.

Volvieron a mezclarse con la gente. Una vez finalizado el discurso de De Vache, las conversaciones recuperaron su anterior volumen. También volvía a sonar el arpa, pero ahora el ruido de copas, comida y chismorreos impedía oír una sola nota.

De repente Pendergast salió disparado. D'Agosta vio que su objetivo era el director del museo, que bajaba del estrado.

Al verles, De Vache se detuvo.

–Ah, Pendergast… ¡No me diga que investiga el caso!

Pendergast asintió.

El francés apretó los labios.

–¿Oficialmente? ¿O eran amigos?

–Pero ¿Grove tenía amigos?

De Vache se rió.

–También es verdad. Jeremy desconocía el valor de la amistad. La mantenía a distancia. La última vez que le vi fue… déjeme pensar… en una cena; recuerdo que pidió a la persona que tenía delante (un hombre completamente inofensivo, viejo y con dentadura postiza) que no hiciera tanto ruido con los incisivos al comer, porque era un ser humano, no una rata. Más tarde alguien le manchó de salsa la corbata y él le preguntó si tenía algún parentesco con Jackson Pollock, el pintor expresionista abstracto. –Sir Gervase se rió–. ¡Eso en una fiesta! ¿Qué amigos puede hacer un hombre que habla así habitualmente?

Un grupo de señoronas cargadas de joyas llamó a sir Gervase, que pidió disculpas a Pendergast, hizo una señal con la cabeza a D'Agosta y se alejó. Pendergast reanudó su escrutinio de la sala, hasta fijar su mirada en un grupo cercano al arpa.

–*Voilà* –dijo–. El gran filón.

–¿Quiénes?

–Los tres que hablan juntos. Ellos y Vilnius, a quien acaba de conocer, eran los invitados de la última fiesta de Grove. Y la razón de que estemos aquí.

El primero en quien se fijó D'Agosta era un hombre de aspecto anodino y traje gris. Tenía al lado a una mujer de edad considerable, cubierta de polvos y carmín, vestida de tiros largos, recién salida de la manicura y la peluquería y a buen seguro que con una dosis de botox, en una última y frustrada tentativa de aparentar menos de sesenta años. Su collar de esmeraldas era tan grande que D'Agosta tuvo miedo de que el peso hiciera ceder sus escuálidos hombros. Sin embargo, la figura descollante del grupo era su tercer integrante, un hombre de una gordura descomunal, en cuyo magnífico traje gris perla no faltaban la faja de seda, los guantes blancos ni la cadena de oro.

–La mujer –murmuró Pendergast– es lady Milbanke, viuda del séptimo barón Milbanke. Dicen que tiene una lengua viperina, que bebe absenta y que nunca se cansa de organizar sesiones de espiritismo e invocar a los muertos.

–Por la pinta que tiene, no le iría mal que la invocaran a ella.

–Echaba de menos su incisivo sentido del humor, Vincent. El caballero orondo debe de ser el conde Fosco. Tengo referencias de él desde hace mucho tiempo, pero nunca le había visto.

–Como mínimo pesa ciento cuarenta kilos.

–Observe, sin embargo, la agilidad de su porte. El hombre alto con traje gris es James Frederick, el crítico de arte de *Art & Antiques*.

D'Agosta asintió.

–¿Nos metemos en la boca del lobo?

–Usted manda.

Pendergast se acercó rápidamente al grupo y, tras una descarada intromisión, cogió la mano de lady Milbanke y se la llevó a los labios.

Ella se ruborizó por debajo del maquillaje.

–Disculpe, pero ¿nos conocemos?

–Desgraciadamente, no –dijo Pendergast–. Me llamo Pendergast.

–Pendergast. ¿Y su amigo? ¿Es un guardaespaldas?

La pregunta suscitó algunas risitas en el grupo, a las que Pendergast se sumó antes de decir:

–En cierto modo.

–Si practica el pluriempleo –dijo el hombre alto, el tal Frederick–, debería hacerlo sin uniforme. A fin de cuentas, esto es un funeral.

D'Agosta vio que Pendergast no se molestaba en corregirle acerca del supuesto pluriempleo, sino que, ignorando el comentario, hacía un gesto compungido con la cabeza.

–Qué pena lo de Grove, ¿verdad?

Todos asintieron.

–Se rumorea que celebró una fiesta la misma noche en que murió.

Reinó un repentino silencio.

–¡Caramba, señor Pendergast! –dijo lady Milbanke–. ¡Qué casualidad! Aquí donde nos ve, los tres asistimos a ella.

–¿De veras? Dicen que el asesino podría ser uno de los invitados.

–¡Qué emoción! –exclamó lady Milbanke–. Parece una novela de Agatha Christie. De hecho, todos teníamos motivos para querer eliminar a Grove. Al menos hasta hace poco. –Miró fugazmente a los demás–. Claro que no éramos los únicos, ¿verdad, Jason?

Lo preguntó en voz muy alta, haciendo señas a un joven con una copa de champán en la mano, una orquídea mustia en el ojal de su chaqueta beis y el pelo del color de la mermelada de naranja.

El joven se detuvo frunciendo el entrecejo.

–¿De qué habláis?

–Le presento a Jason Prince. –Lady Milbanke rió con picardía–. Le estaba diciendo al señor Pendergast, Jason, que en esta sala hay mucha gente con motivos para asesinar a Jeremy Grove. Tú tienes fama de celoso.

–Siempre diciendo chorradas –dijo Prince, ruborizado, y se alejó.

Lady Milbanke repitió su risa aguda.

–Y Jonathan, aquí presente, había recibido unos cuantos alfilerazos de Grove. ¿Verdad, Jonathan?

El hombre del pelo gris sonrió irónicamente.

–Éramos bastantes en el club.

–¿Verdad que dijo que eras la muñeca inflable de los críticos de arte?

El hombre ni siquiera pestañeó.

–Sí, era un hombre de expresiones pintorescas. De todos modos, Evelyn, creía que estábamos de acuerdo en que todo eso ya era agua pasada. Hace más de cinco años.

–¿Y el conde? Un sospechoso de primera fila. ¡Mírele! Se nota que guarda secretos muy oscuros. Ya se sabe que los italianos...

El conde sonrió.

–Los italianos somos gente retorcida.

D'Agosta miró al conde con curiosidad y quedó impresionado por sus ojos, de un gris oscuro pero con la especial transparencia de las aguas profundas. Su pelo era gris, peinado hacia atrás; su piel, rosada como la de un bebé, a pesar de su edad, que debía de frisar los sesenta años.

–Y de mí no hablemos –añadió lady Milbanke–, porque podría decirse que era la que tenía más motivos. Habíamos sido amantes. *Cherchez la femme.*

D'Agosta, estremecido, se preguntó si eso era físicamente posible.

El crítico, Frederick, también debía de tener problemas a la hora de imaginárselo, porque se retiró.

–Perdón, pero tengo que hablar con alguien.

Lady Milbanke sonrió.

–Supongo que de tu nuevo cargo.

–Pues la verdad es que sí. Encantado de conocerle, señor Pendergast.

La conversación sufrió un breve *impasse*. D'Agosta vio que los ojos grises del conde observaban a Pendergast, y que en sus labios se insinuaba una sonrisa.

–Señor Pendergast –dijo el aristócrata–, ¿sería mucho pedir que nos dijera cuál es su interés oficial en el caso?

La única reacción de Pendergast fue meter una mano en el bolsillo de su chaqueta, sacar la cartera y abrirla lentamente y con veneración, como si fuera un joyero. La insignia dorada y plateada reflejó las luces del gran salón.

–*Ecce signum!* –exclamó el conde, alborozado.

Lady Milbanke retrocedió un paso.

–¿Policía?

–Agente especial Pendergast, del FBI.

La anciana la emprendió con el conde.

–¿Lo sabías y no me lo has dicho? ¡Acaba de convertirnos a todos en sospechosos!

Su tono ya no tenía nada de humorístico.

El conde sonrió.

–Nada más verle he sabido que formaba parte de las fuerzas del orden.

–Pues yo no le veo nada de agente del FBI.

El conde se volvió hacia Pendergast.

–Espero que la información de Evelyn le sea de utilidad.

–De gran utilidad –dijo Pendergast–. Había oído hablar mucho de usted, señor conde.

Fosco sonrió.

–Grove y usted fueron amigos mucho tiempo, ¿verdad?

–Compartíamos el amor por la música y el arte, así como por la máxima unión de ambas cosas: la ópera. ¿Es usted aficionado a la ópera, quizá?

–No.

–¿No? –El conde arqueó las cejas–. ¿Por qué?

–La ópera siempre me ha parecido vulgar e infantil. Prefiero la forma sinfónica; la música pura, despojada de aditivos como el decorado, el vestuario, el teatro, el sexo y la violencia.

Al principio D'Agosta creyó que el conde se había quedado mudo, pero después se dio cuenta de que reía en silencio, una risa traducida en convulsiones internas y que duró bastante. A su término, Fosco se secó las comisuras de los ojos con un pañuelo y dio una palmadita de admiración.

–¡Vaya, vaya! Veo que es usted un hombre de opiniones firmes. –Tras un instante de silencio, se inclinó hacia Pendergast y empezó a cantar con una voz de bajo profundo que apenas se oía por encima del ruido de la sala–:

Braveggia, urla! T'affretta
a palesarmi il fondo dell'alma ria!

Hizo una pausa y sonrió a todo el grupo, recuperando su postura erguida.

–*Tosca*, una de mis favoritas.

D'Agosta observó que los labios de Pendergast se tensaban un poco.

–¡Bravuconea, grita! –tradujo el agente–. ¡Date prisa en manifestarme el fondo de tu alma vil!

Todos enmudecieron ante lo que parecía un insulto al conde, pero éste se limitó a sonreír.

–Bravo. Habla italiano.

–*Ci provo* –dijo Pendergast.

–Amigo mío, si es capaz de traducir así a Puccini, yo diría que hace mucho más que intentarlo. Conque no le gusta la ópera... Esperemos que no sea igual de filisteo en otras cuestiones artísticas. ¿Ya ha tenido la oportunidad de admirar aquel Ghirlandaio? Sublime.

–Vayamos al grano –dijo Pendergast–. ¿Sería posible hacerle unas preguntas, señor conde?

El conde asintió.

–¿De qué humor estaba Grove la noche de su muerte? ¿Se encontraba preocupado? ¿Asustado?

–Sí, sí, todo a la vez; pero venga, así lo veremos más de cerca.

El conde se aproximó al cuadro, seguido por todos los demás.

–Conde Fosco, es usted una de las últimas personas que vieron con vida a Jeremy Grove. Le agradecería que me ayudase.

El conde dio otra palmadita.

–Disculpe mi aparente frivolidad. Quiero ayudarle. Sepa que siempre me ha fascinado su profesión. Soy un verdadero adicto a las novelas policíacas inglesas. Quizá sea para lo único que sirven los ingleses. Ahora bien, reconozco que no estoy acostumbrado a ser la persona investigada, y no es una sensación muy agradable.

–Nunca lo es. ¿En qué se basa para decir que Grove estaba preocupado?

–Se levantaba cada pocos minutos y casi no bebió, contraviniendo sus costumbres. Unas veces hablaba muy fuerte, como si estuviera atontado, y otras lloraba.

–¿Sabe por qué estaba preocupado?

–Sí, por miedo al demonio.

Lady Milbanke dio una palmada debido al nerviosismo.

Pendergast miró a Fosco fijamente.

–¿Por qué lo cree así?

–Porque al despedirnos me formuló una petición muy particular. Como sabía que soy católico, me suplicó que le prestase mi cruz.

–¿Y?

–Se la presté. Reconozco que esta mañana, al leer el periódico, he temido un poco por ella. ¿Cómo podría recuperarla?

–De ninguna manera.

–¿Por qué no?

–Porque forma parte de las pruebas.

–¡Ah! –dijo el conde, aliviado–. Pero en algún momento podré recuperarla, ¿no?

–Dudo que quiera, a menos que le interesen las piedras preciosas que contenía...

–¿Por qué lo dice?

–Porque está tan quemada y tan fundida que le costaría reconocerla.

–¡No! –exclamó el conde–. Era una reliquia familiar de un valor incalculable, transmitida a lo largo de doce generaciones. ¡Me la regaló mi *nonno* para mi confirmación! –Se dominó enseguida–. El destino es caprichoso, señor Pendergast; además de morir un día demasiado pronto para hacerme un importante favor, Grove se quedó una de mis herencias más preciadas y la hizo participar en su destrucción. Cosas de la vida. –Se frotó las manos–. Y ahora, si le parece, un intercambio de información. Yo ya he satisfecho su curiosidad. Satisfaga usted la mía.

–Lo siento, pero no puedo hablar del caso.

–¡No, querido amigo, no me refiero al caso, sino a este cuadro! Me gustaría conocer su opinión.

Pendergast se volvió hacia el cuadro y dijo sin pensárselo dos veces:

–Detecto la influencia del *Tríptico Portinari* en las caras de los campesinos.

El conde Fosco sonrió.

–¡Qué genialidad! ¡Qué visión de futuro!

Pendergast inclinó un poco la cabeza.

–No me refiero a usted, amigo mío, sino al artista. Lo que asegura usted es toda una proeza, ya que Ghirlandaio pintó esta pequeña tabla tres años antes de que el *Tríptico Portinari* llegara de Flandes a Florencia.

Sonrió a su público.

Pendergast le miró sin perder la compostura.

–Ghirlandaio vio los estudios, que fueron enviados a la familia Portinari cinco años antes de la llegada del retablo. Me sorprende que desconozca el dato, señor conde.

La sonrisa de Fosco se borró unos instantes. Luego el conde dio una palmada de sincera admiración.

–¡Muy bien, muy bien! Parece que me ha vencido en mi propio terreno. Tenemos que conocernos mejor, señor Pendergast. Es usted excepcionalmente culto para ser un miembro de los carabinieri.

9

D'Agosta oyó sonar el teléfono por el auricular. La señal era tan débil que parecía llegar de la luna. Ojalá se pusiera su hijo Vincent, porque no tenía ganas de hablar con su mujer.

Después de un clic, reconoció la voz.

–¿Sí?

Nunca contestaba «diga», sino «sí», como si el simple hecho de llamar ya fuera una molestia.

–Soy yo.

–¿Sí? –repitió ella.

¡Santo Dios!

–Yo, Vinnie.

–Ya, ya sé quién eres.

–Me gustaría hablar con mi hijo, si eres tan amable.

Un momento de silencio.

–No puede ser.

D'Agosta sintió que empezaba a exaltarse.

–¿Por qué?

–Aquí en Canadá hay algo que se llama colegio.

Se quedó de piedra. Claro. Eran casi las doce del mediodía de un viernes.

–Se me había olvidado.

–Ya, ya lo sé. Como el día de su cumpleaños. También se te olvidó.

–Dejaste el teléfono descolgado.

–Lo descolgaría el perro. De todos modos, podrías haber enviado una postal o un regalo.

–Envié las dos cosas.

–Sí, pero llegaron el día después.

–¡Pero si las envié diez días antes de su cumpleaños! ¿Me vas a echar la culpa de que el correo sea lento?

Era de locos. Se estaba dejando arrastrar de nuevo a una discusión absurda. ¿Por qué tenían esa necesidad desesperada de pelearse? Lo mejor era no contestar.

–Oye, Lydia, ya llamaré esta noche, ¿vale?

–Vincent sale con unos amigos.

–Pues mañana por la mañana.

–No creo que lo encuentres. Se va a...

–Pues entonces que me llame él.

–¿Qué te crees, que con el dinero que nos pasas podemos hacer llamadas internacionales?

–Sabes perfectamente que hago lo que puedo. Además, nadie te impide volver.

–Mira, Vinnie, nos hiciste venir aquí a la fuerza, porque nosotros no queríamos. Al principio fue difícil, pero luego pasó algo increíble: me monté la vida. Ahora me gusta vivir aquí, y a Vincent también. Tenemos amigos, Vinnie. Una vida. Y ahora que estamos otra vez a gusto, quieres que volvamos a Queens. Pues te digo una cosa, yo no vuelvo, ni ahora ni nunca.

D'Agosta se quedó callado. Eran justo las palabras que no deseaba oír. ¡Qué mierda de llamada! Sólo la había hecho para hablar con su hijo.

–Oye, Lydia, las cosas nunca son definitivas; podríamos llegar a alguna solución.

–¿Solución? Ya va siendo hora de que aceptemos...

–No lo digas, Lydia.

–Pues lo diré. Va siendo hora de que aceptemos las cosas como son. Va siendo hora...

–No, por favor.

–... de que nos divorciemos.

D'Agosta colgó. Veinte años y como si nada. Le costaba respirar y se sentía mareado. Mejor no pensarlo. Tenía trabajo.

El cuartel general de la policía de Southampton ocupaba una casa antigua, bonita pero en mal estado que había sido la sede del Slate Rock Country Club. D'Agosta llegó a la triste conclusión de que a la policía debía de haberle costado cierto esfuerzo convertir su interior en la típica comisaría sin ningún encanto, con suelo de linóleo y pintura color vómito. Ni siquiera faltaba el eterno olor a comisaría, una mezcla de sudor, fotocopiadoras sobrecalentadas, metal sucio y sustancias limpiadoras a base de cloro.

Se le hizo un nudo en el estómago. Hacía tres días que no pisaba el cuartel, tres días rondando con Pendergast e informando al teniente por teléfono, pero ahora tenía que hacerlo personalmente. La llamada a su mujer le había dejado por los suelos. Hizo mal en no esperar un poco y telefonearla más tarde.

Pasó por los despachos saludando con la cabeza. Nadie parecía muy contento de verle. Los fijos no le tenían mucho aprecio. Claro, como no se había apuntado al club de bolos ni salía con ellos a jugar a los dardos en Tiny's... Siempre se había planteado ese trabajo como algo temporal antes de volver a Nueva York; vamos, que no le pareció que valiera la pena hacer amigos. Quizá se había equivocado.

Dejó a un lado las reflexiones y dio unos golpecitos en la puerta de cristal esmerilado del pequeño despacho del teniente, cuyo apellido, «Braskie», estaba escrito en letras gastadas, de color oro con bordes negros.

–¿Sí?

Braskie estaba sentado al otro lado de una vieja mesa de metal. Tenía junto a él un fajo de periódicos con titulares sobre el caso, desde el *Washington Post* hasta el *New York Times*, pasando por el *East Hampton Record*. Se le veía muy mala cara, con ojeras y arrugas. A D'Agosta casi le dio pena.

Braskie le indicó que se sentara.

–¿Alguna novedad?

D'Agosta se lo contó todo. Después de escucharle, Braskie se pasó una mano por el pelo, que se le estaba cayendo antes de tiempo, y suspiró.

–Mañana vuelve el jefe, y de momento no tenemos prácticamente nada. Hora de entrada y salida, huellas dactilares, pelo o fibras, testigos... Nada. ¿Cuándo viene Pendergast?

Lo veía todo tan negro que casi lo preguntó en un tono de esperanza.

–Dentro de media hora. Me ha pedido que me asegurase de que estuviera todo a punto.

–Pues lo está. –El teniente se levantó suspirando–. Sígame.

La sala de pruebas estaba situada en una serie de estructuras portátiles con aspecto de contenedores que encajaban las unas en las otras detrás de la comisaría, al borde de uno de los pocos campos de patatas que quedaban en Southampton. El teniente pasó su identificación por el escáner de la puerta y entró. D'Agosta vio cómo Joe Lilian, otro sargento, distribuía las últimas pruebas en una mesa que ocupaba el centro de la habitación, larga y estrecha. Las estanterías y los armarios de las paredes longitudinales se perdían en la oscuridad, llenos de pruebas que se remontaban a un número indeterminado de años.

D'Agosta se fijó en la mesa. El sargento Lilian se había esmerado. Papeles, bolsas de plástico transparente, probetas... Todo ordenadísimo, con sus correspondientes etiquetas.

–¿Qué, le parecerá bien a su amigo el agente especial? –preguntó Braskie.

D'Agosta no supo si el tono era de sarcasmo o de desesperación, pero no tuvo tiempo de contestar, porque se le adelantó una voz meliflua y familiar.

–Ciertamente, teniente Braskie, ciertamente.

Braskie se sobresaltó. Pendergast estaba en la puerta con las manos en la espalda. Debía de haber entrado al mismo tiempo que ellos. Pero ¿cómo?

El agente se acercó tranquilamente a la mesa sin apartar las manos de la espalda y, apretando la boca, examinó las pruebas con el detenimiento de un experto admirando una mesa llena de obras de arte valiosísimas.

–Coja lo que quiera –dijo Braskie–. Estoy seguro de que su laboratorio forense es mejor que el nuestro.

–Pues yo no lo estoy tanto de que el asesino haya dejado alguna prueba forense que no quisiera dejar. De momento me limito a un examen previo. Pero ¿qué es esto? ¡La cruz derretida! ¿Puedo?

El sargento Lilian cogió la bolsa que contenía la cruz y se la entregó a Pendergast, que la sopesó con cuidado y la hizo girar en sus manos.

–Me gustaría enviarla a un laboratorio de Nueva York.

–Como quiera.

Lilian recuperó la bolsa y la metió en una caja de plástico especial para pruebas.

–Y este material chamuscado...

Lo siguiente que cogió Pendergast fue una probeta con trozos quemados de azufre. La abrió, se la acercó a la nariz y volvió a taparla.

–Listo.

Miró a D'Agosta.

–¿Le interesa algo, sargento?

D'Agosta dio un paso hacia la mesa.

–Es posible.

La recorrió con la mirada e indicó con la cabeza un fajo de cartas.

–Los forenses ya lo han examinado todo –dijo Lilian–. Cójalas tranquilamente.

D'Agosta eligió una carta y empezó a leerla. El remitente era Jason Prince. Vio de reojo que Lilian empezaba a sonreír. ¿Dónde estaba la gracia? Siguió leyendo.

¡Madre mía! Dejó las cartas en su sitio, sonrojado.

–¿Qué, D'Agosta? Cada día se aprende algo nuevo, ¿eh? –preguntó Lilian con una sonrisa burlona.

D'Agosta siguió examinando la mesa. Había un montoncito de libros: el *Doctor Fausto* de Christopher Marlowe, *Nuevo devocionario del cristiano* y *Malleus Maleficarum.*

–«El Martillo de las Brujas» –dijo Pendergast, señalando el tercero con la cabeza–. El manual de caza de brujas de la Inquisición. Una gran fuente de datos sobre la magia negra.

Al lado de los libros había un montón de páginas web impresas. D'Agosta cogió la primera. Correspondía a un sitio llamado Maledicat Dominus. Al parecer, esa página hablaba de conjuros u oraciones para alejar al diablo.

–En sus últimas veinticuatro horas de vida, Grove entró en

muchas webs por el estilo –dijo Braskie–. Estas páginas son las que imprimió.

Pendergast examinaba con lupa un corcho de vino.

–¿Qué cenaron? –preguntó.

Braskie cogió una libreta y la hojeó un poco antes de dársela a Pendergast, que leyó en voz alta:

–Lenguado de Dover, medallones de ternera a la parrilla con reducción de borgoña y setas, juliana de zanahoria, ensalada y sorbete de limón. Para beber, un Petrus del noventa y luego un Vin Santo d'Altesi del noventa y seis. Excelente gusto para los vinos.

Devolvió la libreta al teniente y siguió con sus pesquisas. En un momento dado se inclinó para coger un papel arrugado.

–Lo encontramos en la papelera. Parece una prueba de algo.

–Una preimpresión de un artículo para el próximo número de *Art Review*. Si no me equivoco, mañana tenía que estar en los quioscos. –Pendergast alisó el papel y volvió a leer en voz alta–: «La historia del arte, como todas las grandes disciplinas, tiene sus templos sagrados, lugares y momentos que cualquier crítico que se precie daría media vida por poder visitar. Uno de ellos es la primera exposición impresionista de 1874 en el Boulevard des Capucines; otro, el día en que Braque vio por primera vez *Les demoiselles d'Avignon* de Picasso. Hoy me dirijo a ustedes para decirles que la serie Golgotha de Maurice Vilnius, que se expone estos días en su estudio de East Village, será otro hito en la historia del arte».

–¿No dijo ayer, durante el funeral, que a Grove le repelían las obras de Vilnius? –dijo D'Agosta.

–Sí, pero hace años. Al parecer cambió de opinión. –El agente, pensativo, dejó el papel sobre la mesa–. Ahora ya sabemos por qué Vilnius estaba de excelente humor anoche.

–Encontramos otro artículo parecido al lado del ordenador –dijo Braskie, señalando otra de las hojas de la mesa–. Estaba impreso y sin firmar, pero parece de Grove.

Pendergast cogió la hoja indicada.

–Es un artículo para el *Burlington Magazine* titulado «Una nueva valoración de *La educación de la Virgen*, de Georges de la Tour». –Lo leyó por encima–. Es un artículo corto en el que Grove se desdice de una crítica anterior, donde sostuvo que el cuadro era falso. –Lo dejó en la mesa–. Parece que durante sus últimas horas cambió de idea respecto a muchas cosas.

Pendergast se deslizó a lo largo de la mesa. Esta vez se detuvo ante un montón de partes telefónicos.

–Esto sí que será útil. ¿No le parece, Vincent? –dijo, dándoselo a D'Agosta.

–La orden judicial es de esta misma mañana –dijo Braskie–. Al final están los nombres, las direcciones y una breve identificación de las personas a quienes llamó.

–Parece que el último día llamó a mucha gente –dijo D'Agosta, hojeando el documento.

–Sí –dijo Braskie–, a mucha gente rara.

D'Agosta llegó a la última página de la lista. En efecto, era muy rara: una llamada internacional al profesor Ian Montcalm, del New College de Oxford, Departamento de Estudios Medievales; varias llamadas locales a Evelyn Milbanke y Jonathan Frederick; unas cuantas de información telefónica; y, hacia las dos de la madrugada, llamadas al industrial Locke Bullard, a un tal Nigel Cutforth y más tarde al padre Cappi, como ya sabían.

–Nuestra intención es hablar con todos. No sé si sabe que Montcalm es una autoridad mundial sobre prácticas satánicas medievales.

Pendergast asintió con la cabeza.

–Milbanke y Frederick estuvieron en la última fiesta. Debió de llamarles para organizarla. Respecto a Bullard, no tenemos ni idea de por qué le llamó ni pruebas de que le conociera. Cutforth es otro misterio. Es una especie de productor discográfico, pero en su caso tampoco hay pruebas de que se hubiera cruzado en el camino de Grove. Aun así, en ambos casos Grove tenía sus números privados.

–¿Y las llamadas a información? –preguntó D'Agosta–. Como mínimo debió de llamar a una docena de ciudades.

–Que sepamos, intentaba localizar a un tal Beckmann, Ranier Beckmann. También se observa en sus búsquedas por Internet.

Pendergast dejó un pañuelo sucio que había estado examinando.

–Muy buen trabajo, teniente. ¿Le importa que también hablemos con algunas de estas personas?

–En absoluto.

D'Agosta y Pendergast subieron al Rolls del agente, que esperaba ostentosamente frente a la comisaría, con su chófer vestido de librea. Cuando el potente vehículo se alejó de la comisaría, Pendergast sacó de su bolsillo un cuaderno con tapas de piel, lo abrió por una página en blanco y empezó a tomar notas con un bolígrafo de oro.

–Parece que sobran sospechosos.

–Sí, más o menos todos los conocidos de Grove.

–Con la posible excepción de Maurice Vilnius. De todos modos, dudo que la lista tarde mucho en acortarse. De momento, ya tenemos trabajo para mañana. –Entregó la lista a D'Agosta–. Usted hable con Milbanke, Bullard y Cutforth. Yo iré a ver a Vilnius, Fosco y Montcalm. Tenga, unas tarjetas de identificación del distrito sur de la sección de Manhattan del FBI. Si alguien no quiere contestar, entréguele una.

–¿Tengo que buscar algo especial?

–No, simple rutina policial. Hemos llegado a un momento del caso en el que, por desgracia, tenemos que hacer de sabuesos a la antigua. ¿No es así como lo dicen en las novelas policíacas que escribía?

D'Agosta sonrió a la fuerza.

–No exactamente.

10

Trescientos veinte metros por encima de la Quinta Avenida, en su rincón de desayuno decorado al estilo Bauhaus, Nigel Cutforth interrumpió la lectura del último número de *Billboard* y usó el olfato. Desde hacía unos días, el sistema de ventilación de su apartamento funcionaba mal. Era la tercera vez que notaba una especie de olor a azufre. Los inútiles de mantenimiento habían venido dos veces, las dos en balde.

Dio un golpe en la mesa con la revista.

–¡Eliza!

Era su segunda esposa (carne fresca después de su primera mujer, que de tanto parir se había convertido en una vieja). La vio en la puerta con mallas de gimnasia, ladeando la cabeza para cepillarse su larga melena rubia. Se oía el ruido de la electricidad estática.

–Ya vuelve a oler de esa manera.

–Sí, también yo tengo nariz –contestó ella, mientras se echaba un mechón de cabello por la espalda y cogía otro.

En otros tiempos, no muy lejanos, a Cutforth le gustaba verla pelearse con su melena, pero empezaba a ponerle nervioso. Perdía media hora diaria peinándose, como mínimo.

Eliza siguió dándole al cepillo, mientras Cutforth se ponía cada vez más nervioso.

–He pagado cinco millones y medio por este apartamento y ahora huele a experimento científico. ¿Y si llamaras a los de mantenimiento?

–Tienes el teléfono al lado, pegadito al codo.

A Cutforth no le gustó el tono que utilizó su mujer.

Eliza echó hacia atrás el último mechón de cabello, lo sacudió y lo alisó.

–Falta un cuarto de hora para mi sesión de *spinning*. Ya llego tarde.

Fue lo último que dijo antes de desaparecer de la puerta. Cutforth oyó cómo daba un portazo en el armario del pasillo y se ponía las zapatillas deportivas. Poco después, el zumbido del ascensor reverberó en el vestíbulo. Eliza se había marchado.

Cutforth miró fijamente la puerta cerrada, tratando de recordar que alguna vez había querido tener carne fresca, y eso tenía, carne fresca. ¡Mierda! Demasiado fresca y todo.

Volvió a husmear. Olía igual o peor. No iba a ser fácil conseguir que subieran por tercera vez los de mantenimiento. ¡Qué atajo de inútiles! Sólo respondían si se les gritaba. Por desgracia, en su piso sólo había dos viviendas, una de ellas vacía, y en los otros nadie parecía haber notado nada raro. Así que Cutforth era el único en gritar.

Se levantó con una pizca de inquietud. En su extraña llamada, Grove se había quejado de que olía mal, entre otras cien cosas a cuál más rara. Sacudió la cabeza para ahuyentar las nubes de aprensión que se estaban formando. No debía dejarse influir por los absurdos temores de ese mariposón.

¿Por dónde salía? ¿Por los tubos? Caminó por el piso aguzando el olfato. El salón olía peor, pero no tanto como la biblioteca. Siguió el rastro hasta la habitación de control, husmeando como un perro. El olor era cada vez más fuerte. Abrió la puerta con llave, entró, encendió la luz y echó un vistazo. Era donde guardaba su magnífico Studer de sesenta y cuatro canales, su sistema de grabación con disco duro RAID y todos los aparatos de procesamiento de audio en batería. En la pared del fondo había una serie de vitrinas que contenían sus valiosas colecciones, con piezas como la guitarra que Mick Jagger destrozó en Altamont –la Telecaster de 1950 de Keith Richards, un ejemplar muy valioso del primer año de producción en serie, que aún tenía las pastillas originales– y la partitura original de «Imagine», con manchas de café y dibujitos obscenos en los márgenes. Su mujer decía que la sala parecía un Planet Hollywood, algo que a él le cabreaba. Aquella sala contenía una de las mejores colecciones de rock de todo el mundo. Era en ella donde había descubierto a los Suburban Lawnmowers, gracias a una demo de cuatro canales enviada espontáneamente por correo desde Cincinnati, y donde, oyendo por primera vez las notas de Brillo-P y Rapah Jowly, sintió un hormigueo peculiar en la espalda. Cutforth tenía un oído especial, el don de reconocer lo que daba dinero. No sabía de dónde lo sacaba. Le daba igual. Lo importante, lo único importante, era que funcionaba.

«¿Planet Hollywood? ¡Y una mierda! Pero ¿se puede saber de dónde sale esta peste?»

Guiado por su nariz, se acercó a la ventana de cristal cilindrado que comunicaba la pieza con el estudio. Sí, decididamente salía de ahí dentro. Algún trasto se estaría quemando.

Abrió la puerta blindada y el olor se le echó encima como una niebla aceitosa. Dentro había una especie de bruma que no había visto por la ventana. El olor, además, ya no era exclusivamente de azufre, sino de algo mucho peor, que le recordó un revolcadero de cerdos en verano.

Echó un rápido vistazo. El piano Bösendorfer, sus queridos micrófonos Neumann, las cámaras aislantes, el revestimiento insonorizado de las paredes...

A ver si algún hijo de puta había toqueteado el estudio.

Lo revisó todo con una mezcla de rabia y miedo. Era imposible que hubieran entrado en la casa, porque estaba dotada de lo último en seguridad. Cuando se tenían tratos con determinados raperos y otros tíos que preferían el plomo a los abogados para zanjar las diferencias comerciales, había que estar bien protegido.

A simple vista, todo parecía estar en su sitio. El equipo de grabación estaba desconectado. Puso una mano en la hilera de preamplificadores de micro. Estaban fríos, con los leds apagados. Pero ¿qué era eso? Había algo en un rincón.

Dio un paso y se agachó a recogerlo del suelo de madera clara. Era un diente. Mejor dicho, un colmillo, como de jabalí. Con sangre sin coagular. Y un grumo de cartílago ensangrentado en la punta.

Profundamente asqueado, lo dejó caer.

«Mierda, aquí ha entrado alguien.»

Retrocedió tragando saliva. Era imposible. No se podía entrar. ¡Si acababa de abrir con llave! Quizás hubiera ocurrido el día antes, al enseñarle la casa al promotor, a quien no conocía demasiado. En aquel mundo se entraba en contacto con gente muy rara. Se apresuró a coger un trapo, recoger el colmillo, ir a la cocina casi corriendo, tirarlo al triturador de basura, encenderlo y oír su estridente vibración. Apestaba. Apartó la cara.

Un brusco zumbido le sobresaltó. Respiró hondo, se acercó al interfono y pulsó el botón.

–¿Señor Cutforth? Un policía quiere verle.

Cutforth miró por la pantallita contigua al interfono y vio que en el vestíbulo había un poli esperando, de cuarenta y pico años.

–¿En sábado? ¿Qué quiere?

–No me lo ha querido decir.

Cutforth recuperó el control de su respiración. En un momento así, la idea de tener la pasma en el piso casi resultaba atractiva.

Visto de cerca, respondía al prototipo de poli italoamericano, con acento obrero de Queens incluido. Le hizo sentarse en el sofá del salón, mientras él lo hacía delante, en un sillón. Al leer «Southampton» en la insignia, vio confirmadas sus sospechas. Venía por lo de Grove. Había sido una tontería contestar y hablar con ese chalado, teniendo identificador de llamadas.

El poli sacó una libreta y un bolígrafo y enseñó una grabadora.

–Sin grabar –dijo Cutforth.

El poli se encogió de hombros y la guardó en el bolsillo.

–Huele raro.

–Problemas de ventilación.

Antes de empezar, el poli pasó unas cuantas páginas de la libreta. Cuando vio que estaba a punto de empezar, Cutforth se acomodó en el sillón, con los brazos cruzados.

–Bueno, agente, ¿en qué puedo ayudarle?

–¿Conocía a Jeremy Grove?

–No.

–Le llamó por teléfono el dieciséis de octubre a primera hora de la mañana.

–¿Ah, sí?

–Es lo que le pregunto.

Cutforth separó los brazos y cruzó dos veces las piernas. Se arrepentía de haberle dejado subir. Lo único bueno era que no parecía muy listo.

–La respuesta es que sí, me llamó.

–¿De qué hablaron?

–¿Tengo que contestar?

–No. Al menos por ahora. Si quiere podemos organizar algo más formal.

No sonaba muy bien. Cutforth pensó deprisa.

–No hay nada que esconder. Tengo una colección de instrumentos musicales, objetos de rock y cosas de ésas, y Grove quería comprarme algo.

–¿Qué?

–Nada, una carta.

–Enséñemela.

Cutforth logró disimular su sorpresa y se levantó.

–Venga.

Volvieron a la habitación de control. Cutforth buscó con la mirada.

–Es ésa.

El poli se acercó y frunció el entrecejo al leerla.

–Es una carta que escribió Janis Joplin a Jim Morrison, pero no llegó a echarla al correo. Sólo son dos líneas. Dice que fue el peor polvo de su vida.

Cutforth soltó una risita.

El poli cogió la libreta y empezó a copiar la carta, mientras Cutforth ponía los ojos en blanco.

–¿Cuánto vale?

–Le dije que no la vendía.

–¿Le explicó por qué le interesaba?

–No, sólo que coleccionaba cosas de los Doors.

–¿Y a usted le pareció normal que le llamaran a las tres menos cuarto de la madrugada?

–En el negocio de la música se llevan horarios muy extraños.

Cutforth se acercó a la puerta de la habitación de control y la mantuvo abierta, invitando al poli a salir sin grandes sutilezas, pero no consiguió que éste se moviera. Volvía a olisquear.

–Es un olor muy raro.

–Estaba a punto de llamar a los de mantenimiento.

–En el lugar del homicidio de Jeremy Grove olía exactamente igual.

Cutforth tragó saliva. ¿Qué había dicho Grove? «Lo peor es el olor. No puedo pensar con claridad.» Y le contó que había encontrado algo, un trozo de carne con pelos del tamaño de una pelota de golf, que parecía vivo... al menos hasta que Grove lo pisó, lo echó al váter y tiró de la cadena. Cutforth sintió el martilleo de su corazón en la caja torácica. Respiró hondo y espiró dos veces, como le habían enseñado en las clases de control de la ansiedad. Era absurdo. ¡Joder, estaban en el siglo XXI! Tranquilo, Nigel.

–Señor Cutforth, ¿conoce a Locke Bullard? ¿O a Ranier Beckmann?

El hecho de oír las dos preguntas tan seguidas provocó un malestar casi físico en Cutforth, que negó con la cabeza, esperando que su expresión no le delatara.

–¿Ha hablado con Beckmann hace poco?

–No.

«¡Qué estupidez haber dejado entrar a la pasma!»

–¿Y Bullard? ¿Ha hablado con él? No sé, una llamadita para hablar de los viejos tiempos...

–No. No le conozco. No conozco a ninguno de los dos.

El poli hizo una larga anotación en su libreta. Cutforth se preguntó por qué tardaba tanto, mientras sentía cómo las gotas de sudor resbalaban por sus costados. Tragó saliva, pero no había nada que tragar. Tenía la boca seca.

–¿Seguro que no quiere contarme nada más de la llamada? Todos los que hablaron con Grove esa noche coinciden en que estaba muy nervioso, nerviosísimo. No parecía con ánimos para comprar objetos de rock.

–Ya se lo he contado todo.

Volvieron al salón. ¡Por fin! Cutforth no se sentó ni ofreció asiento al policía. Lo único que quería era que se fuese.

–¿Siempre tiene tan alta la calefacción como ahora, señor Cutforth?

Éste se dio cuenta de que era verdad. Hacía calor incluso para su gusto. No contestó.

–En el lugar del homicidio de Grove también hacía más calor de lo normal, y eso que la calefacción estaba apagada.

El poli le miró inquisitivamente, pero al ver que él no decía nada cerró la libreta con un gruñido y metió el bolígrafo en la tira de cuero.

–Yo de usted, señor Cutforth, la próxima vez me negaría a responder a las preguntas de un agente de la policía en ausencia de un abogado.

–¿Por qué?

–Porque un abogado le informaría de que es mejor callarse que mentir.

Cutforth le miró fijamente.

–¿Por qué cree que miento?

–Porque Grove odiaba el rock.

Cutforth se calló la respuesta. Ese poli no era tan simple como parecía. De hecho, tenía tanto de simple como un zorro.

–Volveré, señor Cutforth; y la próxima vez será con grabadora y juramento. Tenga presente que el perjurio es un delito grave. Sabremos de qué habló con Grove. Gracias por recibirme.

En cuanto oyó el zumbido del ascensor al llegar a la planta baja, Cutforth cogió el teléfono con una mano temblorosa y marcó un número. Lo que necesitaba eran unas buenas vacaciones en la playa. Una playa en la otra punta del mundo. Conocía a una chica de Phuket que hacía maravillas. No podía salir al día siguiente, porque esperaba a Brillo-P, su mejor cliente, para una sesión de remezclas, pero después de eso ya no le verían el pelo. A la mierda con el resto de los clientes. Estaba decidido a irse de la ciudad, lejos de su mujer y de ese poli con sus preguntas. Lejos, sobre todo, de aquel piso y su olor.

–¿Doris? Soy Nigel. Quiero reservar un vuelo a Bangkok. Si puede ser, mañana por la noche; si no, el lunes a primera hora. No, para mí solo. Con una limusina y un chófer para Phuket. Y encuéntrame una casa grande y bonita en la playa, algo seguro de verdad, con cocinero, criada, entrenador personal, guardaespaldas… Que no falte de nada. Y no le digas a nadie adónde he ido, ¿eh, Doris, guapa? Sí, Tailandia. Ya, ya sé que en esta época del año hace calor. Eso déjamelo a mí.

«¿Siempre tiene tan alta la calefacción como ahora, señor Cutforth?»

Colgó con fuerza y fue al dormitorio, donde tiró una maleta encima de la cama y empezó a sacar cosas del armario: bañadores, una chaqueta y unos pantalones de piel de tiburón, gafas de sol, sandalias, dinero, reloj, pasaporte, teléfono móvil…

Difícilmente le arrestarían por perjurio si no podían encontrarle.

11

Cuando el sargento Vincent D'Agosta entró por la puerta trasera del New York Athletic Club era un poli cabreadísimo. El portero le había impedido entrar por Central Park South, aunque su uniforme completo incluyera una corbata, y al oír su petición, en vista de que no era miembro del gimnasio, le había dirigido a la puerta trasera, lo cual significaba tener que caminar hasta la Sexta Avenida, dar la vuelta a la manzana y volver por la calle Cincuenta y ocho. Casi medio kilómetro en total.

D'Agosta murmuraba palabrotas mientras caminaba. Estaba seguro de que Cutforth no decía la verdad. Lo de que Grove odiaba el rock había sido un farol, pero los ojos de Cutforth le delataron. Sin embargo, a pesar de su pose de duro, el sargento era consciente de que entre él y un tío tan rico como el capullo de Cutforth mediaba todo un sistema legal. Por su parte, la Milbanke le había salido rana. Sólo tenía ganas de enrollarse sobre su nuevo collar de esmeraldas. No le había dado ni una sola pista decente, la muy pirada. Y ahora, sin comerlo ni beberlo, tenía que dar un paseíto por una de las interminables manzanas de Manhattan. Mierda.

Cuando llegó a la puerta trasera del Athletic Club, pulsó el botón de llamada del ascensor de servicio (el único que había), que tardó tres minutos –y una larga sucesión de crujidos– en abrirse. Una vez dentro, apretó el número nueve. La cabina subió despacio, quejándose durante todo el trayecto, hasta que sus puertas volvieron a abrirse con un resuello y D'Agosta salió a un pasillo mal iluminado («qué poca luz para un club tan elegante como éste»), donde siguió un pequeño letrero de madera con una mano de color oro, cuyo dedo índice señalaba «Billares». El ligero olor a humo de puro le hizo ansiar un buen habano. Su mujer le había obligado a dejar de fumar antes de irse a Canadá, pero quizá se lo pensase. Total, ya no existía ninguna razón para no hacerlo.

Cuanto más avanzaba por el pasillo, más olía a puro.

Cruzó la puerta de una sala espaciosa, con grandes ventanales en la pared del fondo. Al verle, otro guardián del orden se levantó como un resorte de una mesita y le dijo:

–¡Oiga!

D'Agosta miró por la sala, ignorándole, hasta que vio a un hombre vestido de oscuro que se inclinaba hacia la mesa de billar del fondo, envuelto en una nube de humo.

–¿Sería tan amable de decirme a qué vie...?

–No.

D'Agosta se alejó del empleado y pasó junto a una serie de mesas de billar, con lámparas bajas que proyectaban círculos de luz en las superficies de color esmeralda. Eran las seis de la tarde. Al otro lado de las ventanas, el rectángulo de Central Park era un pozo de oscuridad. Nueva York estaba en ese momento mágico del crepúsculo en que apenas hay luz y el resplandor de la ciudad iguala el del cielo.

D'Agosta se detuvo a unos tres metros del hombre, sacó la libreta, la abrió y anotó «Bullard, 20 de octubre». Después esperó.

Pensaba que Bullard levantaría la cabeza y reconocería su presencia, pero no fue así. El jugador, con el rostro a oscuras, se acercó un poco más al paño verde y golpeó otra bola. Después aplicó tiza al palo con un giro rápido de la muñeca, rodeó la mesa y dio otro golpe.

D'Agosta nunca había visto una mesa de billar como ésa. Era de un tamaño exagerado, con los agujeros y las bolas mucho más pequeños, y sólo de dos colores, rojo y blanco.

–¿Señor Bullard?

Bullard se dispuso a practicar otro lanzamiento sin hacerle el menor caso. Tenía una espalda enorme y unos hombros muy anchos, que tensaban la seda del traje. Lo único visible para D'Agosta era la punta luminosa de un puro descomunal, y dos manos grandes y nudosas dentro del círculo de luz, con unas venas en el dorso que por su grosor y redondez parecían lombrices azules. En una de las manos llevaba dos anillos de oro inmensos. El jugador hizo su jugada, rodeó la mesa y dio otro golpe.

De repente, justo cuando D'Agosta se disponía a hablar, Bullard se irguió, dio media vuelta, se quitó el puro de la boca y dijo:

–¿Qué quiere?

D'Agosta contempló su rostro durante un minuto antes de contestar. Probablemente no hubiera nadie más feo en toda la faz de la tierra. Tenía una cabeza tan enorme y morena que, aunque el resto del cuerpo fuera digno de un oso grizzly, no dejaría de parecer pequeño en comparación. La mandíbula salida, apoyada en unos músculos protuberantes, conectaba con unos lóbulos flácidos. En el centro, el color blanco de los labios, secos y carnosos, contrastaba con la oscuridad de la piel, ofreciendo una combinación especialmente fea. La nariz era muy bulbosa, las cejas muy pobladas y los ojos muy hundidos. Sobre las cejas, una frente cuadrada enlazaba con el cuero cabelludo, calvo, sembrado de pecas y manchas de vejez. La impresión general era de enorme fuerza bruta y gran seguridad, tanto mental como física. Sus movimientos, que hacían susurrar la seda azul del traje, eran pesados y lentos, como los de un musculoso caballo de tiro.

D'Agosta se humedeció los labios.

–Tengo que hacerle unas preguntas.

Bullard le miró, volvió a ponerse el puro en la boca, se apoyó en la mesa y dio un suave golpe a una de las bolas.

–Si aquí no puede concentrarse, siempre podemos hacerlo en comisaría.

–Un minuto.

D'Agosta consultó su reloj, y al mirar al otro lado de la sala vio que el pesado del empleado les observaba con las manos juntas y una sonrisita afectada.

Bullard dio la espalda al sargento y se apoyó en la mesa con todo su peso, haciendo que la seda, al levantarse, dejase a la vista un trozo de camisa blanca de algodón perfectamente planchada y unos tirantes rojos. Otro golpecito, acompañado por el susurro de la seda.

–Se le ha acabado el minuto, Bullard.

Bullard levantó el taco bruscamente, aplicó tiza a la punta y volvió a inclinarse. Pensaba dar algunos golpes más, el muy cabrón.

–¿Sabe que me está cabreando?

Bullard hizo su jugada y rodeó la mesa para preparar la siguiente.

–Eso es que necesita un cursillo de autocontrol.

Deslizó el taco en ambos sentidos antes de empujarlo con enorme suavidad e imprimir un movimiento de siete u ocho centímetros a la bola, que tocó la de al lado.

Fue la gota que colmó el vaso.

–Mire, Bullard, a la siguiente jugada le pongo las esposas y salimos por la puerta principal, para que nos vea el portero y todos los que pasen por delante. Le llevaré por Central Park South hasta Columbus Circle, donde tengo aparcado el coche patrulla. Luego pediré refuerzos por la radio, y mientras llegan le dejaré esperando en la acera de Columbus Circle, con las manos esposadas en la espalda, en plena tarde de sábado.

La mano de Bullard quedó inmóvil en el taco. Al cabo de un momento, Bullard se irguió con los músculos de la mandíbula en tensión, introdujo una mano en la chaqueta y marcó un número en su teléfono móvil.

–Creo que voy a decirle al alcalde que uno de sus hombres acaba de amenazarme con malas palabras.

–Usted mismo. No sé si se ha fijado, pero soy de la policía de Southampton y el alcalde me importa un carajo.

Bullard acercó el móvil a su oreja, mientras se ponía el puro en la boca.

–Entonces está fuera de su jurisdicción, y la amenaza de arrestarme es una impostura.

–Tengo la categoría de enlace con el FBI, delegación del distrito sur de Manhattan. –D'Agosta abrió la cartera, sacó una de las tarjetas que le había dado Pendergast y la tiró sobre la mesa de billar–. Si quiere quejarse al supervisor, es el agente especial Carlton. Aquí tiene su número.

Funcionó. Bullard cerró el teléfono con parsimonia y tiró el puro a la escupidera del rincón, donde siguió humeando entre la arena.

–Bueno, ya ha conseguido mi atención.

D'Agosta sacó la libreta. No estaba dispuesto a seguir perdiendo el tiempo.

–El dieciséis de octubre a las dos y dos de la madrugada Jeremy Grove llamó a su número privado, que no aparece en el listín. Tengo entendido que es el de su yate. La llamada duró cuarenta y dos minutos, ¿me equivoco?

–No me consta haber recibido ninguna llamada.

–¿Ah, no? –D'Agosta sacó de la libreta una fotocopia de la lista de llamadas y se la enseñó–. Pues a la compañía telefónica sí.

–No tengo por qué mirarlo.

–¿Había alguien más que pudiera ponerse al teléfono? Me interesaría saber todos los nombres. Novia, cocinero, canguro... Quien sea.

Preparó el bolígrafo.

El silencio se alargó.

–A esas horas estaba solo en el yate.

–Entonces, ¿quién cogió el teléfono? ¿El gato?

–No pienso contestar ninguna pregunta más sin la presencia de mi abogado.

La voz hacía juego con la cara. Era tan grave y rocallosa que cada palabra sonaba como la fricción de una cerilla en la columna vertebral de D'Agosta.

–Voy a decirle una cosa, señor Bullard: acaba de mentir. Ha mentido a un policía. Eso es resistencia a la autoridad. Si quiere llamar a su abogado, llámelo, pero será desde comisaría, y después de haber salido juntos a la calle. ¿Es lo que quiere? ¿O prefiere que volvamos a intentarlo?

–Esto es un club de caballeros. Le agradecería que no levantase la voz.

–Es que soy un poco duro de oído. Además, yo no soy ningún caballero.

D'Agosta esperó.

Algo parecido a una sonrisa tensó los labios blancos de Bullard.

–Ahora que lo dice, sí que me acuerdo de la llamada de Grove. Hacía mucho tiempo que no hablábamos.

–¿Qué se dijeron?

–De todo.

–De todo. –D'Agosta lo anotó: «De todo»–. ¿Durante cuarenta y dos minutos?

–Nos pusimos al día.

–¿Tenían mucha relación?

–Habíamos coincidido sólo un par de veces. No éramos amigos.

–¿Cuándo le conoció?

–Hace años. No me acuerdo.

–Se lo vuelvo a preguntar: ¿de qué hablaron?

–Me contó lo que había estado haciendo...

–¿Es decir?

–No me acuerdo de nada en concreto. Escribir artículos, dar cenas... Todo eso.

Otra vez como en el caso de Cutforth: mentiras. El muy cabrón mentía como un cosaco.

–¿Y usted? ¿Qué le contó?

–Más o menos lo mismo. Sobre mi trabajo, mi empresa...

–¿Por qué motivo le llamó?

–Eso tendrá que preguntárselo a él. Fue una simple puesta al día.

–¿Le llamó después de medianoche sólo para ponerse al día?

–Exactamente.

–Y ¿cómo sabía su número, si no aparece en el listín?

–Debí de dárselo algún día.

–Creía que no eran amigos.

Bullard se encogió de hombros.

–Pues se lo daría otra persona.

D'Agosta dedicó unos instantes a observarle. Seguía en el mismo sitio que antes, entre la luz y la sombra, que le tapaba los ojos.

–¿Le pareció asustado o preocupado?

–Que yo sepa no. La verdad es que no me acuerdo.

–¿Conoce a Nigel Cutforth?

La respuesta de Bullard tardó un poco.

–No.

–¿Y a Ranier Beckmann?

–No.

Esta vez no hubo ninguna pausa.

–¿Y al conde Isidor Fosco?

–Me suena el nombre. Creo haberlo visto alguna vez en las revistas del corazón.

–¿Lady Milbanke? ¿Jonathan Frederick?

–No y no.

Era totalmente inútil. D'Agosta se sabía vencido, así que cerró la libreta.

–Aún no hemos terminado con usted, señor Bullard.

Éste había vuelto a colocarse frente a la mesa de billar.

–Pues yo con usted sí, sargento. No lo dude.

D'Agosta dio media vuelta; estaba a punto de marcharse cuando se volvió una vez más.

–Espero que no esté planeando ningún viaje al extranjero, señor Bullard.

Silencio. A la vista del resultado, D'Agosta siguió con su estrategia.

–Podría declararle testigo esencial y limitar sus movimientos. –Sabía muy bien que eso era imposible, pero su sexto sentido le dijo que había dado en el blanco–. ¿Le gustaría?

Bullard se hacía el sordo, pero D'Agosta estaba seguro de que le había oído. Dio media vuelta y se encaminó hacia la salida, pasando al lado de las mesas verdes con sus pequeños agujeros.

Al llegar a la puerta se detuvo y lanzó una mirada hostil al empleado, cuya sonrisa se borró de golpe y fue sustituida por una expresión de máxima neutralidad.

–¿Qué juego es ése? ¿Billar?

–Snooker, señor.

–¿Snooker?

D'Agosta le miró fijamente. ¿Se estaba cachondeando? Sonaba a un servicio especial de prostituta. Sin embargo, la expresión del empleado no delataba nada.

Salió a buscar el ascensor y bajó a la calle. Al demonio con el portero y sus normas.

Las últimas luces del crepúsculo morían lentamente en la gran sala de billar del New York Athletic Club. Locke Bullard fumaba al lado de la mesa, con el taco en una mano, pero ya no la veía, ni tampoco las bolas. Pasaron sesenta segundos. Dejó el taco en la mesa, fue al bar y cogió el teléfono. Había que hacer algo cuanto antes. Tenía negocios importantes en Italia. Nadie le impediría llevarlos a cabo, y menos un sargento con ínfulas.

12

D'Agosta se paró en un escalón del New York Athletic Club para mirar su reloj. Sólo eran las seis y media de la tarde. Pendergast le había emplazado a las nueve en lo que denominaba su «residencia de la parte alta» para comparar sus notas sobre las entrevistas del día. Buscó en su bolsillo y encontró la llave que le había dado. Las nueve. Le sobraba tiempo. Si no le engañaba la memoria, en la esquina de Broadway con la calle Sesenta y uno había un pequeño pub irlandés que servía unas hamburguesas muy correctas. Podía cenar y tomarse una cerveza bien fría.

Al volverse hacia la recepción, su mirada se encontró con la del portero que le había obligado a dar la vuelta a la manzana. Se quedó un poco más de tiempo en el escalón, sólo para fastidiar. El portero le observaba desde su garita con expresión amojamada y de malas pulgas, mientras colgaba el teléfono interno. ¡Caray! A veces parecía que en Manhattan el mayor requisito para trabajar de portero fuera ser un fósil agilipollado.

Mientras D'Agosta bajaba tranquilamente a la acera y torcía a la izquierda por Central Park South, volvió a pensar en Pendergast. ¿Para qué necesitaba una casa en la parte alta? Por lo que había oído, el apartamento de Pendergast en el Dakota era más grande que la mayoría de las casas. Se sacó la tarjeta del bolsillo: Riverside Drive 891. ¿A qué altura quedaba? Debía de ser una de las mansiones de Riverside Park, por la calle Noventa y seis. Llevaba demasiado tiempo fuera de Nueva York. Años atrás habría calculado mentalmente la travesía sólo con ver el número.

El Mullin's Pub seguía donde siempre. Era un simple garito, con una barra larga y algunas viejas mesas de madera en la pared opuesta. D'Agosta entró, animado por la idea de una auténtica hamburguesa neoyorquina poco hecha con queso, y no una de esas porquerías con aguacate, rúcula, camembert y panceta que vendían en Southampton por quince dólares.

Una hora después, con el estómago lleno, se dirigió hacia el norte, a la estación del metro de la calle Sesenta y seis. Ya eran las siete y media, pero seguía habiendo un millón de coches y tantos bocinazos como automóviles. Era un caos de acero y cromo en el que no faltó un Impala dorado de los años ochenta con ventanas ahumadas que casi le pasó por encima de los pies. Tras acompañar el paso de aquella carraca con una retahíla de insultos, D'Agosta se metió en la boca del metro. Después de pelearse con la tarjeta magnética, bajó al andén del IRT con destino al norte. Aunque hubiera matado una hora, aún llegaría con antelación. Quizás hubiera sido mejor quedarse en el Mullin's para otra cervecita.

En menos de un minuto, un fragor in crescendo y la expulsión de un globo de aire viciado por la oscuridad del túnel anunciaron la llegada del tren. D'Agosta subió, encontró un asiento libre, se acomodó en el plástico duro y cerró los ojos. Contaba las paradas casi instintivamente: calles Setenta y dos, Setenta y nueve, Ochenta y seis... Al notar el frenazo que anunciaba la Noventa y seis, abrió los ojos, se levantó y salió por el lado sur de la estación.

Después de cruzar Broadway, siguió hacia el oeste por la calle Noventa y cuatro, pasó West End Avenue y llegó a Riverside Drive. Al otro lado de los árboles, y de la estrecha cinta verde de Riverside Park, reconoció la West End Highway y el río. La tarde era muy agradable, pero se estaba nublando y el aire olía a humedad. Las lentas aguas del Hudson parecían tinta negra. Las luces de New Jersey punteaban la otra orilla. Un pequeño relámpago hizo parpadear el cielo.

Se volvió para buscar la dirección del edificio de la esquina más cercana: el número 214.

«¿Dos catorce?» Soltó una palabrota. Decididamente, se le notaban los años pasados en Canadá. El 891 estaba mucho más hacia el norte de lo que había pensado. Quizá quedase cerca de Harlem. ¿Qué hacía Pendergast tan arriba?

Podía volver al metro, pero eso suponía un regreso a Broadway largo y cuesta arriba, una espera tediosa en la estación y el trayecto hacia la parte alta. Otra opción era coger un taxi, pero para eso también había que volver a Broadway, y además a esa hora de la tarde era casi imposible encontrar un taxi que le llevara al norte.

Tercera opción: el coche de san Fernando.

Subió hacia el norte por Riverside Drive. Probablemente sólo fueran diez o quince manzanas cortas. Se dio una palmada en la barriga. Mejor. Así quemaría un poco de grasa de la hamburguesa, sin contar que aún le quedaba una hora.

Adoptó un paso rápido que hacía tintinear las esposas y las llaves. El viento susurraba entre los primeros árboles de Riverside Park. Las fachadas de los edificios elegantes de la parte del río estaban muy iluminadas, y en la mayoría había porteros o guardias de seguridad. Aunque faltara poco para las ocho, aún había mucha gente volviendo del trabajo: hombres y mujeres trajeados, un músico con un violonchelo, un par de profesores (al menos eso parecían) con chaquetas de *tweed*, discutiendo en voz alta sobre un tal Hegel... De vez en cuando alguien le miraba, sonreía y le saludaba con la cabeza, contento de que estuviera ahí. El 11 de septiembre había cambiado muchas cosas en Nueva York, y una de ellas era la actitud hacia los policías. Otra razón para que le readmitiesen a la primera oportunidad.

D'Agosta caminaba tarareando una canción y respirando a fondo una fragancia embriagadora, el aroma de West Side, mezcla de salobre, humo de coches, basura y asfalto. Captó un rastro de café torrefacto, salido de alguna tienda de alimentación. Nueva York. Cuando se te metía en la sangre, era para toda la vida. El día en que la economía diera un vuelco y el ayuntamiento volviera a buscar personal, D'Agosta sería el primero de la lista. ¡Fijo! Con tal de volver a trabajar en la policía de Nueva York empezaría de cero en cualquier poblacho.

Cruzó la calle Ciento diez. Aún iba por los cuatrocientos; los números aumentaban, pero muy despacio. ¿Cuál era la fórmula para calcular los números de Riverside? Algo dividido por algo, menos cincuenta y nueve. Ni siquiera le quedaban teorías.

Sólo sabía que la casa estaba más al norte de lo que había previsto.

Menos mal que le sobraba tiempo. Quizá Pendergast viviera en una de las casas de la Universidad de Columbia, las de los profesores. Sí, seguro que coqueteaba con el mundo académico. Apretó el paso. Los edificios habían cambiado la elegancia por la sencillez, pero seguían estando cuidados. Acababa de entrar en el barrio de la Universidad de Columbia, caracterizado por los estudiantes con ropa holgada. Un chaval gritaba algo desde la ventana y le tiraba un libro al que estaba en la acera. D'Agosta se preguntó qué habría sido de su vida si hubiese nacido en una familia que le hubiera enviado a la universidad. A esas alturas quizá fuera un escritor de éxito. Quizá sus libros hubieran gustado más a los críticos. En determinadas facultades se establecían muchos contactos, y daba la impresión de que una buena parte de los críticos del *New York Times* salían de Columbia. Todos se hacían críticas entre sí, hasta el punto de que la *Times Book Review* parecía un club privado.

Negó con la cabeza. Como decía su abuelo italiano, era *acqua passata*.

Al llegar a la calle Ciento veintidós hizo una pausa para tomar aliento. Había llegado al extremo norte de Columbia, poco antes de la International House, que era como el último bastión en la frontera. A partir de ahí empezaba la tierra de nadie.

Y los números iban sólo por el 550.

Mierda. Miró su reloj: las ocho y diez. Había caminado un kilómetro y medio. Más que suficiente para un día. Le quedaba mucho tiempo, pero ya no disfrutaba. Además, tan al norte las posibilidades de encontrar un taxi eran nulas. Aún se veían algunos estudiantes, pero también grupos de jóvenes en las puertas de las casas, algunos de los cuales, al verle pasar, le enviaban un besito o murmuraban. Se dio cuenta de que el 891 de Riverside Drive quedaba a la altura de la calle Ciento treinta y cinco, o un poco más arriba. Podía llegar en diez minutos más (antes de la hora concertada, por lo tanto), pero debía internarse en el corazón de Harlem.

Volvió a sacar la tarjeta del bolsillo y a mirar la dirección, escrita con la elegante caligrafía de Pendergast. Parecía imposible, pero los números cantaban.

Superó el luminoso oasis de la International House a un paso ligero. Uniformado y con la Glock de nueve milímetros, no había nada que temer.

El paisaje urbano sufrió un cambio radical. Ya no había estudiantes ni actividad callejera. Las farolas estaban rotas y las fachadas en penumbra.

Todo estaba muy tranquilo, casi desierto. A la altura de la calle Ciento treinta, pasó al lado de una mansión vacía, una de las más antiguas, con la chapa arrancada de los marcos de las ventanas y un olor a moho y orina que permeaba todo el edificio y llegaba hasta la calle. Un palacio para yonquis. La siguiente manzana contenía un hotel de pobres, cuyos inquilinos bebían cerveza en la escalera que daba a la calle. Al verle se callaron y le miraron con los ojos hinchados. Un perro ladraba empecinadamente.

Los coches aparcados eran modelos viejísimos. Estaban llenos de golpes, sin cristales y en algunos casos sin ruedas. Por la calzada cada vez pasaban menos automóviles. Vio un Honda Accord CVCC minúsculo, antediluviano y tan oxidado que no quedaba ni rastro del color original. Aproximadamente un minuto después le siguió un Impala dorado con las ventanillas ahumadas, y D'Agosta tuvo la impresión de que frenaba un poco al pasar a su lado, antes de meterse por la primera calle a la derecha.

Un Impala dorado. Seguro que en la ciudad había un millón. Ya se estaba poniendo paranoico. Claro, la buena vida en Southampton...

Bordeó a paso ligero una larga sucesión de edificios abandonados, viejas mansiones divididas en pisos y hoteles subvencionados para pobres. Las aceras se habían llenado de cacas de perro, basura y botellas rotas. Casi todas las farolas estaban apagadas (a tiros, una de las distracciones favoritas de las pandillas). La desatención general del ayuntamiento hacia ese barrio hacía que se tardara una eternidad en repararlas.

Se estaba aproximando al núcleo duro del oeste de Harlem.

Le parecía increíble que Pendergast tuviera una casa en un barrio así. Era excéntrico, pero no tanto. La manzana siguiente, la de la calle Ciento treinta y dos, estaba completamente a oscuras, con todas las farolas apagadas y los dos edificios restantes abandonados y cerrados con tablones. Incluso las farolas del lado del parque estaban reventadas. Era un lugar perfecto para los atracadores, con la salvedad de que nadie en su sano juicio pasaría por allí de noche.

D'Agosta recordó que estaba armado, de uniforme y con radio, y sacudió la cabeza. Estaba hecho un gallina. Siguió adelante con paso decidido.

En ese momento se dio cuenta de que tenía un coche detrás, y de que éste circulaba más despacio de lo normal. Cuando el vehículo pasó bajo la última farola, D'Agosta vio un brillo dorado. Era el mismo Chevrolet Impala que había estado a punto de atropellarle en la calle Sesenta y uno Oeste.

Una cosa era haber olvidado la fórmula para calcular las direcciones y otra su radar de policía de Nueva York, que funcionaba perfectamente, y que se disparó con una fuerza atronadora. El coche se movía a la velocidad exacta para llegar a su altura en el centro de la manzana.

Era una emboscada.

Tomó una rápida decisión. Echó a correr, cortó a la izquierda y cruzó la calle por delante del coche. Oyó el chirrido de las ruedas al acelerar, pero había reaccionado demasiado deprisa, y cuando el vehículo frenó junto a la acera él ya se había metido en Riverside Park.

Mientras corría por la oscuridad de los árboles, vio abrirse las dos puertas simultáneamente.

13

Quien abrió la puerta de la suite del décimo piso del hotel Sherry Netherland fue un mayordomo inglés de uniforme tan impecable que parecía salido de las páginas de una novela de Wodehouse. Al ver a Pendergast, se apartó con una inclinación. Su levita cruzada estaba cepillada a la perfección, y la pechera almidonada de su camisa blanca susurraba un poco a cada movimiento. Una de sus manos enfundadas en guantes blancos cogió la chaqueta de Pendergast, mientras la otra le acercaba una bandeja de plata. Pendergast metió una mano en el bolsillo sin vacilar, sacó una fina caja dorada y dejó su tarjeta en la bandeja.

–Si tiene la amabilidad de esperar...

Después de otra pequeña inclinación, el mayordomo se alejó por un largo pasillo con la bandeja en alto. Se oyó el suave ruido de una puerta al abrirse, seguido por el clic del pestillo. El mayordomo volvió al cabo de unos minutos.

–Si hace el favor de seguirme...

Pendergast le acompañó a un salón revestido de madera, donde fue recibido por un fuego de abedul que chisporroteaba alegremente en una gran chimenea.

–Si lo desea, puede tomar asiento donde más le guste –dijo el mayordomo.

Pendergast, a quien siempre atraía el calor, eligió el sillón de cuero rojo más cercano al fuego.

–El conde le recibirá en breves instantes. ¿Le apetece un amontillado, señor?

–Gracias.

El mayordomo se retiró en silencio y volvió en menos de treinta segundos con una bandeja en la que descansaba una única copa de cristal, llena hasta la mitad de un líquido ámbar. La dejó sobre una mesita y se fue con la misma discreción.

Pendergast paladeó la bebida, seca y de gusto delicado, mientras examinaba el salón con creciente interés. Estaba amueblado con un gusto a la vez exquisito y discreto, que conjugaba la estética con la comodidad. En el suelo había una alfombra safawí de gran valor, con motivos de la época del sha Abbas. La vetusta chimenea era de *pietra serena* florentina gris, y estaba adornada con el escudo de armas de una antigua y noble familia. La copa de amontillado compartía la superficie de la mesa con una interesante serie de objetos: varias piezas antiguas de plata, un gasógeno antiguo, algunos frascos romanos de perfume muy bonitos y un pequeño bronce etrusco.

Pero lo que llenó de asombro a Pendergast fue el cuadro colgado encima de la chimenea. Parecía un Vermeer. Representaba a una mujer en una vidriera, examinando un encaje. La tibia luz flamenca que entraba por la ventana iluminaba el encaje, cuya sombra se proyectaba en el vestido de la protagonista. Pendergast estaba familiarizado con las treinta y cinco pinturas conocidas de Vermeer, y no se trataba de ninguna de ellas. Sin embargo, tampoco podía ser una falsificación, ya que ningún falsificador había logrado jamás imitar la luz de Vermeer.

Reanudó su examen. En la pared del fondo había un cuadro inacabado de estilo caravaggesco, con la conversión de san Pablo en el camino de Damasco. Era una versión más pequeña pero todavía más intensa del famoso cuadro de Caravaggio de Santa Maria del Popolo, en Roma. Cuanto más lo miraba, más dudaba de que fuera una copia o una versión «de escuela». De hecho, parecía un estudio del mismísimo maestro.

Luego se fijó en la pared de la derecha, donde había otro cuadro: una niña pequeña en una habitación oscura, leyendo un libro a la luz de una vela. Se percató de la similitud con una serie de pinturas sobre el mismo tema, *La educación de la Virgen*, obra del misterioso pintor francés Georges de la Tour. Pero no era una copia. ¿Podía ser auténtico?

En todo el salón sólo había esos tres cuadros, tres verdaderas y asombrosas joyas, y sin embargo no estaban expuestos con pompa ni pretenciosidad, sino que parecían formar parte del ambiente y estar destinados al disfrute privado, no a la envidia pública. De hecho, ninguno de los tres tenía placa.

Sintió que aumentaba su curiosidad por Fosco.

En ese momento oyó nuevos rumores procedentes de otras partes de la casa. Su oído sobrenatural se concentró enseguida en ellos. Alguien había abierto una puerta. También distinguió el silbido de un pájaro, un ruido tenue de pasos y una voz grave y afable.

Prestó atención.

«¡Venga, sube por la escalerita! ¡Uno, dos, tres... arriba! ¡Tres, dos, uno... abajo!»

El canto del pájaro se mezcló con otro ruido, una especie de zumbido acompañado por alegres exhortaciones. Después se oyó una hermosa voz de tenor cantando las notas de un aria belcantista, y el pájaro (suponiendo que fuera tal cosa) quedó en silencio, como hechizado. La voz aumentó de notas y volumen, antes de apagarse lentamente. En ese instante regresó el mayordomo.

–El conde le recibirá ahora mismo.

Pendergast se levantó y le siguió por un pasillo largo y ancho, revestido de libros, que conducía a un estudio.

El conde, con toda su corpulenta majestad, les esperaba en un estudio de grandes dimensiones, cuyo fondo estaba acristalado desde el suelo hasta el techo. Se hallaba de espaldas, mirando por un pequeño balcón rodeado de rosales que se hundía en el crepúsculo. Llevaba pantalones de *sport* y una camisa blanca perfectamente planchada con el cuello abierto. A su lado había una mesa de trabajo con no menos de cien herramientas alineadas con precisión geométrica: minúsculos destornilladores, hierros de soldar de precisión, pequeñas sierras de joyero, tornos y lijas de relojero. También había engranajes, trinquetes, muelles, palancas y otras piezas metálicas de precisión, todo exquisitamente pequeño y acompañado por chips, pequeñas placas de circuitos, manojos de cable de fibra óptica, leds, trocitos de goma y plástico y otros objetos electrónicos de misteriosa utilidad.

En medio de la mesa de trabajo había una percha de madera en forma de T con un objeto peculiar que, a simple vista, parecía una cacatúa tritón, blanca y con una cresta muy amarilla, pero que bajo un examen más detenido resultó ser un artilugio mecánico: un pájaro robot.

El mayordomo indicó amablemente a Pendergast que se sentase cerca, en un taburete. Simultáneamente, como por arte de magia, apareció su copa de amontillado a medio consumir. Acto seguido el mayordomo desapareció como un fantasma.

Pendergast observó al conde, cuya mano libre cogió una semilla de casuarina de una bandeja, la colocó entre sus gruesos labios y dejó que sobresaliese. Con un silbido de entusiasmo, la cacatúa robot se subió a su hombro y a su oreja, y a continuación, inclinándose con un ruido de engranajes, cogió la semilla de los labios, la partió con su pico mecánico y, según todas las apariencias, se la comió.

–¡Bueno, bonita, se acabó el jugar! –dijo cariñosamente el conde–. Vuelve a tu percha.

Su mano enguantada dibujó un pequeño gesto. La cacatúa emitió un graznido de desagrado e irguió su cresta mecánica, pero no hizo ningún otro movimiento.

–¡Ah, conque hoy nos ponemos tozudos! –El conde levantó un poco la voz y adoptó un tono más firme–. A tu percha, bonita; si no, en lo que queda de día comerás mijo en vez de nueces.

La cacatúa bajó del hombro a la mesa con otro graznido, se bamboleó hasta la percha, trepó por ella con sus garras metálicas y volvió a su sitio, fijando en Pendergast los pilotos redondos de sus ojos.

Por fin el conde se volvió sonriendo y ofreció su mano con una inclinación.

–Siento mucho haberle hecho esperar. Como ve, mi amiga necesita ejercicio.

–Muy interesante –dijo secamente Pendergast.

–¡Sin duda! Comprendo que le parezca ridículo con mis mascotas.

–¿Mascotas?

–Sí. ¡Ya ha visto cómo me quieren! Mi cacatúa y... –Inclinó su cabeza sudorosa hacia el otro lado de la habitación, donde lo que parecían varios ratones correteaban por el interior de una compleja pagoda de alambres, en una sinfonía de clics, zumbidos y silbidos digitales–. Y ¡mis queridos ratoncitos blancos! Claro que ninguna me da tantas alegrías como *Bucéfalo*. –Fosco miró a la cacatúa–. ¿Verdad, cariño?

La única respuesta del pájaro fue esconder su gran pico negro en un cojín de falsas plumas, como si el cumplido lo avergonzase.

–¡Perdone a *Bucéfalo*! –dijo Fosco, con un chasquido de su lengua–. No le gustan los desconocidos. Tarda mucho en hacer amistad y grita al menor disgusto. ¡Ah, amigo mío, no sabe usted qué gritos! Me he visto obligado a ocupar los dos apartamentos contiguos a éste y dejarlos vacíos, con el gasto que eso supone. ¡Sepa usted que las simples paredes no pueden nada contra los pulmones de esta magnífica criatura!

La cacatúa robot siguió mirando a Pendergast sin moverse ni reaccionar al panegírico.

–Ahora bien, a todos les gusta la ópera. Como decía William Congreve, la música tiene encantos para apaciguar el seno salvaje. Es posible que me haya oído usted cantar, dentro de mis pobres posibilidades. ¿Ha reconocido la pieza?

Pendergast asintió.

–El aria de Pollione, de *Norma*, «*Abbandonarmi così potresti*».

–¡Ah! ¡Entonces le ha gustado!

–Sólo he dicho que la he reconocido. Dígame, conde, ¿estos robots los ha construido usted?

–Sí. Soy un gran amante de los animales y de la tecnología. ¿Quiere ver mis canarios? Me refiero a los auténticos. Apenas hago distinciones entre mis propios hijos y los de la naturaleza.

–No, gracias.

–Debería ser norteamericano de nacimiento, un Thomas Edison; así habrían alentado mi inventiva. En lugar de ello nací en el seno de la asfixiante y decadente aristocracia florentina, donde unas facultades como las mías no sirven de nada. En el lugar del que provengo, a los condes se les pide tener los pies bien plantados en el siglo XVIII, o antes.

Pendergast cambió de postura.

–¿Me permite importunarle con algunas preguntas, conde Fosco?

Éste hizo un gesto despectivo con la mano.

–Dejemos lo de «conde». Estamos en América. Aquí soy Isidor. ¿Puedo llamarle Aloysius?

Tras un breve silencio, Pendergast dijo fríamente:

–Si no le importa, conde, preferiría mantener el tono formal de esta conversación.

–Como desee. Veo que el bueno de Pinketts ya le ha ofrecido una copa. ¿Verdad que es una joya? Los ingleses dominaron a los italianos durante tantos siglos que me complazco en tener a mis órdenes como mínimo a uno de ellos. Usted no lo es, ¿verdad?

–No.

–Entonces podemos hablar libremente sobre los ingleses. ¡Bah! Imagínese, el único compositor reseñable que han producido se llamaba Byrd[1].

El conde tomó asiento en un sillón de orejas, frente a Pendergast, que en ese momento volvió a fijarse en la agilidad y fluidez de sus movimientos, y en la delicadeza con la que se sentaba.

–Mi primera pregunta, conde Fosco, está relacionada con la fiesta. ¿Cuándo llegó usted?

El conde juntó sus manos blancas con respeto, como si se dispusiera a rezar, y suspiró.

–Grove nos convocó a las siete. ¡Un lunes por la noche, lo que para él era muy raro! Llegamos de forma escalonada y con un retraso de buen gusto, entre las siete y media y las ocho. El primero en llegar fui yo.

–¿Cuál era el estado mental de Grove?

–Yo diría que pésimo. Ya le conté que parecía nervioso y exaltado, aunque no tanto como para no poder ejercer de anfitrión. Tenía un cocinero, pero se ocupaba él mismo de los pla-

1. El apellido del compositor inglés William Byrd (1543-1623) suena igual que «*bird*», es decir, «pájaro». *(N. del T.)*

tos principales. Cocinaba bastante bien. Preparó un lenguado exquisito, poco pasado por el fuego, con limón. Nada más, y nada menos. Perfecto. Después sirvió...

–Gracias, ya tengo el menú. ¿Dio a entender por qué estaba nervioso?

–No. De hecho, parecía esforzarse por disimularlo. Miraba a todas partes. Cada vez que llegaba un invitado, cerraba la puerta con llave. Y casi no bebió, contrariamente a su costumbre. Normalmente disfrutaba con un buen clarete. De hecho, en esa cena no dejó de servir muy buenos vinos, empezando por un Tokai de Friuli y siguiendo con un Petrus del noventa, una auténtica maravilla.

El mismo Pendergast tenía el Château Petrus de 1990, considerado el mejor desde la mítica cosecha del sesenta y uno, entre sus mejores vinos. Una docena de botellas de ese Pomerol a dos mil dólares reposaban en su bodega del Dakota. Prefirió no comentarlo.

El conde, locuaz y de excelente humor, siguió adelante con sus explicaciones.

–Luego, sin tenerlo previsto, también abrió un vino del Castello di Verrazzano, la que llaman su *bottiglia particolare*, con etiqueta de seda. Excepcional.

–¿Conocía usted a los demás invitados?

El conde sonrió.

–En el caso de lady Milbanke, muy bien. Con Vilnius había hablado un par de veces, y en cuanto a Jonathan Frederick sólo había leído artículos suyos.

–¿De qué hablaron durante la cena?

La sonrisa se ensanchó.

–Fue muy curioso.

–¿Ah, sí?

–La primera parte de la cena se nos fue en hablar sobre el cuadro de Georges de la Tour que ha visto en mi salón. ¿Qué opinión le merece, agente Pendergast?

–Si no le importa ceñirse al tema, conde Fosco...

–Es que ése es precisamente el tema. Un poco de paciencia. ¿Cree que es de La Tour?

–Sí.

–¿Por qué?

–Las pinceladas del encaje son muy características, y el resplandor de la llama a través de los dedos está tratado de una manera puramente La Tour.

El conde miró a Pendergast con curiosidad y una luz indefinible en los ojos. Tras un largo silencio, dijo con calma y profunda seriedad:

–Me sorprende usted mucho, Pendergast. Sinceramente, estoy impresionado. –Su voz había perdido el tono jocoso y familiar. Hizo una pausa y continuó–. Hace veinte años me vi en ciertas apreturas económicas y puse el cuadro en venta en Sotheby's. El día antes de la subasta, Grove escribió un pequeño artículo en el *Times* diciendo que era una de las falsificaciones de Delobre, de finales del siglo XIX. Lo retiraron de la subasta y perdí quince millones de dólares, a pesar de que tenía el certificado de procedencia.

Pendergast reflexionó.

–¿De eso hablaron? ¿De que había dicho que el La Tour era una falsificación?

–Al principio sí. Luego la conversación pasó a Vilnius y sus pinturas. Grove nos recordó su primera gran exposición en el Soho, a principios de los ochenta, momento en que escribió una crítica famosa por su dureza. Digamos que la carrera de Vilnius nunca levantó cabeza.

–Extraño tema de conversación.

–La verdad es que sí. Después Grove habló de lady Milbanke y de la relación que tuvieron algunos años antes.

–Intuyo que fue una fiesta muy animada.

–Como pocas que haya visto.

–Y ¿cómo reaccionó lady Milbanke?

–¿Cómo espera que reaccione una señora? Fue una aventura que rompió su matrimonio; Grove, además, la trató de una manera abominable: la dejó por un chico.

–Parece que todos tenían un motivo para ser enemigos jurados de Grove.

Fosco suspiró.

–Lo éramos. Todos le odiábamos, incluso Frederick. A él no le conozco, pero tengo entendido que hace unos años, cuando dirigía *Art and Style*, se atrevió a escribir mal sobre Grove, y como éste tenía amistades muy influyentes le despidieron enseguida. Pobre, tardó varios años en encontrar otro trabajo.

–¿Hasta qué hora duró la fiesta?

–Hasta después de medianoche.

–¿Quién se marchó primero?

–El primero que se puso de pie para decir que se iba fui yo. Necesito dormir mucho. Los demás se levantaron al mismo tiempo. Grove no quería dejarnos marchar, e insistía en servirnos copas y café. Tenía unas ganas enormes de que nos quedáramos.

–¿Sabe por qué?

–Parecía tener miedo de estar solo.

–¿Recuerda sus palabras con exactitud?

–No del todo. –Fosco adoptó un tono agudo y con una afectación de clase alta que sorprendía por el realismo de la imitación–. «Pero ¿ya os vais, amigos? ¡Si sólo es medianoche! Venga, brindemos por nuestra reconciliación y digamos adiós a mis años de orgullo equivocado. Tengo un oporto buenísimo que tienes que probar, Fosco.» Me tiró de la manga. «Un Graham's Tawny vintage de 1972.» –Fosco simuló aspirar el aroma de una botella imaginaria–. Al oírlo casi tuve tentaciones de quedarme.

–¿Se fueron todos juntos?

–Más o menos. Después de despedirnos, algunos se quedaron rezagados en el césped.

–¿Qué hora era? Le agradecería una respuesta lo más exacta posible.

–Las doce y veinticinco. –Fosco miró unos instantes al agente y dijo–: Permítame observar, señor Pendergast, que no ha formulado la pregunta más importante.

–¿A cuál se refiere, conde Fosco?

–¿Por qué Jeremy Grove pidió a sus cuatro peores enemigos que le acompañásemos en la última noche de su vida?

Pendergast tardó bastante en responder. Reflexionó profundamente sobre la pregunta y sobre quién la había formulado. Al final se limitó a decir:

–Buena pregunta. Considérela hecha.

–En realidad lo preguntó el mismo Grove al sentarnos a su mesa, justo al principio de la fiesta, y repitió lo que ponía en su invitación: que nos invitaba esa noche a su casa porque éramos las cuatro personas más perjudicadas por él. Quería disculparse.

–¿Guarda usted un ejemplar de la invitación?

Fosco, sonriendo, la sacó del bolsillo de su camisa y se la dio a Pendergast. Llevaba una breve inscripción manuscrita.

–De hecho ya había empezado a remediarlo, como demuestra su nueva valoración de la obra de Vilnius.

–Magnífica crítica, ¿verdad? Si no me equivoco, Vilnius ya ha conseguido una exposición en la Gallery 10, y los precios se han duplicado.

–¿Y lady Milbanke? ¿Y Jonathan Frederick? ¿Qué hizo para disculparse con ellos?

–Grove no podía recomponer el matrimonio de lady Milbanke, pero le dio algo en compensación. Cuando estábamos sentados a la mesa le regaló un collar de esmeraldas precioso, más que suficiente para sustituir al carcamal del barón. Cuarenta quilates de esmeraldas perfectas de Sri Lanka, cuyo valor no podía estar por debajo del millón de dólares. Lady Milbanke casi se desmaya. En cuanto a Frederick... Grove arregló su nombramiento como presidente de la Fundación Edsel, cuando lo cierto es que su candidatura tenía muy pocas posibilidades.

–Extraordinario. Y ¿qué hizo por usted?

–Seguro que ya sabe la respuesta.

Pendergast asintió.

–El artículo que estaba escribiendo para el *Burlington Magazine*: «Una nueva valoración de *La educación de la Virgen*, de Georges de la Tour».

–Ni más ni menos. Un artículo en el que reconocía su error, se deshacía en disculpas, entonaba un mea culpa y dejaba sentada la gloriosa autenticidad del cuadro. Nos lo leyó en voz alta durante la cena.

–Se quedó al lado del ordenador; no pudo firmarlo ni enviarlo.

–Así es, por desgracia, señor Pendergast. He sido el único de los cuatro estafado por su muerte. –Abrió las manos–. Si el asesino hubiera esperado un día, yo tendría cuarenta millones más.

–¿Cuarenta millones? Creía que lo habían puesto a la venta por quince.

–Ésa era la estimación de Sotheby's hace veinte años. Hoy en día se vendería como mínimo por cuarenta millones. Pero como Grove había escrito que era una de las falsificaciones de Delobre... –Fosco se encogió de hombros–. Un artículo sin firma al lado del ordenador de un muerto no tiene ningún valor. La parte positiva de todo esto es que podré contemplar esa magnífica obra hasta el final de mis días. Sé que es auténtica, y usted también. Ya somos dos.

–Sí –dijo Pendergast–. En el fondo es lo único importante.

–Bien dicho.

–¿Y el Vermeer de al lado?

–Auténtico.

–¿En serio?

–Ha sido fechado en 1671, entre el período de la *Joven escribiendo una carta con su sirviente* y la *Alegoría de la fe*.

–¿De dónde procede?

–Lleva varios siglos en poder de mi familia. Los condes de Fosco nunca han sido amigos de airear sus posesiones.

–Le confieso que estoy asombrado.

El conde sonrió e hizo una reverencia.

–¿Tiene tiempo de ver el resto de mi colección?

El titubeo de Pendergast sólo duró un segundo.

–La verdad es que sí.

El conde se levantó para ir hacia la puerta. Antes de que salieran, se volvió hacia la cacatúa mecánica, que seguía en su percha.

–Te dejo vigilando, *Bucéfalo*, bonito.

El pájaro contestó con un graznido digitalizado.

14

D'Agosta se movía deprisa entre los árboles, buscando la parte más oscura del parque, una espesura de árboles y arbustos próxima a un talud que descendía hacia West Side Highway. Se detuvo el tiempo necesario para mirar hacia atrás. Dos siluetas corrían a su encuentro, con el reflejo de una pistola en cada mano.

Mientras corría agachado entre los árboles, abrió la funda de su Glock, sacó el arma y quitó el seguro. Era el arma que utilizaban en casi todos los departamentos de policía más modernos, y le habían impuesto llevarla, tanto si estaba de servicio como si no. No tenía la garra de su cuarenta y cinco, pero resultaba ligera, fiable, y lo más importante eran sus quince balas. El cartucho de repuesto lo había dejado por la mañana en el cajón del despacho. ¿Qué sentido tenía en un día de entrevistas?

Sus perseguidores ya habían penetrado en la arboleda. Eran rápidos. D'Agosta siguió corriendo sin importarle el ruido, ya que la vegetación no era tan densa como para esconderle durante más de uno o dos minutos. Se dirigía hacia el sur, dejando tras de sí un ruido de ramitas rotas. Si conseguía despistarles, aunque sólo fuera unos minutos, podría volver a Riverside Drive e ir hacia Broadway, una calle demasiado transitada como para que se atreviesen a seguirle. Hizo un rápido repaso a sus opciones. La comisaría más próxima estaba en la calle Noventa y cinco, entre Broadway y Amsterdam. Decidió que sería su objetivo.

Oyó cómo corrían los hombres. Uno de ellos gritó algo al otro, cuya respuesta fue más débil. D'Agosta comprendió enseguida la situación: se habían dividido. Le perseguían desde ambos lados del estrecho parque.

«Mierda.»

Corrió por el bosque sin incorporarse, pistola en mano. No tenía tiempo de detenerse para hacer planes. Tampoco de usar la radio, ni de nada que no fuera simplemente correr. A su izquierda, las débiles luces de Riverside Drive parpadeaban a través de los árboles; a su derecha, un largo talud poblado de maleza descendía hacia West Side Highway. El zumbido de los coches llegaba desde mucho más abajo. Pensó en descender corriendo y tratar de llegar a la carretera, pero había tanta maleza que corría el riesgo de enredarse con los helechos.

Si así sucedía, se convertiría en blanco fácil para ser abatido desde arriba.

El bosque se interrumpía bruscamente. Salió a una serie de paseos paralelos con vistas al río, separados por jardines y árboles. Era un lugar vulnerable, pero no tenía más remedio que seguir corriendo.

«¿Quién coño me persigue? –pensó–. ¿Atracadores? ¿Tíos que odian a la policía?» Había dejado de ser una víctima circunstancial. Ahora iban a por él. Le habían seguido hacia el norte de la ciudad, y tenían alguna razón para darle caza.

Dejó atrás la parte ajardinada, sin cesar de agacharse, y de repente, al llegar a unas hileras de bancos de hierro, vio algo a su izquierda: era un puntito rojo que le perseguía con movimientos nerviosos de luciérnaga.

Una mira láser.

Se arrojó hacia la derecha justo en el momento de la detonación. La bala chocó con el metal del banco y, tras un rebote estremecedor, desapareció zumbando en la oscuridad. D'Agosta cayó en un macizo de flores, rodó torpemente y se puso de rodillas, en posición de disparo. Al ver algo oscuro que se movía deprisa, recortado en la penumbra del césped, disparó dos veces, rodó por el suelo, se levantó y echó nuevamente a correr, maldiciéndose por no haber hecho bastantes prácticas de tiro. De todos modos, aunque hubiera fallado, los disparos siempre tenían la ventaja de hacer que sus perseguidores fueran más cuidadosos y más lentos. Al menos en teoría. Cruzó el fondo del jardín y se metió entre los árboles.

Otro punto rojo en movimiento. Al siguiente disparo se lanzó al asfalto, rodó (haciéndose un corte en la rodilla) y siguió corriendo. Le disparaban con armas de gran calibre. Sabían lo que hacían. Los disparos de D'Agosta no les habían arredrado en lo más mínimo.

Asesinos profesionales.

Corrió por una zona de juegos infantiles que le obligó a saltar por encima de un balancín y de un cajón de arena. Mientras cruzaba una placita con una fuente, jadeó de cansancio. No estaba en forma. Se había abandonado. Los días de entreno en el gimnasio de la policía quedaban muy lejos.

Después de saltar un murito de piedra, aterrizó de nuevo en el talud empinado y boscoso que bajaba hacia la carretera. Se agachó a esperar al otro lado del murito. Tendrían que cruzar el paseo descubierto. Era el momento de dispararles. Apretó el arma con ambas manos y trató de recuperar el control de su respiración. «No presiones el gatillo –se dijo–. Que se dispare casi por sorpresa. No puedes malgastar ni un tiro.»

«¡Ahora!» Las oscuras siluetas salieron deprisa de entre los árboles. D'Agosta disparó tres veces seguidas.

Las luces rojas bailaban entre las ramas sobre su cabeza. Olvidó los consejos que acababa de darse, soltó una palabrota en voz alta y disparó varias veces contra los bultos negros. No oía nada aparte de las detonaciones, pero sintió el impacto de varias balas en la piedra, justo delante de su cara. No perdían el tiempo, los muy cabrones.

En cambio él había fallado por un kilómetro, y no era de extrañar, porque llevaba tres años sin hacer prácticas y su puntería se le había quedado más oxidada que los premios de tiro que tenía colgados en la pared.

Se apartó del murito de piedra y corrió en paralelo a él, agachado y rezando para no exponer la espalda. Al mismo tiempo hizo saltar el cargador de la pistola y lo examinó en la penumbra. Estaba vacío. Por lo tanto, sólo le quedaban dos balas en la recámara. Trece disparos malgastados.

De pronto vio dibujarse algo entre los árboles: el puente sobre la rampa de acceso de la calle Ciento diez, más vallado que una jaula. Corría el riesgo de quedar acorralado y dejarse matar como un conejo.

Sin embargo, dar media vuelta (es decir, volver a saltar el murito de piedra y cruzar el paseo abierto) equivalía a echarse en brazos de sus perseguidores. Era un suicidio.

Miró rápidamente a la derecha. Sólo le quedaba una alternativa: la carretera o nada. Salir a West Side Highway, parar el tráfico y armar follón, mientras pedía ayuda por radio. Ahí no le perseguirían ni le dispararían.

Se lanzó cuesta abajo sin pensárselo dos veces y rodó (o cayó) por el talud, apartando a manotazos las zarzas y las hiedras venenosas. Las ramas se clavaban cruelmente en la tela de su uniforme. Las piedras afiladas de la cuesta magullaban sus hombros y rodillas.

¡Pam! Otro disparo.

La inclinación del talud se hizo más pronunciada. D'Agosta rodó hasta donde pudo. Luego se esforzó en ponerse de nuevo en pie y volvió a correr, mientras miraba fugazmente por encima del hombro. Les oía abrirse camino entre las zarzas, a menos de diez metros por encima de él. Desesperado, dio media vuelta y disparó contra el bulto más cercano, que se apartó a un lado y regresó a la carga. D'Agosta se volvió y corrió con todas sus fuerzas. Su corazón latía a una velocidad peligrosa. De repente el ruido de los coches se intensificó. Los faros de los automóviles se filtraban por entre los árboles y, ahora sí ahora no, le iluminaban.

¡Pam! ¡Pam!

Se agachó y corrió en zigzag. Sólo faltaban quince metros para llegar a la carretera. Los faros ya le alcanzaban de lleno, convirtiéndole en un blanco fácil.

Diez metros más. Cada vez había menos árboles y más basura y maleza.

¡Pam!

La cuesta se suavizó. Seis o siete metros para el borde de la carretera. Corrió en línea recta, con todas sus fuerzas...

Pum. Cayó hacia atrás.

Se quedó unos segundos en el suelo, atontado y pensando

que le habían pegado un tiro, pero luego comprendió que había chocado con la valla metálica situada justo encima de la carretera. La abarcó rápidamente con la mirada: encima una alambrada, abajo una tela metálica destrozada por los yonquis y al fondo esqueletos de coches. Claro. En otros tiempos, había recorrido esa carretera un millón de veces y había visto la valla colgando peligrosamente sobre él, poblada de basura y hojas en descomposición. Otro olvido debido a los años pasados en la Columbia Británica. Estaba atrapado.

No tenía escapatoria. Se apoyó en una rodilla y se volvió para plantarles cara. «Una bala, dos hombres.»

No le salían las cuentas.

15

Las llamas bajas de la chimenea bañaban las estanterías de una luz rojiza, aliviando el frío y la humedad del aire. A cada lado de la chimenea había un sillón de orejas. Uno estaba ocupado por el agente especial Pendergast y el otro por Constance Greene, pálida y esbelta, con un vestido muy bien planchado y plisado. Delante, los restos del té vespertino: tazas y platos, un colador, una jarrita de crema y galletas digestivas. El aire, inmóvil, olía a cera de muebles y bocací. Las estanterías ocupaban hasta el último rincón, con viejos libros encuadernados en piel, cuyas inscripciones doradas reflejaban la luz del fuego.

Los ojos plateados de Pendergast miraron el reloj de la repisa de la chimenea y volvieron a concentrarse en la lectura de un viejo periódico. Su voz siguió murmurando:

–«Siete de agosto de 1964. Washington. Hoy, por ochenta y ocho votos a favor y cuatro en contra, el senado de los Estados Unidos ha autorizado al presidente Johnson a emplear "todas las medidas necesarias" a fin de rechazar los ataques armados contra las fuerzas estadounidenses en Vietnam. La votación se producía tras el bombardeo de dos barcos de la marina estadounidense por parte de Vietnam del Norte en el golfo de Tonkín...»

Constance prestaba gran atención a la lectura. Una página frágil y amarilla susurró cuando Pendergast la pasó suavemente.

La joven levantó la mano. Pendergast dejó de leer.

–No estoy segura de poder soportar otra guerra. ¿Será muy mala?

–De las peores. Dividirá al país.

–Pues dejémosla para mañana.

Pendergast asintió, dobló el periódico con cuidado y lo dejó sobre la mesa.

–Apenas doy crédito a la crueldad del último siglo. Me afecta en lo más hondo.

Pendergast inclinó la cabeza en señal de aquiescencia.

Constance movió lentamente la suya de un lado a otro, haciendo que el resplandor de las llamas se reflejase en sus ojos oscuros y en su pelo negro y liso.

–¿Cree que este nuevo siglo será igual de bárbaro?

–El siglo xx nos ha mostrado la cara negativa de la física. Este siglo nos mostrará la cara negativa de la química. Será el último siglo de la humanidad, Constance.

–¡Qué cínico!

–Ojalá Dios me contradiga.

En ese momento se desmoronó una pared de brasas, abriendo una herida roja en el fuego. Pendergast salió de su inmovilidad.

–Y ahora, ¿qué te parece si pasamos a los resultados de tu búsqueda?

–Con mucho gusto. –Constance se levantó, se acercó a una pared de estanterías y volvió con varios volúmenes en octavo–. El abad Trithemius, el *Liber de Angelis*, el texto de McMaster, el *Liber Juratus*, el *Secretum Philosophorum,* y naturalmente el *Ars Notorium*. Tratados sobre cómo vender el alma, invocar al diablo y otros temas afines. –Dejó los libros sobre una mesita–. Todos pretenden ser testimonios presenciales. Están escritos en latín, en griego antiguo, en arameo, en francés antiguo, en escandinavo antiguo y en inglés medio. Sin olvidar los grimorios.

–Manuales de magia –dijo Pendergast, asintiendo con la cabeza.

–El más conocido es *La llave de Salomón*. Muchos de estos documentos pertenecían a sectas y órdenes secretas, comunes entre la nobleza medieval. Al parecer, en muchos casos llevaban a cabo prácticas satánicas.

Pendergast volvió a asentir.

–Me interesan especialmente los relatos en que el diablo reclama el pago de una deuda.

–Hay muchos. Por ejemplo... –señaló la tapa carcomida del

Ars Notorium con cierta repugnancia– el relato de Geoffrey, catedrático de la Universidad de Kent.

–Sigue.

–Las narraciones no se apartan mucho del tema fáustico, salvo en algunos detalles. Un erudito inquieto e insatisfecho, un manuscrito, la invocación al diablo, la realización y el quebranto de promesas, y por último un final ardiente. El maestro Geoffrey en cuestión era un doctor en filosofía de Oxford de principios del siglo xv, químico y matemático. Su gran pasión era el misterio de los números primos. Pasó muchos años dedicado a su estudio, calculándolos hasta cinco dígitos. Algunos cálculos requerían más de un año de trabajo, y se dice que necesitó una pequeña ayuda para terminarlos. En Oriel College corrían rumores sobre cánticos, malos olores, ruidos inexplicables y luces extrañas en la habitación del sabio hasta altas horas de la noche. El maestro siguió ejerciendo la docencia y haciendo experimentos de alquimia. Su fama llegó muy lejos. Decían que había descubierto el arcano para transformar el plomo en oro, y fue admitido en la Orden del Cáliz de Oro por el mismísimo rey Enrique VI. Publicó su gran obra *The Nyne Numbers of God*, y era conocido en toda Europa por su sabiduría y erudición.

»Sin embargo, llegó el día en que todo cambió. En el apogeo de su celebridad se volvió nervioso, desconfiado, extraño. Enfermaba a menudo y convalecía en su habitación. Cualquier ruido le sobresaltaba. Pareció adelgazar, y sus ojos eran "como los ojos grandes y vacíos de un becerro en el matadero". Pidió que le pusieran cerraduras de latón y que le revistieran la puerta con tiras de hierro.

»Un día sus alumnos, al ver que no acudía a desayunar, subieron a sus aposentos y encontraron la puerta cerrada. Al tocar el hierro lo encontraron caliente, y percibieron un olor de fósforo y sulfuro. Les costó mucho derribar la puerta.

»El espectáculo que encontraron era horrible. Geoffrey, catedrático de la Universidad de Kent, yacía en su camastro de madera vestido de pies a cabeza, como para ser enterrado. Su piel no presentaba cortes, fisuras ni morados, pero su corazón estaba junto al cuerpo, parcialmente quemado, y aún desprendía humo. Dijeron que únicamente dejó de latir al ser rociado con agua bendita. Entonces explotó. Los detalles son ligeramente... desagradables.

Pendergast miró rápidamente a la joven. Constance se inclinó, bebió un sorbo de té, dejó la taza en la mesita y sonrió.

–¿Los textos describen la manera exacta de invocar al Príncipe de las Tinieblas?

–El invocador trazaba alrededor de su persona un círculo que solía tener tres metros de diámetro. Lo habitual era dibujarlo con un *arthame*, un cuchillo ceremonial. A menudo ese círculo contenía otros más pequeños, o estrellas de cinco puntas. Lo más importante era no romper el círculo durante la ceremonia. Mientras permaneciese en su interior, el invocador estaba a salvo de los demonios a quienes llamaba.

–¿Y una vez invocados los demonios?

–Se hacía un contrato. Lo típico: riqueza, poder y conocimiento a cambio del alma inmortal. Naturalmente, la historia prototípica es la de Fausto, sobre todo en su parte final.

Pendergast la animó a seguir con un gesto de aquiescencia.

–Después de su pacto personal con el diablo, Fausto gozó de todo el poder que siempre había anhelado, terrenal y sobrenatural, pero también recibió otras cosas. Se quejaba de que nunca estaba solo, de que en las paredes había ojos observándole y de ruidos extraños, como dientes castañeteando. Pese a ser dueño de todo lo que podía poseer un mortal, perdió el sosiego, y a la larga, cuando se aproximaba el final de su contrato, empezó a leer la Biblia y a proclamar en voz alta su arrepentimiento. La última noche la pasó llorando amargamente con sus compañeros de bebida, lamentando sus pecados y rogando al cielo que demorase el paso de las horas.

–*O lente, lente, currite noctis equi* –recitó en voz baja Pendergast.

–*El doctor Fausto*, acto quinto, escena segunda –dijo enseguida Constance:

> Ruedan mudas las estrellas, corre el tiempo y el reloj,
> vendrá el demonio, y a Fausto la condenación.

Las facciones de Pendergast se vieron alteradas por una leve sonrisa.

–Según la leyenda, después de medianoche se oyeron gritos horribles en sus aposentos, pero ninguno de sus invitados se atrevió a investigar. Por la mañana descubrieron que su dormitorio se había convertido en un matadero. Las paredes estaban pintadas de sangre. Alguien encontró un globo ocular en un rincón. Los restos aplastados de su cráneo aparecieron pegados a la pared, y lo que quedaba de su cuerpo fue hallado en el callejón, sobre un montón de estiércol de caballo. Se dijo...

Un golpe en la puerta de la biblioteca interrumpió la explicación.

–Debe de ser el sargento D'Agosta –dijo Pendergast, tras echar un vistazo al reloj–. ¡Adelante! –exclamó.

La puerta se abrió lentamente y el sargento Vincent D'Agosta entró en la biblioteca, sucio, con la ropa destrozada, lleno de rasguños y sangrando.

Pendergast se levantó de golpe de la silla.

–¡Vincent!

16

Aturdido y mareado, D'Agosta se dejó caer en un sillón. Tenía insensible la mitad del cuerpo, mientras que la otra era todo dolor. Aquella mansión, vieja, húmeda, fría y oscura, le producía escalofríos. ¿Cómo era posible que Pendergast la hubiera convertido en su domicilio? Podía vivir muy bien en Central Park West, ¿por qué entonces se había decantado por hacerlo, no sólo en pleno Harlem, sino además en una especie de museo o casa encantada, llena de animales disecados, esqueletos y estanterías rebosantes de extraños artefactos? Por suerte la biblioteca era como un oasis, con sillones mullidos y una buena chimenea. Al parecer Pendergast tenía una invitada, pero D'Agosta se sentía demasiado magullado y lleno de arañazos, demasiado hecho polvo, en definitiva, para hacerle caso.

–Parece que ha estado huyendo del demonio –manifestó Pendergast.

–Es la verdad.

–¿Un jerez?

–¿No tendrá una Bud fría, por casualidad?

Pendergast se mostró compungido.

–¿Le va bien una Pilsner Urquell?

–Mientras sea cerveza...

La otra ocupante de la biblioteca (una joven con un vestido largo de color salmón) se levantó y salió, pero volvió al cabo de unos minutos con un vaso de cerveza en una bandeja. D'Agosta lo cogió y se lo bebió, agradecido.

–Gracias... mmm...

–Constance –respondió una voz muy suave.

–Constance Greene –dijo Pendergast–. Mi pupila. Le presento al sargento Vincent D'Agosta, un colaborador de confianza que me ayuda en el caso.

D'Agosta miró a Pendergast de reojo. ¿Su pupila? ¿Qué quería decir con eso? Volvió a fijarse en la joven con mayor curiosidad. Era guapa, de una belleza pálida y fina. Su vestido era muy discreto y recatado, pero los senos que levantaban la pechera de encaje hicieron que el sargento sintiese un cosquilleo en la entrepierna que de recatado tenía bastante poco. A pesar de lo anticuado de la ropa, la muchacha no aparentaba más de veinte años; y sin embargo sus ojos violetas, despiertos e inteligentes, no parecían ojos de chica joven. En absoluto.

–Encantado –dijo D'Agosta, e hizo una mueca al querer incorporarse.

–¿Le duele algo? –preguntó Pendergast.

–Prácticamente todo.

El sargento bebió otro buen sorbo de cerveza.

–Cuéntenos qué ha pasado.

Dejó el vaso en su sitio.

–Empezaré por el principio. Lo primero que he hecho ha sido visitar a lady Milbanke, pero ha sido un desastre. Sólo tenía ganas de hablar de su nuevo collar de esmeraldas. Tampoco he sacado mucho en claro de Cutforth. Ha mentido sobre la razón de la llamada de Grove, y se ha limitado a responder con evasivas. El último ha sido Bullard, en el New York Athletic Club. Dice que casi no conocía a Grove, que no sabe por qué le llamó, que no recuerda gran cosa de la conversación y que no sabe de dónde sacó Grove su número. Un mentiroso, en resumidas cuentas, y ni siquiera intentó disimular.

–Interesante.

–Sí, es todo un personaje: grande, feo, chulo... Un hijo de... –D'Agosta miró fugazmente a la chica– su madre. La verdad es que no me ha hecho ni caso. Total, que me he ido, he cenado en Broadway, en el Mullin's Pub, y he visto un par de veces un Impala dorado. Luego he cogido el metro hasta la calle Noventa y seis y me he acercado a Riverside. Desde ahí, todo el camino a pata. A la altura de la calle Ciento treinta ha reaparecido el Impala.

–¿Iba hacia el norte o hacia el sur?

D'Agosta se preguntó qué importancia tenía.

–Hacia el norte.

Pendergast asintió.

–Como me olía algo raro, he entrado corriendo en Riverside Park. Entonces se me han echado encima dos tíos pegando tiros con pistolas de mira láser, armas pequeñas y de precisión, y me han perseguido por todo el parque. Yo he bajado corriendo hacia la West Side Highway y me he encontrado con una tela metálica. Pensaba que ya no lo contaba, hasta que he visto un coche accidentado a unos cincuenta metros. Algún chalado que se empotró contra la valla y dejó el coche allí pudriéndose. Me he tirado por el agujero, les he despistado por la West Side Highway y he parado un coche que me ha dejado en la siguiente salida, pero como no encontraba ningún taxi he tenido que caminar otra vez las treinta manzanas. No me he despegado ni un momento de la oscuridad, por si volvía el Impala. La verdad es que he tardado bastante.

Pendergast volvió a asentir con la cabeza.

–Es decir, que uno de los hombres le ha seguido en el metro y el otro se ha quedado en el coche. Luego se han reunido y han querido tenderle una emboscada.

–Sí, es lo que me ha parecido. Un viejo truco.

–¿Les ha devuelto los disparos?

–Sí, pero no me ha servido de gran cosa.

–¡Ah! ¿Y su famosa puntería?

D'Agosta miró el suelo.

–Un poco oxidada.

–La pregunta es quién les enviaba.

–Tengo la impresión de que las cosas se han precipitado después de molestar a Bullard.

–Demasiado, quizá.

–Bullard no me ha parecido de los que esperan. Da la impresión de ser muy decidido.

Pendergast asintió.

La chica, que hasta entonces había escuchado educadamente, se levantó del sofá.

–Con su permiso, les dejo para que lo discutan entre ustedes. –Su manera de hablar era precisa y afectada, con cierto acento que a D'Agosta, por alguna razón, le trajo recuerdos de cine en blanco y negro. Se acercó a Pendergast y le dio un besito en la mejilla–. Buenas noches, Aloysius. –A continuación miró a D'Agosta e inclinó la cabeza–. Ha sido un placer conocerle, sargento.

Poco después la puerta se cerró y la biblioteca quedó en silencio.

–Su pupila, ¿eh? –dijo D'Agosta.

Pendergast asintió.

–¿De dónde sale?

–La he heredado con la casa.

–Y ¿se puede saber cómo se hereda a una persona? ¿Es pariente suya?

–No, pariente no. Es un poco complicado. Mi tío abuelo Antoine me legó esta casa, junto con sus colecciones. Un conocido mío, que catalogó las colecciones de la mansión durante el verano, descubrió en su interior a la joven. Había estado escondida.

–¿Cuánto tiempo?

Hubo una pausa.

–Bastante.

–¿Qué pasa, que se escapó? ¿No tiene familia?

–Es huérfana. Mi tío abuelo se ocupó de ella, de su bienestar y educación.

–¿Ah, sí? Pues debía de ser un santo.

–No precisamente. De hecho, nunca quiso a nadie aparte de Constance, a quien siguió cuidando cuando ya no se cuidaba ni a sí mismo. Él era un misántropo, y Constance la excepción que confirma la regla. En todo caso, parece que en estos momentos soy su única familia. Sin embargo, le pediré que no comente nada de esto en su presencia. Los últimos seis meses han sido especialmente... duros para ella.

–¿En qué sentido?

–Eso es mejor dejarlo en el pasado. Confórmese, Vincent, con saber que Constance es la inocente beneficiaria de una serie de experimentos diabólicos que fueron realizados tiempo atrás. Teniendo en cuenta que en otra época la familia de la joven salió muy perjudicada por esos experimentos, me siento obligado a velar por ella. Es una complicación que no había previsto, se lo aseguro. De todos modos, su conocimiento de esta casa, y de la biblioteca, está demostrando ser de un valor incalculable. Constance será una ayudante de investigación y una conservadora excepcional.

–En todo caso, no ofende a la vista. –Al ver la mirada divertida de Pendergast, D'Agosta carraspeó y se apresuró a añadir–: ¿Y usted? ¿Cómo le han ido las entrevistas?

–Montcalm tenía poco que añadir a lo que ya sabemos. Ha estado de viaje hasta ayer. Parece ser que Grove quiso llamarle; estaba muy nervioso y dejó un mensaje a su asistenta: «¿Cómo se rompe un pacto con el diablo?». La asistenta lo tiró. Parece ser que Montcalm atrae a los locos como un imán y que recibe muchos mensajes de este tipo. No ha podido añadir nada más. En cambio, Fosco ha resultado muy interesante.

–Espero que le haya hecho cantar.

–No estoy muy seguro de quién ha hecho cantar a quién.

D'Agosta no se imaginaba a nadie haciendo cantar a Pendergast.

–¿Tiene alguna relación con el asesinato?

–Depende del sentido que le dé a la expresión. Es un hombre muy notable, cuyos recuerdos me han sido de grandísimo valor.

–Pues sobre Cutforth y Bullard aún no hay nada claro.

–Antes ha dicho que Cutforth es un mentiroso, como Bullard. ¿Cómo lo sabe?

–Me dijo que Grove le llamó en plena noche porque quería comprar una pieza de coleccionista de rock. Yo me eché el farol de que Grove odiaba el rock, y la mirada enseguida le delató.

–Qué mentira más burda.

–Bueno, es que él es burdo, y además bastante tonto; aunque supongo que en lo suyo será bueno, vista la cantidad de dinero que ha ganado.

–La inteligencia, la cultura y la educación no son cualidades que suelan asociarse con el negocio de la música popular.

–Por el contrario, Bullard está en otro nivel. También es

burdo, pero muy inteligente. Yo no le subestimaría. La cuestión es que los dos saben mucho más de lo que dicen sobre la muerte de Grove. Estoy seguro de que podemos hacer hablar a Cutforth, porque es un gallina, pero Bullard será un hueso duro de roer.

Pendergast inclinó la cabeza.

–En principio, mañana estará listo el informe forense sobre el cadáver de Grove. Quizá nos dé esa información que tanto necesitamos. De momento, lo esencial es encontrar la conexión entre Bullard, Cutforth y Grove. Si la encontramos, Vincent, tendremos la llave del misterio.

17

El doctor Jack Dienphong hizo un último repaso visual a su laboratorio, deteniéndose en las mesas de metal, las campanas, las cajas de guantes, los microscopios (normales y de electrones), los microtomos y los valoradores. No era bonito pero estaba organizado y resultaba funcional. Dienphong era el jefe de la división de ciencias forenses del FBI de la calle Congress, y sentía una gran curiosidad por conocer (al fin) a ese agente especial Pendergast, de quien tanto había oído hablar.

Se miró la mano, donde tenía una tarjeta con anotaciones. Quería darles un último repaso, aunque se las supiera casi de memoria. La tarjeta le servía, más que nada, para sentirse seguro. Experimentó una punzada de aprensión. No le gustaban los datos que estaba a punto de dar. Confiaba en que el famoso agente (famoso en un sentido negativo, para algunos) lo entendiera. A juicio de Dienphong, el máximo error que podía cometerse en química forense era interpretar abusivamente los resultados. Ese error, repetido cierto número de veces, era un modo seguro de enviar a la cárcel a un inocente, el gran miedo de Dienphong, que no estaba dispuesto a forzar los resultados para nadie. Ni siquiera para alguien de la talla de Pendergast.

Oyó movimiento en la puerta y consultó su reloj. Puntualidad casi al segundo. Se confirmaba una de las características más comentadas del agente. Poco después se abrió la puerta y entró un hombre alto y delgado con traje negro, seguido por el agente especial Carlton (jefe de la delegación del distrito sur) y un grupo silencioso de agentes y ayudantes de menor rango. Se palpaba un ambiente de entusiasmo, el de los grandes casos; porque sólo un gran caso, un caso importante, explicaba la presencia de alguien como Carlton en domingo. Todas las pruebas pertinentes habían sido enviadas al FBI por la policía local, para un análisis en profundidad. Ahora, juntar el puzle era cosa de Dienphong, que seguía igual de nervioso.

Observó atentamente a Pendergast. Respondía a la descripción que hacían de él. Sus movimientos tenían la eficacia y la elegancia de los de un gato; su pelo era más blanco que rubio, y en su rostro sereno de patricio se movían sin descanso dos ojos grises que no pasaban nada por alto. A lo largo de su carrera, Dienphong había conocido a muchos agentes del FBI, pero Pendergast pertenecía a otra categoría.

Los ojos grises se concentraron en Dienphong. El agente se acercó con largos pasos.

–Doctor Dienphong... –dijo con el acento melifluo del más profundo sur.

–Encantado.

Dienphong estrechó una mano tibia y seca.

–Su artículo del *Journal of Forensics* sobre el índice de maduración de las larvas de moscarda en los cadáveres humanos me pareció muy ameno.

–Gracias.

A Dienphong no se le había ocurrido que su artículo pudiera calificarse de «ameno», pero, en fin, allá cada cual. Su ideal de amenidad eran los ensayos de Samuel Johnson.

–Ya está todo listo para la presentación –dijo, señalando dos hileras de sillas metálicas situadas delante de una pantalla–. Empezaremos por una breve presentación visual.

–Excelente.

Los agentes se sentaron entre murmullos, toses y movimiento de sillas. El agente especial Carlton lo hizo en el centro de la primera fila. Sus gruesos muslos rebasaban los bordes del asiento.

Dienphong hizo una señal a su ayudante. Cuando la luz se atenuó, puso en marcha el proyector informático.

–Interrúmpanme con todas las preguntas que quieran, por favor. –Mostró la primera imagen–. Iremos desde lo más sencillo hasta lo más complicado. Esto es una muestra ampliada cincuenta veces del sulfuro que se encontró en el lugar del crimen. Según nuestro análisis químico, es natural, con elementos traza que indican un origen volcánico. Fue calentado y quemado con rapidez, aunque desconocemos cómo. Durante la combustión, el sulfuro se combina con el oxígeno y forma dióxido de sulfuro, SO_2, un gas de olor muy intenso, como el de las cerillas encendidas. Después, si entra en contacto con agua, crea H_2SO_4, también llamado ácido sulfúrico.

Apareció la siguiente imagen.

–Estas fibras proceden de la ropa de la víctima. Fíjense en los agujeros y en el rizo. Son efectos claros del ácido sulfúrico en las prendas de la víctima.

Tres imágenes más en rápida sucesión.

–Como están viendo, los agujeros microscópicos aparecen incluso en las gafas de plástico de la víctima, así como en el barniz de las paredes y del suelo, a causa de la abundante liberación de componentes sulfúricos.

–¿Tiene datos concretos sobre la fuente volcánica?

La pregunta procedía de Pendergast.

–Es casi imposible establecerla. Tendríamos que hacer un análisis y compararlo con miles de fuentes volcánicas conocidas; una labor inabarcable, suponiendo que pudiéramos conseguir las muestras. Lo que puedo decirle es que la elevada proporción de silicio indica una fuente continental, por oposición a una fuente marina. Dicho de otro modo: este sulfuro no procede de Hawái ni del fondo marino, por ejemplo.

Pendergast se apoyó en el respaldo. En la penumbra, su expresión era inescrutable.

–La siguiente imagen presenta algunas microsecciones de la madera quemada del suelo. De la zona de la huella de pezuña, para entendernos.

Varias imágenes se sucedieron en la pantalla. Dienphong carraspeó. Empezaban las dificultades.

–Observen la altísima penetración de la quemadura en la madera. Se apreciará mejor con doscientas ampliaciones.

Otra diapositiva.

–La causa no fue un efecto de «hierro de marcar». –Hizo una pausa y tragó saliva–. Quiero decir que esta marca no fue hecha en el suelo por la impresión de un objeto al rojo vivo en la madera, sino por una intensa radiación no ionizadora, probablemente infrarrojos de onda muy corta, que penetró muy profundamente en la madera.

La previsible intervención de Carlton no se hizo esperar.

–¿Es decir que el culpable no calentó algo y lo aplicó a la madera?

–Exacto. No hubo ningún contacto con la madera. La quemadura se debe a una breve descarga de radiación pura.

El cambio de postura de Carlton hizo crujir peligrosamente la silla.

–Un momento, un momento. ¿Cómo puede ser?

–Mi trabajo es describir, no interpretar –dijo Dienphong, cambiando de diapositiva.

El jefe, sin embargo, no había terminado.

–¿Me está diciendo que hicieron la marca con una especie de pistola de rayos?

–No puedo pronunciarme sobre la fuente de la radiación.

Carlton se apoyó en el respaldo, que crujió precariamente.

–Y llegamos a la cruz. –Apareció la siguiente imagen–. Nuestro experto en arte la ha identificado como un ejemplo poco frecuente de cruz toscana del siglo XVII, de uso común entre la nobleza. Es de oro y plata, con varias capas fundidas, y está cincelada a mano para obtener un efecto muy interesante que se conoce como *lamelles fines*. Estaba engastada en madera, que se ha quemado en gran medida.

–¿Cuánto vale? –dijo Carlton (una pregunta inteligente, para variar).

–Teniendo en cuenta la calidad de las piedras preciosas, unos ochenta o noventa mil dólares. Intacta, claro.

Carlton silbó.

–La cruz apareció en el cuello de la víctima, en contacto con su piel. Ahora les enseño una fotografía de ella en el lugar del crimen, antes de ser retirada del cuello.

La exposición de la siguiente diapositiva fue acogida con expresiones de asco e incredulidad.

–Como ven, la cruz se calentó hasta el punto de fusión y quemó profundamente la piel con la que estaba en contacto.

Observen, sin embargo, que la carne no está chamuscada, ni tan siquiera enrojecida. Algo, desconozco qué pudo ser, calentó de forma selectiva la cruz sin calentar la piel de alrededor. Después la cruz se derritió parcialmente y penetró in situ en la carne de la víctima.

Proyectó la siguiente imagen.

–Bueno, esto es una micrografía de electrones a tres mil ampliaciones, donde se aprecian los mismos agujeros en la superficie de plata (que no en la de oro) de la cruz. Tampoco tengo ninguna explicación. Sospecho que pudo ser causado por una dosis intensa y prolongada de radiación, que parece haber eliminado las capas superiores de electrones y vaporizado una parte del metal. El efecto es mucho más intenso en la plata que en el oro. Una vez más, desconozco el porqué.

Carlton se había levantado.

–¿No podría explicárnoslo en cristiano?

–Con mucho gusto –dijo Dienphong secamente–. Algo calentó y fundió la cruz sin calentar nada alrededor. En mi opinión, se trata de algún tipo de radiación que el metal absorbió con más fuerza que la carne.

–¿La misma radiación que causó la huella, por ejemplo?

Dienphong tuvo que reconocer que Carlton se hacía el tonto, pero que no lo era.

–Es una posibilidad a tener muy en cuenta.

Pendergast levantó el dedo.

–¿Agente Pendergast?

–¿Había indicios de quemadura o calentamiento por radiación en alguna otra superficie de la habitación?

Mejor pregunta todavía.

–Efectivamente. Los postes de la cama, que eran de pino barnizado, presentaban señales de calentamiento, así como la pared de detrás de la cama, que era de pino pintado. En algunas zonas la pintura se ablandó y formó ampollas.

Pasó el puntero por el menú de la pantalla y mostró otra imagen.

–Esto es una sección de la pared, con cuatro capas de pintura. Nos encontramos con otro pequeño misterio: parece que la única capa que se calentó y que formó ampollas fue la inferior. Las otras estaban intactas, sin alteraciones químicas.

–¿Han analizado las cuatro? –preguntó Pendergast.

Dienphong asintió.

–¿La inferior era de pintura a base de plomo?

Dienphong se sorprendió. Ya veía hacia dónde apuntarían las preguntas del agente: en un sentido que no se le había ocurrido contemplar.

–Déjeme consultarlo...

Hojeó los informes del laboratorio, organizados por temas en un clasificador de tres anillas con la etiqueta «Azufre». Todas las investigaciones del FBI tenían su apodo. Ése era de su cosecha. Quizá pecara de melodramático, pero le iba como anillo al dedo.

Levantó la vista.

–Pues sí, la verdad es que era a base de plomo.

–¿Y el resto no?

–Correcto.

–Otra prueba de que se trata de alguna clase de radiación.

–Muy bien, agente Pendergast. –Era la primera vez en su carrera que un agente del FBI se le adelantaba en alguna conclusión. Pendergast se estaba mostrando a la altura de su fama–. ¿Alguna otra pregunta o comentario?

Carlton volvió a sentarse y levantó la mano con gesto de cansancio.

–¿Sí?

–Me estoy perdiendo algo. ¿Cómo es posible que algo afectase a la capa inferior de pintura sin afectar a las de encima?

Pendergast se volvió.

–Lo que reaccionó fue el plomo de la pintura, al igual que el metal de la cruz. Absorbió con más intensidad la radiación. Doctor, ¿las investigaciones posteriores detectaron algún indicio de radiactividad?

–En absoluto.

Carlton asintió.

–¿Te encargas de estudiarlo, Sam?

–Claro que sí, señor –dijo uno de los agentes.

Dienphong pasó a la siguiente imagen.

–Ésta es la última: un primer plano de una sección de la cruz. Observen el carácter puntual de la fusión, que no concuerda con una fuente convectiva de calor. Es otra prueba de que intervino alguna radiación.

–¿Qué clase de radiación calentaría selectivamente el metal más que la carne? –preguntó Pendergast.

–Rayos X, rayos gamma, microondas, infrarrojos de onda larga y algunas longitudes de onda del espectro de radio, sin olvidar la radiación alfa y un flujo de neutrones rápidos. No es nada inhabitual. Lo inhabitual es la intensidad.

Dienphong se dispuso a oír la inevitable protesta de Carlton, pero esta vez el jefe no dijo nada.

–¿Le sugieren algo los agujeros de la cruz? –preguntó Pendergast.

–De momento no.

–¿Alguna hipótesis?

–Nunca las hago, señor Pendergast.

–¿No cree que pudo haberlo provocado un haz intenso de electrones?

–Sí, pero un haz de electrones tendría que haberse propagado por el vacío. El aire lo habría dispersado uno o dos milímetros. Repito que podría corresponder al espectro de infrarrojos, microondas o rayos X, con la salvedad de que para generar un haz de esa fuerza se habría necesitado un transmisor de varias toneladas.

–En efecto. Dígame, doctor, ¿qué le parece la teoría que ha presentado el *New York Post*?

El cambio de enfoque hizo que Dienphong tardara un poco en responder.

–No tengo la costumbre de tomar mis teorías de las páginas del *Post*.

–Han publicado la hipótesis de que el diablo se llevó su alma.

La reacción fue un breve silencio, seguido por varias risitas nerviosas. Evidentemente, Pendergast bromeaba. ¿O no? No se le apreciaba la menor sonrisa.

–Pues mire, señor Pendergast, yo no suscribo esa teoría.

–¿No?

Dienphong sonrió.

–Soy budista, y para nosotros el único diablo es el que está en el corazón humano.

18

No era menester un escrutinio muy detenido de la multitud que afluía hacia el Metropolitan Opera House para reconocer al conde Isidor Fosco, ya que su físico descomunal, teatralmente apostado junto a la fuente del Lincoln Center, resultaba inconfundible. Pendergast siguió el movimiento general de la multitud para reunirse con él. Alrededor, todo eran hombres con esmoquin y mujeres con collares de perlas conversando con gran animación. Era una noche de estreno. El Metropolitan Opera ponía en cartel *Lucrezia Borgia*, de Donizetti. El conde llevaba una corbata y un frac blancos, a la perfecta medida de su enorme gordura. El corte era a la antigua. En vez del previsible chaleco blanco, Fosco llevaba uno de magnífica seda de Hong Kong con bordados blancos y gris perla, además de una gardenia en el ojal. Su agraciado rostro presentaba un impecable color rosa, fruto de un afeitado y un empolvado sin tacha, y su poblada melena gris estaba peinada hacia atrás, con rizos de león. Sus manos, pequeñas y rechonchas, se acomodaban al milímetro a unos guantes grises de cabritilla.

–¡Querido Pendergast! ¡Tenía la esperanza de verle llegar con corbata blanca! –dijo Fosco, jubiloso–. No me cabe en la cabeza que en una noche así la gente se vista de tan bárbara manera como ésa. –Hizo un gesto de desdén hacia los esmóquines del público que concurría en el vestíbulo–. Esta época es tan triste que sólo nos deja tres ocasiones para vestir nuestras mejores galas: la boda de uno mismo, el propio funeral y una noche de estreno en la ópera. De las tres, con diferencia, la más feliz es la última.

–Depende de cómo se mire –dijo secamente Pendergast.

–¿Debo entender que está usted felizmente casado?

–Me refería a la otra ocasión.

–¡Ah! –Fosco rió en silencio–. Tiene razón, Pendergast; nunca he visto una sonrisa más feliz que la de algunos muertos en su velatorio.

–Me refería a los herederos del difunto.

–Qué malo es usted. ¿Entramos? Espero que no le importe sentarse en platea. Yo evito los palcos, por lo impreciso de su acústica. Tenemos entradas para la fila N, al centro a la derecha. La experiencia me ha demostrado que es el punto de mejor sonoridad de toda la sala, en especial entre las butacas veintitrés y treinta y uno. ¡Mire! Ya se apagan las luces. Será mejor que nos sentemos.

Fosco mantuvo erguida su cabeza de gigante, el mentón en alto, y surcó la muchedumbre, que se apartaba automáticamente. En su avance hacia la puerta central, entre empleados que repartían programas, el conde no miró una sola vez a derecha o izquierda. Cuando estuvo a la altura de la fila N, en el pasillo central, aguardó al final de la cola e hizo gestos a una docena de personas para que abandonasen sus asientos y saliesen al pasillo, a fin de no encontrar ningún obstáculo en su camino. Había comprado tres entradas sólo para él. Ocupó la butaca del medio, apoyando los brazos extendidos en el asiento de las de al lado, que había puesto en su posición vertical.

–Perdone que no me siente a su lado, querido Pendergast, pero mi corpulencia exige espacio y no se deja contener.

Se sacó del chaleco unos gemelos con gemas y perlas y los dejó en uno de los asientos desocupados. Acto seguido hizo su aparición un catalejo de máxima potencia, al que le fue destinada la butaca opuesta.

La gran sala se estaba llenando. Reinaba una gran expectación. Se oía subir del foso el murmullo de los músicos afinando sus instrumentos y tocando fragmentos de la ópera, que estaba a punto de empezar.

Fosco se inclinó hacia Pendergast y apoyó en su brazo una mano enguantada.

–A ningún amante de la música puede dejar de conmoverle *Lucrezia Borgia*. ¡Un momento! ¿Qué es esto? –Miró con atención al agente–. ¡No se habrá puesto tapones!

–No, no son tapones. Sólo atenúan el sonido. Tengo un oído excepcionalmente sensible, y cualquier volumen por encima de una conversación normal me resulta doloroso. No tema, la música se hará oír de sobra, se lo aseguro.

–¡De sobra, dice!

–Mire, conde Fosco, le agradezco la invitación, pero ya le advertí que aún no he escuchado ninguna ópera que me guste. Existe una incompatibilidad fundamental entre la música pura y el espectáculo vulgar. Los cuartetos de cuerda de Beethoven gozan de mis preferencias, y aun así, para serle sincero, disfruto más de su contenido intelectual que del musical.

Fosco hizo una mueca.

–¿Puedo preguntarle qué tiene de malo el espectáculo? –Extendió los brazos–. ¿No es la vida misma un espectáculo?

–Tanto color y ruido, tantas luces, tantas divas en sus carnes merodeando por el escenario, entre gritos y aullidos, o lanzándose de las almenas de algún castillo... Todo eso distrae de la música a la mente.

–¡Pero es que la ópera es eso! Una fiesta para la vista y el oído. ¡Tiene humor! ¡Tiene tragedia! ¡Tiene cumbres de pasión y abismos de crueldad! ¡Tiene amor y traición!

–Argumenta a mi favor mejor que yo, conde.

–Su error, Pendergast, es concebir la ópera como simple música, cuando es algo más que eso. ¡Es vida! Debe abandonarse a ella y quedar a su merced.

Pendergast sonrió.

–Mucho me temo, conde, que yo nunca me abandono a nada.

Fosco le dio unos golpecitos en el brazo.

–Tiene apellido francés, pero corazón inglés. Los ingleses son incapaces de salir de sí mismos. Llevan su conciencia a todas partes. Por ello son muy buenos antropólogos pero pésimos músicos. –Fosco resopló con desdén–. Byrd, Purcell... ¡Britten!

–Olvida a Händel.

–Un alemán trasplantado. –El conde rió en voz baja–. Me alegro de que haya venido, Pendergast. Estoy empeñado en demostrarle su error.

–Hablando del tema, ¿cómo ha sabido adónde debía enviar la invitación?

El conde se volvió hacia Pendergast esbozando una sonrisa triunfal.

–Muy fácil; fui al Dakota e hice unas cuantas indagaciones.

–Tienen órdenes estrictas de no divulgar mis otras direcciones.

–¡Pero no eran rivales para Fosco! Siempre me ha interesado su profesión. De joven leí todas las obras de sir Arthur Conan Doyle. ¡Y también al sublime Wilkie Collins! ¿Ha leído *La dama de blanco*?

–Naturalmente.

–¡Un *tour de force*! Quizás en mi próxima vida elija ser detective. Ser conde de una antigua familia es bastante aburrido.

–Una cosa no excluye la otra.

–¡Bien dicho! Hoy en día existe toda clase de detectives, desde lores ingleses a policías navajos. ¿Por qué no un conde del linaje de Dante y Beatriz? Debo reconocer que el caso de Grove me fascina, y no únicamente por haber sido un invitado de la... última cena, si se me permite decirlo. Hoy se cumple exactamente una semana, por desgracia. Lo lamento por él, naturalmente, pero es un misterio bastante delicioso. Disponga de mí en sus investigaciones.

–Se lo agradezco, aunque debo confesar que es muy poco probable que precise su ayuda.

–¡Ciertamente! Se lo he dicho como amigo, y disculpe la osadía. Mi único deseo es ofrecerle mis servicios como buen conocedor del arte y de la música, y tal vez de la sociedad. A este último respecto, quisiera creer que ya le he sido útil con lo de la fiesta.

–Así es.

–Gracias.

El conde dio una palmadita con los guantes, mostrando el entusiasmo de un niño pequeño.

En ese momento se apagaron las luces y la sala quedó en silencio. Fosco, que casi se retorcía de entusiasmo, volcó toda su atención en el escenario. El primer violín apareció y tocó un la.

La orquesta afinó sus instrumentos. Después de otro paréntesis, una gran ovación marcó la aparición del director, que ocupó el podio, levantó la batuta y la hizo bajar con energía, dando inicio a la obertura.

Fosco escuchaba embelesado, entre sonrisas y gestos de aquiescencia. No se perdía ni una sola nota de la música de Donizetti. Cuando se levantó el telón, anunciando el primer acto, la sala se llenó de murmullos y aplausos dispersos. Fosco miró con desagrado y expresión de contrariedad a sus vecinos de platea.

Era como un gigante en la oscuridad de la sala, un gigante que de vez en cuando levantaba los gemelos o el catalejo para observar el escenario. Siempre que el público más próximo aplaudía el final de un aria –sin respeto por la música inmediatamente posterior–, Fosco les lanzaba miradas de reproche, aconsejándoles paciencia con las manos, mientras su cabeza hacía gestos de tristeza y compasión. Al término de los pasajes más complejos y difíciles, que pasaban desapercibidos para sus vecinos, levantaba las manos y hacía chocar levemente los guantes en un gesto de alegría, murmurando algún que otro «*Brava!*». Al cabo de un tiempo, la enorme presencia del conde, su profundo entusiasmo y su evidente saber musical empezó a contagiarse a los ocupantes de las butacas contiguas. Muchas salvas de aplausos en honor de algún giro especial de la música tenían su origen en el centro derecha de la fila N, y concretamente en el suave impacto de las manos regordetas y los guantes de cabritilla de Fosco.

El primer acto se cerró entre tremendas ovaciones, aplausos enfervorecidos y gritos de «*Bravi!*» acaudillados por Fosco, cuyo volumen de voz llamó la atención del propio director. Extinguidas al fin las estentóreas muestras de entusiasmo, Fosco se volvió hacia Pendergast, secándose la frente con un pañuelo de notables dimensiones. Respiraba pesadamente, entre grandes sudores.

–¿Lo ve, lo ve? –exclamó, señalando al agente–. Está disfrutando.

–¿Cuál es el origen de esa deducción?

–¡A Fosco no se le puede esconder nada! Acabo de verle marcar la cadencia de «*Vieni! La mia vendetta*» con la cabeza.

Pero Pendergast no dijo nada. Se limitó a inclinar un poco la cabeza, mientras se encendían las luces y empezaba el entreacto.

19

Nigel Cutforth apartó la manta y se sentó en su cama vacía. El viajecito a Tailandia había molestado a Eliza, que se había ido a pasar unos días en el Village, a casa de una amiga. «A tomar vientos.»

Miró a su alrededor. El reloj de la mesita indicaba las 10.34 en letras rojas luminosas. «¿Sólo las diez y media? ¡Jesús!» El avión salía a las seis de la mañana. Hacia las ocho se había echado dos dedos de ginebra al buche y se había acostado con verdaderas ansias de dormir, pero había tardado mucho en conciliar el sueño. Ahora se había despertado y estaba sentado en la cama con el corazón a cien. ¡Qué calor, por Dios! Movió la manta para ventilar el aire inmóvil de la habitación, pero lo único que consiguió fue que el calor lo envolviera aún más. Encendió la luz al tiempo que soltaba otra palabrota, desplazó las piernas hacia un lado de la cama y puso los pies en el suelo. Si seguía así, el jet lag de Bangkok sería tan brutal que más le valía alargar las vacaciones una semana más. Lástima que fuera inviable. En un negocio tan salvaje como el de la música, el otoño era un momento cumbre, y no se podía bajar la guardia.

Se levantó descalzo y se acercó al termostato. Lo encontró apagado, tal como esperaba, pero el termómetro marcaba casi treinta grados. Puso la mano en la rejilla de ventilación, pero el tacto era fresco. De ahí no salía nada de calor.

Calor. Justo de lo que se había quejado Grove.

Se recordó una vez más que estaba en el siglo XXI y que Grove, en los últimos días de su triste vida, se había vuelto loco. Se acercó al balcón, descorrió la pesada cortina, abrió la cerradura e hizo que la puerta acristalada se deslizase, dejando entrar un agradable soplo de aire fresco de octubre y el rumor del tráfico. Respiró hondo y al salir al balcón sintió que recuperaba la cordura. Tenía Nueva York a sus pies, tan sólida, moderna y racional como siempre. Los edificios de Midtown se elevaban en el cielo nocturno como una muralla luminosa, y la Quinta Avenida era como una franja brillante de luz en movimiento que pasaba del blanco al rojo al circular bajo su ventana. Volvió a respirar hondo y, al sentir el frío del sudor en la piel, entró. El calor del dormitorio parecía más intenso que nunca, agravado ahora por una sensación de picor que ascendía por su cuero cabelludo y su rostro, y bajaba por sus extremidades. La sensación de frío y calor simultáneos era algo extraño que nunca había experimentado.

Se estaba mareando. Claro, era eso: el principio de una gripe.

Se puso las zapatillas y se dirigió al salón, concretamente al mueble bar, de donde cogió la botella de Bombay Sapphire, unos cubitos y un bote de aceitunas para prepararse otra copa. Después de ésta se tomó un Xanax, tres cápsulas de Tylenol, cinco pastillas de vitamina C, dos de aceite de hígado de bacalao, una de selenio y tres tabletas de calcio de coral, acompañados por sendos y generosos tragos de ginebra. Después de vaciar el vaso se preparó otro martini y se acercó a las ventanas del salón, que acristalaban toda la pared exterior. Estaban orientadas al este, a las avenidas Madison y Park, el puente de la calle Cincuenta y nueve y Roosevelt Island. Al fondo se veía el oscuro yermo de Queens.

Empezaba a costarle pensar. Sentía un hormigueo desagradable en la piel, como si estuviera cubierto de arañas que corrían por su cuerpo y le daban mordisquitos. O quizá de abejas. Sí, era como llevar encima una de esas capas humanas de abejas, y como si los insectos se movieran incesantemente sin picarle, pero haciéndole cosquillas con sus patas secas y peludas.

Se esforzó por recordar que Grove se había vuelto loco, que estaba fuera de quicio, que había sucumbido a sus fantasías. Algo que no era de extrañar, teniendo en cuenta la vida que llevaba. También existía otro factor, algo en lo que Cutforth no había querido volver a pensar ni una vez. Ni una.

Descartó enérgicamente la idea, y al siguiente trago de ginebra notó que el alcohol y el sedante empezaban a hacer efecto. En otras circunstancias habría sido algo delicioso y relajante, una especie de pérdida gradual de la conciencia, pero la sensación de calor, picor y hormigueo se mantenía igual. Se tocó un brazo. Estaba seco y caliente, con una textura como de papel de lija.

Grove también se había quejado de una extraña sensación de calor. Y del olor.

Apuró la ginebra con la mano temblando. «Nigel, guapo –se dijo–, te estás volviendo paranoico.» Se estaba mareando y punto. No se había puesto la vacuna contra la gripe, y ese año la había cogido pronto. ¡Qué oportuna! ¡Justo el día antes de salir para Tailandia!

–Mierda –dijo en voz alta.

No quedaba ni una gota en el vaso. ¿Qué hacía? ¿Prepararse otra copa? ¿Por qué no? Cogió con fuerza la botella, llenó el vaso y la dejó en el bar.

«Estoy llegando.»

Se volvió bruscamente. El apartamento estaba vacío.

¿Quién coño había hablado? Era una voz muy suave, menos que un susurro; como una vibración, más sentida que oída.

Tragó saliva y se humedeció los labios secos.

–¿Quién está aquí?

Sentía la lengua tan hinchada, tan rara, que casi no pudo pronunciar correctamente.

Nadie contestó.

Se volvió de nuevo con el vaso tan lleno que se le desbordó y le mojó la mano de ginebra. Lo levantó para lamerlo con auténtica avidez. No era posible. Él nunca había creído en nada, y a esas alturas no pensaba cambiar. Dios no existía, el diablo tampoco, y la vida era un simple fruto del azar. Te morías y punto.

«*Maledicat dominus.*»

Levantó la cabeza, provocando un brusco oleaje de ginebra. ¿Qué era? ¿Latín? ¿Alguna broma? ¿De dónde salía? ¿Uno de sus clientes raperos haciendo el cabrón? Ex cliente, mejor dicho. Al romper el contrato con Rappah Jowly, el haitiano amenazó con vengarse. Seguro que era Jowly o sus muchachos intentando provocarle un infarto prematuro con alguna parida vudú.

–¡Bueno –exclamó–, vale ya de chorradas!

Silencio.

Le picaba la piel, que estaba más caliente y seca de lo normal. De repente ya no le parecieron tonterías, sino la pura realidad.

Le estaba pasando. Le estaba pasando lo que había dicho Grove.

Temblando, se acercó el vaso a los labios, pero al tragar no sintió nada.

No podía ser. ¿Verdad que no? Estaban en el siglo XXI. Seguro que Grove se había vuelto loco. Seguro. Claro que los periódicos habían insinuado... Dios santo... La pasma no decía gran cosa de la muerte de Grove, pero en la prensa sensacionalista circulaba un montón de chismes sobre el cadáver que, según algunos, estaba quemado por dentro, y acerca de que en las paredes se encontraron huellas de Lucifer.

A ver si después de tanto tiempo acabaría siendo verdad...

Dejó caer al suelo el vaso medio lleno y emprendió una búsqueda desesperada. Su madre le había dado un crucifijo. Lo guardaba como recuerdo más que nada. De hecho lo había visto hacía cuestión de un mes. Pero ¿dónde? Corrió a su dormitorio, entró en el armario-vestidor, tiró salvajemente de un cajón y palpó el fondo, provocando una lluvia de gemelos, botones, agujas de corbata y monedas.

Del crucifijo, ni rastro. ¿Dónde estaba?

Abrió otros dos cajones y rebuscó como un loco entre relojes, joyas y oro. Se le escapó un sollozo.

¡El crucifijo! Lo empuñó con un gemido de alivio y se lo puso en el pecho, santiguándose.

La sensación de estar cubierto de abejas empeoró. Ahora sí que parecía que le picaran, una agonía de miles de millones de pequeños aguijones.

–¡Fuera! ¡Vete! –sollozó–. Padre nuestro que estás en los cielos...

¿Cómo seguía?

Notó que el crucifijo estaba caliente. Ahora le zumbaban los oídos. Sentía la garganta llena de cenizas, como si el aire caliente fuera irrespirable.

«Estoy llegando.»

Levantó el crucifijo con los brazos temblorosos y lo orientó en varias direcciones, como si quisiera ahuyentar algo invisible.

El crucifijo se había calentado mucho. Le quemaba los dedos. Todo estaba caliente: su pijama, e incluso sus cejas y los pelos de sus brazos, que parecían estar chamuscándose.

–¡Vete!

Soltó el crucifijo con un grito y vio con horror que éste empezaba a desprender humo y se marcaba en la alfombra. Pugnó por respirar, con las manos al cuello, aspirando bocanadas de aire sulfuroso.

Tenía que salir. Debía encontrar un santuario. Si lograba llegar a una capilla, iglesia o lo que fuera, aún podría salvarse.

Corrió hacia la puerta, pero justo antes de tocar el pomo oyó un golpe.

Se quedó de piedra, dividido entre el alivio y el miedo. ¿Quién era?

¿Sería un incendio? Sí, claro. Se había incendiado el edificio y estaban a punto de evacuar a los vecinos. Debía de haber pasado algo con el sistema de aspersores.

–¡Estoy aquí dentro! –gimió, con una mezcla de dolor y alivio–. ¡Aquí!

Al coger el pomo sintió el dolor punzante del metal al rojo vivo y retiró la mano bruscamente.

–¡Mierda!

Se miró la mano con incredulidad. Le salía humo de la palma quemada. Al abrirla se le resquebrajó, la sangre empezó a manar y un fluido claro se acumuló en la fisura y resbaló por la muñeca. Había dejado un trozo de piel en el pomo, que el calor freía y retorcía como una corteza de cerdo.

Volvieron a llamar a la puerta. Eran golpes lentos y regulares, como campanadas.

–¡Ayúdenme! –exclamó, mirando la puerta–. ¡Hay un incendio! ¡Fuego!

De repente sintió una oleada de intenso dolor en la piel, como si se la estuviesen arrancando, seguida por una grotesca sensación en lo más hondo de la barriga; parecía que acabaran de removerle las entrañas. Retrocedió tambaleándose. Quien estaba en la puerta era *él*. La sensación se repitió, una extraña presión interior, un retorcimiento atroz de los intestinos. Chilló y se inclinó con las manos en la barriga, pero consiguió llegar al dormitorio. Pequeñas lanzadas de dolor recorrían su piel a cada movimiento, mientras una neblina roja le velaba la vista. Sintió que la horrible presión subía por su cuerpo, hasta que todo se tornó negro y la presión se volvió insoportable. De repente, con un ruido como de huevos fritos, desapareció. Algo líquido le corría por la cara.

Se retorció en la alfombra entre chillidos, pataleando y estirándose el pijama y el pelo; intentaba arrancarse su propia piel porque hacía un calor abrasador, un calor tan insufrible...

«Aquí, estoy aquí, estoy aquí.»

20

Letitia Dallbridge estaba despierta en la cama, en una postura rígida e inmóvil. Al final se decidió y, con una rabia contenida, se echó encima una bata de raso, cogió las gafas y se las puso. A continuación miró la hora: las once y cuarto. Apretó los labios. Era intolerable. Intolerable del todo.

Descolgó el teléfono del edificio y llamó a recepción. Contestaron enseguida.

–¿Desea algo, señora Dallbridge?

–Pues sí, Jason, la verdad es que sí. El inquilino del apartamento de arriba, el 17B, ha estado dando golpes en el suelo sin parar. Golpes y gritos. De hecho, debo decir que ya es mi segunda queja en un mes. Soy vieja y no puedo soportar estos ruidos a estas horas de la noche. No puedo y punto.

–Descuide, señora Dallbridge, ahora mismo nos ocupamos de ello.

–Hablaré de ello en la próxima reunión de propietarios.

–Lo entiendo, señora Dallbridge.

–Gracias, Jason.

Colgó el auricular y escuchó. En efecto, los golpes se habían suavizado; eran más irregulares. De hecho parecían haber parado, así como los gritos, pero ya volverían a empezar. Como siempre. Seguro que el energúmeno del productor musical volvía a celebrar una de sus fiestas, con alcohol, baile, drogas y vaya usted a saber qué más. Y ni más ni menos que en un día laborable. Letitia se ciñó su frágil cuerpo con la bata. Ya no tenía sentido volver a conciliar el sueño. A su edad sería inútil.

Cruzó el salón y puso agua a calentar en la cocina. Después cogió una tetera de plata, metió tres bolsas de manzanilla y esperó el silbido. Al oírlo retiró el agua del fuego, la vertió en la tetera y tapó esta última con un aislante para que no se enfriase. Una cucharilla de plata y dos tostadas con mantequilla completaron su *petit déjeuner*. Cogió la bandeja y se la llevó al dormitorio, donde lanzó una mirada asesina al techo, antes de apoyar las almohadas de raso en la pared y servirse la infusión.

El aroma floral del líquido y su temperatura la calmaron rápidamente. La vida era demasiado corta para dejarse molestar más de lo necesario. Ahora el apartamento de encima era como una tumba, pero daba igual: tomaría enérgicas medidas para asegurarse de que no la volvieran a despertar así.

Le llamó la atención un ruidito, un suave golpeteo. Parecía que volvía a llover. Por la mañana, al salir, tendría que acordarse del Burberry y...

Los golpecitos crecieron en intensidad. Se les había sumado un olor parecido al del beicon frito, leve pero inconfundible, que al igual que la lluvia iba creciendo. Era un olor desagradable, repulsivo, como de carne quemada. Letitia olisqueó, mirando a su alrededor. ¿Se habría dejado el fogón encendido? Imposible. Ni siquiera...

¡Plop! Una gran gota de algo aceitoso aterrizó en la taza y la salpicó. Siguieron varios goterones más que le mojaron de infusión la cara, la bata y el precioso puf de raso.

Al mirar hacia arriba, quedó horrorizada por la presencia de una mancha en el techo de su dormitorio, una mancha de brillos oleaginosos a la tenue luz de la mesita de noche.

Letitia Dallbridge arrancó el auricular de su soporte y volvió a llamar abajo.

–Diga, señora Dallbridge.

–¡Ahora el apartamento de arriba tiene una filtración! ¡Cae directamente por el techo de mi dormitorio!

–Ahora mismo mandamos a alguien. Cortaremos inmediatamente el agua de ese apartamento.

–¡Es un escándalo! ¡Mi precioso puf inglés está para tirar a la basura! ¡A la basura!

Ahora el líquido se filtraba por varios puntos, acumulándose en los bordes del rosetón. Hasta se deslizaba por el candelabro veneciano del centro del techo. Estaba mojando sus sillas Luis XV y su cómoda Chippendale. Haciendo de tripas corazón, se inclinó y acercó el dedo a una de las manchas marrones de la taza de porcelana. Era una sustancia caliente y parecida a la grasa, como sebo o cera. Se encogió del susto.

–¡No es agua! –exclamó–. ¡Es una especie de grasa!

–¿Grasa?

–¡Sí! ¡Grasa! ¡Del apartamento de arriba!

Se oyó un ruido de conversaciones atropelladas, seguido de nuevo por la voz de su interlocutor, un poco agitada.

–Se nos han disparado unas alarmas. Es posible que haya un incendio en el apartamento de encima del suyo, señora Dallbridge. Escuche atentamente: no salga de su casa. Si empezara a entrar humo por la puerta principal, ponga una toalla mojada. Espere instrucciones y...

El resto de la frase quedó sumergido por la estridencia insoportable de la alarma antiincendios del pasillo, seguida por la sirena interna del apartamento, todavía más ensordecedora. Letitia soltó el auricular para taparse las orejas. Poco después oyó el ruido seco de los aspersores al ponerse en marcha. De repente, la habitación estaba llena de agua llegada de todas partes.

La señora Dallbridge estaba en un estado de shock tan profundo que se quedó como una estatua, sin entender nada, mientras los aspersores oscurecían lentamente su bata y su preciosa colcha y rellenaban la taza de la bandeja con agua fría y gris.

21

El hedor que flotaba en la entrada del apartamento hizo que D'Agosta supiera lo que había ocurrido; un hedor que se acentuó al cruzar la vivienda en dirección al dormitorio principal. Había llegado medio dormido a la recepción del edificio (el informe sobre el tiroteo en Riverside Park se le había resistido más de lo previsto), pero ahora no quedaba ni rastro de sueño en su cabeza. Parecía mentira que un olor así lo venciera todo: lo grogui que uno pudiera estar a las dos de la mañana, el dolor de articulaciones, el de los arañazos en las rodillas y el escozor de las ortigas por las que había tenido la mala suerte de rodar al huir de los matones.

D'Agosta había visto muchos homicidios desagradables, pero ninguno que le preparase para lo que había en el suelo, junto a la cama. Parecía claro que se trataba de un cadáver, pero nunca había visto esa manera de reventar (desde el pubis hasta el esternón, con un amasijo de órganos quemados y negros derramándose por la abertura). Con un gesto casi inconsciente, levantó la mano y tocó la cruz que llevaba bajo la camisa, palpando su presencia tranquilizadora. Así haría las cosas el diablo, si existiera. Decididamente, las haría así.

Al mirar a Pendergast, le consoló un poco ver que hasta el gran detective estaba más blanco de lo habitual. Parecía haber perdido sus impulsos habituales de tocar, curiosear y olisquear. Vestido con un frac y una corbata blancos, su cara reflejaba algo parecido a la impresión.

El último de los del departamento de pruebas (el encargado de las huellas dactilares) rodeó el cadáver a gatas, cargado de probetas y de pinzas. También estaba un poco verde, y eso que los de su departamento eran gente dura. Su misión era encontrar fibras y pelos, y recoger cualquier clase de restos. Un trabajo, ciertamente, de proximidad.

Apareció el forense.

–¿Ya han terminado?

–Eso espero.

Pendergast mostró su identificación.

–¿Me permite unas preguntas, doctor?

–Adelante.

–¿Ya sabe la causa de la muerte?

–Todavía no. Lo que está claro es el calentamiento y la quemadura, pero la causa... No tengo la menor idea.

–¿Algún acelerador?

–Negativo, al menos en los preliminares –contestó el experto en pruebas–. Hay otras anomalías. Observe la falta del efecto pugilístico. No se aprecia la contracción de los músculos de los brazos, típica en estos casos de quemaduras graves. Observe también que el calor ha fracturado los huesos de las extremidades; es más, si nos acercamos al centro del cadáver, los huesos están calcinados. ¿Usted se da cuenta del calor que se necesitaría para provocar este efecto? Muy por encima del umbral de combustión. Sin embargo, en el resto de la habitación no se ha incendiado nada. No hay nada que haya estado a punto de inflamarse. El calor estaba localizado exclusivamente en el cuerpo.

–¿Qué clase de calor se ha aplicado?

El doctor negó con la cabeza.

–Aún no lo sé.

–¿Combustión espontánea?

La mirada del forense se volvió más aguda.

–¿Como Mary Reeser, quiere decir?

–¿Conoce el caso, doctor?

–En la facultad de medicina es una especie de leyenda, o mejor dicho, un chiste. Creo recordar que lo investigó el FBI.

–En efecto, y si el expediente tiene alguna credibilidad, la CHE, o combustión humana espontánea, dista mucho de ser un chiste.

El doctor emitió una risa grave y cínica.

–Ustedes los del FBI y los acrónimos... Dudo, señor Pendergast, que «CHE» figure en el manual de Merck.

–Hay más cosas en el cielo y la tierra que cuantas se sueñan en su filosofía, doctor, o en el manual de Merck. Le enviaré el informe para que le eche un vistazo.

–Usted mismo.

El forense les dejó a solas con el cadáver para intercambiar unas palabras con el hombre del departamento de pruebas.

D'Agosta sacó la libreta y el bolígrafo. No se le ocurría nada que escribir, pero necesitaba alguna excusa para no seguir mirando. Hizo el esfuerzo de anotar «23 de octubre, 2.20 am, Quinta Avenida 321, Apt. 17B, Cutforth». La caligrafía se estaba resintiendo debido a sus esfuerzos por respirar únicamente por la boca. En adelante siempre llevaría encima un Vicks Vaporub. Para las citas, para las vacaciones, para ir a la bolera... Siempre.

Oyó un murmullo en el salón. Eran inspectores de Homicidios. Llegaban del pasillo; acababan de interrogar a un empleado de mantenimiento (lejos del hedor). D'Agosta estaba contento de haber podido entrar con disimulo en el apartamento. No quería que sus antiguos compañeros de trabajo le vieran con la insignia de la policía de Southampton y con galones de sargento en los hombros.

Volvió a concentrar la mirada en la página de la libreta, pero tenía el cerebro embotado. Así que renunció y miró hacia arriba.

Pendergast parecía haber superado su inicial repugnancia, pues estaba examinando a gatas el cadáver. Tenía una probeta y unas pinzas en las manos, como el experto en pruebas (¿dónde guardaba todo eso en un traje tan ajustado como el que llevaba?), y en ese momento estaba metiendo algo en la probeta con movimientos sumamente precavidos. A continuación se acercó a una pared y se concentró en el examen con lupa de una zona chamuscada. La estudió tanto tiempo que al final D'Agosta también la miró. En esa zona, la pintura presentaba ampollas y se había amarronado. No había ningún indicio de pezuña, pero al fijarse más D'Agosta empezó a sentir un hormigueo que subió por su columna vertebral e invadió su cuero cabelludo. Se veía borroso, desdibujado, pero... ¡Maldita sea! ¿Sería como lo de las manchas de tinta, algo puramente mental?

Pendergast se volvió bruscamente y le sorprendió mirando.

–¿También lo ve?

–Creo que sí.

–¿Qué ve, exactamente?

–Una cara.

–¿Qué tipo de cara?

–Una cara fea de la hostia, con labios y ojos grandes y la boca abierta, como a punto de morder.

–¿O de tragar?

–Sí, más de tragar que de morder.

–Es asombroso el parecido con el fresco de Vasari del diablo tragándose a los pecadores, el del interior de la cúpula del Duomo.

–¿Ah, sí? Ya. Bueno.

Pendergast retrocedió, pensativo.

–¿Conoce la historia del doctor Faustus?

–¿Faustus? ¿Se refiere a Fausto? ¿El que vendió su alma al diablo?

Pendergast asintió.

–Es una historia con bastantes variantes. La mayoría han llegado hasta nosotros en relatos manuscritos de la Edad Media. Cada narración tiene características propias, pero en todas hay una muerte parecida a la de Mary Reeser.

–El caso que comentó con el forense.

–Exacto. Combustión humana espontánea. Los medievales lo llamaban «fuego interior».

D'Agosta asintió. Tenía el cerebro como de plomo.

–El caso de Nigel Cutforth parece un ejemplo clásico, incluso más que el de Grove.

–¿Me está diciendo que cree que el diablo vino a buscarle?

–Refiero la observación sin adjuntar hipótesis alguna.

D'Agosta negó con la cabeza. Era todo tan siniestro... No podía serlo más. Se percató de que su mano volvía a subir hacia la cruz. No, no podía ser obra del diablo. ¿O sí?

–Buenas tardes.

La voz llegaba de atrás, y era de mujer, una voz tranquila y profesional de contralto.

Al volverse, el sargento vio a una mujer en el umbral, con traje gris a rayas y galones de capitán en el cuello de la camisa blanca. Detrás había varios inspectores. Se fijó en ella: era baja y delgada, con pechos grandes, pelo negro y brillante y una cara pálida, bastante fina. Sus ojos eran profundamente azules. No aparentaba más de treinta y cinco años, una edad sorprendentemente joven para un capitán de la División de Homicidios. Le sonaba de algo. De hecho la conocía. Se le hizo otra vez un nudo en el estómago. Quizá se hubiera precipitado un poco en felicitarse de no coincidir con ninguno de sus antiguos compañeros de trabajo.

–Soy la capitana Hayward –manifestó ella con autoridad mirando a D'Agosta con una atención ligeramente incómoda. Al parecer también le había reconocido–. Sé que ya han enseñado sus identificaciones en la puerta, pero ¿me permitirían verlas de nuevo?

–Naturalmente, capitana.

Pendergast sacó la suya con un gesto elegante. Hayward la cogió, la examinó y levantó la vista.

–Señor Pendergast...

Pendergast hizo una reverencia.

–Encantado de volver a verla, capitana Hayward. ¿Me permite que la felicite por su regreso al cuerpo, y sobre todo por su ascenso?

Hayward volvió a mirar a D'Agosta sin hacer ningún comentario. El sargento había sacado su insignia, pero la capitana le observaba a él, no la chapa. Con el nombre volvieron los recuerdos: Laura Hayward, que había sido agente de tráfico y que en aquel entonces iba a la facultad y escribía un libro sobre los vagabundos del Manhattan subterráneo para sacarse un máster o algo así. Habían colaborado brevemente en el caso de Pamela Wisher. Entonces ella era sargento y él teniente. El corazón le dio un vuelco.

–Y usted debe de ser el teniente Vincent D'Agosta.

–En este momento, sargento Vincent D'Agosta.

Sintió que se ruborizaba. No tenía muchas ganas de justificarse, la verdad. Era un desastre sin paliativos.

–¿Sargento? ¿Ya no está en la policía de Nueva York?

–No, en la de Southampton. Lo conoce, ¿no? Long Island. Soy el enlace con el FBI para el caso Grove.

Al levantar la vista y encontrar la mano de Hayward, la cogió y la estrechó con desgana. Estaba caliente y un poco húmeda. Fue una secreta satisfacción darse cuenta de que la capitana no era tan imperturbable como parecía.

–Encantada de volver a colaborar con usted.

Fue un comentario escueto, sin ningún rastro de curiosidad malsana. D'Agosta se sintió aliviado. No habría cháchara ni preguntas inoportunas. Todo profesional al cien por cien.

–Por mi parte, me alegro de que el caso esté en buenas manos –dijo Pendergast.

–Gracias.

–Siempre me ha parecido usted una persona con quien podía contarse para una investigación enérgica.

–Gracias, gracias. Para serle franca, usted siempre me ha parecido una persona que no concede mucha importancia a la cadena de mando, y que no deja que las formalidades policiales se interpongan en su camino.

Pendergast no dejó traslucir sorpresa alguna.

–Es verdad.

–Pues entonces, dejemos clara la cadena de mando desde el principio. ¿Le parece bien?

–Excelente idea.

–El caso es mío. Los autos de prisión, las citaciones y todo lo relacionado con este asunto tendrán que pasar primero por mi despacho, a menos que se trate de una emergencia. Cualquier comunicación con la prensa se coordinará bajo mi responsabilidad. No sé si usted funciona de esta manera, pero yo sí.

Pendergast asintió.

–Entendido.

–Dicen que a veces el FBI tiene problemas con los cuerpos de seguridad locales. Pues en este caso no. Para empezar, no somos un «cuerpo de seguridad local», sino el departamento de policía de Nueva York en su División de Homicidios. Trabajaremos con el FBI de igual a igual, o no trabajaremos.

–Descuide, capitana.

–Naturalmente, corresponderemos al gesto.

–No espero menos.

–Yo siempre sigo las normas, aunque sean tontas. ¿Sabe por qué? Porque es la manera de conseguir una condena. En cuanto hay algo raro de por medio, los jurados de Nueva York optan por la absolución.

–Muy cierto –dijo Pendergast.

–Mañana a las ocho de la mañana en punto, y cada martes hasta el final de la investigación, usted, yo y el teniente... perdón, el sargento D'Agosta, nos reuniremos en el piso diecisiete de la jefatura de Police Plaza. Con todas las cartas boca arriba.

–A las ocho –repitió Pendergast.

–El café y las pastas corren de nuestra cuenta.

Las facciones de Pendergast reflejaron cierto asco.

–Gracias, pero iré desayunado.

Hayward miró su reloj.

–¿Cuánto tiempo más necesitan?

–Creo que cinco minutos serán suficientes –dijo Pendergast–. ¿Tiene algún dato que pueda darnos?

–La testigo, o lo más parecido que tenemos, es una anciana del apartamento de abajo. El asesinato se produjo poco después de las once. Al parecer oyó que el difunto tenía convulsiones y gritaba, pero pensó que se trataba de una fiesta. –Una sonrisa irónica tensó la boca de la capitana–. Después volvió a quedar todo en silencio, hasta que a las once y veintidós empezó a filtrarse una sustancia por el techo: tejido adiposo derretido perteneciente al cuerpo de la víctima.

«Tejido adiposo derretido.» D'Agosta empezó a anotarlo, pero se quedó a medias. Sabía que no lo olvidaría.

–Más o menos a la misma hora se dispararon las alarmas y se encendieron los aspersores. Eso fue, respectivamente, a las once y veinticuatro y las once y veinticinco. Entonces subieron los de mantenimiento y encontraron la puerta cerrada con llave; no contestaba nadie y dentro del apartamento olía mal. A las once y veintinueve abrieron la puerta con una llave maestra y hallaron al difunto tal como lo ven ahora. Cuando llegamos, quince minutos después, la temperatura del apartamento era de casi treinta y ocho grados.

D'Agosta y Pendergast se miraron.

–¿Qué puede decirme sobre los vecinos más próximos?

–El hombre de encima no oyó nada hasta que se dispararon las alarmas, pero se quejó del mal olor. En esta planta sólo hay dos apartamentos; el otro está recién vendido, pero sigue vacío. El nuevo propietario es un inglés, el señor Aspern. –Hayward sacó una libreta del bolsillo de su camisa, anotó algo y se la entregó a Pendergast–. Tenga, sus nombres. En estos momentos, Aspern está en Inglaterra, Roland Beard en el apartamento de encima y Letitia Dallbridge en el de abajo. ¿Quiere entrevistar a alguno de ellos ahora?

–No es necesario.

La mirada de Pendergast se posó primero en ella y después en la quemadura de la pared. Los labios de Hayward se curvaron, D'Agosta no supo si por diversión o por alguna otra razón.

–Veo que se ha fijado.

–Sí. ¿Alguna idea?

–¿No fue usted, señor Pendergast, quien me advirtió hace tiempo de que no formara hipótesis prematuras?

Pendergast correspondió a la sonrisa.

–Lo aprendió bien.

–Lo aprendí de un maestro.

La capitana lo dijo mirando a D'Agosta.

Se produjo un breve silencio.

–Bueno, les dejo.

Hayward hizo una señal a sus hombres, que la siguieron al pasillo. Pendergast se volvió hacia D'Agosta.

–Parece que nuestra pequeña Laura Hayward ha crecido. ¿No le parece?

D'Agosta se limitó a asentir.

22

Bryce Harriman se encontraba en el cruce de la Quinta Avenida y la calle Sesenta y siete, contemplando uno de los anónimos rascacielos de ladrillo blanco que infestaban el Upper East Side. Era una tarde de martes gris. Detrás de los globos oculares de Harriman, en un lugar indefinido, palpitaba una vieja resaca. Ritts, el director de su periódico, le había echado la bronca por no haber cubierto la noticia a lo largo de la noche. ¡No, si aún tendría que hacer guardias, como un médico! La verdad, tampoco le pagaban como para salir a husmear a las tres de la mañana. Sin contar con que no estaba en condiciones de informar sobre ningún asesinato. Ya había tenido bastante mérito volver a casa en metro.

Esperaba encontrar a cuatro gatos, pero le recibió una multitud con todas las de la ley, congregada por el informativo matinal de la tele y por Internet. Eran más de las dos del mediodía, pero ante el edificio se habían reunido como mínimo cien personas: papamoscas, siniestros, brujas blancas, tíos raros del East Village y hasta algún Hare Krishna, algo que Harriman llevaba cinco o seis años sin ver por Nueva York. ¿No trabajaban o qué? A su derecha, un grupo de satánicos con una especie de túnicas medievales dibujaban estrellas de cinco puntas en la acera y entonaban cánticos. A su izquierda, algunas monjas rezaban el rosario. Una pandilla de quinceañeros había organizado una vigilia con velas en pleno día, y cantaban acompañados por el rasgueo de una guitarra. Era increíble, digno de una película de Fellini.

Miró alrededor con entusiasmo. Su artículo de la semana anterior sobre el asesinato de Grove había tenido cierto éxito, y eso que la falta de pruebas le había obligado a rellenarlo con especulaciones escabrosas. Ahora seguía el rastro del segundo asesinato, y a juzgar por los rumores que saltaban como chispas de un lado a otro de la multitud era peor que el primero. Quizá tenía razón su director. Quizás habría sido mejor acudir de madrugada, a pesar de todo el whisky de malta que había tenido la imprudencia de ingerir la noche antes con sus amigotes en el Algonquin.

Tuvo otra idea. Era su oportunidad de meterle un gol a su viejo enemigo Bill Smithback, que estaba ocupado en labores de cama con motivo de su luna de miel. ¡En Angkor Wat! ¡A quién se le ocurría! El capullo de Smithback le había robado su puesto en el *Times*, pero no por su talento de periodista ni por patearse las calles más que él, sino por pura y mísera chiripa, por haber estado en el momento y el lugar justos en más de una ocasión: primero en los asesinatos del metro, hacía unos dos años, y luego el último otoño, con los crímenes del Cirujano. El segundo trago había sido especialmente amargo. El dueño legítimo de la noticia era Harriman, que ya tenía la victoria asegurada sobre Smithback, pero el burro del capitán Custer empezó a darle pistas falsas y...

Era una injusticia. Harriman había entrado en el *Times* gracias a sus amistades, y también a un apellido distinguido. El ambiente enrarecido y elevado del *Times* estaba hecho a la medida de alguien como él, que llevaba trajes de Brooks Brothers perfectamente planchados y corbatas de reps, no de un palurdo como Smithback, que había estado en su salsa en el cutrerío del *Post*...

Agua pasada no mueve molino. Ahora había una noticia candente, y Smithback se encontraba a dos mil kilómetros. Si los asesinatos tenían continuidad, como era el ferviente deseo de Harriman, la noticia seguiría creciendo y podría generar oportunidades televisivas, artículos para revistas, un contrato de los buenos con alguna editorial... ¿Por qué no el Pulitzer? Con suerte, el *Times* se desviviría por recuperarle.

Recibió el empujón de un viejo con traje de mago, y se lo devolvió. Nunca había visto una multitud así de exaltada, casi histérica. En el fondo era una mezcla peligrosa y volátil, un verdadero polvorín.

De pronto, un ruido atrajo su mirada. Se trataba de un imitador de Elvis vestido de lamé dorado (más o menos guapo, para variar), que berreaba «Burning Love» con la ayuda de un karaoke portátil.

I feel my temperature rising[1]*...*

La multitud se estaba volviendo más ruidosa e inquieta. De vez en cuando, el periodista oía el aullido lejano de una sirena de policía.

Lord Almighty, I'm burning a hole where I lay.

La grabadora estaba a punto. Dispuesto a recoger un poco de color local y añadirlo a lo que ya sabía sobre el asesinato, Harriman miró a su alrededor. Tenía justo al lado a un hombre con botas de cuero, un sombrero Stetson, una varita de cristal en una mano y un hámster vivo en la otra. No, demasiado estrambótico. Alguien más representativo. Por ejemplo, el chico con cresta y ropa negra que tenía a pocos pasos. El típico chaval de clase media con acné que intentaba ser diferente.

–¡Perdón! –Se abrió camino hacia él–. ¡Perdón! *New York Post.* ¿Puedo hacerte unas preguntas?

Al verle, los ojos del chaval se iluminaron. Estaban todos tan ávidos de sus quince nanosegundos de fama...

–¿Por qué estás aquí?

–¿No te has enterado, tío? ¡Ha venido el demonio! –Estaba eufórico–. Ha sido un pavo de aquí arriba, como el de Long Island. ¡El demonio se ha quedado con su alma y lo ha dejado más frito que una patata! Lo ha arrastrado hasta el infierno pegando gritos y patadas.

–¿Cómo te has enterado?

1. En esta canción, popularizada por Elvis Presley, el amor se compara a un fuego abrasador: «Noto que me sube la temperatura», «Dios mío, quemo tanto que estoy haciendo un agujero»... No hace falta insistir en la ironía. *(N. del T.)*

–Está por todo Internet.

–Pero ¿por qué has venido tú, personalmente?

El chico le miró como si fuera una pregunta idiota.

–¿A ti qué te parece? A presentar mis respetos al Hombre de Rojo.

Un grupo de hippies envejecidos empezó a cantar «Sympathy for the Devil» con falsetes desafinados. Una ráfaga de olor a maría llegó hasta Harriman, que tenía dificultades para oír y pensar entre tanto barullo.

–¿De dónde eres?

–He venido de Fort Lee con mis colegas.

Algunos de esos colegas se habían juntado alrededor. Todos iban vestidos igual.

–¿Quién es este tío? –preguntó uno de ellos.

–Un periodista del *Post*.

–¿En serio?

–¡Hazme una foto, tío!

«A presentarle mis respetos al Hombre de Rojo.» Ya tenía su titular. Ahora a enmarcarlo.

–¿Nombre? Deletréalo.

–Shawn O'Connor.

–¿Edad?

–Catorce.

Increíble.

–Bueno, Shawn, una pregunta más. ¿Por qué el demonio? ¿Por qué es tan importante?

–¡Es el rey, tío! –se entusiasmó el chaval.

Sus amigos lo repitieron, mientras chocaban las palmas de las manos.

–¡El rey!

Harriman se alejó. ¡Qué cantidad de capullos había en el mundo! Se reproducían como conejos, sobre todo en New Jersey. Ahora necesitaba un contraste, alguien que se lo tomase todo en serio. Un sacerdote. Necesitaba un sacerdote. ¡Anda, qué suerte! Cerca de él había dos hombres silenciosos con alzacuello.

–¡Perdonen! –exclamó, surcando la multitud (que no dejaba de crecer).

Al ver sus rostros, se sobresaltó: expresiones de auténtico miedo, pero también de lástima y dolor.

–Harriman, del *Post*. ¿Puedo preguntarles qué hacen aquí?

El mayor de los dos se adelantó. Era un hombre muy digno, fuera de lugar en un ambiente tan histérico como ése.

–Ser testigos.

–¿De qué?

–De los últimos días del mundo.

El tono de la afirmación hizo que a Harriman se le pusiera la piel de gallina en el canal de la espalda.

–¿En serio? ¿Cree que se acaba el mundo?

El hombre recitó solemnemente:

–«¡Cayó, cayó la gran Babilonia! Se ha convertido en morada de demonios, en guarida de toda clase de espíritus inmundos.»

El otro, más joven, asintió y dijo:

–«Será consumida por el fuego. Porque poderoso es el Señor Dios que la ha condenado. Llorarán, harán duelo por ella los reyes de la tierra, los que con ella fornicaron y se dieron al lujo, cuando vean la humareda de sus llamas.»

–«¡Ay, ay, la Gran Ciudad! –añadió el primer sacerdote–. ¡Babilonia, ciudad poderosa, en una hora habrá llegado tu juicio!»

–Gracias, gracias. ¿De qué iglesia son?

–De Nuestra Señora de Long Island City.

–Gracias.

Harriman anotó sus nombres y se apresuró a alejarse, mientras guardaba su libreta en el bolsillo. La calma y certidumbre de los curas le habían causado más repelús que toda la exaltación que le rodeaba.

Algo se movió en las últimas filas. Se acercaba una pequeña comitiva de coches patrulla con las sirenas encendidas. De repente todo eran flashes y focos de televisión. Harriman se abrió camino a codazos por entre un grupo de técnicos de sonido. Era Bryce Harriman, del *Post*, y no pensaba quedarse al fondo de la clase. En eso, sin embargo, coincidía con el resto de la multitud, que se abalanzaba hacia delante hambrienta de noticias.

Al final de la hilera de vehículos, una mujer había bajado de un coche camuflado. Llevaba traje, pero también una insignia a caballo de lo que parecían dos melones de padre y señor mío. Una joven francamente guapa, a la que se añadió rápidamente un grupo de hombres. Joven, sí, pero se notaba que mandaba. Harriman tuvo la impresión de que a ella no le apetecía en absoluto dirigirse a la gente, pero no tenía más remedio que aplacar los ánimos antes de que las cosas se salieran de madre.

La mujer se apostó al otro lado de una barricada de polis de uniforme y, ante el clamor de la prensa, levantó una mano.

–Cinco minutos de preguntas. Luego toda esta gente tendrá que irse.

Más berridos incoherentes, sumados a la aparición de una selva de micrófonos.

Observó a la multitud, que seguía gritando. Luego miró su reloj y retomó la palabra.

–Cuatro minutos.

Fue suficiente para hacer callar a la prensa. El resto (los juerguistas, las brujas, los satánicos, los tíos raros con cristales o perfumes) intuyeron algo interesante y también se calmaron un poco.

–Soy la capitana Laura Hayward, de la División de Homicidios de la policía de Nueva York. –Su voz, a la vez clara y suave, obligó a la gente a callarse un poco más para entenderla mejor–. El difunto es Nigel Cutforth, que murió aproximadamente a las once y cuarto de esta noche. De momento se desconoce la causa de su muerte, pero existen sospechas de homicidio.

«Cuéntame algo nuevo», se dijo Harriman.

–Ahora daré paso a algunas preguntas –dijo, antes de señalar a un periodista que movía las manos como un desesperado.

Fue un verdadero aluvión de preguntas.

–¿La policía ha detectado algún parecido entre esta muerte y la de Jeremy Grove? ¿Existen similitudes? ¿Diferencias?

Los labios de la capitana dibujaron una sonrisa irónica.

–En efecto. Sí y sí. ¿Qué más?

–¿Algún sospechoso?

–De momento no.

–¿Ha aparecido alguna pezuña u otra señal del demonio?

–Nada de pezuñas.

–Hemos oído que en la pared hay una quemadura con el dibujo de una cara.

La sonrisa abandonó brevemente el rostro de la joven.

–Se trata de una mancha irregular que a algunas personas les ha recordado una cara.

–¿Qué tipo de cara?

De nuevo la sonrisa irónica.

–Los que dicen haberla visto la han calificado de fea.

La gente volvía a gritar.

–¿Es la cara del demonio? ¿Con cuernos? ¿Tenía cuernos?

Una docena de personas lo preguntaron simultáneamente. Los micros se acercaron chocando entre sí.

–Como nunca he visto al demonio –contestó Hayward–, no se lo puedo decir. Que yo sepa no había ningún cuerno.

Harriman tomaba notas como un poseso. Un grupo de reporteros preguntaba a la capitana si había sido el demonio, pero ella se hacía la sorda. ¡Dios santo! ¿El que gritaba era Geraldo? Decididamente, había hecho mal en no acudir la misma noche.

–¿Ha sido el demonio? ¿Usted qué opina? –se oyó exclamar a varias voces a la vez.

Hayward levantó la mano.

–Me gustaría contestar.

Esta vez se callaron.

–En esta ciudad ya hay bastantes demonios de carne y hueso. No necesitamos invocar a ninguno sobrenatural.

–Entonces, ¿cómo murió? –dijo a pleno pulmón un reportero–. ¿Cuál fue la causa de las heridas? ¿Estaba cocido, como el otro?

–Ya se ha procedido a la autopsia, y cuando esté completa podremos ofrecerles más datos.

Hablaba con calma y racionalidad, pero Harriman no se dejó engañar. La policía de Nueva York aún estaba completamente in albis, y así lo diría en su artículo.

–Gracias –dijo ella–. Buenas tardes. Ahora disuélvanse.

Más gritos. Empezaron a llegar más policías dispuestos a contener a la multitud, levantar barreras y dirigir el tráfico.

Harriman se alejó, estableciendo mentalmente las bases del artículo. Era una auténtica bomba. Por fin algo que valía la pena. Ya era hora.

23

Cuando el Rolls-Royce de época se aproximó a la verja del puerto deportivo de East Cove, D'Agosta cambió de postura en el asiento trasero, miró por la ventana y procuró no pensar en lo magullado que tenía el cuerpo. Entre el asesinato de Cutforth y todas las investigaciones relacionadas con el lugar del crimen, no había dormido más de dos horas.

Para esa misión, Pendergast había prescindido de su chófer Proctor y había preferido conducir él mismo. Era un hermoso día de otoño. El sol de la mañana brillaba en la bahía como monedas de oro arrojadas a las olas. El ferry de Staten Island salía pesadamente de su atracadero y removía las aguas a su paso, con un restallido de banderas y una estela de gritos de gaviotas. La masa azul de Staten Island se dibujaba en el horizonte, fundida con el bajo perfil de New Jersey. Por las ventanillas entraba olor a sal.

D'Agosta se fijó en el puerto deportivo. Un muro salvaba las hileras de yates relucientes de las miradas del vulgo, pero desde lo alto de Coenties Slip era posible verlos en toda su magnificencia, reflejando el sol en los amarraderos.

–No podrá entrar sin una orden –dijo–. Ya he hablado con Bullard, y sé cómo es.

–Veremos –dijo Pendergast–. Siempre prefiero empezar con buena educación.

–¿Y si esa buena educación no sirve de nada?

–Entonces se pueden contemplar medidas más firmes.

D'Agosta se preguntó qué entendía por «más firmes».

Pendergast redujo la velocidad del Rolls, acercó la mano a un panel de cerezo situado junto al asiento del conductor y usó el teclado del ordenador que había allí. Se acercaban a la verja de tela metálica que daba acceso al aparcamiento general del puerto deportivo, pero el ocupante de la garita, que había visto el Rolls aproximarse, la estaba abriendo ya. Pendergast frenó justo al principio del aparcamiento, desde donde se tenía una buena vista de la Upper Bay. En la pantalla del ordenador apareció la imagen de un magnífico yate.

No tardaron en reconocer el original, entre el bosque de mástiles y palos, anclado al fondo de la zona de estacionamiento.

D'Agosta silbó.

–¡Menudo barco!

–Sí, es un yate motorizado Feadship de 2003, con casco diseñado exclusivamente por De Voogt. Cincuenta y dos metros de eslora, con un desplazamiento de setecientas cuarenta toneladas métricas. Dos motores diésel Caterpillar de dos mil quinientos caballos, que alcanzan una velocidad de crucero de treinta nudos. Tiene una autonomía extraordinaria y es extremadamente cómodo.

–¿Cuánto vale?

–Bullard pagó cuarenta y ocho millones.

–¡Madre mía! Y ¿para qué quiere un barco así?

–Quizá no le guste volar. O quizá prefiera alejarse de oídos y miradas indiscretas. Con un barco así, salir a aguas internacionales es coser y cantar.

–Es curioso, pero en la última entrevista con Bullard tuve la impresión de que no le hacía mucha gracia que le impidiésemos salir del país. Es posible que esté planeando un viaje internacional.

Pendergast le miró con interés.

–¿Ah, sí?

Condujo hacia la segunda barrera de seguridad: la verja del aparcamiento para VIP, vigilada por un guardia de seguridad pelirrojo, bajito, de barbilla pronunciada y aspecto agresivo. Al verle, D'Agosta supo a qué atenerse. Era de los que tenían el prurito de no dejarse impresionar por nadie ni por nada, ni tan siquiera por un Rolls-Royce Silver Wraith del 59.

–¿Qué quieren?

Pendergast sacó la insignia por la ventanilla.

–Venimos a ver a Locke Bullard.

El vigilante examinó la insignia y a su dueño con una mueca de recelo.

–¿Y él?

D'Agosta también le enseñó su identificación.

–¿De qué se trata?

–Asuntos de la policía.

–Tengo que llamar.

El vigilante se llevó las insignias a la garita, descolgó el auricular, habló unos minutos y volvió con las insignias y un teléfono inalámbrico.

–Quiere hablar con un tal D'Agosta.

–Soy yo.

Le dio el teléfono.

–Soy D'Agosta.

La voz grave de Bullard hizo vibrar el aparato.

–Ya me imaginaba que volvería.

D'Agosta se encrespó al oírla. Era el mismo hombre que había intentado humillarle en el Athletic Club, y quizás el responsable de que hubieran intentado pegarle un tiro. Aun así, trató de controlarse.

–Podemos hacerlo de dos maneras –dijo con toda la serenidad posible–: por las buenas o por las malas. Usted mismo, Bullard.

Oyó una carcajada.

–La misma frasecita cutre del otro día en el club. Pues mire, resulta que desde que tuvimos esa agradable conversación le he mandado investigar, y ya lo sé todo sobre usted. Conozco hasta el último detalle de su sórdida existencia. Empezando por su mujer, la que está en Canadá y lleva seis meses tirándose a otro, y usted sin enterarse. El tío se llama Chester Dominic y es vendedor de caravanas en Edgewater. ¡Igual ahora mismo están follando! Qué idea, ¿eh?

La mano de D'Agosta apretó el teléfono.

–También conozco las cifras de ventas de sus novelas. La última vendió seis mil doscientos quince ejemplares. Eso entre tapa dura y bolsillo, e incluyendo todos los que compró su madre. ¡Tiembla, Stephen King! –Otra risa ronca–. Tengo su informe personal de cuando estaba en la policía de Nueva York, incluso los expedientes disciplinarios. Una lectura muy interesante. Y también sus informes médicos y psiquiátricos, que incluyen los de Canadá. Siento mucho que tenga problemas de erección. Quizá sea el motivo de que su mujer se lo ponga todo en bandeja al bueno de Chet. ¡Y encima una depresión! Eso sí que es una putada. ¿Ya se ha tomado el Zoloft de esta mañana? Parece mentira la cantidad de cosas que se pueden averiguar siendo dueño de una aseguradora médica. Al leer el informe se me han venido a la mente una serie de palabras, como ruina, acabado, fracasado...

Fue como si los ojos de D'Agosta tuvieran delante una fina cortina roja.

–Acaba de cometer el error de su vida, Bullard.

Otra risa, y se cortó la comunicación.

D'Agosta devolvió el teléfono al vigilante. Tenía la cara como un tomate. Qué hijo de puta. ¡Qué hijo de puta! Tenía que ser ilegal. Toda esa información personal no podía conseguirse así como así. Bullard había hablado muy alto. D'Agosta se preguntó si Pendergast lo había oído. Tragó saliva e hizo un gran esfuerzo por dominar su rabia.

–Está obstruyendo la entrada –dijo el vigilante, y añadió, como si acabara de recordarlo–: señor.

–Daremos la vuelta a la manzana –le informó Pendergast–, para que el señor Bullard tenga tiempo de cambiar de opinión.

–No cambiará.

Pendergast le dirigió una mirada larga y compasiva.

–Espero que sepa cuándo apartarse. Lo digo por su bien, naturalmente.

–¿Qué quiere decir?

Pendergast puso marcha atrás y pisó el acelerador, dejando un bonito rastro de neumático. Después dio media vuelta en el aparcamiento y se dirigió hacia State Street. Miró a D'Agosta.

–¿Está bien, Vincent?

–Sí, muy bien –farfulló el sargento entre dientes.

Pendergast giró a la derecha y empezó a dar la vuelta a la manzana.

–Parece que el señor Bullard necesita un poco de firmeza.

–Sí.

Pendergast bajó una mano y tecleó un número en el teléfono móvil del salpicadero.

La señal sonó un par de veces por el altavoz, hasta que contestó una voz familiar.

–Capitana Hayward.

–¿Capitana? Soy Pendergast. Vamos a necesitar la citación que le he comentado esta mañana por teléfono.

–¿Por qué motivo?

–Negativa a colaborar y riesgo de huida inminente.

–¡Venga ya! Bullard no es ningún narcotraficante colombiano ni tampoco un terrorista de Oriente Próximo. Es uno de los grandes industriales del país.

–Sí, con cuentas y fábricas en el extranjero, y resulta que ahora mismo está en su yate con el depósito lleno y todo lo necesario para un viaje transatlántico. Puede llegar a Canadá, México, Sudamérica, Europa o adonde quiera sin repostar.

Se oyó un suspiro.

–Es americano y tiene pasaporte, así que es libre de marcharse.

–Es un testigo que no colabora. No quiere responder a ninguna pregunta.

–Como mucha gente.

–Tanto Grove como Cutforth le llamaron justo antes de ser asesinados. Existe una relación, y tenemos que encontrarla.

Otro suspiro de irritación.

–Sería la típica operación irregular que sentaría mal en los tribunales.

–Ha amenazado al sargento D'Agosta.

–¿Ah, sí?

Se apreció algo más de interés.

–Una amenaza implícita de soborno, basándose en información personal recabada a través de Northern Health Atlantic Management, su aseguradora médica.

«Así que lo ha oído», pensó D'Agosta.

–¿En serio? –Una pausa–. Bueno, pues entonces adelante. Ya están listos todos los papeles. Sólo falta la firma.

–Magnífico.

Pendergast dio un número de fax.

–Agente Pendergast...

–¿Qué?

–No cometa ninguna chapuza; valoro mi carrera.

–Yo también.

El fax se deslizó por la minúscula impresora de impacto justo cuando doblaban por Pearl Street y emprendían el camino de vuelta hacia el puerto deportivo. Pendergast circuló despacio por el aparcamiento exterior, mientras arrancaba la hoja de la impresora. Se la dio al vigilante.

–¿Ustedes otra vez? –dijo el vigilante, cogiéndola.

Pendergast sonrió y se puso un dedo en los labios.

–Ni una palabra a Bullard.

El vigilante leyó el fax y se lo devolvió. Algo en su cara insinuaba que no estaba del todo insatisfecho con el giro de los acontecimientos.

–Es el momento de apartarse –dijo suavemente Pendergast.

–Sí, señor.

Aparcaron en la zona de VIP. Pendergast abrió el maletero e hizo señas a D'Agosta.

–Para usted.

D'Agosta miró. Dentro había un ariete del FBI, negro y feo, de casi un metro de largo. Era como los que usaban los agentes antidroga en sus redadas.

–¿Es una broma?

–Firmeza, querido Vincent –dijo Pendergast con un esbozo de sonrisa.

D'Agosta cogió el ariete por los dos mangos y lo levantó. Se dirigieron al muelle central por una pasarela. El yate, que estaba en diagonal respecto a ellos, amarrado a su grada privada, era un auténtico espectáculo: blanco, con tres cubiertas, docenas de ventanas ahumadas y una torre de mando erizada de aparatos electrónicos. Su nombre figuraba en la popa: *Stormcloud*.

–¿Tripulación? –preguntó D'Agosta.

–Según mis datos, Bullard está solo.

La grada disponía de un muelle exclusivo, protegido por una verja. Pendergast se arrodilló ante ella y acercó las manos a la cerradura. D'Agosta tuvo la impresión de que el agente del FBI se limitaba a probar si estaba abierta. Quizá fuera así, porque la verja basculó obedientemente en sus manos.

–Tenemos que ser rápidos –dijo Pendergast al levantarse.

D'Agosta le siguió, encorvado por el peso del ariete. A pesar de que desde el tiroteo del parque iba de nuevo al gimnasio, aún estaba en baja forma; el peso del ariete se acercaba a los veinte kilos, y cada paso reavivaba el dolor de sus piernas. La pasarela del *Stormcloud* estaba levantada, pero en la parte trasera había una escotilla de embarque justo al nivel del muelle. Pendergast se detuvo, sacó su Les Baer personalizada calibre 45 de la chaqueta y retrocedió indicando la escotilla.

–Usted primero, Vincent.

D'Agosta buscó en lo más profundo de su memoria. ¿Qué le habían enseñado en la academia? «No te eches encima de la puerta, balancea el ariete.» Respiró hondo, sujetó los mangos con todas sus fuerzas y empujó. La escotilla se hundió con un fuerte y satisfactorio impacto. Pendergast se agachó para entrar, pistola en mano. D'Agosta subió tras él.

Habían accedido a un pasadizo, bordeado en un lado por mamparos pintados y en el otro por ventanas ahumadas. Pendergast abrió una puerta empotrada en los mamparos. De pronto se vieron rodeados por todo el lujo del salón de un yate, con moqueta color crema y mesas negras lacadas con ribetes dorados.

–¡FBI! –dijo Pendergast con brusquedad–. ¡No se mueva!

Bullard estaba en el centro de la sala, con un chándal azul claro y un puro en la mano. Su expresión manifestaba el mayor de los asombros, y también un poco de miedo, o al menos eso le pareció a D'Agosta.

–¡No se mueva!

Bullard se rehízo enseguida. Su cara estaba roja y las venas de su cuello hinchadas. La sorpresa se había convertido en una rabia mal disimulada. Acercó el puro a sus labios carnosos, lo chupó y expulsó el humo.

–¡Vaya! El desgraciadillo ha traído refuerzos.

–Que se le vean las manos –le advirtió Pendergast, acercándose sin bajar la pistola.

Bullard abrió las manos.

–Ya tiene una escena para su próxima novela, D'Agosta. Seguro que en el barrio de mala muerte donde creció, allá en la calle Carmine, no había nada parecido a este yate. Siendo hijo de un poli de tres al cuarto que se pasaba el día en los billares, y de una madre...

D'Agosta se le echó encima, pero Pendergast se interpuso con la velocidad de un rayo.

–No le siga el juego, sargento.

D'Agosta tragó una bocanada de aire. Casi no podía respirar.

–¡Venga –dijo Bullard con desprecio–, a ver si aún te cuelga algo debajo de la barriga! Tengo sesenta años, pero podría tumbarte con una mano, culo gordo.

Pendergast sostuvo la mirada de D'Agosta, mientras negaba lentamente con la cabeza. D'Agosta tragó saliva y se apartó.

Pendergast se volvió hacia Bullard y le sometió a la mirada de sus ojos plateados.

–¡Anda! ¡Un enterrador jugando al FBI! Purria blanca del profundo sur. Muy blanca, por lo que veo.

–Para servirle –dijo Pendergast en un tono tranquilo.

Bullard soltó una carcajada y se hinchó como una mamba negra, tensando la tela del chándal. El puro seguía entre dos de sus dedos, enormes como palas. Cortó la risa metiéndolo de nuevo entre sus labios, antes de arrojarles una nube de humo.

Pendergast dejó el fax sobre una mesa de ébano y señaló la pared del fondo, donde había un panel lacado de grandes dimensiones.

–Sargento, por favor, abra el panel.

–Eh, un momento, necesitan una orden judicial...

Pendergast señaló el fax con uno de sus finos dedos.

–Lea.

–Quiero que venga mi abogado.

–Primero obtendremos las pruebas que aparecen en la orden. Al menor paso en falso, será esposado y acusado de obstrucción a la justicia. ¿Hay alguien más en el barco?

–Vete a la mierda.

D'Agosta se acercó al panel indicado por Pendergast y pulsó el único botón. Al deslizarse, el panel dejó a la vista una pared de instrumentos electrónicos, un monitor y un teclado.

–Coja la CPU.

D'Agosta apartó el monitor, siguió el cable y encontró la CPU debajo, en un hueco.

–No toquen mi ordenador.

Pendergast señaló la mesa con la cabeza.

–Está en la lista, señor Bullard.

D'Agosta dio un tirón suave al cable y sacó la CPU. Después se metió una mano en el bolsillo, pegó etiquetas de pruebas en las disqueteras y las tomas del ratón y el teclado, dejó la CPU en el suelo y cruzó los brazos.

–¿Está armado? –preguntó Pendergast a Bullard.

–Claro que no.

Pendergast se guardó la Les Baer en el traje.

–Muy bien. –De repente su tono era suave y afable, endulzado por la nata de su acento sureño–. Además de la orden judicial, señor Bullard, también hay una citación que le aconsejo leer.

–Quiero que venga mi abogado.

–Naturalmente. Le llevaremos a la comisaría central y le interrogaremos bajo juramento. Su abogado podrá asistir al interrogatorio.

–Ahora mismo lo llamo.

–Usted se queda en el centro de la habitación con las manos a la vista en todo momento. No tiene derecho a llamar a un abogado sólo porque le apetezca. Cuando sea el momento, se le permitirá usar el teléfono.

–Tu padre. No tienes jurisdicción. Ojo, albino de mierda, que te arranco la chapa y te meriendo. No tienes ni idea de quién soy.

–Creo que su abogado le aconsejaría que no hiciese comentarios.

–No pienso ir a la comisaría.

Pendergast cogió la radio que llevaba encima.

–¿Manhattan sur? ¿Con quién hablo, por favor? ¿Shirley? Soy el agente especial Pendergast, del FBI. Estoy en el puerto deportivo de East Cove, dentro del yate de Locke Bullard...

–Apaga esa radio ahora mismo.

La voz suave de Pendergast no se interrumpió.

–Sí, Locke Bullard, el industrial. En su yate, el *Stormcloud*. Nos lo llevamos para interrogarle sobre los asesinatos de Grove y Cutforth.

D'Agosta vio cómo Bullard palidecía. Debía de saber que todas las agencias de noticias de Nueva York tenían controladas las frecuencias policiales.

–No, no es sospechoso. Repito: no es sospechoso.

El énfasis que puso Pendergast en la partícula negativa tuvo el singular efecto de dar exactamente la impresión contraria.

Bullard les lanzaba miradas asesinas bajo su frente de Cromagnon y sus pobladas cejas. Tragó saliva e hizo el esfuerzo de mostrarse razonable.

–Oiga, Pendergast, el numerito de poli duro sobra.

–Shirley, necesitaremos refuerzos y un coche patrulla con escolta para llevar al señor Bullard al centro. Exacto. Sí, creo que con tres será suficiente. No, ahora que lo pienso, que sean cuatro. Tratándose de alguien muy conocido, seguro que aparecerá un montón de curiosos.

Pendergast se guardó la radio en el traje, cogió el teléfono móvil y se lo lanzó a Bullard.

–Ya puede llamar a su abogado. Comisaría central, sección de interrogatorios, sótano, dentro de cuarenta minutos. El café lo ponemos nosotros.

–Cabrón...

Bullard marcó un número, habló en voz baja y al terminar devolvió el móvil a Pendergast.

–Supongo que le ha repetido mi consejo: que no abra la boca.

Pendergast sonrió. Bullard no dijo nada.

Acto seguido, Pendergast empezó a curiosear por el lujoso

salón, pero sin ningún objetivo; a juzgar por su manera de admirar los grabados deportivos de las paredes, casi parecía estar matando el tiempo.

–¿Qué, nos vamos? –se impacientó Bullard.

–Vuelve a hablar –dijo D'Agosta.

Pendergast asintió, distraído.

–Parece que el señor Bullard es de los que no escuchan a sus consejeros.

Bullard se quedó callado, con un temblor de cólera.

–Creo que necesitaremos un poco más de tiempo, sargento. No debemos pasar nada por alto.

–Claro, claro.

D'Agosta seguía indignado, pero tuvo que hacer un esfuerzo para no sonreír. Acababa de entender las intenciones de Pendergast.

El agente siguió paseando por la sala. Dobló un periódico, estudió una litografía enmarcada... Pasaron diez minutos, y Bullard se puso más nervioso. D'Agosta empezaba a oír sirenas y el lejano graznido de un megáfono. Pendergast cogió un número de *Fortune*, lo hojeó y lo devolvió a su sitio para mirar su reloj.

–¿Se le ocurre algo interesante en lo que no me haya fijado, sargento D'Agosta?

–¿Ha mirado el álbum de fotos?

–Magnífica idea.

Pendergast lo abrió y lo hojeó, deteniéndose en algunas páginas con una mirada de concentración. Parecía estar memorizando caras; ésa, al menos, fue la impresión de D'Agosta.

Pendergast cerró el álbum suspirando.

–¿Vamos, señor Bullard?

Bullard se volvió y, tras echarse encima una cazadora, siguió al agente con cara de perro. D'Agosta iba en último lugar, con el ariete al hombro. Cuando salieron al muelle por la escotilla, el ruido de voces aumentó de golpe. Fueron recibidos por gritos, ulular de sirenas y la voz de un policía por megáfono. Al otro lado de la verja, los fotógrafos ocupaban sus posiciones. La policía hacía lo posible por despejar el camino a sus vehículos.

Al ver el panorama, Bullard detuvo bruscamente sus pasos.

–¡Cabrón! –Sus palabras, dirigidas a Pendergast, fueron como escupitajos–. Ha esperado adrede para que llegara todo el mundo.

–No sea modesto, señor Bullard.

–Eso –dijo D'Agosta–. Además, quedará genial en la portada del *Daily News* con el anorak en la cabeza.

24

Bryce Harriman volvió a la parte alta de la ciudad al volante de un coche de prensa del *Post*. Lo del puerto deportivo había sido un desastre; salvo un grupito de curiosos, allí estaba toda la prensa neoyorquina, un festival de tacos y empujones que le recordó los sanfermines. ¡Qué manera de perder el tiempo! Nadie respondía, nadie sabía nada... Sólo caos y gritos. Habría sido preferible volver directamente a la oficina para escribir sobre el asesinato de Cutforth, en vez de perder el tiempo con aquel aviso por radio.

El tráfico procedente de West Street empezaba a intensificarse. Tocó la bocina renegando. Habría sido mejor coger el metro. A esa velocidad no llegaría a la oficina hasta las cinco, y la última entrega para la edición matinal era a las diez.

Redactó el primer párrafo unas cuantas veces, y lo despedazó otras tantas mentalmente. Se acordó del gentío delante del edificio de Cutforth. Su público era ése, la gente que había visto aquella tarde: gente ávida, ansiosa de noticias. Y con Smithback de vacaciones y el *Times* tratando la noticia como una especie de vergüenza para la ciudad, tenía el campo libre.

El asesinato de Cutforth daba para un titular, dos como mucho, pero Harriman dependía de la voluntad del asesino, y no se sabía si volvería a actuar ni cuándo. Necesitaba urgentemente algo nuevo.

Aprovechando que el tráfico mejoraba un poco, cambió de carril, enseñó el dedo al que le pitaba por detrás y se jugó la vida (y la de media docena de conductores) para ganar un coche de distancia. Volvió a enseñar el dedo. Había tanto cabrón suelto...

Fue cuando se le ocurrió. Un nuevo enfoque. Lo que necesitaba era un experto que le ofreciera una nueva perspectiva.

Pero ¿quién? La respuesta, la segunda inspiración genial, fue tan rápida como la primera.

Cogió el móvil y marcó el número de su despacho.

–¿Qué, Iris?

–Eso digo yo, ¿qué? –respondió su ayudante–. No doy abasto para atender todas las llamadas. Parezco un cojo en un concurso de patadas.

Al oír el tono bromista y familiar de Iris, Harriman hizo una mueca. Se suponía que él era el jefe, no la secretaria del cubículo de al lado.

–¿Quieres oír tus mensajes? –preguntó ella.

–No. Lo que quiero es que te pongas en contacto de mi parte con ese investigador de fenómenos paranormales... ¿Cómo se llama? Monk, o Munch, algo alemán. El que hizo un programa de exorcismos en Discovery Channel. ¿Te acuerdas? Exacto. Sí, me da igual lo que tardes. Consíguemelo.

Cortó la llamada y tiró el móvil al asiento de al lado. Después se apoyó en el respaldo y sonrió; la cacofonía de bocinazos que rodeaba su coche se convirtió en una sinfonía.

25

D'Agosta no tuvo más remedio que admirar la genialidad escenográfica de la sección de interrogatorios de la jefatura de policía. Quizá fuera el último lugar de Nueva York donde se podía fumar sin que te detuviesen. El resultado era una pátina marronosa que recubría las paredes. De hecho, la dejaban adrede. El aire estaba tan enrarecido que te imaginabas que había un cadáver escondido en algún sitio. El suelo de linóleo era tan viejo que podía haberse arrancado y metido en una vitrina del Smithsonian Museum.

El entorno le produjo cierta satisfacción. Locke Bullard, que aún llevaba su chándal azul y sus náuticos, estaba sentado al otro lado de una mesa sucia de metal, con los ojos rojos de rabia. Pendergast ocupaba el asiento de delante, mientras que D'Agosta se había quedado al fondo, cerca de la puerta. El supervisor, una figura cuya presencia se había convertido en obligatoria en cualquier interrogatorio, estaba al lado de la cámara de vídeo, metiendo barriga y haciendo lo posible por ofrecer una imagen servicial. Todos esperaban al abogado de Bullard, que estaba en un atasco del que los responsables eran precisamente ellos.

Se abrió la puerta y entró la capitana Hayward. D'Agosta sintió que la temperatura bajaba unos diez grados. La capitana les miró y les hizo señas de salir al pasillo.

Les condujo a un despacho en desuso. Una vez dentro, cerró la puerta.

–¿De quién ha sido la idea del circo mediático? –quiso saber.

–Desgraciadamente, era la única solución –contestó Pendergast.

–No me venga con ésas. Estaba organizado, y el productor y el director son la misma persona: usted. Fuera hay unos cincuenta periodistas, y todos les han seguido desde el puerto deportivo. Es justo lo que no quería que pasara. Justo el tipo de follón que les advertí que no armasen.

Pendergast respondió con calma.

–Le aseguro, capitana, que Bullard no nos ha dejado otra opción. Llegué a pensar que tendría que ponerle las esposas.

–Deberían haber organizado un encuentro con su abogado en el yate, para que no le pareciera una emboscada y no se pusiera a la defensiva.

–Lo más probable es que cualquier aviso le hubiera hecho huir del país.

Hayward resopló irritada.

–Soy capitana de inspectores de la policía de Nueva York y el caso es mío. Bullard no está entre los sospechosos ni se le tratará como tal. –Hizo girar la silla para mirar a D'Agosta–. Usted se encargará del interrogatorio, sargento. Quiero que el agente especial Pendergast se mantenga al margen, con la boca cerrada. Bastantes problemas ha causado ya.

–Como quiera –dijo Pendergast con educación a la espalda de Hayward.

Cuando volvieron a la sala de interrogatorios, Bullard se levantó y señaló a Pendergast.

–Me lo vais a pagar, tú y el gordo de tu esbirro de mierda.

–¿Lo ha grabado en vídeo? –preguntó Hayward con calma al supervisor.

–Sí. La cámara está en marcha desde que ha llegado.

La capitana asintió con la cabeza. Las pupilas de Bullard eran como dos puntitos de odio concentrado.

Tras unos instantes de silencio, llamaron a la puerta.

–Pase –dijo Hayward.

Un policía de uniforme abrió la puerta e hizo pasar a un hombre con traje gris marengo. Tenía el pelo corto, del mismo color gris que los ojos, y un rostro afable y simpático. Cuando el policía se volvió para cerrar la puerta, D'Agosta vio el brillo de una cruz bajo su camisa azul, y pensó: «Hayward quizá no crea en el demonio, pero aún tiene que convencer a algunos de los suyos».

–¡Por fin! –rugió Bullard, mirando al abogado fijamente–. ¡George, joder, te he llamado hace cuarenta minutos! Venga, tío, sácame de aquí.

El abogado le saludó impasible, como si estuvieran en un cóctel. Luego se volvió y dio la mano a Pendergast.

–George Marchand, de Marchand & Quisling. Represento al señor Bullard.

Tenía una voz de una afabilidad casi musical, pero su mirada fue de la chapa de Hayward a la de D'Agosta.

–Le presento a un colega, el sargento D'Agosta.

–Encantado.

La mirada serena de Marchand realizó un escrutinio silencioso de la sala.

–¿Y la citación?

Pendergast sacó un papel de su traje negro y se lo dio al abogado, que lo examinó.

–Es su copia –dijo Hayward inexpresivamente.

–Gracias. ¿Puedo preguntar por qué este interrogatorio no podía hacerse en el despacho o en el yate del señor Bullard, para su comodidad?

La pregunta no iba dirigida a nadie en concreto. Hayward señaló a D'Agosta con la cabeza.

–Anteriormente, el señor Bullard se negó a contestar unas preguntas en su club. En esta ocasión me ha amenazado con lo que, a mi entender, cualquier persona sensata interpretaría como un chantaje implícito. Todos los indicios apuntaban hacia su inminente salida del país, pero su información es esencial para nuestra investigación.

–¿Es sospechoso?

–No, pero es un testigo importante.

–Ya. ¿Y la amenaza implícita de chantaje? ¿En qué ha consistido?

–Joder, pues en una… –empezó a decir Bullard.

El abogado le interrumpió con un gesto de la mano.

–La amenaza ha sido hecha en mi presencia –intervino Pendergast–. Justo antes de su llegada, el señor Bullard ha formulado otra amenaza que ha quedado recogida en vídeo.

–¡Maldito mentiroso...!

–Ni una palabra más, señor Bullard. Creo que ya ha hablado más de la cuenta.

–Joder, George, esta gente...

–¡Silencio!

El abogado lo dijo amablemente, pero en un tono muy especial.

Bullard se quedó callado.

–Mi cliente –dijo Marchand– está deseando colaborar. Les diré cómo: primero ustedes hacen la pregunta; después, si es necesario, yo hablo con mi cliente en el pasillo. A continuación, mi cliente dará su respuesta. ¿Estamos de acuerdo?

–Sí –dijo Hayward–. Tómele juramento.

Así se hizo, bajo la presidencia del supervisor. Al final, Bullard, cuyas respuestas habían sido simples gruñidos, se volvió otra vez hacia su abogado.

–¡Maldita sea, George, se supone que estás de mi parte!

–Tengo que hablar a solas con mi cliente.

Marchand se llevó a Bullard al pasillo. Volvieron al cabo de un minuto.

–Primera pregunta –dijo el abogado.

D'Agosta se adelantó, consultó sus apuntes y dijo con su más imperturbable voz de policía:

–Señor Bullard, el dieciséis de octubre a las dos y dos minutos de la madrugada recibió una llamada de Jeremy Grove, con quien habló durante cuarenta y dos minutos. ¿De qué? Empiece por el principio y no se deje nada en el tintero.

–Eso ya...

La firmeza de la mano de Marchand en el hombro de Bullard hizo que éste se callara. Salieron de nuevo al pasillo.

–¿Piensa dejar que hagan lo mismo a cada pregunta? –inquirió D'Agosta.

–Sí –dijo Hayward–. Tiene derecho a un abogado.

Marchand y Bullard regresaron.

–Grove me llamó para charlar –dijo Bullard–. Fue una llamada de cortesía.

–¿De madrugada?

Bullard miró a su abogado, que asintió.

–Sí.

–¿De qué charlaron?

–Ya se lo dije: un poco de todo. De cómo nos iba a él y a mí, de cómo estaban nuestras familias, del perro... Cosas así.

–¿De qué más?

–No me acuerdo.

Silencio.

–O sea, señor Bullard, que hablaron de sus perros durante cuarenta y dos minutos, y pocas horas después Grove fue asesinado.

–Eso no es una pregunta –dijo el abogado tajantemente–. Siguiente.

D'Agosta pasó la página; sentía sobre él la mirada penetrante de Hayward.

–¿Dónde estaba cuando él le llamó?

–En mi yate, cruzando el estrecho.

–¿Cuántos tripulantes había a bordo?

–Salí sin tripulación. El yate tiene un sistema informático. Lo hago muy a menudo.

El silencio fue corto, pero significativo.

–¿De qué conocía a Grove?

–No me acuerdo.

–¿Eran muy amigos?

–No.

–¿Tenían relaciones comerciales?

–No.

–¿Cuándo lo vio por última vez?

–No me acuerdo.

–Entonces, ¿por qué le llamó?

–Eso habría que preguntárselo a él.

La misma tomadura de pelo de la otra vez. D'Agosta pasó a la otra llamada.

–El veintidós de octubre, a las siete cincuenta y cuatro de la tarde, Nigel Cutforth llamó al número de su casa. ¿Se puso usted?

Bullard miró al abogado, que asintió.

–Sí.

–¿De qué hablaron?
–También fue una llamada de cortesía. Hablamos de amigos comunes, de la familia, de las últimas noticias...
–¿Y de perros? –preguntó D'Agosta sarcásticamente.
–No recuerdo si hablamos de perros.
De pronto intervino Pendergast.
–A propósito, señor Bullard, ¿tiene usted perro?
Se produjo un breve silencio. Hayward lanzó una mirada de advertencia a Pendergast.
–Hablaba metafóricamente. Lo que quería decir es que charlamos sobre todo un poco.
D'Agosta siguió adelante con el interrogatorio.
–Cutforth fue asesinado pocas horas después de haberle llamado. ¿Lo notó nervioso?
–No me acuerdo.
–¿Le dio a entender que estaba asustado?
–Que yo recuerde, no.
–¿Le pidió ayuda?
–No me acuerdo.
–¿Qué relación tenía con el señor Cutforth?
–Superficial.
–¿Cuándo le vio por última vez?
Un titubeo.
–No me acuerdo.
–¿Llegaron a tener algún negocio, o algún trato?
–No.
–¿Cómo se conocieron?
–No me acuerdo.
–¿Cuándo se conocieron? –dijo suavemente Pendergast.
–No me acuerdo.
Peor que una tomadura de pelo. El abogado, George Marchand, parecía cada vez más satisfecho. Pero D'Agosta no pensaba prestarse a su juego.
–Después de la llamada de Cutforth, ¿pasó usted el resto de la noche en su yate?
–Sí.
–¿Tiene usted una lancha a motor?

–Sí.
–¿Estaba guardada?
–No, amarrada al lado del yate.
–¿Qué clase de lancha?
–Un Picnic Boat.
Pendergast intervino.
–¿Se refiere a un Hinckley Picnic Boat, de los que tienen propulsión a chorro?
–Exacto.
–¿El del Yanmar de trescientos cincuenta caballos o el de cuatrocientos veinte?
–El de cuatrocientos veinte.
–¿Con velocidad máxima superior a treinta nudos, si no me equivoco?
–Más o menos.
–Y cuarenta y cinco centímetros de calado.
–Eso dicen.
Pendergast se apoyó en el respaldo, ignorando la mirada de Hayward. Era evidente que había hecho sus investigaciones durante el proceso de Bullard.
D'Agosta retomó el hilo de sus preguntas.
–Por lo tanto, después de la llamada pudo haber subido a la lancha y haberse dirigido a la parte alta de la ciudad. Con tan poco calado, pudo haber desembarcado en cualquier punto de la costa de Manhattan. Y la propulsión a chorro le habría permitido cualquier maniobra: de lado, marcha atrás... ¿Es así?
–Mi cliente ya ha dicho que pasó la noche en su yate –dijo el abogado con el mismo tono amigable–. ¿Siguiente pregunta?
–¿Pasó toda la noche solo, señor Bullard?
La pregunta mereció otra salida al pasillo.
–Sí, estuve solo –dijo Bullard al volver–. En el puerto deportivo llevan un registro y pueden confirmar que no salí del yate en toda la noche, y que no me llevé el Picnic Boat del amarradero.
–Lo comprobaremos –dijo D'Agosta–. Así que estuvo hablando del tiempo con Cutforth durante treinta minutos, pocas horas antes de que éste fuera asesinado.

–No creo que habláramos del tiempo, sargento.

La mirada de Bullard era victoriosa. Volvía a ganar.

–Señor Bullard –preguntó Pendergast–, ¿está a punto de salir del país?

Bullard miró a Marchand.

–¿Tengo que contestar?

Otra excursión al pasillo. Al volver, Bullard dijo:

–Sí.

–¿Adónde va?

–Esa pregunta queda fuera del ámbito de la citación –dijo el abogado–. Mi cliente desea colaborar, pero también solicita respeto hacia su intimidad. Como han dicho ustedes mismos, no es un sospechoso.

Pendergast se dirigió a Marchand.

–Quizá su cliente no sea un sospechoso, pero podría ser un testigo esencial, y no sería descabellado imaginar que se le pidiera hacer entrega de su pasaporte. A título provisional, naturalmente.

D'Agosta observaba atentamente a Bullard. Esperaba un cambio de expresión en él, pero no de tanta intensidad; Bullard pareció a punto de estallar por enésima vez.

El abogado sonrió educadamente.

–Una afirmación completamente absurda, señor Pendergast. Los movimientos del señor Bullard no se verán limitados en ningún sentido. Estoy sorprendido. Considero incorrecta la simple mención de semejante posibilidad, que podría interpretarse como una amenaza.

Hayward miró a Pendergast con mala cara.

–Señor Pendergast...

El agente levantó una mano.

–Señor Bullard, ¿cree usted en la existencia del diablo?

La cara de Bullard reflejó algo, una emoción fugaz pero intensa que D'Agosta no tuvo tiempo de interpretar. Bullard se apoyó en el respaldo, cruzó las piernas y sonrió, todo ello sin la menor prisa.

–Claro que no. ¿Y usted?

El abogado se levantó.

–Parece que hemos llegado al final del interrogatorio, señores.

Nadie le contradijo. Marchand repartió tarjetas, sonrisas y apretones de manos.

–La próxima vez que tengan que ponerse en contacto con mi cliente –dijo–, háganlo a través de mí, porque el señor Bullard se va al extranjero.

Sonrió a Pendergast con toda la intención.

–Eso está por ver –dijo el agente en voz baja.

26

Bullard y su abogado habían logrado cruzar la segunda masa de vociferantes reporteros. También Pendergast se había marchado. D'Agosta y Hayward estaban solos en el vestíbulo color barro de la jefatura. Él tenía algo que decir, y ella, al parecer, también.

–¿Lo de que Bullard le amenazó era verdad, sargento?

D'Agosta vaciló.

–Sólo quiero saberlo. No le pido que entre en detalles.

–Pues... en cierto modo.

Se dirigieron a la salida. Fuera, los últimos equipos de periodistas recogían los bártulos de mala gana. El cielo tenía una mancha roja al oeste. D'Agosta tuvo la impresión de que Hayward desprendía olas de calor al caminar. Se notaba que aún estaba cabreada.

–¿Una amenaza de qué tipo?

–Preferiría no explicarlo.

«Empezando por su mujer, la que está en Canadá.» Se le apareció, sin pretenderlo, el rostro afeitadísimo de Chester Dominic. No podía ser verdad. Aunque bien pensado... Sí, sí podía ser. Llevaban separados mucho tiempo. Su matrimonio había terminado. ¿A quién quería engañar? De acuerdo; pero ¿Chester Dominic? ¿Con esa sonrisa forzada de comemierda y esa simpatía barata de vendedor de coches? ¿Con esos trajes de poliéster? ¡No, por favor! Cualquiera menos él.

Volvió la cabeza y se encontró con los ojos de Hayward, cuya expresión era una mezcla de preocupación y escepticismo. D'Agosta pensó que la capitana no lo tenía fácil. Como agente del FBI, Pendergast era buenísimo, pero el trabajo en equipo no era su fuerte. O se hacían las cosas a su manera o no se hacían. Sin compromisos.

–Algo tendrá que decir si se formula una acusación.

–Bueno, pero no ahora. –D'Agosta respiró hondo–. Capitana Hayward, Pendergast no ha tenido más remedio que ponerse duro con Bullard.

–Lo dudo. Podría haber pedido una citación y haber concertado el interrogatorio en el barco. Seguro que le habría sacado algo más, porque lo que es ahora nos hemos quedado en pelotas.

–Fuimos a su yate a hacerle unas preguntas y el tío me amenazó. No creo yo que concertándolo se hubiera conseguido nada más...

–Bueno, es posible, pero ha acabado siendo una pelea de gallitos, y eso nunca sirve de nada.

Cruzaron la puerta y se quedaron en la escalinata de mármol. Hayward seguía enfadada. Decididamente, había tensiones que suavizar.

–¿Tiene algo que hacer? –preguntó él.

Hayward le miró.

–Pensaba irme a casa.

–¿Le apetece una copa? De profesional a profesional, ¿eh? Conozco un sitio en Church Street. Bueno, lo conocía.

La capitana lo observó. Tenía la cara blanca, enmarcada por un pelo negro y brillante, y chispas de enfado residual en la mirada.

–Vale.

Bajaron juntos por la escalinata.

–Pendergast tiene sus métodos –dijo D'Agosta.

–Sí, es lo que me da miedo. Mire, sargento...

–¿Y si me llamara Vinnie?

–Bueno, pues llámame Laura. Lo que me preocupa es lo siguiente: ¿cuántas veces ha testificado Pendergast contra un acusado delante de un tribunal?

–No lo sé.

–Pues yo sí: muy pocas. Y ¿sabes por qué?

–¿Por qué?

–Porque la mayoría de sus acusados acaban muertos. Por eso.

–No es culpa suya.

–No he dicho que lo sea. Era una simple observación. Supongamos que Bullard se convierte en sospechoso. El numerito de hoy no quedará muy bien.

Doblaron a la izquierda por Park Row y después a la derecha por la calle Vesey. D'Agosta reconoció el local, que no parecía haber cambiado. Dos helechos moribundos colgaban en el macramé de la ventana del semisótano. El toque perfecto para ahuyentar a otros policías. Por eso le gustaba; por eso y por la Guinness de barril.

–Ni siquiera sabía que existía –dijo Hayward al bajar, mientras D'Agosta le sujetaba la puerta y entraba a su vez en una sala fresca con olor a cerveza.

La capitana se sentó al fondo. El camarero apareció enseguida.

–Una Guinness –dijo ella.

–Dos.

D'Agosta no conseguía borrar la imagen de Dominic con su mujer. Comprendió que si no hacía algo al respecto se volvería loco.

–Ahora vuelvo –dijo levantándose.

Encontró el teléfono en un rincón del fondo del bar. Llevaba mucho tiempo sin llamar desde un teléfono público, pero dadas las circunstancias no quería usar su móvil. Llamó a información, habló con Canadá, pidió el número y lo marcó. Le costó dos viajes a la barra y veinte monedas de veinticinco centavos. ¡Caray!

–Caravanas Kootenay –dijo una voz nasal de mujer.

–¿Está Chet Dominic?

–Ya se ha ido.

–Es que habíamos quedado y llego tarde. ¿Tiene su número de móvil?

–¿De parte de quién?

–Jack Torrance, el que está interesado en el Itasca Sunflyer con dormitorio extraíble y encimeras Corian. Chet es amigo mío del club.

–Ah, sí, claro, el señor Torrance. –La voz se había vuelto falsamente simpática–. Un momento. –Le dio el número.

D'Agosta miró su reloj, fue a buscar más monedas a la barra y llamó.

–¿Diga?

Era Chester.

–Soy el doctor Morgan. Llamo del hospital. Ha habido un accidente muy grave.

–¿Qué? ¿Quién?

La voz indicaba sobresalto. D'Agosta se preguntó si Dominic tenía mujer e hijos. Probablemente sí, el muy cerdo.

–Tengo que hablar enseguida con la señora Lydia D'Agosta.

–Ah... Un momento. Ahora se la paso.

Oyó movimiento, una voz amortiguada y después la de su mujer.

–¿Diga? ¿Qué pasa? ¿Qué ha pasado?

D'Agosta cortó suavemente la llamada, respiró hondo dos veces y regresó a la mesa. Antes de llegar oyó sonar su móvil. Se puso.

–¿Vinnie? Soy Lydia. ¿Estás bien?

–Sí, claro. ¿Por qué lo preguntas? Pareces nerviosa.

–No, no, estoy bien; es que acaban de decirme... No sé, algo del hospital, y me había preocupado.

Estaba alterada y confusa.

–No era yo.

–Es que como estoy aquí tan lejos de ti y me entero de todo por segundas fuentes...

–¿Aún estás en el trabajo?

–Ahora mismo salgo del aparcamiento.

–Ah. Bueno, pues hasta otra.

D'Agosta cerró el teléfono con fuerza y se sentó, pensando: «Querrás decir que el que salía era Chester Dominic. De ti». Sintió un calor en la piel, un hormigueo insoportable. Ya le habían servido la Guinness, una jarra digna de respeto, con cinco centímetros de espuma. La levantó y bebió dos sorbos largos y seguidos hasta sentir que el frío líquido le deshacía el nudo en la garganta. Entonces dejó la pinta en la mesa y vio que Laura Hayward le miraba fijamente.

–¡Sí que tenías sed!

–Sí.

Volvió a beber para taparse la cara. ¿A quién pretendía engañar? Ya llevaban medio año separados. En el fondo no podía reprocharle nada, al menos hasta ese punto. Y su hijo Vinnie tampoco quería irse de Canadá. En el fondo, Lydia no era mala persona. Aunque le había dado un golpe bajo. Bajísimo. Se preguntó si Vinnie lo sabía.

–¿Malas noticias?

Miró a la capitana.

–Más o menos.

–¿Te puedo ayudar?

–No, gracias. –Se incorporó–. Perdona. Esta noche soy un desastre como acompañante.

–Tranquilo, esto tampoco es una cita.

Después de un silencio, Hayward dijo:

–Leí tus dos novelas.

D'Agosta sintió que se ruborizaba. Era el tema del que menos le apetecía hablar.

–Son muy buenas. Quería decírtelo.

–Gracias.

–Me encantó el estilo: impasible, descarnado... En esos libros se ve lo que es trabajar en esto; no como en la mayoría de las novelas policíacas, que son una engañifa.

D'Agosta asintió con la cabeza.

–Y ¿dónde las encontraste? ¿En las ofertas?

–Me las compré cuando salieron. La verdad es que puede decirse que he seguido tu carrera.

–¿En serio?

D'Agosta estaba sorprendido. Años atrás, al trabajar con ella en los crímenes del metro, no tuvo la sensación de impresionarla mucho, al menos en el buen sentido. Claro que nunca fue muy comunicativa.

–En serio. La... –Hayward titubeó–. La última vez, cuando colaboramos, yo aún no me había sacado el máster en la Universidad de Nueva York. Fue mi primer caso importante. Era muy ambiciosa, y para alguien que empezaba como yo, eras el poli modelo. Por eso me intrigó que te fueras a Canadá a escribir novelas. Me extrañó que un poli tan bueno como tú renunciara.

–Quería decir muchas cosas. Sobre el delito, los delincuentes, el sistema judicial... y sobre la gente en general.

–Pues lo dijiste muy bien.

–No lo suficiente.

D'Agosta tenía la jarra vacía. Ella también.

–¿Otra ronda? –preguntó él.

–Venga. Mira, Vinnie, tengo que decirte que cuando te vi con galones de sargento y la insignia de Southampton me costó creerlo. Llegué a pensar que eras un hermano gemelo.

D'Agosta se esforzó en reír.

–La vida.

–Menudo caso el de los crímenes del metro, ¿eh?

–Ni que lo digas. ¿Te acuerdas del motín?

Hayward sacudió la cabeza.

–¡Qué espectáculo! Como en una película. A veces aún tengo pesadillas.

–Yo me lo perdí. Estaba a un kilómetro de profundidad, acabando lo que había empezado el capitán Waxie.

–El bueno de Waxie... ¿Sabes que cayó a tanta profundidad por los túneles que nunca encontraron su cadáver? Seguro que se lo comió un caimán.

–O algo peor.

La capitana se quedó callada.

–Ahora la policía es diferente. Nada que ver. Menos mal, porque ¡tuvimos que vérnoslas con unos personajes...! Y yo de novata.

–¿Te acuerdas de McCarroll, el de tráfico? ¿Te acuerdas de que le llamaban McCarrion[1] por su aliento?

D'Agosta se rió.

–¡Que si me acuerdo, dices! Tuve que pasarme seis meses trabajando para él. En esa época no era fácil ser mujer en tráfico. Tenía dos cosas en contra: mi condición femenina y estar estudiando un máster. Bueno, tres: también que no quería acostarme con el cerdo de McCarrion.

–¿Se te insinuó?

1. «*Carrion*» significa «carroña». *(N. del T.)*

–Ése lo que entendía por insinuarse era ponerse a mi lado, echarme el aliento, decirme qué cuerpo más bonito y poner morritos.

D'Agosta hizo una mueca.

–Vaya por Dios. ¿Lo denunciaste?

–¿Qué? ¿Y renunciar a mi carrera? Total, por un cretino que daba más pena que otra cosa... Ahora la policía de Nueva York es otro planeta. Profesional al cien por cien. Por otra parte, nadie se atrevería a hacerle según qué cosas a una capitana.

Trajeron la segunda ronda. D'Agosta hundió su rostro en el vaso y oyó cómo la capitana recordaba viejos tiempos y contaba anécdotas graciosas de McCarroll y otro capitán de los de antes, Al *Crisco* DuPrisco. Se le estaba refrescando la memoria.

Meneó la cabeza.

–Si es que para ser poli no hay nada como la Gran Manzana.

–Desde luego.

–Tengo que volver, Laura. En Southampton me muero de asco.

Ella no dijo nada. Al levantar la vista, D'Agosta vio algo en su mirada. ¿Qué era? ¿Compasión?

–Lo siento.

Apartó la suya. Se había girado la tortilla. Ironías de la vida. Ahora Hayward debía de ser la capitana más joven del cuerpo, y él... En fin, si alguien se merecía el éxito era ella.

–Oye –dijo recuperando de pronto el tono profesional–, si te he invitado a una copa ha sido para asegurarme de que no le guardes rencor a Pendergast. Hemos colaborado en dos casos importantes, dos, y te aseguro que sus métodos funcionan, aunque sean poco ortodoxos. No podrías pedir nadie mejor del FBI.

–Agradezco tu lealtad, pero el caso es que no sabe trabajar en equipo. Me he arriesgado mucho para conseguir la citación y la orden judicial, y él me ha puesto en evidencia. Por esta vez le concederé el beneficio de la duda, pero mantenle a raya, Vinnie. Se nota que a ti te tiene respeto.

–A ti también.

Se quedaron un rato callados.

–Oye, ¿por qué dejaste de escribir? –preguntó ella volviendo al tema personal–. Me pareció que tenías futuro.

–Sí, en la zona de los números rojos. No ganaba lo suficiente. Después de dos novelas me quedé sin un real, y Lydia, mi mujer, ya no pudo más.

–¿Estás casado?

Hayward se apresuró a mirarle la mano, pero hacía años que no le cabía el anillo.

–Sí.

–No sé por qué me sorprendo. Todos los tíos que valen la pena están emparejados. Brindemos por Lydia.

Levantó la pinta, pero D'Agosta no.

–Estamos separados –dijo–. Ella aún vive en Canadá.

–Lo siento.

La capitana bajó su cerveza, pero no parecía sentirlo demasiado. ¿O eran imaginaciones de D'Agosta?

–Volviendo a la amenaza de Bullard... –D'Agosta tragó saliva. No sabía muy bien por qué se lo contaba, pero de repente tenía la sensación de que no podía aguantar un minuto más sin vomitarlo–. No sé cómo, pero se enteró de que mi mujer está liada con alguien y me lo dijo; eso y muchos otros datos comprometedores que amenazó con divulgar.

–Qué cabrón... Pues entonces me alegro de que Pendergast le diera caña. –Hayward titubeó–. ¿Te apetece hablar del tema?

–Ya estamos hablando.

–Lo siento, Vincent. Es un mal trago. ¿Vale la pena salvar el matrimonio?

–Ya ha pasado más de medio año. Lo que ocurre es que hasta ahora lo hemos negado.

–¿Tenéis hijos?

–Sí, uno. Vive con su madre. El año que viene entrará en la universidad con una beca. Es un chico estupendo.

–¿Cuánto tiempo lleváis casados?

–Diecinueve años. Nos casamos al salir del instituto.

–¡Caray! Y ¿seguro que no hay nada que valga la pena salvar?

–Ahora mismo, salvo algunos buenos recuerdos, nada. Se acabó.

–Bueno, pues Bullard acaba de hacerte un favor.

Hayward le tocó la mano para consolarle.

D'Agosta la miró. Tenía razón. En cierto modo, Bullard le había hecho un favor. Un gran favor, quizá.

27

Medianoche. El barco seguía en su grada, con la tripulación a bordo y todo preparado para zarpar con las primeras luces. Bullard se encontraba en cubierta, respirando el aire nocturno y contemplando Staten Island al fondo de la bahía. Quedaba algo pendiente antes de levantar el ancla. Había cometido dos errores graves, y era necesario enmendarlos. El primero era haber contratado impulsivamente a unos memos para acabar con D'Agosta. ¡Qué estupidez! Indigna de él. Para matar a un poli había que hacer bien las cosas. El muy fulero del sargento le había soltado un par de amenazas, y él, nervioso como estaba, se había dejado asustar. ¡Llevaba unos días demasiado suspicaz! No pensaba claramente. En realidad su enemigo no era el mierda del sargento. Ése era un simple sabueso. El verdadero enemigo era el agente del FBI, Pendergast, que resultaba más peligroso que una víbora: tranquilamente enrollado sobre sí mismo, inalterable, pero siempre a punto de morder. Pendergast iba muy en serio. Era el cerebro del equipo. Matando el cerebro, se mataba el cuerpo. Con Pendergast fuera de juego, la investigación no tenía futuro.

La regla para los polis resultaba aún más válida con los agentes del FBI: sólo había que matarles si no había más remedio. Casi nunca se mejoraba nada. Claro que había excepciones, y Pendergast era una de ellas. Bullard no podía permitir que nada, nada, interfiriese en lo que tenía que hacer.

Entró en el barco. Todo estaba en calma. Penetró con sigilo en una habitación insonorizada, cerró la puerta con pestillo y consultó su reloj. Aún faltaban algunos minutos. Pulsó unos botones que hicieron iluminarse una pantalla. Pendergast se había llevado su CPU y algunos de sus archivos, pero todos sus ordenadores estaban en red, y todas las carpetas con datos de negocios estaban encriptadas. Bullard usaba una encriptación con claves de dos mil cuarenta y ocho bits, a salvo de cualquier ordenador, incluso de los más potentes del mundo. No tenía miedo de lo que pudiera encontrar Pendergast, sino del propio Pendergast.

Pulsó unas cuantas teclas más, haciendo aparecer una cara borrosa en la pantalla. Tenía la tersura de un tambor y una delgadez tan extrema que era como si hubieran tensado la piel mojada sobre los huesos y la hubieran dejado secar. La cabeza estaba tan rapada que no existía ni una sombra en todo el cuero cabelludo. Daba verdadero repelús, pero era bueno. El mejor. Se hacía llamar Vasquez.

No hubo palabras ni saludos. Vasquez se limitaba a mirar fija e inexpresivamente, con las manos juntas. Bullard se apoyó en el respaldo y sonrió, aunque el efecto fuera nulo. La imagen que Vasquez veía en su pantalla era una cara inexistente, generada por ordenador.

Bullard tomó la palabra.

–El objetivo es Pendergast, nombre de pila desconocido. Agente especial del FBI. Vive en Riverside Drive 891. Quiero dos en la sesera. Te daré un millón por bala.

–Exijo el pago completo por adelantado –dijo Vasquez.

–¿Y si fallas?

–Yo nunca fallo.

–Y una mierda. Todo el mundo falla.

–El día en que falle, moriré. ¿Está de acuerdo o no?

Bullard vaciló. Claro que, puestos a hacer algo, mejor hacerlo bien.

–De acuerdo –se limitó a decir–, pero el tiempo es oro.

Si Vasquez le engañaba, había otros dispuestos a rematar la faena y reducir la competencia. Dos asesinatos no saldrían mucho más caros que uno.

Vasquez enseñó un papel con un número y esperó a que Bullard lo anotase.

–Cuando aparezcan los dos millones en esta cuenta, me pondré a trabajar. No hace falta que volvamos a hablar.

La pantalla se apagó. Bullard comprendió que Vasquez debía de haber interrumpido la transmisión. No estaba acostumbrado a que le colgasen. Tras una pasajera irritación, respiró hondo. Ya había trabajado con artistas, y todos estaban hechos de la misma pasta: egocéntricos, extravagantes y codiciosos.

Y Vasquez era un artista de la mejor calaña; de la que disfrutaba de verdad con su trabajo.

28

D'Agosta llegó hasta la verja de hierro, y al pisar el freno del Ford Taurus se preguntó si había anotado mal la dirección. Llegaba con una hora de retraso, como mínimo. El papeleo, originado por enfrentamiento del día anterior con Bullard, le había ocupado toda la mañana. La situación había llegado a un extremo en que los polis no podían disparar, interrogar a un sospechoso o tirarse un pedo sin tener que redactar un informe posterior.

Era una verja oxidada con aspecto de abandono y estaba abierta. Se aguantaba sobre dos pilares de piedra muy gastada. Al otro lado había un camino de gravilla con casi medio metro de hierbajos recién aplastados por el paso de un vehículo. Sí, era allí. Se lo confirmó una placa de piedra enganchada con cemento en uno de los pilares. El nombre estaba desgastado por el tiempo y la intemperie, pero aún podía leerse: «Ravenscry».

Bajó del coche, hizo chirriar la verja al empujarla, volvió a ponerse al volante y se internó por el camino. El rastro del otro coche (o de los otros coches) formaba dos franjas aplastadas en la hierba. El camino serpenteaba entre los troncos grandes y nudosos de un antiguo bosque de abedules, hasta salir de nuevo al sol y a un prado sembrado de flores silvestres que en otros tiempos, evidentemente, había sido un césped. Al fondo del prado había una lúgubre mansión de piedra, cerrada a cal y canto y protegida del sol por unos olmos. Como mínimo tenía veinte chimeneas. Una auténtica casa encantada. D'Agosta movió lentamente la cabeza. Tras echar un vistazo a las instrucciones de Pendergast, rodeó el edificio por la vía de acceso y llegó a otro camino que cruzaba una serie de viejos jardines en dirección a un molino, situado a la orilla de un pequeño río. Reconoció el Rolls de Pendergast y aparcó al lado. Proctor, el chófer del agente, hacía algo en el maletero. Cuando D'Agosta bajó del coche y se acercó, Proctor se inclinó educadamente y señaló el riachuelo con la cabeza.

D'Agosta siguió un camino de piedra que se apartaba de la pista. A partir de cierto momento vio que le precedían dos personas, dos siluetas moteadas de sombra que hablaban con gran concentración. Una de ellas tenía que ser Pendergast. Le delataban el traje negro y la delgadez. La otra, que llevaba una gorra para el sol y una sombrilla, sólo podía ser la joven que se hospedaba en su casa. ¿Cómo se llamaba? Constance.

Al acercarse al riachuelo oyó el murmullo del agua y el canto de los pájaros entre los abedules. Pendergast se volvió y le hizo señas.

–¡Lo ha encontrado, Vincent! Me alegro de que haya venido.

Constance, que también se había vuelto, sonrió con gravedad y le tendió la mano. D'Agosta la cogió y masculló un saludo. Por alguna razón, esa joven le impulsaba a extremar las formas, al igual que su abuela cuando era pequeño. Sus ojos, realmente especiales, quedaban ocultos por unas gafas de sol.

D'Agosta miró el camino manchado de luces y sombras. El molino ya no giraba. El curso del agua había sido desviado hacia una serie de peculiares depósitos de piedra.

–¿Qué es todo esto?

–La finca de mi tía abuela Cornelia, que desgraciadamente tiene problemas de salud y está recluida en una residencia. He empezado a traer a Constance para que tome el aire.

–Para acabar mi rehabilitación –dijo ella sonriendo un poco–. El señor Pendergast considera que estoy delicada de salud.

–¡Pues vaya finca! –dijo D'Agosta.

–Este molino fue convertido en una granja de truchas en el siglo XIX –contestó Pendergast–. Cada año echaban miles de truchas al Dewing. Tenían el bosque lleno de pavos salvajes, ciervos, faisanes, urogallos, codornices y osos. El domingo, mis parientes y sus amistades salían a cazar, y esto se convertía en el escenario de una masacre.

–Un coto de caza. Debía de pescarse de fábula.

D'Agosta vio correr el agua por su lecho de guijarros, entre profundos remansos que aún debían de abundar en truchas. De hecho, vio que varios peces rompían la superficie.

–Nunca me ha gustado la pesca –dijo Pendergast–. Prefiero otros deportes más sangrientos.

–¿Qué tiene de malo la pesca?

–La encuentro sumamente cotidiana.

–Cotidiana. Ya.

–La mayoría de la servidumbre se fue después de la muerte repentina del marido de mi tía Cornelia. Poco después, fue mi tía quien se vio obligada a abandonar la casa. Ahora Ravenscry está vacía y abandonada. –Pendergast agilizó sus explicaciones–. El caso es que le he llamado para analizar el caso en un entorno que invite a la contemplación. Francamente, Vincent, se trata de un caso desconcertante. A estas alturas, normalmente ya tendría algún cabo del ovillo, pero esto es una excepción.

–Sí, se resiste –dijo D'Agosta, y miró de reojo a la joven sin saber cuánto podía decir.

–En presencia de Constance podemos hablar con total libertad.

La joven sonrió con fingida gravedad. Retomaron su paseo por las sombras, en dirección a los coches.

–Vamos a repasar lo que sabemos. Tenemos dos asesinatos, ambos con características inexplicables, empezando por el calentamiento del cadáver y la parafernalia mefistofélica. Sabemos que las víctimas tenían que estar relacionadas entre sí y con Bullard, pero yo aún no he logrado encontrar la relación.

–En eso me ha ayudado la capitana Hayward. Hemos consultado sus facturas de teléfono, los extractos de sus tarjetas de crédito y su historial laboral de los últimos diez años, pero nada. Ni siquiera consta que se conociesen. En cuanto a Bullard, la mayoría de los archivos del ordenador que confiscamos están demasiado encriptados para abrirlos, aunque Hayward me ha facilitado un dato interesante: encontraron una referencia a Ranier Beckmann en un directorio temporal de Internet. Se ve que Bullard también quería localizarle.

–No obstante, según dijo usted, Bullard negó conocer a

Beckmann durante el interrogatorio en el Athletic Club. Es evidente que esconde muchas cosas. Está enfadado y a la defensiva; me atrevería a añadir que tiene miedo, pero ¿de qué?

–De ser detenido. Por lo que a mí respecta, es el sospechoso número uno. Lo he estudiado con Hayward y tampoco tiene una buena coartada para el asesinato de Grove. Dijo que esa noche la pasó cruzando el estrecho en su yate, sin tripulación, pero nada le impedía navegar por el Atlántico, desembarcar en la playa de Southampton y hacer el trabajito.

–Es posible, pero a mi modo de ver el hecho de que no tenga coartada para ninguna de las dos noches es un punto a su favor. Además, ¿qué motivos tenía? ¿Por qué matar a Grove y Cutforth? Y ¿por qué hacer que pareciera obra del diablo?

–Tendrá un sentido del humor macabro.

–Al contrario. No se le aprecia sentido del humor alguno, salvo una especie de complacencia gansteril en el dolor ajeno. Nadie correría tantos riesgos por una simple broma.

–Entonces es que quiere enviar un mensaje.

–Bueno, pero ¿a quién? Y ¿para qué?

–No lo sé. Si no fue Bullard, pudo ser algún loco fundamentalista con ganas de que vuelva la Inquisición. Alguien que se cree la mano de Dios.

–Es otra posibilidad.

Tras un breve silencio, Pendergast añadió:

–Vincent, no ha mencionado la otra posibilidad.

D'Agosta sintió un nudo en el estómago. Pendergast no lo decía en serio. ¿O sí? Se sorprendió tocando inconscientemente la cruz.

–¿Dónde está Bullard en este momento? –le preguntó el agente.

–Ha zarpado esta mañana con su yate mar adentro.

–¿Se sabe adónde?

–Creemos que a Europa; en todo caso hacia el este, y a toda máquina. Más que a toda máquina. El yate debe de tener algún generador especial. En todo caso, Hayward ha mandado seguirle. Cuando desembarque sabremos dónde está, a menos que se salte la aduana, y no parece muy probable con un yate así.

–Admirable mujer. ¿Sigue enfadada?

–Digamos que sí.

Pendergast sonrió.

–Bueno, ¿y usted? ¿Cuál es su teoría? –preguntó D'Agosta.

–Estoy haciendo lo posible por no tener ninguna.

D'Agosta oyó un ruido de neumáticos en la gravilla, seguido por varios portazos y unas voces lejanas. Al mirar por encima del hombro vio una limusina larga y anticuada con la capota bajada. En su asiento de atrás había una cesta de mimbre con tiras de cuero.

–¿Quién es? –preguntó.

–Otro invitado –se limitó a responder Pendergast.

Alguien rodeó el coche, alguien de enorme corpulencia, que no guardaba ninguna proporción con el entorno, pero que se movía con una fluidez y agilidad notables. Era Fosco, quien al parecer había ascendido de testigo a conocido.

D'Agosta miró a Pendergast.

–¿Qué hace aquí?

–Al parecer posee una información de gran valor que está impaciente por comunicar y, dado que expresó su interés por comprobar qué se entiende por antiguo en este país, se me ocurrió invitarle a Ravenscry. Estoy en deuda con él desde una interesante velada en la ópera.

El conde se acercó por el camino a gran velocidad y empezó a saludar con el brazo mucho antes de reunirse con ellos.

–¡Magnífico lugar! –tronó frotándose las manos enfundadas en guantes blancos. Saludó a Pendergast con una inclinación y se volvió hacia D'Agosta–. El bueno del sargento. D'Agosta, ¿verdad? Siempre es un placer saludar a un compatriota. ¿Cómo está?

–Bien, gracias.

D'Agosta confirmó su desagrado por aquel ostentoso personaje, que ya le había causado mala impresión durante el funeral.

–Le presento a mi pupila, Constance Greene –manifestó Pendergast.

–¿Pupila, dice? Es un placer.

Fosco hizo una reverencia y se llevó la mano de la joven a los labios, pero sin tocarla.

Constance respondió con una inclinación de cabeza.

–Veo que comparte el interés del señor Pendergast por los automóviles exóticos.

–Así es, entre otras muchas cosas. El señor Pendergast y yo nos hemos hecho amigos. –Sonrió con efusión–. En algunos aspectos somos muy distintos. Yo, a diferencia de él, soy un amante de la música. También me gusta vestir bien, mientras que él lo hace como un enterrador. Soy abierto y locuaz; él, cerrado y silencioso. Yo soy directo, y él, retraído. Lo que nos une es el amor al arte, la literatura, la buena cocina, el vino y la cultura, así como la fascinación por esos crímenes atroces e inexplicables.

Observó a Constance con otra sonrisa.

–Los crímenes sólo son interesantes mientras resultan inexplicables. Por desgracia, hay pocos que permanezcan como tales.

–¿Por desgracia?

–Hablaba desde el punto de vista de la estética.

El conde se volvió hacia Pendergast.

–Esta joven es excepcional.

–Dígame, conde, ¿en qué consiste su interés por el caso, más allá de la simple fascinación? –preguntó Constance.

–Quiero ayudar.

–El conde Fosco ya lo ha hecho –dijo Pendergast.

–¡Y pronto verá que solamente es el principio! Pero antes debo comentarle que estoy encantado con esta propiedad. ¿Dijo que era de su tía abuela? ¡Qué pintoresca! Abandonada, medio en ruinas, misteriosa, fantasmagórica... Me recuerda un grabado de Piranesi, *Veduta degli Avanzi delle Terme di Tito*, las ruinas de las termas de Tito. Nada me gusta más que los edificios abandonados y en ruinas. Gran parte de mi propio *castello* de la Toscana se halla en un delicioso estado de deterioro.

D'Agosta se preguntó qué aspecto tendría el castillo de un conde.

–He traído la comida, como le prometí –tronó el conde–. ¡Pinketts!

A una palmada de Fosco, su chófer, que era el colmo de lo inglés, deshizo las cintas del enorme cesto de mimbre y lo depositó en el camino; a continuación dispuso un mantel de hilo, varias botellas de vino, quesos, jamón, salami, vajilla de plata y copas sobre una mesa de piedra, a la sombra de una enorme haya roja.

–Es muy amable, conde –dijo Pendergast.

–Y más se lo pareceré cuando vea el Villa Calcinaia Chianti Classico Riserva del noventa y siete que he traído. Lo hace mi vecino, el bueno del conde Capponi. Pero le tengo preparada otra sorpresa, algo todavía mejor que el vino, el caviar y el *foie gras*, suponiendo que tal cosa sea posible.

Los ojos negros de la cara tersa y agraciada del conde chispearon de satisfacción.

–¿De qué se trata?

–A su debido tiempo, a su debido tiempo. –El conde procedió a distribuir las cosas sobre la mesa con gran detenimiento, y dejó que aumentase la impaciencia mientras descorchaba y decantaba una botella de vino tinto. Después les dirigió una sonrisa cómplice–. He hecho un descubrimiento casual, pero de gran importancia. –Se volvió hacia D'Agosta–. ¿Le suena de algo el nombre de Ranier Beckmann, sargento?

–Lo encontramos en el ordenador de Bullard; parece ser que el tipo lo estaba buscando.

El conde asintió como si ya lo supiera.

–¿Qué más?

–Bullard hizo una búsqueda por Internet, pero sin resultados. Parece que Grove también buscaba a Beckmann, pero no sabemos por qué.

–Ayer, durante una comida, estuve sentado al lado de lady Milbanke, y entre constantes exhibiciones de su nuevo collar me contó que Jeremy Grove, pocos días antes de ser asesinado, le preguntó si conocía a algún detective privado que pudiese recomendarle. Resultó que sí, como es frecuente entre la gente escandalosa. Ni corto ni perezoso, acudí al detective en cuestión y le sonsaqué rápidamente que Grove le contrató... para encontrar a un tal Ranier Beckmann.

Hizo una pausa teatral.

–Grove estaba loco por encontrarle. Cuando el detective le pidió algún detalle, dijo que no podía darle ninguno. Ni uno solo. El detective interrumpió sus investigaciones al enterarse de la muerte de Grove.

–Qué interesante –dijo D'Agosta.

–Convendría saber si el nombre de Beckmann también apareció entre los efectos de Cutforth –dijo Pendergast.

D'Agosta sacó su teléfono móvil y marcó el número directo de Hayward.

–Aquí Hayward –dijo una voz inalterable.

–Soy el sargento D'Agosta. Vinnie, ¿tu gente ya ha acabado el inventario del apartamento de Cutforth?

–Sí.

–¿Por casualidad ha aparecido el nombre de Ranier Beckmann por algún sitio?

–Pues la verdad es que sí. –D'Agosta oyó un ruido de papeles–. Hemos encontrado una libreta con su nombre escrito en la primera página, con la letra de Cutforth.

–¿Y el resto de la libreta?

–En blanco.

–Gracias.

D'Agosta cerró el teléfono y reprodujo la conversación. El rostro de Pendergast se tensó de entusiasmo.

–Por fin el cabo que buscábamos. Grove, Cutforth y Bullard. ¿Por qué buscaban los tres a Beckmann? Debemos encontrar cuanto antes a ese hombre y averiguar qué tiene que decirnos.

–Es posible que le resulte difícil, amigo mío –manifestó el conde.

Pendergast le miró.

–¿Por qué?

–Porque el detective privado me contó algo más: que no pudo encontrar ninguna información sobre Ranier Beckmann. Ninguna dirección actual o antigua; ningún historial laboral, ninguna información familiar... Nada. Pero bueno, lo dejo en sus manos. –El conde, ufano de su triunfo, extendió sus palmas blancas–. Y ahora, después de lo profesional, disfrutemos de la comida. –Se volvió hacia Constance y le hizo una reverencia–. ¿Sería tan amable de sentarse aquí, a mi derecha? Sospecho que tenemos mucho de que hablar.

29

Antes de entrar, Harriman ya se había formado una imagen clara del salón de Von Menck. Esperaba encontrar alfombras persas, cartas astrológicas, estrellas de cinco puntas y acaso durgas tibetanas hechas de huesos humanos; imaginaba que la habitación en sí ya daría para todo un artículo, y por eso fue enorme su decepción cuando llamó a la puerta, la abrieron y apareció un estudio de una sencillez casi espartana, con una pequeña chimenea, cómodos sillones de cuero y litografías de ruinas egipcias en las paredes. De hecho, sólo había dos pistas de que no se trataba del típico salón de clase media: la pared de estanterías con vitrinas rebosantes de libros, manuscritos y papeles, y un Emmy al mejor documental, puesto de cualquier manera sobre la mesa, entre el teléfono y una anticuada agenda Rodolex.

Ocupó el asiento que se le ofrecía, esperando que su corazonada hubiera dado en el blanco y que Von Menck confiriese forma y voz a la historia sobre los asesinatos del diablo. El típico científico la habría descartado de buenas a primeras. Un loco de los cultos satánicos no habría tenido credibilidad. Si Friedrich von Menck era la elección perfecta, se debía a que estaba a caballo entre ambas cosas: su historial académico era irreprochable (era doctor en Filosofía por Heidelberg, en Medicina por Harvard y en Teología por Canterbury), pero siempre se había especializado en el misticismo, lo paranormal y lo inexplicable. Su documental sobre los círculos de las cosechas obtuvo una gran acogida al ser emitido por la PBS. Era un buen documental, con el equilibrio justo entre el escepticismo y el escalofrío de lo inexplicable. Por otro lado, como era bien sabido, había ganado un Emmy con su anterior documental sobre exorcismos en la ciudad española de Cartagena. Cuando lo vio, Harriman permaneció pensativo (al menos hasta la siguiente pausa comercial) preguntándose si la idea de la posesión demoníaca era tan descabellada como parecía.

Von Menck le proporcionaría algo más que una opinión. Gracias a él tendría una base, una pista de despegue, un motor. ¿Quién sino Von Menck podía poner en órbita una historia así?

El doctor le recibió con cortesía y se sentó delante, en un sillón de piel. A Harriman le cayó bien enseguida. Fue una sorpresa comprobar que esa atracción magnética que ejercía a través de la tele era real. Gran parte de ello se debía a su voz, grave y melosa, y al sereno ascetismo de su rostro de pómulos marcados y perfecto mentón. Sólo se echaba en falta una cosa: por televisión Von Menck sonreía mucho, con una sonrisa pilla de ingenio y buen humor, propia de un hombre que no se tomaba muy en serio a sí mismo y que tenía el efecto de aligerar el tecnicismo de sus investigaciones, mientras que en persona era de una educación irreprochable, pero no sonreía.

Tras las ineludibles fórmulas de cortesía, el doctor fue directamente al grano.

–En su mensaje decía que quería hablar conmigo sobre los últimos asesinatos.

–Exacto.

Harriman metió la mano en el bolsillo para sacar la grabadora digital.

–Lo que su periódico ha calificado como los asesinatos del diablo.

–Efectivamente. –¿Eran imaginaciones suyas o el tono cortés de Von Menck había dejado traslucir unas gotitas de desdén o de reproche?–. Doctor Von Menck, vengo a preguntarle si tiene formada una opinión sobre los crímenes.

El doctor Von Menck se apoyó en el respaldo del sillón, juntó las yemas de los dedos y miró a Harriman atentamente, antes de romper el silencio con unas palabras tan lentas y mesuradas que el periodista tuvo la impresión de que había meditado la pregunta mucho antes de que le fuera formulada.

–Sí. Lo cierto es que tengo una opinión.

Harriman dejó la grabadora en el apoyabrazos.

–¿Le importa que lo grabe?

Von Menck dio su permiso con un pequeño gesto de la mano.

–He reflexionado sobre la conveniencia de hacer públicas mis opiniones.

Harriman se quedó frío. «Oh, no –pensó–, está planeando hacer un documental sobre el tema. Me va a dar por el saco.»

Von Menck suspiró.

–Al final he decidido que la gente tiene derecho a saber. En ese sentido, su llamada no ha podido ser más oportuna.

La decepción dio paso al alivio. Harriman se inclinó y puso la grabadora en marcha.

–Entonces, ¿le importaría decirme lo que piensa? ¿Por qué precisamente esas dos personas, de esa manera y en este momento?

Von Menck volvió a suspirar.

–Lo de menos son las personas y la manera. Lo decisivo es el momento.

–Explíquese.

Von Menck se levantó para abrir una de las vitrinas y sacar algo. Lo trajo y lo dejó sobre la mesa, delante de Harriman. Era una sección de concha de nautilo, con sus celdas de crecimiento formando una espiral de hermosa regularidad.

–Señor Harriman, ¿sabe qué hay en común entre esta concha, el Partenón, los pétalos de una flor y las pinturas de Leonardo da Vinci?

Harriman negó con la cabeza.

–Que encarna la proporción más perfecta de la naturaleza, la proporción áurea.

–No sé si le entiendo.

–Es la proporción que se obtiene al dividir una línea de modo que el segmento más corto sea al segmento más largo, lo mismo que el segmento más largo a la línea entera.

Harriman lo anotó con la esperanza de entenderlo más tarde.

–El segmento más largo es 1,618054 veces más largo que el segmento más corto. El segmento más corto representa el 0,618054 por ciento del más largo. Son dos números exactamente recíprocos, que sólo difieren en el primer dígito. Se trata de los únicos dos números que presentan esta propiedad.

–Ah. Claro.

Las matemáticas nunca habían sido su fuerte.

–Y tienen otras propiedades muy notables. Se considera que un rectángulo construido con lados de estas dos longitudes es la forma más agradable a la vista. Recibe el nombre de rectángulo áureo. La planta del Partenón se construyó según esta figura. Y en ella se basan catedrales y pinturas. Estos rectángulos tienen otra propiedad destacable: si se recorta un cuadrado en cada lado se obtiene un rectángulo áureo de menor tamaño pero con las mismas proporciones. Se pueden recortar cuadrados y obtener rectángulos dorados más pequeños hasta el infinito.

–Comprendo.

–Bueno, pues si parte de un rectángulo grande y lo reduce a una serie infinita de rectángulos áureos más pequeños, y si después conecta todos los centros de los rectángulos, obtendrá una espiral logarítmica natural perfecta. Es la espiral que está viendo en la concha de nautilo, la misma que forman las semillas en la cabeza del girasol, y la de la armonía musical. De hecho, se encuentra en toda la naturaleza. La proporción áurea es una característica básica del mundo natural.

–Ajá.

–Es una proporción que forma parte de la estructura básica del universo.

Harriman vio que el doctor devolvía la concha a su estante con gran cuidado y cerraba la vitrina. Se había esperado cualquier cosa menos eso. Si él ya estaba desorientado, más lo estarían los lectores del *Post*. Qué pérdida de tiempo. Tendría que salir huyendo a la primera oportunidad.

Von Menck se colocó detrás del escritorio y se volvió hacia el periodista.

–¿Es usted religioso, señor Harriman?

Fue una pregunta tan inesperada que al principio Harriman no supo qué decir.

–No lo pregunto necesariamente en un sentido organizado, católico, protestante o lo que sea. ¿Cree usted que hay una fuerza unificadora detrás del universo?

–Nunca me lo había planteado, la verdad –le dijo Harriman–. Supongo que sí.

Lo habían educado como episcopaliano, pero llevaba veinte años sin pisar una iglesia, a excepción de las bodas y los funerales.

–Entonces, ¿cree usted, como yo, que nuestras vidas tienen un sentido?

Harriman apagó la grabadora. Había llegado el momento de salir por piernas. Para sermones religiosos ya estaban los testigos de Jehová.

–Con todo respeto, doctor, no veo qué relación tiene esto con los últimos dos asesinatos.

–Paciencia, señor Harriman. Las pruebas son complicadas, pero la conclusión, por usar una expresión popular, le dejará alucinado.

Harriman aguardó.

–Se lo voy a explicar. He dedicado toda mi vida a estudiar lo misterioso y lo inexplicable. En muchos casos, la solución del misterio me ha satisfecho del todo. Otros misterios, casi siempre los de mayor importancia, se me siguen resistiendo.

Von Menck cogió un papel de la mesa, hizo unas anotaciones y se lo puso delante a Harriman:

3243
1239

Dio un golpecito en la hoja.

–Para mí, estos dos números siempre han representado el mayor de todos los misterios. ¿Los reconoce?

Harriman negó con la cabeza.

–Identifican los dos mayores cataclismos que ha sufrido la civilización humana. En 3243 a.C., la explosión de la isla de Santorini produjo un maremoto que barrió la gran civilización minoica de Creta y devastó todo el Mediterráneo. Es la fuente tanto de la leyenda de la Atlántida como de la del Diluvio Universal. En 1239 a.C., las ciudades gemelas de Sodoma y Gomorra fueron reducidas a cenizas por una lluvia de fuego.

–¿La Atlántida? ¿Sodoma y Gomorra?

La cosa empeoraba.

Von Menck dio otro golpecito a la hoja.

–Platón describe la Atlántida en dos de sus diálogos, el *Timeo* y *Critias*, pero se equivoca en algunos detalles, como la fecha, que sitúa hacia 9000 a.C. Las últimas excavaciones arqueológicas llevadas a cabo en Creta y Cerdeña han permitido establecer una fecha más exacta. La historia de la ciudad perdida de Atlantis dio lugar a tanta literatura sensacionalista que la mayoría de la gente cayó en el error de confundirla con un mito, pero muchos arqueólogos serios están convencidos de que tiene una base real: la explosión volcánica de la isla de Santorini. Platón describe la Atlántida (es decir, la civilización minoica de Creta) como una ciudad-estado poderosa, obsesionada por el comercio, el dinero, el medro personal y el conocimiento, pero desprovista de valores espirituales. Es algo que confirman las excavaciones arqueológicas de los palacios minoicos de Knossos. Según Platón, los habitantes de la Atlántida habían dado la espalda a su dios. Cultivaban sus vicios, cuestionaban abiertamente la existencia de lo divino y adoraban la tecnología. Platón refiere que tenían canales y algo llamado pedernal que producía energía artificial.

Hizo una pausa.

–¿No le suena a otra ciudad que conocemos, señor Harriman?

–Nueva York.

Von Menck asintió con la cabeza.

–Exacto. Cuando el poder de la Atlántida se encontraba en su apogeo, aparecieron presagios de que sucedería algo terrible. Hizo un frío anómalo y el cielo se oscureció durante días. El suelo vibraba de manera extraña. Se produjeron muertes repentinas, inesperadas y espectaculares. Se cuenta que un hombre recibió el impacto de «un rayo que salió al mismo tiempo del cielo y de las entrañas de la tierra». Otro se desgarró por dentro, como por obra de algún explosivo, y «su carne y su sangre quedaron flotando como una fina niebla, mientras se propagaba un hedor insoportable». Una semana después se produjeron la explosión y la gran inundación que destruyeron definitivamente la ciudad.

En plena explicación, Harriman volvió a encender la grabadora. Al final quizá sacase algo en claro.

–Dos mil cuatro años después, exactamente, la zona del mar Muerto situada entre las actuales Israel y Jordania (el lugar más deprimido de la Tierra por naturaleza) era de una exuberancia y una fertilidad asombrosas. En esa zona estaban situadas las ciudades de Sodoma y Gomorra. Todavía se desconocen sus dimensiones exactas, pero en algunas de las últimas excavaciones arqueológicas realizadas en el valle se han descubierto grandes cementerios con miles de restos humanos. Está claro que en ese momento eran las dos ciudades más poderosas del mundo occidental. Al igual que le ocurrió a la Atlántida, cayeron en el grado más extremo del pecado, desviándose del orden natural de las cosas: orgullo, pereza, adoración de dioses terrenales, decadencia y depravación, negación de Dios y destrucción de la naturaleza. Como dice el Génesis, en toda Sodoma no era posible encontrar cincuenta, veinte o siquiera diez hombres justos. Por eso ambas ciudades fueron destruidas desde lo alto con «azufre y fuego», y en ellas «subía una humareda de la tierra cual de una fogata». También en este caso, las excavaciones arqueológicas del mar Muerto han confirmado la historia bíblica en un grado asombroso. La destrucción se vio precedida nuevamente por una serie de presagios del destino final de ambas ciudades. Un hombre quedó convertido en una columna de llamas amarillas. Otros aparecieron calcificados, a semejanza de la esposa de Lot, que se convirtió en una estatua de sal.

Von Menck salió de detrás de la mesa y se sentó en el borde, mirando fijamente al reportero.

–¿Ha estado en el mar Muerto, señor Harriman?

–Mentiría si dijera que sí.

–Pues yo sí. Varias veces. La primera fue justo después de haber descubierto un vínculo natural entre las fechas de los desastres de la Atlántida y de Gomorra. Actualmente, el mar Muerto es un desierto. No hay peces, debido a que el agua es varias veces más salada que la del mar. En sus orillas no crece casi nada, y lo poco que crece tiene una costra de sal; pero si cruza las llanuras yermas que hay cerca de Tell es-Saidiyeh, donde muchos expertos actuales sitúan Sodoma, observará que la superficie de sal está sembrada de un gran número de bolas de sulfuro puro y elemental. No es un sulfuro rómbico, como el que se encuentra en zonas geotérmicas de aparición natural, sino monoclínico: blanco, de una pureza excepcional, sometido a temperaturas muy altas durante períodos muy largos. Los geólogos no han encontrado ninguna otra bolsa de sulfuro de esas características en todo el planeta, pero en los alrededores de las ruinas de las dos ciudades lo hay en enorme abundancia. La causa de la destrucción de Sodoma y Gomorra no fue un proceso geológico normal. Hoy en día sigue siendo un misterio.

Von Menck cogió la hoja de papel y escribió otro número debajo de los dos primeros:

3243
1239
2004

–2004 d.C., señor Harriman. Constituye el término de la proporción áurea. Han pasado exactamente 5247 años desde 3243 a.C.: la proporción áurea. Y 3243 desde 1239 a.C.: otra vez la proporción áurea. La siguiente fecha de la serie es 2004 d.C. Resulta que también es el número exacto de años que separan los desastres anteriores. ¿Una coincidencia?

Harriman se quedó mirando el papel. «¿Está diciendo lo que creo?», pensó. Parecía increíble, una locura. Sin embargo, los ojos serenos que le observaban, con algo parecido a la resignación, no traslucían ni un ápice de locura.

–Durante años, señor Harriman, he buscado pruebas que refutaran mi tesis. Me he planteado la posibilidad de que las fechas fueran incorrectas, o de que las pruebas resultasen defectuosas, pero cada uno de mis descubrimientos no ha hecho más que afianzar esa teoría.

Se acercó a otra vitrina y sacó una cartulina blanca que tenía dibujada una espiral de grandes dimensiones, como la de la concha de nautilo. En la parte inferior había una anotación en lápiz rojo: «3243 a.C. – Santorini/Atlántida». A dos tercios de la curva, otra anotación en rojo: «1239 a.C. – Sodoma/Gomorra». En otros puntos de la espiral, una serie de marcas en negro componían una lista de decenas de fechas y lugares:

79 d.C. – La erupción del Vesubio destruye Pompeya/Herculano.

426 d.C. – Caída de Roma, saqueada y destruida por los bárbaros.

1348 d.C. – La peste azota Venecia. Mueren dos tercios de la población.

1666 d.C. – Gran incendio de Londres.

Y justo en el centro, donde la espiral se cerraba sobre sí misma y terminaba en un gran punto negro, había otra anotación en rojo, la tercera:

2004 d.C. – ¿?

Von Menck dejó la cartulina en equilibrio sobre la mesa.

–Como ve, he levantado acta de muchos desastres y todos coinciden con puntos exactos de la espiral logarítmica natural. Todos están perfectamente alineados en proporciones áureas. Puedo barajar los datos de todas las maneras, pero la última fecha de la secuencia siempre es 2004 d.C. Siempre. Y ¿qué tienen en común todos estos desastres? Que la víctima siempre ha sido una ciudad de importancia mundial, una ciudad notable por su riqueza, su poder, su tecnología... y su descuido de lo espiritual.

Tendió un brazo por encima de la mesa y cogió un lápiz rojo de un pote de peltre.

–Confiaba en estar equivocado, y en que fuera una simple

coincidencia; aguardaba la llegada del año 2004 con la esperanza de ver demostrado mi error, pero ahora dudo que la naturaleza crea en las coincidencias. En todo hay un orden, señor Harriman. Del mismo modo que tenemos un nicho ecológico en este planeta, también tenemos un nicho moral; cuando las especies agotan su nicho ecológico, se produce una corrección, una purificación. A veces incluso una extinción. Así funciona la naturaleza. Pero ¿qué ocurre cuando una especie agota su nicho moral?

Dio la vuelta al lápiz, lo puso en el centro del diagrama y borró los signos de interrogación:

2004 d.C. –

–En todos los casos hubo anuncios, pequeños hechos cuya significación parecía limitada. Muchos de ellos consistían en la muerte de personas de moral dudosa por los mismos medios que el desastre inminente. Ocurrió en Pompeya antes de la erupción del Vesubio, en Londres antes del gran incendio y en Venecia antes de la peste. En suma, señor Harriman, quizás haya empezado a comprender por qué digo que Jeremy Grove y Nigel Cutforth son, en sí, insignificantes. Por supuesto que destacaban por su odio hacia la religión y la moral, su rechazo a la decencia y lo desaforado de sus excesos, y en ese sentido son modelos de la codicia, la concupiscencia, el materialismo y la crueldad de nuestra época, sobre todo del lugar donde estamos, Nueva York, pero no dejan de ser simples anuncios, y me temo que la lista será larga.

Von Menck dejó que el esquema cayera suavemente sobre la mesa.

–¿Lee poesía, señor Harriman?

–No, al menos desde la universidad.

–¿Recuerda el poema de W. B. Yeats «El segundo advenimiento»?

La anarquía está suelta por el mundo...
Los mejores de convicción carecen, mientras los peores
llenos están de intensidad apasionada.

Von Menck se acercó.

–Vivimos en una época de nihilismo moral y culto ciego a la tecnología, mezclados con el rechazo a la dimensión espiritual de la vida. Televisión, películas, informática, juegos de ordenador, Internet, inteligencia artificial... He ahí los dioses de nuestro tiempo. Nuestros líderes están en bancarrota moral; son unos hipócritas desvergonzados que simulan piedad, pero que carecen de auténtica espiritualidad. Vivimos en una época en que los profesores universitarios y los premios Nobel denigran la espiritualidad, se mofan de la religión y se arrodillan ante el altar de la ciencia. Vivimos tiempos de abandono de la iglesia y de la sinagoga, de locutores de radio que propagan el odio y la vulgaridad, y de los *reality shows* como paradigmas del entretenimiento televisivo. Vivimos en una época de terroristas suicidas y chantaje nuclear.

Se hizo un profundo silencio. Sólo se oía el suave pitido de la grabadora. Von Menck salió de su inmovilidad y siguió hablando.

–Antiguamente se creía que la naturaleza se componía de cuatro elementos: tierra, aire, fuego y agua. Algunos hablaban de inundaciones, otros de terremotos o vendavales, y otros del demonio. Cuando la Atlántida consumió su nicho en el orden moral de la naturaleza, fue devorada por el agua. La destrucción de Sodoma y Gomorra fue obra del fuego. La peste que azotó Venecia llegó por el aire. La secuencia sigue un patrón cíclico, como la proporción áurea. Lo tengo esquematizado.

Sacó otro diagrama de gran complejidad, lleno de líneas, esquemas y números. Al parecer, todas las líneas convergían en una estrella de cinco puntas acompañada por la siguiente inscripción:

2004 d.C. – Nueva York – Fuego

–Entonces, ¿cree que Nueva York se quemará?

–Sí, pero no de una manera normal. Será consumida por un fuego interno, como Grove y Cutforth.

–Y ¿cree posible evitarlo si la gente regresa a Dios?

Von Menck negó con la cabeza.

–Ya es demasiado tarde. Y le hago notar, señor Harriman, que yo no he usado la palabra «Dios». No me refiero necesariamente a Dios, sino a una fuerza de la naturaleza: una ley moral del universo tan inamovible como cualquier ley física. Hemos creado un desequilibrio que es necesario corregir. El año 2004. –Dio un golpecito en el fajo de esquemas–. Ha llegado la hora, la que predijeron Nostradamus, Edgar Cayce y el Apocalipsis.

Harriman asintió. Sentía un hormigueo en la columna vertebral. Era un material potente, pero ¿hasta qué punto era sólido?

–Ha dedicado mucho tiempo y muchas investigaciones a este tema, doctor Von Menck.

–Ha sido mi gran obsesión. Llevo más de quince años conociendo el significado del año 2004. Estaba esperando.

–Y ¿está convencido o se trata de una simple teoría?

–Sólo le diré una cosa: mañana me voy de Nueva York.

–¿Se va?

–Sí, a las islas Galápagos.

–¿Por qué a las Galápagos?

–Porque, como podría decirle Darwin, son famosas por su aislamiento. –Von Menck señaló la grabadora–. Esta vez no habrá ningún documental. La historia es toda suya, señor Harriman.

–¿Ningún documental? –repitió Harriman, estupefacto.

–Si mis sospechas son acertadas, señor Harriman, cuando termine todo esto no habrá mucho público para un documental, ¿no cree?

Y, por primera vez desde que Harriman había cruzado la puerta, el doctor Von Menck sonrió. Fue una sonrisa tímida y triste, desprovista por completo de alegría.

30

D'Agosta contempló la patética imagen de lo que había en el plato. Era algo largo, fino e inidentificable, bañado en un charco de salsa. Olía vagamente a pescado. Pensó que al menos sería bueno para su régimen. Habían pasado diez días desde la muerte de Grove, y gracias a las pesas y al footing (sin olvidar todas las horas de prácticas de tiro, que estaban dando volumen y firmeza a sus antebrazos y sus hombros) ya había perdido más de dos kilos. En dos meses recuperaría el estado físico de su época en la policía de Nueva York.

Proctor iba y venía por detrás, sirviendo y llevándose platos, sin apenas hacerse notar. Pendergast presidía la mesa. A su izquierda, Constance parecía algo menos pálida, tal vez por el sol de la excursión del día anterior. No era el caso del lúgubre comedor de la antigua mansión de Riverside Drive, donde todo era oscuro, incluidos los cuadros y el papel de pared verde. En otra época, las ventanas debían de haber ofrecido un panorama del Hudson, pero llevaban mucho tiempo cegadas con tablones y Pendergast parecía dispuesto a dejarlas así. ¿Cómo no iba a estar así de blanco, si vivía en la oscuridad como un ser de las cavernas? D'Agosta llegó a la conclusión de que habría cambiado toda la cena y su procesión de misteriosos platos por unas buenas costillas a la brasa y una nevera portátil llena de cervezas en su soleado patio trasero del condado de Suffolk. Por preferir, hasta prefería la exótica cesta de picnic de Fosco. Hizo el experimento de pinchar lo que tenía en el plato.

–¿No le gustan las huevas de bacalao? –le preguntó Pendergast–. Es una vieja receta italiana.

–Mi abuela era de Nápoles y no hizo nada parecido en toda su vida.

–Creo que es una receta de Liguria, pero no se preocupe, las huevas de bacalao no gustan a todo el mundo.

Hizo señas a Proctor, que se llevó el plato y volvió poco después con un bistec y una pequeña salsera de plata llena hasta los bordes de una salsa que olía maravillosamente. Su otra mano sujetaba una lata de Budweiser, de la que aún caían trocitos de hielo.

D'Agosta atacó el plato. Al levantar la cabeza, sorprendió una sonrisa divertida en la boca de Pendergast.

–Constance hace un *tournedos bordelaise* sublime. Lo tenía preparado por si acaso, con la... esto... cerveza helada.

–Buena idea.

–¿El bistec es de su agrado? –preguntó Constance desde el otro lado de la mesa–. Lo he preparado *saignant*, a la manera francesa.

–No sé qué es *saignant*, pero está como me gusta, poco hecho.

Constance sonrió satisfecha.

D'Agosta cortó otro trozo y lo acompañó con un buen trago de cerveza.

–Bueno, y ¿ahora qué? –preguntó a Pendergast.

–Después de la cena, Constance tendrá la amabilidad de tocarnos algunas partituras de Bach. Es una violinista consumada, aunque temo no ser muy buen juez en esos temas. Por otro lado, creo que le interesará el violín con el que va a tocar. Formaba parte de las colecciones de mi tío abuelo. Es un antiguo Amati, en un estado bastante correcto, aunque se le ha desbaratado un poco el tono.

–Suena bien. –D'Agosta tosió con finura–. Pero lo que preguntaba es cuál es el siguiente paso de la investigación.

–¡Ah! Comprendo. Pues verá, nuestro siguiente paso tiene dos frentes. Por un lado buscaremos al tal Ranier Beckmann, y por el otro seguiremos investigando las especiales características de las dos muertes. En cuanto a lo primero ya tengo a alguien trabajando en ello; respecto a lo segundo seremos informados por Constance.

Constance se dio unos toquecitos en la boca con la servilleta.

–Aloysius me ha pedido que busque precedentes históricos de la CHE.

–Combustión humana espontánea –le dijo D'Agosta–. ¿Como el caso de Mary Reeser, el que le comentó al forense del homicidio de Cutforth?

–Exacto.

–¡No me diga que se lo cree!

–El caso de Mary Reeser es el más famoso, pero ni mucho menos el único. Además, está muy bien documentado. ¿No es así, Constance?

–Famoso, impecablemente documentado y muy singular. –La joven consultó unas notas que tenía al lado–. El uno de julio de 1951, la señora Reeser, viuda, se quedó dormida en una poltrona de su apartamento de Saint Petersburg, Florida. A la mañana siguiente la encontró una amiga que había notado olor a humo. Cuando echaron la puerta abajo, descubrieron que la poltrona donde estaba sentada la señora Reeser había quedado reducida a un montón de muelles chamuscados. En cuanto a la señora Reeser, sus casi ochenta kilos de peso se habían convertido en menos de cinco kilos de ceniza y huesos. Tan sólo quedó intacto su pie izquierdo, con la correspondiente zapatilla. Resultó quemado por el tobillo, pero por lo demás estaba entero. También encontraron su hígado y su cráneo resquebrajado y astillado por el intenso calor. Sin embargo, el resto del apartamento estaba intacto. La zona quemada se reducía a un pequeño espacio circular que abarcaba los despojos de la señora Reeser, su poltrona y un enchufe de plástico, que al fundirse había parado el reloj a las cuatro y veinte de la madrugada. Cuando enchufaron el reloj en otra toma, funcionaba perfectamente.

–No me lo creo.

–Avisaron enseguida al FBI, y la documentación que adjuntaron era impecable –dijo Pendergast–. Fotografías, pruebas, análisis... En total, más de mil páginas. Nuestros expertos llegaron a la conclusión de que para quemar un cuerpo hasta ese punto era necesaria una temperatura de mil setecientos grados, como mínimo; algo que no podría provocar en ningún caso la caída de un cigarrillo en la ropa. Por otro lado, Mary Reeser no fumaba. Tampoco había restos de gasolina u otros aceleradores, ni de cortocircuito. Se descartó incluso la posibilidad de un rayo. El caso nunca se cerró oficialmente.

D'Agosta hizo un gesto de incredulidad con la cabeza.

–Y no es un fenómeno reciente –dijo Constance–. Dickens, en su novela *Casa desolada*, describe una combustión espontánea. La censura de los críticos hizo que en el prólogo de la edición de 1853 se defendiera con la descripción de un caso auténtico de CHE.

D'Agosta, que estaba a punto de comerse otro trozo de bistec, lo dejó en el plato.

–Según Dickens, el cuatro de abril de 1731 por la tarde, la condesa Cornelia Zangari de'Bandi, de Cesena, Italia, dijo que se sentía «torpe y pesada». Una criada la ayudó a acostarse y pasó varias horas rezando y hablando con ella. A la mañana siguiente, al ver que la condesa no se levantaba a la hora habitual, la criada llamó a la puerta y no obtuvo respuesta. Olía fatal.

»Al abrir la puerta encontró un panorama horripilante. El aire estaba lleno de trocitos de hollín. La condesa, o lo que quedaba de ella, yacía en el suelo de piedra, aproximadamente a un metro de su cama. Todo su tronco había sido reducido a cenizas. Incluso los huesos estaban deshechos. Sólo quedaban sus piernas de rodilla para abajo, algunas partes de las manos y un trozo de frente con un mechón de pelo rubio. El resto del cuerpo era una simple silueta de cenizas y huesos deshechos. Su caso, y otros como el de la señora Nicole, de Reims, siempre se explicaron como una muerte por «visitación de Dios».

–Magnífica investigación, Constance –dijo Pendergast.

La joven sonrió.

–Esta biblioteca contiene diversas obras sobre la combustión humana espontánea. A su tío abuelo le fascinaban las muertes extrañas. Qué voy a decirle... Por desgracia, los libros más recientes de esta casa son de 1954, pero aun así se pueden encontrar varias docenas de descripciones anteriores. Todos los casos de CHE coinciden en una serie de elementos. El tronco aparece completamente incinerado, pero las extremidades suelen quedar intactas. La sangre desaparece literalmente por vaporización. Los fuegos normales no deshidratan los tejidos corporales hasta ese extremo. El calor está muy localizado. El mobiliario y los enseres más próximos quedan intactos, incluso los inflamables. En muchos casos, se habla de un «círculo de muerte»: dentro de él, todo se consume; fuera de él, no hay nada afectado.

D'Agosta apartó lentamente el resto del bistec. La descripción recordaba mucho lo que les había pasado a Grove y Cutforth, con una diferencia crucial: la marca de la pezuña y de la cara, y el hedor a azufre.

Justo en ese momento se oyó un golpe sordo en la puerta principal.

–Serán niños del barrio –dijo Pendergast, tras un momento de silencio.

Otra vez: golpes sordos, lentos e insistentes, que resonaron por las galerías y estancias de la antigua mansión.

–Los delincuentes no llaman así –murmuró Constance.

Proctor interrogó a Pendergast con la mirada.

–¿Voy?

–Con las precauciones habituales.

Un minuto después, el criado hizo pasar a un hombre al comedor. Era un individuo alto, de labios finos y pelo castaño poco abundante. Llevaba un traje gris, con el nudo de la corbata un poco separado del cuello de su camisa blanca. Tenía facciones regulares. Sus arrugas no se correspondían con su edad; parecían de cansancio, más que de vejez. No era ni guapo ni feo. En general, lo más destacable de su persona era la falta de expresión y personalidad. A D'Agosta le pareció de un anonimato casi voluntario.

El desconocido se quedó en la puerta, observando al grupo hasta detener su mirada en Pendergast.

–Usted dirá –dijo el agente.

–Acompáñeme.

–¿Sería tan amable de decirme quién es y a qué viene?

–No.

La negativa abrió un corto período de silencio.

–¿Cómo ha sabido que vivo aquí?

El hombre siguió observando a Pendergast con la misma inexpresividad. No era normal. A D'Agosta le ponía los pelos de punta.

–Venga, por favor. Preferiría no tener que pedírselo otra vez.

–¿Por qué tendría que acompañarle, si se niega a decir su nombre y el motivo de su visita?

–Mi nombre no tiene importancia. Tengo información. Información comprometida.

Después de observarle un poco más, Pendergast se sacó su Les Baer del 45 de la chaqueta, comprobó que estuviera cargada y se la guardó como si tal cosa.

–¿Alguna objeción?

Ni un solo cambio de expresión.

–No cambia nada que la traiga o no.

–Un momento. –D'Agosta se levantó–. Esto no me gusta. Yo también voy.

El hombre le miró y dijo:

–Imposible.

–Y una mierda.

La única reacción del desconocido fue mirar al sargento. Por lo demás seguía igual de inexpresivo, o más.

Pendergast puso una mano en el brazo de D'Agosta.

–Creo que es mejor que vaya solo.

–¡Sí, hombre! No sabe quién es, qué quiere... No sabe nada de nada. Esto no me gusta.

El desconocido se volvió y abandonó rápidamente la sala. Pendergast no tardó mucho en ir tras él. D'Agosta le vio salir, cada vez más consternado.

31

El desconocido condujo hacia el norte por West Side Highway. A Pendergast no le molestaba su mutismo. Empezó a llover; la lluvia salpicaba los limpiaparabrisas. El coche se acercó a la rampa del puente George Washington, cuyas luces dominaban el Hudson, pero justo antes de acceder a ella se metió por una vía de servicio, llena de baches y a medio asfaltar, que conducía a una rotonda escondida entre zarzas, al pie de la gigantesca torre este del puente.

El hombre se decidió a hablar.

–¿Lleva algún micrófono?

–No.

–Se lo pregunto por su seguridad.

–¿CIA?

El desconocido asintió mirando el parabrisas.

–Ya sé que podría identificarme fácilmente. Quiero que me dé su palabra de que no lo hará –dijo.

–La tiene.

El hombre le puso una carpeta azul sobre las rodillas. En la etiqueta sólo constaba una palabra: «Bullard». Llevaba el sello de «confidencial».

–¿De dónde sale? –preguntó Pendergast.

–Llevo dieciocho meses investigando a Bullard.

–¿Por qué motivo?

–Está todo en la carpeta, pero se lo resumiré. Bullard es el fundador, presidente y accionista mayoritario de Bullard Aerospace Industries. BAI es una empresa mediana y totalmente privada de ingeniería aeroespacial. Se dedica sobre todo a diseñar y probar componentes para aviones militares y misiles. También es titular de una de las subcontratas del transbordador espacial. Entre otras cosas, BAI ha participado en la creación del revestimiento antirradar para los bombarderos y cazas invisibles. Es una empresa que reporta muchos beneficios, y muy buena en su campo. Bullard cuenta con algunos de los mejores ingenieros del mercado. Es un hombre de grandísima eficacia, aunque tiene mal genio y es muy impulsivo. El problema es que es más malo que la tiña, ¿me entiende? No vacila en perjudicar o eliminar a cualquiera que se interponga en su camino, y no se limita a los civiles.

–Entiendo.

–Muy bien. Ahora présteme atención: BAI también investiga para otros gobiernos, incluso para algunos que no están muy bien vistos. Es un trabajo sometido a estrictos controles de exportación, y a todas las prohibiciones existentes sobre transmisión de tecnología. Un trabajo muy vigilado. De momento BAI ha cumplido todas las normativas, al menos en lo que respecta a sus instalaciones en Estados Unidos. El problema es una pequeña fábrica que tiene en Italia, en un suburbio industrial de Florencia que se llama Lastra a Signa. Hace unos años, BAI compró una fábrica que estaba cerrada y había sido de Alfred Nobel. –Una sonrisa irónica cruzó el rostro del hombre–. Son unas instalaciones muy grandes y abandonadas, pero las han convertido en el núcleo de un complejo de I+D muy sofisticado.

Seguían oyendo la lluvia sobre la capota. Al otro lado del río, un relámpago hizo parpadear el cielo, seguido por un trueno lejano.

–La verdad es que no sabemos qué hace BAI en su fábrica italiana, pero tenemos ciertas pruebas de que podrían estar trabajando en un proyecto para los chinos. El año pasado observamos una serie de ensayos con misiles balísticos en la zona de pruebas del desierto de Lop Nur. Se ve que el misil en cuestión es de un nuevo tipo, diseñado especialmente para atravesar el escudo antimisiles que proyecta Estados Unidos.

Pendergast asintió.

–Lo peculiar de este misil es que tiene una nueva forma aerodinámica que, combinada con una superficie o un revestimiento especial, hace que no se pueda detectar con los radares. Ni siquiera deja un rastro de calor o una turbulencia Doppler.

El problema es el siguiente: lo que hacen los chinos, sea lo que sea, no funciona. De momento, todos los misiles han fallado en la reentrada.

»Es ahí donde interviene BAI. Por algo es su especialidad. Creemos que los chinos han contratado a la empresa para que solucione el problema, y creemos que lo está solucionando en su fábrica de Florencia.

–¿Cómo?

–Eso no lo sabemos. Parece que los fallos tienen algo que ver con un pico de resonancia que se produce en la reentrada. La forma del misil está tan condicionada por los requisitos de invisibilidad que casi es imposible que vuele. Con el bombardero invisible ocurrió algo parecido, pero lo solucionaron gracias a la informática y a estudios con túneles de viento. Aquí el problema es que el misil es mucho más rápido, es balístico y se enfrenta con radares mucho más sofisticados. La respuesta hay que buscarla en las matemáticas: autovalores, transformaciones de Fourier y ese tipo de cosas. ¿Sabe de qué hablo?

–A un nivel básico.

–La matemática de vibraciones y resonancias. Tiene que ser un misil completamente aerodinámico, pero también con una superficie que el radar no detecte. No puede tener curvas ni aristas, porque provocarían reflejos o turbulencias visibles con el Doppler, y sin embargo tiene que ser aerodinámico. Si hay alguna empresa a la altura de semejante desafío técnico, ésa es BAI.

–¿Esta carpeta es para mí?

–Sí.

–¿Por qué?

El agente miró a Pendergast por primera vez. En ese momento, la imperturbable máscara cayó, y lo que vio Pendergast fue el rostro de un hombre cansado, muy cansado.

–Por lo de siempre. La CIA está sujeta a presiones partidistas; Bullard, por su parte, tiene amigos en Washington. Resumiendo, que me han pedido que ya no le investigue. ¡Por algo ha donado millones de dólares para las campañas de reelección de media docena de los principales senadores y congresistas, sin contar al presidente! Ahora nos preguntan por qué la CIA hostiga a un ciudadano de su categoría, habiendo tantos terroristas sueltos. En fin, ya conoce la cantinela.

Pendergast se limitó a asentir.

–Pues que se jodan. Ese tío está vendiendo al país. Es tan traidor como las respetables empresas americanas de toda la vida que venden tecnología de doble uso a Irán y Siria. Si Bullard se sale con la suya, Estados Unidos se habrá gastado cien mil millones de dólares en un sistema antimisiles que ya será obsoleto en el momento de su despliegue, y entonces se las cargará la CIA. El gobierno sufrirá una amnesia repentina y total sobre el hecho de haber cerrado a conciencia nuestra investigación. El Congreso exigirá una investigación oficial de lo que llamarán fallo de inteligencia, y seremos el gran chivo expiatorio.

–De eso en el FBI sabemos un poco.

–Me he pasado dieciocho meses investigando a Bullard, y no renunciaré por nada del mundo. Soy un patriota. Quiero que le eche el guante. No quiero que un misil nuclear arrase Nueva York sólo porque un empresario americano sobornó a unos cuantos congresistas.

Pendergast dejó la carpeta a su lado.

–¿Por qué yo?

–Me han dicho que es muy bueno, aunque sea del FBI. –El hombre se permitió una sonrisa cínica–. Y me gustó su manera de llevarse a Bullard a la comisaría central como un delincuente cualquiera. Hacen falta huevos. Dejó cabreada a mucha gente. Cabreada de verdad.

–Lamentable, pero me temo que no es la primera vez.

–Le aconsejo que no baje la guardia.

–Descuide.

–Verá que la carpeta no contiene ninguna prueba incriminatoria. Bullard ha borrado bien su rastro. Queda mucho trabajo por hacer.

Arrancó, encendió los faros, dio media vuelta y se reintegró al tráfico que iba hacia el sur, hacia la parte baja de Manhattan. Guardó silencio hasta salir de la carretera a la altura de la calle Ciento cuarenta y cinco, con los rascacielos de Midtown brillando a lo lejos como cristales.

–No nos conocemos de nada. Nunca hemos hablado. Aunque la carpeta volviera a la CIA, nadie podría averiguar su procedencia, porque todas las señales están borradas.

–Pero ¿no sospecharán de usted, que era quien llevaba el caso?

–Preocúpese de su culo, yo me preocupo del mío.

Dejó a Pendergast a unas pocas manzanas de su casa. Mientras el agente bajaba del coche, su informador se asomó y le dijo algo más:

–¿Agente Pendergast?

Pendergast se volvió.

–Si no puede detenerle, mátele.

32

El hombre que se hacía llamar Vasquez estudió atentamente el reducido espacio donde pasaría algunos días de su vida. Pocos minutos antes, al ver abrirse la puerta cochera, se había puesto en tensión, listo para una oportunidad inesperada. Una rápida comprobación a través de la mira telescópica confirmó que su objetivo salía de la casa, pero que le acompañaba otra persona. Vasquez soltó el rifle para anotar algo en su libreta: «22.31.04». El destino de ambos hombres era un coche aparcado en la calle, a pocos metros; un Chevrolet sin marcar de algún cuerpo de seguridad. Se veía enseguida que era un modelo del gobierno.

La salida del coche estuvo acompañada de un brillo blanco en el marco de la puerta cochera. Vasquez vio a un hombre con esmoquin entrando y cerrando la puerta. Un mayordomo, a juzgar por su aspecto, aunque ¿cuándo se había visto un mayordomo por esos barrios?

Vasquez se negaba a lamentarse. Era imposible acabar tan rápido un trabajo como ése. Por otro lado, siempre valía la pena extremar las precauciones. Dejó la libreta y siguió preparando su nido de asesino. La habitación abandonada del antiguo hotel de pobres era un desastre, con un montón de jeringuillas y condones usados en un rincón, y un colchón roto en el suelo con una mancha oscura en el centro, como si alguien hubiera muerto encima. El movimiento de la luz por la habitación había provocado una fuga de cucarachas (brillo mate de lomos aceitosos, e infinidad de patas haciendo un ruido de hojas secas), pero Vasquez estaba acostumbrado, y muy a gusto en su nuevo alojamiento. De hecho, pocas veces había visto algo tan ideal. Repuso el trocito de contrachapado que tapaba el único resquicio de la ventana (sólo había una) y siguió con sus preparativos.

Decididamente, era perfecto. La ventana, orientada al norte, permitía espiar la oscura y ruinosa mansión de Riverside Drive 891. (¡Qué sitio más raro para vivir! Pero bueno, sobre gustos...) La puerta cochera, situada tres pisos más abajo, al otro lado de la calle Ciento treinta y siete, daba acceso a un camino de entrada semicircular, que cruzaba un arco de ladrillo y mármol. Lo último que se veía era el borde de la puerta que usaba su víctima para entrar y salir, como acababa de hacer. De momento no había usado ninguna otra. Claro que Vasquez sólo llevaba doce horas de observación.

Bien montado, sí, señor. En esa parte de Harlem no había porteros inquisitivos apostados ante los edificios, ni videocámaras ocultas ni viejas que avisaran a la poli por el simple maullido de un gato callejero. Era un sitio donde ni siquiera el ruido de disparos provocaba necesariamente una llamada a la policía. Por si fuera poco, Vasquez había encontrado un edificio abandonado justo enfrente del domicilio de su objetivo, con una entrada que no era visible desde la mansión. Quedaba por debajo de la acera, y daba a una pequeña travesía de la calle Ciento treinta y seis.

No se podía pedir más.

El objetivo, un agente del FBI, parecía un hombre de costumbres fijas. El paso de los días diría hasta qué punto. El éxito, como en la caza de cualquier animal, estribaba en aprender sus patrones de comportamiento, y Vasquez tenía la intención de convertirse en un experto sobre esa bestia en concreto. Sabría por qué puertas entraba y salía, y a qué horas; averiguaría quién vivía en la vieja mansión, quién la visitaba y cuáles eran sus medidas de seguridad y, a través de los movimientos de su víctima, conocería su psicología. Incluso las personas que cambian de hábitos por miedo a ser asesinadas lo hacen siguiendo algunas pautas. Lo poco que había observado le permitía afirmar que se enfrentaba a una persona de cautela e inteligencia excepcionales; claro que Vasquez siempre partía de la premisa de que su objetivo era más inteligente y sagaz que él. Su historial de víctimas era exhaustivo: agentes federales, diplomáticos, gánsteres, jefes de estado de segundo orden... hasta físicos. Sus veintidós años en la profesión le habían llevado por otros tantos países, y le habían enseñado una serie de trucos. Aun así, convenía no perder la humildad.

Sin mover ninguno de los elementos originales de la habitación, empezó a desenrollar gruesas lonas por todo el suelo y parte de las paredes, y a engancharlas con cinta aislante. Un fuerte y agradable olor a lona impermeable lo llenó todo. A continuación desplegó sus herramientas, cotejándolas con una lista mental. Tal como esperaba, no faltaba ninguna. Aun así, las revisó de nuevo. Después cogió su rifle de cerrojo Remington M21, retiró el cargador y comprobó que contuviera sus cartuchos preferidos, los subsónicos de 7,62 × 51. Era un arma de diseño antiguo, pero a Vasquez no le interesaban los chismes ultramodernos. Lo que buscaba era algo sencillo, preciso y fiable. Volvió a encajar el cargador, deslizó una bala en la recámara y examinó la mira telescópica táctica que estaba fija de forma permanente al rifle. Satisfecho, dejó el arma y amontonó con cuidado paquetes de carne salada y garrafas de agua para cinco días. A continuación puso en marcha el ordenador portátil y colocó a su lado una docena de baterías recién cargadas. Inspeccionó unas gafas de visión nocturna y vio que se encontraban en excelente estado. Por último, Vasquez se desplazó a un rincón para montar el lavabo y el váter a la tenue luz del farol. Nadie le molestaría. Ya había atornillado la puerta a las jambas con un destornillador de pilas y la había sellado con cinta aislante para evitar el paso de la luz. El aire fresco estaba garantizado, gracias al ventanuco del cuarto de baño.

Volvió a la ventana, apagó la luz y retiró el contrachapado del agujero, que tenía las dimensiones justas para el cañón y la mira. Abrió un bípode plegable y lo ajustó en la parte delantera de la culata. Después, con gran cuidado, apuntó el rifle hacia la puerta cochera, a la altura de la cabeza. Lo siguiente que hizo fue coger un calibrador láser de mano y dirigirlo hacia la puerta principal de la mansión. Lo ajustó a una distancia de 30,66 metros. Para un rifle con una precisión de quinientos metros, treinta no significaban nada. Dispararía a temperatura baja y con su objetivo al aire libre: sus condiciones favoritas. Algunos ajustes y el arma estuvo a punto.

Ya lo tenía todo listo.

Volvió a espiar por la mira. La casa seguía a oscuras, con las ventanas tapadas con tablones. No era una casa normal. Seguro que dentro ocurría algo ilícito, pero a Vasquez, mientras no incidiera negativamente en la regularidad de movimientos de su víctima, le daba igual. Tenía un encargo limitado en el espacio y el tiempo. No le importaba quién le había contratado ni por qué. Sólo le importaba una cosa: los dos millones de dólares que habían ingresado en su cuenta. Era lo único que necesitaba saber.

Reanudó su paciente observación. A veces le gustaba considerarse una especie de naturalista que estudiaba las costumbres de tímidos animales de los bosques. Poseía la combinación perfecta de inteligencia, disciplina y disposición a estar sentado durante varias semanas en un observatorio de la selva, mirando, tomando notas y buscando pautas.

Pero eso no daba dinero, y además nada podía compararse con la emoción de matar.

33

D'Agosta vio en su reloj que era medianoche, pero Hayward seguía sentada ante su escritorio. El resto de la División de Homicidios era una tumba. Sólo quedaban los del turno de noche en sus cubículos del piso de abajo. Las únicas luces y sonidos procedían de la puerta abierta del despacho de la capitana. Teniendo en cuenta que la mayoría de los asesinatos de Nueva York se producían de noche, no dejaba de ser curioso. «Como cualquier otro trabajo –se dijo D'Agosta–. La gente sólo quiere trabajar las horas justas.»

Se acercó con sigilo a la puerta y escuchó. Oía el tecleo del ordenador. Hayward debía de ser la poli más ambiciosa que conocía. Daba un poco de miedo.

Llamó.

–¡Adelante!

El interior del despacho era zona catastrófica: montañas de papeles en todas las sillas, la radio de la policía crepitando y una impresora escupiendo papeles en un rincón. Lo más destacable era su escaso parecido con los despachos de la mayoría de los capitanes, siempre pulcros, sin rastros de auténtico trabajo.

La capitana levantó la cabeza.

–¿Qué te trae tan tarde a maderolandia?

D'Agosta carraspeó. No iba a ser fácil. Sólo hacía media hora que Pendergast se había presentado en su hotel, después de unas horas desaparecido de la faz de la tierra. Apenas le había dado explicaciones, pero casi parecía animado (dentro de lo posible). Rápidamente le había asignado una misión –precisamente aquélla–, consciente de que él nunca la habría podido llevar a buen puerto.

–Otra vez Bullard –dijo D'Agosta.

Hayward suspiró.

–Mueve esos papeles y siéntate.

D'Agosta retiró uno de los montones de una silla y se sentó. Hayward se había desabrochado los botones del cuello, se había quitado la gorra y soltado el pelo, un pelo de una longitud sorprendente, que caía por sus hombros con ondas y reflejos. A pesar de lo asfixiante del despacho, parecía mantenerse fresca. Lo miró con una mezcla de humor y... ¿qué más? ¿Afecto? No. Eso eran imaginaciones propias de la hora.

D'Agosta dejó la carpeta sobre la mesa.

–De Pendergast. No sé de dónde lo ha sacado.

Ella la cogió, le echó un vistazo y la soltó como un hierro candente.

–¡Vinnie, es confidencial!

–No me digas.

–No voy a leerlo de ningún modo. Ni siquiera lo he visto. Guárdalo.

–Al menos deja que te lo resuma...

–¡No!

D'Agosta se preguntó cómo arreglárselas. Valor y al toro.

–Pendergast quiere que pinches los teléfonos de Bullard.

Hayward le miró durante al menos diez segundos.

–¿Por qué no lo hace a través del FBI?

–Porque Bullard tiene demasiado poder. El FBI es un organismo político. Eso no puede cambiarlo ni Pendergast. En cambio, a ti te sería muy fácil conseguir un Título 3 de la fiscalía.

–¿Cómo quieres que pida permiso para pinchar teléfonos por el Título 3 con un informe confidencial?

Hayward se había levantado de la mesa, y le brillaban los ojos.

–Podrías usar el asesinato como anzuelo.

–Pero Vincent, ¿tú estás loco? No tenemos ninguna prueba contra Bullard. No hay ningún testigo que lo haya visto en el lugar del crimen. No hay móvil ni nada que lo relacione con los asesinatos o las víctimas.

–Las llamadas.

–¡Las llamadas! –La capitana dio unos pasos detrás del escritorio–. Mucha gente llama.

–Tenía el ordenador lleno de archivos encriptados, con una encriptación prácticamente imposible de descifrar.

–Y yo encripto los e-mails para mi madre. Eso no son pruebas, Vincent. Es lo típico que si sale en la portada del *Times* da la impresión de que nos estemos saltando los derechos constitucionales. Además, ya sabes lo jodido que es que te den permiso para pinchar teléfonos. Hay que demostrar que es el último recurso.

–Deberías leer el informe. Parece que Bullard está pasando tecnología militar a los chinos.

–Ya te he dicho que no me lo cuentes.

–Tiene una empresa en Italia que ayuda a los chinos a desarrollar un misil capaz de cruzar el escudo antimisiles que quiere construir Estados Unidos.

–Eso está tan lejos de mi jurisdicción como un carterista en Mongolia Exterior.

–Bullard tiene amigos importantes en Washington. Como dona dinero en todas las campañas, ni el FBI ni la CIA se atreven a meterse con él.

Hayward se paseaba por el despacho, sofocada, con la negra melena barriéndole los hombros.

–Escúchame, Laura: los dos somos americanos, y Bullard es un cabrón. Está vendiendo al país y nadie mueve un dedo. Lo único que tienes que hacer es inventarte una buena excusa para el juez. No te digo que sea de manual...

–El manual tiene su razón de ser, Vincent.

–Sí, pero también hay veces en que se tiene que hacer lo que se tiene que hacer.

–Lo que se tiene que hacer es seguir las normas.

–No, en un caso así no. Nueva York aún es el objetivo terrorista número uno, y tú no sabes a quién podría vender Bullard sus servicios. Cuando esta tecnología salga al mercado negro, no tenemos ni idea de dónde puede acabar.

Hayward suspiró.

–Aquí donde me ves, soy capitana de la División de Homicidios de Nueva York. Este país tiene centenares de miles de personas con talento que cobran por encargarse de gente como Bullard: secretas, científicos, diplomáticos...

–Ya, pero ahora te toca a ti. De este informe se deduce que algo muy gordo se está tramando. Además, Laura, sería un pinchazo facilísimo. Bullard está en medio del Atlántico. Tenemos el número de su teléfono vía satélite y un registro de los números a los que llama. Todo figura en el informe.

–Los teléfonos vía satélite no pueden pincharse.

–Ya lo sé. Pincharíamos los números de sus colegas y escucharíamos las conversaciones a través de ellos.

–Si llama a un número que no aparezca en la lista, no servirá de nada.

–Algo es algo.

Hayward dio unas cuantas vueltas por el despacho y se plantó delante del sargento.

–No es problema nuestro. Mi respuesta es no.

D'Agosta intentó sonreír, pero no pudo. Era inútil. No se podía ser la capitana más joven de la historia de Nueva York infringiendo las normas y siendo una inconformista. Debería haber previsto la respuesta.

Al levantar la cabeza, vio que ella le observaba fijamente.

–Vincent, no me gusta tu expresión.

Se encogió de hombros.

–Tengo que irme.

–Ya sé lo que piensas.

–Pues entonces no hace falta que te lo diga.

Hayward se estaba poniendo roja de rabia.

–Crees que soy una trepa, ¿no?

–Lo has dicho tú.

Salió de detrás de la mesa.

–¿Sabes que eres un cabrón? Cuando estaba en tráfico tuve que tragar mucha mierda y mucho acoso de tíos que opinaban que trabajaba demasiado. Ahora paso. Si un hombre es ambicioso, dicen que tiene empuje; si lo es una mujer, la tratan de trepa y de mala bestia.

Esta vez fue D'Agosta quien se indignó. Las mujeres siempre extrapolaban cualquier discusión al tema de la lucha de sexos.

–Eso es una pantalla de humo. Mira, puedes hacer dos cosas: lo justo o lo seguro. Ya veo que prefieres lo seguro. Pues muy bien. No seré yo quien obstaculice tu futuro como comisionada Hayward.

Se levantó, cogió los papeles que había dejado en el suelo, los dejó de nuevo sobre la silla y recogió la carpeta confidencial. Al volverse vio a la capitana en la puerta, cerrándole el paso.

Esperó tranquilamente a que se apartase, pero ella no se movió.

D'Agosta permaneció en su sitio.

–Me voy.

Dio un paso, pero Hayward no se movía. La tenía tan cerca que sentía el calor de su cuerpo y olía su champú.

–Lo que has dicho es una cabronada.

Aún estaba roja.

Él quiso pasar por el lado, pero ella se movió y estuvieron a punto de chocar.

–Para empezar, yo quiero a este país más que nadie. Que te enteres. También sé que he trabajado mucho y bien para el departamento, que he resuelto muchos casos y que he metido a muchos criminales entre rejas. Si soy eficaz es porque respeto las normas, así que no me vengas con chorradas.

D'Agosta no dijo nada. Se quedó donde estaba, a pocos centímetros de ella, respirando con dificultad. Percibía su enfado, su perfume y el aroma de su cuerpo. Era consciente de sus ojos oscuros y de su piel de marfil. Se acercó un paso y sus cuerpos se tocaron. Fue como una descarga eléctrica. Se quedaron quietos, respirando los dos pesadamente, mientras su enfado se convertía en algo diferente. D'Agosta se inclinó, haciendo que sus labios se juntaran. Fue un beso lento, durante el que sintió la presión de sus pechos.

Hayward le puso una mano en la nuca y se acercó hasta que el contacto de sus cuerpos fue total. Entonces, casi sin saber qué hacía, D'Agosta levantó los brazos, amoldó sus manos al cuerpo de Hayward y se pegó a ella. Estaba tan excitado que le costaba respirar. Deslizó los labios para besarle la barbilla, el cuello y un hombro. Ella se retorcía suspirando. D'Agosta sintió el calor de su aliento en la mejilla y la presión de sus dientes en el lóbulo, primero suave y después más incisiva. Hayward lo arrastró hacia la mesa y se dobló hacia atrás. Él la acompañó en su movimiento, sin despegarse de sus caderas. Le desabrochó los botones de la blusa y luego el sujetador. Cuando vio sus pechos al desnudo, balanceándose, sintió que aún estaba más duro que antes. Las manos de Hayward bajaron de sus hombros e hicieron dibujos en su torso y su barriga hasta llegar a la cintura de sus pantalones. Entonces le abrió el cinturón, le bajó la cremallera y lo dejó lentamente al descubierto. Y lentamente su mano empezó a acariciarle. Él, con un suspiro entrecortado e involuntario, cogió el borde de su blusa, pasó las manos por debajo y le quitó las bragas. Hayward se tambaleó un poco al ser penetrada, antes de proyectar las caderas y arquear la espalda para dejarle entrar hasta el fondo. Se quedaron un momento así, con los ojos cerrados. Luego los labios de Hayward se abrieron, su cabeza cayó hacia atrás, dejando el cuello al descubierto, y su boca emitió un gruñido de deseo. Él tomó sus muslos entre las manos y empezó a deslizarse dentro y fuera de ella, una y otra vez suavemente, lentamente, mientras los papeles se caían al suelo...

... Y de pronto, en una oleada de placer, todo acabó. Ella se abrazó a su cuerpo con el pelo revuelto y la respiración pesada; lo tenía cogido con los brazos y las piernas, que se contraían y se relajaban con espasmos cada vez más espaciados. El abrazo se hizo eterno, y sin embargo, cuando Hayward se apartó con un beso, aún era demasiado pronto. Fue entonces, y no antes, cuando D'Agosta se dio cuenta de que aún no entendía lo que acababa de ocurrir. Disimuló su confusión dándole la espalda y devolviendo cierto orden a su ropa. En ese momento se dio cuenta de otra cosa: de que ni siquiera se acordaba de lo que había desencadenado su abrazo. Se habían juntado como imanes. Nunca le había sucedido nada igual. No sabía si sentirse eufórico, avergonzado o nervioso.

Oyó que Hayward reía lentamente a sus espaldas.

–No está mal –dijo la capitana, con la voz un poco ronca–. Para un fracasado que está en las últimas... Aunque la próxima vez creo que deberíamos cerrar la puerta. –Sus ojos sonrieron bajo una mata de pelo negro, mientras se le borraban las manchas rojas de debajo del cuello. Se alisó la falda, provocando que sus pechos grávidos subieran y bajaran con el movimiento–. ¿Sabes qué me gusta de ti, Vincent?

–No.

–Que das importancia a las cosas: a tu trabajo, al caso... Pero sobre todo a la justicia.

D'Agosta seguía confuso, casi aturdido por los acontecimientos. Se peinó con la mano y se ajustó los pantalones. No estaba muy seguro de lo que quería decir con eso.

–Supongo que te has ganado el Título 3. Algo se me ocurrirá, por poco que piense.

D'Agosta quedó en suspenso.

–No ha sido la razón de que...

Ella se incorporó y puso un dedo en sus labios.

–Lo que acaba de darte el Título 3 es tu integridad, no lo... lo otro. –Volvió a sonreír–. Oye, ¿sabes qué? Que lo hemos hecho al revés. Haz lo que tengas que hacer y luego me llevas a cenar. Que sea una cena larga, romántica y con velas.

34

La sección de escuchas de la delegación del FBI en Lower Manhattan era una simple sala del piso catorce de la torre, que a D'Agosta le pareció una oficina como cualquier otra, con fluorescentes en el techo, moqueta neutra y un sinfín de cubículos idénticos quc conformaban un hormiguero humano. Más deprimente, imposible.

Miró alrededor sin hacerse notar, con la esperanza –y también el miedo– de que Laura Hayward le estuviera esperando, pero sólo vio a uno de sus inspectores, Mandrell, el mismo que le había llamado a la hora de comer con la noticia de que ya tenían una orden de la fiscalía sobre el Título 3. Sería el FBI, por su superioridad tecnológica, el que la pusiera en práctica, en una operación conjunta con la policía de Nueva York. El hecho de que procediera de esta última le había dado una pátina de aceptabilidad política.

–Sargento –dijo Mandrell al darle la mano–, ya está todo preparado. ¿El agente... mmm... Pendergast no ha...?

–Aquí estoy –dijo Pendergast, entrando en la sala.

La luz artificial irisaba su traje negro, de magnífico corte y perfecto planchado. D'Agosta se preguntó cuántos trajes iguales poseía. Seguro que tenía reservadas sendas habitaciones para ellos en el Dakota y en su mansión de Riverside Drive.

–Agente Pendergast –dijo D'Agosta–, le presento al sargento Mandrell, de la comisaría del distrito Veintiuno.

–Encantado. –Pendergast estrechó rápidamente la mano del sargento–. Disculpen que no haya venido antes. Me he perdido. Este edificio es laberíntico.

¿Laberíntico, el edificio del FBI? ¡Si Pendergast era del FBI! Debía de tener algún despacho en la delegación... ¿O no?

D'Agosta cayó en la cuenta de que nunca había visto el despacho de Pendergast, ni había sido convocado a él.

–Es por aquí –dijo Mandrell, adentrándose en el dédalo de cubículos.

–Excelente –murmuró Pendergast a D'Agosta mientras le seguían–. Tendré que agradecérselo personalmente a la capitana Hayward. La verdad es que no nos ha fallado.

«No, no ha fallado», pensó D'Agosta, sonriendo. La noche anterior (con la visita misteriosa, la partida de Pendergast y el encuentro con Laura Hayward, más inesperado que todo lo demás) le parecía irreal, como un sueño. Llevaba toda la mañana reprimiendo sus ganas de llamarla. Confiaba en que lo de la cena larga y con velas se mantuviera en pie. Por otro lado, se preguntaba si supondría una complicación en su relación de trabajo, pero llegó a la conclusión de que no, antes de darse cuenta de que no le importaba.

–Ya hemos llegado –dijo Mandrell al entrar en uno de los cubículos.

Era idéntico a los demás: un escritorio, una credenza, un ordenador con altavoces y unas cuantas sillas. El ordenador estaba siendo utilizado por una joven de pelo rubio.

–Les presento a la agente Sanborne –dijo Mandrell–. Está controlando el teléfono de Jimmy Chait, la mano derecha de Bullard en Estados Unidos. En los otros cubículos hay agentes interviniendo los teléfonos de media docena de colaboradores de Bullard. Agente Sanborne, le presento al sargento D'Agosta, de la policía de Southampton, y al agente especial Pendergast.

Sanborne les miró y abrió mucho los ojos al oír el nombre de Pendergast.

–¿Algo nuevo? –le preguntó Mandrell.

–Nada importante. Hace unos minutos, Chait ha hablado con otro colaborador. Esperan que Bullard les llame en cualquier momento.

Mandrell asintió con la cabeza y miró a D'Agosta.

–¿Hace mucho que no pincha teléfonos, sargento?

–Bastante.

–Entonces le pondré al día. Ahora se hace todo por ordenador, con una terminal por número de teléfono intervenido. La línea telefónica pasa directamente por esta interfaz, y la conversación se graba digitalmente. Ya no hay cintas. La agente Sanborne, que se encargará de la transcripción, puede accionar los controles de transporte con el teclado o con un pedal.

D'Agosta hizo un gesto de asombro. ¡Qué diferencia con la tecnología rudimentaria que había usado a mediados de los ochenta, al entrar en el cuerpo!

–Se refirieron a China, ¿no? –dijo Mandrell–. ¿Hará falta un traductor?

–Es poco probable –contestó Pendergast.

–Bueno, tenemos uno preparado por si acaso.

Mandrell y Sanborne miraron en silencio la pantalla.

–Vincent –murmuró Pendergast, llevándole a un lado–, quería decirle una cosa: hemos hecho un descubrimiento muy importante.

–¿Qué?

–Beckmann.

La mirada de D'Agosta se hizo más penetrante.

–¿Beckmann?

–Su actual paradero.

–¡No me diga! ¿Cuándo lo ha averiguado?

–Ayer a última hora, después de llamarle para que pidiera la autorización.

–Y ¿por qué no me lo ha dicho antes?

–Intenté llamarle en cuanto lo supe, pero en su hotel no se ponía nadie, y me pareció que tenía el móvil apagado.

–Ah... Sí, es verdad. Lo siento.

D'Agosta sintió que empezaba a sonrojarse y se apartó. En ese momento el ordenador se puso a pitar, ahorrándole nuevas preguntas.

–Está entrando una llamada –dijo la agente Sanborne.

Se abrió una ventanita en la pantalla con líneas de datos.

–Es para Chait –dijo la agente señalándola–. ¿Lo ven?

–¿De quién es? –preguntó D'Agosta.

–Ahora aparecerá el número. Voy a ponerlo en modo voz.

«¿Jimmy? –dijo una voz aguda por el altavoz del ordenador–. ¿Estás aquí, Jimmy?»

Sanborne empezó a teclear con rapidez, transcribiendo la llamada palabra por palabra.

–Es el número de su casa –dijo–. Debe de ser su mujer.

«Sí –contestó una voz grave con fuerte acento de New Jersey–. ¿Qué pasa?»

«¿Cuándo vendrás a casa?»

«Me ha salido algo.»

Había una especie de zumbido, como si fuera el viento.

«Pero Jimmy, ¿otra vez? ¡No puede ser! ¿No te acuerdas de que esta noche vienen los Fingerman para hablar del alquiler de invierno en Kissimmee?»

«¿Qué falta te hago yo para esa chorrada?»

«¡Eso, eso, háblame en ese tono! Además tienes razón. Para eso no me haces ninguna falta. Lo que quiero es que te pases por DePasquale y traigas una bandeja de salchichas y pimientos, porque no tengo nada que servir.»

«¡Joder, pues vas a la cocina y preparas algo!»

«Oye, que...»

«Llegaré cuando llegue. Ahora cuelga, joder, que espero una llamada.»

La línea se cortó.

Siguió un breve silencio. Sólo se oía a la agente Sanborne tecleando para acabar la transcripción.

–Un encanto de pareja –dijo D'Agosta, e hizo señas a Pendergast de apartarse–. Oiga, ¿cómo encontró a Beckmann?

–Con la ayuda de un conocido, un inválido a quien, por esas cosas de la vida, se le da extremadamente bien buscar datos difíciles.

–Por lo que veo, lo de «extremadamente bien» se queda corto. Hasta ahora nadie lo había encontrado. ¿Dónde está?

Les interrumpió otro pitido del ordenador.

–Otra llamada –dijo Sanborne.

–¿Entrante o saliente? –preguntó Mandrell.

–Entrante, pero el número debe de estar bloqueado, porque no recibo datos.

El altavoz emitió un ruido corto y agudo.

«¿Diga?», dijo Chait.

«Chait», respondió una voz.

D'Agosta reconoció enseguida el tono brusco, y le provocó un escalofrío de odio.

También Chait lo reconoció.

«Dígame, señor Bullard», dijo en un tono que de pronto se había vuelto servil.

–Bullard debe de estar usando un teléfono vía satélite –dijo D'Agosta–. Por eso no sale el número.

–Da igual. –Mandrell señaló una cadena numérica en la pantalla–. ¿Ve esto? Es el nodo del teléfono de Bullard, de donde procede la señal de su teléfono. Nos permitirá localizarle.

Levantó la mano hacia la estantería, sacó un grueso manual y lo hojeó.

«¿Todo preparado?», preguntó Bullard.

«Sí, señor. Se han dado instrucciones a todos los hombres.»

«Acuérdate de lo que dije: no quiero disculpas. Haced lo que os pedí sin saltaros ni un paso.»

«Descuide, señor Bullard.»

Mandrell levantó la vista del manual de nodos.

–El de Chait está en Hoboken, New Jersey.

«Todo está listo –manifestó Bullard–. Los chinos serán puntuales.»

«¿Situación?», preguntó Chait.

«La que se dijo en su momento. El parque.»

Mandrell cogió el brazo de D'Agosta.

–Chait acaba de cambiar de nodo –dijo.

–¿Qué quiere decir eso?

–Que se mueve. –Mandrell hojeó el manual buscando el nuevo nodo–. Ahora está en el centro de Union City.

–El transporte público no es tan rápido –comentó Pendergast–. Debe de ir en coche.

Bullard siguió hablando.

«Te recuerdo que esperan un informe actualizado a cambio del pago. Sabes qué darles, ¿no?»

«Sí.»

Pendergast sacó su móvil y marcó rápidamente un número.

–Chait va a una reunión. Tenemos que mandar una unidad y triangular su localización.

«Espero un informe en cuanto acabe la reunión», manifestó Bullard.

«Le llamo dentro de hora y media.»

«Ah, Chait, no la cagues, ¿de acuerdo?»

«No, señor.»

Se oyó un clic y un chorro de estática. El ordenador volvió a pitar, en señal de que la conexión se había interrumpido.

–Ha vuelto a cambiar de nodo –dijo Mandrell mirando la pantalla.

D'Agosta se volvió hacia Pendergast.

–¿Ha dicho dentro de hora y media? ¿Qué significa?

Pendergast cerró su teléfono y se lo guardó en el bolsillo.

–Significa que la reunión será antes. Venga, Vincent, no tenemos tiempo que perder.

35

Después de cruzar como una exhalación las barreras del puente George Washington, D'Agosta se metió a toda pastilla en los carriles rápidos. Cuando la autopista de New Jersey se dividió, aprovechó el momento de descongestión para poner la luz de emergencia en el techo, encenderla y activar la sirena. Luego dobló hacia el oeste, hacia la I-80, y pisó a fondo el acelerador. El motor respondió con toda su potencia. En poco tiempo rodaban a unos vertiginosos ciento sesenta por hora.

–Refrescante –murmuró Pendergast.

Se oyó el chisporroteo de la frecuencia entre coches.

«Aquí el 602. Hemos localizado algo en el visor. Es una camioneta de televisión con parabólica, distintivo WPMP, de Hackensack. Va hacia el oeste por la 80, cerca de la salida 65.»

D'Agosta aceleró hasta rozar los doscientos por hora.

Pendergast descolgó el micrófono.

–Vamos unos kilómetros por detrás de ustedes. Esperen en otro carril sin que se les vea. Corto.

Resultaba sorprendente la rapidez con la que habían montado la operación. Pendergast había iniciado un seguimiento federal de la señal del móvil de Chait, además de pedir un vehículo del gobierno y asignar su conducción a D'Agosta. La suerte había querido que en la West Side Highway hubiera poco tráfico, por lo que sólo habían tardado diez minutos en salir de Manhattan.

–¿Adónde diría que vamos? –preguntó D'Agosta.

–Bullard ha dicho algo sobre un parque. De momento es lo único que sabemos.

D'Agosta vio con el rabillo del ojo que, a pesar de la velocidad a la que iban, Pendergast se había desabrochado el cinturón y estaba inclinado, rascando la esterilla de los pies con las uñas de la mano y frotándola rápidamente con las palmas. Le había visto hacer muchas cosas raras, pero ninguna tan extraña como ésa. Sin embargo, decidió que era mejor no preguntar.

«El objetivo ha tomado la salida 60 –graznó la radio–. Le seguimos.»

D'Agosta redujo la velocidad. Un minuto después tomó la misma salida.

–El objetivo se dirige al norte por McLean.

–Van hacia Paterson –dijo D'Agosta, que había pasado muchas veces cerca del lugar por la carretera, pero sin llegar a entrar.

Era una ciudad obrera con edificios de ladrillo rojo, cuya época de gloria debía de remontarse a un siglo atrás. Parecía un destino un poco raro.

–Paterson –repitió Pendergast, meditabundo, mientras se tocaba la cara y el cuello con las manos sucias–. La cuna de la revolución industrial americana.

–¿Cuna? A mí me parece la tumba.

–Es una ciudad con una historia destacada, Vincent, y conserva algunos barrios históricos bastante bonitos, aunque sospecho que no son los que visitaremos.

«El objetivo ha salido de McLean –dijo la radio–. Se ha metido en Broadway por la derecha.»

D'Agosta se lanzó por la avenida McLean, una vía rápida, saltándose dos semáforos en rojo gracias a la sirena. A su derecha corría el río Passiac, marrón y triste a la luz del otoño. Al meterse por Broadway (pura decrepitud), apagó la sirena y la luz. Ya estaban cerca. Muy cerca. De repente Pendergast dijo:

–Sargento, por favor, vaya hacia el centro comercial de la derecha. Tenemos que hacer una parada rápida.

D'Agosta lo miró con cara de sorpresa.

–No tenemos tiempo.

–Le aseguro que sí.

D'Agosta se encogió de hombros. Nominalmente, la operación era del FBI y la dirigía Pendergast. Así lo había dispuesto Hayward. El primer coche era del FBI, y él, D'Agosta, estaba adscrito a la policía de Southampton, lo que le garantizaba no ofender a nadie. La rivalidad entre policías interestatales quedaría reducida al mínimo. En el momento más indicado (cuando fuera demasiado tarde para que lo jodiera todo una pandilla de polis urbanos sin informar), Pendergast avisaría a los locales.

El centro comercial se componía de una serie de tiendas con escaparates, a cierta distancia de un aparcamiento abombado y agrietado por el paso del tiempo. Viendo su estado de casi abandono, D'Agosta se preguntó por las intenciones de Pendergast. Habían ganado mucho tiempo y ahora el agente lo malgastaba.

–Ahí, al fondo –dijo Pendergast.

D'Agosta llegó a la altura del último escaparate, situado frente a un contenedor amarillo con agujeros y marcas que delataban su vejez. Pendergast no esperó a que frenase para bajar del coche y entrar corriendo en la tienda. D'Agosta soltó una palabrota y dio un puñetazo al volante. Iban a perder como mínimo cinco minutos. Ya estaba acostumbrado a las rarezas de Pendergast, pero se estaba pasando.

«El objetivo se dirige a East Side Park –dijeron tranquilamente en el primer coche–. Hay una concentración. De maquetismo, cohetes o algo así.»

D'Agosta oyó gritos, y vio cómo Pendergast salía rápidamente de la tienda con ropa en una mano y unos cuantos zapatos en la otra. Poco después salió en estampida una mujer gorda, gritando:

–¡Socorro! ¡Policía! ¡Estará orgulloso! ¡Robar al Ejército de Salvación! ¡Cabrón!

–Gracias, señora –dijo Pendergast mientras subía al asiento trasero, no sin antes arrugar un billete de cien dólares y lanzarlo por encima del hombro.

D'Agosta pisó el acelerador, dejando un rastro de neumáticos y una nube de humo.

–No creo que nos hayamos detenido más de dos minutos –dijo Pendergast desde el asiento trasero.

Al mirar por el retrovisor, D'Agosta vio que se quitaba la chaqueta y la corbata.

–En este trabajo, dos minutos es mucho.

–Tendré que mandar algo a los del Ejército de Salvación para compensar mis malos modales.

–Van hacia East Side Park.

–Perfecto. Si es tan amable, rodee el parque y entre por el sur. Necesito un poco más de tiempo.

D'Agosta bordeó el parque (una pared vegetal a mano izquierda, asomada al cemento de un muro de contención) y dobló a la izquierda por la avenida Derrom. Estaban en un barrio cuyas casas, pese a hallarse cerca de un espectáculo tan cutre y penoso como el de Broadway, destacaban por sus dimensiones y su cuidado aspecto: reliquias de una época en la que Paterson fue una ciudad industrial modelo.

Desde atrás, Pendergast recitó:

Eternamente dormido,
sus sueños pasean por la ciudad donde él persiste
de incógnito.

D'Agosta volvió a mirar por el retrovisor y estuvo a punto de pisar el acelerador al sentirse observado por un desconocido que no era otro, por supuesto, que Pendergast, transformado gracias a un disfraz casi milagroso.

–¿Ha leído *Paterson*, de William Carlos Williams? –preguntó el vagabundo del asiento de atrás.

–No me suena.

–Lástima.

Inmortal, ni se mueve ni despierta, y apenas
se le ve, aunque respira, y las sutilezas de sus maquinaciones,
que se nutren del fragor del río caudaloso,
animan mil autómatas.

D'Agosta negó con la cabeza, musitando algo para sus adentros. Después de algunas manzanas, volvió a girar a la izquierda y penetró en el parque junto a una estatua de Cristóbal Colón.

East Side Park era una loma de hierba y maleza rodeada de

casas, con pocos árboles que le dieran sombra. Una pista recorría uno de sus flancos. Al tomarla, D'Agosta vio aparecer varias construcciones de pudinga en distintos grados de deterioro. Los lados de la pista estaban sembrados de bancos de cemento con listones de madera pintada de verde. A partir de cierto punto, el camino ascendía hacia un montículo coronado por una fuente, con una reja protectora de hierro forjado. La abundancia de coches aparcados, entre ellos el que les había precedido, hacía casi imposible pasar. D'Agosta distinguió la camioneta de televisión, que había aparcado en la hierba, entre varias pistas de tenis y un campo de béisbol, donde un grupito de niños hacía volar maquetas de cohetes bajo la supervisión de media docena de padres. Al lado de la camioneta había un hombre filmando con una cámara de televisión.

–Una reunión especialmente bien planeada, Vincent –dijo Pendergast cuando pasaron lentamente al lado de la multitud–. Se han concentrado en medio de un parque, un sitio a prueba de emboscadas, y el ruido de los niños y de los cohetes invalida cualquier vigilancia electrónica de largo alcance. El hombre de la cámara es el vigilante. Tiene una excusa perfecta para mirarlo todo por un teleobjetivo. Se nota que Bullard forma bien a sus hombres. ¡Ah! Frene, Vincent, por favor; ya vienen los chinos.

Al mirar por el retrovisor, D'Agosta vio algo que estaba totalmente fuera de lugar: un Mercedes largo y negro que les seguía lentamente por el parque, hasta que frenó en la hierba del otro lado de las pistas de tenis. Dos hombres altos, con la cabeza rapada y gafas de sol, bajaron e inspeccionaron el entorno. Acto seguido salió un hombre de menor estatura que se acercó a la camioneta por el césped.

–¡Qué patética falta de sutileza! –dijo Pendergast–. Se nota que han visto demasiada tele.

D'Agosta hizo avanzar el coche hasta poco antes de la salida a Broadway. En ese punto la loma era más escarpada y la abundancia de árboles les protegía de miradas indiscretas.

–Lástima que lleve el uniforme –dijo.

–Al contrario. Gracias a él será usted de quien menos sospechen. Voy a acercarme todo lo que pueda, a ver si averiguo más detalles sobre la reunión. Usted cómprese un donut y un café. –Señaló con la cabeza un bar cutre de la otra acera de Broadway–. Luego entra en el parque y se sienta en uno de los bancos que están al lado del campo de béisbol, desde donde tendrá una buena línea de fuego por si ocurre algo. Con tantos niños, esperemos que no sea así, pero esté preparado para entrar en acción.

D'Agosta asintió con la cabeza.

Pendergast se restregó los ojos con fuerza, haciendo que perdieran su color plateado. Cuando apartó las manos sucias, se habían convertido en ojos de borracho, borrosos, líquidos y enrojecidos.

D'Agosta vio que bajaba del coche y subía por la colina. Llevaba una chaqueta marrón de dudoso tejido, con una mancha descolorida entre los hombros, pantalones de lana demasiado grandes y unos zapatos hechos polvo. Su pelo resultaba bastante más oscuro de lo habitual (¿cómo lo había hecho?) y su cara pedía a gritos un buen lavado. Era la viva estampa de alguien venido a menos, pero que no había llegado al final del camino; alguien que todavía se aferraba a los últimos restos de respetabilidad. Y no sólo por la ropa, sino porque sus propios andares se habían vuelto cansinos, sus gestos, vacilantes y su mirada, huidiza, como si temiera un golpe inesperado.

Cuando el sargento salió de su sorpresa, bajó del coche, pidió un café y un donut glaseado en el bar de enfrente y volvió al parque. Al subir por la loma y acercarse al campo de béisbol, vio que el chino más bajo se introducía en la parte trasera de la camioneta, mientras sus compañeros, más fornidos, se quedaban cruzados de brazos a unos cuarenta pasos.

Un silbido acompañó el despegue de un cohete, recibido con gritos y aplausos. Todos los ojos miraban hacia arriba. Después se oyó un «pop» y el cohete descendió flotando bajo un paraguas rojiblanco en miniatura.

D'Agosta eligió un banco situado enfrente de la camioneta, al otro lado del campo, y al retirar la tapa del café fingió observar la trayectoria de los cohetes. ¡Qué raro! El presunto cámara estaba llamando a los niños, como si quisiera filmarlos. Se preguntó si era Chait, la mano derecha de Bullard en Nueva York, pero llegó a la conclusión de que Chait debía de estar en la camioneta con el jefe chino.

Volvió a mirar a Pendergast. El agente deambulaba cerca de la camioneta. De pronto interrumpió su paseo, sacó una papeleta de apuestas de caballos de una papelera, la limpió de basura y le dijo algo al cámara, como si estuviera pidiéndole dinero. El cámara puso mala cara, negó con la cabeza y le indicó que se fuera. Después se volvió hacia los niños y les hizo señas de que formasen una fila con sus cohetes.

A D'Agosta se le hizo un nudo en el estómago. ¿Qué sentido tenía organizar así a los chavales? Algo olía francamente mal.

Mientras tanto, Pendergast se había sentado en el banco más próximo a la camioneta, que casi podía tocar, y rellenaba la papeleta con la mínima expresión de un lápiz. Rodeó varios nombres de caballos con un círculo e hizo una serie de anotaciones.

Después tomó una decisión inexplicable: levantarse, ir a la parte trasera de la camioneta y llamar.

El cámara se acercó rápidamente y le empujó gesticulando. D'Agosta contuvo el impulso de coger la pistola. Las puertas traseras de la camioneta se abrieron y volvieron a cerrarse, después de una conversación acalorada. El cámara, enfadado, quiso ahuyentar a Pendergast, pero el detective se encogió de hombros y volvió al banco (así como al examen de la papeleta, que repasaba con calma y languidez, como si le sobrase dinero para perderlo en caballos).

D'Agosta miró alrededor. Los dos agentes de paisano del FBI se paseaban charlando por el otro lado del campo de béisbol, sin que los chinos dieran muestras de haber reparado en su presencia. Estaban demasiado atentos a la camioneta y a lo que sucedía dentro. Parecían preparados para algo. Demasiado. Por su parte, el cámara seguía alineando a los chavales, como si también esperase algo inminente.

D'Agosta estaba completamente en vilo; temía lo peor. Se

preguntó por qué los hombres de Bullard ponían tanto empeño en situarse entre los niños, si no tenían ni idea de que los vigilaban. La tensión era entre ellos y sus clientes, los chinos. Eso D'Agosta lo sabía por las escuchas. Ahora lo veía con sus propios ojos.

Se imaginó lo que ocurriría si los chinos sacaban sus armas y abrían fuego contra la camioneta. Los niños se verían en pleno fuego cruzado. ¡Claro! Eran eso, una protección. Los hombres de Bullard preveían un tiroteo, y el cámara alineaba a los críos como escudos humanos.

Soltó el café y el donut y se levantó del banco con la mano en la pistola. Justo en ese momento se abrieron las puertas traseras de la camioneta, y el chino bajito salió con la ligereza de un pájaro y empezó a dar zancadas por el campo de béisbol. Mientras hacía discretas señas a los dos matones, echó a correr.

D'Agosta vio que los esbirros cogían sus armas.

Sin perder ni un segundo, apoyó una rodilla en el suelo, cogió bien la pistola y apuntó. En cuanto vio aparecer la primera arma (que parecía un Uzi), disparó, y falló por poco.

De repente el parque se convirtió en un infierno. Los niños se dispersaban entre detonaciones de pistolas semiautomáticas. Los adultos gritaban, cogían a sus hijos y salían corriendo de puro pánico, o se tiraban al suelo. El cámara también sacó un Uzi, pero antes de poder disparar recibió una ráfaga en el pecho y salió despedido hasta chocar de espaldas con un lado de la camioneta.

D'Agosta volvió a disparar al mismo chino y lo inmovilizó con un balazo preciso en la rodilla. El otro se volvió hacia el fuego imprevisto y, con un movimiento de su pistola automática, sembró de balas el perímetro del campo, hasta que Pendergast, que protegía a dos niños con su cuerpo, le abatió de un frío disparo en la cabeza. La caída del chino hizo que el Uzi saliera volando, sin dejar de disparar. Delante de Pendergast, el césped se deshizo en nubecitas de polvo. Bruscamente, el agente cayó hacia atrás. Mientras apartaba a los niños, una mancha de sangre oscureció su brazo.

–¡Pendergast! –exclamó D'Agosta.

El chino al que había alcanzado en la rodilla se resistía a darse por vencido. Había rodado por el suelo y disparaba contra la camioneta, haciendo saltar la pintura en varios puntos. Una ráfaga desde el asiento delantero hizo que volviera a caer. La camioneta se alejó con un chirrido de neumáticos.

–¡Detenedles! –dijo D'Agosta con todas sus fuerzas a los dos agentes, que ya corrían tras ella y acribillaban en vano su carrocería acorazada.

El jefe de los chinos había llegado al Mercedes negro. Al oír que arrancaba, los dos agentes la emprendieron a tiros contra él. Los neumáticos traseros reventaron en los primeros metros del camino. Otra bala perforó el depósito. El coche se incendió con una explosión sorda y se convirtió en una bola de fuego, entonces se salió de la pista y rodó suavemente hasta unos árboles. Se abrió la puerta y surgió un hombre en llamas que se desplomó con lentitud, tras unos pasos vacilantes. Mientras tanto, la camioneta de televisión salió del parque y se perdió en el laberinto de calles, hacia el oeste.

El parque era una locura. Por todas partes había niños y adultos encogidos o gritando. D'Agosta corrió hacia donde vio que caía Pendergast, y le alivió enormemente verlo sentado en el suelo. Los dos chinos estaban muertos. Era evidente que el cámara (prácticamente seccionado en dos) no tardaría en seguir la misma suerte. En cambio, los civiles no habían sufrido ni un rasguño. Parecía un milagro.

D'Agosta se arrodilló en la hierba.

–¿Está bien, Pendergast?

El agente, pálido y sin habla, respondió con gestos.

Uno de sus compañeros del FBI llegó corriendo.

–¿Heridos? ¿Hay heridos?

–El agente Pendergast. Con el cámara ya no hay nada que hacer.

–Ahora llegan los refuerzos y el equipo médico.

En efecto, D'Agosta oyó sirenas convergiendo en el parque.

Pendergast ayudó a levantarse a uno de sus protegidos, un niño de unos ocho años, cuyo padre llegó corriendo y lo cogió en sus brazos, diciendo:

–¡Le ha salvado la vida! ¡Le ha salvado la vida!

D'Agosta ayudó a Pendergast a ponerse de pie. Tenía una mancha de sangre en un lado de la sucia camisa.

–Sólo me ha rozado –dijo Pendergast–. No es nada, un rasguño. Lo que pasa es que me he quedado sin aliento.

Poco a poco, con indecisión, empezó a llegar gente de las casas más próximas al parque, formando una multitud alrededor de la carcasa en llamas del Mercedes y del cadáver de al lado. Los policías recién llegados acordonaban la zona entre gritos, ordenando que nadie se acercase.

–Mierda –dijo D'Agosta–. Los cabrones de BAI esperaban un tiroteo.

–Efectivamente, y no me extraña.

–¿Por qué lo dice?

–He oído bastante para saber que los hombres de Bullard estaban suspendiendo el acuerdo.

–¿Suspendiendo el acuerdo?

–Con el éxito en puertas, por lo que parece. Ahora ya sabe la razón de todo este montaje. El parque, los niños... Sabían que los chinos no estarían contentos, y era una manera de que no les cosieran a balazos.

D'Agosta echó un vistazo a los cadáveres.

–Hayward estará encantada.

–Debería. Prefiero no imaginar qué habría ocurrido sin las escuchas, y sin nuestra presencia aquí, entre los pistoleros.

D'Agosta negó con la cabeza y miró el Mercedes quemado. Un camión de bomberos había apagado las últimas llamas.

–¿Sabe qué le digo? Que este caso es cada vez más raro.

36

Sentado en la barra del Last Gap, un bar de camioneros de Yuma, en Arizona, el reverendo Wayne P. Buck removió un café con leche desnatada. Tenía delante los restos de su desayuno habitual: una tostada de pan blanco con un poco de mermelada y copos de avena sin leche ni azúcar. Fuera, al otro lado del escaparate lleno de moscas, se oyó un cambio de marchas. Un camión salía por el lado oeste del aparcamiento en dirección a Barstow, reflejando la intensa luz del sol en su tanque de acero.

El reverendo Buck (el título era honorario) bebió un poco de café y, metódico como era en todo, se acabó el desayuno y limpió el tazón con el borde de la cuchara antes de dejarlo en la barra. Después de otro sorbo de café, depositó suavemente la taza en el platillo y pasó a su lectura matinal: el montón de periódicos, de casi treinta centímetros de grosor, atado con una cuerda al final de la barra.

El momento de cortar la cuerda con una navaja se vio acompañado por un sentimiento de impaciencia. La lectura matinal siempre era uno de los mejores momentos del día. Cada mañana, un camionero, a quien había curado unas fiebres meses antes en una reunión religiosa, le dejaba un fajo de periódicos viejos al pie del camión. Siempre había un elemento de sorpresa, porque nunca eran los mismos. La última remesa incluía un ejemplar del *New Orleans Times-Picayune,* entre otros más habituales como el *Phoenix Sun* y *Los Angeles Times*. Sin embargo, Buck sabía que la impaciencia era por algo más que por la selección del material de lectura.

El reverendo Buck casi llevaba un año en la zona de Yuma, prestando sus servicios a camioneros, camareras, pinches, trabajadores itinerantes y pobres almas rotas y errabundas, que estaban de camino hacia algún lugar y no solían quedarse mucho tiempo. Su recompensa era el propio trabajo, y nunca se quejaba. Sabía que si en el mundo existían muchísimos pecadores era porque nadie se había tomado la molestia de sentarse a hablar con ellos, que era lo que hacía él: simplemente hablar. Leerles pasajes de la Biblia y enseñarles a prepararse para lo que no tardaría mucho en llegar. En cuanto a los camioneros de larga distancia, que hacían una breve pausa para una meadita y un bocadillo, hablaba con ellos, uno por uno, en la barra, mientras que por la tarde lo hacía fuera, en las mesas de picnic, con grupos de dos o tres habituales, y los domingos por la mañana con quince o veinte en el viejo local de los Elks. También predicaba en la reserva, si encontraba a alguien que le llevase. La mayoría de la gente reaccionaba bien. Nadie les había explicado la naturaleza del pecado, y la terrible e implacable promesa del final de los tiempos. Si había algún enfermo, Buck rezaba a su lado; si alguien tenía penas, las escuchaba y recitaba una parábola o palabras de Jesús. El pago consistía en calderilla, comida caliente (a veces) y una cama para pasar la noche. Buck no pedía más.

Pero ya llevaba una buena temporada en Yuma, y había tantos sitios que necesitaban oírle... Cada día quedaba menos tiempo. «Yo os aseguro que no acabaréis de recorrer las ciudades de Israel antes de que venga el Hijo del Hombre.»

Buck creía firmemente en las señales. Nada ocurría por casualidad en el mundo. Hacía un año que se había ido de Broken Arrow, en Oklahoma, a Borrego Springs, en California, por una señal, y su llegada a Yuma, hacía pocos meses, también se debió a una señal. El día menos pensado (la semana o el mes siguiente) aparecería otra. Quizá la encontrase en el paquete de periódicos, o en las palabras de algún camionero; pero estaba seguro de que la señal llegaría, y entonces partiría a otro remoto lugar, lleno de gente necesitada del bálsamo de la salvación.

Cogió el primer periódico del paquete: el *Sacramento Bee* del último domingo. Hojeó con rapidez las páginas nacionales y locales. En las grandes ciudades como Sacramento nunca faltaban noticias sobre asesinatos, violaciones, corrupción, vicio y codicia empresarial. Buck había leído bastantes para mil sermones. De hecho le interesaban más las reseñas de las agencias de noticias, que salpicaban los rincones del periódico para divertir al lector: un pueblo minúsculo con dos hermanos que no se hablaban desde hacía cuarenta años, un parque de caravanas del que se había escapado hasta el último niño... Ésas eran las noticias que le interesaban. Ésas eran las señales que le movían, a él y a su mensaje.

Acabó el *Bee* y pasó al siguiente: el *USA Today*. Laverne, la camarera, llegó con la cafetera en la mano.

–¿Otra taza, reverendo?

–Sólo una, muchas gracias.

Buck practicaba la moderación en todo. Una taza de café era una bendición; dos, indulgencia; tres, pecado. Leyó el periódico por encima y lo dejó por otro: un *New York Post* de hacía varios días. El *New York Post* era un periódico sensacionalista que casi nunca pasaba por sus manos, y que le inspiraba un gran desprecio. El portavoz de la ciudad más disoluta y pecaminosa del mundo no le interesaba. Cuando estaba a punto de dejarlo, le llamó la atención el titular:

DESTRUCCIÓN

Un prestigioso científico sostiene que las últimas muertes anuncian el fin del mundo

por Bryce Harriman

Pasó la página más lentamente y empezó a leer.

25 de octubre de 2004

Ayer, un respetado científico predijo la destrucción inminente de Nueva York, y posiblemente de gran parte del mundo.

Según el doctor Friedrich von Menck, científico de Harvard y documentalista premiado con un Emmy, las muertes recientes de Jeremy Grove y Nigel Cutforth son meros «presagios» de la catástrofe que se avecina.

El doctor Von Menck lleva quince años buscando secuencias matemáticas en los desastres más famosos de la historia, y todos sus cálculos desembocan en el mismo número: el año 2004.

La teoría de Von Menck se basa en una proporción fundamental, que recibe el nombre de número áureo y que se encuentra en toda la naturaleza, así como en obras de arquitectura clásica como el Partenón o en la pintura de Leonardo da Vinci. Von Menck ha sido el primero en aplicarlo a la historia, con siniestras consecuencias.

Las investigaciones de Von Menck han revelado que muchos de los peores desastres sufridos por la humanidad se ajustan a la misma proporción:

79 d.C.: Pompeya
426: Saqueo de Roma
877: Destrucción de Pekín por los mongoles
1348: Peste negra
1666: Gran incencio de Londres
1906: Terremoto de San Francisco

Estas fechas, y muchas más, establecen secuencias de asombrosa precisión.

Y ¿qué tienen en común estos desastres naturales? Que siempre han afectado a alguna ciudad importante del planeta que destacase por su riqueza, su poder, su tecnología y –añade el doctor Von Menck– su descuido de lo espiritual. Cada uno de los desastres mencionados se vio precedido por señales pequeñas pero muy concretas. A juicio de Von Menck, los fallecimientos de Grove y Cutforth son las señales que cabría esperar de la destrucción de Nueva York por el fuego.

¿Qué clase de fuego?

«No será un fuego normal –dice Von Menck–, sino algo repentino y arrasador. Un fuego interno.»

También aporta como pruebas algunos fragmentos del Apocalipsis, de las profecías de Nostradamus y de otros videntes más modernos como Edgar Cayce y madame Blavatsky.

Hoy el doctor Von Menck ha salido de viaje a las Galápagos. Dice que sólo se lleva sus manuscritos y algunos libros.

Buck dejó el periódico sobre la barra. Tenía el resto del paquete al lado del brazo, pero ya no se acordaba de él. Una extraña sensación se propagaba por sus extremidades, invadiendo su columna vertebral. Si Von Menck tenía razón, era una tontería pretender refugiarse en una isla remota. Se acordó de un pasaje del Apocalipsis, su libro favorito de la Biblia, que recitaba con frecuencia a su grey: «Y los reyes de la tierra, y los magnates ... se ocultaron en las cuevas y en las peñas de los montes ... Porque ha llegado el Gran Día de su cólera y ¿quién podrá resistirse?».

Cogió la taza de café, que le pareció sin aroma, y volvió a dejarla en el plato. Hacía tiempo que sabía que vería el fin del mundo, y siempre había creído en las señales. Tal vez aquélla fuera simplemente mayor que las demás.

Sí, quizá se tratara de una muy grande.

Apocalipsis, capítulo 22: «Mira, vengo pronto...».

¿Podía ser lo que esperaba desde hacía tantos años? ¿No decía el Apocalipsis que los malos, los que llevaban la marca de la bestia en la frente, serían los primeros en caer en sucesivas oleadas de matanzas? Sólo desaparecerían unos cuantos. Así comenzaría todo.

Releyó el artículo. Nueva York. Empezaría por ahí. ¿Por dónde si no? Habían desaparecido dos. Sólo dos. Era la manera que tenía Dios de avisar a sus elegidos para que ellos, a su vez, pudieran propagar el mensaje del arrepentimiento y la expiación antes de que fuera demasiado tarde. La cólera de Dios nunca se abatiría sobre el mundo sin previo aviso. «El que tenga oídos que oiga.»

«Mira, vengo pronto ... Sí, vengo pronto...»

Pero ¿Nueva York? Buck nunca había puesto el pie más allá del Mississippi, ni había visitado ninguna ciudad mayor que Tucson. Para él la costa Este era Babilonia, una región desconocida, peligrosa y sin alma, que había que evitar a toda costa, sobre todo Nueva York. ¿Estaba escrito? ¿Era una señal? Y lo más importante: ¿le estaban llamando? ¿Era ese gran llamamiento de Dios que tanto esperaba? Y ¿tendría valor para seguirlo?

Se oyó un ruido de frenos de aire procedente de la calle. Buck levantó la cabeza justo a tiempo para ver cómo se paraba delante de la puerta el Greyhound expreso de la mañana, que cruzaba el país por la I-10. Encima de la ventanilla del conductor ponía «Nueva York».

Salió justo cuando el conductor estaba a punto de cerrar la puerta.

–¡Perdone! –dijo Buck.

El conductor le miró.

–¿Qué quiere?

–¿Cuánto vale un billete de ida a Nueva York?

–Trescientos veinte dólares. En efectivo.

Buck abrió su monedero y sacó todo el dinero que tenía. Mientras el conductor ponía mala cara y daba golpecitos con el dedo en el volante, lo contó.

Ascendía exactamente a trescientos veinte dólares.

Cuando el autobús salió de Yuma, el reverendo Buck estaba sentado en la parte trasera, con un *New York Post* atrasado como único equipaje.

37

Vasquez se apartó de la ventana, colocó la maderita en su sitio, encendió el farol y se levantó para desperezarse. Era poco más de medianoche. Volvió la cabeza en ambos sentidos para desentumecer el cuello. A continuación bebió un buen trago de agua y se secó la boca con el dorso de la mano. A pesar de algunas sorpresas, la operación iba bien. El objetivo tenía un horario extremadamente irregular, con salidas y regresos a horas imprevisibles, pero cada noche salía a la una de su casa, cruzaba Riverside Drive a la altura de la calle Ciento treinta y siete y daba una vuelta por Riverside Park. Siempre regresaba al cabo de veinte minutos. Por lo visto se trataba de su paseo nocturno, una vueltecita a la manzana antes de acostarse.

En las últimas cuarenta y ocho horas, Vasquez había comprendido que se enfrentaba a un hombre inteligente y capaz, pero también de una indecible excentricidad. Como siempre, no estaba muy seguro de cómo había llegado a esa conclusión, pero solía acertar con las personas y se fiaba de su instinto. Ese individuo era una auténtica rara avis. Hasta su aspecto resultaba extraño: traje negro, piel parecida al mármol y una manera de caminar rápida y silenciosa, más propia de un gato que de un ser humano. En su manera de moverse, Vasquez detectaba una gran seguridad; claro que para pasearse por Riverside Park en plena noche había que estar loco o ir armado, y Vasquez estaba seguro de que su víctima tenía un arma de las buenas y sabía usarla. En dos ocasiones vio cómo los pandilleros que vigilaban la manzana se esfumaban al verle salir. Sabían reconocer el peligro.

Arrancó un trozo de *teriyaki* de buey en salmuera y lo masticó lentamente, repasando sus anotaciones. Parecía que en la casa vivían cuatro personas: Pendergast, un mayordomo, un ama de llaves de edad avanzada, a quien sólo había visto una vez, y una chica con vestidos largos y anticuados, que no era su hija ni su ligue, ya que se trataban con gran formalidad. Quizá fuese una especie de ayudante. El único visitante habitual de la casa era un policía tirando a calvo y con sobrepeso, que llevaba la insignia del departamento de Southampton en un brazo. Gracias a su ordenador y su módem inalámbrico, Vasquez no tuvo dificultad en identificarle como el sargento Vincent D'Agosta. Parecía una persona directa, sólida y de fiar, sin grandes sorpresas.

El último elemento era un viejo rarísimo de greñas blancas, que sólo había venido una vez de madrugada. Llevaba un libro y se movía como un cangrejo. Debía de ser un funcionario sin importancia.

Naturalmente, el momento indicado era el paseo de la una. Se trataba de pegarle un tiro cuando saliera por el camino de acceso semicircular. Vasquez había dado muchas vueltas al plan, cavilando la geometría de la muerte. Si la primera bala penetraba oblicuamente en la cabeza de la víctima, quedaría ligeramente desviada por la curva interna del cráneo y saldría en ángulo. La torsión impresa por el descentramiento del disparo haría girar a la víctima, y el resultado sería que el ángulo y la forma del chorro de sangre insinuarían la intervención de un francotirador apostado en una ventana de otro punto de la calle. La segunda bala le alcanzaría en el momento de caer y le haría girar un poco más. La posición del cuerpo ayudaría a confundir las primeras impresiones, desviando la atención hacia puntos más alejados de la manzana. En cualquier caso, Vasquez usaría la salida trasera a la calle Ciento treinta y seis antes de que el cuerpo chocase contra el suelo, y en cinco minutos estaría a bordo del IRT de Broadway. Nadie se fijaría en un puertorriqueño con ropa cutre, que volvía a casa después de una jornada de negocios turbios.

Arrancó otro trozo de carne seca con los dientes. Siempre sabía reconocer cuál era el mejor momento para matar, aunque no tuviese muy clara la causa de ese don. Ahora que faltaban cuarenta minutos para la una, el cuerpo le decía que había llegado el momento. Pendergast llevaba dos noches seguidas saliendo exactamente a la una, y Vasquez tuvo la certeza de que volvería a hacerlo. Era la noche esperada.

Se desnudó y se puso el disfraz de fuga: un chándal abierto por el pecho, una cadena de oro, zapatillas deportivas grandes, un bigotito y un teléfono móvil. Se había convertido en el típico macarrilla de Spanish Harlem.

Apagó la luz, retiró la maderita de la esquina del tablón de la ventana y adoptó la postura correcta. Con la mejilla apoyada en la culata (fabricada especialmente para no curvarse ni hincharse por factores climáticos adversos), alineó cuidadosamente el cañón con el punto por donde aparecería la cabeza de la víctima, justo al lado del muro de mármol y ladrillo que aguantaba la puerta cochera. Era donde la víctima, indefectiblemente, hacía una pausa para decirle algo al mayordomo y esperar a que éste cerrase la puerta con llave. La pausa duraba entre diez y veinte segundos; para un tirador como Vasquez, una eternidad llena de posibilidades.

Mientras preparaba el instrumental, tuvo una extraña sensación. No era la primera vez que se preguntaba si todo ese montaje no resultaba demasiado fácil: el paseo de la una, la pausita... Parecía algo demasiado perfecto. ¿Le estaban tendiendo una trampa? ¿Estaba la víctima al tanto de su presencia? Sonrió y negó con la cabeza. Siempre sufría un ataque de paranoia justo antes de matar. Era imposible que Pendergast le hubiese detectado. Para empezar ya se había expuesto en más de una ocasión, algo que, en caso de saberse vigilado por un tirador, habría requerido una sangre fría al alcance de muy pocos mortales. Vasquez ya había dispuesto de media docena de ocasiones para matarle limpiamente. Si no lo había hecho era por que no se sentía preparado.

Ahora sí.

Lentamente, con cuidado, puso el ojo en la mira, que disponía de un compensador interno de caída y que ya tenía introducida la deriva del viento. Todo estaba a punto. Fijó su mirada en la cruz central, situada justo donde haría su pausa la víctima. Sería un trabajo tan rápido y limpio como siempre. El mayordomo, que lo presenciaría, llamaría a la policía, pero cuando llegaran Vasquez ya se habría ido, y de poco les serviría encontrar su escondrijo (porque lo encontrarían, seguro). Su ADN ya lo tenían. Total, para lo que les serviría... A esas alturas Vasquez estaría en su casa, bebiendo limonadas en la playa.

Esperó; a través de la mira vigilaba la puerta. Fueron pasando los minutos. La una menos cinco. Menos tres. La una en punto.

En ese momento se abrió la puerta y la víctima hizo su puntual aparición. Dio unos pasos, se volvió y le dijo algo al mayordomo.

El rifle ya estaba apuntando. El dedo de Vasquez empezó a aumentar su presión sobre el gatillo, con suavidad y constancia.

De repente se oyó una pequeña explosión, un fogonazo de luz en la manzana, acompañado por un ruido de cristales rotos. Vasquez titubeó y apartó el ojo de la mira, pero sólo se trataba de una farola reventada, algo habitual en el barrio; o eso o un futuro maleante con una escopeta de aire comprimido.

Sin embargo, el momento había pasado. Ahora su objetivo cruzaba la calle en dirección al parque.

Se apartó del rifle, sintiendo que la tensión abandonaba su cuerpo. Había perdido una oportunidad.

¿Qué hacer? ¿Pillarle en el camino de vuelta? No. Se metía tan deprisa por la puerta cochera que no le garantizaba un perfecto disparo descentrado. Daba igual. Era el destino. ¡Para que luego le entrase la paranoia y todo le pareciese demasiado fácil!

Así, que tenía veinticuatro horas más por delante en su nido. Bueno, no se quejaba: dos millones de dólares era una suma igual de aceptable para tres días de trabajo que para dos.

38

D'Agosta iba en la parte trasera del Rolls en silencio. Delante, Proctor conducía y Pendergast hablaba de los Red Sox de Boston (único tema de interés para Proctor, a juzgar por todos los indicios, y materia que el agente, siempre tan enigmático, parecía dominar a fondo). Estaban discutiendo un matiz estadístico de la final de 1916, para perplejidad de D'Agosta, que se consideraba aficionado al béisbol.

–¿Dónde dice que nos encontraremos con Beckmann? –preguntó, interrumpiéndoles.

Pendergast volvió un poco la cabeza.

–Está en Yonkers.

–Y ¿cree que hablará con nosotros? Lo digo porque Cutforth y Bullard no fueron muy comunicativos...

–Preveo encontrarle de lo más elocuente.

Pendergast reanudó la conversación, mientras D'Agosta se fijaba en el paisaje y se preguntaba si había rellenado todo el papeleo sobre la refriega del día anterior con los chinos. El caso estaba generando más documentación que cualquier otro de su historial, a menos que lo que le tuviera atado de pies y manos fuera toda esa chorrada de las nuevas regulaciones. Se preguntó si Pendergast seguía teniendo la habilidad de estar por encima de esas trivialidades, o si se pasaba las noches rellenando formularios.

El Rolls había salido de Manhattan por el puente de la avenida Willis. Ahora se dirigían hacia el norte por la autopista Major Deegan, en pleno tráfico de finales de una mañana de sábado. Poco después tomaron la Mosholu Parkway y se internaron en el primer anillo suburbial que comprendía la parte baja del condado de Westchester. Pendergast exhibió su habitual reticencia a comentar adónde iban. Al otro lado de la ventanilla, los bloques marrones de apartamentos se confundían con envejecidos polígonos industriales y gasolineras. Dos o tres kilómetros después salieron a la avenida Yonkers, y D'Agosta se apoyó en el respaldo suspirando. Yonkers, la ciudad con el nombre más feo de todo el país. ¿Qué hacía Beckmann ahí? Quizá tuviera una casa bonita con vistas al Hudson. D'Agosta había oído hablar sobre la revitalización de la parte costera de la ciudad.

Sin embargo, no era ahí adonde se dirigían. El Rolls giró hacia el este, hacia Nodine Hill. D'Agosta prestó poca atención a los indicadores. Prescott Street. Elm Street, aunque pocos olmos había en esa calle, a pesar de su nombre; sólo gingkos moribundos que apenas suavizaban las líneas ajadas de los edificios. El barrio empeoraba. Ahora había borrachos y drogadictos a la entrada de las casas, indiferentes al paso del Rolls. No quedaba ni un metro cuadrado sin grafitos ilegibles, incluidos los troncos de los árboles. El cielo era plomizo y empezaba a hacer frío. Bordearon varios solares invadidos por la maleza, pedazos de selva en plena ciudad.

–A la izquierda, por favor.

Proctor torció por una calle sin salida y frenó ante el último edificio. D'Agosta bajó. Proctor se quedó en el coche.

En vez de entrar en la casa, Pendergast se fue hasta el final de la calle. Un muro de bloques de hormigón, con más grafitos, encuadraba una puerta de hierro con remaches antiguos y mordeduras de óxido en su superficie.

Pendergast accionó el tirador y se agachó para examinar la cerradura. Luego se sacó del bolsillo una linterna fina como un lápiz y miró por el agujero, mientras hurgaba en él con un pequeño instrumento metálico.

–¿Va a forzarla? –preguntó D'Agosta.

El agente se irguió.

–Por supuesto.

Cogió su arma y disparó dos veces por el agujero de la cerradura. Las detonaciones resonaron como truenos en el callejón.

–Pero ¡bueno! ¿No ha dicho que la forzaría?

–Es lo que he hecho, con mi ganzúa último recurso. –Pendergast volvió a enfundar su pistola del cuarenta y cinco–. Es la única manera de abrir un bloque sólido de herrumbre. Hace años que nadie abre esta puerta.

Levantó un pie y la empujó. La puerta cedió con un gemido de metal oxidado.

D'Agosta miró por ella y se llevó una sorpresa al no descubrir un pequeño solar de malas hierbas, sino un gran prado que no tendría menos de cinco hectáreas, rodeado de edificios en mal estado. En lo más alto de la cuesta había un grupo de árboles muertos rodeando las ruinas de lo que parecía un templo griego: cuatro columnas dóricas aún en pie, un techo caído y un envoltorio de zarzas. Se llegaba por un antiguo camino infestado de hierbajos y zumaque, con dos hileras de árboles muertos, cuyas ramas arañaban al igual que garras el cielo gris.

Se estremeció.

–¿Qué es esto, una especie de parque?

–En cierto modo.

Pendergast pisó la superficie abrupta del camino y empezó a subir, esquivando trozos de asfalto levantados por las heladas, hierbajos de un metro de alto y los pistilos rojos y venenosos del zumaque. No parecía resentirse en lo más mínimo del balazo del día anterior. A ambos lados del camino, más allá de los árboles muertos, la maleza formaba una auténtica jungla, donde las zarzas competían con las matas. Todo era verdísimo y crecía con un vigor y una lozanía fuera de lo común.

Después de unos cien metros se detuvo, sacó un papel de su bolsillo y lo consultó.

–Por aquí.

Tomó un camino más estrecho que formaba un ángulo recto con la vía principal. D'Agosta le siguió lo mejor que pudo entre arbustos que le llegaban hasta el pecho, mientras el uniforme se le llenaba de polen. Pendergast iba despacio, mirando hacia ambos lados. De vez en cuando consultaba el esquema que tenía en la mano. Parecía estar contando.

Poco a poco, D'Agosta comprendió lo que contaba. La maleza escondía varias hileras de losas de granito, cada una con un nombre y dos fechas.

–¡Pero si estamos en un cementerio! –dijo.

–Sí, pero de pobres; un cementerio para indigentes, locos y personas dejadas de la mano de Dios. Un ataúd de pino, un agujero de un metro y medio, una lápida de granito y dos minutos de discurso fúnebre, todo ello a cuenta del estado de Nueva York. Se llenó hace unos diez años.

D'Agosta silbó.

–¿Y Ranier Beckmann?

Pendergast no dijo nada. Caminaba entre matojos de artemisa sin dejar de contar. De pronto se detuvo ante una lápida baja de granito que no se diferenciaba de las demás y apartó los hierbajos con el pie.

RANIER BECKMAN
1952-1995

El viento frío que soplaba desde lo alto de la loma hacía ondear las malas hierbas al igual que un campo de trigo. Se oyó un trueno en la lejanía.

–¡Muerto! –exclamó D'Agosta.

–Exacto. –Pendergast sacó su teléfono móvil y marcó un número–. ¿Sargento Baskin? Hemos encontrado la tumba y estamos preparados para la exhumación. Llevo encima todo el papeleo forense. Le esperamos.

D'Agosta se rió.

–¿Sabe que tiene mucho sentido de lo teatral, Pendergast?

El agente cerró el teléfono con un ruido seco.

–No he querido decírselo hasta estar seguro. Para eso necesitaba encontrar la tumba. Era lamentable la escasez de documentos sobre el señor Beckmann. Los pocos que he logrado descubrir pecaban de dudosos. Ya ve que hasta escribieron mal su apellido en la lápida.

–Pero si ha dicho que Beckmann sería muy elocuente...

–Y lo será. Los muertos no hablan, pero sus cadáveres suelen destacar por su locuacidad, y creo que el de Ranier Beckmann tiene mucho que contarnos.

39

Locke Bullard se encontraba en el puente del *Stormcloud;* el aire era frío y despejado y el mar estaba completamente en calma. Era un mundo reducido a lo esencial. Bajo sus pies, la cubierta vibraba. Una brisa fresca acompañaba a la nave en su viaje a máxima velocidad hacia el este, con destino a Europa.

Bajó el puro y, con los nudillos blancos en la borda, miró fijamente el lugar donde se unían el cielo y el filo del mar. En un día otoñal así de despejado, aquel punto parecía realmente el borde del mundo, y daba la impresión de que el barco podía perderse flotando en la nada. En parte lo deseaba: desaparecer del mundo y terminar así de una vez.

De hecho, podía hacerlo en cualquier momento. Nada le impedía ir a la parte trasera del barco y dejarse caer al agua. Sólo le echaría de menos su mayordomo, y probablemente no enseguida, ya que se había pasado la mayor parte del viaje encerrado en el camarote, sin ver a nadie ni salir para comer.

Sentía los músculos tensos, temblorosos; sentía todo su cuerpo a merced de una fuerte emoción, mezcla terrible de rabia, arrepentimiento, pavor y asombro. Le costaba dar crédito a lo que le ocurría, a lo que lo había conducido a ese extremo, el de navegar hacia el este en pleno Atlántico con rumbo a un destino tan aciago como ése. Ni siquiera con un millón de años de planificación empresarial (a pesar de todas sus maquinaciones, y de haber tenido en cuenta la menor eventualidad) podría haber previsto un desenlace así. En fin, al menos había podido librarse del imponderable del agente del FBI, Pendergast: o bien Vasquez ya había hecho su trabajo, o no tardaría en hacerlo.

Pero qué parco consuelo...

Vio con el rabillo del ojo que algo se movía. Era el cuerpo

delgado de su mayordomo, que había aparecido, deferente, en la escotilla.

–Señor, faltan tres minutos para la videoconferencia.

Bullard asintió con la cabeza, volvió a fijar la vista en el horizonte, carraspeó y lanzó un escupitajo hacia lo azul. Lo siguiente que arrojó fue el puro. Después dio media vuelta y bajó.

La sala de videoconferencias era pequeña, reservada para él. El técnico, encorvado sobre las teclas (¿por qué eran todos larguiruchos y con perilla?), se levantó al verle entrar, con tanta prisa que se golpeó la cabeza.

–Todo listo, señor Bullard. Sólo tiene que pulsar...

–Salga.

Obedeció, dejándole solo. Bullard cerró la puerta con pestillo, introdujo la contraseña, esperó a que le pidieran la siguiente y la tecleó. La pantalla se encendió y se dividió en dos imágenes del mismo tamaño: por un lado el supervisor de Bullard Aerospace Industries en Italia, Martinetti; por el otro Chait, su mano derecha en Estados Unidos.

–¿Qué tal lo de ayer? –preguntó Bullard.

Supo que la habían cagado por la tardanza en contestar.

–Los invitados llegaron con petardos. Hubo fiesta.

Bullard asintió. Se lo esperaba a medias.

Conque los chinos habían matado a Williams, y en recompensa se los habían cepillado a tiros.

–Otra cosa: hubo intrusos en la fiesta.

A Bullard se le hizo un nudo en el estómago. ¿Quién había sido? ¿Pendergast? ¡Caramba con Vasquez! ¡Con qué calma se lo tomaba! Bullard nunca había conocido a nadie tan peligroso como él. Por otro lado, suponiendo que hubiera sido Pendergast, ¿cómo se había enterado? Los archivos del ordenador incautado estaban muy encriptados. Era imposible que los hubieran abierto.

–El resto volvió sano y salvo.

Bullard apenas oyó la última frase. Seguía pensando. O le habían pinchado los teléfonos o los federales tenían un informador entre sus hombres de confianza. Probablemente lo primero.

–Podría haber un pájaro en el árbol –dijo, usando el código preestablecido para referirse a las escuchas telefónicas.

No hubo respuesta. Total, casi ya no le importaba. Miró la imagen de su supervisor italiano.

–¿Ya lo tienes empaquetado y listo para el viaje?

–Sí. –Martinetti se expresaba con dificultad–. ¿Le puedo preguntar por qué...?

–¡Qué coño me vas a preguntar!

Bullard sintió un acceso de ira. Era algo incontrolable, como un ataque. Miró la imagen de Chait, que seguía a la escucha, inexpresivo.

–Es que...

–No quiero una sola pregunta. Cuando llegue recogeré el paquete y punto. No lo vuelvas a mencionar, ni a mí ni a nadie.

El italiano palideció y movió la nuez al tragar saliva.

–Señor Bullard, después del trabajo que hemos tenido y de los riesgos que hemos corrido tengo derecho a saber por qué elimina el proyecto. Se lo digo con todo respeto, como su principal representante. En lo único que pienso es en el bien de la empresa...

Bullard sintió crecer la rabia en su interior, un calor tan intenso que era como si le pulverizase la médula de los huesos.

–¿Qué te he dicho, pedazo de cabrón?

Martinetti se calló. Chait miraba nerviosamente de aquí para allá. Tenía miedo de que su jefe estuviera enloqueciendo. La pregunta parecía pertinente.

–La empresa soy yo –añadió Bullard–. Sé lo que es bueno y lo que es malo para ella. Como vuelva a oírte un comentario *ti faccio fuori, bastardo*. Te mato, cabrón.

Sabía que ningún italiano de verdad podía aguantar un insulto así, y no se equivocaba.

–Le presento mi dimisión, señor Bullard.

–¡Pues dimite, hijo de perra, dimite! ¡Por mí...!

Dio varios puñetazos al teclado. Al quinto golpe la pantalla se apagó.

Se quedó sentado mucho tiempo en la habitación a oscuras. Así que los federales les habían estado esperando en Paterson. Señal de que estaban al corriente de los planes de pasar tecnología de misiles de un país a otro. En otros tiempos habría sido un desastre, pero ahora casi resultaba irrelevante. El delito había sido descartado en el último minuto. Los federales no tenían nada contra él ni lo tendrían. BAI estaba limpia. De todos modos, a Bullard le importaba un carajo. En ese momento tenía cosas más importantes en las que pensar.

Lo cierto era que los federales no sabían nada de lo que ocurría en realidad. Se había ido justo a tiempo. Grove y Cutforth... Grove, Cutforth y tal vez Beckmann. Habían tenido que morir. Era inevitable. En cambio él seguía vivo, eso era lo importante.

Se dio cuenta de que estaba respirando demasiado deprisa. Necesitaba aire fresco. Se levantó de la consola tambaleándose, abrió el pestillo y subió por la escalera. Poco después volvía a estar en el puente, mirando al este, hacia el vacío.

Qué lástima no poder navegar hasta el borde del mundo.

40

D'Agosta oyó el ruido lejano de una radio y escudriñó la espesura. La vegetación era tan densa que al principio no vio nada, pero al cabo de unos minutos empezó a vislumbrar puntitos plateados y azules, hasta que apareció un policía (una cabeza y unos hombros) abriéndose camino a través de la maleza. Al ver a D'Agosta dio media vuelta. Le seguían dos médicos con una caja de plástico azul. Los tres últimos del grupo eran dos hombres con mono, que transportaban varias herramientas pesadas, y un fotógrafo.

El policía (un sargento de Yonkers bajito que no perdía el tiempo con chorradas) cruzó los últimos arbustos y se reunió con ellos.

–¿Usted es Pendergast?

–Sí. Mucho gusto, sargento Baskin.

–Bien. ¿Es la tumba?

–Sí.

Pendergast sacó algunos papeles de la chaqueta. El policía los examinó, puso sus iniciales, arrancó las copias y devolvió los originales.

–Perdone, pero tengo que ver su identificación.

Pendergast y D'Agosta mostraron sus insignias.

–Perfecto. –El policía se volvió hacia los dos hombres que llevaban mono. Estaban descargando las herramientas–. Todo vuestro, chicos.

Se pusieron enseguida manos a la obra, levantando la lápida con una palanca. Después de apartarla, despejaron las inmediaciones de la tumba con rastrillos y cubrieron la zona con varias lonas grandes y sucias. A continuación empezaron a cortar bloques de césped y maleza con sus herramientas, y a amontonarlos como ladrillos sobre una de las lonas.

D'Agosta se volvió hacia Pendergast.

–Bueno, ¿cómo lo ha encontrado?

–Me di cuenta enseguida de que tenía que estar muerto, y supuse que había fallecido siendo un vagabundo o sufriendo alguna enfermedad mental. Era lo único que explicaba por qué no lo habíamos encontrado en plena época de Internet. A partir de ahí, conseguir más datos fue muy difícil, incluso para mi ayudante Mime, que, como ya le dije, tiene un talento muy especial para obtener la información más recóndita. Al final averiguamos que Beckmann vivió sus últimos años en la calle, no siempre con su verdadero nombre, y que pasó por varios albergues para indigentes de la zona de Yonkers.

Una vez amontonada toda la tierra, los dos operarios empezaron a cavar con movimientos alternos de sus palas. Los médicos hablaban y fumaban a cierta distancia. Se oyó otro trueno lejano y empezaron a caer gotitas en las plantas.

–Por lo visto, el señor Beckmann tuvo unos inicios muy prometedores –siguió explicando Pendergast–. Su padre era dentista y su madre ama de casa. Sabemos que destacó bastante en la universidad, pero durante el tercer año perdió a sus padres. Después de licenciarse parece que no supo qué hacer con su vida. Viajó por Europa durante una temporada. Luego volvió a Estados Unidos y trabajó de vendedor en varios rastros. Bebía tanto que acabó siendo un alcohólico, pero sus problemas eran más mentales que físicos. No le encontraba sentido a la vida. Ese edificio es el último donde vivió.

Pendergast señaló uno de los bloques en mal estado que rodeaban el cementerio.

«Chof, chof», hacían las palas. Los operarios conocían su trabajo. Todos sus movimientos estaban guiados por la economía y una precisión casi maquinal. El agujero marrón se volvía más profundo por momentos.

–¿De qué murió?

–Según el certificado de defunción, de cáncer de pulmón con metástasis. No se había tratado. Pronto sabremos toda la verdad.

–¿Usted no se cree lo del cáncer?

Pendergast sonrió irónicamente.

–Soy escéptico.

Una de las palas chocó con madera podrida. Los operarios se arrodillaron, cogieron las paletas y empezaron a despejar la tapa de un simple ataúd de madera, descubriendo su contorno y ampliando el agujero. A D'Agosta le pareció que no podía estar enterrado a más de un metro de profundidad. ¿Y lo del metro y medio gratis? Típico del gobierno, que daba por el culo a todo el mundo, incluso a los muertos.

–Fotos –dijo el sargento de Yonkers.

Los operarios salieron para que el fotógrafo, que se había puesto en cuclillas al borde de la fosa, tomara instantáneas desde varios ángulos. Luego volvieron a bajar, desenrollaron varias cuerdas de nailon, las pasaron por debajo del ataúd y las juntaron en la parte superior.

–Venga, arriba.

En poco tiempo, con la colaboración de los médicos, el ataúd quedó fuera del agujero, sobre la lona vacía. Olía mucho a tierra.

–Abridlo –dijo el policía, hombre parco en palabras.

–¿Aquí? –preguntó D'Agosta.

–Son las reglas. Sólo es para asegurarse.

–¿Asegurarse de qué?

–De la edad, el sexo, el estado general... Y de lo más importante: que haya un cadáver.

–Ya.

Uno de los operarios miró a D'Agosta y dijo:

–A veces pasa. El año pasado desenterramos a uno en Pelham y ¿sabes qué encontramos?

–¿Qué?

D'Agosta estaba bastante seguro de no querer saberlo.

–Dos fiambres... ¡y un mono muerto! Comentamos que debía de ser un organillero liado con la mafia.

Estalló en carcajadas, dando codazos a su compañero, que también se echó a reír.

Lo siguiente que hicieron los operarios fue emprenderla con la tapa a golpes de cincel. La madera estaba tan podrida que tardó muy poco en desprenderse. Cuando apartaron la tapa, salió un hedor a podredumbre, moho y formol. D'Agosta se asomó, dividido entre una curiosidad morbosa y una aprensión que nunca lograba vencer del todo.

La luz gris del día, tamizada por la lluvia, penetraba en el ataúd e iluminaba el cadáver.

Tenía las manos sobre el pecho, y yacía encima de una tela podrida, con rotos por los que asomaba el relleno. En el fondo había un gran charco de líquido helado, negro como el café viejo. El cadáver se había venido abajo por la podredumbre y tenía un aspecto deshinchado, como si al perder la vida se le hubiera escapado todo el aire y sólo quedara piel y huesos. El traje negro en descomposición dejaba asomar varias protuberancias óseas: las rodillas, los codos y la pelvis. Las uñas se habían desprendido de las manos, marrones y viscosas, que dejaban asomar las falanges en las puntas podridas de los dedos. Los ojos eran agujeros; los labios estaban torcidos, contraídos en una especie de mueca feroz. Beckmann había sido un cadáver húmedo, y la lluvia lo humedecía aún más.

El policía se inclinó a examinarlo.

–Varón, caucásico, de unos cincuenta años... –Desenrolló una cinta métrica–. Poco más de un metro ochenta, pelo castaño... –Se incorporó–. A grandes rasgos, corresponde.

D'Agosta miró a Pendergast. Pese a lo terrible de la descomposición, había algo claro: aquel cadáver no había sufrido una muerte tan espantosa y violenta como la de Grove y Cutforth.

–Llévenselo al depósito –murmuró Pendergast.

El policía le miró.

–Quiero que le hagan una autopsia completa –dijo Pendergast–. Quiero saber cómo murió realmente.

41

Bryce Harriman entró en el despacho de Rupert Ritts, el director del *Post*, y lo encontró de pie (mezquino y ratonil) al otro lado de su enorme mesa, con una sonrisa, algo que no prodigaba en su rostro afilado.

–¡Bryce! ¡Contigo quería hablar! ¡Siéntate!

Ritts nunca hablaba en voz baja. Tenía una voz aguda que perforaba los tímpanos, pero cualquier sospecha de sordera quedaba descartada al comprobar que sus orejas de hurón captaban hasta el susurro más tenue y lejano, sobre todo si estaba relacionado con él. Más de un director había sido despedido por susurrar el apodo de Ritt a doscientos metros de distancia, con todo el ajetreo de una sala de prensa de por medio. El apodo en cuestión era obvio (simple sustitución de una vocal por otra)[1], pero le sulfuraba indefectiblemente. Harriman suponía que de pequeño se lo habían repetido a diario en el colegio y que nunca lo había superado. Su desagrado por Ritts era el mismo que por casi todo lo relacionado con el *New York Post*. Trabajar allí era embarazoso, físicamente embarazoso.

Se arregló la corbata, mientras hacía lo posible por acomodarse en la dura silla de madera con la que Ritts torturaba a sus reporteros. El director rodeó la mesa y se sentó al borde para encender un Lucky Strike. Debía de considerarse un tipo duro de la vieja escuela, de los que bebían mucho, eran malhablados y siempre tenían un pitillo colgando de los labios. Parecía disfrutar aún más por el hecho de que ya no estuviera permitido fumar en el trabajo. Harriman sospechaba que también tenía escondida una botella de whisky barato, con su vaso, en algún

1. La i por una a; «Ritt» queda convertido en «Ratt», es decir, en una rata. *(N. del T.)*

cajón del escritorio. Pantalones negros de poliéster, zapatos marrones gastados, calcetines azules, acento de Brooklyn... Ritts era justo lo que la familia de Harriman quería evitar cuando mandaron a su hijo a un colegio privado y a una universidad de la Ivy League.

Y ahora lo tenía como jefe.

–El artículo de Menck es fabuloso, Harriman. Es la rehostia.

–Gracias.

–Ha sido un golpe de genio encontrarle justo el día antes de que se fuera a las islas Vírgenes.

–Galápagos.

–Bueno, da igual. Tengo que reconocer que al leerlo tuve mis dudas; me pareció la típica chorrada New Age, pero la verdad es que a los lectores les ha tocado la fibra. Las ventas en quiosco han subido un ocho por ciento.

–¡Qué bien!

En el *Post* sólo se hablaba de ventas, algo que en la sala de prensa del *Times*, su anterior trabajo, se consideraba de mala educación.

–¡Qué coño bien! ¡Fabuloso! Ser periodista es eso, que te lean. Ya me gustaría que se dieran cuenta los payasos que tenemos por aquí.

La voz penetrante de Ritts se oía hasta el último rincón de la sala contigua. Harriman, incómodo, cambió de postura en la silla de madera.

–Justo cuando empezaba a decaer lo de los asesinatos diabólicos, vas y encuentras a ese Menck. Tiene mérito, lo reconozco. Todos los demás periódicos de la ciudad estaban tocándose los huevos en espera del siguiente asesinato, mientras que tú... tú saliste a crear la noticia.

–Gracias.

Ritts aspiró unos cuantos litros de humo, tiró la colilla al suelo de su despacho y la aplastó con la punta del zapato. Ya había unas veinte, todas bien chafaditas. Después vació sus pulmones con un silbido ruidoso y enfisémico y encendió otro cigarrillo, mientras examinaba a Harriman de pies a cabeza.

Éste volvió a cambiar de postura. ¿Pasaba algo con su manera de vestir? No, claro que no. Si algo había aprendido desde pequeño, era a vestirse. Sabía exactamente cuándo desplegar el madrás, cuándo guardar el cloqué y qué tono elegir para los mocasines de cordobán con borlas. De todos modos, si alguien no podía criticar la vestimenta ajena era Ritts.

–La noticia ha salido comentada en el *National Enquirer*, el *USA Today*, el *Regis* y el *Good Day New York*. Estoy contento, Harriman. Has hecho un buen trabajo, tanto que quiero que seas corresponsal especial de la sección de homicidios.

Harriman se quedó de piedra. No se lo esperaba. Trató de controlar sus músculos faciales para que no le vieran sonreír como un idiota, sobre todo Ritts. Asintió con la cabeza.

–Muchas gracias, señor Ritts. Se lo agradezco mucho.

–Cualquier reportero que haga subir un ocho por ciento las ventas en una semana tiene garantizado que se fijen en él. El nombramiento va acompañado de un aumento de diez mil dólares a partir de ahora mismo.

–Gracias otra vez.

El director parecía observar a Harriman con un regocijo mal disimulado. No se cansaba de mirarle, con especial atención a su corbata, su camisa de rayas y sus zapatos.

–Escucha, Harriman, has tocado la fibra de los lectores. Gracias a ti han empezado a llegar pirados de la New Age y el fin del mundo al parque que está delante del edificio de Cutforth.

Harriman asintió.

–De momento no es gran cosa. Se reúnen espontáneamente para encender velas y corear cánticos en plan chorra. Ahora lo que necesitamos es que haya continuidad. Primero un artículo sobre esa gente, un artículo serio y respetuoso, para que el resto de los friquis se entere de que se está perdiendo unas reuniones diarias. Si lo enfocamos bien llegará mucha gente. Podríamos hacer que saliera en la tele. Hasta podría haber manifestaciones. ¿Ves por dónde voy? Es lo que he dicho antes: aquí en el *Post* no esperamos las noticias, salimos a provocarlas.

–Sí, señor Ritts.

Ritts le miró a través de una nube de humo recién exhalado.

–¿Puedo darte un consejo de amigo, entre tú y yo?

–Claro que sí.

–Pasa de corbatas de reps y mocasines; pareces un reportero del *Times* y esto es el *Post*, que es donde está la marcha. ¡Supongo que no quieres volver con esos estirados! Venga, sal a entrevistar al primer chalado que hable a golpe de Biblia. Ahora que les has tocado la fibra, tienes que mantener la presión y hacer que siga creciendo la noticia. Ah, y encuentra un par de personajes pintorescos. Busca al líder de toda esa chusma.

–¿Y si no hay líder?

–Pues te lo inventas. Lo subes a un puto pedestal y le pones una medalla. Me huelo algo gordo. Y ¿sabes qué? En treinta años no me he equivocado ni una vez.

–Descuide. Y gracias, señor Ritts.

Harriman hizo lo posible por disimular su desprecio. Haría lo que le decía Ritts, pero a su manera.

Ritts chupó a fondo el cigarrillo, haciendo crepitar el tabaco, y tiró la colilla al suelo para volver a aplastarla con el pie. Después tosió, y al sonreír exhibió una dentadura irregular y amarilla como el tubo de una pipa de mazorca de maíz.

–¡Venga, Harriman, a por ellos! –dijo su voz chillona.

42

Vasquez cogió un trozo de buey en salmuera con chile verde, lo masticó pensativo, se lo tragó y bebió un poco de agua mineral, antes de seguir rellenando el crucigrama del *Times* de Londres. Reflexionó, llenó unas casillas, borró otras y dejó el periódico.

Suspiró. Siempre que estaba a punto de consumar una operación sufría un ataque de nostalgia. Saber que tenía que marcharse, que sus preparativos y meditaciones tenían las horas contadas, y que el pequeño y cómodo universo que se había construido no tardaría en pasar a la historia a manos de policías y fotógrafos sin la menor delicadeza... Al mismo tiempo tenía ganas de volver a ver el sol, respirar aire fresco y oír el ruido de las olas. Lo raro era que en el exterior nunca se sentía tan libre y vivo como en la angostura de sus escondrijos de asesino, a punto de matar.

Repasó por enésima vez su instrumental. Puso el ojo en la mira, hizo una corrección infinitesimal en la deriva del viento y levantó la cabeza para examinar la bocacha apagallamas. Sólo faltaban unos minutos. Había cuatro balas en el cargador y otra en la recámara. Sólo necesitaba dos. Volvió a desnudarse y se puso el disfraz.

La una menos cinco. Lanzó una mirada nostálgica a su nido, y a todo lo que tendría que dejar. De hecho, ¿cuántas veces había podido terminar un crucigrama del *Times*? Volvió a aplicar el ojo a la mira, vigilante. Pasaron los minutos.

Una vez más se abrió la puerta cochera. Vasquez respiró más lentamente para reducir sus pulsaciones. Una vez más, la cabeza y los hombros de Pendergast aparecieron en la retícula. Esta vez no vio al mayordomo. Debía de estar demasiado metido en la puerta para verle, pero su presencia era evidente, ya que Pendergast miraba hacia la entrada y estaba claro que hablaba con alguien. Mejor. Un disparo descentrado en la parte posterior de la cabeza desafiaría igualmente el posterior análisis.

Aguantó la respiración y, usando los latidos de su corazón para medir los disparos, Vasquez apoyó la mejilla en la culata y apretó lentamente el gatillo. El arma sufrió una sacudida. En un abrir y cerrar de ojos, volvió a cargarla, apuntó y disparó por segunda vez.

El primer disparo había sido perfecto. El blanco se había vuelto, tal como tenía que hacerlo. El siguiente había tardado unas décimas de segundo. La bala había entrado justo encima de la oreja, haciendo que la cabeza explotase en todas las direcciones. Pendergast se había derrumbado en la oscuridad del marco de la puerta. Ya no se le veía.

Vasquez se movió con la rapidez de muchos años de práctica. Con la luz apagada, metió el rifle y el ordenador portátil en un talego, se lo echó al hombro y se ajustó los anteojos de visión nocturna que le ayudarían a salir del edificio por detrás. Después tapó el agujero por el que había disparado, llegó a la puerta y usó el destornillador de pilas para desenroscar los cuatro tornillos que la mantenían cerrada. El siguiente paso consistió en arrancar la cinta que sellaba las jambas y abrir la puerta con sigilo, el mismo sigilo con el que salió al pasillo.

De repente los anteojos se sobrecargaron de luz y le dejaron ciego. Se los arrancó de la cabeza y acercó la otra mano al arma de su cinto, pero en el pasillo había alguien que se movía demasiado deprisa, y Vasquez, que seguía sin ver nada, fue arrojado a la pared, mientras la pistola caía al suelo.

Se lanzó como una fiera contra su atacante, pero erró el golpe, mientras que el que recibió en las costillas fue tremendo. Volvió a girar. Esta vez, el puñetazo dio en el blanco e hizo caer a su adversario. Era el poli de Southampton. Vasquez, furibundo, sacó el cuchillo y saltó sobre él apuntando al corazón, pero de pronto vio aparecer un pie, lo recibió en el antebrazo, oyó un crujido, cayó al suelo y se vio inmediatamente aprisionado.

Tenía al poli encima. Y a la luz brillante de una lámpara estaba él, Pendergast, la persona a quien acababa de matar.

Le miró fijamente, mientras su cerebro creaba con rapidez una nueva secuencia de hechos.

Había sido una trampa. Seguro que lo sabían todo desde el principio. Pendergast había hecho una actuación perfecta. Vasquez había disparado contra algún maniquí, un maniquí de efectos especiales. Madre de Dios.

Había fallado. Fallado.

No podía creerlo.

Pendergast, ceñudo, le observaba atentamente. De repente abrió mucho los ojos, como si hubiera entendido algo.

–¡La boca! –exclamó.

D'Agosta introdujo algo que parecía de madera entre los dientes de Vasquez, como si fuera un perro o un epiléptico, pero éste, que empezaba a acusar el dolor en su antebrazo, pensó que no serviría de nada. No era ahí donde llevaba el cianuro. La aguja estaba en la punta de su dedo meñique, el que había perdido años antes de un disparo, y que ahora tenía otra utilidad. Apretó con fuerza la prótesis de dedo contra la palma, notó que se rompía la ampolla y se clavó la aguja en la piel. La insensibilidad que empezaba a subir por su brazo atenuó el dolor.

«El día en que falle, moriré.»

43

El taxi frenó en el majestuoso patio del Helmsley Palace. D'Agosta dio la vuelta al vehículo con rapidez y abrió la puerta a Hayward, que al salir miró la extravagante variedad de setos iluminados y la fachada barroca del palacio que les envolvía.

–¿Aquí es donde cenamos?

D'Agosta asintió.

–Le Cirque 2000.

–¡Válgame Dios! ¡Dije una buena cena, pero no me refería a esto!

D'Agosta la cogió por el brazo y la condujo hasta la puerta.

–¿Por qué no? Si empezamos algo, que sea como Dios manda.

Hayward sabía que Le Cirque era probablemente el restaurante más caro de toda Nueva York, y aunque siempre le había incomodado que los hombres gastaran mucho en ella –como si fuera una manera de conquistarla–, esta vez la sensación era distinta. Lo que decía sobre Vinnie D'Agosta, sobre su manera de enfocar la relación, era prometedor de cara al futuro.

¿Futuro? Le extrañó haber pensado en esa palabra, sobre todo tratándose de una primera cita (bueno, casi). De hecho, D'Agosta ni siquiera estaba divorciado. Tenía mujer e hijo en Canadá. Por otro lado, había que reconocer que era un hombre interesante, y un policía como la copa de un pino. «Tú tranquila –pensó–, ya veremos cómo va todo.»

Al entrar en el restaurante, que estaba a rebosar, aunque fuera un domingo por la noche, llegó uno de esos maîtres que consiguen transmitir una apariencia de absoluto servilismo al tiempo que proyectan su íntimo desprecio. Lamentaba informarles de que, a pesar de la reserva, aún no tenían preparada su mesa. Si se instalaban en el bar, la espera no debería rebasar la media hora, cuarenta minutos a lo sumo.

–Perdone, ¿ha dicho cuarenta minutos?

El tono de D'Agosta era sereno pero amenazador.

–Es que hay una fiesta con mucha gente... Veré qué puedo hacer.

–¿Verá qué puede hacer? –D'Agosta sonrió y se acercó un paso–. ¿O lo hará?

–Haré lo que pueda, caballero.

–No tengo la menor duda de que lo que puede hacer es conseguirnos una mesa en un cuarto de hora, y así lo hará.

–Por supuesto. No faltaría más. –La retirada del maître era total–. Mientras tanto –añadió con una voz más forzada y alegre de lo normal– haré que les traigan a la mesa una botella de champán por cuenta de la casa.

D'Agosta cogió a Hayward del brazo y entraron en el bar, adornado con una mezcolanza de fluorescentes que Hayward quiso interpretar como una alusión al tema circense del restaurante. Tenía su gracia, siempre que no hubiera que quedarse mucho tiempo.

Al poco rato de sentarse a una mesa apareció un camarero, a quien no tuvieron necesidad de llamar, y les trajo las cartas, dos copas y una botella bien fría de Veuve Clicquot.

Hayward se rió.

–Te has toreado al maître con mucha eficacia.

–¿Qué policía sería si no supiese intimidar a un camarero?

–Creo que esperaba una propina.

D'Agosta la miró.

–¿En serio?

–Pero lo has hecho muy bien, y te has ahorrado un dinerito.

D'Agosta gruñó.

–La próxima vez le doy uno de cinco.

–Sería peor que nada. La tarifa no baja de los veinte.

–¡Caray! ¡Qué complicado es vivir por todo lo alto! –Levantó su copa–. ¿Brindamos?

Ella hizo lo mismo.

–Por... –D'Agosta vaciló–. Por la fuerza pública de Nueva York.

Para ella fue un alivio no oír lo que esperaba. Hicieron chocar las copas. Hayward bebió un poco y observó a D'Agosta, que estaba leyendo la carta que había dejado el camarero. Parecía haber adelgazado un poco desde su encuentro en el apartamento de Cutforth. Saltaba a la vista que el comentario sobre sus visitas diarias al gimnasio no había sido una broma. Al gimnasio y a las prácticas de tiro de la policía en la calle Treinta y tres. Se fijó en lo perfilada que tenía la mandíbula, en su pelo muy negro y en el suave color castaño de sus ojos. Tenía un rostro muy agradable, mucho. Todo apuntaba a que era lo que costaba muchísimo encontrar en Nueva York: una buena persona, sin trampa ni cartón, con sólidos valores a la antigua; alguien amable y de fiar, pero sin ser ningún pelele, como había demostrado con su actuación sorpresa tres noches antes en el despacho de ella...

Una mezcla de rubor y hormigueo hizo que levantase la carta para disimular. Cuando llegó a la lista de platos principales, se horrorizó al ver que el más barato, *paupiette* de lubina negra, costaba treinta y nueve dólares. El entrante más barato costaba veintitrés: pies y careta de cerdo estofados (no, gracias). Buscó inútilmente algo que estuviera por debajo de los veinte dólares, hasta que su mirada recayó en los postres, donde lo primero que le llamó la atención (¡un donut!) valía diez dólares. Bueno, pues no le quedaba otra opción. Tragó saliva y empezó a elegir, intentando no hacer sumas mentales.

Vincent estudiaba la carta de vinos. Había que reconocer que no se había puesto blanco, al menos de momento. Al contrario, parecía muy animado.

–¿Tinto o blanco? –preguntó.

–Creo que tomaré pescado.

–Pues entonces blanco. El Cakebread Chardonnay. –Cerró la carta y sonrió–. ¿A que es divertido?

–Nunca había estado en un restaurante así.

–La verdad es que yo tampoco.

Cuando tuvieron la mesa preparada (un cuarto de hora después), sólo quedaba la mitad del champán, y Hayward estaba más que contentilla. El maître les sentó en el primer comedor, una sala muy amplia con una opulenta decoración Segundo Imperio, compuesta por molduras doradas, ventanas altas con brocados de seda y arañas de cristal. Curiosamente, la presencia de fluorescentes colgantes y una serie de adornos florales del tamaño de pequeños elefantes no hacía sino potenciar el efecto general. El único inconveniente era que estaban sentados justo al lado de un grupo muy numeroso, perteneciente a uno de los barrios exteriores (Queens, por el acento), que hablaba en voz muy alta. «Bueno, tampoco se puede prohibir la entrada a la gente sólo por el acento», pensó ella.

D'Agosta pidió para los dos, impresionándola de nuevo con su saber estar, que Hayward no esperaba, sobre todo estando donde estaban.

–¿Cómo sabes tanto de alta cocina? –preguntó ella.

–¿Lo dices en serio? –respondió él con una sonrisa burlona–. Conocía la mitad de las palabras de la carta. Ha sido pura improvisación.

–Pues a mí me has engañado.

–Se debe seguramente al tiempo que paso con Pendergast. Algo se me habrá pegado.

Hayward llamó su atención.

–¿El del rincón no es Michael Douglas?

D'Agosta se volvió.

–Sí.

Y se volvió de nuevo como si tal cosa.

Ella hizo un gesto con la cabeza.

–Y mira quién hay.

En un rincón tranquilo, una mujer comía un plato de patatas fritas. Antes de meterse cada patata en la boca, con un placer que saltaba a la vista, la mojaba en un plato lleno de ketchup.

D'Agosta la observó.

–Me suena. ¿Quién es?

–¿Qué pasa, has estado viviendo debajo de una piedra? Madonna.

–¿Ah, sí? Pues se habrá teñido el pelo, o algo.

–Sería una escena buenísima para una novela. Quizá la próxima que escribas.

–No habrá ninguna más.

–¿Por qué no? A mí los dos libros que escribiste me gustaron mucho. Tienes talento. De verdad.

Él negó con la cabeza.

–Talento puede que sí, pero el problema es que me falta algo esencial.

–¿El qué?

Se frotó dos dedos.

–El dinero.

–Hay mucha gente que no consigue publicar ni una novela. Tú ya tienes dos, y encima son buenas. No puedes abandonar del todo, Vinnie.

D'Agosta negó con la cabeza.

–¿No te había comentado que no es mi tema favorito?

–Si quieres, hablo de otra cosa. Al menos de momento. De hecho quería preguntarte algo. Ya sé que no deberíamos hablar de trabajo, pero ¿se puede saber cómo se enteró Pendergast de que el tío ese... cómo se llamaba... Vasquez quería matarle? La Interpol lleva diez años siguiéndole la pista, y además era todo un profesional.

–Yo también aluciné, pero cuando me lo explicó vi que era lógico. Bullard (porque seguro que fue idea suya) se sintió lo suficientemente amenazado para echarme encima a dos matones después de nuestra primera entrevista. Pendergast se imaginó que estaba desesperado por salir del país, y que no permitiría que nadie se lo impidiese. También se imaginó que volvería a intentarlo, pero esta vez contra él, y se preguntó cómo actuaría un asesino profesional. La respuesta era obvia: desde el edificio vacío de la acera de enfrente de su casa. Total, que después de llevar a Bullard al centro para ser interrogado empezó a mirar las ventanas tapadas del edificio con un telescopio, y en poco tiempo vio un agujero nuevo en la madera. ¡Bingo! Fue cuando me lo dijo y me explicó sus planes. A continuación creó una rutina para poder controlar el momento del ataque.

–Pero ¿cómo tuvo las narices de salir y entrar de su casa, si podían pegarle un tiro?

–Cada vez que salía de la casa, hacía que Proctor enfocase

el agujero con el telescopio. Una vez me hizo reventar una farola con la pistola en el momento crítico. Fue cuando identificó el arma, supo que el asesino había perdido su oportunidad y calculó que al día siguiente volvería a intentarlo. Por eso anoche teníamos preparado el maniquí. Proctor lo hizo todo perfecto. Lo movió para que sólo se viera la parte superior.

–Pero ¿por qué no fue directamente a por el asesino? ¿Qué sentido tenía arriesgarse?

–Para empezar, la falta de pruebas. Luego, ten en cuenta que estaba atrincherado y se nos podría haber escurrido de las manos. ¿No has dicho que era un profesional? Además, seguro que habría ofrecido resistencia. Su momento de vulnerabilidad era el de la huida. Sólo tuvimos que esperar a que cayese en nuestra trampa.

Hayward asintió.

–Ahora lo entiendo.

–Lástima que optara por el suicidio.

Les trajeron los primeros platos: ni más ni menos que tres camareros, seguidos de cerca por el *sommelier*, para servirles el vino, y otro empleado para llenarles las copas de agua.

–Ahora el que tiene una pregunta soy yo –dijo D'Agosta–: ¿cómo llegaste a capitana? Quiero decir tan deprisa.

–No es ningún misterio. Al ver el panorama, me saqué el máster de psicóloga forense por la Universidad de Nueva York. La verdad es que hoy en día va muy bien tener un título. Tampoco me perjudicó ser mujer.

–¿Discriminación positiva?

–Más bien retraso positivo. Cuando Rocker, el jefe, levantó la opresión que había en el cuerpo, algunos salimos a la superficie, como es lógico, y al darse cuenta, en pleno ataque de pánico, de que no había mujeres de alto rango (por la eternidad que llevaban oprimiéndonos), empezaron los ascensos. Yo estaba en el sitio y el momento justos, con las notas y el historial indicado.

–¿La ambición y el talento no tuvieron nada que ver?

–Yo no diría tanto.

Hayward sonrió.

–Yo tampoco. –Vincent bebió un poco de vino–. ¿De niña dónde vivías?

–En Macon, Georgia. Mi padre era soldador y mi madre ama de casa. Mi hermano mayor murió en Vietnam, por fuego amigo. Yo entonces tenía ocho años.

–Lo siento.

Hayward sacudió la cabeza.

–Mis padres nunca se recuperaron. Él tardó un año en morirse, y ella dos; los dos de cáncer, pero para mí que fue de pena. Mi hermano era la niña de sus ojos.

–Qué duro.

–Ha pasado mucho tiempo. Me crió mi abuela de Islip, que era un sol. Así entendí que estaba sola en el mundo y que nadie me regalaría nada. Que tendría que currármelo todo yo solita, vaya.

–Pues te ha salido muy bien.

–Es un juego.

D'Agosta se quedó callado.

–¿En serio que aspiras a comisionada?

Ella sonrió en silencio y levantó su copa.

–Me alegro de que hayas vuelto a la Gran Manzana, Vinnie, porque es donde te corresponde estar.

–Acepto el brindis. No sabes cuánto he echado de menos esta ciudad.

–Es el mejor sitio del mundo para ser policía.

–Cuando era teniente, en la época de los crímenes del museo, no me daba cuenta. Soñaba con salir de la ciudad y vivir en el campo, para poder respirar aire fresco, oír los pajaritos y ver cambiar las hojas de color; tenía ganas de salir a pescar cada domingo, pero ¿sabes qué? Pescar es un aburrimiento, por la mañana los pájaros te despiertan, y en Radium Hot Springs en vez de Le Cirque tienes el restaurante familiar de Betty Daye.

–Donde se puede alimentar a una familia de cuatro por lo que cuesta aquí un donut.

–Ya, pero ¿qué gracia tiene el pollo frito a cuatro dólares noventa y cinco si puedes pedir magret de pato con pimentón de Espelette al módico precio de cuarenta y uno?

Hayward se rió.

–Es lo que me gusta de Nueva York, que no hay nada normal. Es todo exagerado. Aquí nos tienes, cenando en la misma sala que Madonna y Michael Douglas.

–Nueva York te vuelve loco, pero nunca te aburre.

Al ver que había bebido algo de vino, el camarero se apresuró a llenarle la copa.

–¿De verdad que hay un pueblo que se llama Radium Hot Springs? Parece un chiste.

–Pues yo he estado, y puedo asegurarte que existe.

–¿Cómo era?

–Ahora hago bromas, pero no estaba mal. Un pueblo con valores sólidos. Los canadienses son simpáticos. Lo malo es que no llegué a sentirme en casa. Siempre tenía la sensación de ser un extranjero. No sé si me entiendes. Además, era demasiado tranquilo. Con tantos pajaritos no podía concentrarme. Tenía miedo de volverme loco. A mí que me den un buen atasco de viernes por la tarde en el centro, que vaya de río a río. ¡Eso sí que es el ruido de la vida!

Mientras Hayward se reía, llegaron los segundos a cargo de otra hueste de camareros con guantes blancos.

–Yo me acostumbraba a esto sin problemas –dijo D'Agosta al apoyarse en el respaldo y acompañar un bocado de magret de pato con un sorbo de chardonnay.

Ella se puso en la boca una vieira *étuvée* y la saboreó, pensando que era lo más delicioso que había probado en toda su vida.

–Has acertado, Vinnie –dijo sonriendo–. Puedo decirte que has acertado.

44

Para D'Agosta era la primera visita, pero todo tenía una familiaridad descorazonadora. Suerte que los efluvios punzantes del alcohol, el formol y otros productos químicos desconocidos enmascaraban el olor de fondo. La noche antes, él y Laura Hayward se habían quedado en el restaurante hasta las once y media. Por sugerencia del *sommelier*, D'Agosta se había permitido el lujo de pedir media botella de vino de postre (un Château d'Yquem de 1990 que como mínimo le había costado una semana de sueldo); había sido una revelación, el mejor vino de sus vidas. De hecho, toda la velada había sido magnífica.

Qué tragedia que fuera el preludio de algo así.

La mezcla de formalina, fluidos corporales y descomposición, la limpieza exagerada de las superficies de acero inoxidable, la batería de unidades de refrigeración, el ayudante al fondo, de aspecto siniestro, la presencia del patólogo, y por supuesto el cadáver, verdadera estrella del espectáculo, tendido en el centro de la sala sobre una vieja mesa de mármol para autopsias e iluminado por su propio foco... Ya le habían hecho la autopsia, por no decir que lo habían desmembrado. El cuerpo estaba rodeado por una serie de órganos mustios cortados en rodajas o dados, cada uno en su recipiente de plástico: el cerebro, el corazón, los pulmones, el hígado, los riñones y varios bultos oscuros, que D'Agosta no supo ni quiso reconocer.

De todos modos, no era de los peores, tal vez porque el desfile de insectos ya había cumplido su tarea y el grado de descomposición era tan avanzado que el cadáver tenía tanta carne como hueso. O tal vez porque el olor a supuración había sido sustituido casi por completo por el de tierra. Otra posibilidad era que D'Agosta se estuviera acostumbrando. Tuvo esa esperanza. Aunque... Sintió el nudo de siempre en la garganta. Al menos había tenido la prudencia de no desayunar.

Observó al médico, que hojeaba una tablilla junto a la cabeza del cadáver con unas gafas negras sobre la punta de la nariz. Era un hombre de pocas palabras, con el pelo entrecano y una manera de hablar lenta y parca. Parecía irritado.

–Bueno, bueno –dijo, repasando papeles–. Bueno, bueno.

Pendergast no se cansaba de dar vueltas al cadáver.

–Según el certificado de defunción, murió de cáncer –dijo.

–Sí, ya lo sé –contestó el médico–. De hecho lo extendí yo, y si estoy aquí es a petición de usted.

Lo dijo en un tono de queja y crispación.

–Se lo agradezco.

El médico asintió secamente y siguió consultando la tablilla.

–He hecho una autopsia completa del cadáver y ya me han enviado los resultados del laboratorio. A ver, ¿qué quiere saber exactamente?

–Vayamos por partes. Supongo que ya habrá confirmado que se trata del cadáver de Ranier Beckmann.

–No cabe duda. He consultado su expediente dental.

–Estupendo. Siga, por favor.

–Voy a hacer un resumen del primer diagnóstico. –El médico pasó algunas páginas–. El cuatro de marzo de 1995, el paciente Ranier Beckmann ingresó en Urgencias en una ambulancia. Los síntomas indicaban una fase avanzada de cáncer. Las pruebas confirmaron la presencia de un carcinoma microcelular muy extendido en el pulmón, con varias metástasis. Digamos, para sintetizar, que no tenía cura. El cáncer se había propagado por todo el cuerpo, y el fallo general del organismo era inminente. El señor Beckmann no salió del hospital. Murió a las dos semanas.

–¿Está seguro de que falleció en el hospital?

–Sí. Le vi a diario en mis visitas, hasta que murió.

–¿Y sigue acordándose con claridad, después de diez años?

–Rotundamente sí.

El médico escrutó a Pendergast por encima de las gafas.

–Siga –dijo el agente.

–He dividido la autopsia en dos fases. La primera ha consistido en verificar la causa de defunción determinada por mí mismo. En su momento no se le hizo la autopsia. Procedimiento estándar. La causa de la muerte era evidente, no había solicitudes de familiares y no se sospechaba nada irregular. Comprenderá que el estado no paga una autopsia sólo porque sí.

Pendergast asintió.

–La segunda fase de mi autopsia, a instancias de usted, ha consistido en identificar cualquier patología, dolencia, herida o toxina fuera de lo común, y cualquier irregularidad relacionada con el cadáver.

–¿Con qué resultado?

–He confirmado que Beckmann falleció a causa de un fallo orgánico general relacionado con el cáncer.

Los ojos plateados de Pendergast enfocaron rápidamente al doctor. No abrió la boca, pero su expresión escéptica lo decía todo.

El médico sostuvo su mirada sin flaquear y prosiguió con calma.

–El tumor principal estaba alojado en el pulmón izquierdo y tenía el tamaño de un pomelo. También había tumores metastáticos secundarios en los riñones, el hígado y el cerebro. Lo único sorprendente de la muerte de este hombre es que tardase tanto en ingresar en Urgencias. Debió de sufrir unos dolores tremendos, que le impedían cualquier actividad.

–Siga –dijo Pendergast con voz grave.

–Aparte del cáncer, el paciente sufría una cirrosis avanzada del hígado, dolencias cardíacas y una serie de síntomas crónicos pero no agudos todavía, vinculados al alcoholismo y una mala alimentación.

–¿Qué más?

–Nada más. La sangre y los tejidos no presentan indicios de toxinas o drogas. Tampoco hay heridas ni patologías, al menos que se puedan detectar después del embalsamamiento y de casi diez años enterrado.

–¿No hay indicios de calor?

–¿Calor? ¿Qué quiere decir?

–¿No hay nada que permita afirmar que el difunto sufrió una aplicación perimortem de calor?

–En absoluto. El calor habría provocado diversos cambios celulares fácilmente observables. He examinado cuarenta o cincuenta muestras de tejido de este cadáver, y ninguna de ellas mostraba cambios asociados al calor. ¡Qué extraña pregunta, señor Pendergast!

La voz de Pendergast seguía siendo grave.

–El cáncer microcelular de pulmón está provocado casi exclusivamente por el tabaquismo. ¿Me equivoco, doctor?

–No se equivoca.

–Entonces, doctor, ¿puede descartarse cualquier duda de que muriese de cáncer?

Pendergast tiñó de escepticismo su pregunta.

El forense, exasperado, se inclinó, cogió dos mitades de un pulmón arrugado y marrón y se las puso al agente ante las narices.

–Aquí tiene, señor Pendergast. Si no me cree, créase esto. Cójalo. Palpe la malignidad de este tumor. Es tan cierto que Beckmann murió de cáncer como que yo estoy aquí.

El camino de regreso al coche fue largo y silencioso. Pendergast se puso al volante (esta vez había conducido él hasta Yonkers), y salieron del aparcamiento.

No habló hasta que dejaron atrás la masa gris del centro de la ciudad.

–¿No diría usted que Beckmann ha sido muy elocuente, Vincent?

–Sí. Y apestoso.

–Ahora bien, debo reconocer que lo que ha dicho ha sido sorprendente. Tendré que escribir una carta de agradecimiento al bueno del doctor.

Dio un golpe de volante. El Rolls dobló por Executive Boulevard sin acceder a la rampa de ingreso de la autopista de Saw Mill River.

D'Agosta puso cara de sorpresa.

–¿No volvemos a Nueva York?

Pendergast negó con la cabeza.

–Jeremy Grove murió hace exactamente dos semanas, y Cutforth una. Hemos venido a Yonkers en busca de respuestas y no me iré sin ellas.

45

Después de un largo túnel de baldosas blancas, que se hizo aún más largo por la densidad del tráfico, el autobús salió a la larga rampa de un paso inferior en penumbras delimitado por vigas de acero.

«Nueva York», pensó el reverendo Wayne P. Buck.

Al otro lado de la red de acero vio un cielo despejado con edificios negruzcos y vislumbró rascacielos. Después, el tráfico volvió a detenerse y el autobús regresó a la oscuridad con un suspiro de frenos.

La mezcla de emociones de Buck era indescriptible: entusiasmo, miedo, fatalidad y la sensación de enfrentarse con lo desconocido. Era lo mismo que había sentido dos años antes, al salir de la cárcel después de pasar nueve años condenado por dos asesinatos. La cuesta abajo de Buck había sido larga y lenta: delincuencia, varios despidos, alcohol, robo de coches, asalto de bancos... hasta el día aciago en que todo le había salido mal y acabó matando a tiros al dependiente de una tienda de veinticuatro horas, un pobre inocente. Mientras el autobús volvía a ponerse en marcha, Buck se acordó del arresto, el juicio, la sentencia a largos años de cárcel y el momento de entrar en la prisión con las esposas puestas. Una época de oscuridad que más valía olvidar.

Y después la conversión. El renacimiento en la cárcel. Jesús, que había redimido a la prostituta María Magdalena, hacía lo mismo con un alcohólico, un asesino, alguien a quien todos, hasta su propia familia, habían dado la espalda.

Después de su salvación, Buck se leyó la Biblia varias veces de cabo a rabo, tanto el Antiguo como el Nuevo Testamento, y empezó a predicar un poco: unas pocas palabras por ahí, una pequeña ayuda por allá... Formó un grupo de estudio y se ganó gradualmente el respeto de los prisioneros sensibles a la palabra de Dios. Salvar almas ajenas no tardó en ocupar casi todo su tiempo. Por lo demás, aparte del ajedrez, no había demasiadas distracciones: las revistas eran escaparates del materialismo, por no hablar de la televisión, y todos los libros, salvo la Biblia, le parecían llenos de blasfemias, violencia y sexo.

Con la libertad condicional ya en el horizonte, Buck empezó a tener la sensación de que su ministerio en la cárcel era la antesala de algo más, y de que Dios le tenía reservado un destino más alto que le sería revelado en su momento. Al salir vagó de pueblo en pueblo, casi siempre en la frontera entre California y Arizona; predicaba el mensaje divino y se dejaba vestir y alimentar por Dios. Mientras tanto, sus lecturas empezaban a ampliarse: primero Bunyan, más tarde san Agustín y luego Dante traducido. Y no dejó de esperar la llamada.

Ésta había llegado en el momento más imprevisto. Ahora ya conocía el papel que le asignaba Dios. ¿Quién habría dicho que su misión le llevaría a Nueva York, la mayor concentración de debacle espiritual y de maldad de todo el país? Comparadas con Nueva York, Las Vegas, Los Ángeles y otras ciudades parecidas eran simples comparsas. Claro que ésa era la belleza de cumplir la voluntad de Dios... Del mismo modo que Él mandó a san Pablo a Roma (el negro corazón del paganismo), ahora enviaba a Wayne P. Buck a Nueva York.

El autobús frenó con una nueva sacudida que hizo moverse todas las cabezas al unísono. Habían llegado a una especie de rampa de cemento que subía en espiral por un entramado de vigas. A Buck le recordó los círculos del infierno de Dante. Al poco rato, el autobús volvió a internarse en una oscuridad que apestaba a diésel, mientras los frenos chirriaban demoníacamente. Debían de estar en la terminal, pero ¡qué terminal! Buck nunca había visto nada parecido, ni cabía en su imaginación.

El autobús frenó con un chirrido. El conductor dijo algo ininteligible por los altavoces y la puerta produjo un gran suspiro de aire. Buck salió. Todos tenían que esperar su equipaje, menos él, un hombre libre sin posesiones ni dinero, como seis años antes, al salir al fuerte sol de Joliet.

Siguió a la multitud por una serie de escaleras mecánicas y una inmensa estación. Poco después, caminando sin rumbo, se encontró en el exterior, en una calle anchísima, y se detuvo a mirar alrededor con una mezcla de miedo y vigor espiritual.

«Mientras caminaba por el desierto de este mundo...»[1], Jesús pasó cuarenta días y cuarenta noches en el desierto, tentado por el demonio. Pues bien, no cabía duda de que aquello era el desierto del siglo XXI, un desierto de almas humanas.

Empezó a caminar, dejándose guiar por Jesús. A pesar del gentío que llenaba las aceras, nadie le prestaba atención. Los ríos de humanidad se dividían a su paso y volvían a juntarse a sus espaldas, al igual que un río alrededor de una roca. Cruzó una gran avenida y caminó por una calle que era como un cañón, oscurecida por los edificios de ambos lados. En pocos minutos llegó a otro cruce todavía más ancho que el anterior, con calles que partían en todas las direcciones. La enormidad de los anuncios luminosos y el colorido de las marquesinas de diez metros anunciaban que había llegado a Times Square. Miró el cielo. Daba vértigo verse rodeado por las gigantescas obras del hombre, las torres de Babel de acero y cristal de la época moderna. No había que esforzarse demasiado para entender el poder de seducción de esa ciudad, aunque el precio a pagar fueran las propias convicciones, y después el alma. Volvió a observar el tráfico, el ruidoso agolpamiento de la humanidad, y recordó de nuevo las palabras de John Bunyan: «Moras en la Ciudad de la Destrucción. Así lo veo; y cuando en ella mueras, tarde o temprano, caerás a un lugar más hondo que la tumba, que arde con fuego y azufre. Regocijaos, buenos vecinos, y seguidme».

Todos perdidos. Todos.

O quizá no todos. Buck era consciente de que también había unos pocos a quienes aún era posible salvar, los justos que poseían la gracia de Dios en sus almas. Aún no sabía quiénes eran. De hecho, probablemente no lo supieran ni ellos. «Rego-

1. Así empieza *El viaje del peregrino* (1678), célebre alegoría religiosa de John Bunyan. *(N. del T.)*

cijaos, buenos vecinos, y seguidme.» Pero eran la causa de su viaje a Nueva York; eran ellos a quienes salvaría del abismo. El resto sería engullido en un abrir y cerrar de ojos.

Caminó durante horas. Sentía el canto de sirena de la capital, el refinado despliegue de sus escaparates, su increíble opulencia y sus largas limusinas. De pronto llegaba a su nariz un hedor a basura descompuesta, y un segundo después era el aroma del perfume caro de alguna fémina tentadora de ojos de lince y vestido ajustado. Sí, se encontraba en el vientre de la bestia. Dios le había confiado una misión, Dios le había dado sus cuarenta días en el desierto, y Buck no fallaría.

Se lo había gastado todo en el billete de autobús y no había comido nada durante todo el viaje. Por alguna razón, el hambre y el ayuno habían agudizado sus facultades mentales, pero si quería cumplir la voluntad de Dios tendría que buscar alimento para el cuerpo.

Sus pasos errabundos le llevaron a un comedor del Ejército de Salvación, donde hizo cola, se sentó en silencio con los vagabundos y tomó un cuenco de macarrones con queso, unas rebanadas de pan sin mantequilla y una taza de café. Mientras comía, sacó de su bolsillo un papel arrugado y manchado y releyó el artículo. Era el mensaje que le enviaba Dios. Cada lectura le hacía sentirse más fuerte, fresco y decidido. Tras su espartana comida, salió y reanudó su caminata con energías renovadas. Al pasar al lado de un quiosco, se detuvo a leer el titular del *New York Post:*

EL FIN SE ACERCA

Sigue la afluencia de satánicos, pentecostales y profetas del fin del mundo al escenario de la muerte demoníaca.

Metió impulsivamente la mano en el bolsillo, pero de pronto se acordó de que no tenía dinero. ¿Qué podía hacer? No cabía duda de que el titular era otro mensaje de Dios. En el mundo todo tenía su significado. «Ni un pajarillo caerá en tierra sin el consentimiento de vuestro Padre...»

Necesitaba dinero. Necesitaba una cama para pasar la noche. Necesitaba una muda. Dios, que vestía a los lirios del campo, ¿no le vestiría también a él? La filosofía de Buck siempre había sido ésa.

Pero a veces a Dios le gustaba ver un poco de iniciativa.

Miró hacia arriba. Tenía delante un edificio colosal vigilado por dos grandes leones de piedra. Según la inscripción, se trataba de la biblioteca pública de Nueva York, un templo en honor de Mammon que debía de estar lleno de pornografía y libros inmorales.

Giró rápidamente la esquina y vio a un grupo de personas con tableros de ajedrez a la entrada de un parque pequeño, pero bien cuidado. No jugaban. Parecían esperar a que pasara alguien. La curiosidad le hizo acercarse.

–¿Una partida? –le preguntó alguien del grupo.

Se detuvo.

–Cinco dólares –dijo el mismo hombre.

–¿Para qué?

–Una partida de ajedrez de diez segundos. Cinco dólares.

Buck estuvo a punto de pasar de largo. Podía considerarse una forma de apuesta. Pero no se alejó. ¿Sería otra ayuda de Dios? Intuyó que eran buenos jugadores. Tenían que serlo. Sin embargo, ¿qué tenía que perder?

Se sentó. Rápidamente, su contrincante movió el peón de la reina. Buck hizo su jugada. Diez segundos por movimiento.

Diez minutos después, Buck se encontraba al otro lado de la biblioteca, leyendo el *Post* en un banco. El artículo hablaba de pequeñas reuniones frente al edificio donde el diablo se había llevado a un tal Cutforth. Daba incluso la dirección: Quinta Avenida, 842.

La Quinta Avenida. La legendaria Quinta Avenida. El corazón mefistofélico de Nueva York. Todo cuadraba. Arrancó el artículo, lo dobló, lo puso junto al otro y se los guardó en el bolsillo de la camisa.

De momento no iría. Todo a su tiempo. Al igual que David, debía fajarse y prepararse espiritualmente. No había venido a predicar, sino a combatir por el mundo.

Metió la mano en el bolsillo. Cuatro dólares y cincuenta

centavos. Con eso no podía pagarse un alojamiento. Se preguntó qué haría Dios para ayudarle a multiplicar su dinero, como había hecho Jesús con los panes y los peces.

Aún faltaban unas horas para el anochecer. Buck sabía que Jesús le ayudaría. Sí, le ayudaría.

46

Según el certificado de defunción, el último domicilio conocido de Beckmann no quedaba muy lejos del cementerio donde lo habían enterrado. Pendergast condujo despacio, bordeó el destartalado edificio y aparcó unos números más lejos, frente a una tienda de bebidas alcohólicas. En la entrada había tres viejos borrachos que les miraron fijamente al salir del coche.

–Bonito barrio –dijo D'Agosta, contemplando los bloques de ladrillo de seis pisos engalanados con salidas de incendios oxidadas.

Entre bloque y bloque había decenas de cuerdas de tender con ropa muy gastada.

–Sí, mucho.

D'Agosta señaló con la cabeza a los tres alcohólicos, que habían vuelto a su anterior ocupación: pasarse una botella de Night Train.

–No sé si sabrán algo.

–Parece muy probable.

Pendergast le hizo señas de proceder.

–¿Quién? ¿Yo?

–Por supuesto. Usted es un hombre de la calle, que habla su idioma.

–Si usted lo dice...

D'Agosta miró a izquierda y derecha y entró en la tienda. Salió pocos minutos después, con una botella en una bolsa de papel marrón.

–Ah, un regalo para los nativos.

–Me inspiro en usted.

Pendergast arqueó las cejas.

–¿Se acuerda de nuestro viajecito subterráneo durante el

caso de la masacre en el metro? Pues se llevó una botella como forma de pago.

–Ah, sí, nuestro té con Mephisto.

D'Agosta se acercó a los viejos con la botella en la mano y se plantó delante de ellos.

–¿Qué, cómo va el día?

Silencio.

–Soy el sargento D'Agosta. Éste es mi colega Pendergast, agente especial del FBI.

Silencio.

–Que sepáis que no venimos a joder. Ni siquiera os pediré vuestros nombres. Sólo buscamos información sobre un tal Ranier Beckmann, que vivió aquí hace varios años.

Tres pares de ojos rojos siguieron observándole. Uno de los viejos carraspeó y, delicadamente, depositó un escupitajo entre sus pies.

D'Agosta sacó la botella, haciendo crujir el papel, y la enseñó. La luz, que se transparentaba, iluminó algunos trozos de fruta que flotaban en un líquido ámbar.

El mayor de los borrachos miró a sus compañeros.

–Rock'n'Rye. Este poli tiene clase.

–Ojo con los polis que traen regalos.

D'Agosta miró fugazmente a Pendergast que le observaba unos pasos por detrás con las manos en los bolsillos, y se volvió de nuevo.

–No me pongáis en ridículo delante de los federales, ¿eh? Os lo pido por favor.

El más viejo cambió de postura.

–Ahora que has dicho la palabra mágica, siéntate.

D'Agosta tomó asiento con cuidado en los peldaños pegajosos. El borracho cogió la botella, bebió un trago, escupió un trozo de fruta y se la pasó a uno de sus compañeros.

–Tú también, amigo –dijo a Pendergast.

–Gracias, pero prefiero estar de pie.

Se oyeron risas.

–Me llamo Jedediah –dijo el más viejo–. Llámame Jed. ¿A quién decís que buscáis?

–A Ranier Beckmann –dijo Pendergast.

Dos de los borrachos se encogieron de hombros, pero Jed asintió lentamente al cabo de un rato.

–Beckmann. Me suena.

–Vivía en la habitación 4C. Murió de cáncer hará aproximadamente unos diez años.

Jed pensó un poco más y bebió un trago de Rock'n'Rye para lubricarse la materia gris.

–Sí, ya me acuerdo. Es el que jugaba al gin rummy con Willie. Willie también se murió. ¡Cómo discutían! ¿Has dicho que de cáncer?

Sacudió la cabeza.

–¿Sabías algo de su vida? Si estaba casado, dónde vivió...

–Fue a la universidad. Era un tío listo. Nunca venía a verle nadie, y no parecía que tuviera hijos ni familia. Supongo que podía estar casado. Durante una época pensé que tenía una novia que se llamaba Kay.

–¿Kay?

–Sí. De vez en cuando la nombraba, sobre todo cuando estaba cabreado consigo mismo. Por ejemplo, cuando perdía al rummy, decía: «¡Kay Biskerow!»; como diciendo que si ella hubiera estado con él, para cuidarle, la situación habría sido otra.

Pendergast asintió.

–¿Queda algún amigo suyo con el que podamos hablar?

–No se me ocurre nadie. Beckmann era bastante reservado. Estaba como deprimido.

–Ya.

D'Agosta cambió de postura en la incomodidad del escalón.

–Aquí, cuando se muere alguien, ¿qué se suele hacer con sus cosas?

–Limpian su habitación y las tiran. Bueno, a veces John se queda con algo.

–¿John?

–Sí, uno que guarda trastos de los muertos. Es un poco raro.

–¿Se quedó con alguna pertenencia de Beckmann? –preguntó Pendergast.

–Podría ser. Tiene la habitación llena de porquería. ¿Por qué no subís y se lo preguntáis? Es el 6A, en el último piso, al final de la escalera.

Pendergast le dio las gracias, entró en la penumbra del vestíbulo y subió por la escalera de madera, seguido por D'Agosta. El crujido de los peldaños era alarmante. Cuando llegaron al sexto piso, Pendergast puso una mano en el brazo de su acompañante.

–Le felicito por su habilidad –dijo–. Ha sido muy inteligente preguntar por las pertenencias de Beckmann. ¿También querrá ocuparse de John?

–Con mucho gusto.

D'Agosta llamó a la puerta 6A, pero ya estaba entreabierta y cedió rechinando a sus golpes. Después de abrirse un poco, quedó bloqueada por una montaña de cajas de cartón. La habitación estaba tan llena de cartones roídos, pilas de libros y recuerdos varios que casi no quedaba ni un resquicio libre. D'Agosta entró y siguió un camino estrecho y sinuoso entre paredes de basura selecta: viejas fotos, álbumes, un triciclo, un bate de béisbol firmado...

Al fondo había una ventana sucia y un espacio con las dimensiones justas para una cama. Un hombre de pelo blanco yacía sobre el sucio colchón, totalmente vestido; les miró sin levantarse ni moverse.

–¿John? –preguntó D'Agosta.

El viejo asintió ligeramente.

El sargento se acercó a la cama y enseñó su identificación. John tenía la cara abolsada y arrugada, y los ojos amarillos.

–Sólo queremos información. En cuanto nos la dé nos vamos.

–Sí –dijo el hombre.

Su voz era sosegada, lenta y triste.

–En la calle, Jed nos ha dicho que quizás hubiera usted guardado algún efecto personal de Ranier Beckmann, que vivió aquí hace varios años.

Un largo silencio. Los ojos amarillentos miraron una de las pilas.

–En el rincón. La segunda caja empezando por abajo, donde está escrito «Beck».

D'Agosta llegó con dificultad a la pila en cuestión, que estaba a punto de desmoronarse, y encontró la caja. Estaba sucia, mohosa y medio aplastada por el peso de las otras.

–¿Puedo mirar?

El viejo asintió con la cabeza.

D'Agosta movió las cajas y extrajo la de Beckmann, que era pequeña. Contenía algunos libros y una vieja caja de puros con gomas elásticas. Pendergast se acercó y miró por encima de su hombro.

–James, *Cartas de Florencia* –murmuró, examinando los lomos de los libros–. Berenson, *Pintores italianos del Renacimiento.* Vasari, *Vidas de los pintores.* Cellini, *Autobiografía.* Veo que al señor Beckmann le interesaba la historia del arte del Renacimiento.

D'Agosta cogió la caja de puros y procedió a quitar las gomas, que debido a su vejez y mal estado se partieron con sólo tocarlas. Luego abrió la tapa. La caja despidió un olor a polvo, puros viejos y papel. Vio que contenía una pata de conejo comida por las polillas, una cruz de oro, una foto del padre Pío, una vieja postal del lago Moosehead, en Maine, una baraja mugrienta, un coche de juguete Corgi, algunas monedas, un par de cerillas y algunos recuerdos más.

–Parece que hemos encontrado el cofrecito del tesoro de Beckmann.

Pendergast asintió y cogió la caja de cerillas.

–«Trattoria del Carmine» –leyó en voz alta. Sus dedos finos y blancos acariciaron las monedas y otros recuerdos. Después sacó el libro de Vasari de la caja y lo hojeó–. Una obra imprescindible para cualquier persona que quiera entender el Renacimiento –dijo–. Y mire esto.

Dio el libro a D'Agosta. Había una dedicatoria en la primera guarda:

A Ranier, mi alumno favorito.
CHARLES F. PONSONBY JR.

D'Agosta también cogió un libro. No contenía ninguna descripción, pero sí una fotografía que cayó al suelo al hojearlo. La recogió. Era una instantánea descolorida de cuatro hombres jóvenes cogidos por el cuello, frente a una especie de fuente borrosa de mármol.

Oyó que Pendergast disimulaba una exclamación.

–¿Me permite? –preguntó el agente.

D'Agosta le dio la fotografía. Pendergast la estudió con atención y se la devolvió.

–Creo que el de la derecha es Beckmann. ¿Reconoce a sus amigos?

D'Agosta echó un vistazo y reconoció casi enseguida el cabezón de Locke Bullard y sus cejas prominentes. Los demás se resistieron un poco, pero una vez identificados eran inconfundibles: Nigel Cutforth y Jeremy Grove.

Miró a Pendergast, cuyos ojos plateados echaban verdaderas chispas.

–Ya lo tenemos, Vincent. La relación que buscábamos.

Se volvió hacia el hombre de la cama que estaba tan callado que D'Agosta casi se había olvidado de él.

–¿Nos permite llevarnos estos objetos, John?

–Para eso los guardaba.

–¿Cómo? –preguntó D'Agosta.

–Que guardo sus objetos de valor para entregarlos a los posibles parientes.

–¿Los objetos de valor de quién?

–De los que se mueren.

–Y ¿viene algún pariente?

La pregunta quedó en el aire.

–Todo el mundo tiene familia –acabó diciendo John.

D'Agosta tuvo la impresión de que algunas de las cajas estaban tan podridas y descoloridas que llevaban ahí unos veinte años. Era mucho tiempo para esperar la visita de un familiar.

–¿Conocía mucho a Beckmann?

El viejo negó con la cabeza.

–Era muy reservado.

–¿Le visitaba alguien?

–No.

John suspiró. Tenía el pelo quebradizo y los ojos llorosos.

D'Agosta pensó que se estaba muriendo, y que no sólo era consciente de ello, sino que se alegraba.

Pendergast cogió la cajita de recuerdos y se la puso bajo el brazo.

–¿Podemos ayudarle, John? –preguntó suavemente.

El viejo negó con la cabeza y se colocó de cara a la pared.

Salieron de la habitación sin decir nada. Al abandonar el edificio se cruzaron con los tres borrachos.

–¿Qué, han encontrado lo que buscaban? –preguntó Jed.

–Sí, gracias –dijo D'Agosta.

Jed se tocó la frente con el dedo. D'Agosta se volvió hacia él.

–¿Qué pasará con todo lo que hay en la habitación de John cuando se muera?

El borracho se encogió de hombros.

–Lo tirarán.

–Ha sido una visita muy provechosa –dijo Pendergast en el momento de subir al coche–. Ahora sabemos que Ranier Beckmann vivió en Italia, probablemente en 1974, y que hablaba bastante bien el italiano. Incluso puede que muy bien.

D'Agosta le miró azorado.

–¿Cómo lo sabe?

–Por lo que decía al perder al rummy: Kay Biskerow. No es un nombre, sino una expresión en italiano: *Che bischero!* Una exclamación en dialecto florentino que significa «¡qué idiota!». Para saberlo hay que haber vivido en Florencia. Además de eso, todas las monedas de la caja de puros son liras italianas, de 1974 o anteriores. La fuente de detrás de nuestros amigos es claramente italiana, aunque no la reconozco.

D'Agosta hizo un gesto de incredulidad.

–¿Y lo ha deducido todo de esa cajita?

–A veces las cosas pequeñas son las más reveladoras. –Mientras el Rolls se apartaba del bordillo y tomaba velocidad, Pendergast miró por encima del hombro–. ¿Me saca el ordenador portátil del salpicadero, Vincent? Vamos a ver si el profesor Charles F. Ponsonby puede esclarecernos algo.

47

Mientras Pendergast conducía hacia el sur, D'Agosta encendió el ordenador portátil, accedió a Internet a través de una conexión por satélite e inició una búsqueda sobre Charles F. Ponsonby Jr. En pocos minutos quedó desbordado por la información. El primer dato era que Ponsonby ocupaba la cátedra Lyman de Historia del Arte en la Universidad de Princeton.

–Ya decía yo que me sonaba el nombre... –dijo Pendergast–. Creo que está especializado en el Renacimiento italiano. Tenemos suerte de que todavía imparta clases. Ya debe de ser profesor emérito. Si es tan amable, Vincent, consiga su currículo.

Mientras Pendergast se metía en la autopista de New Jersey y aceleraba suavemente entre el tráfico de la tarde, D'Agosta leyó en voz alta los cargos, premios y publicaciones del profesor. La lista era larga, pero lo fue aún más por la gran cantidad de resúmenes de artículos que Pendergast insistió en oír palabra por palabra.

Al final Pendergast le dio las gracias, sacó su teléfono móvil, marcó un número, habló con información, marcó otro número y dijo unas palabras.

–Ponsonby acepta recibirnos –dijo guardándose el teléfono–. A su pesar. Estamos muy cerca, Vincent. La fotografía demuestra que los cuatro estuvieron juntos como mínimo una vez. Lo que tenemos que saber ahora es el lugar exacto de la reunión, pero sobre todo qué ocurrió durante ese encuentro decisivo, algo que les unió de por vida.

Pisó un poco más el acelerador. D'Agosta le miró de reojo. Pendergast parecía verdaderamente ansioso, como un sabueso sobre una pista.

Una hora y media después, el Rolls circuló por la calle Nassau: tiendas elegantes a la izquierda y el campus de Princeton a la derecha, con sus edificios góticos al fondo de impecables céspedes. Pendergast aparcó con precisión en un hueco y puso monedas en el parquímetro, mientras saludaba con la cabeza a un grupo de estudiantes que se detuvieron a mirar. Él y D'Agosta cruzaron la calle, atravesaron la gran verja de hierro y caminaron hacia la colosal fachada de la Biblioteca Firestone, la mayor de acceso público de todo el mundo.

Al otro lado de las puertas de cristal había un hombre bajito con una mata blanca de pelo rebelde. Correspondía exactamente a la imagen que D'Agosta se había hecho del profesor Ponsonby: un hombre estirado y pedante. Sólo le faltaba la pipa de madera de brezo.

–¿Profesor Ponsonby? –preguntó Pendergast.

–¿Usted es el agente del FBI? –respondió el hombrecito con una voz atiplada, mirando de forma ostentosa su reloj.

«Tres minutos de retraso», pensó D'Agosta.

Pendergast le dio la mano.

–El mismo.

–No me dijo que lo acompañaba un policía.

Su manera de decir la palabra «policía» irritó a D'Agosta.

–Le presento a un colega, el sargento Vincent D'Agosta.

El profesor le dio la mano sin disimular su reticencia.

–Debo decirle, agente Pendergast, que no me gusta mucho ser interrogado por el FBI. Le advierto que no pienso dejarme sonsacar información sobre ex alumnos.

–Naturalmente. Bueno, profesor, ¿dónde podemos hablar?

–Si usted quiere aquí mismo, en ese banco. Si no le importa, prefiero no entrar en mi despacho con un agente del FBI y un policía.

–Por supuesto.

El profesor caminó muy tieso hacia un banco situado bajo unos viejos sicomoros, y al tomar asiento se esmeró en cruzar las piernas. Pendergast le siguió tranquilamente y se sentó a su lado. Como no quedaba sitio, D'Agosta permaneció de pie con los brazos cruzados.

Ponsonby sacó de su bolsillo una pipa de brezo, vació los restos y empezó a llenarla.

«Ahora es perfecto», pensó D'Agosta.

–¿No será el Charles Ponsonby que acaba de ganar la medalla Berenson de historia del arte? –preguntó Pendergast.

–Pues sí.

El profesor sacó una caja de cerillas de su bolsillo, cogió una y encendió la pipa, aspirando la llama con un suave borboteo.

–¡Ah! Entonces es autor del nuevo catálogo razonado de Pontormo.

–Correcto.

–Magnífico libro.

–Gracias.

–Nunca olvidaré el día en que vi la *Visitación* en la pequeña iglesia de Carmignano. El naranja más perfecto de la historia del arte. En su libro...

–¿Podemos ir al grano, señor Pendergast?

Hubo un paréntesis de silencio. Al parecer, Ponsonby no tenía ganas de hablar de temas académicos con policías, aunque fueran muy cultos. Por una vez, la estrategia habitual de seducción de Pendergast había fracasado.

–Creo que tuvo un alumno que se llamaba Ranier Beckmann –dijo el agente.

–Ya me lo ha dicho por teléfono. Fui su director de tesina.

–Quería hacerle unas preguntas.

–¿Por qué no se las hace directamente a él? Gracias, pero no tengo ninguna intención de convertirme en informador del FBI.

D'Agosta ya conocía el percal. Ponsonby era el tipo de persona que recelaba profundamente de las fuerzas del orden y que se sentía cuestionado por cada pregunta; alguien que no se dejaba halagar y que peleaba hasta el final, usando un arsenal de legalismos espúreos sobre el derecho a la intimidad, la quinta enmienda y las chorradas de siempre.

–Ah, pero ¿no lo sabe? –manifestó Pendergast con una voz que era pura miel–. El señor Beckmann falleció. Una muerte trágica.

Silencio.

–No, no lo sabía. –Otro silencio–. ¿Cómo?

Esta vez, el que se hizo de rogar fue Pendergast, que lanzó otro anzuelo al profesor.

–Vengo de la exhumación de su cadáver; claro que, teniendo en cuenta que no se conocían mucho, quizá no sea el mejor tema de conversación...

–El que se lo haya dicho estaba mal informado. Ranier Beckmann era uno de mis mejores alumnos.

–Entonces, ¿cómo es posible que no se hubiese enterado de su muerte?

El profesor se incomodó y cambió de postura.

–Perdimos el contacto después de que se licenciara.

–Ajá. Entonces quizá no pueda ayudarnos.

Pendergast hizo el ademán de levantarse.

–Era un alumno excelente, de los mejores que he tenido. Me... me decepcionó mucho que no se apuntara al doctorado. Quería ir a Europa y hacer un gran viaje por sus propios medios, una especie de vagabundeo sin ninguna estructura académica. A mí no me pareció bien. –Ponsonby hizo una pausa–. ¿Puedo preguntar cómo murió, y por qué han exhumado su cadáver?

–Lo siento, pero esa información sólo se la podemos dar a la familia y los amigos del señor Beckmann.

–Ya le digo que tuvimos mucha relación. Cuando se fue, le regalé un libro, algo que en mis cuarenta años como profesor sólo he hecho con media docena de alumnos.

–¿Fue en 1976?

–No, en 1974. –El profesor estuvo encantado de corregir a Pendergast. De repente puso cara de haber tenido una idea y volvió a mirar al agente–. ¡No sería un homicidio!

–Mire, profesor, es que esa información, sin el permiso de un pariente... Porque conocerá a alguien de la familia, ¿no?

El profesor parecía decepcionado.

–No, a nadie.

Pendergast arqueó las cejas de sorpresa.

–Es que no tenían mucho trato. No recuerdo haberle oído mencionar a nadie.

–Lástima. Y ¿dice que Beckmann se fue a Europa en 1974,

justo después de licenciarse, y que desde entonces no ha sabido nada de él?

–Bueno, a finales de agosto de ese año me llegó una nota desde Escocia. Estaba a punto de irse de una especie de comuna agraria y de viajar a Italia. Tuve la sensación de que era una etapa por la que tenía que pasar, no sé si me entiende. Para serle sincero, hace más de una década que esperaba ver su nombre en alguna revista, u oír que inauguraba alguna exposición. De hecho, nunca le he olvidado. Mire, señor Pendergast, le estaría muy agradecido si pudiera contarme algo sobre él.

Pendergast guardó silencio.

–Sería una irregularidad muy grande, y...

No acabó la frase.

D'Agosta no pudo disimular una sonrisa. Ante el fracaso del halago, Pendergast había cambiado de estrategia. Al ver que Ponsonby mordía el anzuelo, el agente dijo:

–Murió alcohólico en un hotelucho de Yonkers. Fue enterrado en el cementerio de pobres.

El profesor soltó la cerilla encendida con cara de susto.

–¡Madre mía! No tenía ni idea.

–Muy trágico.

El profesor intentó disimular la impresión volviendo a abrir la caja de cerillas, pero el temblor de sus manos hizo que acabaran todas sobre el banco.

Pendergast le ayudó a recogerlas. El profesor las metió una a una en la caja, que temblaba, y guardó su pipa sin haberla encendido. D'Agosta quedó sorprendido al ver que se le empañaban los ojos.

–Con lo buen alumno que era... –murmuró Ponsonby.

Pendergast dejó que el silencio se prolongara un poco más. Luego sacó las *Vidas de los pintores* de Beckmann del bolsillo de su americana y enseñó el libro al profesor, quien lo cogió rápidamente y preguntó:

–¿De dónde lo ha sacado?

–Estaba entre los efectos personales del señor Beckmann.

–Es el libro que le regalé. –El profesor lo abrió por la guarda y se le cayó la foto–. ¿Qué es esto? –preguntó, recogiéndola.

Pendergast no dijo ni preguntó nada.

–Es él –dijo el profesor, señalando la imagen–. Está igual que como le recuerdo. Debió de hacérsela en Florencia, en otoño.

–¿Florencia? –dijo Pendergast–. Podría ser en cualquier lugar de Italia.

–No, reconozco la fuente de detrás. Es la de la Piazza Santo Spirito, que siempre ha sido un lugar de reunión de estudiantes. Al fondo se adivina el *portone* del palacio Guadagni, una pensión destartalada de estudiantes. Digo otoño por cómo van vestidos, aunque supongo que también pudo haber sido en primavera.

Pendergast cogió la foto y preguntó, como si no tuviera importancia:

–¿Los otros estudiantes de la foto también eran de Princeton?

–No me suenan de nada. Debió de conocerles en Florencia. Ya le digo que la Piazza Santo Spirito era un lugar de reunión de estudiantes. De hecho aún lo es. –Cerró el libro. Parecía muy cansado, y se le quebró la voz–. Ranier... Ranier era tan prometedor...

–Todos prometemos al nacer, profesor. –Pendergast, ya en pie, titubeó–. Si quiere, puede quedarse el libro.

Pero Ponsonby no parecía haberle oído. Estaba encorvado, acariciando el lomo con una mano temblorosa.

Durante el camino de regreso a Nueva York, entrada la noche, D'Agosta, agitado, dijo desde el asiento del copiloto:

–Parece mentira que le haya sacado tanta información al profesor. ¡Y él sin enterarse!

En efecto, resultaba sorprendente, aunque no dejaba de ser un poco triste. A pesar de la altivez del profesor, y de su prepotencia, había dado muestras de una gran conmoción por la muerte de uno de sus alumnos favoritos, aunque llevara tres décadas sin verle.

Pendergast asintió con la cabeza.

–Existe una regla, Vincent: cuanto más reacio a dar información sea el interrogado, mejor será la información que facilite. La del doctor Ponsonby vale su precio en oro.

Sus ojos brillaban en la oscuridad.

–Así que se vieron en Florencia durante el otoño del setenta y cuatro...

–Exacto, y les ocurrió algo tan extraordinario que el resultado, treinta años después, han sido, por ahora, dos asesinatos. –Pendergast se giró hacia el sargento–. ¿Conoce el dicho de que todos los caminos llevan a Roma?

–¿Shakespeare?

–Muy bien. En este caso, sin embargo, parece que todos los caminos llevan a Florencia. Y es exactamente donde debería llevarnos el nuestro.

–¿A Florencia?

–Ni más ni menos. Seguro que Bullard ya está en camino, suponiendo que no haya llegado ya.

–Me alegro de no tener que convencerle de que me deje ir con usted –dijo D'Agosta.

–No permitiría lo contrario, Vincent. Su instinto de policía es de primera clase, y su puntería asombrosa. Sé que puedo confiar en usted para las situaciones delicadas, y mucho me temo que en algún momento nos veremos envueltos en una de ellas. Por lo tanto, si tiene la amabilidad de volver a sacar el ordenador portátil, reservaremos ahora mismo los billetes. En primera, si no le molesta, y con el regreso abierto.

–¿Cuándo salimos?

–Mañana por la mañana.

48

D'Agosta bajó del taxi en el cruce de las calles Ciento treinta y seis y Riverside. Después de lo que le había ocurrido en su primera visita a la añeja mansión de Pendergast, no pensaba volver a fiarse del transporte público. De todos modos, tuvo la precaución de bajar una manzana antes. Intuía que Pendergast lo preferiría así.

Sacó una maleta del asiento trasero y dio quince dólares al taxista.

–Quédese el cambio –dijo.

–Ya, ya...

El taxi se alejó. Se notaba que el taxista, al ver a D'Agosta con una maleta a la puerta del hotel, había tenido la esperanza de poder hacer un viaje al aeropuerto, y que no le había gustado mucho saber que el destino era Harlem.

D'Agosta lo vio acelerar y desaparecer por la primera esquina. Después examinó atentamente Riverside Drive en ambos sentidos, fijándose en las ventanas, las entradas de los edificios y las zonas de oscuridad entre farola y farola. Todo parecía en calma. Levantó la maleta y empezó a caminar hacia el norte.

Había necesitado media hora para los preparativos del viaje. Ni siquiera se había molestado en avisar a su mujer, ya que, tal como estaban las cosas, había muchas posibilidades de que las siguientes noticias que tuviera de ella proviniesen de un abogado. A MacCready, el jefe de la policía de Southampton, le había encantado saber que D'Agosta salía de viaje como parte de su misión con el FBI. La lentitud de las investigaciones sobre el caso le estaba poniendo contra las cuerdas, y al menos así tenía un hueso que arrojar a la prensa: «Policía de Southampton de misión en Italia para seguir una pista». Dado que salían al alba, Pendergast propuso que durmieran la última noche en su casa de Riverside Drive. Así que ahí estaba, maleta en mano, a pocas horas de pisar la tierra de sus antepasados. La idea le llenaba de una mezcla de entusiasmo y gravedad.

Al acercarse al final de la manzana, pensó que lo único que echaría de menos era su incipiente relación con Laura Hayward. El ritmo frenético de los últimos días les había mantenido separados casi todo el tiempo, pero D'Agosta se daba cuenta de que por primera vez en casi veinte años empezaba a sentir el hormigueo constante y de baja frecuencia que caracterizaba los primeros momentos del noviazgo. La llamó por teléfono desde el hotel para anunciarle que acompañaría a Pendergast a Italia a primera hora de la mañana, y la respuesta fueron varios segundos de silencio en el auricular. Al final, lo único que dijo Laura fue «vete con ojo, Vinnie». D'Agosta rezaba para que el viajecito no lo dejara todo en agua de borrajas.

Vio dibujarse la mansión Beaux Arts del número 891 de Riverside Drive, con el afilado parapeto de su mirador clavándose en el cielo nocturno. Después de cruzar la calle, y la verja de hierro, recorrió el camino hasta la puerta cochera. Proctor, que abrió la puerta en respuesta a sus golpes, le acompañó en silencio por una serie de vastas galerías y de salas con tapices hasta llegar a la biblioteca. No se apreciaba ninguna otra luz que el fuego vivo de la chimenea. Era una sala majestuosa y repleta de libros. Al cabo de un rato divisó a Pendergast cerca de la pared del fondo. El agente estaba de espaldas a la puerta, escribiendo algo en una mesa larga, sobre una hoja de papel de color crema. D'Agosta oyó el chisporroteo de las llamas y la fricción de la pluma. No había señales de Constance, pero creyó distinguir, al límite de lo audible, las notas lejanas y quejumbrosas de un violín.

Carraspeó y llamó golpeando el marco de la puerta.

Pendergast se volvió rápidamente.

–¡Ah, Vincent! Pase.

Guardó la hoja en una cajita de madera con incrustaciones de nácar, la cerró con cuidado y la apartó. D'Agosta tuvo la impresión de que quería ocultar su contenido.

–¿Le apetece tomar algo? –preguntó el agente, mientras cruzaba la sala–. ¿Coñac, calvados, armagnac, Budweiser?

Era la voz de siempre, lenta y meliflua, pero los ojos de Pendergast tenían un brillo peculiar que D'Agosta nunca le había visto.

–No, gracias.

–En ese caso, con el debido permiso, me serviré yo algo. Tome asiento, por favor.

Pendergast se acercó a un aparador para verter dos dedos de un líquido ámbar en una copa grande de coñac.

El sargento lo observó con atención. Sus movimientos tenían algo inusual, un titubeo singular que, sumado a la expresión de su rostro, infundieron en D'Agosta una desazón que no habría sabido describir.

–¿Qué ha pasado? –preguntó instintivamente.

Pendergast no contestó enseguida. Dejó la licorera en su sitio, cogió la copa y se sentó enfrente de D'Agosta, en un sofá de piel. Al final, después de tomar algunos sorbos con expresión pensativa, dijo en voz baja, como si hubiera tomado una decisión:

–Bueno, quizá pueda contárselo. De hecho, si hay alguna persona viva que deba saberlo, supongo que es usted.

–¿Saber qué? –preguntó D'Agosta.

–Ha sucedido hace media hora –dijo Pendergast–, en el momento más inoportuno, pero bueno, ya no hay nada que hacer. Estamos demasiado metidos en el caso como para dejarlo ahora.

–Pero ¿qué? ¿Qué ha pasado?

–Esto. –La cabeza de Pendergast señaló una carta doblada, sobre la mesa que había entre los dos–. Cójala, cójala. Ya he tomado las precauciones necesarias.

Sin saber muy bien a qué se refería, D'Agosta se inclinó, cogió la carta y la abrió con cuidado. Era un papel muy bonito, que parecía fabricado a mano. Su parte superior contenía un escudo de armas en relieve: un ojo sin párpados, sobre dos lunas y un león rampante debajo. Al principio pensó que la hoja estaba en blanco, pero al cabo de un rato distinguió un numerito en el centro, anotado con una letra bonita y anticuada: «78». Parecía escrito con pluma de ganso.

Dejó la carta sobre la mesa.

–No entiendo nada.

–Es de mi hermano Diogenes.

–¿Su hermano? –dijo D'Agosta sorprendido–. Creía que estaba muerto.

–Para mí lo está. O lo estaba hasta hace poco.

D'Agosta esperó. No era tan tonto como para insistir. Las intervenciones de Pendergast se habían vuelto vacilantes, casi entrecortadas, como si sintiese una aversión insoportable hacia el tema.

El agente bebió un poco más de coñac.

–Verá, Vincent, ya hace muchas generaciones que existe una cierta propensión a la locura en mi familia. A veces reviste una forma benigna, e incluso benéfica, pero mucho me temo que se manifiesta con mayor asiduidad a través de una crueldad y una maldad asombrosas. Por desgracia, esta oscuridad ha llegado a su plenitud en la presente generación. Mi hermano Diogenes es al mismo tiempo el miembro más loco, más malvado y más brillante de nuestra familia que haya pisado la faz de la tierra. Lo tengo claro desde muy pequeño. En ese sentido, es una suerte que seamos los dos últimos representantes de nuestra estirpe.

D'Agosta permaneció a la expectativa.

–De niño, Diogenes se conformaba con ciertos... experimentos. Inventaba máquinas de gran complejidad para atraer, capturar y torturar pequeños animales: ratones, conejos, comadrejas... A su horrible manera, esas máquinas eran brillantes. El día en que fueron descubiertas, Diogenes las llamó orgullosamente fábricas de dolor. –Pendergast hizo una pausa–. Pero sus intereses no tardaron mucho en volverse más exóticos. Empezaron a desaparecer animales domésticos (primero gatos y después perros), sin que fuera posible encontrarlos. Diogenes pasaba muchos días seguidos en la galería de retratos, contemplando fijamente los cuadros de nuestros antepasados, sobre todo los que sufrieron una muerte prematura. Cuando se hizo mayor, y se dio cuenta de que cada vez le vigilaban más, abandonó esos pasatiempos y se retrajo. Tenía diarios cerrados a cal y canto, donde vertía sus negros sueños y sus terribles energías creativas. No se los dejaba ver a nadie.

De hecho los escondía tan bien que yo, en mi adolescencia, necesité dos años de sigilosa vigilancia para descubrirlos. Sólo leí una página, pero tuve bastante. No lo olvidaré mientras viva. A partir de entonces, el mundo, para mí, ya no fue el mismo. Huelga decir que quemé de inmediato todos los diarios; y si antes de eso Diogenes ya me odiaba, luego ese odio se convirtió en un sentimiento imperecedero.

Pendergast bebió otro sorbo y dejó la copa a medias.

–La última vez que vi a Diogenes fue el día en que cumplió veintiún años. Acababa de tomar posesión de su fortuna, y dijo estar planeando un crimen atroz.

–¿Sólo uno? –preguntó D'Agosta.

–No entró en detalles. Lo único significativo es que usara la palabra «atroz». Para que alguien como él considerase algo atroz... –Pendergast dejó la frase inacabada y añadió con viveza–: Baste decir que tendría que ser repugnante para la contemplación racional. Él, en su locura sin límites, sería el único capaz de abarcar la maldad del concepto. Por lo que respecta al cómo, el cuándo, el dónde, el contra quién... no tengo la menor idea. Mi hermano desapareció ese mismo día; se llevó su fortuna y desde entonces no le he visto ni he sabido nada de él. Bueno, hasta ahora. Es la segunda notificación que me envía. La primera llevaba el número doscientos setenta y ocho. No estaba seguro de su significado. Llegó hace exactamente doscientos días. Y ahora ésta. El sentido se ha vuelto palmario.

–Para mí no.

–Me está avisando. El crimen se producirá dentro de setenta y ocho días. Es el reto que lanza a su odiado hermano. Sospecho que ya ha completado sus planes. Esta nota equivale a un guante arrojado a mis pies. Es su manera de incitarme a que trate de detenerle.

D'Agosta, horrorizado, contempló la carta.

–Y ¿usted qué piensa hacer?

–Lo único posible: solucionar con la mayor presteza nuestro caso, ya que es la única forma de dedicarme a mi hermano.

–¿Y si le encuentra? ¿Qué hará?

–Tengo que encontrarle –dijo Pendergast con queda ferocidad–. Y cuando lo haga... –Hizo una pausa–. La situación será manejada con la rotundidad que requiere.

La expresión del agente era tan terrible que D'Agosta desvió la mirada.

Un largo silencio cayó sobre la biblioteca. De pronto Pendergast volvió en sí, y a D'Agosta le bastó una simple mirada para saber que el tema estaba cerrado.

El agente recuperó su tono habitual de frialdad y eficacia.

–Siendo usted el enlace con la policía de Southampton, me ha parecido lógico proponerle como enlace del FBI con la policía de Nueva York. El caso ha empezado en Estados Unidos, y es muy posible que termine aquí. He dispuesto que el enlace sea usted, en colaboración con la capitana Hayward. Tendrá que comunicarse con ella de modo regular, por teléfono o correo electrónico.

D'Agosta asintió con la cabeza.

Pendergast le miraba.

–Espero que le parezca una solución satisfactoria.

–Por mí perfecto.

D'Agosta confió en no haberse sonrojado. «¿Hay algo que no sepa este hombre?», se preguntó.

–Muy bien. –Pendergast se levantó–. Ahora tengo que hacer el equipaje y hablar un poco con Constance, que como es lógico permanecerá en la casa para cuidar de las colecciones y hacer las investigaciones adicionales que le solicitemos. Proctor se ocupará de que a usted no le falte de nada. Si necesita algo, no vacile en llamar por el timbre.

Se levantó con la mano tendida.

–*Buona notte*. Y que tenga sueños agradables.

D'Agosta fue conducido a una habitación que estaba en el segundo piso y daba a la parte de atrás. Era exactamente lo que se temía: luz tenue, techo alto, papel de pared aterciopelado y muebles de caoba. Olía a viejas telas y madera. Las paredes estaban llenas de cuadros con grandes marcos dorados, paisajes, bodegones y algunos estudios al óleo en los que la mirada atenta descubría un extraño poder de turbación. Los postigos de madera estaban ajustados al marco. Los gruesos muros de piedra no dejaban filtrarse ningún ruido. Sin embargo, el dormitorio estaba tan inmaculado como el resto de la casa, las instalaciones eran modernas, y cuando D'Agosta se decidió a deshacer la enorme cama victoriana descubrió que era de una comodidad excepcional, con sábanas limpias y frescas. Una mano invisible había aireado y esponjado las almohadas. La colcha escondía un lujoso y grueso edredón. Toda la habitación parecía garantizar un descanso ideal.

Aun así, tardó bastante en conciliar el sueño. Estuvo mucho, mucho tiempo en la cama mirando el techo y pensando en Diogenes Pendergast.

49

Con Locke Bullard en el asiento de atrás, el Mercedes recorría el Viale Michelangelo, con vistas sobre Florencia entre enormes muros y grandes verjas de hierro que impedían ver las villas de los florentinos más acaudalados. Cuando la limusina cruzó el Piazzale, Bullard prestó escasísima atención a la magnífica vista del Duomo, el Palazzo Vecchio y el río Arno. El coche bajó hacia la antigua Porta Romana.

–Corta por el casco antiguo –dijo Bullard.

El conductor mostró su *permesso* a los policías que estaban de guardia en la puerta. A partir de ese punto, una serie de calles sinuosas llevó a la limusina primero hacia el norte y después hacia el oeste, hasta cruzar otra puerta de la antigua muralla que rodeaba la ciudad. Los palacios renacentistas dejaron paso a modestos edificios de viviendas del siglo XIX, que a su vez fueron sustituidos por bloques anónimos de pisos construidos a mediados de siglo, y por último a una serie de complejos y edificios altos de cemento gris, a cuál más feo. No había carreteras, sino un laberinto de calles congestionadas y fábricas en decadencia, con algún que otro huerto o unos metros cuadrados de viñedo.

Media hora después, la limusina avanzó lentamente por las calles tristonas de Signa, un suburbio industrial realmente feo, mar gris de edificios que se extendía por la llanura aluvial del Arno. Un aire inmóvil secaba la ropa en los balcones de hormigón. El único recordatorio de que se estaba en la bella Toscana eran, a lo lejos, las verdes colinas de Carmignano, con la imprecisa forma de un castillo en la más alta.

Bullard no miraba por las ventanillas ahumadas ni le decía nada al chófer. Su rostro abrupto no reflejaba la menor expresión. Bajo sus grandes cejas prominentes, sus ojos hundidos eran fríos. El único indicio de su tormenta interior era el lento movimiento de los músculos de su mandíbula, que se tensaban y se relajaban sin descanso.

La limusina acabó enfilando una calle sin salida como cualquier otra, hasta llegar a una valla de tela metálica con su puerta y su garita. Al otro lado, el interminable suburbio cedía su lugar a un mundo nuevo y sorprendente, un mundo extraño de árboles y zarzas oscuras, sembrado de montículos y bultos cubiertos por la hiedra.

Después de una comprobación, la limusina recibió por señas el permiso para internarse en ese paisaje oscuro e irreal. De cerca, las formas verdes resultaban ser edificios en ruinas, tan infestados de maleza que parecían colinas naturales. No eran, sin embargo, ruinas antiguas, como las que tanto abundan en Italia. Ningún turista visitaba aquellos amasijos de cascotes, que en realidad sólo se remontaban a las primeras décadas del siglo xx. Circulando entre las ruinas como un tiburón, la limusina pasó junto a viejos pabellones de obreros, cruzó avenidas arboladas entre restos de viviendas que habían dejado atrás su momento de esplendor y superó vías muertas llenas de maleza y laboratorios derruidos, un panorama dominado por una chimenea de ladrillo, que erguía sus treinta plantas de altura en el cielo azul de la Toscana. La única pista sobre la naturaleza del conjunto eran unos restos borrosos de letras en la chimenea, que con algún esfuerzo aún permitían leer «NOBEL S.G.E.M».

Se habría dicho, a simple vista, que las medidas de seguridad eran escasas. La tela metálica que recorría el perímetro exterior era vieja y estaba en mal estado. Con algo de audacia, cualquier grupo de adolescentes se las habría ingeniado para entrar. Aun así, el recinto en ruinas no mostraba ninguna señal de haber sido violado. No se veían basura, grafitos, restos de fogatas ni botellas rotas de vino.

La limusina se adentró lentamente por un laberinto de caminos cubiertos de maleza, siguiendo la curva de una hilera de naves gigantescas y vacías cuyas ventanas parecían ojos muertos, y bordeando los campos de fresas silvestres que crecían al pie de los muros agrietados. Después de cruzar el arco de una vieja tapia de ladrillo, prosiguió entre más ruinas, montones de ladrillos y cascotes de hormigón hasta llegar a la segunda verja, mucho más moderna que la primera. Estaba rodeada por algo tan sofisticado como un doble perímetro de tela metálica a prueba de explosivos, con un remate brillante de alambrada en espiral, y ocupaba un gran campo de sensores de movimiento.

Antes de que la verja se abriese electrónicamente y pivotase sobre sus bien engrasadas bisagras, la limusina fue sometida a una nueva inspección, mucho más exhaustiva que la precedente.

El contraste no habría podido ser mayor para la vista. La última fachada en ruinas, asfixiada por la vegetación, daba paso a una extensión de césped muy cuidado, por la que se subía a un edificio reluciente con revestimiento de titanio y vidrio, una obra maestra de la arquitectura oculta entre las ruinas. Los setos de ambos lados estaban recortados con la mayor pulcritud imaginable. Un sistema de aspersores automático lanzaba un arco de agua que se quebraba en varios arco iris bajo el intenso sol de la Toscana.

Delante del edificio había tres hombres. Uno de ellos, que hacía un gran esfuerzo por dominar una patente agitación, se acercó al ver frenar el coche y abrió la puerta.

–*Bentornato, signor Bullard* –dijo.

Bullard bajó y se incorporó en toda su corpulencia para arquear la espalda y estirar los brazos, ignorando las manos tendidas hacia él. Parecía que mirase sobre las cabezas de los otros como si no existieran. Su cara, grande, fea y bulbosa, era una máscara impenetrable.

–Señor, estaríamos encantados de que almorzase con nosotros antes de...

–¿Dónde está? –les cortó Bullard.

Se produjo un silencio de contrariedad.

–Por aquí.

Los tres hombres se volvieron. Bullard les siguió por una pasarela de piedra caliza y penetró con ellos en el edificio, que estaba climatizado. El pasillo en el que entraron tenía dos puertas automáticas, cada una de las cuales exigió un examen de retina de la persona que encabezaba el grupo.

Bullard se detuvo ante la puerta de una sala. Los otros aguardaron expectantes. Era un laboratorio, con gran cantidad de instrumental y pizarras blancas cubiertas de fórmulas.

Entró y miró una mesa llena de lo que parecían morros de avión. De repente, cegado por la ira, levantó el brazo y barrió la mesa. A continuación dio media vuelta y siguió por el pasillo sin abrir la boca.

Llegaron a una puerta de acero inoxidable y de latón, menor y más gruesa que las otras dos.

Se oyó un grito. Todos se volvieron.

Un hombre bien vestido se acercaba a ellos lívido de rabia.

–Alto –dijo–. *Io domando una spiegazione, signor Bullard, anche da Lei.* Exijo una explicación, incluso de usted.

Aunque fuera la mitad de alto que Bullard, les cerró el paso con una dignidad ofendida que no carecía de nobleza.

Un movimiento y un gruñido. El hombre se derrumbó con las manos en la barriga, donde había recibido el golpe. Bullard le había asestado una patada con la punta del zapato, una patada tan brutal que todos oyeron cómo se rompían las costillas. El hombre rodó por el suelo sin poder respirar de dolor.

Bullard se volvió hacia uno de sus tres acompañantes.

–Yo había despedido a este hombre. Martinetti ha entrado sin permiso. Lamento mucho que se haya resistido, que haya agredido a un guardia de seguridad y que ese guardia no haya tenido más remedio que reducirle.

Miró a uno de los agentes de seguridad que les acompañaba.

–¿Me has oído?

–Sí, señor –contestó el agente con acento norteamericano.

–Pues ya lo sabes.

–Sí, señor.

–Avisa a una brigada para que lo recojan, y haz que lo denuncien por entrar sin autorización.

Pasó por encima del cuerpo tirado en el suelo y miró por el escáner de retina. Después de un clic metálico, la puerta basculó y dejó a la vista sus entrañas de acero inoxidable y latón. Detrás había una pequeña cámara. Un lado estaba ocupado por archivadores de plástico con discos duros en cajas transparentes. En el otro había una cajita rectangular de nogal bruñido rodeada de dispositivos electrónicos: sensores de control climático, lectores de humedad, un sismógrafo, un analizador de gases, barómetros e indicadores de temperatura. Bullard se acercó a la caja y la cogió suavemente por el mango. Pesaba tan poco que en su mano de gigante parecía ingrávida. Se volvió.

–Vamos.

–¿No quiere verificar el contenido, señor Bullard?

Miró a la persona que le había hecho la pregunta.

–Lo haré muy pronto, y si no está dentro, lo que menos les importará a todos ustedes es quedarse sin trabajo.

–Sí, señor Bullard.

La tensión era palpable. Todos parecían incómodos, como si no se decidieran a salir. Bullard se acercó a la puerta de la cámara, pero antes de cruzarla se volvió y dijo:

–¿Qué, no vienen?

Le siguieron al pasillo. La puerta se cerró con un suspiro. Bullard volvió a pasar por encima de Martinetti y atravesó las tres puertas seguido por los demás. Sólo se oía el choque de las suelas con el suelo pulido. Pocos minutos después Bullard volvía a estar delante de la limusina, que esperaba en punto muerto. Los demás le miraban desde la acera sin saber qué hacer. Nadie volvió a hablar de comida.

Bullard subió al coche sin volverse y dio un portazo.

–A la villa –dijo, mientras se ponía la caja de madera en las rodillas con muchísimo cuidado.

50

Desde las ventanas de su suite en el hotel Lungarno, D'Agosta contemplaba el verde oscuro del Arno, el amarillo claro de la doble hilera de palacios florentinos y el Ponte Vecchio y sus casitas colgadas sobre el río. Sentía una extraña expectación, próxima al aturdimiento, pero no sabía si achacarla al jet lag, a la opulencia del entorno o al hecho de hallarse por primera vez en su país de origen.

Su padre, siendo un niño, había salido de Nápoles justo después de la guerra, para huir de la terrible hambruna del 44, y se había instalado con sus padres en la calle Carmine de Nueva York. Ahí, indignado por el poder que iba adquiriendo la mafia, el joven Vito reaccionó haciéndose policía, y de los buenos: su placa y distinciones –la cruz de combate de la policía y la medalla de honor– aún reposaban en una urna de cristal sobre la chimenea, como reliquias sagradas. D'Agosta pasó su infancia en la calle Carmine, rodeado de inmigrantes de Nápoles y Sicilia e inmerso en el idioma, la religión, el santoral y el ciclo de festividades que les caracterizaban. Ya en su niñez, Italia adquirió dimensiones míticas.

Y ahora se encontraba ahí.

Se le hizo un nudo en la garganta. No había imaginado que fuera a ser una experiencia tan emocionante como estaba siendo. Era la tierra de sus antepasados, un lugar milenario. Tantas cosas habían salido de Italia... Arte, arquitectura, escultura, música, ciencia, astronomía... Rememoró los grandes nombres del pasado: Augusto, César, Cicerón, Ovidio, Dante, Cristóbal Colón, Leonardo da Vinci, Miguel Ángel, Galileo... Una lista que cubría más de dos milenios. Tuvo la certeza de que ningún otro país del planeta había sido tan pródigo en genialidad.

Abrió la ventana y respiró. Su mujer nunca había entendido que estuviera orgulloso de su herencia. Siempre le había parecido un sentimiento un poco tonto. Lógico, siendo inglesa... ¿Qué habían hecho los ingleses, salvo algunas obras de teatro y algunos poemas? Italia era la cuna de la civilización occidental, la tierra de sus antepasados. Algún día se la enseñaría a su hijo Vinnie y...

Sus deliciosas elucubraciones fueron interrumpidas por un golpe en la puerta. Era el mozo con el equipaje.

–¿Dónde lo dejo, señor? –dijo en inglés.

D'Agosta hizo un gesto con la mano y se lanzó con toda naturalidad a hablar en italiano.

–Buon giorno, guagliòne. Pe' piacère' lassàte ì valigè abbecìno o liett', grazie.

El mozo le miró con una expresión rara, en la que D'Agosta creyó entrever cierto desdén.

–¿Perdón? –dijo en inglés.

D'Agosta empezó a irritarse.

–Ì valigè, aggia ritt', mettitelè' allà.

Señaló la cama.

El mozo dejó las dos maletas junto a ella. D'Agosta buscó en sus bolsillos, pero no encontró nada más pequeño que un billete de cinco euros. Se lo dio.

–Grazie, signore. Lei è molto gentile. Se Lei ha bisogno di qualsiasi cosa, mi dica.

Y se marchó.

D'Agosta no había entendido ni jota a partir de «grazie, signore». No se parecía en nada al idioma de su abuela. Negó con la cabeza. Debía de ser el acento florentino que le despistaba. Estaba seguro de que no podía haber olvidado hasta ese punto. A fin de cuentas, el italiano era su idioma materno.

Miró a su alrededor. Nunca había estado en una habitación de hotel como aquélla. Era el súmmum del buen gusto y la elegancia, que conjugaba la limpieza y la discreción por no hablar de su tamaño, más parecido al de un apartamento, con dormitorio, sala de estar, baño de mármol, cocina y un bar bien surtido, además de grandes ventanales que daban al Arno, el Ponte Vecchio, la galería de los Uffizi y la gran cúpula del Duomo. Debía de costar una fortuna, pero ya hacía tiempo que D'Agosta no se preocupaba por cómo gastaba su dinero Pendergast (suponiendo que fuera suyo). El agente seguía siendo tan misterioso como siempre.

Volvieron a llamar suavemente a la puerta. D'Agosta la abrió. Era Pendergast, con su indefectible traje negro, que en Florencia resultaba más acorde con el entorno que en Nueva York, y un fajo de papeles en la mano.

–¿Satisfecho con su alojamiento, Vincent?

–Bueno, estoy un poco estrecho, y la vista del puente es una birria, pero ya me acostumbraré.

Pendergast se sentó en el sofá y le dio los papeles.

–Aquí tiene: un *permesso di soggiorno*, un permiso de armas, una autorización de la Questura para investigar, su *codice fiscale* y algunos papelitos que firmar. Todo gracias a los buenos oficios del conde.

D'Agosta los cogió.

–¿Fosco?

Pendergast asintió con la cabeza.

–La burocracia italiana es lenta, y el bueno del conde le ha dado un empujón en nuestro beneficio.

–¿Está aquí? –preguntó D'Agosta con poco entusiasmo.

–No. Es posible que venga más tarde. –Pendergast se levantó para acercarse a la ventana–. Mire, el palacio de su familia. En la otra orilla del río, al lado del palacio Corsini.

D'Agosta vio un edificio medieval con almenas.

–Bonita mansión.

–Ni que lo diga. Pertenece a su familia desde el siglo XIII.

Volvieron a llamar a la puerta.

–*Avanti* –dijo D'Agosta, orgulloso de poder usar su italiano en presencia de Pendergast.

Volvía a ser el mozo, con una cesta de frutas.

–*Signori?*

–*Faciteme stù piacère', lassatele ngoppa o' tavule.*

En vez de acercarse a la mesa, el mozo dijo en inglés:

–¿Dónde la dejo?

D'Agosta miró a Pendergast y detectó una chispa de diversión en sus ojos.

–*O' tavule* –contestó, más brusco.

El hombre seguía con la cesta en la mano mirando la mesa y el escritorio, hasta que se decidió por este último. Ante su obstinada incomprensión, D'Agosta empezó a enfadarse. ¿No le había dado bastante propina? Sin querer, soltó las palabras que había oído decir mil veces a su padre:

–*Allòra qual'è ò problema', sì surdo? Nun mi capisc'i? Ma che è parl'ò francèse? Mannaggi' a miseria.*

El mozo, confuso, se batió en retirada. Al volverse hacia Pendergast, D'Agosta le sorprendió en pleno e infructuoso esfuerzo por disimular su alborozo.

–¿Dónde está la gracia? –preguntó.

Pendergast logró serenarse.

–No sabía que tuviera don de lenguas, Vincent.

–El italiano es mi lengua materna.

–¿Italiano? ¿También habla italiano?

–¿Cómo que también? ¿Qué cree que estaba hablando?

–Yo habría jurado que era napolitano, que a veces se presenta como un dialecto del italiano, aunque en realidad es otro idioma; un idioma fascinante, pero incomprensible para un florentino, claro está.

D'Agosta se quedó de piedra. ¿Dialecto napolitano? Nunca se le había ocurrido pensarlo. En Nueva York, donde creció, había familias que hablaban en dialecto siciliano, naturalmente, pero siempre había dado por supuesto que su idioma era italiano puro. ¿Napolitano? Imposible. Lo que hablaba era italiano.

Al ver su expresión, Pendergast añadió:

–En 1871, cuando la unificación de Italia, existían seiscientos dialectos. En esa época empezó a hacer furor un debate sobre qué idioma debía hablar el nuevo país. Para los romanos, el mejor dialecto era el suyo; a fin de cuentas, Roma era Roma. Los de Perugia pensaban que el suyo era el más puro porque ahí estaba la universidad más antigua de Europa. Los florentinos tenían la impresión de que el correcto era el que hablaban ellos, porque era el idioma de Dante. –Volvió a sonreír–. Ganó Dante.

–Ahora me entero.

–Aun así, la gente siguió hablando en sus dialectos. De hecho, cuando emigraron sus padres, Vincent, el número de los que hablaban italiano oficial aún era muy pequeño. La gente del país empezó a abandonar sus dialectos y a hablar el mismo idioma con la llegada de la televisión. Lo que usted considera «italiano» es en realidad el dialecto de Nápoles, un idioma muy rico, con vestigios de español y francés, pero que lamentablemente está en decadencia.

D'Agosta no salía de su asombro.

–¿Quién sabe? Quizá nuestras pesquisas nos lleven al sur, donde pueda lucirse. De momento, ya que se aproxima la hora de cenar, ¿qué le parece si salimos a comer algo? Conozco una *osteria* de la Piazza Santo Spirito que es una maravilla, y también hay una fuente muy curiosa que, si no me equivoco, podría ser interesante para nuestra investigación.

Cinco minutos después caminaban por las sinuosas calles de Florencia, que les condujeron a una plaza grande y espaciosa con castaños que le daban sombra y hermosos edificios del Renacimiento en tres de sus costados, con tonalidades marfil, amarillo y ocre en sus estucos. La parte más próxima al río estaba dominada por la sencilla fachada de la Chiesa di Santo Spirito, de severa simplicidad. En el centro de la plaza se alzaba alegre el chorro de una vieja fuente de mármol, rodeada de estudiantes con mochila que se dedicaban a fumar y conversar.

Pendergast sacó la foto de Beckmann del bolsillo, la levantó con naturalidad hacia la fuente y caminó despacio alrededor de la plaza hasta que los fondos coincidieron. Al cabo de un rato de intensa observación, se la guardó.

–Ahí es donde estaban los cuatro, Vincent –dijo señalando con el dedo–. Lo de detrás es el Palazzo Guadagni, que ahora es una pensión de estudiantes. Mañana preguntaremos si se acuerdan de alguno de nuestros amigos, aunque no tengo grandes esperanzas. Bueno, a cenar. Me apetece pedir unos *linguini* con trufas blancas.

–Pues a mí me gustaría una hamburguesa con queso y patatas, la verdad.

Pendergast se volvió con expresión acongojada. D'Agosta le sonrió burlón.

–Era una broma.

Atravesaron la plaza y se dirigieron hacia un pequeño restaurante, la Osteria Santo Spirito. Había mesas fuera. La gente comía, bebía vino y hablaba con animación, llenando la plaza con sus conversaciones.

Pendergast esperó a que les dieran una mesa e hizo gestos a D'Agosta para que se sentara.

–Vincent, debo decir que últimamente le veo más en forma.

–He estado yendo al gimnasio, y después de lo de Riverside Park también he hecho prácticas de tiro.

–Su puntería es legendaria. Quizá nos sea útil para la aventurita que nos espera mañana por la noche.

–¿Qué aventura?

D'Agosta estaba cansado; a Pendergast, en cambio, el jet lag parecía darle fuerzas.

–Iremos a Signa a visitar el laboratorio secreto de Bullard. Esta tarde, mientras usted se relajaba en el hotel, he hablado con varios funcionarios florentinos con la esperanza de que me dejaran consultar los archivos sobre Bullard y las actividades de BAI en el país, pero ha sido imposible, incluso con la influencia de Fosco. Al parecer Bullard tiene buenas relaciones, o al menos sabe cómo gastar su dinero. Lo único que he conseguido es un mapa sin actualizar de la zona de su fábrica. Lo que está claro, en todo caso, es que por las vías normales no llegaremos muy lejos.

–Supongo que él no sabe que estamos aquí.

–Nuestra visita adoptará la forma de una incursión. Mañana por la mañana podremos adquirir el equipo necesario.

D'Agosta asintió con lentitud.

–Podría ser divertido.

–Esperemos que no lo sea demasiado. Cuanto más viejo me hago, Vincent, más aprecio una tranquila velada en casa por encima de un estimulante tiroteo en la oscuridad.

51

Bryce Harriman caminaba hacia el norte por la Quinta Avenida, sorteando a la gente con la facilidad que le daba la práctica, mientras pensaba en los asesinatos diabólicos. Ritts tenía razón: el artículo sobre Von Menck había tocado la fibra de la ciudad. No dejaba de recibir llamadas; casi todas de chalados, como cabía esperar tratándose del *Post*, pero nunca había visto una reacción semejante a un artículo. Lo del número áureo, la absoluta coincidencia de las fechas históricas, con su aura matemática... Para los ignorantes sonaba a verdad científica. El propio Harriman tenía que admitir que la perfecta alineación de las fechas no dejaba de ser un poco rara.

Al pasar por el Metropolitan Club, vislumbró las maravillas de las viejas fortunas neoyorquinas. Era su mundo, o mejor dicho el de sus abuelos, y aunque Harriman se aproximaba a la edad en que, por obra y gracia de su padre, deberían empezar a llegarle invitaciones de prestigiosos clubes, temía que su trabajo en el *Post* fuera un impedimento. Necesitaba volver al *Times* lo antes posible.

Con ese artículo podía conseguirlo.

Ritts estaba encantado con él, al menos todo lo encantado que podía estar semejante reptil, pero un buen artículo era como una hoguera: había que alimentarlo, y esa hoguera empezaba a flaquear. La intuición le decía que el favor de Ritts podía tener un fin tan brusco como su principio, dejando en el aire su aumento de sueldo y a él en una posición incómoda. Necesitaba alguna novedad, aunque hubiera que fabricarla. Era lo que esperaba conseguir con su nueva visita al edificio de Cutforth. Sus anteriores artículos ya habían engrosado las filas de los fanáticos de la Biblia, adoradores del diablo, góticos, friquis, satánicos y adeptos de la New Age, que se congregaban frente al edificio, cerca de Central Park. Ya se habían producido algunas peleas a puñetazo limpio, algunos insultos y algunas visitas de las fuerzas del orden para templar los ánimos, pero todo estaba desorganizado. Cualquier reacción necesitaba un catalizador. Era una regla universal.

Se estaba acercando a la calle Sesenta y ocho. Ya veía en el lado de la Quinta Avenida que lindaba con el parque la reunión de friquis, subdividida en grupitos. Se acercó furtivamente y se abrió camino por entre el corro de mirones. No había cambiado gran cosa desde su última visita, aunque había más gente. Un satánico vestido de cuero negro, con una Bud en la mano, soltaba improperios contra un adepto de la New Age enfundado en una túnica de cáñamo. Olía a cerveza y a porros, al igual que en un concierto de rock. Al fondo, un hombre con vaqueros y camisa de cuadros azul y verde de manga corta se dirigía a un auditorio bastante nutrido. Harriman no oía sus palabras, pero parecía el número más gordo de todo el circo.

Se apartó del grupo de curiosos y se acercó al orador. Era evidente que estaba predicando, pero parecía una persona normal y su tono era tranquilo, educado y razonable, sin quiebros histéricos. Sus palabras atraían cada vez a más gente, incluso a muchos curiosos, y hasta algunos satánicos y góticos prestaban atención.

–Esta ciudad es increíble –decía–. Sólo llevo veinticuatro horas aquí, pero ya puedo decir sin miedo a equivocarme que en toda la tierra no existe nada igual. Edificios altos, limusinas, gente guapa... No te cansas de mirar. Es la primera vez que vengo a Nueva York, pero ¿sabéis qué me ha llamado la atención, más que todo el relumbrón y la elegancia? Las prisas. Mirad a vuestro alrededor, amigos; fijaos en los peatones, en lo deprisa que caminan hablando por teléfono o con la mirada fija hacia delante. Nunca había visto nada así. Mirad a la gente que pasa en taxi y en autobús. Da la impresión de que tengan prisa hasta cuando no se mueven. Y yo sé por qué están tan ocupados como parece. Desde que estoy aquí he escuchado mucho. Es muy posible que haya oído mil conversaciones, o mitades de conversaciones, porque en esta isla de Manhattan parece que la gente prefiera hablar por teléfono móvil que frente a frente. ¿Con qué están atareados? Consigo mismos. Con la reunión de mañana, que es importantísima. Con reservar una mesa para cenar. Con engañar a su mujer. Con clavarle una puñalada por la espalda a un socio. Toda clase de planes y de estratagemas que no van más allá del viaje del mes que viene al Club Med, por decir algo. ¿Cuánta de toda esta gente atareada se dedica a pensar, con treinta o cuarenta años de antelación, en su mortalidad? ¿Cuánta de toda esta gente se esfuerza en estar en paz con Dios? ¿O en pensar en las palabras de Jesús según san Lucas: «Yo os aseguro que no pasará esta generación hasta que todo esto suceda»? Yo diría que muy poca, o nadie.

Harriman se fijó en el predicador. Tenía el pelo rubio bien cortado, una cara de americano típico tirando a guapo, brazos fornidos, y estaba delgado, aseado y afeitado. No llevaba tatuajes, *piercings,* ni un protector de cuero con tachuelas en la entrepierna. Si tenía una Biblia, no la enseñaba. Parecía estar hablando con un grupo de amigos, de gente que le merecía respeto.

–Desde que estoy en Nueva York también he hecho otra cosa: entrar en las iglesias. En muchas iglesias. Nunca había visto una ciudad que pudiera presumir de tener tantas iglesias como ésta. Ahora bien, amigos, os diré una cosa, algo bien triste: aunque fuera, en las calles, haya mucha gente, me he encontrado todas las iglesias vacías. Se consumen. Se mueren de abandono. En la mismísima catedral de San Patricio, que es el sitio cristiano más bonito que he visto en toda mi vida, sólo había un grupito de fieles. ¿Turistas? Sí, turistas a cientos, pero ¿devotos? Podría contarlos con los dedos de las dos manos.

»Y esto, amigos míos, es lo más triste de todo: pensar que en un sitio con tanta cultura, educación y sofisticación pueda existir un vacío espiritual tan tremendo como el que existe aquí. Lo siento alrededor como un desierto que me seca hasta la médula. No quería creerme lo que dice la prensa, esas horribles noticias que me han traído aquí casi contra mi voluntad, pero es cierto, hermanos y hermanas, cierto de principio a fin. Nueva York es una ciudad dedicada a Mammón, no a Dios.

Miradle –dijo, señalando a un hombre bien vestido, de menos de treinta años, que pasaba hablando por su móvil, con un traje de rayas–. ¿Cuándo diríais que pensó por última vez en su mortalidad? ¿Y ella? –Señaló a una mujer que bajaba de un taxi con bolsas de Henri Bendel y Tiffany's–. ¿Y los de ahí? –Su dedo acusador tenía por destino a una pareja de universitarios que se paseaban cogidos de la mano–. ¿Y vosotros? –Señaló a varios de sus oyentes–. ¿Cuánto tiempo hace que no pensáis en vuestra mortalidad? Puede faltar una semana, diez años o cincuenta, pero el caso es que se acerca, como que me llamo Wayne P. Buck que se acerca. ¿Estáis preparados?

Harriman se estremeció sin querer. ¡Qué bien hablaba!

–Tanto da que trabajes de asesor de inversiones en Wall Street o que seas un inmigrante de Amarillo, porque la muerte no tiene prejuicios. La muerte nos llega a todos, grandes o pequeños, ricos o pobres. En la Edad Media lo sabían. Hasta nuestros antepasados lo sabían. Fijaos en las lápidas antiguas. ¿Qué veis? La imagen de la muerte alada, y casi seguro que las palabras *«memento mori»:* recuerda que morirás. ¿Creéis que ese joven se para alguna vez a pensarlo? Es increíble. Tantos siglos de progreso y hemos perdido de vista la única verdad fundamental que siempre, siempre, fue prioritaria para nuestros antepasados. Robert Herrick, un antiguo poeta, lo expresó así:

Breve es la vida, y nuestro tiempo
huye tan raudo como el viento;
como vapor, o gota que ha llovido,
ya no tiene remedio su extravío.

Harriman tragó saliva. Seguía su buena racha. Ese Buck era un regalo. La multitud crecía muy deprisa. La gente hacía callar a los de al lado para poder oír la voz queda y persuasiva del predicador. No le hacía falta ninguna Biblia. ¡Qué va! ¡Seguro que la tenía entera en la cabeza! Y no sólo la Biblia, porque también recitaba a los poetas metafísicos.

Acercó la mano al bolsillo de su camisa y puso disimuladamente en marcha su grabadora. No quería perderse ni una palabra. Ese tío no tenía rival, ni siquiera el reverendo Pat Robertson, con su acento de paleto y su costra de maquillaje.

–No, ese joven no se para a pensar que cada día sin contacto con Dios es un día que jamás podrá recuperar. Esa pareja no se para a pensar en que tendrá que responder de todos sus actos en la otra vida. En cuanto a esa mujer cargada de bolsas, lo más probable es que nunca se haya planteado el auténtico valor de la vida. Y diré más: lo más probable es que ninguno de ellos crea en la existencia de otra vida. Son como los romanos que cerraron los ojos mientras nuestro Señor era crucificado. Si algún día se paran a pensar en la vida eterna, probablemente sólo sea para decirse que morirán, serán metidos en un ataúd y ahí terminará todo.

»Pero no, hermanos y hermanas, no termina todo ahí. Os lo digo yo, que he tenido muchos empleos, entre ellos el de ayudante en una funeraria. Morirse no es el final, sólo el principio. Yo he visto con mis propios ojos lo que les ocurre a los muertos.

Harriman observó que, a pesar de que aún llegaba gente, reinaba un silencio sepulcral, como si nadie se moviera; de hecho, se dio cuenta de que él casi tampoco respiraba, pendiente de las palabras del predicador.

–Quizás ese joven, el del teléfono móvil, tenga la suerte de que le entierren en pleno invierno, cuando todo suele ir un poco más despacio, pero tarde o temprano (más bien lo segundo) llegarán los comensales. Primero vienen las moscardas, *Phormia regina*, a poner huevos. En los cadáveres recientes se produce una especie de explosión demográfica, un crecimiento demográfico (media docena de generaciones) compuesto por decenas de miles de gusanos que no dejan de moverse y siempre tienen hambre. Las propias larvas producen tanto calor que las del medio tienen que arrastrarse hacia los bordes para enfriarse un poco, antes de volver y continuar con su tarea. Si se hiciera una secuencia fotográfica, se vería un auténtico hervidero. Por otro lado, hay que decir que los gusanos sólo son los primeros en llegar, ya que con el paso del tiempo el aroma de la descomposición atrae a muchos más. Pero, bueno, no tiene sentido que os importune con los detalles.

»Eso, amigos, para que luego digan "descanse en paz".

»Así que tal vez nuestro amigo del teléfono móvil se decida por la incineración, que es la manera de que un cadáver no quede profanado lentamente, año tras año, por escarabajos y gusanos. Sí, no cabe duda de que la cremación constituye un final rápido y digno para nuestra forma humana. Es lo que nos cuentan, ¿no?

»Pues dejadme que os diga, hermanos y hermanas, que ninguna muerte es digna si no la ve Dios. Yo ya he perdido la cuenta de los muertos que he visto incinerar. ¿Tenéis idea de lo difícil que es quemar un cuerpo humano? ¿Del calor que se necesita? ¿De lo que ocurre cuando el cuerpo entra en contacto con llamas de trescientos grados? Pues voy a contároslo, amigos míos, y perdonad que no os lo ahorre. Pronto comprenderéis que existe una razón para no hacerlo.

»Primero se quema todo el pelo, de la cabeza a los pies, en una explosión de humo azul. Luego el cuerpo se cuadra como un cadete en una revista e intenta levantarse. No importa que la tapa del ataúd obstruya el movimiento. El caso es que intenta levantarse. La temperatura va subiendo hasta los cuatrocientos grados, y llega el momento en que la médula empieza a hervir y los huesos revientan. Toda la columna vertebral explota como una traca.

»Pero la temperatura sigue subiendo: quinientos grados, ochocientos, mil... Y las erupciones continúan, como disparos que hacen temblar el horno. En fin, también en este caso me abstendré de nombrar lo que explota. Sólo os diré que antes de que los restos mortales hayan sido reducidos a cenizas y trozos de hueso tienen que pasar tres horas.

»¿Por qué no os he ahorrado detalles, hermanos y hermanas? Os lo voy a decir: porque Lucifer, el Príncipe de las Tinieblas, que en su incansable búsqueda de la corrupción no duerme ni un minuto, tampoco os ahorrará nada. Y las llamas del crematorio queman y duran mucho menos que las que están destinadas a cebarse en el alma de ese joven. Mil grados, cinco mil, tres horas, tres siglos... Eso no es nada para Lucifer. Sólo es una brisa cálida y fugaz de primavera. Y cuando tratéis de incorporaros en ese lago de azufre ardiente, cuando vuestra cabeza choque con el techo del infierno y recaiga en el fuego voraz, cuya temperatura excede mis pobres facultades de descripción, ¿quién os oirá rezar? Nadie. Ya habréis tenido toda una vida para rezar, y lo trágico es que la habréis despilfarrado.

»Por eso estoy aquí, amigos míos. En este bonito edificio, que se eleva muy por encima de nuestras míseras cabezas, Lucifer ha mostrado su cara a esta gran ciudad, y se ha llevado el alma de un hombre. Ese hombre se llamaba Cutforth. Sabemos, por el Apocalipsis, que en los últimos días Lucifer caminará sin trabas por la tierra. Ya ha llegado. La muerte de Long Island, y la de aquí, sólo son el principio. Nos han dado una señal y debemos actuar. Debemos actuar ahora mismo, antes de que sea demasiado tarde. La cripta, la urna del crematorio, el gusano, las llamas... Tenéis que entender que eso carece de importancia. Cuando vuestra alma esté desnuda ante el que todo lo juzga, ¿qué alegaréis? Lo que os pido es que os examinéis por dentro, en silencio, y que os juzguéis, también en silencio. Dentro de un rato rezaremos juntos. Rezaremos por que se nos perdone, y por el tiempo que aún nos queda para redimirnos en este mundo y esta ciudad condenada.

En un gesto casi maquinal, Harriman se sacó el teléfono móvil del bolsillo y, sin apartar la vista de Buck, llamó al departamento de fotografía y susurró algo. Era el turno de Klein, que entendió perfectamente lo que le pedía: no una caricatura de predicador exaltado, sino todo lo contrario. Harriman presentaría al reverendo Buck como una figura acreedora del respeto de los lectores del *Post*, el hombre más sensato y reflexivo que cupiera imaginar.

De hecho, oyendo su sermón no era difícil creerlo.

Volvió a guardarse el móvil. Aunque el propio reverendo Buck no lo supiera, le faltaba poco, muy poco, para salir en titulares.

52

Era una noche húmeda y perfumada. Los grillos cantaban en la oscuridad. D'Agosta siguió a Pendergast por una vía abandonada, entre sórdidos bloques de viviendas de hormigón. Eran las tres de la madrugada. La puesta de la luna acababa de tender un aterciopelado manto sobre la ciudad.

Llegaron al final de los raíles, a una tela metálica abombada que cruzaba el lecho de la vía y se fundía a ambos lados con la oscuridad. Al otro lado de la valla todo estaba negro. Sólo se adivinaban grandes siluetas de árboles sobre el telón de fondo de la noche.

Siguiendo a Pendergast, D'Agosta cambió de dirección y bordeó la tela metálica hasta llegar a una pequeña arboleda con un minúsculo claro en el centro, una alfombra de hojas secas y viejos erizos de castañas.

–Nos prepararemos aquí –dijo Pendergast, dejando en el suelo la bolsa que llevaba.

D'Agosta dejó la suya y respiró hondo un par de veces. Por un lado se alegraba de haber empezado a hacer ejercicio después de la persecución en Riverside Park; por otro, lamentaba no haberlo pensado antes. La respiración de Pendergast ni siquiera parecía más pesada.

El agente se quitó el traje y lo guardó en la bolsa, perfectamente doblado. Debajo llevaba pantalones y camisa negros. D'Agosta también se desvistió, y se quedó con un atuendo similar.

–Tenga.

Pendergast le arrojó un bote de pintura y empezó a usar el suyo para ennegrecerse la cara con las yemas de los dedos.

D'Agosta examinó la valla mientras se pintaba. Parecía lo menos seguro del mundo. Estaba oxidada e inclinada, con varios cortes y agujeros. Se descalzó y se puso los zapatos que le había facilitado Pendergast, un modelo negro y ajustado de suela lisa.

Pendergast cogió su Les Baer y empezó a embadurnarla de pintura negra. D'Agosta estaba escandalizado. ¡Hacerle eso a un arma así!

–Tiene que hacer lo mismo, Vincent. Cualquier reflejo bastaría para delatarnos a los vigilantes.

Ya que no había más remedio, D'Agosta cogió su arma y empezó a untarla de negro.

–Se estará preguntando si todo esto es necesario.

–Se me había ocurrido.

Pendergart se enfundó unos guantes negros.

–Supongo que ya se habrá dado cuenta de que la valla es una estratagema. Hay varios anillos de seguridad. El primero es puramente psicológico. Es de suponer que se trata de una de las razones por la que Bullard eligió este emplazamiento.

–¿Psicológico?

–Aquí estuvo Il Dinamitificio Nobel, una de las fábricas de dinamita de Alfred Nobel. –Pendergast consultó su reloj–. Una de las grandes ironías de la historia es que Nobel, el creador del premio Nobel de la paz, hiciera fortuna con lo que en esa época era el invento más cruel de toda la historia de la humanidad.

–¿La dinamita?

–Exacto. Diecisiete veces más potente que la pólvora. Revolucionó la guerra. Nos hemos acostumbrado tanto a las matanzas masivas, Vincent, que se nos ha olvidado lo que era la guerra cuando sólo había pólvora, cañones y proyectiles. Debía de ser terrible, no se lo discuto, pero nada comparable a lo que acabaría siendo. De pronto, en vez de matar a dos o tres personas con una sola bomba, era posible provocar centenares de víctimas. Los obuses y las bombas podían volar un edificio, un puente o una fábrica, y con la llegada del avión se abrió la posibilidad de que las bombas arrasaran manzanas enteras, asolaran ciudades y mataran a miles de personas. Tendemos a poner todo el énfasis en la atrocidad de las armas nucleares, pero la verdad es que la dinamita y sus derivados han matado y mutilado a muchos más millones que la bomba atómica en toda su historia pasada y probablemente futura.

Metió una bala en su pistola y quitó el seguro en silencio.

–Ya.

–Alfred Nobel tenía la patente de la guerra moderna. En el apogeo de su éxito era dueño de centenares de fábricas que confeccionaban dinamita en toda Europa. Siempre había que construirlas en terrenos como éste, ya que de vez en cuando los materiales explotaban, a pesar de todas las precauciones, y causaban miles de muertos. Nobel situó sus fábricas en zonas pobres para disponer de obreros desesperados y prescindibles. Ésta fue una de las más grandes.

Hizo un gesto con la mano, señalando la oscuridad del otro lado de la valla.

–De hecho habría pasado a la historia como un auténtico monstruo de no ser por una curiosa anécdota: en 1888 falleció su hermana y la prensa europea cometió el error de informar que el difunto era él, con titulares como «Ha fallecido el mercader de la muerte». La lectura de su necrológica causó un gran impacto en Nobel, y le hizo darse cuenta de cómo le recordaría la historia. Su reacción fue instituir los premios Nobel, como una manera de encauzar en otra dirección el triste veredicto que habría arrojado la historia acerca de su vida.

–Parece que le salió bien –murmuró D'Agosta.

–A lo que iba: cuando cerró esta fábrica, el número de muertos por explosiones ascendía a centenares, sin contar los miles de afectados por alguno de los productos químicos que se usaban para fabricar la dinamita y que perjudicaban al cerebro. El resultado es que estamos en un lugar maldito, donde nadie de la zona pone el pie. A excepción del conserje, este terreno no había visto pasar un alma hasta hace siete años, cuando lo compró Bullard.

–O sea, que Bullard aprovecha la mala fama de este sitio como medida de seguridad –dijo D'Agosta–. ¡Qué inteligente!

–Sí, es una medida de disuasión inteligente, al menos para la gente de aquí. De todos modos, seguro que hay dispositivos de seguridad, y que son muy sofisticados. No tengo información concreta sobre ellos, ya que mis investigaciones, como usted bien sabe, han sido infructuosas, pero he traído algunas herramientas que deberían sernos útiles.

Pendergast sacó una mochila de su bolsa y se la colgó en el hombro. Luego volvió a meter la mano en la bolsa, sacó unas piezas de tubo de aluminio, las juntó y añadió un pequeño disco en una punta. Acto seguido se acercó a la valla, moviendo lentamente el aparato adelante y atrás. Al llegar a la tela metálica se agachó y barrió el suelo cuidadosamente hasta que se encendió un piloto rojo en el disco.

Se levantó y retrocedió un paso.

–Lo que sospechaba. Detecto un campo electromagnético alterno de sesenta hercios, señal de que hay corriente eléctrica.

–¿Qué quiere decir, que la valla está electrificada? –preguntó D'Agosta–. ¿Con esa pinta de caerse a trozos?

–No, la valla no. Justo al otro lado hay un par de cables enterrados que avisan a los vigilantes en cuanto los pisa alguien.

–¿Entonces? ¿Cómo los desactivamos?

–De ninguna manera. Sígame.

Escondieron las bolsas en el bosquecillo y siguieron la tela metálica hasta llegar a una zona vulnerable, con varios boquetes remendados de cualquier manera con alambre. Pendergast se arrodilló y deshizo los más grandes con hábiles giros de muñeca. Después, con gran cuidado, introdujo por el agujero el detector y barrió el suelo por el otro lado. El disco contenía una pequeña pantalla luminosa en la que aparecieron varios números.

Pendergast sacó el aparato, cogió una rama y apartó la tierra y las hojas secas hasta dejar dos cables a la vista. Repitió la operación un par de metros más allá y descubrió más cables. Entonces metió la mano en su mochila y sacó unas pinzas conectadas a unos minúsculos dispositivos electrónicos. Puso una en cada punta del cable.

–¿Qué hace?

–Usar estos componentes para reducir nuestra incidencia electromagnética a la de un jabalí de setenta kilos y su pareja. En esta zona hay muchos. Seguro que el equipo de seguridad de Bullard está harto de que merodeen por la valla. Démonos prisa.

Se arrastraron por el hueco. Pendergast se apresuró a taparlo y retirar las pinzas. Después usó otra rama para rellenar los agujeros del suelo y taparlos con hojas secas. Por último cogió un pequeño vaporizador y humedeció la zona removida. D'Agosta percibió un olor punzante.

–Orina de jabalí diluida. Sígame.

Corrieron agachados y pegados a la tela durante unos centenares de metros, hasta llegar a una zona muy densa de arbustos, en la que se internaron con el máximo sigilo.

–Ahora esperaremos a que vengan a investigar los de seguridad. Aún tardarán un poco. Regule su respiración y no pierda la calma. Seguro que traerán anteojos de visión nocturna e infrarrojos, conque péguese al suelo y no se mueva. Como ya suponen que han sido jabalíes, no buscarán mucho.

Todo quedó en silencio. Ni una gota de luz penetraba entre los arbustos. D'Agosta esperó. A su izquierda, Pendergast se había quedado inmóvil, sin hacer ningún tipo de ruido; era como si hubiera desaparecido. Sólo se oía el susurro casi imperceptible del viento, y de vez en cuando un pájaro. Transcurrieron tres minutos, que se convirtieron en cinco.

Al notar una hormiga en el tobillo, D'Agosta bajó la mano para quitársela de encima.

–No –susurró Pendergast.

Dejó a la hormiga en paz.

Poco después sintió que el bicho recorría su espinilla con una trayectoria intermitente, llegaba a su zapato y empezaba a hacer esfuerzos por meterse por debajo del calcetín. Intentó pensar en otra cosa, pero justo entonces se dio cuenta de que había empezado a picarle la nariz. ¿Cuánto tiempo llevaban sin moverse? ¿Diez minutos? ¡Caray! ¡Quedarse del todo inmóvil era más duro que correr la maratón! No veía absolutamente nada. Se le había agarrotado una pierna. Debería haber puesto más cuidado en sentarse cómodamente. Se moría de ganas de moverse. El picor de la nariz se había vuelto insoportable, y él sin poder rascarse. Algunas hormigas, alentadas por las exploraciones de su compañera, empezaron a hacerle cosquillas en la piel. Mientras tanto, el calambre de la pierna empeoraba, con palpitaciones involuntarias del músculo de la pantorrilla.

Un murmullo lejano le hizo aguantar la respiración. Lejos, tras una pantalla casi impenetrable de follaje, se veían luces. Más voces. El crepitar de estática de un walkie-talkie. Algunas palabras desganadas en inglés, y de nuevo el silencio.

Esperaba que Pendergast diera su permiso de un momento a otro, pero el agente del FBI seguía mudo. A D'Agosta le dolía toda la musculatura. Se le había dormido una pierna y estaba infestado de hormigas.

–Ya.

Pendergast se levantó. Para D'Agosta fue un inmenso alivio desentumecerse las piernas, rascarse la nariz y barrer las hormigas a manotazo limpio.

El agente le miró.

–Un día, Vincent, le enseñaré una técnica muy útil de meditación que es perfecta para situaciones como ésta.

–No estaría mal, porque... ¡qué agonía!

–Bueno, ya hemos superado el primer nivel de seguridad. Ahora a por el segundo. No se aparte de mí ni de mis huellas, si es posible.

Se adentraron en el bosque; Pendergast seguía usando el escáner. Después de una zona con menos árboles, salieron a un prado lleno de maleza. Al fondo había una hilera de edificios en ruinas, enormes naves de ladrillo con tejado a dos aguas y sin puertas. La hiedra que subía por sus muros estaba llena de cogollos negros, que se balanceaban en el aire sofocante.

Pendergast consultó un pequeño mapa. Se acercaron a la primera nave. Dentro olía a moho y madera podrida. Sus pisadas parecían resonar, a pesar de llevar zapatos especiales. Cruzaron la puerta del fondo y salieron a una plaza gigantesca rodeada de edificios. El cemento de la plaza estaba surcado por una red de grietas que dejaba filtrarse una vegetación oscura.

–¿Y si tienen perros? –susurró D'Agosta.

–Ya no se dejan perros sueltos. Son imprevisibles y ruidosos, y en muchos casos acaban atacando a la persona equivocada. Hoy en día sólo se usan perros para rastrear. Tenemos que estar atentos a algo mucho más sutil.

Mientras cruzaban la superficie de cemento, oyeron un ruido de animales nocturnos entre el follaje. Al fondo del patio había un camino entre dos hileras de edificios en ruinas, con montones de cascotes recubiertos de hiedra que en la oscuridad parecían manchas que lo invadían todo. Pendergast ya no iba tan deprisa como antes. Ahora iluminaba el camino con una linternita. Al llegar a la mitad del sendero, se arrodilló y examinó el suelo. Después cogió una rama y pinchó la hierba que tenía delante. Al segundo pinchazo, la rama perforó el suelo.

–Un pozo –dijo–. Fíjese en que, con estas ruinas a ambos lados, no se puede ir por ningún otro camino.

–¿Una trampa?

–Sin la menor duda, pero disimulada para que parezca formar parte de la vieja fábrica. Así, cuando cae y muere algún intruso, no se puede echar la culpa a nadie.

–¿Cómo la ha detectado?

–Por la ausencia de huellas de jabalí. –Pendergast sacó el palo con cuidado y se volvió–. Tendremos que ir por uno de los laboratorios en ruinas. Tenga cuidado, porque podría quedar alguna botella de nitroglicerina colocada estratégicamente para pillar a los incautos. Consideremos todo esto como el segundo anillo de seguridad. Tendremos que simultanear el sigilo con la precaución.

Se metieron por una entrada oscura. Pendergast movió su linterna. El suelo estaba sembrado de cristales rotos, trozos de metal oxidado, restos de baldosas y ladrillos. El agente se detuvo e hizo señas a D'Agosta de que volviera a salir.

Dos minutos después estaban en el patio de cemento.

–¿Qué pasa? –preguntó D'Agosta.

–Demasiados cristales, y demasiado repartidos. Además era un cristal muy moderno para pertenecer a la fábrica. Una trampa sonora con sensores para reconocer el ruido de pisadas humanas. Supongo que también había sensores de movimiento.

La luz verdosa de la linterna hizo que el rostro de Pendergast pareciera lívido, espectral... y un poco preocupado.

–¿Ahora qué hacemos?
–Volver al pozo.
Una vez en el sendero, Pendergast se puso en cabeza y caminó muy despacio, pinchando el suelo con un palo. Cuando reconoció la presencia del pozo, se tendió boca abajo, apartó con cuidado la hierba y la maleza y enfocó el agujero con la linterna. Poco después retrocedió y la apagó.
–Espéreme aquí.
De repente ya no estaba. Se había fundido con la noche.
D'Agosta aguardó. Pendergast no le dijo que se quedara quieto y en silencio, pero tampoco era necesario. Se agazapó en la impenetrable oscuridad; apenas si se atrevía a respirar. Pasaron cinco minutos. Ahora que estaba solo, empezaba a acusar la tensión. Sentía latir su corazón en el pecho.
«Relájate», pensó.
El regreso de Pendergast fue tan repentino y silencioso como su desaparición. Traía un tablón muy largo. Lo atravesó en el hueco, encima de la hierba, y se volvió hacia su compañero.
–A partir de aquí, ni una sola palabra que no sea estrictamente necesaria. Quédese detrás de mí.
D'Agosta asintió.
Cruzaron el tablón, que se tambaleó bajo su peso. Al otro lado, la vegetación era tan densa que formaba una pared oscura. Pendergast dio unos pasos, usó el sensor y olfateó. Después encendió fugazmente la linterna. Bordearon la maleza y en un momento dado se internaron por ella, siguiendo lo que parecía una senda de animales.
«Nos están salvando los jabalíes», pensó D'Agosta.
Avanzaban lentamente entre las matas. A la derecha había un muro de ladrillo, que por su tamaño debía de haber servido como deflector de explosiones. Tenía un boquete, que D'Agosta atribuyó a una antigua explosión. Lo cruzaron sin apartarse del rastro de los jabalíes. D'Agosta casi había perdido a Pendergast de vista. Tampoco le oía, ya que sus movimientos eran silenciosos como los de un leopardo.
El rastro se perdía en un gran prado menos invadido de maleza que los anteriores. Pendergast hizo una pausa de reconoci-

miento e indicó a D'Agosta que no le siguiera. Al fondo, más allá de la oscura silueta de otros edificios en ruinas, se adivinaba una luz tenue.

Pendergast sacó un paquete de cigarrillos, se volvió hacia D'Agosta y encendió uno, con la precaución de hacer pantalla con la mano. D'Agosta no salía de su asombro. Pendergast inhaló tranquilamente, se volvió de nuevo y exhaló una columna de humo.

A menos de un metro por delante, la nube de humo reveló un haz brillante de luz azul: un láser. Estaba a la altura justa para detectar el lomo de un jabalí.

Pendergast puso cuerpo en tierra y empezó a reptar por los hierbajos, mientras hacía señas a D'Agosta de que le imitase.

Cruzaron el prado centímetro a centímetro. De vez en cuando Pendergast daba una calada al cigarrillo escondido y lanzaba un chorro de humo hacia arriba, iluminando los láseres que se entrecruzaban sobre sus cabezas. El prado estaba bordeado por un negro cinturón de bosques y ruinas. Era imposible discernir el origen de los haces. Cuando se le acabó el cigarrillo, encendió otro.

Tardaron cinco minutos en llegar al otro lado. Pendergast apagó la colilla, se levantó y caminó encorvado hacia una entrada sin puerta, mientras sacaba su linterna. La enfocó hacia el interior. El haz iluminó fugazmente un pasillo muy largo con dos hileras de salas cerradas con barras de metal. D'Agosta lo encontró muy parecido a una cárcel. El techo y una parte de los muros se habían venido abajo, creando un laberinto de cascotes, vigas y baldosas.

Pendergast se quedó en la puerta para mover de arriba abajo una especie de contador manual. Después entró con cautela. Lo que quedaba del edificio parecía a punto de ceder. De vez en cuando, D'Agosta oía el crujido de una viga o el ruido de un trozo de yeso cayéndose. A medida que avanzaban por el pasillo, tan grande como destrozado, la luz del fondo se volvía menos tenue. Se filtraba por una hilera de ventanas rotas. Cuando llegaron al pie de esas ventanas, miraron sigilosamente al otro lado.

Lo que vio D'Agosta fue una auténtica sorpresa. Al otro lado del edificio en ruinas había una valla de doble tela metálica, con alambrada en espiral encima, delimitando una extensión iluminada de césped; y en ese césped, detrás de un conjunto de setos bien cuidados y de flores, se erguía un edificio nuevo, una estructura posmoderna de cristal, titanio y paneles blancos que relucía en la noche como una gema. Al fondo, a la derecha, D'Agosta vio una garita y una verja.

Se apartaron de la ventana. Pendergast se sentó con la espalda apoyada en la pared, como si reflexionara. Tardó varios minutos en salir de su inmovilidad e indicar a D'Agosta que le siguiese. Caminaron pegados a la pared del fondo, siempre con la cabeza gacha, hasta salir por una puerta lateral. Entre la valla y el principio del césped, perfectamente cortado, había unos diez metros de maleza y arbustos de grosellas.

Se arrastraron por los matorrales. De pronto D'Agosta notó que Pendergast paraba en seco. El ruido de voces se acercaba muy deprisa, acompañado por un foco de gran potencia. D'Agosta se aplastó contra el suelo, rezando por que el traje negro y la pintura de la cara le hicieran invisible, pero las voces se estaban acercando demasiado, y hablaban muy fuerte. La luz también se acercaba.

53

D'Agosta no movía ni un músculo. Casi no se atrevía a respirar, mientras el foco penetraba entre las hojas y las zarzas. Ahora las voces aún estaban más cerca. Entendió lo que decían. Eran americanos. Parecían dos. Caminaban lentamente por el perímetro interior de la valla. Sintió el impulso repentino y casi irrefrenable de mirar hacia arriba, pero en ese momento la luz del foco se posó en su espalda y él se quedó como una estatua. El foco no se movía. Los hombres tampoco. Percibió un vago olor a humo de cigarrillo.

–... un cabrón de mierda –dijo una de las voces–. Si no fuese por el dinero yo ya habría vuelto a Brooklyn.

–Tal como están las cosas, es como para que nos volvamos todos –contestó el otro.

–Se ha vuelto loco, el hijo de puta.

Un gruñido de asentimiento.

–Dicen que vive en una villa que perteneció a Maquiavelo.

–¿Quién?

–Maquiavelo.

–¿El nuevo fichaje de los Rams?

–Da igual.

De pronto la luz se apartó y dejó un repentino rastro de oscuridad. D'Agosta comprendió que era un reflector de mano y que lo llevaba uno de los hombres.

El cigarrillo voló por los aires y aterrizó cerca del muslo izquierdo del sargento. Los dos hombres siguieron caminando.

Pasaron varios minutos. De repente D'Agosta tenía a Pendergast al lado.

–Vincent –susurró el agente–, aquí las medidas de seguridad son bastante más sofisticadas de lo que esperaba. El sistema está pensado no sólo para el espionaje industrial, sino para la propia CIA. Con nuestro instrumental no tenemos ninguna esperanza de entrar. Tenemos que dar media vuelta y planear otra estrategia.

–¿Por ejemplo?

–De repente me interesa mucho Maquiavelo.

–Entiendo.

Volvieron a rastras por el mismo camino hasta meterse en el edificio en ruinas, que no dejaba de crujir. El recorrido de vuelta se hizo más largo que el de ida. Pendergast se paró a medio camino y murmuró:

–Qué mal olor...

D'Agosta también lo notaba. El viento había cambiado, y ahora les traía olor a podredumbre de una de las salas del fondo. Pendergast abrió la pantalla de la linterna para dejar pasar un poco de luz. El resplandor verdoso les reveló un antiguo y pequeño laboratorio que se había quedado sin techo. El suelo estaba sembrado de grandes vigas entrecruzadas, entre las que sobresalía la cabeza podrida y casi monda de un jabalí, con los colmillos reducidos a muñones.

–¿Una trampa? –susurró D'Agosta.

Pendergast asintió con la cabeza.

–Disfrazada de edificio inestable y casi en ruinas. –Movió un poco el haz de luz verde y lo estabilizó en un umbral–. Mire, el gatillo. Al pisarlo se viene todo abajo.

D'Agosta tuvo escalofríos al pensar que no hacía ni diez minutos que había cruzado alegremente el mismo umbral.

Recorrieron con cuidado el resto del edificio, que emitía crujidos de advertencia sobre sus cabezas. Al final les esperaba el gran prado. D'Agosta pensó que era como un lago de oscuridad. Pendergast encendió otro cigarrillo, se arrodilló y avanzó con precaución, exhalando nubes de humo hasta revelar la presencia del primer láser, fino como un lápiz. Entonces hizo un gesto con la cabeza y reanudaron la ardua labor de reptar por el campo sin tocar los haces.

Esta vez se les hizo interminable. Cuando D'Agosta se permitió el lujo de mirar hacia delante, le dejó estupefacto descubrir que sólo estaban a medio camino.

Justo entonces, algo movió la hierba de enfrente. Una familia de liebres apareció azorada ante sus ojos, saltó en varias direcciones y desapareció en la noche.

Pendergast hizo una pausa, aspiró otra bocanada de humo y la arrojó hacia donde habían estado las liebres, descubriendo una trama de haces luminosos.

–Qué mala pata –dijo.

–¿Han tocado el láser?

–Me temo que sí.

–¿Y ahora qué hacemos?

–Correr.

Pendergast salió disparado por el campo como un murciélago. D'Agosta se levantó y fue tras él, haciendo lo posible por no quedarse rezagado.

En vez de volver por el mismo camino, Pendergast se dirigió hacia el bosque de la izquierda. Al acercarse a los árboles, el sargento oyó gritos lejanos, y un ruido de coches que arrancaban. Poco después, varios pares de faros surcaron el campo seguidos por otra luz mucho más fuerte, la de un reflector. Eran varios jeeps de estilo militar que sorteaban los edificios en ruinas a toda pastilla.

Pendergast y D'Agosta echaron a correr a través de la espesura del bosque, apartando zarzas y arbustos. Al cabo de cien metros, Pendergast dio un giro brusco y siguió corriendo en ángulo recto, con la mochila rebotándole en el hombro enloquecida. D'Agosta le seguía con el martilleo del pulso en los oídos.

Pendergast volvió a girar. Siguieron corriendo. De pronto salieron a una vieja carretera llena de hierbajos que les llegaban hasta la cintura. Se internaron en ella. D'Agosta intentaba no perder de vista a Pendergast. Empezaba a quedarse sin aliento, pero el miedo y la adrenalina le servían de motor.

Un foco de gran intensidad enhebró la carretera. Se echaron al suelo. Apenas pasó de largo, Pendergast se levantó y siguió corriendo. Esta vez se internó en otro bosquecillo, al fondo de la carretera abandonada. Otros focos pasaron a través de las ramas, pero a mayor distancia. El aire pesado traía voces hasta ellos.

Una vez entre los árboles, Pendergast hizo un alto para sacar el mapa y estudiarlo a la luz verde de la linterna, mientras D'Agosta se reunía con él. Una vez juntos, siguieron adelante, esta vez por una suave cuesta. El bosque se volvía más tupido. Parecía que habían logrado interponer cierta distancia entre ellos y sus perseguidores. Por primera vez, D'Agosta se permitió albergar la esperanza de haber escapado.

Los árboles se distanciaban. D'Agosta vio la luz de las estrellas. De repente se irguió ante ellos algo negro e inmenso: un muro de seis metros de altura compuesto de ladrillos deshechos, vegetación colgante y hiedra.

–Esto no figura en el mapa –dijo Pendergast–. Otro muro deflector. De construcción tardía, por lo que parece.

Miró a izquierda y derecha. D'Agosta vio un parpadeo de faros a través de los árboles. Pendergast dio media vuelta y corrió por la base del muro, que seguía el suave perfil de una colina y recortaba su corona de maleza en el cielo nocturno.

Más allá, donde el muro iniciaba su descenso, D'Agosta vio moverse luces entre la vegetación.

–A trepar –dijo Pendergast.

Se volvió y cogió una raíz como punto de apoyo. D'Agosta hizo lo mismo. Tras ayudarse con dos tallos, encontró un soporte para el pie. Las prisas hicieron que una de las plantas se desprendiera del muro y provocara una lluvia de trozos de ladrillo. Se tambaleó y recuperó el equilibrio. Vio que Pendergast ya estaba mucho más arriba, al igual que un gato. Abajo, las luces ascendían por la loma. También se acercaba otro grupo por la derecha.

–¡Más deprisa! –le susurró Pendergast.

D'Agosta cogió una zarza, luego otra, resbaló, se rehízo, quedó con un pie colgando...

A sus espaldas se oía una cacofonía de voces. Pendergast estaba llegando al final del muro. Sonó un disparo, seguido por el impacto de la bala en el muro, a la derecha de D'Agosta, que hizo otro esfuerzo, volvió a apoyar el pie...

Dos disparos más. Pendergast le tendía las manos desde arriba. Lo cogió por los brazos y lo levantó. Las luces, que enfocaban ahora la parte despejada del muro, bailaron por su superficie hasta encontrarles.

–¡Agáchese!

D'Agosta ya estaba de bruces en la parte superior del muro, deshecha y poblada de hierbajos. Como mínimo tenía tres metros de grosor.

–Arrástrese.

Clavó los codos y las rodillas y empezó a reptar por el borde del muro al amparo de la vegetación. Oyeron una ráfaga de armas de fuego automáticas. Las balas penetraron en la maleza, provocando una lluvia de ramitas y hojas.

Al llegar al lado opuesto, vieron llegar otro grupo de hombres con perros. Eran perros silenciosos, atados con correas. D'Agosta se agachó y se apartó rodando desde el borde, al mismo tiempo que las plantas recibían más disparos.

–¡Madre mía!

Se quedó un momento boca arriba, contemplando las estrellas inmóviles.

De repente oyó ladridos. Habían soltado a los perros.

Las voces de ambos lados se multiplicaron. Era una mezcla babélica de italiano e inglés. Un foco de gran potencia barrió el cielo desde la base del muro. D'Agosta oyó que alguien trepaba por él.

De repente Pendergast le susurró al oído:

–Vamos a levantarnos y a correr. Quédese en el centro y corra agachado.

–Nos pegarán un tiro.

–Nos matarán de todos modos.

D'Agosta se incorporó y echó a correr, o mejor dicho a abrirse camino entre la densa maleza de lo que en otros tiempos debía de haber sido un camino sobre el muro.

La parte superior estaba siendo barrida por los focos. Después de varios disparos, se oyó una voz:

–*Non sparate!*

–¡Siga corriendo! –exclamó D'Agosta.

Pero era demasiado tarde. Varias siluetas habían escalado el muro y les cerraban el paso, mientras las luces seguían acercándose. D'Agosta y Pendergast pusieron cuerpo a tierra entre los escombros.

–*Non sparate!* –volvió a gritar alguien–. ¡No disparen!

Al volver la cabeza, D'Agosta vio que el muro había sido escalado por otro grupo. Estaban rodeados. Se acurrucó en una mancha de luz, sintiéndose desnudo y vulnerable.

–*Eccoli!* ¡Están aquí!

–¡Alto el fuego!

Y una voz serena y razonable dijo:

–Bueno, pueden levantarse y rendirse. Si no, les matamos. Ustedes mismos.

54

Locke Bullard observó a los dos hombres que tenía encadenados en la pared, al otro lado de la mesa. Dos cabrones con traje negro de operaciones especiales. No cabía duda de que eran americanos. Probablemente de la CIA.

Se dirigió a su jefe de seguridad.

–Quítales la pintura de la cara, a ver quiénes son.

Su empleado sacó un pañuelo y borró la pintura sin contemplaciones.

Bullard no daba crédito a sus ojos. Eran las personas que menos esperaba encontrarse: el sargento de la policía de Long Island y Pendergast, el agente especial del FBI. Comprendió enseguida que Vasquez había fallado. Lo más probable era que se hubiese escapado con la pasta. Increíble. De todos modos, con o sin Vasquez, no entendía que lo hubieran seguido hasta Italia y hubieran conseguido superar los niveles de seguridad del laboratorio. Había vuelto a subestimarles. No volvería a ocurrir. Eran dos expertos profesionales. Justo lo que no le convenía. Tenía asuntos demasiado importantes que atender como para perder el tiempo con ellos.

Volvió a dirigirse al jefe de seguridad.

–¿Qué ha pasado?

–Han cruzado la seguridad externa por el lecho de las antiguas vías y han llegado hasta el segundo anillo, pero han activado los láseres en el campo interior.

–¿Ya sabes qué buscaban? ¿Y lo que han oído?

–No han oído nada, señor. No saben nada.

–¿Estás seguro de que en ningún momento han superado el segundo anillo?

–Totalmente.

–¿Llevan encima algún dispositivo de comunicación?

–No, señor. Tampoco lo han tirado. Venían sordos y mudos.

Bullard asintió. La sorpresa se estaba convirtiendo lentamente en rabia. Lo habían insultado. Y perjudicado.

Se fijó en el gordo, que de hecho ya no lo estaba tanto como antes.

–¿Qué, D'Agosta? Has adelgazado unos kilitos, ¿eh? ¿Qué tal los problemas de erección?

Silencio. Lo miraba con odio, el muy cabrón. Mejor. Que lo odiase, que lo odiase.

–Y el agente especial, que no es tan especial. Agente o lo que sea. ¿Os apetece decirme qué hacéis aquí?

Silencio.

–No habéis conseguido ni una puta mierda, ¿eh?

Era una pérdida de tiempo. No habían cruzado el segundo anillo de seguridad, por no hablar del tercero. Por lo tanto, no podían haber averiguado nada importante. Lo mejor era quitárselos de encima. Se arriesgaba a tenerlo todo lleno de federales al día siguiente, pero estaban en Italia, y podía contar con sus amistades en la Questura. Disponía de doscientas hectáreas para esconder los cadáveres. No encontrarían ni una mierda. De repente la mano que tenía en el bolsillo removiendo calderilla tocó una navaja. La sacó, abrió la lima y empezó a limpiarse tranquilamente las uñas. Luego preguntó sin levantar la cabeza:

–¿Qué, D'Agosta? ¿Tu mujer aún se lo monta con el vendedor de caravanas?

–Oye, ¿sabes que eres un poco repetitivo, Bullard? Empiezo a sospechar que tienes experiencia en el tema.

Bullard no se dejó vencer por la rabia. Iba a matarles, pero antes le haría pasar un mal rato a D'Agosta. Siguió arreglándose las uñas.

–Tu asesino a sueldo la cagó –añadió el policía–. Lástima que se diera el piro con el cianuro antes de poder implicarte, pero tranquilo, te caerán unos añitos por conspiración. ¿Me has oído, Bullard? Y cuando estés en chirona me encargaré personalmente de buscarte un buen novio. Tranquilo, Bullard, seguro que hay algún *skinhead* que se encapricha de ti.

A Bullard le había costado muchos años de práctica mantener la compostura. Así que Vasquez no se había escapado con el dinero. Había seguido con el plan, pero había fallado. Por alguna razón había fallado.

Recordó que ya no importaba.

Después de mirarse las uñas, cerró la lima y abrió el cuchillo largo. Siempre lo tenía perfectamente afilado, en previsión de ocasiones así.

Se volvió hacia uno de sus hombres.

–Ponle la mano derecha sobre la mesa.

Mientras un vigilante cogía la cabeza de D'Agosta y se la apretaba brutalmente contra la pared, el otro le quitó una manilla de las esposas, le obligó a extender el brazo y le pegó la mano a la mesa. El policía se resistió brevemente.

Bullard vio que llevaba un anillo del colegio. Alguna mierda de instituto de Queens, seguramente.

–D'Agosta, ¿tocas el piano?

Silencio.

Bullard aplicó la navaja sobre la uña del dedo corazón de D'Agosta y le hizo un corte.

El policía saltó y apartó la mano con un grito ahogado. La herida sangraba cada vez más deprisa. D'Agosta forcejeó con toda su energía, pero los vigilantes volvieron a inmovilizarle y le obligaron lentamente a colocar la mano en el mismo sitio de antes.

Bullard empezaba a animarse.

–¡Hijo de puta! –rugió D'Agosta.

–¿Sabes qué? –dijo Bullard–. Estoy disfrutando. Podría pasarme toda la noche así.

D'Agosta intentó quitarse de encima a los vigilantes.

–Sois de la CIA, ¿no?

Volvió a gruñir.

–Contesta.

–¡Que no, joder!

–Ahora tú. –Bullard miró a Pendergast–. ¿Sois de la CIA? Contesta. ¿Sí o no?

–No, y está cometiendo un error aún más grave que el primero.

–Sí, claro.

¿Por qué se tomaba esas molestias? Total, ¿de qué servía? Eran los dos cabrones que le habían humillado delante de toda la ciudad. Sintió crecer su rabia. Cogió la navaja y, en un gesto más medido, la apretó contra la mesa, seccionando la punta del dedo de D'Agosta, el mismo donde ya le había hecho un corte.

–¡Joder! –gritó D'Agosta–. ¡Hijo de puta!

Bullard retrocedió jadeando. Le sudaban las palmas de las manos. Se las secó en la manga de su chaqueta y volvió a coger con fuerza la navaja, pero al ver el reloj de la pared se dio cuenta de que casi eran las tres. No podía entretenerse en una distracción de poca monta. Tenía cosas más importantes que hacer antes del alba. Algo muchísimo más importante.

Miró a su jefe de seguridad.

–Mátales, y luego deshazte de los cadáveres, pero con las armas encima. Usa la mina. No quiero que entren forenses en el recinto, y menos cerca del laboratorio. Ya me entiendes: pelo, sangre... Nada que lleve el ADN. No dejes ni que escupan.

–A la orden.

–Oiga... –empezó a decir Pendergast, pero Bullard se volvió y le hizo doblarse con un gancho tremendo en el estómago.

–Amordázales. A los dos.

Los de seguridad les introdujeron bolas de tela en la boca y aplicaron cinta adhesiva encima.

–Y vendadles.

–Sí, señor Bullard.

Bullard miró a D'Agosta.

–¿Te acuerdas de que te prometí que me las pagarías? Pues ahora tienes el dedo tan corto como la picha.

D'Agosta forcejeó e hizo ruidos inarticulados mientras le vendaban.

Bullard se volvió hacia su ayudante y señaló la mesa con la cabeza.

–Límpiala. Y luego, que no te vea por aquí.

55

Amordazado, vendado y con las manos esposadas en la espalda, D'Agosta se dejó llevar por uno de los dos hombres de seguridad. Oía el tintineo de las esposas de Pendergast a su lado. Parecían estar recorriendo un pasadizo subterráneo largo y húmedo. Apestaba a moho. Sintió que el frío y la humedad le calaban la ropa, a menos que fuera su propio sudor. Tenía el dedo corazón como si se lo hubieran metido en plomo líquido; palpitaba al mismo ritmo que su corazón, mientras la sangre bajaba chorreando por la parte baja de su espalda.

La situación tenía algo de irreal. En cualquier otro momento, la idea de haberse quedado sin la yema de un dedo le habría obsesionado, pero ahora su único pensamiento se centraba en el dolor. Había ido todo tan deprisa... Pocas horas antes casi se le habían saltado las lágrimas pensando que por fin veía su tierra, y ahora... Ahora tenía un trapo sucio en la boca, una venda en los ojos, los brazos atados y le llevaban derecho al paredón.

En el fondo le costaba creer que estuvieran a punto de matarle. Sin embargo, era lo que sucedería, a menos que se les ocurriera algo a él o a Pendergast. Por desgracia les habían registrado a fondo, y el arma más poderosa de Pendergast (su lengua) había sido silenciada. Parecía imposible. Impensable. La verdad, sin embargo, era que le quedaban pocos minutos de vida.

Trató de disipar la sensación de irrealidad, olvidarse del tremendo dolor e idear alguna escapatoria de último minuto, algo que les permitiera invertir la situación respecto a los dos hombres que les llevaban a la muerte como si fuera lo más normal del mundo; pero no encontraba inspiración en nada, ni en su formación ni tampoco en las novelas policíacas que había escrito o leído.

Pararon un momento. D'Agosta oyó el chirrido de algo oxidado al abrirse. Después le dieron un empujón, oyó grillos y olió el aire húmedo de la noche. Estaban fuera.

Algo le obligó a avanzar, sin duda el cañón de una pistola. Iban por lo que, a juzgar por sus zapatos blandos, parecía un camino de hierba. Oyó el murmullo de las hojas sobre su cabeza. Sensaciones tan nimias e insignificantes... De repente, sin embargo, les prestaba un valor insoportablemente alto.

–¡Mierda! –dijo uno de los hombres–. Este rocío me estropeará los zapatos. Acabo de comprarlos por doscientos euros en Panzano. Son hechos a mano.

El otro se rió.

–Pues a ver si tienes suerte y consigues otro par, porque ese tío hace como uno al mes.

–Siempre nos toca bailar con la más fea. –Dio otro empujón a D'Agosta, como si fuera una manera de subrayar sus palabras–. Ya están empapados. ¡Mierda!

D'Agosta se dio cuenta de que estaba pensando en Laura Hayward. ¿Vertería alguna lágrima por él? Curiosamente, lo que más le apetecía era poder contarle cómo había muerto. Le parecía más soportable que desaparecer sin más, sin llegar a saber...

–Un poco de betún y estarán como nuevos.

–El cuero, cuando se moja, ya no vuelve a ser como antes.

–¡Qué plasta con los zapatitos!

–Si hubieras pagado doscientos euros también te cabrearías.

La sensación de irrealidad aumentó. D'Agosta hizo el esfuerzo de concentrarse en el dedo. Mientras pudiera sentir el dolor, sabría que aún estaba vivo. Lo que temía era la desaparición de ese dolor...

Quedaban pocos minutos. Dio dos pasos seguidos y tropezó con algo entre la hierba.

Recibió un bofetón en un lado de la cara.

–Mira donde pisas, gilipollas.

El aire se había enfriado. Olía a tierra y hojas en descomposición. D'Agosta sintió una impotencia terrible. La mordaza y la venda le quitaban cualquier posibilidad de establecer contacto visual con Pendergast, hacerle una señal o lo que fuera...

–El camino de la cantera vieja es por ahí.

Se oyó un ruido de hojas, y un gruñido.

–¡Cuánto hierbajo!

–Sí, tío. Tú, mira por dónde vas.

D'Agosta notó que volvían a empujarle. Estaban cruzando una zona de vegetación húmeda.

–Es aquí delante. En el borde hay muchas piedras. No tropecéis, que la bajada es muy larga.

Una carcajada, seguida de nuevos empujones por arbustos y hierba mojada. De pronto D'Agosta sintió que le frenaban bruscamente.

–Tres metros más –dijo el que se encargaba de él.

Silencio. Algo húmedo y frío llegó a su nariz: el aire enrarecido de una mina.

–Primero uno y luego el otro, a ver si la cagamos. Tú primero. Yo me quedo esperando con el mío. ¡Y date prisa, que me estoy helando!

D'Agosta oyó cómo empujaban a Pendergast. Luego un rumor de pasos húmedos por la maleza. El primer hombre le tenía bien sujeto por las esposas, mientras le encañonaba una oreja. Era el momento de reaccionar; tenía que hacer algo, pero ¿qué? Al menor movimiento sería hombre muerto. Le parecía mentira verse en esa situación. Su cerebro se negaba a aceptarla. Comprendió que en el fondo estaba seguro de que Pendergast realizaría algún milagro, de que se sacaría otro conejo de la chistera, pero ya no quedaba tiempo. ¿Qué podía hacer Pendergast al borde de un precipicio, amordazado, vendado y con una pistola en la cabeza? Perdió el último rayo de esperanza.

–No sigas –dijo a unos diez metros una voz ligeramente amortiguada por el follaje.

Era el segundo hombre que hablaba con Pendergast. D'Agosta percibió otro soplo de aire frío de la mina. Le zumbaban insectos en la oreja. Su dedo palpitaba.

Decididamente era el final.

Oyó el ruido de una bala al ser introducida en la recámara de una pistola.

–Venga, cerdo, haz las paces con Dios.

Una pausa. Lo siguiente fue el ruido de un disparo increíblemente fuerte. Otra pausa. Luego, desde muy abajo, distorsionado por el eco del conducto, el impacto de algo pesado con el agua.

Esta vez el silencio fue más largo. Finalmente se oyó la voz del sicario, un poco entrecortada.

–Vale, trae al otro.

56

Las tres de la madrugada. Locke Bullard paseaba por el gran *salone* abovedado de su villa del sur de Florencia, situada en la soledad de una colina. Sólo el lento movimiento de los músculos de su potente mandíbula delataba su estado interior. Se acercó a las ventanas emplomadas que daban al jardín amurallado y las abrió con una mano temblorosa y agarrotada. Era una noche completamente negra, en que las nubes tapaban las estrellas; una noche perfecta para determinada actividad, como perfecta había sido esa otra, años atrás... ¡Cuánto hubiera dado por borrarla! El recuerdo le produjo escalofríos. A menos que fuera el frío hálito del viento que suspiraba entre los viejos árboles de la *pineta*, al otro lado del jardín...

Se quedó bastante rato en la ventana, tratando de serenarse y no dejarse dominar por la aprensión. Abajo, en la terraza, brillaban suavemente las formas blancas e indistintas de varias estatuas de mármol. Recordó que pronto habría pasado todo. Entonces sería libre. ¡Libre! De momento, no había que perder la calma. Era necesario dejar aparcada su visión racional del mundo, aunque sólo fuera por espacio de una noche. Al día siguiente podría decirse que todo había sido una pesadilla.

Hizo el gran esfuerzo de aclarar sus ideas y tratar de concentrarse en otra cosa, aunque sólo fuera unos minutos. Más allá del balanceo de la copa de los pinos se veía la silueta de los cipreses de las colinas del fondo, y más lejos aún la cúpula del Duomo, junto al campanario de Giotto, muy iluminado. ¿Quién dijo que para ser un verdadero florentino era necesario vivir en un lugar desde donde se viera el Duomo? Aquel paisaje correspondía exactamente al que veía Maquiavelo: las colinas, la famosa cúpula, el campanario en la distancia... Cinco siglos antes, quizá Maquiavelo se hubiera paseado por el mismo lugar mientras pensaba en los detalles de *El príncipe*. El libro, que Bullard había leído a los veinte años, era una de las razones de que no se lo hubiera pensado dos veces a la hora de comprar la villa, donde nació y pasó su infancia Maquiavelo.

Se preguntó cómo habría reaccionado el gran cortesano ante una situación así. Seguro que habría sentido lo mismo: miedo y resignación. ¿Cómo elegir cuando se tiene un problema y ese problema sólo admite dos soluciones, ambas intolerables? Se corrigió: intolerable sólo lo era una. La otra resultaba inconcebible.

Y lo intolerable se aceptaba.

Dio la espalda a la ventana y miró el reloj del fondo del salón, sobre la chimenea en penumbra. Las tres y diez. Los últimos preparativos no podían esperar.

Se acercó a una mesa y encendió una vela enorme, antigua, cuya luz se posó sobre un viejo pergamino. Era una página de un libro de magia del siglo XIII. Después cogió el antiguo cuchillo *arthame*, que tenía al lado, y empezó a trazar con gran esmero un círculo en la terracota del suelo del salón. Se tomó todo el tiempo del mundo para asegurarse de que fuera un círculo ininterrumpido. Después cogió un carboncillo especialmente preparado y empezó a distribuir letras en griego y arameo alrededor del círculo, con algunas pausas para consultar el libro. Lo siguiente que hizo fue inscribir el conjunto en dos estrellas de cinco puntas y añadir un círculo menor (y discontinuo) al lado del primero. No tenía miedo de que le interrumpiesen. Había dado la noche libre a todo su equipo de seguridad y al resto de los empleados. No quería arriesgarse a que hubiera testigos, y todavía menos a ser interrumpido. Cuando se estaba a punto de hacer algo así, cuando se quería invocar lo que él tenía la esperanza de invocar, no había interrupción, error ni descuido posibles. Estaba en juego algo más que su vida, ya que, al parecer, las consecuencias no terminarían con su muerte.

Cuando sólo quedaban los últimos preparativos, se permitió un descanso. Faltaba poco. Cuando todo hubiera pasado, podría empezar desde cero. Naturalmente, habría algunos cabos sueltos que solucionar, como la desaparición de Pendergast y D'Agosta, o los chinos y lo que había sucedido en Paterson, pero sería un alivio volver a sus negocios cotidianos. En todo caso se trataba de problemas peliagudos, pero pertenecían al mundo real, y podían resolverse. En comparación con lo que tenía entre manos, eran *peccata minuta.*

Volvió a consultar la página del manuscrito. Lo hizo dos veces, para asegurarse de que no olvidaba nada. Después, casi contra su voluntad, miró la antigua caja rectangular que había en la mesa. Había llegado su momento.

Extendió el brazo y abrió el cierre de latón. Tras una caricia a la pulida superficie de la caja, venció su angustiosa reticencia y levantó la tapa, liberando un suave aroma de madera antigua y crin. Lo respiró. ¡Qué antiguo perfume! ¡Qué fragancia de valor incalculable! Su mano temblorosa buscó en la oscuridad de la caja hasta acariciar la lisa superficie del objeto que contenía. No se atrevía a sacarlo. Su manejo siempre le atemorizaba un poco. No estaba destinado a él. De ninguna manera. Estaba hecho para otros; otros a quienes, si tenía éxito, no volvería a ver jamás...

De repente le acometió una mezcla de arrepentimiento, rabia, miedo e impotencia, cuya fuerza le dejó aturdido. Era increíble que un simple pensamiento casi pudiera doblarle las rodillas. Respiró hondo y se aferró a la mesa. Si tenía que hacerlo, lo haría.

Cerró la caja con cuidado, bajó el cierre y la dejó en el suelo dentro del círculo pequeño y discontinuo. No quiso volver a contemplarla ni torturarse más de la cuenta. Miró el reloj con gran zozobra. Éste respondió dando los cuartos y ofreciendo un extraño contraste entre sus campanadas y la asfixiante oscuridad del salón. Bullard tragó saliva, apretó la mandíbula y, en un esfuerzo supremo, pronunció las palabras que tanto empeño había puesto en memorizar.

Recitar todo el conjuro le llevó diecinueve segundos.

Al principio no pasó nada. Aguzó el oído, pero no se oía ni un suspiro. Nada. ¿Se habría equivocado en alguna palabra? Sin criados en la casa, reinaba un silencio sepulcral.

La vista se le fue hacia la página del manuscrito. ¿Tenía que volver a recitarlo? No, la ceremonia debía hacerse con precisión, sin la menor desviación. Repetir algo podía tener consecuencias funestas e inimaginables.

Mientras esperaba en la penumbra, se preguntó si a fin de cuentas no era todo falso, pura y simple superstición. Fue una idea ante la que reaccionó con una mezcla de esperanza e incertidumbre, con desesperación, pero tuvo que descartarla. No se equivocaba, no. Cualquier otra respuesta era impensable.

Justo entonces sintió, o creyó sentir, un cambio extraño en el aire. Un leve olor flotó por el *salone* hasta llegar a su nariz. Era el olor punzante del azufre.

Las cortinas se movieron por un golpe de brisa. La luz parecía haberse atenuado, como si se acercara una gran oscuridad por todas partes. Bullard sintió que se ponía rígido debido al miedo y a la expectación. Estaba ocurriendo. Fiel a la promesa, el conjuro había surtido efecto.

Aguardó, casi sin atreverse a respirar. El olor se hacía más fuerte. De hecho, casi parecía que en el aire perezoso de la sala flotaran pequeñas cintas de humo, lamiendo las ventanas y enroscándose por los rincones. Bullard tuvo una sensación extraña de aprensión, de miedo físico. Sí, era una sensación física, un presagio de lo que se avecinaba. El aire parecía cuajarse a causa del creciente calor.

Se quedó en el mayor de los dos círculos con el pulso acelerado, mientras sus ojos se esforzaban por ver algo más allá del marco oscuro de la puerta. Una vaga silueta... algo moviéndose pesada y lentamente...

¡Lo había conseguido! ¡Había tenido éxito! ¡Venía! ¡Venía de verdad!

57

D'Agosta ya no sentía nada. El disparo, el silencio, la caída al agua... Era el final.

–Venga –dijo su guardián empujándole.

No podía moverse. No daba crédito a lo que sucedía.

–¡Muévete!

El sicario le clavó el cañón de la pistola en la nuca. De forma maquinal, D'Agosta trató de no pisar ningún trozo de piedra. Se vio envuelto por la atmósfera enrarecida del conducto. Seis pasos, ocho, doce...

–Para.

Ya sentía el picor del aire turbio en su nariz, su hálito en el pelo... Todo revestía una claridad anómala. El tiempo discurría con agónica lentitud. Qué manera de morirse, por Dios...

La presión del cañón en su cráneo aumentó. Apretó los párpados detrás de la venda y rezó para que el fin fuera rápido.

Respiró dos veces, entrecortadamente. Después una detonación ensordecedora, la caída al vacío...

Vagamente, como de muy lejos, sintió que un fuerte brazo se acercaba a su espalda y le rescataba del borde del abismo. La mano le soltó. El sargento cayó inmediatamente sobre la hierba sembrada de piedras. Poco después oyó el impacto de un cuerpo (que no era el suyo) contra el agua, muy abajo.

–¿Vincent?

Era Pendergast.

Un corte, y ya no tenía puesta la venda; otro corte, y Pendergast le había quitado la mordaza. D'Agosta se quedó en el suelo, anonadado.

–Despierte, Vincent.

Volvió lentamente en sí. A su lado, Pendergast encañonaba

a su guardián mientras le ataba a un árbol. El otro hombre no se veía por ninguna parte.

D'Agosta se levantó con el cuerpo agarrotado. Por alguna razón, tenía la cara mojada. ¿Lágrimas? ¿Rocío de la hierba? Parecía un milagro. Tragó saliva y consiguió decir con un quiebro de voz:

–¿Cómo...?

La única respuesta de Pendergast fue negar con la cabeza y señalar la boca del conducto.

–Creo que ya no tendrá problemas de zapatos.

Después miró al otro esbirro con una sonrisa breve y escalofriante, que hizo que éste palideciese y mascullase algo a través de la mordaza.

Se volvió hacia D'Agosta.

–Enséñeme el dedo.

D'Agosta ni siquiera se acordaba. Pendergast cogió su mano y la examinó.

–Está hecho con un cuchillo muy afilado. Tiene suerte, no ha tocado el hueso ni la raíz de la uña. –Arrancó una tira de tela del faldón de su camisa negra y la usó como venda–. Sería aconsejable llevarle a un hospital.

–¡Qué hospital ni qué ocho cuartos! Ahora a por Bullard.

Pendergast arqueó las cejas.

–Me alegra oír que somos de la misma opinión. En efecto, es una buena oportunidad. En cuanto a su dedo...

–Olvídese del dedo.

–Como usted diga. Tenga, su arma de servicio.

Le dio la Glock de nueve milímetros y se volvió hacia el guardián para apuntarle en la sien con su Les Baer.

–Tienes una sola oportunidad de decirnos cuál es el camino más seguro de salida. Ten en cuenta que ya conozco bastante el terreno, así que cualquier intento de engañarnos será detectado y correspondido de inmediato con una bala en el lóbulo parietal. ¿Me entiendes?

Al guardián le faltó tiempo para hablar.

Una hora después, Pendergast y D'Agosta iban en coche por la Via Volterrana, una oscura carretera al sur de Florencia que discurría sinuosamente entre muros de piedra. Algunas luces dispersas titilaban en las colinas de los alrededores.

–¿Cómo lo ha hecho? –preguntó D'Agosta, todavía incrédulo–. Creía que estábamos a punto de palmarla.

Aún llevaban el traje negro especial, por lo que lo único visible a la luz tenue del salpicadero eran las manos y la cara de Pendergast, dura e inexpresiva.

–Debo reconocer que incluso yo he tenido un momento de inquietud. Suerte que han decidido separarnos y no matarnos a los dos a la vez. Ése fue su primer error. El segundo ha sido el exceso de confianza y la falta de atención; el tercero, que mi guardián me encañonara la sien. Gracias a ello he sabido en todo momento dónde estaba el arma. Siempre llevo encima algunas pequeñas herramientas en el puño de la camisa, el borde de los pantalones y otros sitios. Es un viejo truco de mago. Los he usado para abrir las esposas. Por suerte las cerraduras italianas eran un poco rudimentarias. Al llegar al borde del pozo he desarmado a mi oponente con un golpe en el plexo solar, me he quitado la venda y la mordaza y he disparado al aire, al mismo tiempo que hacía caer una roca con el pie. A continuación he indicado a mi guardián que los llamase, algo que ha hecho nada más recuperar el aliento. Siento haber tenido que pegarle un tiro al suyo, pero habría sido imposible enfrentarme con los dos. No es que me guste matar a sangre fría, pero no he tenido más remedio.

Se quedó callado.

D'Agosta sintió que le invadía la cólera. Él no tenía esos reparos. Volvía a dolerle mucho el dedo, que palpitaba al ritmo de su corazón. ¡Bullard! Pendergast tenía razón. Se las pagaría con creces.

Al pasar la siguiente curva distinguió la silueta de una villa que se recortaba contra el tenue resplandor del cielo nocturno. Estaba a menos de un kilómetro y tenía una torre almenada en un extremo, rodeada de cipreses.

–Donde estuvo exiliado Maquiavelo –murmuró Pendergast.

El coche se internó en un valle siguiendo el recorrido de un antiguo muro. Poco antes de llegar a una verja de hierro, Pendergast redujo la velocidad y abandonó la carretera. Escondieron el vehículo en un olivar y caminaron hasta la verja.

–Esperaba grandes medidas de seguridad –dijo Pendergast tras un rápido examen de la cerradura–, pero está abierto. –Miró por ella–. Tampoco veo a nadie en la garita.

–¿Está seguro de que no nos hemos equivocado de casa?

–Segurísimo.

Pendergast abrió un poco la verja. Ingresaron en la oscuridad del gran parque de la villa. Dos filas de cipreses bordeaban un camino que discurría por un cerro, entre olivos. Pendergast se puso a gatas para examinar unas pisadas casi invisibles en la grava del camino de acceso. Después se levantó, miró a su alrededor y señaló con la cabeza un frondoso pinar.

–Por ahí.

Se internaron entre los pinos. De vez en cuando Pendergast se detenía, como si buscase vigilantes u otros indicios de medidas de seguridad.

–Qué raro –murmuró para sus adentros–. Rarísimo.

No tardaron en llegar a un seto de laurel muy bien recortado e impenetrable. Lo rodearon hasta llegar a una verja, que Pendergast forzó con gran habilidad. Al otro lado había un jardín italiano con formaciones rectangulares de boj, rodeadas por arriates de lavanda y caléndula. En el centro, un fauno de mármol tocaba la zampoña, entre caños que vertían agua al musgo de un estanque. La oscura fachada de la villa cerraba la perspectiva.

Se detuvieron a contemplar el enorme edificio, con su capa de estuco amarillo claro. En el tercer piso, justo debajo de las tejas, había una galería compuesta por una hilera de columnas y arcos de medio punto. La única señal de vida era un vago resplandor en las ventanas emplomadas del primer piso, que estaban abiertas y parecían corresponder a un majestuoso *salone*.

Siguieron caminando, con Pendergast en cabeza. El borboteo de la fuente silenciaba sus pasos. Sólo tardaron unos minutos en llegar al muro exterior de la villa. Seguía sin apreciarse ninguna medida de seguridad.

–Qué raro –susurró Pendergast.

–Puede que Bullard no esté en casa.

Justo cuando pasaban bajo una de las ventanas del *salone*, D'Agosta percibió el olor. Fue una simple vaharada, pero le sentó como un mazazo, que convirtió toda su rabia en incredulidad y poco después en miedo.

–Sulfuro.

–En efecto.

Siguió a Pendergast por el borde de la casa hasta llegar al gran *portone* de la villa, mientras inconscientemente buscaba con su mano la cruz del pecho.

–Está abierto –dijo Pendergast entrando.

D'Agosta le siguió, no sin algún titubeo. Estaban en el vestíbulo. Contemplaron las grandes bóvedas del *piano terra*, oscurecidas por antiguos frescos y adornos de trampantojo.

Dentro el olor era más fuerte: sulfuro, fósforo... y grasa quemada.

Pendergast estaba subiendo por la gran escalinata de acceso al primer piso y al *salone*. D'Agosta fue tras él. Cruzaron un pasillo abovedado que conducía a varias puertas de madera maciza con pernos y tiras de metal. Por una de ellas, la única que estaba entreabierta, salía un parpadeo de luz.

Pendergast la abrió del todo.

D'Agosta tardó un poco en reconocer lo que veía. La luz no procedía de ninguna vela ni de la gran chimenea de la pared del fondo, sino del centro de la sala, donde había un círculo mal dibujado, y dentro de ese círculo algo casi consumido por el fuego, unos restos chamuscados sobre los que bailaban las últimas llamas.

Era la silueta de un ser humano.

Presa del horror y la incredulidad, contempló el contorno requemado y aceitoso, así como los restos cenicientos del esqueleto, con todos los huesos en su sitio, pero resquebrajados por el fuego. No faltaba nada, ni la hebilla del cinturón ni los tres botones metálicos de la chaqueta. Una masa fundida de euros ocupaba el lugar de uno de los bolsillos. Las cenizas de las costillas superiores contenían los restos de una pluma de oro.

Los huesos renegridos de una mano aún exhibían dos anillos de aspecto familiar.

Sin embargo, no todo se había quemado. Quedaba un pie en perfecto estado, con quemaduras, pero sólo hasta el tobillo; un pie, como un absurdo accesorio cinematográfico, contenido en un precioso zapato de fabricación artesanal. Al otro lado del cadáver se había conservado otra sección: un lado de la cara, con un ojo de mirada fija, un mechón de pelo y una oreja rosada y perfecta; todo ello intacto, como si el fuego que había consumido a esa persona se hubiera detenido bruscamente en una línea trazada por el lado de la cabeza. La otra mitad era pura calavera, hueso ennegrecido, agrietado y desmenuzado por el calor.

Quedaba lo suficiente de la cara para despejar cualquier duda acerca de su identidad: Locke Bullard.

Al darse cuenta de que estaba aguantando la respiración, D'Agosta, tembloroso, vació sus pulmones y respiró una bocanada de aire con olor a sulfuro y carne requemada. Poco a poco, a medida que recuperaba el uso de sus facultades, vio que tanto las paredes, revestidas de seda, como el techo estaban cubiertos por una capa aceitosa. El círculo de grandes dimensiones que circunscribía el cadáver parecía grabado en el suelo. Estaba rodeado de símbolos misteriosos, que a su vez quedaban contenidos en una doble estrella de cinco puntas. Justo al lado había otro círculo más pequeño, pero vacío.

No tenía fuerzas para volverse. De repente notó que se partía algo, y descubrió que la fuerza con que asía la cruz que llevaba colgada había roto la cadena. Se quedó mirando ese objeto reconfortante y familiar. Resultaba sorprendente. Descubrir, después de tantos años, que todo lo que le habían dicho las monjas era cierto... Porque en ese momento su cerebro no albergaba ni una sola duda de que el autor de todo era el mismísimo demonio.

Al mirar a Pendergast, comprobó que también estaba clavado en su sitio, con cara de sorpresa, conmoción... y decepción. «Es el final de una teoría –se dijo–, y la desaparición de un testigo.» Algo más que una simple conmoción. Un golpe durísimo y quizá fatal para la investigación.

Justo entonces, sin embargo, Pendergast sacó su móvil y empezó a marcar un número.

D'Agosta estaba alucinado.

–¿A quién llama?

–Llamo a los carabinieri, la policía italiana. Como extranjeros, es importante que sigamos las reglas. –Después de pronunciar unas palabras en italiano, cerró el teléfono y volvió a mirar a D'Agosta–. Disponemos aproximadamente de unos veinte minutos antes de que llegue la policía. Aprovechémoslos al máximo.

Inició un rápido reconocimiento del lugar del crimen; puso especial atención en una mesita con varios objetos: un antiguo pergamino, un cuchillo de extrañas características y un montoncito de sal. D'Agosta se limitaba a mirarle, demasiado afectado para participar.

–¡Vaya, vaya! –dijo Pendergast–. Nuestro amigo Bullard consultó un grimorio poco antes de su... mmm... deceso.

–¿Qué es un grimorio?

–Un libro de magia negra, que entre otras cosas contiene instrucciones para invocar a los demonios.

D'Agosta tragó saliva. Tenía unas ganas locas de irse. No era como la muerte de Grove. Ni siquiera como la de Cutforth. Aquello no era obra de un asesino normal. Ni Pendergast ni ningún cuerpo de seguridad humano podían hacer nada. «Santa María, llena eres de gracia...»

Pendergast se había inclinado sobre el cuchillo.

–¿Qué tenemos? Tiene todo el aspecto de ser un *arthame*.

D'Agosta deseaba decirle que se fueran, que en todo eso había fuerzas que les superaban, pero se le trababa la lengua.

–Observe que el círculo que rodea a Bullard presenta una pequeña raspadura. Aquí, ¿la ve? Ha sido convertido en un círculo quebrado.

D'Agosta asintió sin decir nada.

–Por lo que respecta al otro, el más pequeño, nunca ha sido completo. Yo creo que le dieron a propósito la forma de un círculo quebrado.

Pendergast se acercó y se agachó para observarlo de cerca.

Después sacó unas pinzas de una de las mangas de su camisa y recogió algo en el interior del círculo.

–Ya, ya –logró decir D'Agosta, después de volver a tragar saliva.

«Santa María, llena eres de gracia...»

–Tengo mucha curiosidad por saber lo que contenía este círculo roto. Un objeto que evidentemente pretendía ser una ofrenda al... mmm... diablo.

–El diablo.

«El Señor es contigo...»

Pendergast examinó con atención la punta de las pinzas, mientras las hacía girar en sus manos. De pronto arqueó una ceja con cara de sorpresa.

D'Agosta interrumpió su oración.

–¿Qué pasa?

–Crin de caballo.

D'Agosta vio, o creyó ver, que sus facciones reflejaban un momento súbito de comprensión.

–¿Qué pasa? ¿Qué quiere decir?

Pendergast bajó las pinzas.

–Todo.

58

Harriman pasó al lado del hotel Plaza y al adentrarse en Central Park respiró con gozo una bocanada de aire fresco. Era una magnífica tarde de otoño, con una luz dorada que se reflejaba en las hojas de encima de su cabeza. Había ardillas atareadas en acumular frutos secos, madres con carritos de bebés y grupos de ciclistas y patinadores deslizándose por South Park Drive.

Su artículo sobre Buck había salido en la edición matinal, y a Ritts le había encantado. Los teléfonos no habían dejado de sonar en todo el día, ni los faxes de zumbar, ni el correo electrónico de recibir mensajes de lectores. Harriman había vuelto a tocar la fibra.

Una tarde magnífica, pues, que Bryce Harriman aprovechaba para dar un paseo hacia el norte y volver al escenario de su último triunfo con la pretensión de renovar sus laureles. Ahora lo que necesitaba era una entrevista con el bueno del reverendo Buck en persona, una exclusiva para el *Post*. ¿Quién podía conseguirla, sino él?

Rodeó el zoo por detrás, y al llegar a la altura del antiguo arsenal se llevó una sorpresa mayúscula. Justo al norte de la calle Sesenta y cinco, del lado de la Quinta Avenida, había una tienda, la típica tienda de lona rodeada de vegetación. A medida que subía por una elevación del terreno, vio aparecer más tiendas. Desde el punto más alto se dominaba una auténtica ciudad de tiendas de campaña, con el humo de varias decenas de fogatas ascendiendo por el cielo otoñal.

La sorpresa de Harriman se trocó en satisfacción. ¿Quién era el responsable? Él, que no había dejado decaer la historia; él, que había sabido reconocer a un líder y garantizar la afluencia de gente. Y ahora...

Se acercó al límite del campamento. Había gente que sólo se tapaba con hojas de periódico, sobre todo chavales en edad de ir al instituto o a la universidad. Algunos usaban sacos de dormir de formas y colores variados, mientras que otros habían improvisado tiendas con sábanas y palos. Lo que menos abundaba era las tiendas caras de North Face and Antarctica. Seguro que se trataba de futuros herederos de Scarsdale y Short Hills.

Vio con el rabillo del ojo a dos policías que observaban la situación desde el muro de la Quinta Avenida. A la izquierda, otros agentes hacían lo posible por no hacerse notar. Era comprensible, ya que el número de personas acampadas debía de ascender a unas quinientas.

Entró en el campamento por una calle improvisada entre dos hileras de tiendas. Casi parecía un poblado de chabolas de la Depresión, caminitos estrechos entre frondosas hondonadas y paredes de roca, con gente cocinando, sentada sobre mantas y bebiendo café. Seguía llegando gente con mochilas de diversas procedencias, para plantar sus tiendas. El campamento se extendía como mínimo hasta la calle Setenta. Cuatro manzanas de parque. Increíble. ¿Existía algún precedente en la historia de Nueva York? Harriman se apresuró a sacar el móvil y pedir un fotógrafo.

Encontró la tienda de Buck pocos minutos después de haber preguntado por ella. Era una tienda grande, de las del ejército, situada cerca del centro del campamento. Reconoció la silueta de Buck escribiendo en una mesa plegable. Estaba revestida de una extraña dignidad, que le recordó algunas fotos de generales de la guerra civil. Esperó que el fotógrafo se diera prisa.

Cerca de la entrada de la tienda, un joven le cortó el paso.

–¿Qué quiere?

–Vengo a ver al señor Buck.

–El reverendo está muy solicitado. Ahora mismo trabaja y no se le puede molestar.

–Soy Harriman, del *Post*.

–Y yo Todd, de Levittown.

«Los peores gilipollas son los que han visto la luz», pensó

Harriman. Mirando por encima del hombro de aquel personaje que se las daba de guardián, vio que Buck trabajaba en su mesa sin hacerles caso. ¿Qué había al fondo de la tienda, pegado con cinta adhesiva? Una hilera de recortes del *Post*. ¡Sus artículos! Se envalentonó.

–A mí querrá verme.

Pasó de largo, se agachó para entrar en la tienda y se acercó a Buck con la mano tendida.

–¿El reverendo Buck?

Buck se levantó.

–¿Y usted quién es?

–Harriman, del *Post*.

–Ha entrado a la fuerza, reverendo... –empezó a decir el ayudante de campo.

Pero en el rostro de Buck se dibujaba una sonrisa.

–Harriman... Tranquilo, Todd, le esperaba.

Todd se retiró a un rincón de la tienda con los humos por los suelos, mientras Buck estrechaba la mano del periodista. De cerca parecía más bajo que cuando predicaba. Llevaba una camisa a cuadros normal y corriente, de manga corta, y unos chinos. Nada de corte de pelo a lo casco esculpido con secador ni de trajes de poliéster. Tenía unos buenos antebrazos, uno de ellos tatuado, y apretaba con fuerza al dar la mano. Harriman adivinó que había pasado por la cárcel.

–¿Me esperaba? –preguntó.

Buck asintió.

–Ya sabía que vendría.

–¿Ah, sí?

–Todo forma parte del plan. Siéntese, por favor.

Harriman se sentó en una silla de plástico, al otro lado de la mesa plegable, y sacó su grabadora.

–¿Puedo?

–Con mucho gusto.

La puso en marcha, comprobó que funcionase y la dejó con cuidado encima de la mesa.

–Si le parece empezaremos por su plan. Cuénteme de qué se trata.

Buck sonrió con indulgencia.

–Me refería al plan de Dios.

–Ah... Y ¿cuál es?

Buck extendió las palmas de las manos.

–Lo que ve a su alrededor. Yo no soy nada, un simple ser humano con defectos que hace lo posible por cumplir el plan de Dios. Usted, señor Harriman, aunque quizá no lo sepa, también forma parte de ese plan; una parte importante, como se está demostrando. Sus artículos han engrosado esta multitud. Han unido a la gente, al menos a la que tiene oídos para oír y ojos para ver.

–¿Ver qué?

–La transportación.

–¿Cómo dice?

–La promesa que hizo Dios a sus seguidores para los últimos días, cuando los fieles sean elevados a los cielos, mientras los malvados se hunden en el lodo y el fuego.

Buck titubeó un poco. Harriman lo interpretó como una pizca (una pizca nada más) de nerviosismo. Quizá tuviera cierto miedo de lo que estaba desatando.

–¿Por qué cree que se acerca el fin del mundo?

–Dios me mandó una señal. La razón de que haya venido desde Yuma, en Arizona, fue su artículo, el que hablaba de las muertes de Grove y Cutforth.

–Y ¿quién es esta gente que ha acampado alrededor de usted?

–Los salvados, señor Harriman. Los de más allá son los condenados. ¿Con quién está usted?

La brusquedad de la pregunta desarmó al periodista. Buck le miraba con una intensidad digna de Rasputín, o poco menos.

–¿Tiene alguna importancia? –dijo con una risa débil.

–¿La tiene pasarse toda la eternidad hirviendo en un lago de fuego o en el dulce regazo de Jesús?

Harriman no estaba seguro de que le gustara ninguna de las dos opciones.

–Se lo vuelvo a preguntar: ¿con quién está? Porque ha llegado el momento de elegir. Estas muertes atroces lo han dejado claro. Se acabó la indecisión, preguntarse dónde está la verdad. Tarde o temprano esa pregunta llega a la vida de todo el mundo. Es una decisión trascendental que ha entrado de repente en la suya, sin avisar. Recuerde la epístola de san Pablo a los romanos: «No hay quien sea justo, ni siquiera uno solo... Todos pecaron y están privados de la gloria de Dios». Debe arrepentirse y renacer en el amor de Jesús. No puede seguir esperando. ¿Qué contesta, señor Harriman? ¿Está salvado o condenado?

Buck aguardó la respuesta.

Harriman sintió un sudor frío en la nuca. Buck esperaba sinceramente una respuesta, y era evidente que no cesaría hasta obtenerla. ¿Cuál sería esa respuesta? Harriman se había considerado más o menos cristiano, pero sin biblias ni proselitismos.

–Aún lo estoy pensando –decidió responder.

¿Cómo había dejado que fuera Buck quien marcara la pauta? ¿Quién hacía la entrevista, a fin de cuentas?

–¿Pensando en qué? La decisión es muy sencilla. Recuerde lo que dijo Jesús al rico que deseaba la vida eterna: «Vende lo que tienes y dáselo a los pobres... Es más fácil que un camello entre por el ojo de una aguja que un rico entre en el reino de los Cielos». ¿Y usted, señor Harriman? ¿Está dispuesto a prescindir de sus bienes terrenales y seguirme? ¿O se irá, como el joven rico del Evangelio según san Lucas?

Harriman reflexionó. ¿Eso lo dijo Jesús? Debía de haberse perdido algo en la traducción.

La manera de salir del punto muerto podía ser un cambio de táctica.

–Dígame una cosa, reverendo: ¿cuándo será?

–Si todos supieran cuándo llegará el día del Juicio, la víspera se llenaría de conversiones. Llegará cuando el mundo menos se lo espere.

–Pero usted lo espera. Y muy pronto.

–Sí, porque Dios ha enviado una señal a sus fieles, y esa señal ha sido la muerte que ocurrió al otro lado de la calle.

Harriman reparó en que el grupo de policías era algo más numeroso. Hablaban y tomaban notas. De repente comprendió que ese pequeño Shangri-La tenía los días contados. O Cristo venía pronto, o lo haría la policía. No se podía tener a centenares de personas cagando entre los arbustos de Central Park. De hecho, ahora que lo pensaba, sí que flotaba en el aire un olor peculiar...

–¿Qué hará si la policía quiere echarles? –preguntó.

Buck guardó silencio. Su expresión traicionó otro momento fugaz de incertidumbre, pero enseguida recuperó la serenidad de antes.

–Dios me guiará, señor Harriman. Dios me guiará.

59

D'Agosta oyó primero las sirenas, con su disonante letanía de dos notas trastocando la paz de la campiña toscana. Después vio los faros de dos vehículos que aparecieron raudos por una colina y, no menos raudos, ascendieron por la vía de acceso hasta frenar a las puertas de la villa, originando una lluvia de gravilla. El techo del *salone* se convirtió en un juego de luces.

Pendergast se levantó del sofá. Las pinzas, salidas como por arte de magia del puño de su camisa, protagonizaron una desaparición igual de mágica.

Miró a D'Agosta.

–¿Nos retiramos a la capilla? No sea que nuestros amigos crean que hemos tocado algo en el lugar del crimen...

D'Agosta, que seguía dominado por el miedo, asintió en silencio. La capilla. Parecía buena idea. Muy buena idea.

Estaba situada al fondo del *salone*, como mandaba la tradición, y era un espacio barroco minúsculo, pero exquisito, con capacidad para un sacerdote y media docena o poco más de familiares. Como no se apreciaba ninguna instalación eléctrica, Pendergast encendió una vela votiva que estaba en un recipiente de cristal rojo y ambos se sentaron a esperar en uno de los bancos de madera.

Muy poco después se oyó una patada en una puerta, botas en el pasillo de la planta baja y varias radios a todo volumen. D'Agosta seguía con la cruz en una mano y la mirada puesta en el pequeño altar de mármol. La luz rojiza de la vela parpadeaba. Flotaba un viejo aroma a incienso y mirra. Dominó el impulso de ponerse de rodillas, recordando que era policía, que se hallaba en el lugar de un crimen y que la idea de que el diablo se hubiera llevado el alma de Bullard era una ridiculez.

Claro que esa perfumada oscuridad hacía que la idea pareciese cualquier cosa menos ridícula. Su mano, aferrada a la cruz, tembló.

Los carabinieri irrumpieron en el *salone*. D'Agosta oyó un grito ahogado y algunas voces amortiguadas de sorpresa que sonaban como una oración recitada con rapidez. A partir de ahí, los sonidos se volvieron familiares: eran los típicos ruidos que caracterizaban el precinto del lugar de un crimen y la instalación de los focos. Un rayo de claridad penetró en la capilla, iluminó el Cristo de mármol de detrás del altar y lo llenó de luz.

Un hombre apareció en la puerta, proyectando una sombra muy larga. No llevaba uniforme, sino un traje gris a medida, con dos hojas de oro en la solapa como indicación de su rango. Les miró fijamente. Para D'Agosta era una simple silueta envuelta en luz dorada, con una Beretta de nueve milímetros Parabellum en la mano.

–*Rimanete seduti, mani in alto, per cortesìa* –dijo el hombre con calma.

–Quédense sentados y con las manos a la vista –tradujo Pendergast–. Somos policías.

–*Tacete!*

De repente, D'Agosta se acordó de que iban vestidos de negro y con las caras medio pintadas. Qué estaría pensando ese policía...

El hombre avanzó con la pistola en la mano. No les apuntaba, pero tampoco apartaba el arma.

–¿Quiénes son? –preguntó en inglés, con poco acento.

–Agente especial Pendergast, del FBI, Estados Unidos de América.

Pendergast tenía su cartera en la mano, abierta por su peso, con la insignia en un lado y el documento de identidad en el otro.

–¿Y usted?

–Sargento Vincent D'Agosta, del departamento de policía de Southampton, enlace con el FBI. Estamos...

–*Basta.* –El hombre se acercó, cogió la cartera de Pendergast y miró la insignia y el documento de identidad–. ¿Es usted quien ha llamado a homicidios?

–Sí.

–¿Qué hacen aquí?

–Estamos investigando una serie de asesinatos ocurridos en Estados Unidos, con los que estaba relacionado ese hombre.

Pendergast señaló el *salone* con la cabeza.

–¿Mafiosos?

–No.

La negativa produjo un alivio manifiesto.

–¿Conoce la identidad del fallecido?

–Locke Bullard.

El italiano devolvió la cartera a Pendergast y se refirió por señas al atuendo de los dos.

–¿Son los nuevos uniformes del FBI?

–Es una larga historia, *colonnello*.

–¿Cómo han llegado aquí?

–Nuestro coche, si no lo ha encontrado ya, está en el olivar de al lado de la carretera. Es un Fiat Stylo negro. Naturalmente, le prepararé un informe con todos los detalles: quiénes somos y por qué estamos aquí. Una parte de ese informe ya está archivado en la Questura.

–¡No, por favor, nada de informes! Cuando los hechos se ponen por escrito, sólo causan molestias. En su momento ya hablaremos tomando un buen *espresso*, como gente civilizada.

Se apartó de la luz, y por primera vez D'Agosta pudo ver sus facciones: pómulos marcados, barbilla partida y ojos hundidos. Tenía unos sesenta años, andares militares, el pelo entrecano peinado hacia atrás y unos ojos inquietos que no pasaban nada por alto.

–Soy el coronel Orazio Esposito. Disculpen que aún no me haya presentado. –Les dio la mano–. ¿Quién es su enlace en la Questura?

–El comisario Simoncini.

–Ya. Y ¿qué me dice de todo este... –señaló el salón con la cabeza– de todo este *casino*?

–Es el tercero de una serie de asesinatos, y el primero que no se ha producido en Nueva York.

La boca de Esposito dibujó una sonrisa cínica.

–Veo que tendremos mucho de que hablar, agente especial Pendergast. ¿Sabe qué? Conozco un pequeño y simpático café en Borgo Ognissanti, a dos puertas de la iglesia y muy cerca de la comisaría central. ¿Qué le parece si quedamos mañana a las ocho? Extraoficialmente, claro está.

–Será un placer.

–Ahora sería mejor que se marcharan. No mencionaremos su presencia en el informe oficial. Un asesinato en suelo italiano y que el parte lo dé el FBI... –Su sonrisa se ensanchó–. No quedaría bien.

Les dio la mano y se volvió sin perder tiempo. Al pasar por delante del altar, se santiguó tan deprisa que D'Agosta no estuvo seguro de haberlo visto bien.

60

D'Agosta había visto muchas comisarías, pero el cuartel general de los carabinieri de Florencia marcaba un punto y aparte. De hecho era todo lo contrario a un edificio militar. Se trataba de un edificio del Renacimiento, así se lo pareció a D'Agosta, situado en una calle medieval y pegado a la célebre iglesia de Ognissanti, con mugre en cada sillar de su fachada de caliza gris y afiladísimos pinchos en cada saliente, para ahuyentar a las palomas. La propia Florencia no se parecía nada a lo que había imaginado; era una ciudad de aspecto austero, incluso bajo la cálida luz de mediados de octubre, con calles sinuosas donde nunca entraba el sol y unas fachadas de piedra basta que rozaban lo tétrico. El aire olía a diésel y las aceras, de una estrechez inverosímil, estaban llenas de turistas que caminaban despacio, ataviados con sombreros blandos, pantalones cortos caquis, mochilas en la espalda y botellas de agua en la cintura, como si estuvieran de expedición por el Sahara y no paseándose por una ciudad que podía ser perfectamente la más civilizada del mundo.

Según habían planeado, vieron al *colonnello* en el café, y Pendergast le puso rápidamente al día sobre sus investigaciones, omitiendo algunos detalles pequeños, pero básicos, como observó D'Agosta. Ahora le seguían hasta su despacho en fila india, luchando contra un flujo constante de turistas japoneses en dirección contraria.

El *colonnello* cruzó el majestuoso arco de entrada de la comisaría, sobre el que pendía una flácida bandera italiana, la primera que veía D'Agosta desde su llegada a Italia. Después de un pasillo con columnas, accedieron a un gran patio interior despojado de su antigua elegancia al haber sido convertido en aparcamiento, con coches patrulla y camionetas alineadas con una precisión tan matemática que parecía imposible mover uno sin moverlos todos. Las ventanas que daban al patio estaban abiertas y dejaban escapar un continuo guirigay de teléfonos, voces y portazos, ampliado y distorsionado por los muros.

Abandonaron el patio por otro pasillo abovedado y con columnas de piedra, donde aún podían apreciarse restos de frescos religiosos. Dejando atrás la imagen maltrecha de un santo, subieron por una gran escalinata de piedra que les llevó a un laberinto de modernos cubículos, construido de cualquier manera a partir de lo que había sido una única sala con pilares.

–Antiguamente –dijo Esposito sin detenerse– la *caserma* era un monasterio que se comunicaba con la iglesia de Ognissanti. Esta gran sala es la secretaría, y más allá –señaló una serie de puertas de roble pequeñas pero macizas por las que se accedía a unos minúsculos despachos– se encuentran los lugares de trabajo de los agentes, que ocupan las antiguas celdas de los monjes.

Giraron una esquina y se metieron por el enésimo pasillo abovedado.

–El refectorio, donde comían los monjes, tiene un importante fresco de Ghirlandaio que nunca ve nadie.

–¡No me diga!

–Aquí en Italia nos las arreglamos con lo que tenemos.

Al llegar al fondo del pasillo, subieron por otra escalera. En el primer rellano, D'Agosta se dio cuenta de que habían bordeado lo que debía de haber sido una puerta secreta. A continuación subieron por una escalerita circular, cruzaron varias salas con mucha gente, olor a moho y faxes sobrecalentados, y de improviso llegaron ante una puerta pequeña y sucia donde sólo figuraba un número. Esposito hizo una pausa, sonrió, la empujó y les hizo pasar.

D'Agosta se encontró en una sala muy luminosa, con una pared de columnas y arcos acristalados al fondo, desde la que se gozaba de un amplio panorama del sur de la ciudad y del Arno, que le atrajo casi contra su voluntad.

¡Por fin! Vista desde arriba, Florencia sí que era como se la había imaginado: una ciudad de cúpulas y campanarios, tejados rojos, jardines y plazas, rodeada de colinas verdes y agrestes sembradas de castillos que parecían sacados de cuentos de hadas. Reconoció el Ponte Vecchio, el Palacio Pitti, los jardines de Boboli, la cúpula de San Frediano in Cestello y la colina de Bellosguardo al fondo. Tardó cierto tiempo en fijarse en la sala propiamente dicha.

Era grande y abierta, con varias hileras de viejas mesas de caoba. El suelo, pulido por cinco siglos de pisadas, causaba admiración por la abundancia y colorido de sus mármoles. Las paredes estucadas servían de soporte a gigantescos cuadros de viejos personajes con armaduras. El ambiente era tenso. Varios ocupantes de las mesas, hombres con traje y mirada nerviosa, les observaban. Se notaba que todos pensaban en el asesinato, y sobre todo en lo anormal de sus características.

–Bienvenidos al Núcleo de Investigación, la unidad de élite de los carabinieri, que dirijo yo. Investigamos los crímenes más importantes. –Esposito miró a D'Agosta de reojo–. ¿Es su primera visita a Italia, sargento D'Agosta?

–Sí.

–Y ¿qué le parece?

–Pues... un poco diferente de lo que esperaba.

D'Agosta vio una chispa de diversión en la mirada de Esposito, que señaló el paisaje urbano con un gesto de la mano.

–Bonito, ¿verdad?

–Sí, desde aquí arriba sí.

–Los florentinos... –Esposito puso los ojos en blanco–. Viven en el pasado. Se consideran los creadores de todo lo hermoso que hay en el mundo: el arte, la ciencia, la música, la literatura... y eso les basta. ¿Para qué esforzarse más? Hace cuatrocientos años que duermen en los laureles. En mi tierra tenemos un dicho: «*Nun cagnà 'a via vecchia p'a nova, ca saie chello che lasse, nun saie chello ca trouve*».

–¿«No vivas en el pasado; sabrás lo que has perdido, pero no lo que has encontrado»? –preguntó D'Agosta.

Esposito guardó silencio. Luego sonrió.

–¿Su familia es originaria de Nápoles?

D'Agosta asintió con la cabeza.

–¡Qué interesante! Y ¿habla napolitano? ¿De verdad?

–Creía que había crecido hablando italiano.

Esposito se rió.

–No es la primera vez que me lo comentan. Pues le diré una cosa, sargento: tiene la suerte de hablar una lengua antigua y bella que ya no se enseña en ningún colegio. El italiano puede aprenderlo cualquiera, pero el napolitano sólo puede hablarlo un hombre de verdad. Yo también soy de Nápoles, un lugar donde es imposible trabajar, como comprenderá, pero donde es maravilloso vivir.

–*Si suonne Napele viato a tte* –dijo D'Agosta.

La sorpresa de Esposito se acentuó.

–«Bendito si sueñas con Nápoles.» Qué frase más bonita. Nunca la había oído.

–Me la susurraba mi abuela de pequeño al darme el beso de buenas noches.

–Y ¿llegó a soñar con Nápoles?

–A veces soñaba con una ciudad que me parecía Nápoles, pero seguro que eran imaginaciones mías. Nunca he estado allí.

–Entonces no vaya. Viva en sus sueños, que siempre son mucho mejores. –Se volvió hacia Pendergast–. Y ahora, como dicen ustedes los americanos, *to business*.

Les condujo a un rincón de la sala, un espacio reducido con sofás y sillones alrededor de una antigua mesa de piedra. Hizo una señal con la mano.

–*Caffè per noi, per favore.*

Poco después apareció una mujer con una bandeja de tacitas de café exprés. Esposito cogió una, la apuró de un trago y bebió otra con la misma rapidez. Luego sacó un paquete de cigarrillos y se lo ofreció a sus invitados.

–¡Ah, es verdad! ¡Los americanos no fuman! –Cogió uno, lo encendió y exhaló el humo por la boca–. Esta mañana, entre las seis y las siete, he recibido dieciséis llamadas telefónicas: una de la embajada americana en Roma, cinco del consulado americano del Lungarno, una del Departamento de Estado de su país, dos del *New York Times*, una del *Washington Post*, una de la embajada china en Roma y cinco de una serie de maleducados de la empresa del señor Bullard. –Levantó la cabeza. Le brillaban los ojos–. Con eso, y con lo que acaban de contarme en el café, queda claro que Bullard era un hombre importante.

–¿No lo conocía? –preguntó Pendergast.

–Sólo de oídas. –Inhalación, exhalación–. Mis colegas de la *polizia* ya tienen su expediente, y como es natural nos dejarán consultarlo.

–Yo podría facilitarle muchos datos sobre Bullard, pero no le servirían de nada. Esa información no haría más que distraerle, como a mí.

Esposito miró a los dos carabinieri que susurraban a sus espaldas.

–*Basta' cù stì fessarie! Mettiteve à faticà! Marònna meja, chist' so propri' sciem'!*

D'Agosta se aguantó la risa.

–Lo he entendido.

–Yo no –dijo Pendergast.

–Acaba de decirles a esos dos en... napolitano que «menos chorradas y a trabajar».

–Mis hombres son tan tontos como supersticiosos. La mitad de ellos cree que ha sido obra del diablo, y la otra mitad culpa a una sociedad secreta. Ya saben lo extendidas que están éstas entre la nobleza florentina... –Inhalación, exhalacion–. Personalmente, señor Pendergast, creo que nos las tenemos que ver con un bromista.

–Al contrario; el asesino no podría ser más serio.

–Pero que todo sea... *Chest è 'nà scena rò diavulo?* Que se mueran de miedo la mitad de mis hombres lo entiendo, pero ¿usted?

–Tenga por seguro que detrás de todo esto existe un plan muy elaborado.

–Veo que ya tiene una teoría sobre lo ocurrido al señor Bullard. ¿Tendría la amabilidad de explicármela? –El *colonnello* se inclinó con los codos sobre las rodillas–. Tenga en cuenta que ya les he hecho un gran favor al no informar de su presencia en el lugar del crimen, ya que en caso contrario estarían llenando formularios hasta Navidad.

–Se lo agradezco –dijo Pendergast–. De momento, sin embargo, no puedo decirle mucho más de lo que ya le comenté anoche. Estamos investigando dos muertes misteriosas y recientes en el estado de Nueva York. Locke Bullard era un posible sospechoso. Puedo decirle que participaba en negocios muy turbios, y además resulta que las circunstancias de su muerte coinciden con las dos primeras.

–Comprendo. Y ¿tiene alguna idea? ¿Alguna hipótesis?

–Sería imprudente responder. Tampoco me creería.

–*Va be'*. Entonces, ¿qué hacemos?

Esposito se apoyó en el respaldo, cogió otra taza de café y se la echó al coleto, al igual que un ruso con una copa de vodka.

–Me gustaría que reuniese la información sobre todas las muertes ocurridas en Italia este último año en que el cadáver apareció quemado total o parcialmente.

Esposito sonrió.

–Otro favor... –Se le apagó la voz en una nube de humo–. Aquí en Italia creemos en el principio de la reciprocidad. Me gustaría, señor Pendergast, que me contase lo que hará usted por mí.

Pendergast se inclinó hacia él.

–Lo único que puedo decir, *colonnello*, es que le devolveré el favor de una manera u otra.

Esposito le miró fijamente y apagó el cigarrillo.

–Bueno, bueno. Así que busca cadáveres quemados en Italia... –Se rió–. Eso incluye la mitad de los homicidios del sur del país. La Mafia, la Camorra, la Cosa Nostra, los sardos... Para toda esa gente, quemar a la víctima después de muerta es una antigua tradición.

–Podemos eliminar sin reparos todos los homicidios relacionados con el crimen organizado, las rivalidades familiares o asuntos de negocios y cualquier otro caso en que se haya encontrado al asesino. Lo que buscamos es un asesinato aislado, quizá de una persona mayor, y probablemente en una zona rural.

D'Agosta miró a Pendergast sin entender lo que pretendía. Los ojos del agente brillaban de entusiasmo. Se notaba que estaba sobre la pista de algo, aunque, como era habitual en él, no la compartiese con nadie.

–Eso reducirá considerablemente la búsqueda –dijo Esposito–. Enseguida ordeno que empiecen. Es posible que tardemos un día o dos. No estamos tan informatizados como ustedes, los del FBI.

–Se lo agradezco mucho.

Pendergast se levantó y dio la mano al policía, que se acercó a ellos y dijo:

–*Quann' 'o diavulo t'accarezza, vo'll'ànema.*

Al salir a pleno sol, Pendergast se volvió hacia D'Agosta.

–No tengo más remedio que volver a recurrir a sus servicios como traductor.

D'Agosta sonrió burlón.

–Es un viejo proverbio napolitano. «Cuando el diablo te acaricia, hay que tener mucho ánimo.»

–Muy acertado. –Pendergast respiró hondo–. ¡Qué día tan bonito! ¿Vamos de monumentos?

–¿En qué piensa?

–Me han dicho que en esta época del año Cremona está preciosa.

61

Bajo la cálida luz del sol de la mañana, D'Agosta salió de la estación de tren de Cremona. Se había levantado un fuerte viento que sacudía las hojas de los plátanos de la gran plaza que se abría frente a ellos. El casco antiguo de la ciudad quedaba al otro lado: un simpático batiburrillo medieval de edificios de ladrillo rojo que dominaba un laberinto de calles. Pendergast eligió una de estas últimas, el Corso Garibaldi, y se lanzó a caminar por ella con los faldones de su chaqueta negra al viento.

D'Agosta se apresuró a darle alcance con un suspiro de resignación, observando de paso que el agente no se había molestado en consultar ningún mapa. Pendergast se había pasado casi todo el trayecto en tren hablando de la historia de las canteras de mármol de Carrara, situadas cerca de allí, y de la extraordinaria coincidencia de que la fuente de mármol más blanco y puro del mundo quedase a pocas decenas de kilómetros río abajo de la cuna del Renacimiento, con lo que la elección de los escultores florentinos no había tenido que limitarse al mármol negro o verde. En cuanto a las preguntas de D'Agosta sobre el porqué de que hubieran viajado hasta allí para ver monumentos, las había sorteado con habilidad.

–¿Y ahora? –preguntó el sargento con mayor irritación de lo que pretendía.

–Café.

Pendergast entró en un café y se acercó a la barra de cinc. D'Agosta empezaba a mosquearse.

–*Due caffè, per favore* –dijo el agente.

–¿Desde cuándo tiene esa predilección por el café? Creía que era un adicto al té verde.

–Sí, normalmente sí, pero donde fueres... Y ahora estamos en Cremona.

Les sirvieron el café en las típicas tacitas de *espresso*. Pendergast removió la suya y se la bebió de golpe, a la manera italiana. D'Agosta lo hizo más despacio, mientras miraba a Pendergast y volvía a ver lo mismo: un brillo de entusiasmo.

–Por favor, querido Vincent, no crea que me hago el misterioso porque sí. En algunas actividades policiales puede resultar muy peligroso exponer teorías, ya que se corre el riesgo de que adquieran vida propia. Es como llevar gafas de colores: se convierten en la verdad que vemos, aunque esa verdad sea errónea. Por eso, mientras no disponga de pruebas, evitaré dar voz a mis teorías, sobre todo en presencia de alguien cuya opinión respeto tanto como la de usted; y por eso tampoco le he preguntado por las suyas.

–Yo no tengo ninguna.

–Eso cambiará durante el día de hoy. –Pendergast dejó una moneda de dos euros sobre la barra y ambos salieron a la calle–. Nuestra primera parada será el Palazzo Comunale, un buen ejemplo de arquitectura civil medieval que posee una notable chimenea de mármol de Pedoni.

–¡Vaya! ¡Hacía tanto tiempo que deseaba conocerla!

Pendergast sonrió.

Un paseo de diez minutos les condujo al corazón de la ciudad y a una plaza irregular con una enorme catedral en uno de sus lados. El campanario era altísimo. Pendergast lo señaló al pasar.

–Dicen que es la torre medieval más antigua de Italia. Fue construida en el siglo XIII y tiene la altura de un edificio de trece pisos.

–Increíble.

–Y aquí tenemos el Palazzo Comunale.

Se acercaron a un palacio medieval grande y severo, hecho de ladrillo. El vigilante de la entrada les saludó con la cabeza. D'Agosta se preguntó si les habían dejado pasar tan fácilmente por la absoluta confianza que irradiaba Pendergast o por alguna otra razón. Le siguió por una escalera y varios pasillos de piedra que desembocaban en una salita desnuda. En el centro había una urna; arriba, en el techo, una araña veneciana de cristal enorme y erizada de bombillas que iluminaba la sala con la intensidad de un decorado cinematográfico; y no muy lejos, un vigilante armado.

La urna contenía seis violines.

–¡Ah! –dijo Pendergast–. Ya hemos llegado. Es la Saletta dei Violini.

–¿Violines?

–Sí, pero no unos violines cualesquiera. Estamos viendo toda la historia del violín en una sola urna, es decir, un microcosmos de la historia de la música.

–Ya –dijo D'Agosta, sin rehuir una nota de sarcasmo.

Tarde o temprano Pendergast iría al grano.

–Ese de ahí, el primero, lo confeccionó Andrea Amati en 1566. Como recordará, el violín que toca Constance también es un Amati, pero muy inferior. Los dos de al lado fueron realizados por sus hijos, y ese otro por su nieto. El siguiente fue construido por Giuseppe Guarneri en 1689. –Pendergast hizo una pausa–. Y el último es obra de Antonio Stradivari en 1715.

–¿Como los Stradivarius?

–Exacto, el fabricante de violines más famoso del mundo. Inventó el violín moderno, y a lo largo de su vida hizo once mil, de los que han sobrevivido unos seis mil. Todos sus instrumentos figuran entre los mejores de la historia, pero hubo un período en que confeccionó una serie de violines que se distinguían por la esplendorosa perfección de su tono, unos veinte o treinta en total. Es lo que se llama su época dorada.

–Ya.

–Stradivari era un hombre lleno de secretos. El hecho de que hiciera unos violines tan perfectos como ésos es un misterio que aún no ha sido resuelto. Tenía sus métodos y fórmulas en la cabeza, y nunca los puso por escrito; bien es cierto que esos secretos de valor incalculable fueron transmitidos a sus hijos, los continuadores del taller; pero murieron con ellos. Desde entonces no han cesado los esfuerzos por reproducir los violines de Stradivari. Varios científicos han tratado de averiguar sus fórmulas secretas, pero el misterio de Stradivari sigue en pie.

–Deben de valer un pastón.

–No hace mucho se podía comprar un buen Stradivarius por quince o veinte mil dólares, pero los supermillonarios han destrozado el mercado del violín, y ahora un instrumento de primera puede venderse por diez millones o más.

–¡Joder!

–Los mejores no tienen precio, sobre todo los de su época dorada. Fue en ellos donde Stradivari aplicó su fórmula magistral. ¿Por qué? Nadie lo sabe, Vincent. Es bastante humillante darse cuenta de que podemos mandar una nave a Marte, construir una máquina que efectúa un billón de cálculos por hora y dividir el núcleo del átomo, pero que aún no podemos fabricar un violín mejor que un hombre que trabajaba hace tres siglos en un simple taller.

–Bueno, es que era italiano...

Pendergast rió en voz baja.

–Una de las características más atractivas de los Stradivarius es que para mantener su tono hay que tocarlos. Están vivos. Si se dejan en una caja, pierden el tono y se mueren.

–¿Y estos de aquí?

–Los sacan y los tocan como mínimo una vez a la semana. Cremona sigue siendo el centro de la industria del violín, y sobran voluntarios.

Se volvió con las manos en la espalda.

–Bueno, ahora vayamos en busca de la auténtica razón de nuestro viaje a Cremona. Sígame de cerca, por favor. No se pierda.

Pendergast se internó en un laberinto de pasillos negros y escaleras angostas que les condujo a un callejón adyacente al palacio. Mientras se tomaban un minuto de descanso, inspeccionó con atención la callejuela y los edificios circundantes. Después, con gran celeridad de movimientos, condujo a D'Agosta por una serie de calles medievales cada vez más tortuosas, encerradas por antiguos edificios de ladrillo y piedra. Algunas eran tan estrechas que estaban oscuras incluso a pleno mediodía. De vez en cuando, Pendergast se asomaba a una puerta o una bocacalle para otro escrutinio visual.

–¿Qué pasa? –se decidió a preguntar D'Agosta.

–Simple precaución, Vincent; la de costumbre.

Al final salieron a una calle tan estrecha que a duras penas habría cabido una bicicleta. Después de algunos recodos, terminaba en un escaparate pegado sin delicadeza a un arco medieval de piedra. El establecimiento parecía abandonado; una cinta adhesiva tapaba una fisura en el escaparate, que se había vuelto opaco por la suciedad; todo ello quedaba protegido por una reja tan oxidada por el paso del tiempo que parecía imposible abrirla.

Pendergast deslizó la mano por ella y estiró una cuerda. Se oyó una campanilla dentro de la tienda.

–¿Si me dijera a quién venimos a visitar se le desbarataría toda la operación?

–Es el laboratorio y el taller del *dottor* Luigi Spezi, uno de los grandes expertos mundiales en los violines de Stradivari. De hecho, Spezi también es una especie de hombre del Renacimiento, que une a su calidad de excelente músico las de científico e ingeniero. Sus recreaciones de violines Stradivari figuran entre las mejores del mundo. Le advierto, sin embargo, que tiene fama de ser algo maniático.

Al segundo estirón de la cuerda alguien rezongó al fondo:

–*Non lo voglio. Va' via!*

Pendergast volvió a llamar con insistencia.

El cristal dejó entrever una silueta gris: se trataba de un hombre gigantesco y encorvado, con delantal de cuero, pelo largo y canoso y bigote gris, que movió las manos como si quisiera ahuyentar a Pendergast.

–*Che cazz'! Via, ho detto!*

Pendergast sacó una tarjeta, escribió una palabra al dorso y la introdujo por una hendidura de la puerta que servía de buzón. La tarjeta voló hasta posarse en el suelo. El hombre del delantal la recogió y enmudeció al leer lo que ponía en el reverso. Después miró a Pendergast, volvió a fijarse en la tarjeta y dio inicio al laborioso proceso de abrir la puerta y levantar la reja. Un minuto después, los dos visitantes se habían agachado para entrar y pisaban el suelo del taller.

D'Agosta miró a su alrededor con curiosidad. Las paredes estaban cubiertas en su totalidad por piezas de violín, no todas acabadas. Reinaba un agradable olor a madera, serrín, barniz, aceite y cola.

El dueño, con su delantal de cuero sucio, miró a Pendergast como si fuera un fantasma, antes de sacar unas gafas cubiertas de serrín para verle mejor.

–Bueno, doctor Aloysius Pendergast –dijo en un perfecto inglés–, ya ha conseguido mi atención. ¿Qué quiere?

–¿Podríamos hablar en algún sitio?

Le siguieron al fondo del taller (cuya anchura era de unos dos metros y medio) y entraron en una dependencia mucho más espaciosa. Spezi les indicó que se sentaran en un banco largo, mientras él lo hacía en la esquina de una mesa de trabajo y les miraba fijamente con las manos enlazadas.

D'Agosta vio que en la pared del fondo había una puerta de acero inoxidable con una ventanita, en vivo contraste con el resto de la habitación. Detrás se veía un laboratorio inmaculadamente blanco, con varios ordenadores y pantallas bañados en una desagradable luz fluorescente.

–Gracias por acceder a recibirme, doctor Spezi –dijo Pendergast–. Sé que está muy ocupado. Descuide, no le haremos perder el tiempo.

Spezi, algo aplacado, inclinó la cabeza.

–Le presento a mi colega Vincent D'Agosta, sargento de la policía de Southampton, Nueva York.

–Mucho gusto.

El cremonés se inclinó para darle un apretón de manos de una fuerza sorprendente. Después volvió a su anterior postura y esperó.

–Le propongo un intercambio de información –manifestó Pendergast.

–Adelante.

–Usted me cuenta lo que sabe de las fórmulas secretas de Stradivari y yo hago lo propio con la existencia del violín mencionado en mi tarjeta. Como es natural, mantendré lo que me diga en el mayor de los secretos. No pondré nada por escrito ni hablaré con nadie, a excepción de mi colega aquí presente, que es un hombre de una discreción irreprochable.

D'Agosta vio que los ojos grises y hundidos de Spezi les escrutaban. Parecía reflexionar, y debatir internamente, quizá, sobre la propuesta. Al final asintió con sequedad.

–Muy bien –dijo Pendergast–. En primer lugar, voy a pedirle que responda a algunas preguntas sobre su trabajo.

–Bueno, pero primero el violín. ¿Se puede saber cómo...?

–A su debido tiempo. Dígame, *dottore*... Tiene delante a un perfecto ignorante en materia de violines. Explíqueme, pues, ¿por qué el sonido de un Stradivarius resulta perfecto?

Spezi se relajó. Evidentemente, se había dado cuenta de que no trataba con ningún espía ni con nadie de la competencia.

–No es ningún secreto. Yo los definiría como muy vivos. Es un sonido interesante. También destacan por su combinación de oscuridad y brillo y su equilibrio entre frecuencias altas y bajas. Producen un tono rico, pero al mismo tiempo de una pureza y una dulzura como la de la miel. Naturalmente, cada Stradivarius tiene su sonido; los hay más amplios, los hay más concentrados, hasta duros; algunos son débiles, decepcionantes... En algunos casos se han reparado y reconstruido demasiadas veces y ya no puede decirse que sean originales. Por ejemplo, sólo quedan seis con sus mástiles originales. Siempre que un violín se cae, lo primero que se rompe es el mástil. En cambio quedan unos diez o veinte de sonido casi perfecto.

–¿Por qué?

Spezi sonrió.

–Ahí, por supuesto, está la cuestión.

Se levantó para abrir con llave la puerta de acero, dejando a la vista dos grabadoras de disco duro y varias hileras de samplers, compresores y limitadores digitales. Las paredes y el techo estaban revestidos con paneles acústicos de espuma.

Una vez que estuvieron todos dentro, Spezi cerró la puerta, encendió un amplificador y manipuló los controles de una mesa de mezclas. Los altavoces de referencia, próximos al techo, empezaron a emitir un zumbido grave.

–El primer experimento científico digno de ese nombre con un Stradivarius se hizo hace unos cincuenta años. Conectaron un generador de sonido al mástil de un violín e hicieron que vibrase. Después midieron la vibración correspondiente del violín. La verdad es que fue un experimento absurdo, en el sentido de que no tenía nada que ver con cómo se toca un violín, pero, aunque fuera rudimentario, demostró que el Stradivarius tenía una respuesta fuera de lo común en la gama de dos mil a cuatro mil hercios, que es justamente la gama a la que es más sensible el oído humano. ¿Coincidencia? No. Más tarde, los ordenadores de alta velocidad permitieron procesar en tiempo real a alguien tocando un Stradivarius. Les pondré un ejemplo.

Se acercó a uno de los samplers digitales, eligió una muestra de audio con el teclado adjunto y envió el resultado al mezclador. El dulce sonido de un violín llenó la sala.

–Es Jascha Heifetz interpretando la cadencia del *Concierto para violín* de Beethoven con el Stradivarius Messiah.

Al lado de la mesa de mezclas había un monitor con una serie compleja de líneas en movimiento. Spezi las señaló.

–Lo de ahí es un análisis de frecuencias entre treinta y treinta mil hercios. ¡Fíjense en la riqueza de las frecuencias bajas! Son las que le confieren al violín su oscuridad y su sonoridad. Ahora fíjense en la gama de dos mil a cuatro mil, a la que me he referido antes: ¡qué viva, qué enérgica! Es lo que llena la sala de conciertos con su sonido.

D'Agosta se preguntó qué tenía que ver todo eso con Bullard o con los asesinatos. También se preguntó qué había escrito Pendergast en la tarjeta de visita que seguía en la mano de Spezi. En todo caso, estaba claro que esa tarjeta les había granjeado su colaboración.

–Las de aquí son las frecuencias altas. Observen cómo saltan, como si fueran llamas. Estas oscilaciones son las que le dan al Stradivarius su tono trémulo, y su respiración delicada y fugaz.

Pendergast inclinó la cabeza.

–Bueno, *dottore*, y ¿cuál es el secreto?

Spezi interrumpió la música pulsando el sampler.

–Hay más de uno. Es todo un abanico de secretos. Algunos los hemos descubierto, y otros no. Por ejemplo, conocemos con exactitud la arquitectura que usaba Stradivari. Gracias a la tomografía computarizada, podemos crear un mapa perfecto en tres dimensiones de uno de sus violines. Sabemos todo lo que puede saberse de los diseños de Stradivari para la caja, los filetes, los agujeros de resonancia... También sabemos qué tipos de madera usaba. Estamos en situación de conseguir una copia perfecta.

Se volvió hacia uno de los ordenadores y tecleó algo, haciendo aparecer la imagen de un hermoso violín en la pantalla.

–Aquí tienen: una copia perfecta al cien por cien del Stradivarius Harrison, hasta la última muesca y el último rasguño. La hice a principios de los ochenta, después de casi medio año de trabajo. –Les dirigió una sonrisa compungida–. Pero suena fatal. El verdadero secreto era la química, concretamente la receta de la solución en la que Stradivari bañaba sus maderas, y la del barniz. Desde entonces concentro todas mis investigaciones en ese aspecto.

–¿Y?

Spezi titubeó.

–No sé por qué me inspiran confianza, pero en fin... La madera que usaba Stradivari se cortaba en las estribaciones de los Apeninos, se echaba todavía verde al Po o al Adige, flotaba río abajo y se guardaba en unas lagunas salobres cerca de Venecia. Se hacía así por razones puramente prácticas, pero las repercusiones sobre la madera eran fundamentales: abría sus poros. Stradivari compraba la madera húmeda; no la curaba, sino que la bañaba en una solución hecha por él (que, en la medida de mis conocimientos, se componía de bórax, sal marina, goma, cuarzo y otros minerales y cristal veneciano de colores triturado), y luego la dejaba empaparse durante meses o años, para que absorbiera los productos químicos. ¿Qué efecto tenían estos últimos en la madera? ¡Algo asombroso, complejo, milagroso! En primer lugar, la conservaban. El bórax hacía que resultase más compacta, dura y rígida. Los polvos de cuarzo y cristal evitaban la acción de la carcoma, al tiempo que llenaban los vacíos e imprimían brillo y claridad al tono. La goma provocaba unos cambios de gran sutileza, y actuaba como fungicida. Naturalmente, el auténtico secreto está en las proporciones, y ésas no se las diré, señor Pendergast.

Pendergast asintió con la cabeza.

–En los últimos años he confeccionado centenares de violines con madera tratada del mismo modo, experimentando con las proporciones y el tiempo de exposición a las sustancias. Los instrumentos tenían un sonido amplio y brillante, pero duro. Se necesitaba algo más para mitigar las vibraciones y los armónicos.

Hizo una pausa.

–Aquí es donde interviene la auténtica genialidad de Stradivari. Encontró lo que buscaba en su barniz secreto.

Movió el ratón por la pantalla del ordenador y desplegó varios menús sucesivos hasta que apareció una imagen en blanco y negro: se trataba de un paisaje de una dureza espectacular, que a D'Agosta le recordó una cadena montañosa.

–Esto es el barniz de un Stradivarius bajo un microscopio de electrones con una ampliación de treinta mil. Como ven, no es la capa dura y lisa que se aprecia a simple vista, sino que existen miles de millones de grietas microscópicas. Cuando se toca el violín, las grietas absorben y mitigan la dureza de las vibraciones y las resonancias, y sólo dejan escapar el tono más puro y más claro. He ahí el auténtico secreto de los violines de Stradivari. El problema es que el barniz que utilizaba era una solución química de una complejidad extraordinaria, que incluía insectos hervidos y otras fuentes orgánicas e inorgánicas. Ha desafiado todos los análisis, y además tenemos tan poco de lo que partir... No se puede arrancar el barniz de un Stradivarius. Cualquier extracción, hasta la más pequeña, destrozaría el instrumento. Para obtener la cantidad de barniz necesaria para analizarlo como es debido, habría que sacrificar todo un instrumento, con el agravante de que no podría usarse uno de sus violines inferiores, puesto que eran experimentales y la receta del barniz sufrió muchos cambios. Sería necesario destruir uno de los de la época dorada. No sólo eso, sino que habría que cortar la madera y analizar químicamente la solución en la que la bañaba Stradivari, además de la superficie de contacto entre el barniz y la madera. Por todas esas razones, no hemos sido capaces de averiguar el procedimiento exacto.

Se irguió un poco.

–Otro problema: aunque se dispusiera de todas sus recetas secretas, seguiría existiendo la posibilidad de fracasar. Incluso sabiendo mucho más que nosotros, Stradivari hizo algunos violines mediocres. En la confección de un gran violín intervenían otros factores, algunos de los cuales, por lo visto, no dependían de él, como las características particulares del trozo de madera que usaba.

Pendergast asintió.

–Hasta aquí lo que podía contarle, señor Pendergast. –El rostro de Spezi había adquirido un brillo febril–. Ahora hablemos de esto.

Abrió la mano y alisó la tarjeta de visita arrugada, dando a D'Agosta su primera oportunidad de ver la anotación de Pendergast.

Era la palabra «Stormcloud».

62

La mano que aguantaba la tarjeta temblaba.

Pendergast asintió con la cabeza.

–Quizá la mejor manera de empezar sea que usted mismo le cuente lo que sabe de su historia al sargento D'Agosta.

Spezi miró a D'Agosta con una expresión apenada.

–El Stormcloud era el mejor violín de Stradivari. Fue usado por una cadena casi ininterrumpida de virtuosos entre Monteverdi y Paganini, aunque no se detuvo en este último. Estuvo presente en algunos de los grandes momentos de la historia de la música. Lo tocó Franz Clement en el estreno del *Concierto para violín* de Beethoven, el propio Brahms en el de su *Segundo concierto para violín* y Paganini en la presentación italiana de sus veinticuatro caprichos. Un día, justo antes de la Primera Guerra Mundial, tras la muerte del virtuoso Luciano Toscanelli, a quien Dios maldiga, desapareció. Éste murió loco, y hay quien dice que lo destruyó. Otros opinan que se perdió en la Gran Guerra.

–No es cierto.

Spezi se incorporó como un resorte.

–¿Qué quiere decir? ¿Que todavía existe?

–Unas preguntas más, *dottore*, con su permiso. ¿Qué sabe sobre la identidad del propietario del Stormcloud?

–Era uno de sus misterios. Al parecer siempre estuvo en manos de la misma familia, que decía habérselo comprado directamente a Stradivari. Su transmisión de padre a hijo fue puramente nominal, ya que siempre lo tuvieron en préstamo una serie de virtuosos; lo normal, en suma, ya que actualmente la mayoría de los Stradivarius pertenecen a ricos coleccionistas que los ceden a algún virtuoso durante largas temporadas. El Stormcloud no era ninguna excepción. A la muerte del virtuoso que lo tocaba, o si éste tenía la mala suerte de ofrecer un mal concierto, la familia propietaria lo recuperaba y se lo cedía a otra persona. La competencia era enconada. Sin duda ésa es la razón del anonimato de la familia: evitar el acoso de los violinistas aspirantes. El secreto sobre su identidad era una condición estricta para poder tocar el violín.

–Y ¿no hubo ningún virtuoso que rompiera ese silencio?

–Que yo sepa no.

–Y el último virtuoso que lo tocó fue Toscanelli.

–Toscanelli, sí; el gran y terrible Toscanelli. Murió devorado por la sífilis en 1910, en circunstancias extrañas y misteriosas. El violín no estaba al lado del cadáver, ni reapareció jamás.

–¿Quién debería haber sido el siguiente prestatario de ese violín?

–Buena pregunta. Tal vez un niño prodigio ruso, el conde Ravetsky, pero fue asesinado durante la revolución. Una gran pérdida. ¡Qué siglo tan brutal! Bueno, señor Pendergast, casi me muero de curiosidad.

Pendergast metió una mano en el bolsillo, sacó una bolsa de plástico transparente y la expuso a la luz.

–Un trozo de cerda del arco del Stormcloud.

Spezi acercó sus dedos temblorosos.

–¿Puedo?

–Le he prometido un intercambio. Suyo es.

Spezi abrió el sobre, sacó el pelo con pinzas y lo puso en la plataforma de un microscopio. Poco después apareció la imagen en una pantalla de ordenador.

–Sí, no cabe duda de que es crin de un arco de violín; aquí se ven restos de colofonia, y aquí el deterioro causado por el uso del instrumento en las escamas microscópicas del tronco. –Se incorporó–. Por otro lado, no es muy aventurado afirmar que a estas alturas el arco del Stormcloud no es el original. Incluso si lo fuera, la crin debió de sustituirse mil veces. Esto no es ninguna prueba.

–Soy muy consciente de ello. Sólo ha sido el primer paso de una cadena de deducciones cuya conclusión es que el Stormcloud todavía existe. Está aquí, en Italia.

–¡Dios le oiga! ¿De dónde ha sacado esta cerda?

–Del escenario de un crimen, en la Toscana.

–Pero bueno, ¿quién lo tiene?

–Aún no estoy seguro.

–¿Cómo piensa averiguarlo?

–Antes necesito saber el nombre de la primera familia propietaria.

Spezi reflexionó.

–Yo empezaría por los herederos de Toscanelli. Corría el rumor de que tuvo una docena de hijos con un número casi tan alto de amantes. Es posible que quede alguno vivo. A saber. De hecho, ahora que lo pienso, creo que en Italia quedan una o varias nietas. Toscanelli fue famoso como seductor y bebedor de absenta, y en sus últimos años pecaba de indiscreto. Es posible que se lo dijera a alguna amante y que ella se lo contara a sus descendientes.

–Excelente sugerencia. –Pendergast se levantó–. Ha sido muy generoso, *dottore*. Le prometo que cuando sepa algo más del paradero del Stormcloud se lo haré saber. De momento, gracias por habernos recibido.

Pendergast salió al laberinto de calles y lo recorrió con la misma cautela con la que se había aproximado al taller de Spezi; sin embargo, cuando llegaron al café, su rostro expresaba satisfacción, y propuso una pausa y otro *espresso*. Cuando estuvieron de pie ante la barra, miró a D'Agosta y le sonrió.

–¿Qué, querido Vincent, ya tiene una teoría?

D'Agosta asintió con la cabeza.

–Al menos parcial.

–¡Magnífico! No me la cuente todavía. Seguiremos investigando en silencio un poco más. Pronto llegará el momento en que tengamos que compartir nuestras conclusiones.

–Por mí perfecto.

D'Agosta bebió un poco de líquido amargo, preguntándose si en algún lugar de Italia era posible conseguir una taza de café americano decente, en vez de ese brebaje negro y venenoso que desgarraba la garganta y removía el estómago durante horas.

Pendergast se bebió el suyo de golpe y se apoyó en la barra.

–Vincent, ¿usted se imagina qué habría sido del Renacimiento si el *David* de Miguel Ángel hubiera sido esculpido en mármol verde?

63

La capitana Laura Hayward estaba sentada en una silla de plástico naranja, con un vaso de poliestireno en el que se le enfriaba el café. No podía obviar el hecho de que era la persona más joven y la única mujer de aquella sala llena de policías de alto rango. Las paredes de la sala de reuniones estaban pintadas con el típico color morado claro. De una de ellas colgaba una foto de Rudolph Giuliani enmarcada junto con otra de las torres gemelas, sobre una lista de policías muertos en los ataques. Por lo demás ningún retrato, ni del actual alcalde ni del presidente del país.

Era un detalle que le gustaba.

Presidía la mesa Karl Rocker, el jefe de policía; una de sus grandes manos parecía pegada a una enorme taza de café solo, mientras su rostro, eternamente cansado, contemplaba el centro de la mesa. Tenía a su derecha a Milton Grable, capitán de patrulla del distrito donde había sido asesinado Cutforth y donde había surgido el poblado de tiendas de campaña.

Hayward miró su reloj. Eran las nueve en punto de la mañana.

–¿Grable? –dijo Rocker, abriendo la reunión.

Grable carraspeó y movió algunos papeles.

–Como sabe, señor Rocker, el campamento empieza a ser muy problemático.

La única reacción de Rocker, al menos la única que Hayward pudo apreciar, fue que sus ojeras se oscurecieron aún más.

–Se trata de centenares de personas viviendo en la acera de enfrente del barrio más exclusivo de mi distrito, por no decir de toda la ciudad, y ensucian el parque, mean en los arbustos, cagan donde les da la gana... –Miró a Hayward de reojo–. Disculpe.

–Tranquilo, capitán –dijo ella sin florituras–. Conozco tanto la palabra como la función física.

–Ah, bueno...

–Siga –le apremió Rocker.

Hayward creyó ver una chispa de diversión en sus ojos cansados.

–Estamos hasta los huevos de llamadas de gente importante. –Otra mirada de soslayo a Hayward–. Ya sabe a quiénes me refiero, señor. Piden que se haga algo, lo exigen a gritos; y tienen razón. La gente del parque no tiene permiso.

Hayward cambió de postura. Su trabajo consistía en resolver el asesinato de Cutforth, no en escuchar a un capitán de distrito hablando de permisos.

–Esto no es una protesta política ni nada relacionado con la libertad de expresión –añadió Grable–. Son una pandilla de fanáticos azuzados por un tal reverendo Buck, que dicho sea de paso estuvo nueve años en la cárcel de Joliet por homicidio en segundo grado. Le pegó un tiro a un dependiente por unos chicles.

–¿En serio? –murmuró Rocker–. Y ¿por qué no en primer grado?

–Porque se llegó a un acuerdo. Lo que quiero decir, señor, es que no tratamos con un fanático cualquiera, sino con alguien peligroso. Y por si fuera poco, el *Post* le da una enorme publicidad y hace todo lo posible para que no decaiga. Esto empeora día a día.

Hayward, que ya estaba al corriente de todo, desconectó a medias para pensar en D'Agosta y en Italia. Con un sobresalto que no acababa de entender, cayó en la cuenta de que ya habría tenido que llamarla para darle el parte. Él sí que era un policía de verdad, pero ¿de qué le servía? Los ascensos se los llevaba gente como Grable, ratas de despacho.

–No es un problema de distrito, sino de toda la ciudad. –Grable puso las manos sobre la mesa con las palmas hacia arriba–. Quiero un equipo de élite que entre en el parque y se lleve al reverendo de allí antes de que esto degenere en disturbios.

Rocker contestó con una voz ronca y tranquila.

–Para eso hemos venido, capitán, para encontrar la manera de evitar disturbios.

–Exacto.

Rocker se volvió hacia la persona de su izquierda.

–¿Wentworth?

Hayward no lo conocía. Nunca lo había visto. De hecho, no llevaba ninguna insignia en el traje que indicara su rango. Ni siquiera parecía policía.

Wentworth les miró con los párpados caídos y las manos unidas por las yemas. Antes de contestar, respiró hondo y despacio.

«Un psicólogo», pensó Hayward.

–Por lo que respecta a... al tal Buck –dijo Wentworth arrastrando las palabras–, responde a un tipo de personalidad bastante común. Como comprenderán, no es posible ofrecer un diagnóstico en firme sin haberle entrevistado, pero a juzgar por mis observaciones presenta una psicopatología marcada: posible esquizofrenia paranoide y complejo mesiánico en potencia. Hay muchas posibilidades de que padezca manía persecutoria. El cuadro se complica por su propensión a la violencia. Por mi parte, desaconsejaría rotundamente la intervención de un equipo de élite. –Calló pensativo–. Los demás son simples seguidores y reaccionarán como lo haga Buck: con violencia o bien colaborando. Se dejarán llevar por él. Lo esencial es apartar a Buck. O mucho me equivoco, o en su ausencia el movimiento caerá por su propio peso.

–Ya –dijo Grable–. Pero ¿cómo le apartamos si no es con un equipo de élite?

–Los hombres como Buck atacan cuando se les amenaza. Para ellos, el último recurso siempre es la violencia. Yo propondría enviar a uno o dos agentes, desarmados, que no intimiden, preferiblemente de sexo femenino y con atractivo físico, para que se lo lleven. Un arresto suave y sin provocación. Tendría que hacerse deprisa, con precisión quirúrgica. En un día se habría levantado el campamento, y sus seguidores estarían con el siguiente gurú o en el siguiente concierto de Grateful Dead, o lo que estuvieran haciendo antes de leer los artículos del *Post*. –Otra larga exhalación–. En vista de todos los factores, esto es lo que les aconsejo.

Hayward no pudo evitar poner los ojos en blanco. ¿Esquizofrénico, Buck? Sus arengas, tal como las reproducía punto por punto el *Post*, no delataban ningún proceso mental desorganizado, como los que caracterizaban la esquizofrenia.

Rocker se fijó en su expresión.

–¿Hayward? ¿Quiere aportar algo?

–Gracias. Yo, con todo respeto, estoy de acuerdo con el análisis del señor Wentworth, pero no con su consejo.

«Pobre ignorante», parecían decir los ojos deslavazados del psicólogo. Hayward comprendió con retraso su error: le había llamado «señor», no «doctor», un pecado capital entre universitarios. La hostilidad de Wentworth era palpable. Pues que se fuera a la mierda. Siguió hablando.

–No existe un arresto sin provocación. Cualquier tentantiva de entrar en el poblado y llevarse a Buck por la fuerza, aunque sea con buenos modos, no funcionará. Estará loco, pero es astuto como un zorro y se negará a venir. En cuanto aparezcan las esposas, la situación se pondrá muy fea para nuestras dos policías «preferiblemente de sexo femenino y con atractivo físico».

–Señor Rocker –la interrumpió Grable–, Buck infringe abiertamente la legalidad. Estoy recibiendo mil llamadas diarias de negocios y residentes de la Quinta Avenida: el Sherry Netherland, el Metropolitan Club, el Plaza... Tengo las líneas sobrecargadas, y le apuesto lo que quiera que si me llaman a mí, también están llamando al alcalde.

Se quedó callado para que lo asimilaran.

–Por desgracia, me consta que ya lo han hecho –dijo Rocker con una gravedad exenta de cualquier asomo de diversión.

–Entonces ya sabe que no podemos permitirnos el lujo de esperar. Tenemos que hacer algo. ¿Hay alguna alternativa que no sea arrestarle? ¿La capitana Hayward tiene alguna idea mejor? Porque me gustaría oírla.

Se apoyó en el respaldo con la respiración pesada.

Hayward no perdió la calma.

–Capitán Grable, esos negocios y residentes a los que se refiere no justifican que la policía actúe con prisas y precipitación.

«En otras palabras –pensó–, que les folle un pez.»

–Para usted es muy fácil decirlo, porque es una privilegiada, pero yo los tengo encima cada día. Si hubiera resuelto el homicidio de Cutforth no tendríamos ese problema, capitana.

Hayward asintió sin delatar ninguna emoción. Primer punto para Grable.

Rocker la miró.

–Ya que ha salido el tema, ¿cómo van las investigaciones, capitana?

–Los del laboratorio están analizando algunas pruebas forenses nuevas. Seguimos controlando la lista de los que llamaron a Cutforth o recibieron una llamada de él durante sus últimas setenta y dos horas de vida. También estamos comparando la grabación de las cámaras de seguridad del vestíbulo de su edificio con los residentes y los visitantes conocidos. Por otro lado, como sabe, el FBI está siguiendo algunas pistas prometedoras en Italia.

Era poco, y Hayward se daba cuenta de que sonaba a poco. En el fondo, estaban en pelotas.

–Bueno, y ¿cuál es su plan para ese tío, Buck?

Era Grable, quien la miraba belicosamente con la expresión del que sabe que tiene las de ganar.

–Yo aconsejaría un enfoque aún menos agresivo. No forcemos la situación. No hagamos nada para provocar un desenlace. Lo mejor sería mandar a alguien para hablar con Buck y exponerle la situación. Tiene a centenares de personas destrozando el parque y molestando al barrio. En el fondo es un hombre responsable, y por supuesto que tendrá ganas de solucionarlo. Seguro que querrá enviar a casa a sus seguidores para que se afeiten, caguen y se duchen. Yo lo enfocaría así, y además le ofrecería un trato: si él consigue que sus seguidores se vayan a casa, nosotros le autorizamos una manifestación. Hay que tratarle como a una persona racional, con zanahoria y sin palo. Luego, en cuanto hayan despejado el campamento, acordonamos la zona con el pretexto de que hay que volver a sembrar y autorizamos una manifestación para el lunes a las ocho de la mañana en la otra punta del parque de Flushing Meadows. Dudo mucho que volviéramos a verles.

Ante el brillo cínico de los ojos de Rocker, se preguntó si debía interpretarlo como que su propuesta le parecía bien o como que se la tomaba a risa. Rocker gozaba de buena fama entre las bases, pero todos coincidían en que era inescrutable.

–¿Que le tratemos como a una persona racional? –repitió Grable–. ¿A un asesino ex presidiario que se cree Jesucristo? Con gente así no se puede razonar. «Por favor, Jesús, ¿podrías pedir permiso para una manifestación?»

El psicólogo rió entre dientes y sostuvo la mirada de la capitana. Su expresión aún era más condescendiente que antes. Hayward se preguntó si sabía algo más que ella. Empezaba a sospechar que la decisión ya estaba tomada.

–Y ¿si su plan no funciona? –le preguntó el jefe de policía.

–Lo dejaría en manos del... señor Wentworth.

–Doc... –empezó a decir Wentworth, antes de ser interrumpido por Grable.

–Señor, no tenemos tiempo de probar varios planes. Es necesario librarse de Buck ahora mismo. O se larga por las buenas, o se va esposado. Él sabrá. Lo haremos deprisa, al amanecer. Antes de que sus seguidores se enteren, le tendremos sudando en la parte trasera de un coche patrulla.

Silencio. Rocker miró a los presentes, algunos de los cuales aún no habían dicho nada.

–¿Señores?

Murmullos y gestos de aquiescencia. Al parecer, todos estaban de acuerdo con el psicólogo y Grable.

–Bueno –dijo Rocker levantándose–, seguiré a la mayoría. A fin de cuentas, no tenemos a un psicólogo en plantilla para no hacerle caso.

Miró rápidamente a Hayward, quien, pese a no saber interpretar del todo su expresión, creyó entender que no le era adversa.

–Enviaremos un grupo reducido, como propone Wentworth

–añadió Rocker–. Sólo dos agentes. Capitán Grable, usted será el primero.

Grable puso cara de sorpresa.

–Es su distrito, como bien ha subrayado; además, el que propone una acción rápida es usted.

Grable dominó rápidamente su sorpresa.

–Claro que sí, señor. Me parece muy bien.

–Por otro lado, como propone Wentworth, enviaremos a una mujer. –Rocker hizo un gesto con la cabeza a Hayward–. Usted.

Nadie abrió la boca. Hayward sorprendió una mirada entre Grable y Wentworth.

Rocker, sin embargo, la miraba a ella, como diciendo: «Ayúdame a que esto no se descontrole, Hayward».

–A Buck le gustará que sean dos policías de alto rango. Estará en consonancia con los aires que se da. –Rocker se volvió–. Grable, usted es el de mayor antigüedad. La operación, por tanto, es suya. Dejo en sus manos la organización de los detalles y del calendario. Se levanta la reunión.

64

El día después del viaje a Cremona amaneció fresco y despejado. Entornando los ojos bajo el sol de mediodía, D'Agosta regresó con Pendergast a la Piazza Santo Spirito, situada en la otra orilla del hotel.

–¿Ya ha informado a la capitana Hayward? –le preguntó Pendergast mientras se dirigían hacia allí.

–Sí, justo antes de acostarme.

–¿Alguna novedad interesante?

–La verdad es que no. De las pocas pistas que han seguido sobre Cutforth, ninguna ha sido provechosa. Las cámaras de seguridad de su edificio tampoco han servido de nada, y parece que con Grove tres cuartos de lo mismo. Ahora, encima, toda la cúpula de la policía de Nueva York está preocupada por el predicador que se ha instalado en Central Park.

D'Agosta encontró la plaza mucho menos tranquila que la vez anterior. La causa era un nutrido grupo de mochileros que fumaban porros en los escalones de la fuente, se pasaban una botella de vino de Brunello y hablaban a pleno pulmón en doce idiomas. Como mínimo llevaban diez perros sueltos.

–Vigile por dónde pisa, Vincent –murmuró Pendergast con una sonrisa irónica–. ¡Florencia! ¡Maravillosa mezcla de lo alto y lo bajo! –Con la mano suspendida sobre las cacas de perro, indicó el espléndido edificio que ocupaba la esquina sureste–. Por ejemplo el Palazzo Guadagni, uno de los mejores ejemplos de palacio renacentista de toda la ciudad. Fue construido en el siglo XV, aunque los orígenes de la familia Guadagni son mucho más antiguos.

D'Agosta examinó el edificio. La planta baja estaba hecha de rústicos bloques de caliza parda, mientras que los pisos superiores tenían un revestimiento de estuco amarillo. La mayor parte del último piso estaba formado por una galería, con sus columnas de piedra y su alero. El conjunto era sobrio, pero elegante.

–En el primer piso hay varias oficinas y apartamentos; en el segundo, una academia de idiomas. El último es una *pensione;* la lleva una tal señora Donatelli, y no me cabe duda de que fue aquí donde se reunieron Beckmann y los otros en 1974.

–¿Es la dueña del palacio?

–Sí, la última descendiente de los Guadagni.

–Y ¿espera que recuerde a un par de universitarios que estuvieron aquí hace tres décadas? ¿En serio?

–Hay que intentarlo, Vincent.

Cruzaron la plaza con cautela y entraron en el edificio por una doble puerta de madera con remaches de hierro. El pasillo de entrada, con su bóveda, había tenido que ser majestuoso, pero ahora estaba sucio. Una escalera les condujo al rellano del primer piso, donde pudieron ver un viejo trozo de cartón en la cornisa de un fresco barroco descolorido. Una mano firme había dibujado una flecha y escrito la palabra «Recepción».

Para un palacio de esas proporciones, el tamaño de la susodicha recepción era ridículo. Se trataba de una estancia abarrotada, pero en perfecto orden y limpieza, con una madera que la dividía en dos espacios. En uno había una hilera de buzones de madera que habían visto mejores tiempos, y en el otro un panel de llaves. La habitación sólo tenía un ocupante: una anciana muy menuda sentada detrás de un antiguo escritorio. Iba vestida con gran elegancia, teñida y peinada a la perfección, con los labios impecablemente pintados y diamantes que parecían auténticos alrededor de su cuello y en sus flácidas orejas.

Al verla levantarse, Pendergast hizo una reverencia.

–*Molto lieto di conoscerla, signora.*

La respuesta fue un conciso:

–*Il piacere è mio.* –Y, en un inglés con acento italiano–: Obviamente, no vienen buscando habitación.

–No –dijo Pendergast.

Sacó su identificación y se la enseñó.

–Son policías.

–Sí.

–¿Qué desean? Mi tiempo es limitado.

La voz de la anciana era aguda e intimidadora.

–Tengo entendido que en otoño de 1974 se alojaron aquí varios estudiantes norteamericanos. Aquí tiene una foto.

Pendergast sacó la fotografía de Beckmann, pero ella no la miró.

–¿Sabe cómo se llamaban?

–Sí.

–Pues acompáñeme.

La anciana se volvió, rodeó el mostrador de madera y fue hacia el fondo, hacia una puerta trasera que daba a una sala mucho mayor. D'Agosta vio que se trataba de una especie de vieja biblioteca, con estanterías desde el suelo hasta el techo llenas de libros, manuscritos y documentos en vitela. Olía a pergamino, hongos, cuero viejo y cera. El techo era de casetones, y antiguamente había tenido un magnífico revestimiento dorado, aunque ahora se caía a trozos por el paso de los años y la madera estaba plagada de agujeros.

–El archivo de la familia –dijo la anciana–. Cubre ocho siglos.

–Lleva usted un buen registro.

–Llevo un magnífico registro, gracias.

Se dirigió directamente a un estante bajo del fondo de la sala, donde eligió un volumen de grandes dimensiones que llevó a una mesa de centro. Al abrirlo quedaron a la vista innumerables páginas de cuentas, pagos, nombres y fechas, anotados con una letra minúscula y quisquillosa.

–¿Nombres?

–Bullard, Cutforth, Beckmann y Grove.

Empezó a girar las páginas, levantando nubecillas de polvo. Cada página era sometida a un examen de una rapidez inverosímil.

–Aquí. Grove –dijo de pronto, deteniéndose.

Un dedo huesudo, coronado por un descomunal anillo de diamantes, señaló un apellido, antes de deslizarse página abajo.

–Beckmann... Cutforth... Y Bullard. Sí, estuvieron todos aquí en octubre.

Pendergast escudriñó el registro, pero se notaba que hasta él tenía dificultades para descifrar aquella letra tan pequeña.

–¿Coincidieron sus estancias?

–Sí. –Una pausa–. Según esto, sólo una noche, la del treinta y uno de octubre.

La anciana cerró el libro de golpe.

–¿Algo más, *signore*?

–Sí, *signora*. ¿Tendría la amabilidad de mirar esta fotografía?

–¡No esperará que me acuerde de unos desarrapados americanos de hace treinta años! Tengo noventa y dos. Me he ganado el privilegio de olvidar.

–Solicito su indulgencia.

Con un suspiro de impaciencia, la mujer cogió la foto, la miró... y se sobresaltó visiblemente. Mientras la examinaba (y lo hizo largo y tendido), su rostro palideció lentamente. Al final devolvió la foto a Pendergast.

–De hecho sí que me acuerdo –dijo con voz grave–. De éste. –Señaló a Beckmann–. Cómo se lo explicaría... Ocurrió algo terrible. Él y los otros, que debían de ser los de la foto, se fueron juntos a algún sitio. Estuvieron fuera toda la noche, y él volvió alteradísimo. Tuve que conseguirle un cura...

Se le apagó la voz. El vigor, la confianza y la altivez de antes habían desaparecido por completo.

–Fue la víspera de Todos los Santos. Volvió de una noche de jarana y estaba fatal. Lo llevé a la iglesia.

–¿Qué iglesia?

–La de aquí al lado, Santo Spirito. Recuerdo que le entró pánico y suplicó confesarse. Ha pasado mucho tiempo, pero era una situación tan extraña que se me quedó grabada. La expresión de su cara también, pobre. Pedía un cura como si en ello le fuera la vida.

–¿Y luego?

–Se confesó, y justo después hizo el equipaje y se fue.

–¿Y los otros estudiantes americanos?

–No me acuerdo. Celebran Todos los Santos cada año, o la noche anterior, que creo que ustedes llaman Halloween. Es una excusa para beber.

–¿Sabe adónde fueron esa noche, o a quién pudieron haber encontrado?

–Le he dicho todo lo que sé.

Se oyó una campanilla en la recepción.

–Tengo que atender a mis huéspedes –dijo ella.

–Una última pregunta, si es tan amable, *signora* –manifestó Pendergast–. El sacerdote que confesó al joven... ¿Todavía está vivo?

–Debió de ser el padre Zenobi. Sí, el padre Zenobi. Ahora está con los monjes de La Verna.

La anciana se dispuso a irse, pero antes volvió lentamente la cabeza.

–Ahora, si cree que podrá convencerle de que rompa el sagrado secreto de confesión está muy equivocado, señor mío.

65

D'Agosta suponía que al salir del palacio volverían directamente al hotel, pero Pendergast se entretuvo paseando por la plaza con las manos en los bolsillos, mirando a izquierda y derecha. Al cabo de unos minutos se volvió hacia su colega.

–¿Un helado? Si no me equivoco, aquí cerca, en el Café Ricchi, sirven uno de los mejores de Florencia.

–No, ya no tomo.

–Yo sí. Espero que no le moleste.

Entraron en el café y se acercaron a la barra. Pendergast pidió un cucurucho (de tiramisú y *crème anglaise*) y D'Agosta un café solo.

–No sabía que le gustaran tanto los dulces –dijo, apoyado en la barra.

–Tengo debilidad por el helado italiano, pero el principal motivo de que estemos aquí es averiguar sus intenciones.

–¿Intenciones? ¿De quién?

–Del que nos sigue.

D'Agosta se puso derecho.

–¿Qué?

–No, no mire. Es un hombre cualquiera de unos treinta y cinco años, con camisa azul y pantalón oscuro. Muy profesional.

Sirvieron el cucurucho a Pendergast, que lo mordió con delicadeza, pero de repente le cambió la cara.

–Acaba de entrar en la pensión –dijo.

Dejó el helado y unos euros sobre el mostrador y salió rápidamente del café, seguido por D'Agosta.

–¿Tiene miedo por la *signora*?

–La *signora* no corre ningún peligro. Por quien temo es por el cura.

–¿El cura? –D'Agosta lo entendió de repente–. Pues podemos interceptarle al salir de la pensión.

–Sólo serviría para liarnos con interminables legalidades. Lo mejor es ir directamente al monasterio. Venga, Vincent, no tenemos tiempo que perder.

Veinte minutos después iban en coche por las colinas del noreste de Florencia, al volante de su Fiat de alquiler. A pesar de que D'Agosta estaba sobradamente acostumbrado a la velocidad, y de que Pendergast, que era quien conducía, fuera a todas luces un experto, el corazón del sargento latía más deprisa de lo aconsejable. Las curvas eran muy cerradas, sin barreras de seguridad, y el coche chirriaba por ellas con una rapidez escalofriante. Cuantas más vueltas daban y más altura ganaban, más vasto era el mar de montañas que aparecía a sus pies. Era la gran columna vertebral de los Apeninos.

–Ya hace cierto tiempo que sé que nos vigilan –dijo Pendergast–. Desde que encontramos el cadáver de Bullard. En algunos momentos importantes, como durante nuestro viaje a Cremona, he conseguido mantener las distancias. Si todavía no he plantado cara a nuestro perseguidor, es porque tenía la esperanza de averiguar quién estaba detrás de todo esto, pero no esperaba ver una estrategia tan directa como la de ahora mismo en la plaza. Eso significa que nos acercamos a la verdad. También significa que ha aumentado el peligro, tanto para nosotros como para los que poseen información crucial, como el padre Zenobi.

Otra curva y otro chirrido de neumáticos. D'Agosta ladeó el cuerpo hacia Pendergast para contrarrestar la fuerza centrífuga, mientras empezaba a sudarle la frente.

–Le he visto sonsacar información a toda clase de gente –dijo, cuando pudo volver a respirar con libertad–, pero si consigue convencer a un cura de que le revele una confesión de hace treinta años vuelvo a Southampton a nado.

Otra curva larguísima, con el coche colgando prácticamente al borde del abismo. Esta vez D'Agosta casi tuvo que clavar los dedos en el salpicadero.

–¿No le parece que podríamos ir un poco más despacio?

–No.

Pendergast señaló hacia atrás con la cabeza.

El coche volvió a derrapar por una curva, bajo un control relativo. En el momento de verse empujado contra la ventanilla, D'Agosta vio las montañas que tenían detrás, y quedó petrificado. Unas tres curvas por debajo de ellos, distinguió una moto negra y cromada que reflejaba el sol en su anguloso chasis. Se estaba acercando muy deprisa.

–¡Nos está siguiendo una moto! –dijo.

Pendergast asintió.

–Sí, una Ducati Monster modelo S4R, si no me equivoco: cuatro válvulas y más de cien caballos. Ligera, pero muy potente.

D'Agosta volvió a mirar atrás. El motorista iba vestido de cuero rojo; la visera del casco era opaca.

–¿Es el de la plaza?

–Él o algún compinche.

–Y ¿viene a por nosotros?

–No, a por el cura.

–Pues seguro que no podemos correr más que él.

–Pero podemos hacer que vaya más lento. Saque su pistola.

–Y ¿qué hago?

–Eso lo dejo a su albedrío.

D'Agosta reconoció la nota aguda de un motor que se acercaba por detrás a toda potencia. Superaron otra curva entre nubes de polvo. El Fiat dio un bandazo a la derecha y otro a la izquierda, pero la moto ya estaba doblando la misma curva con una inclinación alucinante, casi pegándose a la carretera. El motorista la enderezó enseguida y empezó a acortar distancias, preparándose para adelantar.

–Sujétese, Vincent.

Justo cuando la moto llegaba a su altura, el coche invadió el carril de la izquierda e hizo chirriar las ruedas con una maniobra para cortarle el paso. Al mirar atrás, D'Agosta vio que el motorista se quedaba rezagado, pero que se disponía a intentarlo de nuevo.

–¡Viene por la derecha! –exclamó.

En el último momento, Pendergast volvió a dar un volantazo hacia la izquierda, que acertó al prever el amago del motorista. Oyeron detrás un chirrido de neumáticos. El motorista había recurrido al freno trasero, lo que hizo que la máquina se encabritase, pero enderezó la moto y recuperó la estabilidad. D'Agosta le vio introducir una mano en su chaqueta.

–Lleva pistola.

Apoyado en la puerta, esperó con su arma a punto. Dudaba que alguien que iba a ciento treinta por hora por una carretera de montaña llena de curvas pudiera tener puntería, pero no pensaba arriesgarse.

La moto dio un acelerón. Mientras volvía a acercarse, el motorista apuntó con la pistola. D'Agosta hizo lo propio con la suya.

–Espere a que dispare primero –murmuró Pendergast.

Se oyó una detonación, seguida por una nube azul que se borró enseguida. De forma simultánea, con un impacto sordo, el cristal trasero perdió su transparencia por una red de grietas centrada en un perfecto orificio de nueve milímetros. Inmediatamente, Pendergast dio un frenazo de una dureza apabullante, que lanzó a D'Agosta contra el cinturón. A continuación dio un golpe de volante y aceleró de nuevo.

D'Agosta se desabrochó el cinturón, saltó al asiento trasero, vació la ventanilla reventada con el pie, afianzó su pistola y disparó. El motorista dio un bandazo y desapareció al otro lado de una curva, cambiando las marchas.

–¡Será cabrón!

En la siguiente curva, el coche derrapó en una zona de gravilla y se acercó peligrosamente al borde. D'Agosta estaba de rodillas en el asiento trasero, sin atreverse casi a respirar, mientras apuntaba a través del cristal reventado y se preparaba para disparar en cuanto volviera a distinguir la moto. Cuando rodeaban la enésima colina a toda mecha, vio reaparecer la Ducati unos cien metros por detrás.

Pendergast redujo la marcha, haciendo rechinar el motor y poniendo la aguja del cuentarrevoluciones en la zona roja. El coche se embarcó en otra curva larga y mareante.

Al siguiente acelerón salieron a un tramo de carretera que bordeaba una montaña y se adentraba por un bosque de pinos largo y oscuro como un túnel. Vieron pasar una señal: «Chiusi della Verna 13 km». D'Agosta, que vigilaba la retaguardia, vio cómo se levantaba un remolino de agujas de pino a su paso.

Y ya estaba ahí la Ducati, saliendo de la curva. D'Agosta apuntó, pero a doscientos metros, desde un coche en movimiento, no podía acertar. Se sentó a esperar su oportunidad.

La moto se lanzó hacia ellos con un bramido agudo y penetrante. Quinta marcha, sexta... Cada vez se acercaba más deprisa. El motorista se había guardado la pistola. Tenía las dos manos en el manillar, e iba con guantes y la cabeza inclinada.

–Va a intentar adelantarnos otra vez.

–Me lo imagino.

Pendergast se quedó en el centro de la carretera pisando a fondo el acelerador.

Pero su coche no era rival para la Ducati, que apareció tras ellos en plena aceleración. «Debe alcanzar los ciento ochenta», pensó D'Agosta. Sabía que el motorista intentaría dejar la maniobra para el último momento, y que Pendergast no podía prever si giraría a la izquierda o a la derecha. Cogió con fuerza su pistola. Gracias a muchas sesiones en la galería de tiro de la calle Treinta y tres, su puntería había mejorado mucho, pero con esa vibración y el movimiento del coche y de la moto... sería difícil. En ese momento, la moto iba como mínimo al doble de velocidad que ellos. Se acercaba muy deprisa, a ciento cincuenta o ciento sesenta por hora...

Apretó el gatillo apuntando hacia la parte de abajo, pero falló el tiro.

El coche dio un fuerte bandazo a la derecha, pero la moto pasó como una exhalación por el lado contrario (con los silenciadores brillando y el motorista tan pegado a su máquina que casi se confundía con la horquilla delantera) y se perdió de vista en la siguiente curva.

–Mala suerte. Me ha salido cruz –dijo Pendergast en un tono lacónico.

Ahora la curva se les echaba encima e iban demasiado deprisa para poder controlarla. Pendergast simultaneó un frenazo, un acelerón y un golpe de volante a la izquierda. Después de dos o tres vueltas en redondo (D'Agosta estaba demasiado en vilo para llevar la cuenta), el coche se detuvo al borde mismo del acantilado.

Fue una pausa muy corta, mientras les envolvía un olor punzante a pastillas de freno quemadas.

–Aunque tenga tantos problemas, Fiat aún sabe hacer un coche como Dios manda –dijo Pendergast.

–Los de Eurocar no se hallarán muy contentos –contestó D'Agosta.

Pendergast pisó el acelerador. El coche volvió a la carretera con un chirrido y tomó velocidad para embocar otra curva.

Salieron disparados nuevamente por el bosque de abetos, preludio a otra sucesión de curvas cerradas peor que la anterior. D'Agosta empezaba a tener una sensación desagradable en el estómago. Se permitió un vistazo, sólo uno, por el borde de la carretera. El valle de Casentino quedaba muy abajo, lejísimos, sembrado de campos y de pueblos. Apartó rápidamente la vista.

Fueron subiendo curva a curva. Pendergast conducía muy serio, sin abrir la boca, mientras D'Agosta recargaba la pistola y comprobaba su funcionamiento. Era mejor que mirar por la ventana. De repente aparecieron casas. Habían entrado en el pueblo de Chiusi della Verna. Pendergast lo cruzó a bocinazo limpio. Al paso del coche, que arrancó el retrovisor de una furgoneta y lo hizo rebotar por la calle, varios peatones asustados se refugiaron en el umbral de alguna tienda. A la salida del pueblo había otro cartel descolorido: «Santuario della Verna 6 km».

La carretera, siempre en subida, hacía eses entre los árboles. De pronto el bosque se abrió a un prado. Justo delante, pero con un desnivel de treinta metros, estaba el monasterio de La Verna, mole antigua y heteróclita de piedra, tan grande y gastada por el tiempo que se confundía con la roca. A pesar de los pesares, D'Agosta sintió un escalofrío. En catequesis le habían enseñado que quizá se trataba del monasterio cristiano más sagrado del mundo, ya que lo había construido el mismísimo san Francisco en 1224.

El coche volvió a introducirse en el bosque, perdiendo de vista el monasterio.

–¿Tenemos alguna oportunidad? –preguntó D'Agosta.

–Depende de lo que tarde nuestro amigo en encontrar al padre Zenobi. El monasterio es grande. ¡Lástima que no tengan teléfono!

El coche devoró otra curva. D'Agosta reconoció el tañido de una campana y un eco lejano de cantos religiosos sobre el ruido del motor.

–Creo que los monjes están rezando –dijo.

Echó un vistazo a su reloj. Debía de ser el oficio de sextas, la sexta hora del Opus Dei.

–Así es. Qué mala suerte.

Pendergast superó la última curva. Ahora las ruedas ya no se deslizaban por el asfalto, sino por adoquines antiguos y cubiertos de moho.

La carretera empedrada, que evidentemente no había sido hecha pensando en coches, conducía a la parte de atrás del monasterio. Al otro lado del muro exterior, por la puerta de acceso de un enorme claustro, D'Agosta vio la Ducati apoyada en el suelo, con la rueda trasera girando muy despacio.

Pendergast frenó de golpe y bajó, pistola en mano, antes de que el coche se hubiera detenido del todo. D'Agosta le siguió a muy poca distancia. Pasaron al lado de la moto, cruzaron un puente de piedra y entraron en los claustros. A la derecha había una gran capilla, con la puerta abierta de par en par. La brisa fresca traía notas de canto gregoriano, notas firmes que de pronto, mientras ellos corrían, parecieron temblar y deshacerse en una gran confusión.

Entraron en la iglesia justo a tiempo de ver al hombre enfundado en cuero rojo con el brazo rígido y horizontal, disparando a bocajarro a un viejo monje que estaba de rodillas con las manos levantadas en señal de sorpresa o de oración. Al tratarse de un espacio cerrado, la detonación fue ensordecedora.

Sus ecos se confundieron con las últimas notas del canto gregoriano. D'Agosta dio un grito de consternación, rabia y horror, mientras el sacerdote se derrumbaba y el pistolero levantaba el arma como en una ejecución, haciendo puntería para el segundo disparo.

66

Hayward se encontraba con el capitán Grable en una elevación rocosa situada justo al norte del arsenal de Central Park. Desde ahí, con los primeros albores, gozaban de una buena vista del campamento, que aún dormía en el silencio matinal. Hayward reconoció la tienda de Buck, de cuyo emplazamiento habían sido informados. Era grande y verde, y ocupaba el centro del poblado.

Cada vez le daba más mala espina. No era un sitio de donde se pudiera entrar y salir limpiamente. El crecimiento de la improvisada ciudad superaba todas sus expectativas. Como mínimo había trescientas tiendas desperdigadas por la vegetación, y el terreno tampoco les ayudaba: profundas hondonadas, verdes y frondosas, entre lomas de hierba, muchas de ellas con largas franjas de roca gris al desnudo. Al otro lado de las ramas, en la Quinta Avenida, se entreveía el coche patrulla que tenía que llevarse a Buck. Estaba aparcado en el lado de la avenida que bordeaba el parque, justo enfrente de la entrada del edificio de Cutforth.

Hayward habría preferido estar en cualquier otro sitio. De hecho le correspondía estar investigando el asesinato de Cutforth. No debería estar allí, y menos con una investigación por homicidio abierta. Era como revivir viejos y malos tiempos, cuando era una machaca y estaba en la policía de tráfico.

Miró a Grable de reojo. Lástima que no fuera D'Agosta, con quien había hablado brevemente la noche anterior; él sí que era de fiar, mientras que Grable...

El capitán se arregló la corbata y enderezó los hombros.

–Daremos una vuelta y entraremos por el oeste.

Sudaba tanto que tenía pegada la camisa al pecho, y eso que era una mañana fría.

Ella asintió.

–Para mí, la clave es hacerlo deprisa, no sea que nos quedemos dentro...

Grable tragó saliva y se subió el cinturón.

–Mire, capitana, yo, a diferencia de otros, no perdí el tiempo en las aulas coleccionando títulos; he ido subiendo desde la base, y sé lo que me hago.

Se entretuvo en contemplar el campamento dormido. Hayward echó un vistazo a su reloj. La luz aumentaba por momentos. En pocos minutos saldría el sol. ¿A santo de qué esperaban tanto?

–Perdone que se lo diga, pero se nos hace tarde –dijo.

–No me he marcado ningún horario, capitana.

Hayward trató de ignorar sus malos presagios. Rocker había dejado muy claro que la operación la dirigía Grable. Ella estaba allí para obedecer. Las malas actitudes no servían de nada. Además, el plan podía funcionar. ¡Qué caray! Seguro que funcionaba si entraban y salían lo bastante deprisa y se llevaban a Buck al coche patrulla, sin haberle dado tiempo ni de despertarse. «Mientras Grable fuera rápido, podría salir bien –se dijo–. Si hay que detener a alguien, se le detiene. No se le da tiempo de pensar.» Volvió a mirar al capitán y a preguntarse por qué se entretenía tanto.

–Bueno, vamos –dijo él al sentirse observado.

Fueron hacia el norte por el sotobosque, entre árboles pequeños, rodeando el campamento por uno de los lados de un pequeño desfiladero hasta salir a una especie de camino de cabras que llevaba directamente a la comunidad. Tenían el viento de cara. Hayward se vio asaltada por un olor a aguas residuales y humanidad sin asear.

Al acercarse a las primeras tiendas, Grable apretó el paso. Ya había gente despierta, cocinando en fogoncitos o simplemente paseándose.

Nada más penetrar en el primer anillo de tiendas, el capitán vaciló. Luego hizo a Hayward un gesto brusco y reanudaron su camino. La capitana saludó amablemente con la cabeza a la gente que ya estaba despierta y les veía pasar. El terreno era cada vez más llano. Las tiendas se apretaban formando callejuelas. Sólo tardaron unos minutos en llegar al claro central, donde estaba la tienda de Buck.

«De momento, bien», pensó Hayward.

La lona de la entrada estaba atada a dos postes, uno en cada lado. Grable se acercó y dijo en voz alta:

–¿Buck? Soy el capitán Grable, de la policía.

–¡Eh! –Había aparecido un hombre alto y de buena presencia–. ¿Qué hacen?

–¿A ti qué te importa? –dijo Grable en un tono desagradable.

«Mierda –pensó Hayward–. Así no.»

–No pasa nada –dijo–. Sólo hemos venido a hablar con el reverendo.

–¿Ah, sí? ¿De qué?

–Apártate, tío –dijo Grable.

–¿Qué pasa? –le preguntó alguien dentro de la tienda–. ¿Quién es?

–El capitán Grable, de la policía.

Grable empezó a deshacer el nudo de la cuerda que ataba la lona a uno de los palos laterales. De repente, cuando faltaba poco, salió una mano de dentro, se cerró sobre la suya y la apartó. Después se levantó la lona y apareció Buck muy erguido y muy serio.

–Éste es mi domicilio –dijo fría y dignamente–. No lo allane.

«Espósale –pensó Hayward–. Esposa de una vez a este cabrón y larguémonos.»

–Somos de la policía de Nueva York, y esto es terreno público, no un domicilio privado.

–Le vuelvo a pedir que no se acerque a mi casa.

Hayward quedó impresionada por la presencia de Buck. Al volverse para ver la reacción de Grable, se llevó la desagradable sorpresa de que éste estaba pálido y sudoroso.

–Queda detenido, Wayne Buck.

Grable intentó sacar las esposas, pero le temblaban un poco las manos y tardó un poco más de lo habitual.

Hayward se quedó alucinada. Grable no estaba en su terreno. Era la única explicación.

Llevaba tanto tiempo en un despacho que ya no sabía (o nunca había sabido) moverse por las calles, y se le había olvidado cómo reaccionar ante una situación incierta como aquélla. Sí, eso lo explicaba todo: sus dudas junto al arsenal, el que sudara... todo. Su intención había sido que el jefe mandara a todo un grupo en busca de Buck, pero al ver que Rocker le asignaba la misión personalmente no pudo decir que no. Ahora, enfrentado con el implacable Buck, pero sin equipo de élite que valiera, estaba perdiendo los nervios.

El reverendo le observó sin hacer ningún gesto, ni de cooperación ni de resistencia.

El otro hombre, que parecía ser su guardaespaldas o su ayudante de campo, se volvió y, ahuecando las manos a ambos lados de la boca, exclamó con fuerza inusitada:

–¡Arriba, cristianos! ¡Arriba! ¡Ha venido la poli a detener al reverendo!

Se oyó movimiento y un súbito murmullo de voces.

–Vuélvase y ponga las manos en la espalda –dijo Grable, pero le temblaba la voz.

Buck seguía sin moverse.

–¡Arriba, cristianos!

–Capitán –dijo Hayward en voz baja–, está ofreciendo resistencia. Póngale las esposas.

Pero Grable no se movió.

Hayward evaluó rápidamente la situación y se dio cuenta de que habían perdido su oportunidad. Miró a su alrededor y recordó que un día, siendo niña, metió un palo en un avispero para hacerse la valiente. Por unos instantes todo estuvo tranquilo. Luego se oyó una especie de murmullo, y empezó a salir una multitud de avispas cabreadísimas. Pues esa misma sensación le producía el campamento. La gente ya estaba despierta, pero aún no había salido de las tiendas, y reinaba una sorda actividad a punto de explotar.

–¡Defended al reverendo! ¡Ha venido la policía a detenerle! ¡Arriba!

Ya llegaba la multitud. De repente había centenares de personas fuera de las tiendas, gente que se acercaba poniéndose las camisetas.

Hayward se acercó a Grable.

–Capitán, esto se pone feo. Ante todo no pierda la calma.

La boca de Grable se curvó hacia abajo, pero sin emitir ningún sonido.

Se acercaban. Se había formado una pared humana, mientras seguía llegando gente de todas las direcciones que rodeaba la tienda con voces de enfado.

Mierda. Hayward se volvió hacia la multitud.

–Tranquilos, no hemos venido a molestar a nadie.

–¡Mentirosa!

La gente se acaloraba.

–¡Blasfemos!

El cerco fue estrechándose. Mientras tanto, salvo ofrecer una estampa de dignidad, Buck no hacía ni decía nada.

–¡Eh, que sólo somos dos! –dijo Hayward con calma y las manos extendidas–. ¡Tampoco hace falta ponerse así!

–¡Soldados impíos de Roma!

–¡No ensuciéis al reverendo con vuestras manos!

La situación era más fea de lo que pensaba. Grable retrocedió instintivamente, mientras sus ojos buscaban una vía de escape que no existía.

La multitud se acercaba, cada vez más furiosa.

–Si nos tocáis a uno de los dos, será una agresión –dijo Hayward en voz alta pero con serenidad.

La advertencia sirvió para frenar a las primeras filas, pero había tanta gente empujando por detrás que sólo era cuestión de tiempo.

Grable soltó las esposas para coger la pistola.

–¡No, Grable! –exclamó ella.

El clamor fue inmediato.

–¡Va a disparar! ¡Asesino! ¡Judas!

La pared humana volvió a avanzar.

¡Pum! Un tiro al aire. Justo cuando la multitud empezaba a reaccionar, Buck, que se encontraba a pocos pasos por detrás de Grable, le quitó el arma con un gesto rápido y seguro.

«Menos mal», pensó Hayward, manteniendo las manos a la vista, lejos de su pistola. O hacían algo deprisa, o lo tenían crudo. Se volvió y le dijo a Buck:

–Más vale que haga algo, reverendo. La situación está en sus manos.

Buck se adelantó levantando los brazos. El silencio fue inmediato y total.

Tras una corta espera, el reverendo bajó un brazo y señaló a Grable con firmeza.

–Este hombre ha venido a detenerme bajo el manto del Príncipe de la Oscuridad, pero Dios ha revelado su engaño.

Grable parecía mudo.

–Estos centuriones, estos soldados de Roma, han entrado en nuestro campamento como arteras serpientes para cumplir la voluntad del demonio, pero han sido derrotados por su propia vergüenza y cobardía.

–¡Qué vergüenza! ¡Cobardes!

Hayward aprovechó un momento de silencio para decirle a Buck en voz baja:

–Nos gustaría irnos.

Otro bramido de la multitud:

–¡Qué vergüenza!

Alguien tiró un palo que aterrizó a sus pies, en el polvo. Hayward vio más palos por encima de las cabezas. Algunos habían empezado a buscar piedras entre la vegetación.

Se inclinó hacia el reverendo y le dijo algo en voz baja, con la esperanza de que fuera el único en oírla:

–Reverendo Buck, ¿qué será de usted y de sus seguidores si salimos heridos, o si nos toman como rehenes? ¿Cómo cree que reaccionará la policía? –Sonrió fríamente–. En comparación, lo de Waco parecerá una barbacoa de domingo.

Hubo un momento de silencio. Luego, como si no la hubiese oído, Buck volvió a levantar las manos e inclinó la cabeza. El silencio volvió a ser instantáneo.

–Hermanos –dijo–, hermanos, nuestra fe es la de Cristo. Aunque hayan venido con malas intenciones, debemos mostrarnos compasivos y saber perdonar. –Se volvió hacia su ayudante–. Todd, abre un camino para los impuros. Que se vayan en paz.

Los palos bajaron lentamente. Poco después, la multitud se abrió. Hayward se agachó con la cara muy roja, recogió la pistola de Grable y se la guardó en el cinturón. Al volverse, vio que el capitán no la seguía. Permanecía inmóvil como una estatua.

–¿Viene o no viene, capitán?

Grable se sobresaltó, echó un vistazo a su alrededor y pasó de largo sin mirarla. A partir de cierto punto echó a correr. La multitud prorrumpió en gritos y aplausos. Hayward le siguió sin perder la dignidad y con la vista al frente, en un esfuerzo por no delatar, ni en su expresión ni en su postura o voz, que estaba sufriendo la peor humillación de toda su carrera.

67

Los oídos de D'Agosta se vieron sacudidos por una gran detonación. Era Pendergast, que había disparado sobre las cabezas de la gente.

Al volverse, el asesino vio que se acercaban y, tras un rápido vistazo a su víctima (hecha un ovillo en el suelo) y a la capilla, dio media vuelta y salió corriendo. Un grupo de monjes con hábitos marrones rodeó al hermano caído, entre rezos, exclamaciones y gestos.

Algunos monjes señalaban el fondo de la capilla.

–*Da questa parte! È scappato di là!*

Pendergast les miró.

–¡Sígale, Vincent!

Tenía el teléfono móvil en la mano y pedía un helicóptero con equipo médico.

Un monje se adelantó y cogió a D'Agosta por el brazo.

–Le ayudo –dijo en un inglés rudimentario–. Sígame.

Cruzaron una puerta a la derecha del altar y corrieron juntos por un pasillo oscuro, un claustro interior y otro pasillo de piedra que acababa bruscamente en la pared de la montaña. Hicieron un alto. Había un pasadizo lateral, perpendicular al camino por el que habían venido, con arcos y columnas tallados en la roca viva.

–Ha ido por aquí.

El monje se metió corriendo entre las paredes del antiguo pasadizo, decoradas con frescos. Al final había una puerta de hierro entreabierta. La abrió del todo, dejando pasar la luz del sol. Salieron juntos al exterior. A sus pies, una escalera de piedra bajaba vertiginosamente por la pared de roca, sin ninguna protección, salvo una baranda de hierro podrida.

D'Agosta se apartó de la roca y, tras un momento de vértigo, distinguió una figura vestida de cuero rojo que descendía por la escalera de piedra.

–*Eccolo!*

El monje se lanzó escalones abajo, con el hábito flotando a sus espaldas. D'Agosta le siguió; no se atrevía a correr demasiado. Los peldaños estaban tan pulidos por el tiempo y tan húmedos que resbalaban como si fueran de hielo. Era una antigua escalera en desuso, con partes tan erosionadas que tuvieron que saltar sobre intersticios de cielo azul.

–¿Sabe adónde ha ido? –preguntó D'Agosta sin aliento.

–Al bosque de abajo.

Llegaron a un rellano, con otro hueco que cruzaron lentamente. En ese punto no quedaba ni rastro de la baranda de hierro. La única protección se la brindaban algunos toscos asideros, bajo un viento frío y cortante.

Oyeron un disparo a sus pies.

En ese momento, el monje resbaló y se cogió a un asidero para recuperar el equilibrio. D'Agosta se pegó a la roca. Era un blanco perfecto. No podía ayudar ni dar un solo paso. Tampoco podía desenfundar la pistola; sus dos manos estaban aferradas a la piedra.

Otro disparo. Recibió varias esquirlas en la cara. Un rápido vistazo le permitió distinguir al asesino a unos treinta metros, apuntándoles en la escalera.

La situación era insostenible. No podía quedarse donde estaba en espera de que le pegaran un tiro. Soltó una mano y se arrimó desesperadamente a la montaña con los pies y las rodillas, mientras cogía la pistola y, afinando al máximo la puntería, disparó dos veces.

Fueron dos buenos disparos, con un margen de error de pocos centímetros. El asesino soltó un grito y se escondió. Entretanto, el monje se había recuperado y se había trasladado a un lugar más seguro. Esta vez fue D'Agosta quien notó que resbalaba. Iba a tener que soltar la pistola.

–*A me!* –dijo el monje.

D'Agosta le lanzó la Glock. El monje demostró buenos reflejos. D'Agosta se dispuso a saltar sobre el hueco. Justo cuando aterrizaba al otro lado, se oyó otro disparo.

–¡Agáchese!

Se pegaron a la escalera, protegidos, dentro de lo que cabía, por un pequeño saliente de piedra. Otro disparo. Más esquirlas.

«¡Madre mía! ¡No hay quien se mueva de aquí!», pensó D'Agosta. No podían avanzar ni retroceder. La única posibilidad era devolver los disparos.

El monje le pasó la pistola.

D'Agosta sacó el cargador para ver cuántas balas quedaban. Ocho. Lo deslizó a su sitio.

–Cuando yo dispare, corra. *Capisci?*

El monje asintió con la cabeza.

D'Agosta se levantó y, con un solo movimiento, apuntó y disparó tres veces, pero lo único que consiguió fue arañar la parte superior de la roca tras la que se había parapetado el pistolero, que no podía levantarse ni contraatacar. El monje corrió por la parte expuesta del rellano y encontró un buen escondrijo justo al final, donde volvía a convertirse en una tosca escalera.

D'Agosta se agachó tras el saliente, metió el cargador de repuesto y corrió por la parte desprotegida hasta reunirse con el monje allí donde la escalera les servía de protección. Antes se detuvo a mirar por encima de una pared de roca, pero no se veía al pistolero por ninguna parte.

Se levantó rápidamente y reemprendió la persecución, seguido por el monje. Tras un largo descenso, llegaron bruscamente al final de la escalera. En la base del precipicio había una pequeña viña, y más allá un frondoso bosque.

–¿Por dónde? –preguntó D'Agosta.

El monje se encogió de hombros.

–Se ha ido.

–No. Le seguiremos por el bosque.

D'Agosta echó a correr medio agachado hacia los árboles por la hilera de vides. Tardaron poco en penetrar en el bosque y quedar rodeados por el silencio de unos troncos catedralicios que olían a resina y frío, y que se multiplicaban hasta perderse de vista. D'Agosta examinó el suelo, pero no vio ninguna huella en el mullido lecho de agujas de pino.

–¿Tiene alguna idea de adónde ha ido?

–No se puede saber. Se necesitan perros.

–¿El monasterio tiene perros?

–No.

–Podemos llamar a la policía.

El monje volvió a encogerse de hombros.

–Mucho tiempo. Para perros, dos o tres días.

D'Agosta contempló el interminable bosque.

–Mierda.

En la capilla seguía reinando la confusión. Pendergast se había inclinado junto al cuerpo yacente del monje, a quien hacía masajes cardíacos y practicaba la respiración artificial. Varios monjes se habían arrodillado en semicírculo, en una iniciativa que parecía corresponder al jefe de la orden. Otros se mantenían a una distancia más que prudencial, entre murmullos atónitos. Cuando D'Agosta, completamente exhausto, regresaba a la capilla, oyó el ruido lejano de un helicóptero.

Se arrodilló y cogió la mano enjuta del anciano sacerdote, que tenía los ojos cerrados y el rostro ceniciento, siempre con el murmullo de fondo de los monjes rezando, reconfortante en su mesurada cadencia.

–Creo que ha tenido un ataque al corazón –dijo Pendergast, presionando el pecho del anciano–. A consecuencia de la herida de bala, aunque ahora que llega el helicóptero quizá se salve.

De repente el monje tosió, agitó una mano y abrió los ojos, clavando su mirada en Pendergast.

–*Padre* –dijo el agente en voz baja y sosegada–, *mi dica la confessione più terribile che Lei ha mai sentito.*

Pareció que los ojos, llenos de sabiduría, pero también de muerte, lo entendieran todo.

–*Un ragazzo americano che ha fatto un patto con il diavolo, ma l'ho salvato, l'ho sicuramente salvato.*

Suspiró, sonrió, cerró los ojos y respiró por última vez larga y entrecortadamente.

Poco después aparecieron los paramédicos con una camilla, y en una vorágine de actividad hicieron lo posible por estabilizar a la víctima. Uno de ellos le conectó un monitor cardíaco, mientras otro comunicaba la falta de señales vitales al hospital y recibía órdenes. Se llevaron rápidamente la camilla. Pocos segundos después, el ruido del helicóptero volvía a alejarse. Todo había acabado. De repente la iglesia parecía vacía, con vaharadas de incienso y la nota extrañamente pacífica de los rezos, en contraste con lo que había sido una acción de acongojante violencia.

–Se ha escapado –dijo D'Agosta sin aliento.

Pendergast le puso una mano en el brazo.

–Lo siento, Vincent.

–¿Qué le ha dicho al cura?

Pendergast vaciló un poco.

–Le he pedido que se acordara de la peor confesión que había oído en su vida, y ha contestado que se la hizo un joven americano que había hecho un pacto con el diablo.

A D'Agosta le dio un vuelco el estómago. Conque era verdad. Al final era verdad.

–Luego ha dicho que estaba seguro de haber salvado su alma. Tenía la certeza de haberla salvado.

D'Agosta tuvo que sentarse. Durante un momento inclinó la cabeza, mientras recuperaba la respiración. Luego miró a Pendergast.

–Sí, muy interesante, pero ¿y los otros tres?

68

El reverendo Buck estaba dentro de su tienda de campaña, frente al escritorio. Los rayos de sol matinal entraban al sesgo por la red de la puerta y encendían las paredes de lona. En el campamento aún se sentían todos excitados y llenos de energía por el enfrentamiento con las fuerzas policiales, la misma energía que Buck sentía correr por todo su cuerpo. La pasión y la fe de sus seguidores habían sido una fuente de sorpresa y aliento. Se notaba que el espíritu de Dios estaba con ellos. Y con Dios todo era posible.

El problema era que la policía no descansaría. Actuarían de forma contundente y rápida. El momento de Buck estaba a punto de llegar, ese momento para el que tanto había viajado y trabajado.

Pero ¿cuál? Y ¿cómo lo cumpliría exactamente?

Era una pregunta que llevaba muchos días creciendo en su interior, y reconcomiéndole. Al principio sólo había sido una vocecita, un desasosiego, pero ahora nunca le abandonaba, ni con todos sus rezos, ayuno y penitencia. La senda de Dios no estaba clara. Sus deseos eran misteriosos.

Volvió a inclinar la cabeza y a rezar, pidiéndole a Dios que le mostrara el camino.

Entonces oyó el ruido de fondo de multitud de conversaciones fuera de la tienda, y al prestarles oído comprobó que todas giraban aldededor de lo mismo: el intento frustrado de detención. ¡Qué raro que la policía sólo hubiera mandado a dos personas! No querían mostrarse violentos para evitar otro Waco.

Waco. Las palabras en voz baja de la agente le habían hecho pensar y zozobrar un poco. ¡Qué mujer! Treinta y cinco años o menos, guapísima, y con una seguridad que tumbaba de espaldas. El otro era un simple y presuntuoso bravucón, pura fachada, como tantos gilipollas con quienes había tratado en la cárcel, pero ella... Ella tenía detrás toda la confianza y el poder del diablo.

¿Qué hacer? ¿Resistirse? ¿Plantar cara? Buck tenía en sus manos un poder enorme, cientos de seguidores que creían en él de todo corazón; tenía poder de convicción, tenía al Espíritu consigo, pero la policía poseía la fuerza de las armas materiales, y estaba respaldada por el poder del Estado. Disponía de armas, gas lacrimógeno y cañones de agua. Cualquier resistencia por su parte daría lugar a una carnicería.

¿Qué quería Dios que hiciera? Inclinó la cabeza y volvió a rezar.

Alguien llamó uno de los postes de madera de la tienda.

–¿Sí?

–Casi es la hora de su sermón matinal y de la imposición de manos.

–Gracias, Todd. Salgo en unos minutos.

Necesitaba una respuesta antes de poder comparecer una vez más ante su gente; la necesitaba, aunque sólo fuera para sí mismo. En aquella crisis, la mayor hasta el momento, le pedían que fuera su guía espiritual. Estaba tan orgulloso de ellos, de su valor y convicción... Con qué acierto habían espetado «soldados de Roma» a los policías...

Soldados de Roma. Ahí estaba.

De repente su cerebro empezó a encadenar conexiones, como si fueran piezas de dominó o los engranajes de una gran maquinaria espiritual. Pilato. Herodes. El Gólgota. La respuesta que buscaba había estado ahí siempre, pero sólo la fuerza de la fe le había permitido dar con ella.

Se quedó un poco más de rodillas.

–Gracias, Padre –murmuró, y al levantarse se sintió bañado en luz.

Ya sabía con exactitud cómo hacer frente a los ejércitos de Roma.

Apartó con el brazo la lona de entrada y caminó hacia la roca de las predicaciones, fijándose en lo hermosa que era la mañana y la tierra de Dios. Era tan preciosa la vida, un don tan efímero... Al subir por el camino que rodeaba la roca por detrás, recordó que el otro mundo sería mucho mejor y mucho más hermoso. Cuando llegaran los infieles a millares, sabría exactamente cómo infligirles la derrota.

Levantó las manos, aclamado por cien voces.

69

El sótano del cuartel general de los carabinieri se parecía más a lo que había sido anteriormente (una mazmorra) que a un sótano. Mientras seguía al coronel Esposito y a Pendergast por sus sinuosos túneles de piedra sin labrar, llenos de telarañas y de cal, D'Agosta casi se sorprendió de que no hubiera esqueletos encadenados a los muros.

El *colonnello* se paró ante una puerta de hierro y la abrió.

–Por desgracia, como ven, aún no hemos entrado en el siglo XXI –dijo indicándoles que entraran.

La sala en la que penetró D'Agosta tenía archivadores y estanterías de pared a pared, con legajos atados con cordel. Algunos eran tan viejos y estaban tan enmohecidos que su antigüedad debía de remontarse a siglos.

Un agente de pulcro uniforme azul y blanco, con una elegante raya roja en la parte exterior de las perneras, se levantó y se cuadró.

–*Basta* –dijo el *colonnello* con voz cansada. Señaló unas sillas de madera colocadas alrededor de una larga mesa–. Siéntense, por favor.

Cuando estuvieron sentados, el *colonnello* dijo algo al agente, que trajo una docena de carpetas y las dejó sobre la mesa.

–Son los resúmenes de los homicidios que cumplen los requisitos que me indicaron: asesinatos sin resolver del último año en que la víctima apareciera quemada. Ya los he repasado y no he encontrado nada de interés. Me preocupa mucho más lo ocurrido en La Verna esta mañana.

Pendergast cogió la primera carpeta, la abrió y extrajo el expediente.

–No sabe cuánto lo lamento.

–No más que yo. Hasta que llegaron ustedes todo estaba tranquilo. Ahora...

Esposito abrió las manos y sonrió con languidez.

–Casi hemos llegado a donde queríamos, *colonnello*.

–Pues recemos por que lleguen lo antes posible, sea a donde sea.

Pendergast empezó a consultar los expedientes, que iba pasando a D'Agosta. Sólo se oía el suave susurro del sistema de ventilación, que en un vano esfuerzo por aportar aire fresco a las profundidades, desembocaba en el sótano por unos tubos de aluminio muy brillantes prendidos a las bóvedas. D'Agosta miraba los expedientes y la fotografía adjunta, esforzándose por entender el italiano, pero sólo captaba lo esencial. De vez en cuando hacía alguna anotación, no ya para su propio uso sino para tener algo de que informar a Hayward en su siguiente llamada.

Tardaron menos de una hora en llegar al último.

Pendergast se volvió hacia D'Agosta.

–¿Qué tal?

–Nada que destaque.

El *colonnello* echó un vistazo a su reloj de pulsera y encendió un cigarrillo.

–No hace falta que se quede –dijo Pendergast.

Esposito hizo un gesto con la mano.

–¡No, si me encanta estar aquí abajo con el móvil desconectado! Arriba, con llamadas del procuratore della Repubblica cada media hora, algo que, siento decirles, también se debe a ustedes, no es que se esté muy a gusto. –Miró a su alrededor–. Lo único que falta es una máquina de café. –Miró al agente–. *Caffè per tutti.*

–*Sissignore.*

D'Agosta suspiró y empezó otra vez a hojear expedientes, que a duras penas entendía. Esta vez se fijó en una foto en blanco y negro de un hombre en un edificio que parecía abandonado. El cadáver, con graves quemaduras, estaba encogido en un rincón de cemento agrietado. Era la típica foto policial, sórdida y repulsiva.

Pero había algo más que no cuadraba.

Pendergast advirtió rápidamente su interés.

–¿Qué ocurre?

D'Agosta le acercó la foto por encima de la mesa. Pendergast dedicó unos segundos a observarla y arqueó las cejas.

–Ya veo.

–¿Qué pasa? –preguntó el *colonnello* inclinándose hacia ellos con desgana.

–Este hombre. ¿Ve el charquito de sangre de debajo? Primero le quemaron y luego le pegaron un tiro.

–¿Y qué?

–Lo normal es disparar a la víctima y quemarla para ocultar las pruebas. ¿Conoce usted algún caso de quemaduras previas al balazo?

–Sí, muchos, para sacar información.

–De acuerdo, pero no en medio cuerpo. Las quemaduras de los torturados están localizadas.

Esposito miró la foto.

–No quiere decir nada. Pudo haber sido un loco.

–¿Podemos ver el expediente completo?

El *colonnello* se encogió de hombros y arrastró los pies hacia uno de los archivadores del fondo. Volvió con un gran fajo de papeles, lo dejó sobre la mesa y cortó la cuerda con su navaja.

Pendergast miró los documentos por encima, sacó uno y empezó a resumirlo en inglés:

–Carlo Vanni, de sesenta y nueve años, granjero jubilado. El cadáver apareció en una *casa colonica* en ruinas de las montañas, cerca de Abetone. No se encontró ninguna prueba material en el lugar del crimen: huellas dactilares, fibras, cartuchos, pisadas... Nada. –Levantó la cabeza–. No parece la obra de un loco.

La boca del *colonnello* dibujó lentamente una sonrisa.

–Ni siquiera los carabinieri están a salvo de la incompetencia. Que no se encontraran pistas no significa que no existieran.

Pendergast pasó a la página siguiente.

–Un solo disparo en el corazón. ¿Y esto? El *medico legale*

encontró unas gotitas de aluminio fundido que habían penetrado en la carne de la víctima.

Giró la página.

–Esto aún es más enigmático. Varios años antes de su asesinato, Vanni fue acusado de abusar de varios niños de la comunidad. Se salvó por un tecnicismo. La policía atribuyó el asesinato a una simple venganza. No parece que se esforzaran mucho por encontrar al asesino.

El *colonnello* apagó la colilla.

–*Allora.* Una venganza. Alguien de la comunidad. El asesino quiso que el pedófilo de Vanni sufriera por todo lo que había hecho. Por eso le quemó antes de dispararle al corazón. Todo se explica.

–Eso parece.

Un largo silencio.

–Sin embargo –dijo Pendergast como si hablara solo–, es demasiado perfecto. Si usted, *colonnello*, quisiera matar a alguien de forma indiscriminada, ¿a quién elegiría? A alguien de esas características: el culpable de un crimen odioso por el que no hubiera pagado; un hombre sin familia, sin amigos importantes ni trabajo. Así la policía no pondría mucho empeño en descubrir al asesino, y los vecinos harían todo lo posible por obstaculizar la investigación.

–Demasiado enrevesado, agente Pendergast. En toda mi carrera, nunca he visto a un criminal capaz de unos planes tan sofisticados como ésos. Además, ¿qué sentido tiene matar al azar? Parece salido de una novela de Dostoievski.

–Es que no se trata de un asesino cualquiera. Tenía una razón muy concreta para matar. –Pendergast dejó el expediente sobre la mesa y miró a D'Agosta–. ¿Vincent?

–Vale la pena investigarlo.

–¿Me facilitaría una copia del informe del *medico legale*? –preguntó Pendergast.

El *colonnello* murmuró algo a su subordinado, que acababa de volver con el café.

El policía se llevó la carpeta a una fotocopiadora y volvió poco después con la copia.

El *colonnello* se la dio a Pendergast y encendió un cigarrillo con una mueca de irritación.

–Espero que no me pida una orden de exhumación.

–Me temo que sí.

El suspiro de Esposito hizo que el humo saliese por los agujeros de su nariz.

–*Mio Dio*. Lo que les faltaba. ¿Se da cuenta de lo que tardarán? Como mínimo un año.

–Inaceptable.

El coronel asintió.

–Esto es Italia. –Se permitió una sonrisita–. Claro que...

–¿Claro que qué?

–Que siempre podrían seguir la vía extraoficial.

–¿Como si fuéramos ladrones de cadáveres?

–Nosotros preferimos llamarlo *il controllo preliminare*. Sólo se rellenan los papeles si se encuentra algo.

Pendergast se levantó.

–Gracias, *colonnello*.

–¿Gracias por qué, si no he dicho nada? –Hizo una reverencia burlona–. Además, eso queda fuera de mi jurisdicción. Así todos quedamos contentos, con la posible excepción de Carlo Vanni.

Les llamó cuando estaban a punto de salir.

–No se olviden de llevarse unos *panini* y una buena botella de Chianti. Preveo una noche larga y fría.

70

La iglesia donde estaba enterrado Carlo Vanni se encontraba en las estribaciones de los Apeninos, encima de la ciudad de Pistoia, al final de una carretera llena de curvas que ascendía en la oscuridad como si no tuviera fin. A cada curva, los faros del Fiat de repuesto se clavaban en la noche.

–Habrá que contemplar la posibilidad de que no estemos solos –dijo Pendergast.

–¿Cree que saben que estamos aquí?

–Lo sé. Hay un coche siguiéndonos. Lo he visto un par de veces, tres o cuatro curvas más abajo. Tendrá que aparcar antes de la iglesia, y no pienso dejar que me sorprendan. ¿Conoce la táctica de acercarse a un objetivo con una persona corriendo y la otra cubriéndola?

–Sí, claro.

–Pues usted me cubrirá cuando me mueva, y luego yo le haré esta señal para que me siga.

Hizo un ruido idéntico al de un búho. D'Agosta sonrió.

–Siempre consigue sorprenderme con sus facultades. ¿Términos del contrato?

–Nos enfrentamos con un asesino en potencia, pero no podemos ser los primeros en disparar. Espere a que lo haga él. A partir de ese momento tire a matar.

–¿Y usted?

–Sé cuidarme. Ya hemos llegado. –Pendergast redujo la velocidad antes de la última curva–. Verifique el armamento.

D'Agosta sacó su Glock, extrajo el cargador, comprobó que tuviera las diez balas, lo deslizó a su sitio y quitó el seguro. Pendergast llegó a la iglesia, pasó de largo, aparcó cerca del final de la carretera y bajó del coche.

Olía a menta pisada. Era una noche fría y sin luna, con algunas estrellas cuyo resplandor se reflejaba sobre una fila oscura de cipreses. La iglesia quedaba un poco más abajo; su silueta se recortaba en medio de las lejanas luces de Pistoia. Los grillos cantaban en la oscuridad. D'Agosta pensó que era el lugar perfecto para robar cadáveres: silencioso y solitario.

Pendergast le puso una mano en el hombro y señaló con la cabeza una arboleda oscura, situada unos cien metros más abajo. D'Agosta desenfundó su pistola y se quedó en cuclillas a la sombra del coche, mientras Pendergast tomaba con sigilo la dirección de los árboles y se fundía con la oscuridad.

Al cabo de un minuto, D'Agosta oyó silbar.

Se levantó y se acercó rápidamente a los árboles, donde le esperaba Pendergast. La iglesia estaba cerca. Era un templo de piedra, pequeño y muy antiguo, con un campanario cuadrado. La entrada principal, un arco gótico con una puerta de madera, estaba cerrada.

Pendergast volvió a tocar el brazo de D'Agosta, pero esta vez su cabeza señalaba la entrada. El sargento se apostó entre los árboles para esperar.

Pendergast cruzó corriendo la explanada de delante de la iglesia. D'Agosta sólo distinguió su silueta delante de la puerta, negro sobre negro. Se oyó el ruido de una cerradura, seguido por la fricción de dos piezas de hierro: Pendergast la estaba forzando. La puerta se abrió con un crujido sordo y el agente entró sin perder ni un segundo. Poco después se oyó otro búho. D'Agosta respiró hondo y corrió por la explanada hasta dejar la puerta a sus espaldas. Pendergast la ajustó inmediatamente e insertó un pequeño instrumento en el ojo de la cerradura para volver a cerrarla.

D'Agosta se volvió y se santiguó. Dentro de la iglesia hacía frío y olía a cera y piedra. A los pies de una imagen de madera pintada de la Virgen, algunas velas goteaban y alumbraban la nave con una luz anaranjada y tenue.

–Usted por la izquierda y yo por la derecha –dijo Pendergast.

Avanzaron hacia el fondo por paredes opuestas, con la pistola a punto. El mobiliario del templo se reducía a la talla de la

Virgen, un confesionario con la cortina corrida y un simple altar con crucifijo.

Pendergast se acercó sigilosamente al confesionario, cogió la cortina y la abrió.

Estaba vacío.

D'Agosta vio que enfundaba la pistola y se dirigía al fondo, hasta un rincón con una puertecilla de hierro oxidado. Pendergast se agachó, abrió la cerradura con otro ruido metálico y, al empujar la puerta, descubrió una escalera descendente hecha de piedra. Encendió la linterna y la enfocó en la negra oscuridad.

–No es la primera tumba que profano –murmuró a D'Agosta, que se había reunido con él–, pero promete ser una de las más interesantes.

–¿Por qué enterraron a Vanni aquí y no fuera, en el cementerio?

Cruzaron la puerta. Pendergast la cerró suavemente con llave.

–Esta iglesia no tiene *camposanto*, porque el terreno es demasiado abrupto. Todos los muertos están enterrados en las criptas, que están excavadas debajo, en la montaña.

Llegaron al pie de la escalera, a un espacio con la bóveda baja donde olía abrumadoramente a moho. A la izquierda, la linterna reveló varios sarcófagos medievales. Muchos difuntos estaban representados en el mármol de la tapa, como si durmieran. Había uno con armadura y otro vestido de obispo.

D'Agosta siguió a Pendergast hacia la derecha. Un pasadizo, bordeado también de antiguas tumbas con estatuas y relieves, les condujo a otra puerta de hierro. Pendergast la abrió en un santiamén.

Al otro lado, la linterna iluminó un túnel mucho más rudimentario, cortado en la roca viva, con repisas a los lados. Cada repisa contenía un montón de huesos, una calavera y andrajos. Algunos esqueletos tenían anillos en las falanges, o joyas y collares sobre la caja torácica. Se oyó un correteo de ratones. Varias bolas peludas salieron disparadas por el suelo de tierra para ponerse a salvo. Las hileras del fondo eran tumbas más recientes, colocadas a lo largo, como en un mausoleo, y cada nicho tenía su placa de mármol.

Cuanto más avanzaban, más recientes eran las fechas de las placas. Algunas tenían fotos de los difuntos: caras serias del siglo XIX o principios del XX, marcadas por una vida de penurias y desilusiones. A partir de cierto punto vieron nichos vacíos, con la placa en blanco. Otras llevaban el nombre y la fecha de nacimiento, pero no la de la muerte. Pendergast caminaba moviendo la linterna en ambos sentidos. D'Agosta distinguió la pared del fondo de la cripta. La tumba que buscaban era la única de la hilera inferior.

CARLO VANNI
1934-2003

Pendergast metió una mano en la chaqueta y sacó una fina tela que extendió rápidamente sobre el suelo de piedra, al pie de los nichos. A continuación extrajo una pequeña palanca y una lámina metálica larga y de punta curva, que introdujo por el borde de la placa de mármol y deslizó lentamente por las cuatro esquinas. Después metió la palanca en la hendidura que acababa de crear y la empujó con fuerza. La placa desprendió una nubecilla de polvo al soltarse. Pendergast la sujetó con gran habilidad y la depositó en la tela.

El olor que salía del agujero negro era asqueroso, como de algo chamuscado.

Pendergast enfocó el nicho con la linterna.

–Ayúdeme, por favor.

D'Agosta se arrodilló a su lado sin mirar el agujero. Le parecía en cierto modo una indecencia.

–Coja el pie izquierdo, yo cojo el derecho. Luego estiramos. Tenemos suerte de que el nicho de Vanni esté al nivel del suelo.

Haciendo de tripas corazón, D'Agosta miró el hueco, pero estaba tan oscuro que sólo vio las suelas de dos zapatos con sendos agujeros.

–¿Preparado?

Asintió, metió la mano en el nicho y cogió el zapato.

–No, lo he pensado mejor. Cójalo por encima del tobillo, no sea que el pie se suelte por el hueso.

–Vale.

D'Agosta desplazó la mano por la pernera del pantalón. Era como coger un hueso lleno de bultos, con la diferencia de que también sintió un crujido, que le recordó a un pergamino; fue una sensación muy desagradable. El hedor era tremendo.

–Cuando cuente hasta tres, estire lentamente y sin forzar. Uno, dos... tres.

D'Agosta estiró. Tras unos momentos de resistencia, el cadáver se soltó y empezó a resbalar hacia ellos. Parecía mentira que pesara tan poco.

–Siga.

D'Agosta retrocedió sin dejar de estirar, hasta que el cadáver estuvo completamente fuera del nicho. Habían destapado un nido de tijeretas, que se desperdigaron asustadas. D'Agosta saltó hacia atrás y se quitó de encima las que se le habían subido por una pierna.

Tenían delante a Carlo Vanni, con los brazos cruzados, las manos alrededor de un crucifijo y los ojos muy abiertos, pero negros y arrugados. Los labios se habían contraído hasta desnudar la dentadura, o sus restos podridos. La sustancia con la que habían peinado su pelo blanco debía de ser un prodigio, porque mantenía en su sitio hasta la última hebra. En cuanto al traje, salvo algunos agujeros de insectos, estaba intacto, aunque algo polvoriento. La única señal visible de la acción del fuego eran las manos, negras y retorcidas, con las uñas enroscadas.

–Vincent, por favor, sujete la linterna.

Pendergast se agachó sobre el cadáver, le puso un cuchillo en el cuello y cortó la ropa de un tajo hasta el ombligo. Luego la abrió. El abdomen estaba hundido, relleno con papeles para que el traje abultase más. Al retirarlos, Pendergast desveló un tronco renegrido, cuya piel se despegaba en láminas quemadas y resecas. La caja torácica era un conjunto de costillas quemadas, con las puntas visiblemente chamuscadas.

D'Agosta tuvo que hacer un esfuerzo para que no se le moviera la linterna.

Pendergast se sacó un papel del bolsillo y lo dejó al lado del cadáver. D'Agosta vio que era la copia del informe del forense, una fotocopia de una radiografía donde se apreciaba la situación de las gotas de metal. El agente se puso una lupa de joyero en un ojo y se inclinó sobre el cadáver, ajustando el objetivo. Con el cuchillo en una mano y unas pinzas de cirujano en la otra, empezó a hurgar en el abdomen. Se oyó un ruido tenue, de pequeños desgarros.

–¡Ah!

Mostró a D'Agosta una gotita de metal sólido en la pinza, antes de introducirla en una probeta y proseguir con su examen del cadáver.

De repente se oyó algo a sus espaldas.

D'Agosta se incorporó como un resorte y orientó la linterna hacia la otra punta de la cripta.

–¿Lo ha oído?

–Una rata. Luz, por favor.

D'Agosta, con el corazón martilleándole el pecho, volvió a iluminar a Vanni. Existían muchos argumentos a favor de esperar la tramitación del papeleo. ¡Un año! Como si eran dos.

Oyó algo de nuevo, y se volvió. Una rata del tamaño de un pequeño gato parpadeó, agazapada, y les enseñó los dientes con una especie de silbido.

–¡Fuera!

D'Agosta le echó tierra con el pie, espantándola.

–La luz.

Volvió a girar la linterna.

–Bichos asquerosos...

–Aquí hay otra. –Pendergast metió un churrete de metal solidificado en la probeta–. Muy interesante. El metal penetró a más de quince centímetros de profundidad. Estas gotitas no cayeron sobre el cadáver, sino que se clavaron en él a gran velocidad. A mi juicio, debió de ser el resultado de una pequeña explosión.

Después de sacar dos gotas más, tapó la probeta y se quitó la lupa. Todo desapareció en las profundidades de su traje.

–Me parece que ya hemos terminado –dijo, mirando a D'Agosta–. Devolvamos al señor Vanni a su lugar de descanso.

D'Agosta se agachó y volvió a coger el cuerpo para ayudar a meterlo en el nicho.

Pendergast juntó los trozos de cadáver que se habían caído sobre el informe del forense y los tiró al nicho. Después sacó un tubito de cemento de construcción, lo aplicó en los bordes de la placa de mármol y la colocó en su sitio con algunos golpecitos para sellarla bien.

Retrocedió para admirar su obra.

–Estupendo.

Salieron de la cripta y subieron a la iglesia, cuya puerta seguía cerrada con llave. Pendergast la abrió y cruzó la explanada como una exhalación, cubierto por D'Agosta, que al cabo de un momento oyó su voz:

–Ya puede.

El sargento salió al calor de la noche, sintiendo un infinito alivio por alejarse de la tumba; se sacudió los brazos y las piernas. El olor y la humedad se le habían pegado a la ropa. Vio que Pendergast señalaba la oscuridad de la montaña. Un kilómetro más abajo, las luces traseras de un coche seguían los meandros de la carretera.

–Nuestro amigo.

Al volver a encenderse, la linterna reveló el contorno de unas huellas desconocidas de zapato en la hierba corta y mojada de rocío.

–¿Qué hacía?

–Parece que ya no quieren matarnos. Ahora sólo les interesa averiguar cuánto sabemos. ¿Por qué será, Vincent?

71

A Hayward no le gustaba nada esa sensación de *déjà vu*, pero fue la que sintió esa tarde, con la misma gente y en la misma sala, oyendo los mismos argumentos que veinticuatro horas antes. La diferencia era que esta vez tocaba poner el culo a salvo. Le recordó el juego de las sillas musicales: en el momento en que dejara de sonar la música, habría algún desgraciado de pie y con el culo al aire a punto para recibir una buena patada.

Y Grable no parecía escatimar esfuerzos para que ese culo fuera el de ella.

El capitán se había embarcado en una larga exposición sobre el arresto frustrado, en la que su actitud cobarde y errática se convertía, como por arte de magia, en compostura y heroísmo. El clímax de esa interminable historia era el momento en que se veía obligado a disparar un tiro al aire como advertencia a una tribu de salvajes. Gracias a ello pudieron irse sin percances y con la dignidad de la policía de Nueva York intacta, aunque hubieran fracasado en su objetivo de detener a Buck. Varios puntos de la exposición dejaban traslucir que todo el trabajo y todos los riesgos habían corrido de su parte, mientras que Hayward, en el mejor de los casos, había participado a regañadientes. Hasta se las ingenió para dar la impresión de estarse callando las críticas, como si su compañera hubiera sido un peso muerto durante toda la operación.

«Si fuera tan bueno en las operaciones como escaqueándose –pensó con rabia Hayward–, ahora no estaríamos aquí.» Se planteó la posibilidad de pasar al contraataque, pero decidió que no quería jugar a ese juego. Si alegaba en su defensa que Grable se fue corriendo con el rabo entre las piernas, como un chucho, y que no sólo disparó invadido por el pánico, sino que le quitaron la pistola... quizá pusiera los puntos sobre las íes, pero no saldría beneficiada. Por lo tanto, desconectó de Grable y su sarta de medias verdades y pensó en otra cosa.

La buena noticia era que Pendergast y D'Agosta parecían sacar provecho de su viaje. Mejor. Así Pendergast la dejaría un poco en paz y se dedicaría a amargarle la vida a algún alto cargo de la policía italiana. Sin embargo, extrañaba a D'Agosta más de lo previsto.

Ahora le tocaba hablar a Wentworth. La capitana hizo un esfuerzo de concentración. Wentworth se explayó sobre la psicología de las masas, trufando su exposición con citas sobre la megalomanía que leía en unas tarjetitas especialmente preparadas para la ocasión. Todo ello formaba una descomunal pantalla de humo de palabras y teorías sin sentido. El siguiente en tomar la palabra fue un pez gordo del barrio que dijo que el alcalde estaba muy disgustado, los ánimos crispados y toda la gente importante de la ciudad indignada por tanta inoperancia.

En definitiva, nadie sabía cómo sacar a Buck de Central Park.

Durante todas esas intervenciones Rocker mantuvo una expresion de fatiga en su rostro que le impedía delatar sus pensamientos. Llegó el momento en que sus ojos cansados la miraron a ella.

–¿Capitana Hayward?

–No tengo nada que añadir.

Quizá le hubiera salido un tono un poco brusco. Las cejas de Rocker se arquearon ligeramente.

–¿Es decir, que está de acuerdo con los demás?

–No he dicho eso. He dicho que no tengo nada que añadir.

–¿Ha averiguado algo nuevo sobre el pasado de Buck? ¿Alguna orden vigente de arresto, por ejemplo?

–Sí –dijo Hayward, que se había pasado parte de la mañana al teléfono–, pero no es gran cosa. Le buscan en Broken Arrow, Oklahoma, por quebrantar la libertad condicional.

–¡La libertad condicional! –Grable se rió–. ¡Qué chiste! En Nueva York ya ha acumulado las siguientes infracciones: agresión a la fuerza pública, resistencia a ser detenido, intento de secuestro... Vaya, que tenemos bastante para encerrarle durante varios años.

Hayward no dijo nada. En realidad, lo único que se sostenía un poco era lo de la libertad condicional. En cuanto a las demás acusaciones, había decenas de testigos que podrían declarar, sin mentir, que Buck no se resistió a que le detuvieran, que la multitud se dividió como el mar Rojo para dejarles pasar y que Grable se fue corriendo, dejando la pistola en el suelo.

Rocker asintió con la cabeza.

–Y ahora ¿qué?

Silencio.

Rocker seguía mirándola a ella.

–¿Capitana?

–Por proponer, propondría lo mismo que en la primera reunión.

–¿Incluso después de su... mmm... desagradable experiencia de esta mañana?

–Esta mañana no ha pasado nada que me haya hecho cambiar de opinión.

Las últimas palabras fueron recibidas con un largo silencio. Grable movía ligeramente la cabeza como diciendo «algunos nunca aprenden».

–Ya. ¿Me equivoco o propuso ir sola?

–Exacto. Iría a ver a Buck y le pediría su colaboración para que los suyos se fueran a sus casas a ducharse y cambiarse. A cambio le prometeríamos autorizar una manifestación. Es cuestión de tratarle con respeto y avisarle a tiempo y sin engaños.

Grable resopló con desdén. Rocker lo miró.

–¿Tiene algo que decir, capitán Grable?

–Yo he estado en el parque, señor, y le digo que Buck está loco; es un ex asesino peligroso, con unos seguidores más fanáticos que los de Jonestown. Si la capitana va sola, sin varios hombres para protegerla, se la quedarán como rehén. O algo peor.

–Con todo el respeto, señor, no estoy de acuerdo con el capitán Grable. Casi ha pasado una semana, y de momento Buck y sus seguidores se han comportado razonablemente bien, sin provocar disturbios. Creo que vale la pena intentarlo.

Wentworth se había sumado al movimiento de cabezas.

–¿Doctor Wentworth? –dijo Rocker.

–Considero que el plan de la capitana Hayward tiene muy pocas posibilidades de éxito. La capitana Hayward no es psicóloga. Sus pronósticos sobre el comportamiento humano son las opiniones de una profana en la materia, y no se basan en el estudio científico de la psicología humana.

Hayward miró al jefe de policía.

–Mire, no es que me guste darme aires, pero resulta que tengo un máster en psicología forense por la Universidad de Nueva York. Teniendo en cuenta que el doctor Wentworth, si no me equivoco, es profesor ayudante en la Facultad de Staten Island, de la Universidad de Columbia, no es de extrañar que nunca hayamos coincidido académicamente.

Se produjo un silencio incómodo, durante el que la capitana creyó ver que Rocker disimulaba una sonrisa.

–Me reafirmo en lo que acabo de decir –dijo Wentworth con acidez.

Rocker siguió hablando con Hayward sin hacerle caso.

–¿Eso es todo?

–Eso es todo.

–Yo le aconsejo que tenga a punto un equipo de élite y otro de paramédicos para rescatar a la capitana Hayward cuando ocurra lo inevitable –dijo Grable.

Rocker se miró las manos y arrugó la frente. Después volvió a levantar la cabeza.

–Mañana es domingo. Había decidido aprovechar la relativa calma de ese día para entrar en el parque con grandes efectivos y detener a Buck, pero no me gusta nada dar un paso así antes de haber agotado todas las alternativas. Me inclino por brindarle una oportunidad a la capitana Hayward. Si puede sacar a Buck sin gases lacrimógenos ni cañones de agua, cuenta con mi apoyo. –Se volvió hacia ella–. Hágalo a mediodía. Si no funciona, seguiremos con lo planeado.

–Gracias, señor.

Una breve pausa.

–Hayward, ¿está segura de que su plan funcionará?

–No.

Rocker sonrió.

–Lo que me apetecía oír: un poco de humildad, para variar. –Observó a los demás y volvió a mirarla de nuevo–. Adelante, capitana.

72

D'Agosta contempló el perfil impreciso de la isla que se destacaba a proa y a babor del *ferry*, azul y abrupta, temblando ligeramente bajo el sol de la mañana: Capraia, la más exterior de las islas toscanas, una cima perdida en la inmensidad del mar. Parecía irreal, como si perteneciese a otro mundo. Rotunda y obstinada, la proa de acero del *ferry* de la empresa Toremar cortaba las aguas turquesas hacia su destino.

Pendergast se encontraba al lado de D'Agosta. La brisa del mar despeinaba su pelo rubio, mientras la fuerte luz del sol hacía que sus delicadas facciones parecieran de alabastro.

–Una isla interesantísima, Vincent –dijo–. Hasta mediados de los años sesenta sirvió como cárcel para los criminales más peligrosos e inteligentes de Italia, capos de la mafia y fugitivos contumaces. Ahora es un parque nacional en casi toda su extensión.

–Qué sitio más raro para vivir.

–En realidad es la más atractiva de las islas toscanas. Hay un pequeño puerto, un pueblecito en un acantilado y una sola carretera, de menos de un kilómetro, que los une. Como no tiene playas, la isla no ha sido afeada por la construcción de edificios.

–¿Cómo dice que se llama esa mujer?

–Viola Maskelene. Lady Viola Maskelene. No he podido averiguar mucho sobre ella con tan poca antelación, porque no tiene vida pública. Parece ser que pasa los veranos en la isla y que se marcha a finales de octubre. El resto del año, si no me han informado mal, se dedica a viajar.

–Y ¿está seguro de que la encontraremos?

–No, pero prefiero arriesgarme a sorprender a nuestra presa.

–¿Presa?

–En un sentido puramente investigador. Se trata de una inglesa con mundo y que ha viajado mucho. Como única bisnieta del gran amor de Toscanelli, es quien tiene más posibilidades de conocer los secretos de la familia.

–Puede que sea un hueso duro de roer.

–Probablemente. De ahí que lleguemos sin avisar.

–¿Qué edad tiene?

–Supongo, si mis cálculos no yerran, que se trata de una mujer madura.

D'Agosta le miró.

–¿Y la familia? ¿Cuál es su historia?

–Uno de esos novelones tórridos del siglo XIX, dignos de una ópera. La bisabuela de Viola Maskelene, una célebre belleza victoriana, contrajo matrimonio con el duque de Cumberland, un hombre treinta años mayor que ella, frío y de corrección irreprochable. Toscanelli la sedujo pocos meses después del matrimonio. Fue una aventura legendaria. Su unión produjo una hija ilegítima, en cuyo parto falleció la pobre duquesa. Lady Maskelene es nieta de esa niña.

–¿Y al duque? ¿Qué le pareció todo esto?

–Parece que a pesar de su frialdad era un hombre de buenos sentimientos. A la muerte de su esposa emprendió un proceso de adopción legal de la pequeña, que no heredó los grandes títulos y fincas, pero sí un título menor y algunas tierras en Cornualles.

El *ferry* vibraba bajo sus pies. La isla parecía ganar peso y volumen al acercarse. Cuando dejaron de hablar, Pendergast se sacó la probeta del bolsillo y la levantó, haciendo que el sol se reflejase en las gotitas fundidas que había sacado del cadáver de Vanni durante la noche anterior.

–Aún no hemos hablado de esto.

–No, pero yo sí que he pensado.

–También yo. Quizás haya llegado el momento de que cada uno de nosotros enseñe una carta, Vincent.

–Usted primero.

Pendergast sonrió un poco y levantó un dedo.

–De eso nada. Como agente al mando, me reservo el derecho de elegir el orden.

–Conque haciendo valer sus privilegios, ¿eh?

–Ni más ni menos.

–Pues yo diría que estas gotas proceden de algún aparato cuyo mal funcionamiento llenó el cuerpo de Vanni de metal fundido y le quemó de una manera espantosa.

Pendergast asintió.

–¿Qué clase de aparato?

–El mismo que mató a los demás, aunque en el caso de Vanni parece que no funcionó y tuvieron que pegarle un tiro.

–Bravo.

–¿Y su teoría?

–He llegado a las mismas conclusiones. Vanni fue una de las primeras víctimas de un aparato mortal muy especializado. Todo apunta a que el asesino, a fin de cuentas, es de carne y hueso.

Tras bordear acantilados volcánicos batidos por el oleaje, el *ferry* accedió a un pequeño puerto. Las casas del muelle (una hilera de edificios en pésimo estado, con fachadas de estuco rojo y amarillo) estaban prácticamente adosadas a la montaña. El *ferry* hizo las maniobras necesarias para entrar en el puerto y, tras descargar un solo coche y algunos pasajeros, partió hacia su siguiente destino, la isla de Elba, dando a D'Agosta el tiempo justo para pisar tierra firme.

–Tenemos cuatro horas hasta que vuelva el *ferry*. –Pendergast sacó un papelito y lo leyó–: «Lady Viola Maskelene, Via Saracino, 19». Esperemos que la *signorina* esté en su casa.

Se dirigieron a una parada de autobús. Poco después apareció un viejo vehículo naranja que efectuó un giro difícil por la única calle y abrió sus puertas. Subieron. El autobús cerró las puertas, que chirriaron, y con una sinfonía de crujidos, emprendió el camino de regreso por una cuesta empinadísima, de auténtico terror, que parecía surgir directamente de las olas.

Tardaron pocos minutos en llegar al otro extremo de la carretera y en bajarse en el pueblo, tras otro chirrido de puertas. En un lado había una antigua iglesia de color melocotón, y en el otro un estanco.

Las callejuelas, de ángulos dispares, eran demasiado estrechas para circular en coche. Las ruinas de un gigantesco castillo dominaban el mar desde un promontorio. Detrás del pueblo se sucedían montañas cubiertas de matojos.

–Encantador –dijo Pendergast. Señaló una vieja placa de mármol pegada con cemento a la pared de un edificio. Ponía «Via Saracino»–. Por aquí, sargento.

Era una calle de casitas encaladas, cuya numeración progresaba lentamente. Al final del pueblo, la calle se convertía en un camino de tierra y proseguía entre muros de piedra, que encerraban huertos de pequeños limoneros y viñas microscópicas. Olía a cítricos.

Al otro lado de un recodo descubrieron una casa de piedra, un edificio cuidado y solitario que se asomaba a la inmensidad azul del Mediterráneo desde lo alto de un acantilado, a la sombra de las buganvillas.

Pendergast cruzó el camino de entrada, entró en el patio y llamó a la puerta.

Silencio.

–*C'è nessuno?* –exclamó.

Suspirando entre arbustos de romero, el viento traía la fragancia del mar.

D'Agosta miró a su alrededor.

–Por ahí hay alguien –dijo–. Un hombre cavando.

Señaló con la cabeza unos bancales de viña situados a unos cien metros. Alguien removía la tierra con una pala. Llevaba un sombrero de paja desastrado, unos pantalones viejos de trabajo y una camisa de tela basta abierta hasta la mitad del pecho. Al verles se irguió.

–Debo corregirle, es una mujer.

Pendergast se metió por el camino a zancada limpia. Al llegar a la viña, sortearon terrones recién levantados. La mujer se apoyó en la pala para esperarles.

Pendergast llegó hasta ella y le tendió la mano con su media reverencia de costumbre. Ella se quitó el sombrero de paja, sacudió una mata de pelo negro y brillante y estrechó la mano de su visitante.

D'Agosta se quedó de piedra. No se trataba precisamente de una mujer madura.

Era guapísima. Su cuerpo era alto, atlético y delgado, sus ojos de mirada intensa y color miel, sus pómulos marcados y su piel tostada por el sol sembrada de pecas. El esfuerzo todavía hacía palpitar las aletas de su nariz.

Al cabo de un rato, D'Agosta reparó en que Pendergast se había vuelto a levantar, pero sin soltar la mano de la joven, a quien miraba en silencio. De hecho, ella hacía lo mismo.

Durante unos instantes, el silencio fue total. D'Agosta se preguntó si era la primera vez que se veían. Casi parecía que se reconociesen.

–Soy Aloysius Pendergast –dijo él al cabo de una eternidad.

–Y yo Viola Maskelene –repuso ella con un acento inglés sonoro y cálido.

Al final del apretón de manos, D'Agosta se dio cuenta de que Pendergast se había olvidado de presentarle, algo poco habitual en él.

–Y yo el sargento Vincent D'Agosta, de la policía de Southampton.

Lady Viola se volvió a mirarle como si no le hubiera visto, pero la sonrisa que le dirigió fue de lo más efusiva.

–Bienvenido a Capraia, sargento.

Otro silencio incómodo. D'Agosta miró a Pendergast de reojo. Su rostro expresaba una sorpresa impropia de él, como si acabaran de meterle una cucharada de helado por la espalda. ¿Qué pasaba?

–Bueno, señor Pendergast –dijo ella volviendo a sonreír–, supongo que ha venido a verme.

–Sí –se apresuró a decir el agente–. Así es. Queríamos...

Ella levantó un dedo.

–No es de personas civilizadas conversar a pleno sol en el calor de una viña. ¿Les parece bien que vayamos a mi casa y tomemos algo fresco en la *terrazza*?

–Claro, claro...

Lady Maskelene volvió a sonreír, con una deslumbrante exhibición de hoyuelos.

–Síganme.

Se alejó por la viña, pisando terrones con sus grandes botas. La *terrazza* se beneficiaba de la sombra de una pérgola cubierta de glicinias y bordeada de romero en flor y limoneros minúsculos. Era como estar al borde del mundo conocido, con el acantilado a pico sobre un azul sin fin, que se extendía de punta a punta del horizonte y se fundía imperceptiblemente con el mar. Sólo lo interrumpía un pequeño arrecife negro que, situado a unos dos kilómetros de la costa, no hacía más que incrementar la sensación de distancia e infinito.

Lady Maskelene les hizo sentarse en sillas desvencijadas de madera, alrededor de una vieja mesa de azulejos. Después entró en la casa y salió al cabo de un minuto con una botella de vino sin etiqueta que contenía un líquido de color ámbar. También trajo vasos, una botella de aceite de oliva y una fuente de cerámica descascarillada con gruesas rebanadas de pan. Dejó los vasos sobre la mesa y la rodeó para servir el vino blanco. Cuando llegó su turno, D'Agosta captó el olor de lady Maskelene: un perfume de vid, tierra y mar.

Pendergast bebió un poco.

–¿Es suyo, lady Maskelene?

–Sí. El aceite de oliva también. Trabajar tu propia tierra da muchísimas satisfacciones. No sé por qué, pero es maravilloso.

–*Complimenti.* –Pendergast bebió un poco más y mojó una rebanada de pan en un plato de aceite de oliva–. Excelente.

–Gracias.

–Permítame explicarle el motivo de nuestra visita, lady Maskelene.

–No –dijo ella en voz baja sin mirarle, contemplando el mar, el luminoso mar que casi azulaba el color avellana de sus ojos. Tenía en sus labios una extraña sonrisa–. No estropeemos todavía este... momento.

D'Agosta se preguntó a qué momento se refería. El fragor de las olas en el acantilado subía hasta ellos, con un tenue griterío de gaviotas.

–Tiene usted una villa encantadora, lady Maskelene.

Ella se rió.

–Tanto como una villa... Es una simple casa en la costa. Por eso me gusta. Tengo mis libros, mi música, mis viñas, mis olivos... y el mar. ¿Qué más puedo pedir?

–¿Música, dice? ¿Toca algún instrumento?

Un titubeo.

–El violín.

«Ahora empieza lo bueno», pensó D'Agosta. La estrategia de Pendergast estaba siendo oblicua, como siempre.

–¿Vive aquí todo el año?

–¡No, no! Me aburriría. No soy tan ermitaña como eso.

–¿Dónde pasa el resto del año?

–Dirijo una pequeña excavación en el Valle de los Nobles.

–¿Es arqueóloga?

–Egiptóloga y filóloga, que no es lo mismo. Nuestra materia de estudio no se limita a la tierra, la cerámica y los huesos. Ahora mismo estamos excavando la tumba de un escriba de la decimonovena dinastía, que contiene unas inscripciones hieráticas fascinantes. La saquearon en la antigüedad, como era de esperar, pero tenemos la suerte de que sólo estuvieran interesados en el oro y las joyas. Los rollos y las inscripciones quedaron intactos. De hecho, hemos encontrado al propio escriba en su sarcófago, con varios rollos misteriosos llenos de fórmulas mágicas que aún no hemos desenrollado ni traducido. Son de una fragilidad extrema.

–Fascinante.

–Y en primavera me voy a Cornualles, a la casa familiar.

–¿Primavera en Inglaterra?

La joven se rió.

–Me encanta el barro. Y los días de frío y lluvia. Y leer un buen libro delante de la chimenea, estirada sobre una alfombra de piel. ¿Y a usted, señor Pendergast? ¿Qué le gusta?

Pendergast disimuló su confusión bebiendo vino, como si la pregunta le hubiera cogido por sorpresa.

–Me gusta este vino. Es fresco, sencillo y sin pretensiones.

–Lo hago con cepas de malvasía, traídas a la isla hace casi cuatro mil años por comerciantes minoicos. A mí el sabor me hace pensar en la historia, en los minoicos cruzando un mar oscuro como el vino en sus trirremes, con rumbo a islas lejanas... –Se apartó el pelo negro de la cara riendo–. No tengo remedio. Soy una romántica. De niña quería ser Odiseo. –Miró a Pendergast–. ¿Y usted? ¿Qué quería ser de niño?

–Un gran cazador blanco.

Se rió.

–¡Qué deseo más raro! ¿Se le cumplió?

–Podría decirse que sí, pero en Tanzania, durante una cacería... de repente descubrí que ya no me llenaba.

Otro silencio. D'Agosta renunció a encontrar algún sentido a la estrategia de Pendergast y centró su atención en el vino. Era un poco seco, pero muy agradable. Y ¡qué maravilla de pan! ¡Qué denso y esponjoso! En cuanto al aceite de oliva, era tan fresco que casi resultaba picante. Mojó un trozo de pan, se lo metió en la boca y repitió la operación. No había desayunado. De hecho se tomaba el régimen con excesiva severidad. Miró su reloj con disimulo. O Pendergast se daba un poco de prisa o perderían el *ferry*.

Para su sorpresa fue ella quien sacó el tema.

–Hablando de historia, mi familia también tiene la suya. ¿Ha oído hablar de mi bisabuelo, Luciano Toscanelli?

–Sí.

–Tenía dos habilidades fuera de lo común: el violín y seducir mujeres. Fue el Mick Jagger de su época. Sus *groupies* eran condesas, baronesas y princesas. Llegó a tener dos o tres mujeres en un solo día, y no siempre en momentos distintos.

Se rió alegremente.

Pendergast carraspeó y cogió un trozo de pan.

–Pero tuvo un gran amor, mi bisabuela, la duquesa de Cumberland, que le dio una hija ilegítima, mi abuela. –Se quedó callada, mirando a Pendergast con curiosidad–. Vienen por eso, ¿verdad?

Pendergast tardó un poco en contestar.

–Así es.

Ella suspiró.

–Mi bisabuelo acabó como muchos hombres en una época en la que aún no se había descubierto la penicilina, con una gonorrea de caballo.

–Lady Maskelene –se apresuró a decir Pendergast–, le ruego que no crea que he venido a inmiscuirme en las intimidades de su familia. De hecho sólo busco la respuesta a una pregunta.

–Sí, ya sé cuál es, pero antes quiero que conozca la historia de mi familia.

–No es necesario...

Lady Maskelene, ruborizada, se palpó los botones de la camisa.

–Quiero que la conozca previamente. Así no tendremos que volver a hablar del tema.

D'Agosta no salía de su asombro. «Quiero que la conozca previamente.» ¿Previamente a qué? El mismo Pendergast parecía perplejo. Como no contestaba, ella siguió hablando.

–Así que mi bisabuelo cogió la sífilis, que se agravó hasta el punto de que las espiroquetas atacaron el cerebro. Su manera de tocar cambió. Se volvió rara. Durante un concierto en Florencia, el público le tiró cosas. La familia propietaria del violín se lo pidió, pero él no quiso devolvérselo y se escapó de ellos y de sus agentes. Viajaba de ciudad en ciudad, impulsado por su creciente locura y con la ayuda de un sinfín de mujeres. Los agentes y los investigadores contratados por sus familiares le perseguían sin descanso, pero de forma discreta, pues lo importante era mantener en secreto el nombre de la familia. Mi bisabuelo siempre les llevaba la delantera. De noche, cuando estaba en el hotel, tocaba. Eran interpretaciones dementes y hasta terroríficas de Bach, Beethoven, Brahms... De un virtuosismo técnico increíble, o eso dicen, pero frías, raras, distorsionadas... Los que le oyeron tocar decían que era como si el violín hubiera caído en manos del diablo.

Hizo una pausa.

–Siga –dijo Pendergast con gran educación.

–La familia propietaria del Stormcloud tenía mucho poder. Estaba emparentada con algunas casas reales de Europa, pero no consiguió echar el guante a mi bisabuelo, a pesar de que le persiguió por toda Europa. La persecución terminó en un pueblecito del sur del Tirol, Siusi, a los pies de los Dolomitas, donde le acorralaron. Como era de esperar, le traicionó una mujer, pero él se escapó por la parte trasera de un pequeño *albergo* y se refugió en las montañas, con su violín y la ropa que llevaba encima. Subió al gran Sciliar, ¿lo conoce?

–No –dijo Pendergast.

–Es un altiplano de los Alpes, una cuña entre las grandes cumbres de los Dolomitas, llena de barrancos y de precipicios. Dicen que las brujas lo usaban para celebrar sus misas negras. En verano sólo suben los pastores más atrevidos, pero era otoño, y en el Sciliar no había absolutamente nadie. Por la noche nevó mucho. Al día siguiente le encontraron congelado en una de las cabañas de los pastores. El Stormcloud no estaba. Alrededor de la cabaña no había huellas ni ninguna pista. Dedujeron que como estaba loco había tirado el violín a las cataratas del Sciliar durante la ascensión.

–¿Y usted lo cree?

–Preferiría no creerlo, pero sí.

Pendergast se inclinó. La calma casi meliflua que solía caracterizar su acento sureño dejó paso a una intensidad inhabitual.

–Lady Maskelene, he venido a decirle que el Stormcloud aún existe.

Ella sostuvo su mirada sin alterarse.

–No es la primera vez que lo oigo.

–Se lo demostraré.

Lady Maskelene siguió mirándole muy seria, hasta que sonrió con languidez y negó tristemente con la cabeza.

–Me lo creeré cuando lo vea.

–Lo recuperaré, y seré yo mismo quien lo deposite en sus manos.

D'Agosta estaba sorprendido. Habría jurado que el objetivo de la visita de Pendergast no era informar a esa mujer de la existencia del violín. De hecho, hasta le sorprendía que lo hubiese mencionado. Claro que podía equivocarse...

Ella negó con más energía.

–Circulan multitud de imitaciones y copias del Stormcloud. A finales del siglo XIX se hacían a cientos y se vendían a nueve libras.

–Cuando le traiga el violín, lady Maskelene...

–Olvídese del «lady Maskelene». Cada vez que lo oigo pienso que ha entrado mi madre. Llámeme Viola.

–Como quiera... Viola.

–Eso está mejor. Yo le llamaré Aloysius.

–Con mucho gusto.

–Un nombre muy curioso e inhabitual, dicho sea de paso. ¿Su madre leía muchas novelas rusas?

–En mi familia los nombres inhabituales son una tradición.

Viola se rió.

–Como los nombres musicales en la mía. Pero hábleme del Stormcloud. ¿Se puede saber dónde lo ha encontrado? Suponiendo que lo haya encontrado...

–Se lo contaré todo cuando se lo traiga. En el momento en que lo toque... lo sabrá.

–Eso es mucho esperar. De todos modos, me encantaría oírlo antes de morir.

–También limpiaría el honor de su familia.

Ella se rió e hizo un gesto despectivo con la mano.

–Tonterías. Si quiere que le diga la verdad, odio que me llamen lady Maskelene. Todo eso de los títulos, el honor familiar... Son chorradas del siglo XIX.

–El honor nunca pasa de moda.

Miró a Pendergast con curiosidad.

–Está un poco chapado a la antigua, ¿no?

–No presto atención a la moda, si es a lo que se refiere.

Viola miró su traje negro de arriba abajo con una sonrisa divertida.

–Supongo que no. Eso está bien.

La expresión de Pendergast volvía a ser de perplejidad.

–Bueno... –Lady Maskelene se levantó. Sus ojos castaños reflejaron la luz del agua, mientras una sonrisa marcaba sus hoyuelos–. Tanto si encuentra el violín como si no, vuelva para explicármelo. ¿Puedo contar con que vendrá?

–Será un auténtico placer.

–Perfecto. Entonces quedamos así.

Pendergast la miró con gran seriedad.

–A propósito, queda pendiente la finalidad de mi visita.

–La gran pregunta. Ah. –Ella sonrió–. Adelante.

–¿Cuál es el apellido de esa poderosa familia, la que fue propietaria del Stormcloud?

–Puedo darle algo más que una simple respuesta.

Viola metió la mano en su bolsillo, sacó un sobre y se lo mostró al agente. Llevaba una inscripción en primorosa letra inglesa: «Dr. Aloysius F. X. Pendergast».

Pendergast palideció al mirarla.

–¿De dónde lo ha sacado?

–Ayer, el actual conde Fosco (porque ésa es la familia que era la propietaria del violín) me hizo una visita sorpresa, por decirlo suavemente; la verdad es que me dejó de piedra. Me advirtió de que vendría usted, que eran amigos y que le entregara esto.

Pendergast alargó el brazo y cogió el sobre. D'Agosta vio cómo introducía un dedo por la solapa, la desgarraba y sacaba una tarjeta, en la que la misma mano generosa y fluida había escrito lo siguiente:

Isidor Ottavio Baldassare Fosco,
conde del Sacro Imperio Romano,
caballero de la gran cruz de la Orden del Quincunce,
archimaestre vitalicio de los masones rosacruces de Mesopotamia,
miembro de la Royal Geographical Society, etc., etc.,
desea el placer de su compañía
en su domicilio familiar,
Castel Fosco,
el viernes 5 de noviembre.

Castel Fosco
Greve in Chianti
Florencia

La intensa mirada del agente se clavó en D'Agosta, y nuevamente en lady Maskelene.

–No es un amigo mío, sino un hombre enormemente peligroso.

–¡Cómo! ¿El viejo conde? ¿Ese gordinflón encantador?

La risa de Viola se apagó al ver la expresión de Pendergast.

–Es quien tiene el violín.

Ella le miró fijamente.

–Bueno, sería suyo de todas formas, ¿no? Si lo encontraran, quiero decir...

–Ha asesinado brutalmente, que sepamos, a cuatro personas para conseguirlo.

–Dios mío...

–No le cuente nada a nadie. Aquí en Capraia estará a salvo. Si Fosco lo creyera necesario, ya la habría matado.

Viola sostuvo la mirada del agente.

–Me está asustando.

–Sí, y lo siento, pero a veces es bueno estar asustado. En dos o tres días todo habrá terminado. Le ruego precaución, Viola. Quédese aquí, y no haga nada hasta que yo haya vuelto con el violín.

Ella no contestó. Al cabo de unos instantes salió de su inmovilidad.

–Tienen que irse. Si no, perderán el *ferry*.

Pendergast cogió su mano. Se miraron largo rato sin decirse nada. Luego él dio media vuelta y cruzó muy deprisa la verja y el camino.

Apoyado en la baranda de popa, D'Agosta vio disolverse la isla en el horizonte tal como había aparecido: como la promesa de algo, de una vida nueva. Pendergast estaba a su lado. Desde que habían abandonado la casa del acantilado, el agente no había dicho ni una sola palabra.

Contemplaba fijamente el rastro del *ferry*, enfrascado en sus pensamientos.

–Fosco sabía que usted lo sabía –dijo D'Agosta–. Por eso la ha salvado.

–Sí.

–O sea, que todo se reduce a un plan enrevesado para recuperar el violín, ¿no?

Pendergast asintió.

–Ya sabía yo que ese gordo cabrón tenía algo que ver. Me lo olía desde el primer día.

Pendergast no contestó. Su mirada permanecía ausente.

–¿Le pasa algo? –se atrevió a preguntar D'Agosta al cabo de un rato.

Pendergast salió de sus cavilaciones y le miró.

–No, gracias, estoy perfectamente.

La isla había desaparecido. En ese momento, como si fuera la señal esperada, el perfil bajo de la costa toscana empezó a dibujarse al este del horizonte.

–¿Y ahora qué?

–Aceptaré la invitación de Fosco. Una cosa es saber, y otra bien distinta disponer de pruebas. Si queremos echarle el guante, tendremos que quitarle la máquina que usó para los asesinatos.

–Entonces ¿por qué le ha invitado?

–Quiere matarme.

–¡Ah, qué bien! Y ¿usted piensa aceptar?

Pendergast le dio la espalda para seguir mirando el mar, cuya luminosidad hacía que sus ojos parecieran casi blancos.

–Fosco sabe que aceptaré, porque es la única oportunidad de obtener las pruebas que necesitamos para meterle entre rejas. Si no la aprovechamos ahora volverá el mes que viene, o dentro de un año, o de diez... –Guardó silencio–. Es más, siempre será un peligro para Viola, lady Maskelene, por todo lo que ella sabe.

–Ya lo entiendo.

Pero Pendergast seguía contemplando el mar. Sus siguientes palabras fueron pronunciadas en voz muy baja.

–El desenlace, mañana, en Castel Fosco.

73

Bryce Harriman tomaba notas en una vieja mesa a la luz de un farol Coleman. Era casi medianoche y tenía delante al reverendo Buck. En el transcurso de la tarde había redactado un impresionante artículo (que no había llegado a tiempo para salir en la edición vespertina, pero lo haría en la de la mañana) sobre el intento frustrado de detener a Buck. Una jugosa mezcla de media docena de testimonios en la que se narraba la llegada del chulo del capitán, su ataque de pánico, su huida y los esfuerzos del otro capitán, una mujer, para arreglar la situación después del plantón de su compañero. Un reportaje espléndido, que a la larga podía convertirse en algo más, ya que Harriman había empezado a tantear al *Times* y parecían dispuestos a hacerle una entrevista de trabajo. El nuevo artículo sería la traca final. En ese momento, gracias a Buck, Harriman era el único periodista con permiso para entrar en el campamento. Dos artículos en el mismo número: eso se llamaba dar la campanada. Tampoco faltaría al día siguiente, por si había follón con la fuerza pública de Nueva York.

Si lo había sería de los gordos, a juzgar por el ambiente del campamento. Desde el arresto frustrado los ánimos estaban encrespados, inquietos y beligerantes, como un barril de pólvora a punto de explosionar. Era medianoche y nadie dormía aún; todo eran voces estridentes rezando o discutiendo en la oscuridad. Quedaban muy pocos de los chavales a quienes había visto en su primera visita al poblado. Una o dos noches durmiendo en el suelo sin conexión a Internet ni televisión por cable les habían hecho batirse en retirada a la comodidad de sus barrios residenciales. Lo que quedaba era el núcleo duro, los auténticos fanáticos, que no escaseaban. Más de trescientas tiendas así lo atestiguaban.

Hasta el propio Buck había cambiado. Ahora exhibía una calma y una seguridad casi místicas. Miraba a Harriman como si fuera transparente, una ventana al más allá.

–¿Qué, señor Harriman? –dijo–. ¿Ya tiene lo que venía a buscar? Falta poco para medianoche, y suelo dar un mensaje a la gente antes de recogerme.

–Sólo una pregunta más. ¿Qué cree que pasará? Porque supongo que se da cuenta de que la policía no se cruzará de brazos...

Pensó que la pregunta quizás afectase un poco a Buck, pero la reacción del reverendo fue reafirmarse en algo muy parecido a la serenidad.

–Pasará lo que tenga que pasar.

–Es posible que sea un poco feo. ¿Está preparado?

–Será feo, sí, y estoy preparado.

–Por su manera de decirlo, parece que sabe lo que va a ocurrir.

Buck sonrió sin decir nada.

–¿No está preocupado? –preguntó Harriman, más insistente.

Otra sonrisa enigmática. «¡Mierda, las sonrisas no se pueden citar!», pensó.

–Puede haber gas lacrimógeno y polis con porras. Se acabó el juego.

–Yo confío en Dios, señor Harriman. ¿Usted en quién confía?

«Bueno –se dijo–, esto está listo.»

–Gracias, reverendo. Me ha ayudado mucho.

–Gracias a usted, señor Harriman. ¿No quiere quedarse unos minutos para oír mi mensaje? Está a punto de pasar algo, como ha dicho usted. Por eso mi sermón de esta noche será un poco distinto.

El reportero vaciló. Pensaba salir de casa a las cinco de la mañana. Estaba completamente seguro de que la poli entraría en acción al día siguiente, y resultaba probable que lo hiciese temprano.

–¿Cuál es el tema?

–El infierno.

–Entonces me quedo.

Buck se levantó e hizo señas a uno de sus hombres, que se acercó, le ayudó a ponerse una sencilla vestidura y le acompañó al exterior. Harriman sacó la grabadora del bolsillo y fue tras ellos, procurando ignorar los fétidos olores del campamento. Sabía que se dirigían hacia un enorme montículo al oeste de las tiendas, y que todos conocían ya como «la roca de los sermones».

Cuando Buck desapareció al otro lado de la roca, subió por la cuesta de hierba y reapareció en la cima, la agitación del campamento enmudeció. El reverendo levantó despacio las dos manos. Harriman, que lo observaba todo desde abajo, vio salir a centenares de personas de la oscuridad y rodearle.

–Amigos míos –dijo Buck–, buenas noches. Una vez más, os doy las gracias por uniros a mí en esta búsqueda espiritual. Durante estas charlas vespertinas he adoptado la costumbre de hablaros de por qué estamos aquí y qué debemos hacer, pero esta noche el tema será otro.

»Hermanos y hermanas, pronto os enfrentaréis a una gran prueba. Ayer, gracias a Dios, obtuvimos una magnífica victoria, pero los agentes de la oscuridad no se arredran fácilmente. En consecuencia, debéis ser fuertes. Ser fuertes y aceptar la voluntad de Dios.

Harriman, que escuchaba con la grabadora en alto, quedó sorprendido por el tono y la actitud de Buck. Su voz era tranquila, pero vibraba con una férrea convicción que nunca le había oído, ni siquiera en el primer sermón, ante el edificio de Cutforth. En los ojos brillantes del reverendo había algo extraño, una mezcla de entusiasmo y de resignación casi estoica.

–Ya os he hablado muchas veces de nuestro objetivo al reunirnos aquí. Ahora, en vísperas de la prueba que pondrá fin para vosotros a todas las demás, debo dedicar unos momentos a recordaros contra qué luchamos y quién es vuestro enemigo. Recordad mis palabras, incluso cuando ya no esté entre vosotros.

«Que pondrá fin para vosotros.» «Vuestro enemigo.» «Entre vosotros.» Desde su anterior visita a la tienda de Buck, Harriman había empezado a leer fragmentos de la Biblia. Se acordó de las palabras de Jesús: «Adonde yo voy no puedes seguirme ahora; me seguirás más tarde».

–Hermanos y hermanas, ¿por qué nuestros antepasados medievales, sencillos e incultos en muchos aspectos, eran mucho más temerosos de Dios que la humanidad actual? Ya lo dice la propia pregunta: porque tenían miedo de Dios. Sabían la recompensa que esperaba en el cielo a los pocos elegidos, y sabían también lo que esperaba a los pecadores, los malvados, los perezosos y los incrédulos.

»La culpa no es sólo de la gente. Aún es más culpable el clero actual, que endulza la palabra de Dios, resta importancia a sus avisos y dice a su grey que el infierno es una simple metáfora o un antiguo concepto sin existencia real. El amor de Dios, nos dicen, es vasto e indulgente. Engañan a sus feligreses haciéndoles creer que lo tienen todo ganado. Como si el bautismo, algunas buenas obras y un par de comuniones fueran un pasaporte para el cielo. Y eso, amigos míos, es un trágico error.

Hizo una pausa para observar a la gente, que no decía nada.

–El amor de Dios es duro. En esta ciudad, como en todas las grandes ciudades, muere gente a diario. A centenares. Pues bien, ¿en qué momento creéis vosotros que esos desgraciados empiezan a entender el verdadero destino que les está reservado? ¿En qué momento se les cae la venda de los ojos y descubren que toda su vida ha sido una mentira, que no han hecho sino alejarse de la luz y adentrarse más y más en las tinieblas, y que en adelante ya no cabe esperar nada más que un tormento inimaginable? La respuesta no está clara, pero yo creo que como mínimo hay algunos que lo vislumbran en sus últimos momentos, y creo que en esos pocos se insinúa la sensación de que algo falla, y de que ese algo es muchísimo peor que el hecho de morirse. En los momentos finales, cuando el alma empieza a desprenderse del cuerpo, la tela de la realidad cotidiana se rasga por la mitad, y de repente ven el vacío que hay detrás. Después se produce una terrible opresión, un miedo invencible y un calor que va creciendo, pero ellos no pueden gritar ni escapar. No es un ataque pasajero de pánico, sino un simple anticipo de lo que vendrá, un peldaño en el tramo inicial de la larga escalera hacia el infierno.

»¿Y el infierno? ¿Cómo es? A nuestros antepasados les contaban que era un lago de fuego y azufre, donde estarían sumergidos toda la eternidad, un horno espantoso, cuyas llamas no dan luz sino que hacen visible la oscuridad. En esos tiempos más sencillos bastaba con esa descripción.

Hizo otra pausa para mirar a la gente uno por uno.

–Ojo, no niego que ese infierno exista, pero no es el único. Hay innumerables infiernos, hermanos y hermanas. Hay un infierno para cada uno de nosotros. Quizá Lucifer no esté a la altura de Dios, pero fue un ángel poderosísimo, y como tal tiene poderes que superan nuestro pobre entendimiento.

»Hay algo que debéis recordar y no olvidar nunca: Lucifer, el diablo, fue expulsado del cielo porque le dominaban la envidia y la maldad, y ahora, en sus celos implacables, en su sed infinita de venganza, nos usa de peones. Como el niño rechazado que odia a su rival, él nos odia por lo que somos: los hijos amados de Dios. ¿Quién de nosotros podría albergar la esperanza de captar toda la profundidad de su ira infinita? Para él, cada ser humano a quien corrompe, cada alma de la que se apodera, es un triunfo, un puño elevado hacia Dios.

»Conoce nuestras debilidades y nuestros deseos más mezquinos. Sabe cómo desencadenar nuestra vanidad, codicia, lujuria o crueldad. No tenemos secretos para él. Dispone de todo un arsenal de tentaciones a la medida de cada uno de nosotros. Ha sembrado nuestra senda con mil desvíos hacia la oscuridad. Y una vez que Satanás ha logrado atraer un alma hacia su reino, una vez que ha obtenido la enésima victoria, ¿creéis que se conformará con relegarla a un infierno genérico? Reflexionad, amigos míos. Reflexionad. Si conoce todas nuestras debilidades es que también conoce nuestros miedos, incluso los que desconocemos, y para completar su victoria, para hacer que el sufrimiento de su víctima sea infinito, cada persona sufrirá su propio infierno, diseñado especialmente para ella. Y lo peor de todo es que será un infierno que durará para siempre. ¡Para siempre! En algunos casos podrá ser un lago de fuego; en otros, pasar la eternidad en un ataúd negro, sin poder moverse, ver ni hablar, en una espiral interminable de locura. En otros, por ejemplo, podría consistir en asfixiarse eternamente. Imagináoslo, amigos; imaginaos que lleváis dos o tres minutos aguantando la respiración; imaginaos la necesidad desesperada de oxígeno. Imaginad qué indescriptible tortura. Pero en el infierno nunca se vuelve a respirar, ni llega nunca el ansiado aire fresco. Tampoco existe la inconsciencia. Lo único que existe es el momento de máxima agonía prolongado eternamente.

«Máxima agonía prolongada eternamente.» Contra su voluntad, y a pesar del calor de la noche, Harriman tuvo un escalofrío.

–También puede haber infiernos más sutiles. Imaginaos a alguien que siempre ha tenido miedo de volverse loco y que enloquece durante décadas, por no decir siglos. Luego el proceso empieza de nuevo, y así hasta el infinito. O imaginaos a una madre loca por sus hijos, a quien se obliga a asistir incesantemente a su degradación, a verles caer en la pobreza, la drogadicción, la depresión, los malos tratos y la muerte.

Interrumpió el sermón para acercarse lentamente al borde de la roca.

–Dedicad un momento a pensar en el peor infierno que se os pueda ocurrir, y comprended después que Satanás, que os conoce mejor que vosotros mismos, es capaz de prepararos uno muchísimo peor. Y lo hará. Ya lo ha hecho. Anticipadamente. Porque su amarga pena sólo tiene un bálsamo posible: la desesperación, los ruegos, los gritos y los sufrimientos de sus víctimas.

Buck hizo otra pausa, respiró hondo dos veces y siguió hablando aún más quedamente.

–He dicho que existe un infierno para cada uno de nosotros. Ese infierno ya existe, y nos espera. Satanás nos ha preparado un infierno muy fácil de encontrar, con un ancho y cómodo camino. Nos resulta muchísimo más fácil dejarnos llevar inconscientemente por ese ancho y agradable camino que buscar la dura y escondida senda que conduce al cielo, pero debemos resistir la atracción del camino fácil. Es una lucha, amigos míos, una lucha a muerte, pero es la única manera, la única, de descubrir el arduo camino al cielo. Os pido que lo tengáis presente en las pruebas que estamos a punto de vivir.

Dicho esto, dio media vuelta y desapareció.

74

Cuando D'Agosta entró en la suite del hotel de Pendergast, se encontró al agente desayunando. En la mesa había fruta variada, panecillos y el sempiterno, inevitable y minúsculo café exprés. Pendergast, siempre de gustos refinados, comía huevos escalfados mientras leía unos papeles que parecían haber sido recibidos por fax. Durante unos segundos, D'Agosta pensó en la primera vez que habían comido juntos, en Southampton, cuando el caso empezaba, y le pareció que había transcurrido mucho tiempo.

–Ah, Vincent –dijo Pendergast–. Adelante. ¿Le apetece pedir algo?

–No, gracias. –Hacía una mañana deliciosa, el sol entraba en todas las habitaciones, pero D'Agosta tenía la sensación de que una nube negra flotaba sobre ellos–. Me sorprende que tenga apetito.

–Es importante que aproveche el momento para alimentarme, ya que ignoro cuánto tiempo tardaré en volver a hacerlo; pero, venga, eso no es motivo para que no se tome un cruasán. Estas conservas alsacianas de Fauchon son exquisitas.

Apartó los faxes y cogió *La Nazione*.

–¿Qué está leyendo?

–Unos faxes de Constance. Voy a necesitar toda la... munición posible para lo que se avecina. Constance me ha ayudado mucho.

D'Agosta dio un paso.

–Le acompaño –dijo muy serio–. Que quede claro desde el principio, para evitar luego discusiones.

Pendergast bajó el periódico.

–No esperaba menos de usted, pero le recuerdo que la invitación se me hizo exclusivamente a mí.

–Dudo que al gordinflón del conde le parezca mal.
–Probablemente tenga razón.
–He llegado muy lejos. Me han disparado en más de una vez, me han cortado la punta de un dedo y casi me empujan dos veces por un precipicio, una a pie y otra en coche.
–Vuelve a tener razón.
–Pues entonces no espere que me pase la tarde descansando en la piscina con un par de cervezas, mientras usted está en la guarida de Fosco.
Pendergast esbozó una sonrisa.
–Me queda un recado por hacer antes de irme de Florencia. Ya lo discutiremos entonces.
Volvió a levantar el periódico.

Dos horas después, su coche frenó en una callejuela de Florencia a la altura de un edificio grande y austero de aparejo rústico.
–El Palazzo Maffei –dijo Pendergast, que conducía–. ¿Le importa esperar un momento en el coche? No tardaré.
Bajó y se acercó a una placa de latón con varios timbres. Leyó los nombres y pulsó un botón. Poco después, una voz amortiguada hizo vibrar el altavoz. Pendergast contestó. El portón se abrió con un zumbido. Entró.
D'Agosta observó la escena con curiosidad. Se había acostumbrado bastante al italiano para notar algo raro en las palabras que Pendergast había pronunciado por el interfono. De hecho, más que en italiano parecían haber sido dichas en latín.
Salió del coche y cruzó la calle para ver los timbres. En el que había pulsado Pendergast sólo ponía «Corso Maffei». Como no le decía nada, volvió al coche de alquiler.
Diez minutos después, Pendergast salió del edificio y volvió a sentarse al volante.
–¿Qué ha hecho? –preguntó D'Agosta.
–Contratar un seguro –respondió Pendergast. Se volvió con una mirada penetrante–. Las posibilidades de éxito de esta operación apenas rondan el cincuenta por ciento. Yo tengo que hacer-

lo. Usted no. Personalmente, preferiría que no me acompañase.

–Ni hablar. Estamos juntos en esto.

–Le veo muy decidido. De todos modos, Vincent, permítame que le recuerde que tiene un hijo y, si no me equivoco, excelentes perspectivas de ascenso y una vida feliz por delante.

–He dicho que estamos juntos en esto.

Pendergast sonrió y le puso una mano en el brazo; era un extraño gesto de afecto en alguien que casi nunca manifestaba ese tipo de sentimiento.

–Sabía que respondería así, Vincent, y me alegro. Me he acostumbrado a contar con su sentido común, su seriedad y su buena puntería, entre otras excelentes cualidades.

Violento, pero sin saber por qué, D'Agosta contestó con un gruñido.

–En principio deberíamos llegar al castillo a media tarde. Le informaré durante el viaje.

La carretera de Florencia a Chianti, región situada al sur de la ciudad, obsequió a D'Agosta con uno de los paisajes más bonitos que había visto en su vida: colinas estriadas de viñas que el otoño pintaba de amarillo, el verde claro de los olivares y un relieve sembrado de castillos de leyenda y espléndidas villas del Renacimiento. Al fondo se elevaba una frondosa cordillera con severos monasterios y antiguos campanarios.

La carretera discurría más o menos paralela al río Greve, que quedaba a sus pies. Al cruzar el Passo dei Pecorai vieron por primera vez la localidad de Greve, al fondo de un valle, junto al río. En otro recodo de la carretera, Pendergast señaló por su ventanilla y dijo:

–Castel Fosco.

Ocupaba un solitario espolón de las colinas de Chianti. Desde esa distancia, D'Agosta lo percibió como una sola torre maciza y con almenas, que dominaba el bosque y erosionada por el tiempo. La siguiente curva en bajada hizo desaparecer el castillo. Momentos más tarde, Pendergast salió de la carretera principal y después de varias curvas desorientadoras (y de que el camino se estrechase paulatinamente) llegó a una pared cubierta de musgo, con una verja herrumbrosa. Al lado ponía «Castel Fosco», en una placa de mármol. La verja estaba abierta, podrida y oxidada, como si se hubiera inclinado y fundido con el suelo. Al otro lado, una antigua pista de tierra subía entre viñedos y desaparecía al otro lado de una colina.

Mientras conducía por las curvas, Pendergast señaló con la cabeza los bancales de viña y los árboles que bordeaban el camino.

–Parece una finca muy rica, de las mayores de Chianti.

D'Agosta no dijo nada. Era como si cada metro de camino por los dominios del conde incrementara la opresión.

Al llegar al final de la cuesta vieron reaparecer el castillo, pero mucho más cerca. Era una gigantesca y pétrea fortaleza encaramada a un risco, en las montañas. La torre tenía una adición posterior, pero también antigua: una villa renacentista muy hermosa, con muros de estuco amarillo y tejado de tejas rojas. Sus regias hileras de ventanas contrastaban fuertemente con las líneas severas y casi brutales del cuerpo central.

El conjunto estaba doblemente fortificado. El perímetro exterior, prácticamente en ruinas, consistía en una mera sucesión de huecos, torres desmochadas y almenas mutiladas, mientras que el interior, mucho mejor conservado, servía como una especie de gigantesco muro de contención para el castillo, permitiendo de paso la existencia de un anillo de explanadas. Al otro lado del castillo la montaña ascendía trescientos metros, formando un anfiteatro de bosques sembrado de extrusiones rocosas, que se perfilaban en el cielo como los dientes de una sierra semicircular.

–Más de dos mil hectáreas –dijo Pendergast–. Tengo entendido que supera los mil años de antigüedad.

Pero D'Agosta no contestó. La visión del castillo le había sobrecogido más de lo que estaba dispuesto a admitir. El sentimiento de opresión se acentuó. Parecía una locura meterse así en la boca del lobo, pero ya había aprendido a fiarse plenamente de Pendergast, que nunca hacía nada sin una buena razón.

Había sido más listo que el asesino a sueldo, y había evitado que murieran a manos de los esbirros de Bullard. De hecho no era la primera vez que los salvaba a los dos. Lo había hecho otras veces. Fuera cual fuese su plan, funcionaría.

Por supuesto que funcionaría.

75

El coche superó la última curva y cruzó el acceso en ruinas de la fortaleza. El castillo se erguía ante ellos en toda su severa e inmensa majestad. Recorrieron una avenida de cipreses, con troncos grandes y estriados, y se detuvieron al pie de la muralla, en un aparcamiento. D'Agosta miró con gran recelo por su ventanilla. La altura del lienzo era de unos siete metros, con grandes contrafuertes inclinados en los que se apreciaban manchas de cal, musgo mojado y helechos. En la muralla interna no había rastrillo, sólo dos batientes de madera con herrajes al final de una gran escalera de piedra.

Al salir del coche oyeron un zumbido y un crujido. Eran las puertas, que se abrieron como si hubieran recibido una señal invisible.

Al llegar al final de la escalera y cruzar el gran arco de la puerta, tuvieron la impresión de penetrar en otro mundo. Cien metros de césped, perfectamente liso, les separaban de la entrada principal del castillo. A un lado del césped había un estanque circular de gran tamaño, rodeado por una antigua balaustrada de mármol y adornado en su centro por una estatuilla de Neptuno a lomos de un monstruo marino. A la derecha vieron una pequeña capilla con cúpula de tejas, y más allá otra balaustrada de mármol por la que se asomaba un pequeño jardín, el cual descendía por la montaña hasta quedar interrumpido bruscamente por la muralla interna.

Oyeron otro crujido que hizo temblar el suelo. Al volverse, D'Agosta vio que los batientes de madera se estaban cerrando.

–No se preocupe –murmuró Pendergast–. Está todo controlado.

D'Agosta esperó fervientemente que no fueran palabras baldías.

–¿Dónde está Fosco? –preguntó.
–Sospecho que no tardaremos mucho en verle.
Cruzaron el césped y llegaron a la entrada principal del alcázar, que se abrió con un chirrido metálico. Al otro lado estaba Fosco, con un elegante traje gris perla. Tenía el pelo bastante largo, peinado hacia atrás, y una sonrisa en su cara tersa y blanca. Llevaba guantes, como era habitual en él.
–Bienvenido a mi humilde morada, querido Pendergast. ¡Ah, el sargento D'Agosta! ¡Cuánto me alegro de que se haya añadido a la reunión!
Tendió la mano, pero Pendergast la ignoró.
El conde la dejó caer. Sin embargo, conservó la sonrisa.
–Lástima. Esperaba poder tratar nuestros asuntos en un ambiente cortés, como caballeros.
–Ah, pero ¿hay aquí algún caballero? Me gustaría conocerle.
La lengua de Fosco hizo un chasquido de desaprobación.
–¿Qué maneras son ésas de tratar a alguien en su propia casa?
–¿Qué manera de tratar a alguien es quemarle en su propia casa?
La expresión del conde reflejó su desagrado.
–Veo mucha prisa por ir al grano, pero ya habrá tiempo, ya habrá tiempo. Pasen, por favor.
Les franqueó la entrada a un vestíbulo largo, antesala de la principal estancia del castillo, que no respondió a las expectativas de D'Agosta: tres de sus lados estaban ocupados por una hermosa galería de columnas y arcos a la romana.
–Fíjense en los *tondi* de Della Robbia –dijo Fosco, señalando unos adornos de cerámica pintada en las paredes sobre los arcos–. Pero estarán cansados del viaje. Les llevaré a sus aposentos, donde podrán descansar.
–¿Nuestras habitaciones? –preguntó Pendergast–. ¿Es que vamos a pasar la noche aquí?
–Naturalmente.
–Me temo que no es necesario ni posible.
–Insisto, insisto.

El conde se volvió hacia la puerta abierta del castillo, cogió una argolla y dio un sonoro portazo. Después, haciendo un gesto ampuloso y teatral, sacó de su bolsillo una llave gigantesca y la usó para cerrar. A continuación abrió una cajita de madera en la pared, y D'Agosta vio que contenía un teclado de alta tecnología, completamente fuera de lugar entre la antigüedad de los sillares. El conde tecleó una larga secuencia numérica. El resultado fue un ruido metálico y la aparición de una gran barra de hierro, que se deslizó por un soporte de hierro macizo y atrancó la puerta.

–Ya estamos a salvo de visitas no autorizadas –dijo Fosco–. O de que se vaya alguien sin permiso, dicho sea de paso.

Pendergast no contestó. El conde les dio la espalda y, con su peculiar ligereza de movimientos, les condujo al otro lado de la sala, a una galería de piedra larga y fría, cuyas paredes estaban decoradas con retratos ennegrecidos por el paso del tiempo, así como con armaduras oxidadas, lanzas, picas, mazas y otras armas medievales.

–Las armaduras carecen de valor. Son reproducciones del siglo XVIII. Los retratos, por si no lo han adivinado, son de mis antepasados. Es una suerte que el tiempo los haya oscurecido, porque los condes de Fosco no son un linaje agraciado. Estas tierras nos pertenecen desde el siglo XII, cuando mi distinguido antepasado Giovan de Ardaz se las arrebató a un caballero longobardo. La familia se otorgó a sí misma el título de «cavaliere» y adoptó como escudo de armas un dragón rampante con bastón en barra. En la época de los grandes duques fuimos nombrados condes del Sacro Imperio Germánico por la mismísima electriz palatina. Siempre hemos vivido con gran tranquilidad, cuidando nuestras viñas y olivares sin meternos en política ni aspirar a ningún cargo. Los florentinos tenemos un dicho: «Al clavo que sobresale le dan un martillazo». La casa de Fosco nunca ha sobresalido, y en consecuencia no hemos sufrido martillazo alguno durante los muchos cambios políticos que ha habido.

–Aun así, conde, usted se las ha arreglado para sobresalir bastante en los últimos meses –repuso Pendergast.

–Lamentablemente, y no por mi voluntad. Mi única intención era recuperar lo que nos pertenecía por derecho. Pero, bueno, tiempo habrá de discutirlo durante la cena.

Salieron de la galería y entraron en un bonito salón con vidrieras y tapices. Fosco señaló una serie de paisajes de gran formato.

–Hobbema y Van Ruisdael.

La atmósfera cambió de pronto, tras una larga sucesión de habitaciones luminosas y amuebladas con buen gusto.

–Entramos en la parte original longobarda del castillo –dijo Fosco–. Se remonta al siglo x.

Las habitaciones eran pequeñas, prácticamente sin ventanas. La única luz entraba por aspilleras y minúsculas aberturas cuadradas casi a tocar del techo. Las paredes estaban encaladas, y no había muebles.

–No uso para nada estas salas lúgubres y antiguas –dijo el conde al cruzarlas–. Siempre están húmedas y frías. Lo que me resulta de gran utilidad, en cambio, son los diversos niveles de sótanos y túneles, donde hago vino, *aceto balsamico* y *prosciutto di cinghiale*. En esta finca cazamos nuestros propios jabalíes; su fama está bien justificada. Los últimos túneles fueron tallados en la roca por los etruscos hace tres mil años.

Llegaron a una puerta de hierro macizo con un marco de piedra todavía más maciza. Aunque se hubieran adentrado tanto en el castillo, D'Agosta seguía observando gotas de humedad en los sillares.

–La torre del homenaje –dijo Fosco, abriendo la puerta con otra llave.

Al otro lado había una escalera circular ancha y sin ventanas, que subía en espiral de las profundidades y se enroscaba sobre sus cabezas hasta fundirse con la oscuridad. Fosco sacó una linterna de pilas de un aplique, la encendió y subió en primer lugar por la escalera. Al cabo de cinco o seis vueltas llegaron a un pequeño rellano con una sola puerta. Tras abrirla con la enésima llave, Fosco les hizo pasar a lo que parecía un pequeño apartamento habilitado en la antigua torre maestra, con ventanitas que daban al valle del Greve y a las colinas del sur de

Florencia. La chimenea del fondo estaba encendida; el suelo de cerámica, cubierto con alfombras persas. Delante de la chimenea había una agradable zona de descanso, con una mesa bien provista de vinos y licores y toda una pared de estanterías llenas de libros.

–*Eccoci quà!* Espero que sus aposentos les resulten confortables. Hay dos pequeños dormitorios, uno a cada lado. ¿A que el paisaje es encantador? Me preocupa que no hayan traído equipaje. Haré que Pinketts les provea de todo lo que necesiten: maquinillas de afeitar, albornoces, zapatillas y camisas de dormir.

–Dudo mucho que nos quedemos a pasar la noche.

–Y yo dudo mucho que se vayan. –El conde sonrió–. Aquí cenamos tarde, a la europea. A las nueve.

Retrocedió con una reverencia y cerró la puerta de un sonoro golpe. D'Agosta, con el alma en los pies, oyó el roce de la llave en la cerradura y los pasos del conde, que se alejaron rápidamente por la escalera.

76

La zona elegida para los preparativos del golpe contra Buck y los suyos era un aparcamiento de manutención que, al quedar detrás del arsenal, no podía ser visto desde las tiendas de campaña. Rocker, el jefe de policía, había movilizado ni más ni menos que tres divisiones antidisturbios de la policía de Nueva York, además de una unidad de élite, dos expertos en negociación de rehenes, varios agentes a caballo, dos unidades móviles de mando y un gran número de policías con cascos y chalecos antibalas para encargarse de las detenciones. En el despliegue había que incluir también varios camiones de bomberos, ambulancias y furgonetas de presos, que esperaban en la calle Sesenta y siete, a una distancia prudencial.

En el límite norte de la zona, Hayward comprobó por última vez el buen funcionamiento de su radio y su pistola. El número de policías de uniforme que se paseaban con porras y escudos antidisturbios era enorme, por no hablar de una serie de especialistas en operaciones con cables colgando de las orejas, e incluso de algunos informadores confidenciales disfrazados de residentes del campamento. Aun así, no le pareció desproporcionado. Puestos a intervenir, mejor hacerlo de forma arrolladora; así, nueve veces de cada diez, la oposición se venía abajo. Lo peor que podía ocurrir era que vieran alguna oportunidad de plantar cara.

Lo malo era que esa gente creía tener a Dios de su lado. No eran conductores de autobús en huelga ni empleados municipales casados, con hijos y dos coches en el garaje, sino auténticos creyentes. Eran imprevisibles. La estrategia propuesta por Hayward resultaba más prudente.

¿O no?

Rocker salió de entre la gente y se acercó a ella para ponerle una mano en el hombro.

–¿Preparada?

Ella asintió. Rocker le dio una palmadita paternal.

–Si hay borrasca, use la radio. Entraremos deprisa. –Echó un vistazo al gran despliegue humano y material–. No sabe cuánto deseo que no haga falta nada de todo esto.

–Yo también.

Hayward reconoció a Wentworth en una de las unidades móviles de mando, hablando y gesticulando con un cable en la oreja. Se lo pasaba en grande jugando a policías. Al ver que la miraba, se volvió. Un fracaso no sólo supondría una gran humillación, sino un grave traspié en su carrera. Wentworth había predicho que fracasaría. Si su misión gozaba del visto bueno, era exclusivamente por obra y gracia de Rocker. Se preguntó, como había hecho varias veces desde la última reunión, por qué se la jugaba. No era la mejor manera de ascender. ¿Cuántas veces había visto que los que seguían la corriente alcanzaban el éxito? La actitud de D'Agosta debía de estar contagiándosele.

–¿Lista?

Asintió con la cabeza.

Rocker le quitó la mano del hombro.

–Pues a por ellos, capitana.

Hayward lanzó una última mirada a la seguridad del aparcamiento y se metió por una pasarela que daba la vuelta por el norte al arsenal. Se sacó la insignia del bolsillo y se la puso en la chaqueta.

En pocos minutos aparecieron las primeras tiendas dispersas, y Hayward aflojó el paso para hacerse una idea de su número. Ya era mediodía. Había gente por todas partes y olía a beicon frito. Cuando vieron que se acercaba a la primera línea de tiendas de campaña, varias personas se pararon a mirarla. Su sonrisa amistosa fue acogida con miradas hostiles. Se les veía bastante más tensos que el día anterior. Lógico. No eran tontos. Sabían que la cosa no quedaría en puras amenazas y estaban esperando un nuevo ataque. Lo importante era demostrarles que ella venía en son de paz.

Eligió uno de los caminos torcidos, sintiéndose el blanco de todas las miradas y oyendo toda clase de susurros, en los que distinguió las palabras «Satanás» e «impura». Aun así conservó la sonrisa amable y el paso relajado. Recordó que su profesor de dinámica social había explicado que las multitudes se comportaban como los perros: si te notaban asustado, mordían; si te veían correr, te perseguían.

Ya conocía el camino, y tardó menos de un minuto en llegar a la tienda de Buck. El reverendo estaba sentado fuera, completamente absorto en la lectura de un libro. De repente apareció el mismo personaje exageradamente servicial de la otra vez, a quien Buck llamó Todd, y se le puso delante. Se estaba formando una multitud, pero no amenazadora, sino curiosa, silenciosa y hostil.

–Otra vez usted –dijo el hombre.

–Pues sí, otra vez yo –contestó ella–. Vengo a charlar con el reverendo.

–¡Han vuelto! –exclamó Todd a los demás, mientras le cerraba el paso.

–No, vengo sola...

El murmullo de la gente era como un zumbido eléctrico. De pronto el ambiente se tensó. Hayward miró por encima del hombro y le sorprendió que la multitud hubiera crecido tanto. «Tú concéntrate en Buck», pensó. Pero éste seguía en su mesa, leyendo sin mirarla. Alcanzó a leer el título: *El libro de los mártires*. Edición del Reader's Digest.

Todd se acercó tanto que sus cuerpos estuvieron a punto de rozarse.

–No se puede molestar al reverendo.

Hayward sintió una punzada de algo que se parecía incómodamente a la duda. ¿Realmente funcionaría su plan? A ver si al final tendría razón Wentworth...

Levantó la voz para que la oyera Buck.

–Sólo vengo para hablar. No traigo ninguna orden de arresto. Sólo quiero hablar personalmente con el reverendo. Tampoco pido nada del otro mundo.

–¡Prevaricadora! –exclamó alguien entre la multitud.

Tenía que esquivar al ayudante que le cerraba el camino. Dio un paso y le rozó.

–Esto es una agresión –dijo Todd.

–Si el reverendo no quiere hablar conmigo, al menos déjele que me lo diga personalmente. Déjele decidir por sí mismo.

–El reverendo ha pedido que no se le moleste.

Mientras tanto el cuerpo de la capitana seguía en contacto con el de Todd, algo que le ponía los pelos de punta, pero intuyó que él estaba a punto de ceder.

No se equivocaba. Todd retrocedió un paso, pero sin apartarse de su camino. En ese momento se oyó otro grito:

–¡Romana!

«¿De qué iba esa chorrada sobre los romanos?»

–Sólo le pido cinco minutos, reverendo –dijo ella en voz alta, asomando la cabeza por detrás de Todd–. Cinco minutos.

Por fin, muy lentamente, Buck dejó el libro sobre la mesa, se levantó de la silla y la miró. Fue una mirada que le produjo escalofríos. El día antes había notado en él ciertas dudas sobre la que había armado. Entonces parecía posible persuadirle, pero ahora Buck estaba dominado por una frialdad y una calma desconocidas, una seguridad sin la menor fisura. La única emoción que creyó percibir fue una chispa de decepción. Tragó saliva.

–Disculpe.

Trató de esquivar al guardaespaldas.

Buck hizo una señal con la cabeza a Todd, que se apartó. Después el reverendo la miró, pero a juzgar por su expresión no estaba muy claro que la viera.

–Reverendo, me envían mis superiores para pedirles un favor a usted y los suyos.

«Sé lo más campechana que puedas –pensó–. Que no se sientan intimidados. –Era lo que le habían enseñado en el cursillo de negociación–. Que tengan la sensación de que deciden ellos.»

Buck, sin embargo, no daba muestras de haber oído nada. Reinaba un silencio de mal agüero. Hayward no se volvió, pero tenía la sensación de que la multitud debía de ser impresionante, probablemente casi todo el campamento estaba allí.

–Mire, reverendo, tenemos un problema. Sus seguidores están destrozando el parque. Pisotean las plantas y matan la hierba. Encima han estado usando la zona como lavabo, y los vecinos se quejan. Es un riesgo para la salud, sobre todo la de ustedes.

Hizo una pausa; temía que sus palabras estuvieran cayendo en saco roto.

–¿Puede ayudarnos, reverendo?

Esperó. Buck no decía nada.

–Necesito que me ayude.

Oyó murmullos de impaciencia a sus espaldas. La multitud crecía a ambos lados de la tienda de Buck, más allá de donde alcanzaba la vista de la capitana. La tenían rodeada.

–Voy a proponerle un acuerdo que me parece justo.

«Pregúntame cuál es, gilipollas», pensó. Era esencial que Buck hablara, que hiciera preguntas o abriera como mínimo la boca, pero nada, seguía mudo, mirándola como si no la viera. ¡Maldición! ¡Le había juzgado mal! A menos que hubiera sufrido algún cambio desde su última visita... En todo caso, no era el mismo.

Por primera vez, Hayward se planteó seriamente la posibilidad de que todo aquello saliera mal.

–¿Quiere que se lo explique?

Silencio.

Hayward no se dejó arredrar.

–Lo primero es el problema sanitario. No queremos que usted o sus seguidores se pongan enfermos. Nos gustaría que les diera un día libre. Sólo uno. Deje que se vayan a sus casas, se duchen y coman caliente. A cambio autorizaremos que se reúnan con el beneplácito del ayuntamiento, no así, destrozando el parque, molestando al vecindario y ganándose la antipatía de toda la ciudad. Mire, le he oído hablar y sé que es un tío justo, que no engaña. Le estoy dando la oportunidad de legalizarse y ganarse el respeto de la gente, pero sin renunciar a su mensaje.

Hizo una pausa. «No hables demasiado. Déjale que se lo piense», se dijo.

Se había creado un clima de expectación. Todos esperaban las palabras del reverendo. Todo dependía de Buck.

Finalmente el reverendo se movió: parpadeó y levantó una

mano muy despacio, al igual que un robot. El silencio incrementaba la tensión. De hecho era tan sepulcral que Hayward oía el canto de los pájaros en los árboles de al lado.

La mano de Buck la señaló.

–Centurión –dijo en voz baja, casi susurrando.

Fue como el chorro de una olla a presión. De repente se alzó un grito unánime:

–¡Centurión! ¡Soldado de Roma!

La gente se acercaba empujándose.

Para Hayward fue el primer momento de auténtico miedo. El fracaso se dibujaba claramente en su horizonte, pero en ese momento no era su carrera lo único en juego ni lo más importante. La exaltación de esa gente era peligrosa.

–Reverendo, si su respuesta es no...

Pero Buck le había dado la espalda y, para contrariedad de Hayward, estaba entrando en la tienda: levantó la tela que cerraba la entrada y desapareció en el interior. El lugar que había ocupado se llenó de gente.

La había dejado a merced de la multitud.

Se volvió hacia ellos. Era el momento de salir corriendo.

–De acuerdo, sé reconocer una negativa...

–¡Cállate, Judas!

Volvió a ver palos sobre las cabezas, y le pareció increíble que una multitud pudiera exaltarse con esa rapidez. Había fracasado estrepitosamente. Ya podía despedirse de su carrera. Eso seguro. En el fondo, la única duda que persistía era si saldría entera de allí.

–Me voy –dijo en voz alta, con firmeza–. Me voy y espero que me dejen salir pacíficamente. Soy policía.

Se acercó a la pared humana, pero esta vez no se abrió ningún camino. Siguió adelante con la esperanza de que retrocediesen, pero nada. Varias manos salieron de la multitud para empujarla sin contemplaciones.

–¡He venido pacíficamente! –Lo dijo con todas sus fuerzas, tratando de que no le temblara la voz–. ¡Y pienso irme pacíficamente!

Dio otro paso en dirección a la pared humana y se encontró con Todd de cara. Tenía algo en la mano. Una piedra.

–No hagas ninguna tontería –dijo.

Todd levantó la mano como si quisiera tirársela. Ella se acercó enseguida mirándole a los ojos, como si fuera un perro peligroso. En las multitudes furiosas, la primera fila está reservada a los más locos. El resto se queda rezagado, esperando el momento en que el adversario está en el suelo sin poder defenderse, pero los de delante son los asesinos.

Todd retrocedió un paso.

–Bruja, Judas –dijo, amenazándola con la piedra.

Hayward repasó rápidamente sus opciones, mientras buscaba reservas de serenidad en su interior. Si sacaba la pistola sería el final. Podría ahuyentarles con un disparo al aire, pero no tardarían ni un segundo en volver a echársele encima, y entonces no tendría más remedio que disparar contra ellos, en cuyo caso podía darse por muerta. También podía llamar a Rocker, pero tardaría como mínimo diez minutos en movilizarse, y para entonces, con los ánimos definitivamente enardecidos, encontraría una inmediata resistencia. Además, cuando llegaran hasta ella... ¡No tenía diez minutos! ¡Ni siquiera cinco!

El único capaz de controlar a la masa era Buck, y estaba dentro de la tienda.

Retrocedió despacio, en círculo. Había tanta gente que ya no veía la tienda del reverendo. De hecho la estaban apartando de ella, como si quisieran ahorrarle a Buck lo más desagradable. Todo eran gritos de desprecio y cánticos.

Desesperada, se estrujó las meninges intentando recordar algo útil de su formación. Siempre le había interesado la psicología de masas, sobre todo desde los disturbios del caso Wisher, unos años atrás. Las multitudes no respondían a los mensajes del lenguaje corporal. Sólo se escuchaban a sí mismas. No se podía razonar con ellas. Se volcaban con entusiasmo en actos de violencia, a los que en circunstancias normales ninguno de sus integrantes habría dado su beneplácito.

–¡Centurión!

Era el valiente de Todd, que había avanzado un paso más, mientras la gente se apretaba a sus espaldas. Más que enfadado, estaba histérico. No pensaban hacerle daño, no; lo que querían era matarla.

–¡Buck! –exclamó ella; pero era inútil, porque gritaban demasiado para que pudiera oírla.

Volvió a plantarles cara.

–¿Y os llamáis cristianos? –gritó–. ¡Miraros!

Mal pensado. Sólo sirvió para que se enfadaran más. Sin embargo, era lo único que le quedaba.

–¿Os suena lo de poner la otra mejilla? ¿Y lo de amar al prójimo?

–¡Blasfema!

Todd levantó la piedra, seguido por la multitud.

Ahora Hayward estaba asustada de verdad. Retrocedió y sintió que la empujaban por la espalda. Se le quebró la voz.

–En la Biblia dice que...

–¡Está blasfemando con la Biblia!

–¿La habéis oído?

–¡Que se calle!

Se encontraba en un callejón sin salida. Se le agotaba el tiempo, y lo sabía. Tenía que discurrir algo antes de que llovieran piedras. En cuanto hubieran tirado la primera, no pararían hasta el final.

El problema era que había agotado todas sus posibilidades. No quedaba nada que hacer.

Nada.

77

A las nueve menos cinco, D'Agosta se apartó de la ventana y vio que Pendergast se levantaba tranquilamente del sofá, donde llevaba media hora sin moverse. Antes, el agente había verificado que podía forzar la puerta con sus herramientas, pero como no parecía interesado en ninguna exploración volvió a cerrarla, y desde entonces esperaban.

–¿Qué tal la siesta?

Le pareció mentira que Pendergast pudiera dormir en esas circunstancias. Él estaba tan nervioso que tenía la impresión de que no podría dormir nunca más.

–No he hecho la siesta, Vincent. Estaba pensando.

–Toma, y yo. En cómo salir de aquí, ¿no?

–¡No creerá que hemos venido sin un plan viable de salida! Y si el plan saliera mal, siempre he creído en la improvisación.

–¿Improvisación? No me gusta la palabra.

–Estos castillos antiguos están llenos de agujeros. Sea como sea, huiremos con las pruebas que necesitamos y volveremos con refuerzos. Piense, Vincent, que no teníamos alternativa: o veníamos o nos rendíamos.

–La palabra rendirse no está en mi vocabulario.

–En el mío tampoco.

Llamaron a la puerta.

Cuando ésta se abrió vieron a Pinketts vestido de librea. La mano de D'Agosta se acercó de forma inconsciente a la pistola.

Pinketts se inclinó ligeramente y dijo en su inglés amanerado:

–La cena está servida.

Subieron con él por la escalera, y a través de una serie de salas y pasillos llegaron al *salotto* que servía de comedor, una estancia acogedora, de techo alto y abovedado. La cubertería era de plata. La mesa tenía un centro de rosas recién cortadas y estaba puesta para tres.

Fosco estaba al fondo de la sala, delante de una enorme chimenea con un blasón de piedra. En el hogar sólo había algunos troncos encendidos. El conde se volvió rápidamente, mientras un ratoncito blanco corría por su mano y subía por su manga.

–Bienvenidos. –Metió el ratón en una pequeña jaula en forma de pagoda–. Señor Pendergast, usted a mi derecha; usted a mi izquierda, señor D'Agosta, si son tan amables.

D'Agosta tomó asiento y apartó un poco su silla de la de Fosco. El conde siempre le había repelido, pero ahora casi no soportaba estar en la misma habitación que él. Era un desalmado.

–¿Un poco de *prosecco*? Lo hago yo.

Los dos declinaron la oferta con la cabeza. Fosco se encogió de hombros y, después de que Pinketts llenara su copa, la levantó.

–Por el Stormcloud –dijo–. Lástima que no puedan brindar. Háganlo con agua, como mínimo.

–Esta noche el sargento D'Agosta y yo haremos abstinencia –contestó Pendergast.

–He preparado una magnífica cena.

Fosco apuró su copa. En respuesta, Pinketts trajo una fuente con una montaña que a D'Agosta le pareció de fiambres.

–*Affettati misti toscani* –dijo Fosco–. Jamón de jabalí cazado en la finca. De hecho lo cazó un servidor. ¿No quieren probarlo? *Finocchiona* y *soprassata*, también de la finca.

–No, gracias.

–¿Señor D'Agosta?

D'Agosta no respondió.

–Es una pena que no tengamos un enano para que pruebe la comida. Me gusta tan poco comer solo...

Pendergast se inclinó hacia el conde.

–¿Qué tal si nos dejamos de cenas y vamos al grano, Fosco? El sargento D'Agosta y yo no podemos quedarnos a dormir.

–Insisto.

–Su insistencia es inútil. Nos iremos cuando queramos.

–No, no se irán, ni esta noche ni ninguna otra. Les sugiero que coman, porque será su última cena. No se preocupen, no está envenenada. Les tengo reservado algo mucho más inteligente.

Las palabras del conde fueron recibidas en silencio.

Pinketts se acercó para servir vino tinto. El conde lo hizo girar en la copa, lo probó e hizo un gesto de aquiescencia, antes de mirar a Pendergast.

–¿Cuándo se dio cuenta de que había sido yo?

Pendergast tardó un poco en contestar, y lo hizo lentamente.

–Encontré crin de caballo en el lugar donde asesinaron a Bullard, y supe que procedía de un arco de violín. En ese momento me acordé del nombre del barco de Bullard, *Stormcloud*, y uní todos los cabos: comprendí que este caso no era más que una sórdida tentativa de robo mediante asesinatos e intimidaciones, y mis pensamientos derivaron hacia usted con toda naturalidad, aunque ya hacía tiempo que estaba seguro de que la pista no se agotaba en Bullard.

–Muy inteligente. No esperaba que lo descubriese con tanta rapidez. De ahí esas prisas de mal gusto por matar al viejo sacerdote. No saben cuánto lo lamento. Fue innecesario, y una tontería. Tuve un momento de pánico.

–¿Innecesario? –replicó D'Agosta–. ¿Una tontería? Estamos hablando de asesinar a un ser humano.

–Ahórreme el absolutismo moral. –Fosco bebió un poco de vino, pinchó varias veces con el tenedor un trozo de jamón, se lo comió y, recuperando el buen humor, miró a Pendergast–. Por mi parte, supe que usted sería un problema a los cinco minutos de haberle conocido. ¿Cómo imaginar que un hombre como usted pudiera trabajar para las fuerzas del orden?

A falta de respuesta, levantó la copa para hacer otro brindis.

–Nada más conocerle supe que tendría que matarle. Y aquí estamos.

Bebió un poco y dejó la copa sobre la mesa.

–Tenía la esperanza de que el idiota de Bullard se saliera con la suya, pero claro, fracasó.

–El inductor fue usted, naturalmente.

–Digamos que su miedo le hacía sensible a la sugestión. En fin, ha quedado todo en mis manos. Pero antes ¿no cree que debería felicitarme por la excelente puesta en práctica del plan? El violín se lo quité a Bullard, y como usted bien sabe, señor Pendergast, no hay testigos ni pruebas materiales que me vinculen a los asesinatos.

–Tiene el violín, y antes que usted lo tuvo Bullard. Eso se puede afirmar sin ningún género de dudas.

–Pertenece legalmente a la familia Fosco. Todavía conservo el recibo firmado por Antonio Stradivari en persona, y la cadena de propiedad es incuestionable. Ahora que Bullard está muerto, primero transcurrirá un tiempo prudencial, y después el violín aparecerá en Roma. Lo tengo planeado hasta el último detalle. Haré valer mis derechos, pagaré una pequeña recompensa al afortunado comerciante y el instrumento llegará limpiamente a mi poder. Bullard no explicó a nadie por qué tenía que sacar el violín de su laboratorio, ni siquiera a los de su empresa. No podía. –Fosco se rió irónicamente–. Ya ve que no existe ninguna prueba contra mí, señor Pendergast. Claro que en estas cosas siempre he tenido mucha suerte... –Mordió un trozo de pan–. Basta con pensar en la increíble coincidencia que existe en el fondo de este caso. ¿Sabe a qué coincidencia me refiero?

–Puedo imaginármelo.

–El treinta y uno de octubre de 1974, saliendo a media tarde de la Biblioteca Nazionale, me encontré con un grupo de estudiantes norteamericanos muy jóvenes; ya sabe, de esos que llenan Florencia todo el año. Era la víspera de Todos los Santos, el Halloween de esos muchachos, y habían bebido más de la cuenta. Yo, que entonces también era joven e inmaduro, los encontré de una vulgaridad tan abracadabrante que me divirtieron. Pasamos un rato juntos, y hubo un momento en que uno de ellos, concretamente Jeremy Grove, se encrespó por un tema religioso, diciendo que Dios era una chorrada para mentes débiles y todas esas cosas. Yo, molesto por su arrogancia, dije que no podía afirmar la existencia de Dios, pero que de una cosa estaba seguro: de que existía el diablo.

Fosco se rió en silencio, haciendo temblar su inmensa delantera.

–Todos lo negaron rotundamente. Entonces les conté que algunos de mis amigos, aficionados a las ciencias ocultas, coleccionaban antiguos manuscritos, y que yo mismo tenía un viejo pergamino con fórmulas para invocar a Lucifer, ni más ni menos. Podíamos, pues, zanjar la discusión esa misma noche, que por lo demás, tratándose de Halloween, era perfecta. ¿Les apetecía probarlo? «¡Sí! –dijeron todos–. ¡Qué magnífica idea!»

–Y les montó un espectáculo.

–Exacto. Les invité a una sesión de espiritismo en mi castillo, y volví corriendo a prepararlo todo. Fue divertidísimo. Me ayudó Pinketts, que dicho sea de paso no tiene nada de inglés, ya que se llama Pinchetti y, por esas casualidades de la vida, tiene un enorme talento para los idiomas y además es un gran aficionado a las intrigas. Sólo disponíamos de seis horas, pero nos las arreglamos bastante bien. Yo he sido toda mi vida un manitas. Siempre he construido aparatos y chismes, y tengo en mi haber algunas incursiones en los *fuochi d'artificio*, los fuegos artificiales. Aquí, en los subterráneos del castillo, hay innumerables pasillos, trampillas y paneles secretos. Los aprovechamos a fondo. ¡Qué gran recuerdo! Debería haber visto sus caras mientras recitábamos conjuros (pidiendo al Príncipe de las Tinieblas que les hiciera muy ricos a cambio de sus almas), les pinchábamos los dedos, firmábamos contratos con su sangre... Lo mejor fue cuando Pinketts puso en marcha la escenografía.

Se apoyó en el respaldo, tronchándose de risa.

–Les aterrorizaron. A Beckmann le asustaron tanto que ya no levantó cabeza.

–Fue una simple diversión. Si hizo temblar sus patéticas certezas, mejor que mejor. En suma, cada uno siguió su camino. Y ahora viene la maravillosa coincidencia, tan maravillosa que sospecho que estaba escrito: treinta años más tarde descubro con espanto que uno de esos filisteos había adquirido el Stormcloud.

–¿Cómo se enteró? –preguntó Pendergast.

–Llevaba casi toda mi vida adulta siguiendo la pista del violín, señor Pendergast. Recuperar el instrumento para mi familia se convirtió en el gran objetivo de mi vida. Como ha visitado a lady Maskelene, ya conoce su historia. Yo sabía perfectamente que Toscanelli no lo había tirado a las cataratas del Sciliar. Imposible. Por muy loco que estuviera, sabía mejor que nadie lo que representaba. Ahora bien, si no lo había tirado ¿qué había sido de él? La respuesta no es tan misteriosa como parece. Toscanelli murió congelado en una cabaña de pastores del Sciliar. Después nevó, y en la nieve no había huellas. Es obvio que alguien lo encontró muerto con el violín antes de la nevada y se lo quitó. ¿Quién era ese alguien? Pues también resulta obvio: el propietario de la cabaña.

Pinketts retiró el plato del conde y volvió con unos *tortelloni* con mantequilla y salvia, que Fosco atacó con entusiasmo.

–¿Recuerda que le conté que me encanta hacer de detective? Tengo un talento especial. Partiendo del pastor, la pista del Stormcloud me llevó a su sobrino, a un grupo de gitanos, a una tienda en España, a un orfanato de Malta... Había viajado mucho. Me estremezco al pensar cuántas veces lo dejaron al sol, o en la parte trasera de un camión, guardado en una caja con un poco de paja, o en la sala de actos de algún colegio, sin vigilancia... *Mio Dio!* La cuestión es que sobrevivió, y que recaló en Francia, donde lo compró un colegio; formaba parte de una partida de instrumentos sin valor. A algún zopenco de la orquesta se le cayó al suelo, y lo llevaron a un taller de Angulema para arreglar una de las volutas, porque había saltado la madera. El dueño del taller lo reconoció y lo cambió por otro, que fue el que devolvió. –Fosco hizo un chasquido de desaprobación con la lengua–. ¡Me imagino el momento! Consciente de que no podía ser legalmente suyo, lo pasó de contrabando a Estados Unidos y lo puso discretamente en venta, pero tardó un poco en encontrar un comprador. ¿De qué servía comprar un Stradivarius si no podía tocarse como tal? ¿Si no se podía ser el legítimo dueño? ¿Si podían quitártelo en cualquier momento? A pesar de todo acabó encontrando un comprador: Locke Bullard. ¡Por dos millones de dólares! ¡Qué miseria! Me enteré cuando hacía tres meses que habían cerrado la operación.

El rostro de Fosco se crispó de rabia, pero volvió a aclararse de inmediato gracias a la llegada del siguiente plato a manos de Pinketts: una *bistecca fiorentina* que aún chisporroteaba. El conde cortó un pedazo de carne casi cruda, se lo metió en la boca y masticó.

–De hecho, aunque el violín fuera mío, yo no habría tenido ningún reparo en comprárselo a Bullard al precio que fuera, pero no tuve la oportunidad de hacerle una oferta. ¿Sabe por qué? Porque Bullard pensaba destruirlo.

–Para resolver de una vez por todas el misterio de las fórmulas secretas de Stradivari.

–Exacto. Y ¿sabe por qué?

–Sé que Bullard no se dedicaba a la fabricación de violines, y que tampoco le interesaba la música.

–Cierto. Pero ¿sabe a qué se dedicaba su empresa BAI? ¿Sabe qué hacían con los chinos?

Pendergast no contestó.

–Misiles, mi querido Pendergast. Bullard se dedicaba a los misiles balísticos. ¡Por eso necesitaba el violín!

–¡Venga ya! –intervino D'Agosta–. Es imposible que exista alguna relación entre un violín de hace trescientos años y un misil balístico.

Fosco no le hizo caso. Seguía mirando a Pendergast.

–Tengo la impresión de que sabe usted mucho más de lo que parece. Bueno, el caso es que gracias a un topo a mi servicio logré tener acceso a su laboratorio. Pobre, acabó con la cabeza destrozada, pero antes me explicó los planes de Bullard para el violín.

Se inclinó con los ojos brillando de indignación.

–Resulta que los chinos habían desarrollado un misil balístico que teóricamente era capaz de atravesar el escudo antimisiles proyectado por Estados Unidos, pero tenían el problema de que se estropeaba en la reentrada. Parece ser que para que un misil sea invisible en el radar no puede tener ninguna superficie curvada ni brillante. Fíjese en los cazas y los bombarderos invisibles, con esas formas tan raras y angulosas... ¡Con el agravante de que en este caso no se trataba de ningún bombardero que vaya a mil kilómetros por hora, sino de un misil balístico que reingresaba en la atmósfera diez veces más deprisa! Durante la reentrada en la atmósfera, todos los misiles de prueba se rompían por culpa de unas vibraciones de resonancia imposibles de controlar.

Pendergast asintió de modo casi imperceptible.

–Los científicos de Bullard se dieron cuenta de que la solución del problema residía en la fórmula de Stradivari para el barniz. ¿Se lo imagina? La clave del barniz de Stradivari, según parece, es que después de algunos años de tocar el violín aparecen miles de millones de fisuras y fallas microscópicas, demasiado pequeñas para ser apreciadas a simple vista, pero de una eficacia absolutamente espectacular para mitigar y redondear el sonido de un Stradivari. También es la razón de que haya que tocarlos cada cierto tiempo, ya que de lo contrario las fisuras empiezan a cerrarse. Bullard estaba diseñando un revestimiento de alta tecnología para los misiles chinos que tendría el mismo efecto: la aparición de miles de millones de fallas microscópicas que mitigarían la resonancia vibratoria de la reentrada. Pero debía averiguar con exactitud la base física que hacía que esas fisuras tuvieran ese efecto. Necesitaba saber cómo se distribuían tridimensionalmente en el barniz, cómo entraban en contacto con la madera, qué anchura, longitud y profundidad tenían y cómo estaban conectadas entre sí.

Fosco hizo una pausa para comer otro trozo de bistec y beber un poco de vino.

–Y para eso Bullard tenía que destrozar un Stradivarius de la época dorada. Le servía cualquiera, pero no había ninguno en venta, y menos para un comprador como él. Hasta que un buen día, en el mercado negro, va y aparece el Stormcloud. *Ecco fatto!*

El conde limpió sus labios rojos y grasientos con una servilleta mayor de lo normal, mientras D'Agosta le miraba con una mezcla de asco e incredulidad. Parecía imposible, descabellado.

–Ahora entenderá por qué he tenido que llegar a esos extremos, Pendergast. La colaboración con los chinos hacía que para Bullard el valor del violín ascendiera a más de mil millones, sin olvidar la perspectiva de ingresos aún mayores el día en que revendiera la tecnología a otros clientes, porque era indudable que se la quitarían de las manos. Había que recuperar el violín lo más pronto posible, antes de que lo destruyera. Ya lo había trasladado a su laboratorio italiano, donde las medidas de seguridad eran impenetrables. La solución se me ocurrió de pronto. Usaría la única arma de que disponía: nuestro primer y único encuentro, treinta años atrás. ¡Obligaría a Bullard a ceder el violín por miedo!

–Asesinando a los demás asistentes a la falsa velada demoníaca.

–Sí. Decidí matar a Grove, Beckmann y Cutforth y hacer que en todos los casos pareciera que el diablo se había llevado sus almas. El rastro de Beckmann se había perdido; por lo tanto, quedaban Grove y Cutforth. Sólo dos. Tenía que ser lo más convincente posible. Bullard era un ignorante, un fanfarrón con pocos arrebatos religiosos. Necesitaba encontrar una manera de matarles tan excepcional, tan espantosa que desorientara a la policía y provocara toda clase de habladurías sobre el diablo, pero sobre todo que convenciera a Bullard. Lógicamente, el medio tenía que ser el calor. Fue así como inventé mi aparatito, pero eso es otra historia.

Hizo otra pausa para beber vino.

–La muerte de Grove la preparé a conciencia. Primero le llamé y le asusté diciéndole que había recibido una terrible visita. Le expuse mis temores de que Lucifer quisiera venir a buscarnos a causa de aquella ceremonia de nuestra juventud, y le dije que teníamos que hacer algo. Su primera reacción fue escéptica. Así que Pinketts tuvo que crear algunos efectos teatrales en su casa: ruidos extraños, olores... Parece mentira que con cuatro cositas se pueda minar la seguridad del más pintado. Grove se asustó. Entonces le propuse que expiara sus pecados de algún modo. El resultado fue la famosa cena. También le presté mi querida cruz, y él me dio las llaves de su casa, los códigos de su sistema de alarmas... Todo lo necesario.

»Su muerte actuó como un ensalmo. Bullard me llamó casi enseguida por teléfono. Yo tomé la precaución de realizar todas mis llamadas con una tarjeta imposible de localizar, y seguí con el papel de conde aterrorizado. Le conté que me habían ocurrido cosas muy raras, que olía a azufre, que oía ruidos fantasmagóricos y que sentía extraños hormigueos en la piel. Todo lo que acabaría sucediéndole a él, naturalmente. Fingí estar convencido de que el diablo vendría a por nosotros. A fin de cuentas le habíamos ofrecido nuestras almas en el pacto de hacía treinta años. Él había cumplido su parte del trato. Había llegado el momento de que nosotros cumpliéramos la nuestra.

»Después de preparar a Bullard, el siguiente paso era ocuparme de Cutforth. Hice que Pinketts comprara el apartamento contiguo al suyo, haciéndose pasar por un aristócrata inglés, y se ocupara de los... preparativos. Al principio Cutforth se lo tomó tan a broma como Grove. Se había convencido de que mi espectáculo de 1974 había sido un engaño. Sin embargo, cuando se divulgaron los detalles de la muerte de Grove, empezó a ponerse muy nervioso. Yo no quería que lo estuviera demasiado, sólo lo justo para llamar a Bullard y meterle más miedo todavía. Cosa que hizo, como es natural.

Se rió sarcásticamente.

–Después de la muerte de Cutforth, la prensa sensacionalista y vulgar de su país me hizo el grandísimo favor de sembrar la alarma y alborotar a la gente. Fue perfecto. Bullard se derrumbó. Estaba descompuesto. Después llegó el *colpo di grazia:* ¡le llamé por teléfono diciendo que había conseguido cancelar mi contrato con Lucifer!

Fosco, encantado, dio una palmada que repugnó a D'Agosta.

–Estaba desesperado por saber cómo lo había hecho. Le dije que había encontrado un manuscrito antiguo donde se explicaba que a veces el demonio aceptaba una ofrenda a cambio de un alma humana, pero que tenía que ser algo absolutamente excepcional, fuera de lo común, cuya pérdida envileciera el espíritu humano. Le dije que yo había sacrificado mi Vermeer.

»El pobre Bullard estaba fuera de sí. Dijo que él no tenía ningún Vermeer ni nada de valor, salvo yates, coches, casas y empresas, y me suplicó que le asesorara sobre qué comprar y qué dar al diablo. Yo le dije que tendría que ser algo único en el mundo, de valor incalculable, un objeto que al desaparecer empobreciera al mundo; le dije que no podía darle ningún consejo (él, naturalmente, no podía saber que conocía la existencia del Stormcloud), y le expresé mis dudas de que el diablo pudiera codiciar alguna de sus posesiones. ¡Le dije que yo había tenido mucha suerte de poseer un Vermeer, porque seguro que el diablo no habría aceptado un Caravaggio!

Fosco se rió de su ocurrencia.

–También le dije a Bullard que era muy importante que el diablo lo recibiese cuanto antes. Faltaba poco para que se cumplieran treinta años desde nuestro pacto original. Grove y Cutforth ya estaban muertos. No quedaba bastante tiempo para comprar algo tan excepcional como requería la situación. Le recordé que el diablo podría leer en su corazón, que a ese viejo caballero no hay quien lo engañe y que más le valía ofrecer algo que estuviera a la altura de su requerimiento, porque en caso contrario su alma ardería eternamente.

»Fue cuando cedió y me dijo que tenía un violín excepcional, un Stradivarius conocido con el nombre de Stormcloud, y me preguntó si serviría. Yo le contesté que no podía hablar en nombre del diablo, pero que esperaba por su bien que así fuera, y le felicité por su suerte.

Fosco hizo una pausa para meterse en la boca otro trozo de carne sanguinolenta.

–Como comprenderán, volví a Italia mucho antes de lo que les anuncié, incluso antes de que llegara Bullard. Una vez aquí cogí un viejo libro de magia de mi biblioteca y se lo di a él con instrucciones de seguir el ritual y poner el violín dentro de un círculo interrumpido. Él debía rodearse de un círculo continuo que le protegería, pero era necesario que no hubiera ningún criado en casa, y que las alarmas estuvieran apagadas, porque al diablo no le gustaban las interrupciones. ¡Pobre ingenuo, me hizo caso! Para interpretar al diablo envié a Pinketts, que les aseguro que es todo un diablillo, y que acudió con todos los efectos especiales y el atuendo necesarios. Mientras él se llevaba el violín, yo usé mi maquinita para eliminar a Bullard.

–¿Por qué recurrió a la máquina y a la escenografía? –preguntó en voz baja Pendergast–. ¿Por qué no le pegó un tiro, si ya no era necesario aterrorizar a su víctima?

–¡Pensando en ustedes, mi querido amigo! Era una manera de que interviniese la policía y prolongar así su estancia en Italia, donde sería más fácil borrarles del mapa.

–Está por ver que resulte tan fácil como cree.

Fosco emitió una risa muy jovial.

–Es evidente que cree tener algo con lo que negociar. De lo contrario no habría aceptado mi invitación.

–Correcto.

–Pues sea lo que sea no bastará. Dese por muerto. Le conozco mejor de lo que pueda imaginarse. Le conozco porque nos parecemos. Nos parecemos mucho.

–No sabe cuánto se equivoca, conde. Yo no soy un asesino.

D'Agosta se sorprendió al ver que Pendergast se había ruborizado un poco.

–No, pero podría serlo. Lo lleva dentro. Se lo noto.

–Usted no nota nada.

Fosco, que ya había terminado el bistec, se levantó.

–Me considera un hombre malvado; todo esto le merece el calificativo de sórdido, pero piense en lo que he hecho: he salvado al violín más perfecto del mundo de la destrucción. He impedido que los chinos invalidasen el escudo antimisiles que proyecta Estados Unidos, y ¿a qué coste? Las vidas de un pederasta, un traidor, un productor de música popular que llenaba el mundo de bazofia y un desalmado que destruía a todo aquel que tocaba.

–No ha incluido nuestras vidas en ese cálculo.

Fosco asintió con la cabeza.

–Sí, es cierto, ustedes y el pobre cura. Deplorable. De todos modos, si he de serle sincero, por ese instrumento sacrificaría cien vidas. Existen cinco mil millones de personas, y un solo Stormcloud.

–No vale ni una sola vida humana –se oyó decir D'Agosta.

Fosco le miró con las cejas arqueadas de sorpresa.

–¿No?

Se volvió y dio una palmada. Pinketts apareció en la puerta.

–Tráeme el violín.

Pinketts volvió al cabo de un rato con una vieja caja de madera en forma de pequeño ataúd, oscurecida y abrillantada por los años, que depositó sobre una mesa cercana a la pared, antes de retirarse a un rincón del fondo.

Fosco se levantó para acercarse a ella. Sacó el arco, lo tensó, le pasó colofonia un par de veces y después, con gran cuidado y lentitud, sacó el violín. A D'Agosta no le pareció nada del otro mundo. Se trataba de un simple violín, más antiguo que la mayoría. Parecía increíble que les hubiera hecho dar tantas vueltas y hubiera costado tantas vidas.

Fosco se lo puso debajo de la barbilla y se irguió en toda su estatura. Transcurrido un momento de silencio, en el que el conde suspiró y entrecerró los ojos, el arco empezó a moverse lentamente por las cuerdas, haciendo brotar unas notas cristalinas. Era una de las pocas melodías clásicas que D'Agosta reconocía, porque de niño se la había oído cantar a su abuelo: el *Jesus bleibet meine Freude* de Bach. Una melodía sencilla, de notas cadenciosas que se escalonaban con gran dignidad, llenando el aire de hermosas vibraciones.

La sala parecía otra, como si estuviera bañada por una especie de luminosidad trascendente. La trémula pureza del sonido dejó a D'Agosta sin respiración. La melodía lo llenaba como una presencia dulce y cristalina, cuyo lenguaje iba más allá de las palabras y estaba hecho de pura belleza.

El final de la melodía fue como verse arrancado de un sueño. D'Agosta se dio cuenta de que por unos instantes se había olvidado de todo: Fosco, los crímenes, el riesgo que corrían... Y todo lo recordó de golpe, agravado por el minuto de olvido.

Fosco bajó el violín en silencio y susurró con voz temblorosa:

–¿Lo ve? No es un simple violín. Está vivo. ¿Ha entendido ya, señor D'Agosta, por qué resulta bellísimo el sonido de un Stradivarius? Porque es mortal. Porque es como el corazón de un pájaro volando. Nos recuerda que todo lo bello está condenado a morir. De algún modo, la profunda belleza de la música reside en su propia fugacidad, en su fragilidad: respira, y todo es luz; luego muere. Fue el genio de Stradivari: captar ese momento con madera y barniz. Inmortalizó la mortalidad.

Miró exaltadamente a Pendergast.

–La música, en efecto, siempre muere, pero esto... –Levantó el violín–. Esto nunca morirá. Vivirá cien veces más que nosotros. Ahora, señor Pendergast, dígame que he hecho mal en salvar este violín. Dígame que he cometido un crimen, por favor.

Pendergast no abrió la boca.

–Ya lo digo yo –dijo D'Agosta–: es usted un cruel asesino.

–Claro, claro –murmuró Fosco–. De un filisteo siempre puede esperarse que defienda la moralidad absoluta. –Limpió cuidadosamente el violín con una tela blanda y lo guardó–. Es precioso, pero no está en su mejor momento. Hay que usarlo más. Lo he estado tocando cada día, primero un cuarto de hora y ahora media hora. Aún se está curando. Dentro de seis meses volverá a ser el de siempre, y se lo prestaré a Renata Lichtenstein. ¿La conocen? Es la primera mujer que ha ganado el concurso Chaikovski. Sólo tiene dieciocho años, pero ya es un genio que pasará a la historia. Sí, este violín dará gloria y renombre a Renata, y cuando ella ya no pueda tocarlo mi heredero se lo entregará a alguien más. Así será durante siglos, de un heredero a otro.

–¿Tiene usted un heredero? –preguntó Pendergast.

La pregunta sorprendió a D'Agosta, pero no a Fosco, a quien pareció alegrar.

–No, un heredero directo no, pero no tardaré en tener un hijo. Acabo de conocer a una mujer encantadora. El único inconveniente es que es inglesa, pero al menos puede presumir de tener un abuelo italiano.

Se le ensanchó la sonrisa.

D'Agosta vio palidecer a Pendergast.

–Si cree que estará dispuesta a casarse con usted, se engaña de manera grotesca.

–Sí, ya lo sé: el conde Fosco está gordo, asquerosamente gordo, pero no subestime el poder de una lengua con encanto para conquistar el corazón de una mujer. Mi tarde con lady Maskelene en la isla fue maravillosa. Ambos pertenecemos a la aristocracia, y nos entendemos. –Se limpió el chaleco–. Hasta es posible que haga régimen.

La respuesta fue un breve silencio, roto por Pendergast.

–Ya nos ha enseñado el violín. ¿Sería posible ver el aparatito al que se ha referido, el que ha matado como mínimo a cuatro personas?

–Con muchísimo gusto. Estoy muy orgulloso de mi invento. No sólo se lo enseñaré, sino que les haré una demostración.

D'Agosta se estremeció. ¿Una demostración?

Fosco hizo una señal con la cabeza a Pinketts, que salió de la sala llevándose el violín y regresó al poco rato con una gran maleta de aluminio. Fosco quitó el cierre y levantó la tapa, descubriendo media docena de piezas de metal sobre un fondo de gomaespuma gris. Después de enroscarlas se volvió hacia D'Agosta y le hizo una señal.

–¿Me haría el favor de acercarse, sargento? –preguntó tranquilamente.

78

–¡Buck! –volvió a exclamar Hayward; se resistía a que el pánico la paralizase–. ¡No se lo permita!

Pero era inútil. Gritaban demasiado para que se oyera su voz, y Buck estaba dentro de su tienda de campaña con los faldones cerrados y un muro de gente de por medio.

La muchedumbre se acercaba. El cerco se estrechaba por momentos. El ayudante de campo de Buck, que hacía las veces de cabecilla, levantó la piedra que tenía en la mano, envalentonado por el creciente frenesí de sus seguidores. Hayward vio su mirada desorbitada y el temblor de las aletas de su nariz. Conocía su expresión: era la de alguien a punto de atacar.

–¡No! –exclamó–. ¡Esto no es lo que representáis! ¡Está en contra de todo lo que defendéis!

–¡Cállate, centurión! –dijo Todd.

La capitana tropezó y recuperó el equilibrio. Consciente, a pesar del gran peligro, de que no podían verla asustada, siguió mirando a Todd (el más peligroso de todos, la mecha del barril de pólvora) mientras acercaba la mano a su pistola. Era el último recurso, el más desesperado. Naturalmente, usarla representaba el final de todo, pero no pensaba dejarse cazar como un gato por una jauría de perros.

«Aquí pasa algo raro», se dijo. En todo aquello había algo que no lograba entender.

Los improperios de la gente tenían tan poco sentido como su vocabulario. «Centurión.» «Soldado de Roma.» ¿De qué hablaban? ¿De algo que Buck había alentado sutilmente en sus últimos sermones? A propósito de Buck, ¿por qué había puesto cara de desilusión al verla? ¿Por qué se había ido sin decir nada? ¿A qué se debía su mirada vidriosa y expectante? Le había ocurrido algo entre las dos visitas.

«Pero ¿qué?»

–¡Blasfema! –bramó Todd, y se acercó otro paso.

La reacción de los demás fue seguir rodeando a la capitana, que casi no tenía sitio para volverse. Sintió un aliento fétido en la nuca. Notó que se le disparaba el corazón, y acercó un poco más la mano a la culata.

Tenía que haber alguna lógica en todo eso. La cuestión era encontrarla.

Hizo un esfuerzo por pensar de forma racional. La única manera de salir de allí sana y salva era Buck. No había ninguna otra.

Repasó al vuelo sus conocimientos sobre trastornos psicológicos, tratando de explicarse los motivos de Buck. ¿Qué había dicho Wentworth? «Posible esquizofrenia paranoide y complejo mesiánico en potencia.» En el fondo seguía convencida de que Buck no tenía nada de esquizofrénico.

En cambio lo del complejo mesiánico...

«Necesidad de ser el Mesías.» Cabía la remota posibilidad de que Wentworth hubiera acertado más de lo que pensaba.

De pronto lo vio todo claro. Las nuevas esperanzas y deseos de Buck dejaron de tener secretos para ella. Cuando esa gente hablaba de romanos, no se refería a la Roma católica, sino a la genuina, la pagana, la de los centuriones. «Los soldados que arrestaron a Jesús.»

De pronto entendió el guión al que se ceñía Buck. ¡Por eso había vuelto a la tienda sin hacerle caso! ¡Porque no se ajustaba a su visión de lo que estaba destinado a ocurrir!

Se enfrentó a la multitud y dijo con todas sus fuerzas:

–¡Va a venir un grupo de soldados a arrestar al reverendo!

El efecto fue galvánico. La intensidad de los gritos bajó un poco, empezando por las primeras filas, como la onda expansiva de una piedra en un estanque.

–¿Habéis oído?

–¡Vienen los soldados!

–¡Ya vienen! –exclamó ella para azuzarles.

Obtuvo la reacción esperada: la gente repitió su grito y le sirvió de megáfono para llegar hasta Buck.

–¡Vienen los soldados! ¡Vienen los centuriones!

Hubo una especie de suspiro general. En ese momento un grupo se apartó, y Hayward vio que Buck había reaparecido en la entrada de su tienda. Todd volvió a levantar la piedra, pero se lo pensó mejor.

Era la oportunidad que esperaba; un simple paréntesis, pero lo suficiente para llamar a Rocker. Sacó su radio disimuladamente e inclinó la cabeza de espaldas a la multitud.

–¿Oiga? ¿Jefe? –dijo.

Tras unos segundos de estática, la voz de Rocker hizo crujir el minúsculo altavoz.

–¿Se puede saber qué pasa, capitana? Parece un disturbio. Ahora mismo nos movilizamos, entramos a saco y la sacamos de ahí.

–¡No! –se apresuró a decir ella–. ¡Sería un baño de sangre!

–¡Está usando la radio! –exclamó Todd–. ¡Traidora!

–Escúcheme: mande a treinta y tres hombres. Exactamente treinta y tres. Ah, y a uno de los agentes de paisano que ha estado usando para reconocer el terreno, los que van vestidos como los seguidores de Buck. Sólo uno.

–Capitana, no tengo ni idea de lo que...

–Cállese y escuche, por favor. Buck tiene que interpretar la Pasión de Cristo. Es como se ve a sí mismo: como el cordero de Nueva York. No hay ninguna otra manera de explicar sus actos. Lo que tenemos que hacer es seguirle la corriente y dejarle continuar con su papel. El agente de paisano será el señuelo. Tiene que hacer de Judas y abrazar a Buck. ¿Me ha oído? Tiene que abrazar a Buck. Luego, que entren los polis y le pongan las esposas. Si lo hace, señor, no habrá ningún disturbio. Buck no ofrecerá resistencia. De lo contrario...

–Pero ¿treinta hombres? No es bastante...

–Treinta y tres, el número de una cohorte romana.

–¡Quitadle la radio!

Hayward sufrió un empujón y se apartó, protegiendo la radio.

–¿Qué quiere decir, que Buck se cree...?

–Usted hágame caso. Deprisa...

Un fuerte empujón en la espalda la hizo soltar la radio, que salió disparada hacia la multitud.

–¡Agente de la oscuridad!

Hayward no sabía si Rocker la había entendido. Tampoco sabía cómo reaccionaría la multitud, que era lo importante. Una cosa era que Buck tuviera un guión, y otra que esos locos se ajustasen a él.

Miró hacia Buck, que se metía entre la gente, y exclamó:

–¡Abrid paso a los soldados de Roma! ¡Abrid paso!

Señaló hacia el suroeste, la dirección por donde sabía que vendrían los refuerzos.

Increíble: la gente se volvía. El reverendo miraba en la misma dirección. Erguido y sereno, esperaba el inicio del drama.

–¡Ya vienen! –gritaron varias voces–. ¡Ya vienen!

En un momento de confusión, el resto del grupo empezó a armarse con rocas y palos. De repente Buck levantó las manos para hacerse oír, y el barullo bajó de intensidad.

–¡Va a decir algo! –anunciaron varias voces–. ¡Que se calle todo el mundo!

Buck pronunció con voz grave y penetrante:

–¡Abrid paso a los centuriones!

La sorpresa fue general. Mientras algunos apretaban con más fuerza sus improvisadas armas, otros volvían la cabeza hacia la policía y otros observaban a Buck sin saber si le habían oído correctamente.

–¡Es como tiene que ser! –exclamó él–. Ha llegado la hora de que se cumpla lo que anunciaron los profetas. ¡Abrid paso, hermanos y hermanas! ¡Abrid paso!

Después de algunos titubeos, se convirtió en el clamor general:

–¡Abrid paso!

–¡No os resistáis! –exclamó Buck–. ¡Soltad las armas! ¡Abrid paso a los centuriones!

–¡Abrid paso a los centuriones!

Cuando Buck abrió las manos, la gente empezó a apartarse, no muy convencida.

Al verlo, Hayward sintió una ola de calor por todo el cuerpo. Estaba funcionando. El centro de atención ya no era ella. El único que no parecía aceptar ese cambio era Todd, el ayudante, que aún observaba a Buck y a ella, como si la intensidad del momento fuera excesiva.

–¡Traidora! –espetó a la capitana.

Justo en ese momento (el más indicado) apareció una falange de policías corriendo entre los árboles del fondo. Así que al final Rocker la había entendido. Los agentes llegaron a las últimas filas y empezaron a empujar a la gente con sus escudos antidisturbios, pero las exhortaciones de Buck lograban que sus seguidores se apartasen.

–¡Dejadles pasar! –exclamaba el reverendo con los brazos abiertos.

Los policías corrían por el camino despejado, pisoteando tiendas de campaña y apartando a los más remolones. Cuando llegaron al claro de la tienda de Buck, se produjo un episodio de pánico y resistencia. Todd levantó la piedra con el rostro crispado de rabia.

–¡Has sido tú, bruja!

La piedra salió despedida y alcanzó de refilón la sien de Hayward, que se tambaleó y cayó de rodillas, sintiendo el calor de la sangre en la piel.

De repente Buck la rodeó con toda la fuerza de sus brazos y la levantó, mientras alzaba la mano para contener a los suyos.

–¡Volved las espadas a su sitio! ¡Han venido a arrestarme, y les seguiré en paz! ¡Es la voluntad de Dios!

Hayward, aturdida, le miró. Él le limpió la herida con un pañuelo muy blanco.

–¡Parad! ¡Basta ya! –murmuró.

Tenía la cara radiante y luminosa.

«Claro –pensó ella–. Está todo en el guión, incluido esto.»

Seguía reinando cierta confusión. Alguien abrazó a Buck (¡por fin el topo!), y Hayward oyó decir al reverendo:

–¡Judas, con un beso me entregas!

De repente todo se llenó de policías, que se lo llevaron. Hayward se encontraba atontada por el corte, que no dejaba de sangrar.

–¿Capitana Hayward? –oyó decir–. ¡La capitana Hayward está herida!

–¡Hay un herido! ¡Necesitamos un médico!

–¿Está bien, capitana Hayward? ¿Le ha atacado?

–Estoy bien –contestó ella, sacudiéndose el aturdimiento mientras todos corrían a ayudarla–. Sólo es un rasguño. No ha sido Buck.

–¡Sangra!

–Os digo que no es nada. Soltadme.

Lo hicieron a regañadientes.

–¿Quién ha sido? ¿Quién la ha atacado?

Todd la miraba fijamente. El susto le había devuelto su humanidad, y no daba crédito a lo que había hecho.

Hayward apartó la vista. En un momento así, otro arresto podía ser desastroso.

–Ni idea. Una piedra volando. Da igual.

–Vamos a llevarla a una ambulancia.

–No, puedo caminar –dijo ella, apartando otro brazo.

Se sentía violenta. De hecho no era nada grave. Las heridas del cuero cabelludo siempre sangraban mucho. Miró a su alrededor parpadeando. De pronto reinaba un gran silencio. La policía había esposado a Buck y había formado un semicírculo a su alrededor para llevárselo. La gente miraba azorada, mientras el reverendo les exhortaba a conservar la calma y a no hacer daño a nadie.

–Perdonadles, pues no saben lo que hacen –dijo.

Había pasado el arrebato. Buck les había ordenado que se apartasen, y ellos obedecían.

Era el final.

79

D'Agosta sacó rápidamente su pistola y encañonó al conde, diciendo:

–¡Y una mierda!

El conde miró el arma con un suspiro de condescendencia.

–No sea tonto y suelte la pistola. ¡Pinketts!

El criado, que se había ido de la sala, volvió con una calabaza de gran tamaño en los brazos y la dejó frente a la chimenea.

–Es cierto; con usted la demostración habría sido mucho más eficaz, sargento D'Agosta, pero lo habríamos dejado todo perdido.

Fosco siguió con el montaje del aparato.

D'Agosta retrocedió despacio, enfundando la pistola. Por alguna razón, sacar el arma le había dado fuerzas. Tanto él como Pendergast estaban armados. En cuanto las cosas se pusieran feas, no vacilaría en cargarse al conde o a Pinketts. De hecho, no parecía que hubiera más criados, salvo los de la cocina. Claro que con el conde las apariencias engañaban...

–Listo. –Fosco levantó la máquina, que una vez ensamblada parecía un rifle grande, en su mayor parte de acero inoxidable, con una antena bulbosa en una punta y un cañón con una docena de botones e indicadores en la otra–. Como les iba diciendo, me di cuenta de que tenía que matar a Grove y Cutforth de una manera que desorientara a la policía. Había que usar el calor, naturalmente, pero ¿cómo? Incendiar la casa, hervirlos... Demasiado vulgar. Tenía que ser algo misterioso, inexplicable. Entonces me acordé del fenómeno que se conoce como combustión humana espontánea. ¿Sabe que el primer caso documentado lo tuvimos aquí, en Italia?

Pendergast asintió con la cabeza.

–La condesa Cornelia.

–La condesa Cornelia Zangari de'Bandi di Cesena. Muy dramático. Me pregunté cómo reproducir ese terrible efecto, y me acordé de las microondas.

–¿Microondas? –repitió D'Agosta.

El conde le obsequió con una sonrisa de condescendencia.

–Sí, sargento, igualito que el aparato que tiene usted en la cocina. Las microondas se ajustaban a mis necesidades como un guante. Queman desde dentro hacia fuera, y se pueden enfocar como la luz para quemar un cuerpo, dejando intacto el resto del entorno, por poner un simple ejemplo. Las microondas calientan el agua mucho más selectivamente que los materiales secos o las grasas; por lo tanto, quemarían un cuerpo húmedo antes de calentar las alfombras o los muebles. Por no hablar de su efecto ionizador y calentador sobre los metales con cierto número de electrones de valencia.

Fosco acarició su aparato y lo dejó en la mesa de al lado.

–Como sabe, señor Pendergast, soy un manitas. Me encantan los desafíos. Construir un transmisor de microondas con los vatios necesarios es bastante fácil. El problema era la fuente de energía, pero J. G. Farben, una empresa alemana que tuvo relaciones con mi familia durante la guerra, fabrica una magnífica combinación de condensador y batería capaz de suministrar la carga requerida.

D'Agosta echó un vistazo al aparato de microondas. Casi parecía un juguete, parte del atrezo de una vieja película de ciencia ficción.

–Como arma bélica no tendría futuro. En teoría su alcance máximo es inferior a los siete metros, y su efecto es bastante lento. Sin embargo, se ajustaba perfectamente a mis necesidades. Me divertí bastante puliendo los detalles. Sacrifiqué muchas calabazas, sargento D'Agosta. Al final hice una prueba con ese pedófilo de Pistoia, el de la tumba que abrieron, y no salió muy bien. El cuerpo humano tarda mucho más en calentarse que las calabazas. Entonces reconstruí el aparato en una versión perfeccionada, y al usarlo con el pobre Grove obtuve mejores resultados. No fue suficiente para prenderle fuego, pero sirvió, sirvió. Luego lo dispuse todo a mi antojo, recogí los bártulos y me fui dejándolo todo cerrado con llave y encendiendo la alarma. Con Cutforth todavía fue más fácil. Ya les he dicho que Pinketts había alquilado el apartamento de al lado, y que estaba haciendo «reformas». ¡Pobre, qué bien quedaba como provecto caballero inglés, encorvado y con bufandas contra el frío!

–Ahora me explico que no pudieran identificar al sospechoso de las cámaras de vigilancia –dijo D'Agosta.

–Pinketts tiene experiencia como actor de teatro, algo que suele serme muy útil. Bueno, el caso es que esta arma funciona de maravilla con paredes secas y tacos de madera. Sepa, mi querido Pendergast, que las microondas poseen la maravillosa propiedad de penetrar en la pared seca como si fuera vidrio, mientras no contenga nada húmedo ni metálico. Como es obvio, no podía haber clavos metálicos en la pared divisoria de los dos apartamentos, ya que el metal absorbe las microondas y el calor habría provocado un incendio, pero Pinketts abrió nuestra parte del muro, retiró los clavos y los sustituyó por espigas de madera. Después volvió a tapar la pared e hizo creer que formaba parte de las reformas. Fue el propio Pinketts quien hizo los honores con Cutforth mientras yo estaba con usted en la ópera. ¿Qué mejor coartada que pasar la velada del asesinato con el mismo detective?

Fosco tembló de silenciosa alegría.

–¿Y el olor a azufre?

–Sulfuro y fósforo quemados en un incensario e inyectados a través de la pared por las grietas de alrededor de las molduras.

–¿Cómo grabó las imágenes en la pared?

–La huella de pezuña de la casa de Grove fue hecha directamente, enfocando el microondas. La imagen del apartamento de Cutforth tuvo que hacerse de modo indirecto, ya que Pinketts no pudo introducirse en el apartamento. Se enfocó el aparato a través de una máscara. Fue un poco más complicado, pero funcionó. Quemó la imagen a través de la pared. Brillante, ¿verdad?

–Usted está enfermo –dijo D'Agosta.

–Soy un manitas. No hay nada que me guste tanto como resolver pequeños problemas que se me resisten. –Sonrió con una mueca horrible y cogió el aparato–. Ahora apártense, por favor, tengo que ajustar el radio del haz. ¡No sea que nos quememos nosotros, además de la calabaza!

Fosco levantó el cachivache, se puso la cinta de cuero en el hombro, apuntó hacia la calabaza y manipuló algunos botones, antes de apretar una especie de gatillo rudimentario. D'Agosta le observaba con una mezcla de horror y fascinación, pero sólo oyó un zumbido procedente del condensador.

–En este momento el aparato está partiendo de la graduación más baja. Si la calabaza fuera nuestra víctima, empezaría a experimentar un cosquilleo sumamente desagradable en la barriga y la piel.

La calabaza permanecía intacta. Fosco giró un disco, haciendo que el zumbido aumentase un poco.

–Ahora nuestra víctima estaría chillando. El hormigueo se ha vuelto insoportable. Me imagino que ha de ser como tener la barriga llena de avispas que no dejan de picar. También empezaría a tener la piel reseca y ampollada. El calor de los músculos no tardaría en activar las neuronas y hacer que las extremidades se movieran espasmódicamente, tumbándole en el suelo y provocando convulsiones. Su temperatura interna está subiendo. En pocos segundos estará retorciéndose en el suelo, mordiéndose o tragándose la lengua.

Un grado más en el dial. Apareció una ampolla en la piel de la calabaza, que pareció reblandecerse y hundirse un poco. Después se oyó un ruidito y la calabaza se resquebrajó de arriba abajo, soltando un chorro de vapor.

–Ahora nuestra víctima está inconsciente. Le quedan pocos segundos de vida.

La fisura se ensanchó con una especie de borboteo interno. De repente, con un ruido viscoso, la grieta expulsó un chorro de una pasta anaranjada que se derramó humeante por el suelo.

–Sobran comentarios. A estas alturas nuestra víctima ya ha muerto. Sin embargo, todavía falta lo más interesante.

Empezaron a aparecer ampollas por toda la superficie de la calabaza. Algunas reventaban, soltando nubecitas de vapor; otras se partían y vertían un fluido naranja.

Otro grado en el dial.

La calabaza se abrió por otro lado con un nuevo chorro de pulpa y semillas hirviendo, que se derramó en forma de pasta viscosa. La calabaza se hundió y se oscureció un poco más, mientras su pedúnculo se volvía negro y desprendía humo. Las grietas escupieron más líquido y semillas, acompañados por chorros de vapor, hasta que de pronto las semillas empezaron a explotar, con las correspondientes detonaciones. Parecía que el fruto se estuviera endureciendo. Un olor a carne quemada de calabaza llenó la sala. De pronto, con un brusco «¡paf!», la calabaza empezó a arder.

–*Ecco!* Lo hemos logrado. Nuestra víctima se quema. Aun así, si pusieran la mano en la piedra de al lado de la calabaza, comprobarían que apenas está caliente.

Fosco bajó el aparato. La calabaza siguió quemándose y chisporroteando, mientras las llamas lamían el pedúnculo y un humo negro y fétido se elevaba lentamente.

–¿Pinketts?

Raudo, el criado cogió una botella de *acqua minerale* de la mesa de la cena y la vació sobre la calabaza. Después, mediante un hábil puntapié, mandó los restos a la chimenea, alimentó el fuego con algunas ramas y volvió a su rincón.

–Maravilloso, ¿verdad? Sin embargo, les aseguro que es mucho más dramático con un cuerpo humano.

–¿Sabe que está usted como una puta cabra? –dijo D'Agosta.

–Oiga, Pendergast, su amigo está empezando a molestarme.

–Señal de que tiene muchas virtudes –repuso Pendergast–. Pero creo que esto ya ha durado bastante. Ha llegado la hora de que vayamos al grano, o a lo que queda de él.

–Claro, claro.

–He venido a proponerle un trato.

–Por supuesto.

El labio de Fosco se contrajo cínicamente. Pendergast le dirigió una mirada impenetrable, dejando que el silencio se alargara.

–Usted confesará por escrito todo lo que nos ha contado esta noche, firmará la confesión y me entregará su diabólico aparato como prueba. Yo le acompañaré a los carabinieri, que le detendrán. Será juzgado por los asesinatos de Locke Bullard y Carlo Vanni, y por complicidad en el asesinato del cura. Teniendo en cuenta que en Italia no existe la pena capital, lo más probable es que pase veinticinco años de reclusión y salga a los ochenta años para vivir el resto de sus días en paz, siempre y cuando sobreviva a la cárcel. Hasta aquí su parte del trato.

Fosco sonrió con incredulidad al escucharle.

–¿Ya está? ¿Y usted? ¿Qué me da a cambio?

–Su vida.

–No sabía que estuviera en sus manos, señor Pendergast. Tengo la impresión de que es al revés.

D'Agosta vio moverse algo con el rabillo del ojo. Pinketts había sacado una Beretta de nueve milímetros y les apuntaba con ella. La mano del sargento se acercó a su pistola y abrió la funda.

Pendergast le detuvo con un gesto de la cabeza, antes de sacarse un sobre del bolsillo.

–El príncipe Corso Maffei ha recibido una carta idéntica a ésta, con instrucciones de abrirla dentro de veinticuatro horas si para entonces no he vuelto a recogerla.

El conde palideció al oír el nombre de Maffei.

–Usted, Fosco, pertenece a una sociedad secreta que lleva el nombre de Comitatus Decimus, la Compañía de los Diez. Como miembro de esta sociedad, que se remonta a la Edad Media, heredó una serie de documentos, fórmulas y manuscritos que obran en su poder. Usted ha abusado varias veces de esa custodia, sobre todo el treinta y uno de octubre de 1974, cuando aprovechó dichos instrumentos para organizar una falsa ceremonia con el objetivo de asustar a un grupo de estudiantes norteamericanos. Después ha intentado remediarlo con los asesinatos.

La palidez se había convertido en manchas de rabia.

–Esto es absurdo, Pendergast.

–Sabe perfectamente que no. Pertenece al Comitatus Decimus en virtud de su título. No le dejaron elegir. Es miembro desde que nació. De joven no se lo tomaba en serio. Le parecía cómico. Sólo comprendió la gravedad de su error con el paso de los años.

–Simples bravatas. Una burda tentativa de salvar el cuello.

–Haría bien en preocuparse por el suyo. Ya sabe cómo acaban los que infringen el pacto de silencio de la sociedad. ¿Se acuerda de lo que le pasó al marqués Meucci? Los diez hombres que encabezan el Comitatus tienen muchísimo dinero y poder, y un brazo extremadamente largo. Le encontrarán, Fosco. Lo sabe muy bien.

Fosco se limitó a mirarle fijamente.

–Repito que salvaré su vida recogiendo la carta, pero no antes de haber recibido su confesión firmada y haberle acompañado a los carabinieri. El violín puede quedárselo. A fin de cuentas, es suyo. Si reflexiona, verá que el trato es justo.

Fosco abrió la carta con una de sus manos regordetas y empezó a leerla. Al cabo de un momento levantó la cabeza.

–¡Esto es una infamia!

Pendergast se limitó a observar cómo reanudaba la lectura del documento, con un visible temblor en las manos.

Mientras escuchaba la conversación, D'Agosta empezó a entenderlo todo. Ahora se explicaba la gestión matinal de Pendergast, a la que el agente se había referido como un «seguro»: había dejado la carta en manos del príncipe Maffei. En cuanto al cómo y el porqué de todo el montaje, D'Agosta lo ignoraba, pero seguro que se enteraría a su tiempo. En todo caso, lo más importante era el alivio que sentía. Una vez más, Pendergast salvaba el cuello de los dos.

El conde bajó bruscamente el documento. Estaba lívido.

–¿Cómo se ha enterado? ¡Eso significa que el pacto de silencio del Comitatus ya lo ha roto alguien! ¡Quien tiene que pagar es esa persona, no yo!

–Me enteré exclusivamente por usted. No necesita más explicaciones.

Se notaba que Fosco hacía un gran esfuerzo por dominarse. Dejó la carta sobre la mesa y miró a Pendergast.

–Muy bien; me esperaba una jugada de órdago, pero este golpe es francamente meritorio. ¿Veinticuatro horas, dice? Pinketts les acompañará a sus aposentos mientras medito mi respuesta.

–Y una mierda –dijo D'Agosta–. Nosotros nos vamos. Cuando esté listo para entregar su confesión, nos llama a nuestro hotel.

Echó un vistazo a Pinketts, que les apuntaba con su pistola moviendo el cañón de un lado a otro, y supo que sería capaz de meterle una bala en el cuerpo sin darle tiempo a reaccionar, siempre y cuando calculara bien.

–He dicho que vayan a sus aposentos y esperen mi respuesta –dijo el conde en un tono imperioso.

Como nadie se movía, hizo un gesto casi impercetible a Pinketts.

En cuanto vio que la mano del criado se movía, D'Agosta se dejó caer al suelo, rodó y disparó con una fluidez hecha de agilidad y práctica. Pinketts se vio arrojado contra la pared sin articular ni un solo grito y disparó una vez al aire con su Beretta. D'Agosta apoyó una rodilla en el suelo e hizo dos disparos más. Pinketts sufrió una sacudida. Su pistola se deslizó por el suelo hasta detenerse en un rincón. Mientras tanto Pendergast, que ya había sacado la suya, apuntó al conde.

Fosco levantó lentamente las manos.

De pronto aparecieron varios hombres en los pasillos de acceso al comedor, hombres de aspecto duro y ropa campesina, armados y muy serios. Llegaban en orden, sin prisas, seguros de sí mismos. En poco tiempo más de media docena apuntaban a Pendergast y D'Agosta.

Se produjo un largo silencio, sólo interrumpido por el estertor final de Pinketts.

Fosco seguía con las manos en alto.

–Parece que estamos empatados –dijo–. ¡Qué teatral! Si me matan, mis hombres les matarán a ustedes.

Las palabras eran ligeras, pero no el tono, duro y escalofriante.

–Déjenos salir y no habrá muertos –dijo D'Agosta.

–Ya ha matado a Pinketts –contestó el conde secamente–. ¡Pensar que se ha atrevido a echarme un sermón sobre la santidad de la vida humana! Pinketts era mi mejor y más fiel criado.

D'Agosta dio un paso hacia el conde.

–¡Agente Pendergast! –exclamó Fosco, volviéndose–. Por poco que reflexione se dará cuenta de que esta partida no puede ganarla. Cuando cuente hasta tres, ordenaré matar a D'Agosta. Yo también moriré. Será usted quien me mate, y quien sobreviva para pensar en cómo causó la muerte de su colega. Me conoce lo suficiente para saber que no es ningún farol. Ahora bajará la pistola, porque tiene la carta.

Hizo una pausa.

–Uno...

–¡Es un farol! –dijo D'Agosta–. ¡No se deje engañar!

–Dos...

Pendergast bajó su pistola.

El conde hizo otra pausa con las manos en el aire.

–Señor D'Agosta, aún no ha bajado la pistola. ¿Es necesario que pronuncie el último número, o ya entiende que la situación se ha vuelto contra usted? Aunque sea un buen tirador, no logrará abatir a más de uno o dos de mis hombres antes de ir al encuentro de su Creador.

D'Agosta bajó lentamente la pistola. Tenía otra en la pierna, y sabía que Pendergast también. La partida no había terminado. Ni muchísimo menos. Además, aún tenían la carta.

Fosco les miró con los ojos brillantes.

–Muy bien. Ahora mis hombres les acompañarán a sus habitaciones, mientras yo valoro su oferta.

80

Cuando Pendergast salió de su habitación, ya amanecía por las minúsculas ventanas de la torre del homenaje. D'Agosta, sentado al lado de la chimenea, le saludó con un gruñido. Se había pasado toda la noche sin dormir dando vueltas en la cama, mientras que Pendergast parecía haber descansado.

–Magnífico fuego, Vincent –dijo el agente, mientras se alisaba la pechera del traje y se sentaba a su lado–. Estas mañanas de otoño siempre resultan un poco frías.

D'Agosta atizó el fuego con brusquedad.

–¿Qué, ha dormido bien?

–La cama era abominable; por lo demás, he podido descansar, gracias.

D'Agosta añadió otro tronco al fuego. Odiaba esperar sin saber nada. Por otra parte, no podía disimular del todo su irritación por el hecho de que Pendergast se hubiera acostado sin darle una explicación satisfactoria.

–Oiga, ¿cómo se enteró de lo de la sociedad secreta? –preguntó con cierta brusquedad–. No es la primera vez que le veo sacar un conejo de la chistera, pero éste se lleva la palma.

–Deliciosa metáfora mixta. Antes de encontrar el trozo de crin del Stormcloud junto al cadáver de Bullard ya sospechaba que Fosco tenía algo que ver con todo esto.

–¿Cuándo tuvo las primeras sospechas?

–¿Recuerda que le hablé de un colaborador mío, un tal Mime? Le encargué una búsqueda por Internet sobre las últimas actividades de todos los presentes en la última fiesta de Grove, y descubrió que hace seis meses Fosco compró discretamente una cruz florentina del siglo XVII, muy valiosa, a un anticuario de Via Maggio.

–¿La que le dio a Grove?

–Exacto, y recuerde que fue el propio conde quien tuvo a bien señalarme que si Grove hubiera vivido un solo día más él habría visto aumentar su fortuna en cuarenta millones de dólares.

–Claro. Cuando alguien presenta una coartada sin que se la pidan, no hay que fiarse.

–El talón de Aquiles del conde es su locuacidad.

–Sí, eso y que es un bocazas.

–En suma, que empecé a buscar sus puntos débiles. Evidentemente era un hombre peligroso, y me pareció que necesitábamos todas las ventajas posibles por lo que pudiera ocurrir. No sé si se acuerda de lo que comentó el *colonnello* en la comisaría sobre las sociedades secretas. Dijo que estaban muy extendidas entre la nobleza florentina. Empecé a preguntarme si Fosco formaba parte de alguna de ellas y, en caso afirmativo, si se podía usar contra él. La aristocracia florentina es una de las más antiguas de Europa, con linajes que se remontan al siglo XIII. La mayoría de los títulos antiguos están relacionados con una serie de órdenes y corporaciones misteriosas, que en algunos casos son tan antiguas como las Cruzadas. Casi todas tienen documentos y ritos secretos. Los Caballeros del Temple, los Gonfaloneros Negros, los Caballeros de la Rosa... Hay muchas.

D'Agosta asintió sin decir nada.

–Algunas de esas sociedades se lo toman extremadamente en serio, aunque su función original esté obsoleta y sólo queden normas y ceremonias vacías. Dada la pertenencia del conde a una de las familias más antiguas de la zona, era casi seguro que formaría parte de varias sociedades por derecho hereditario. Mandé un e-mail a Constance, que logró reunir varias posibilidades, y aproveché mis contactos en Italia para seguir algunas de esas pistas.

–¿Cuándo?

–Anteanoche.

–¡Y yo pensando que dormía como un tronco en su suite!

–Dormir es una desafortunada exigencia biológica que nos hace perder tiempo y ser vulnerables. El caso es que encontré indicios sobre la existencia del Comitatus Decimus, la Compañía de los Diez. Se trata de un grupo de asesinos formado durante los años más tumultuosos del siglo XIII, mucho antes de que llegaran los Médicis al poder. Uno de los fundadores de la orden fue un barón francés, Hugo d'Aquilanges, que trajo a Florencia algunos manuscritos peculiares, llenos de referencias a la magia negra. Gracias a esos manuscritos, el grupo invocaba al diablo (o creía invocarle) para que les ayudase en sus asesinatos nocturnos. Juraban secreto con un pacto de sangre, y cualquier infracción se castigaba con la muerte inmediata. Otro de los fundadores fue el *cavaliere* Mantun de Ardaz da Fosco, que transmitió a sus descendientes la condición de miembros, juntamente con el título, hasta llegar al Fosco que conocemos. Al parecer la familia Fosco también tenía a su cargo la biblioteca del Comitatus. El documento que usó Fosco en la víspera de Todos los Santos para invocar al diablo en presencia de Bullard y los demás era uno de esos antiguos documentos. Ignoro si tenía planeado usarlo desde el principio, pero en un momento u otro debió de enterarse de que Beckmann sabía leer en italiano, y de que Grove, en su etapa universitaria, ya estaba versado en manuscritos antiguos. Por lo tanto no podía utilizar un manuscrito cualquiera, sino que necesitaba uno auténtico. Yo creo, sencillamente, que no pudo resistirse a la diversión. En ese momento no se dio cuenta de la gravedad de su acto, ni del castigo que acarrearía infringir el secreto. Debe saber que los miembros de la orden no son investidos como tales hasta los treinta años.

–Aún no me ha explicado cómo se enteró de que Fosco era uno de ellos.

–Uno de los datos que recabé durante la investigación fue que en la ceremonia de investidura los miembros hereditarios de la secta son marcados con un punto negro, una especie de tatuaje hecho con un frasco de cenizas procedentes del cadáver de Mantun de Ardaz, que fue cuarteado y quemado como hereje en la Piazza della Signoria. El punto negro se aplica justo a la altura del corazón.

–Y ¿cuándo se lo vio?

–Al entrevistarle en el Sherry Netherland. Llevaba una camisa blanca abierta por el cuello. Entonces no supe qué quería decir. Parecía un simple lunar.

–Pero se le grabó en la memoria.

–A veces la memoria fotográfica es muy útil.

De repente Pendergast le indicó que se callara. Aguardaron cerca de un minuto sin moverse, hasta que D'Agosta oyó pasos y un golpecito en la puerta.

–Adelante –dijo Pendergast.

Fosco abrió la puerta y entró seguido por media docena de hombres armados. Hizo una reverencia.

–Buenos días a los dos. Espero que hayan pasado en lo posible una buena noche.

D'Agosta no contestó.

–¿Y usted, conde? –preguntó Pendergast.

–Yo siempre duermo como un bebé, gracias.

–Como la mayoría de los asesinos, curiosamente.

Fosco miró a D'Agosta.

–A usted le veo un poco paliducho, sargento. Espero que no esté enfermo.

–El que me enferma es usted.

–Sobre gustos no hay nada escrito –dijo Fosco, sonriendo, y volvió a mirar a Pendergast–. Lo prometido es deuda. He meditado su oferta y le traigo mi respuesta.

Metió una mano en su chaqueta y sacó un sobre muy blanco, que tendió a Pendergast con los ojos brillantes.

Para sorpresa de D'Agosta, Pendergast palideció al cogerlo.

–Exacto, la misma carta que entregó al príncipe Maffei, cerrada y sin leer. Creo que la palabra es «jaque», señor Pendergast. Le toca a usted.

–¿Cómo...? –empezó a decir D'Agosta, pero no terminó la pregunta.

Fosco hizo un gesto con la mano.

–El señor Pendergast no contaba con mi inteligencia. Le he explicado al príncipe Maffei que habían entrado ladrones en mi castillo, y que temía por la seguridad del manuscrito más secreto del Comitatus, que tengo en custodia como bibliotecario de la orden. Le he pedido que lo guardara hasta que fueran detenidos los ladrones. Él, naturalmente, me ha llevado a su escondrijo más seguro, donde yo suponía que habría guardado la carta. Al desconocer lo que le había dicho usted sobre su contenido he optado por no mencionarla. El pobre viejo ha abierto su caja fuerte para guardar el manuscrito, y en efecto ¡había una carta nueva entre los manuscritos mohosos! He sabido que era la que buscaba, y me he apropiado de ella con un juego de manos. Cuando el príncipe Maffei vea que usted no vuelve, abrirá su caja fuerte, no encontrará nada y sospecho que empezará a preocuparse por el peso de los años y sus maltrechas facultades mentales.

Fosco se rió en silencio con el sobre en las manos, mientras sacudía su ancha frente.

Durante un momento de silencio, Pendergast contempló el sobre. Después lo cogió, lo abrió, echó un vistazo al papel que contenía y lo dejó caer al suelo.

–He dicho «jaque», pero quizá debiera haber dicho «jaque mate», señor Pendergast.

Fosco se volvió hacia los hombres de la puerta. Llevaban ropa basta de lana y cuero, y todos iban armados. Detrás estaba otro hombre con una chaqueta de ante sucia. Tenía el rostro pequeño y afilado, y les miraba con ojos inteligentes.

D'Agosta se acercó lentamente a su pistola. Al percatarse de ello, Pendergast le disuadió con un pequeño gesto.

–Exacto, D'Agosta. Su superior sabe que es inútil. Dos contra siete... Eso sólo sale bien en las películas. Estaría encantado de verles morir a los dos aquí y ahora, como comprenderán, pero no pierdan la esperanza –añadió en son de burla–. ¡No está dicho que no puedan escaparse! –Se volvió con una risa en los labios–. Desármales, Fabbri.

El hombre de la chaqueta de ante se acercó con la mano tendida. Al cabo de un rato Pendergast cogió su Les Baer y se la entregó. D'Agosta hizo lo mismo, a su pesar y con muy malos presagios.

–Ahora regístrales –dijo el conde.

–Usted primero, señor Pendergast –dijo Fabbri con un fuerte acento italiano–. Quítese la chaqueta y la camisa y levante los brazos.

Pendergast obedeció y le entregó ambas prendas. Cuando el agente se quitó la camisa, D'Agosta reparó por primera vez en que llevaba una cadena con un pequeño y extraño colgante, un ojo sin párpados sobre la imagen de un fénix surgiendo de las cenizas de una hoguera.

Uno de los campesinos empujó a Pendergast contra la pared. Fabbri empezó a cachearle como un experto. Tardó poco en encontrar la segunda pistola, seguida por el estilete.

–También debe de llevar ganzúas –dijo el conde.

Fabbri registró el cuello y las mangas del agente hasta extraer un pequeño kit de herramientas enganchado con velcro. También aparecieron otras cosas: una jeringuilla con su aguja y algunas probetas.

–¡Menudo arsenal lleva en su traje! –dijo Fosco–. Fabbri, por favor, déjalo todo en esa mesa.

Fabbri sacó un cuchillo y empezó a abrir y registrar a fondo el forro del traje de Pendergast. Aparecieron más objetos: unas pinzas y algunos paquetitos de productos químicos, que Fabbri dejó sobre la mesa.

–La boca, regístrale la boca.

Fabbri abrió la boca de Pendergast y buscó entre sus dientes y debajo de la lengua.

La indignación de D'Agosta iba en aumento. Cada vez que aparecía una nueva herramienta, sentía decrecer sus esperanzas. Sin embargo, Pendergast tenía muchos trucos escondidos en la manga. Seguro que podría salvarles.

Fabbri indicó a Pendergast que se moviera un poco y se agachara, a fin de poder examinarle el pelo. El agente obedeció sin bajar los brazos y se colocó de espaldas al semicírculo formado por los campesinos y el conde, que examinaba los artículos de la mesa con murmullos de interés. Al quedar con Fabbri de espaldas y Pendergast de frente, D'Agosta se llevó una sorpresa enorme.

Acababa de ver que Pendergast, con un movimiento casi imperceptible de los dedos, había sacado una minúscula pieza de metal situada entre el anular y el meñique de su mano izquierda. Se las había arreglado para esconderla al principio del cacheo.

–Bueno –dijo Fabbri–, ahora baje los brazos y colóquese aquí.

Pendergast siguió sus instrucciones, pero al mismo tiempo, con un movimiento tan fugaz que D'Agosta no estuvo seguro de haberlo visto, guardó la piececita de metal detrás de la solapa de la chaqueta de Fabbri, usándole como escondrijo.

A continuación Fabbri examinó sus zapatos; cortó los tacones con un cuchillo y lo clavó en varios puntos de las suelas con un excelente resultado: apareció otro juego de ganzúas. Fabbri frunció el entrecejo y volvió a registrar el traje del agente.

Al final se dio por satisfecho. La ropa de Pendergast estaba hecha jirones.

–Ahora el otro –dijo Fosco.

Repitieron la operación con D'Agosta, que quedó desnudo y sometido a la misma humillación de que le cachearan a fondo y le deshicieran todas las costuras.

–Les dejaría desnudos –dijo el conde–, pero las mazmorras de este castillo son muy húmedas y no me gustaría que se resfriasen. –Señaló su ropa con la cabeza–. Vístanse.

Así lo hicieron.

Fabbri les obligó a volverse y les esposó las manos en la espalda.

–*Andiamoci.*

El conde dio media vuelta y salió del apartamento, seguido por Fabbri, Pendergast y D'Agosta. Los últimos fueron los seis rufianes.

Salieron de la torre del homenaje por la escalera de caracol y volvieron a pasar por las habitaciones antiguas del castillo. Con el conde en cabeza, cruzaron el comedor y la cocina y llegaron a una despensa grande y ventilada. En la pared del fondo había un arco, bajo el que desaparecía una escalera en la oscuridad. Bajaron por ella hasta llegar a un túnel profundo y abovedado con manchas de humedad y cristales de calcita en los muros. Después cruzaron en silencio varios almacenes y galerías de piedra en desuso.

–*Ecco* –dijo el conde al llegar a una puerta baja.

Fabbri también se detuvo. Pendergast, que iba detrás mirando el suelo, chocó con él. Fabbri mascculló una palabrota y le empujó, haciéndole caer sobre la fría piedra.

–Entren –dijo el conde.

Pendergast se levantó y agachó la cabeza para acceder a una pequeña habitación. D'Agosta le siguió. El impacto de una puerta de hierro y el giro de una llave metálica les dejaron a oscuras.

El rostro del conde apareció en la pequeña reja de la puerta.

–Aquí estarán a buen recaudo mientras me ocupo de los últimos detalles –dijo–. Luego volveré. Les advierto que tengo preparado algo especial, a la medida de los dos. Para Pendergast un final literario, inspirado en Poe; por lo que respecta a D'Agosta, el asesino de mi Pinchetti, usaré una vez más mi aparato de microondas antes de destruirlo y eliminar así la última prueba de mi participación en todo este asunto.

La cara desapareció. Poco después fue la luz tenue del pasillo la que se apagó.

D'Agosta se quedó sentado en la oscuridad, oyendo el eco de unos pasos que se alejaban. Pronto el silencio fue total, a excepción de un ligero goteo y de una especie de aleteo que atribuyó a los murciélagos.

Cambió de postura y se abrigó un poco más con los restos de su ropa. En ese momento oyó la voz de Pendergast, casi inaudible.

–Yo no veo ninguna razón para quedarnos más tiempo, ¿y usted?

–¿Lo que escondió en la solapa de Fabbri era una ganzúa? –preguntó D'Agosta.

–Naturalmente. Fabbri ha sido muy amable guardándomela. Estoy prácticamente seguro de que en este momento hay alguien vigilándonos al otro lado, Fabbri u otra persona. Golpee la puerta, Vincent, a ver si nos contesta...

D'Agosta lo hizo, gritando:

–¡Eh! ¡Dejadnos salir! ¡Dejadnos salir!

El eco se perdió lentamente en el pasillo.

Pendergast tocó el brazo de D'Agosta y le susurró:

–Siga haciendo ruido mientras fuerzo la cerradura.

D'Agosta profirió una retahíla de gritos y palabrotas. Un minuto después Pendergast volvió a tocarle el brazo.

–Ya está. Ahora présteme atención: es de suponer que el hombre que espera en la oscuridad tenga una linterna, y que la encienda a la menor sospecha. Voy a buscarle y me encargaré de él. Usted siga haciendo ruido para despistar y tapar el que haga yo cuando me arrastre por la oscuridad.

–De acuerdo.

D'Agosta siguió gritando, pateando la puerta y exigiendo que les dejaran salir. Estaba todo tan oscuro que no podía ver los movimientos de Pendergast. Gritó y gritó. De repente oyó dos golpes en el pasillo, uno más fuerte y el otro más sordo. Después, un haz luminoso penetró por la puerta.

–Muy bien hecho, Vincent.

D'Agosta agachó la cabeza para salir al pasillo. Fabbri estaba a unos seis metros, de bruces en el suelo de piedra y con los brazos abiertos.

–¿Está seguro de que se puede salir de esta mole? –preguntó el sargento.

–¿Verdad que ha oído chillidos de murciélagos?

–Sí.

–Pues tiene que haber una salida.

–Sí, pero para murciélagos.

–Si ellos vuelan, nosotros también, pero antes tenemos que conseguir el aparato, que es nuestra única prueba válida contra el conde.

81

Deshicieron el camino por los subterráneos de oscura mampostería, antes de subir furtivamente por la antigua escalera que conducía a la despensa. Pendergast la examinó con gran cuidado e hizo señas a D'Agosta de que le siguiese. Cruzaron despacio el umbral de la cocina, una sala inmensa con mesas paralelas de pino engrasado y mármol, y una chimenea de grandes dimensiones llena de rejas y parrillas. El techo estaba plagado de utensilios de cocina de hierro colado, que colgaban de él con grandes ganchos y cadenas. Al lado, en el *salotto*, no se oía nada. No parecía haber nadie.

–Cuando Pinketts fue a buscar el arma –susurró Pendergast–, salió por esta cocina y no tardó más de un minuto. Tiene que estar cerca.

–Y ¿por qué tendría que estar en el mismo sitio que antes?

–Recuerde lo que dijo Fosco: piensa usarla una vez más. Con usted. Esta habitación sólo tiene dos salidas, además de la del comedor: la despensa que acabamos de cruzar y ésa.

Señaló lo que parecía la puerta de un viejo secadero.

En ese momento se oyeron pasos más allá del comedor. Pendergast y D'Agosta se escondieron detrás de la puerta, ocupando el mínimo espacio.

También se oían voces hablando en italiano, incomprensibles, pero cada vez más próximas.

–Sigamos buscando –comentó Pendergast al cabo de un buen rato–. Pueden dar la voz de alarma en cualquier momento.

Se asomó al secadero. Era una fría habitación de piedra llena de *prosciutti* y salami, con anaqueles que crujían por el peso de enormes ruedas de queso *reggiano* y *parmigiano* añejo. Pendergast paseó la luz de la linterna de Fabbri por el interior. Uno de los estantes superiores devolvió un brillo de aluminio.

–¡Ahí!

D'Agosta cogió la caja.

–Demasiado voluminosa –dijo Pendergast–. Será mejor tirarla y montar el arma.

Abrieron la caja. Pendergast enroscó las piezas con cierta dificultad. Después entregó el aparato a D'Agosta, que se lo colgó de la cinta de cuero en el hombro y volvió deprisa a la cocina. Más voces, que provenían esta vez del comedor. El crepitar de una radio. Alguien exclamó con voz de pánico:

–*Sono scappati!*

Un momento de ajetreo, seguido por pasos que se alejaban.

–Tienen radios –murmuró Pendergast.

Después de unos segundos, regresó corriendo a la cocina y cruzó el comedor. D'Agosta le seguía con el arma rebotándole en el hombro. Salieron a la galería central, con sus retratos ennegrecidos por el tiempo y sus lujosos tapices.

Se oían voces por delante.

–Por aquí –dijo Pendergast, señalando con la cabeza una pequeña puerta abierta.

Era la puerta de una antigua armería, con espadas, armaduras y cotas de malla oxidadas en las paredes.

Pendergast descolgó una espada en silencio, la examinó, volvió a colgarla y bajó otra.

Las voces aumentaron de volumen. De repente un grupo de hombres pasó por delante de la puerta, corriendo a gran velocidad en dirección al comedor y la cocina.

Pendergast asomó la cabeza e hizo señas a D'Agosta.

Siguieron por la galería hasta penetrar en un laberinto de elegantes aposentos que desembocaba en las salas pequeñas, húmedas y casi ciegas situadas alrededor de la torre del homenaje. D'Agosta ya no oía pasos, salvo los suyos. La suerte, al parecer, les sonreía. Nadie esperaba que se dirigieran al centro del castillo, sino a los muros exteriores.

Justo cuando se felicitaba, oyó una voz delante de ellos, una voz iracunda. Miró a su alrededor. La secuencia de habitaciones desnudas no ofrecía ningún escondrijo.

Pendergast se apresuró a colocarse detrás de la puerta, con

D'Agosta acuclillado a sus espaldas. Un hombre apareció en el umbral con una radio en la mano. Pendergast levantó rápidamente su espada. El hombre gimió y se derrumbó en el suelo, manchando el pavimento de sangre.

Pendergast le quitó con presteza la pistola, una Beretta de nueve milímetros. Luego dio la espada a D'Agosta y le indicó que le siguiese.

Tenían delante el paso a una escalera circular que descendía hacia la oscuridad. Se lanzaron por ella de dos en dos peldaños, hasta que Pendergast levantó una mano.

Subía un eco de pisadas. Alguien corría a su encuentro.

–Pero ¿cuántos rufianes tiene el gordo? –musitó D'Agosta.

–Supongo que todos los que quiera. No se mueva. Tenemos la ventaja de la sorpresa y la altura.

Pendergast apuntó con gran cuidado hacia la curva de la escalera.

Poco después apareció un hombre con ropa de campesino. Pendergast disparó sin vacilar, se arrodilló junto al cuerpo caído, cogió su pistola y se la lanzó a D'Agosta.

Alguien más gritaba desde abajo.

–*Carlo! Cosa c'è?*

Pendergast bajó por la escalera como una exhalación, haciendo volar los faldones de su chaqueta destrozada, y se abalanzó sobre el segundo hombre, que salió disparado hacia atrás con una patada en la cabeza. Pendergast aterrizó con suavidad y se tomó el tiempo de coger la pistola de la mano de su víctima y guardarla en la cintura de sus pantalones.

Echaron a correr por un pasillo húmedo, en dirección opuesta a la escalera. D'Agosta oyó voces detrás. Pendergast apagó la linterna para no ofrecer un blanco fácil. Siguieron corriendo en una oscuridad casi total.

El túnel se bifurcaba. Pendergast se detuvo a examinar el suelo y el techo.

–¿Ha visto los excrementos? Los murciélagos salen volando por aquí.

Tomaron por el túnel de la izquierda. De pronto apareció una lucecita a sus espaldas. Justo después oyeron un disparo, y el rebote de una bala en la piedra. D'Agosta se detuvo para contraatacar, frenando a sus perseguidores.

–¿Y el arma de microondas? –preguntó.

–No sirve de nada en una situación así. Es de efectos demasiado lentos, y no tiene el alcance necesario. Además, ahora no tenemos tiempo de averiguar cómo funciona.

El túnel volvía a bifurcarse. D'Agosta olió aire fresco, y distinguió poco después un vago resplandor. De repente, al segundo recodo, toparon con una reja de hierro macizo bañada por una luz intensa. D'Agosta vio que la reja se asomaba al precipicio de debajo del castillo. Al mirar al exterior reconoció la ladera empinada de la montaña, con un barranco muy profundo a la izquierda y una serie de cimas y riscos a la derecha.

–Mierda.

–Me esperaba algo así –dijo Pendergast. Examinó rápidamente los barrotes–. Antiguos, pero sólidos.

–¿Y ahora qué?

–A plantar cara. Cuento con su buena puntería, Vincent.

Pendergast se arrimó al último ángulo del túnel. D'Agosta hizo lo mismo. Los hombres se acercaban más deprisa. A juzgar por sus pasos, eran como mínimo una docena. D'Agosta se volvió, apuntó y disparó. Vio caer una silueta en la penumbra. Las demás se dispersaron, pegándose a las paredes de roca viva. De pronto se oyó una detonación, seguida por el tableteo de un arma automática: dos ráfagas cortas que acribillaron el techo y provocaron una lluvia de chispas y trocitos de piedra.

–¡Mierda! –dijo D'Agosta, encogiéndose sin querer.

–Vincent, manténgales a raya mientras veo si se puede hacer algo con estos barrotes.

D'Agosta se agachó lo máximo que pudo para asomar rápidamente la cabeza por la esquina y disparar. El arma automática contraatacó. Las balas volvieron a rebotar en el techo y percutieron dispersas por el suelo, no muy lejos de D'Agosta.

«Apuntan adrede para que reboten», pensó.

Sacó el cargador de la culata y lo examinó. Era una Beretta con cargador de diez balas, de las que quedaban seis, sin contar la de la recámara.

–Tenga, el cargador de recambio –dijo Pendergast, tirándoselo–. No desperdicie ni una sola bala.

D'Agosta le echó un vistazo. Estaba lleno. Disponía de diecisiete disparos.

Otra breve ráfaga de disparos de arma automática se desvió en el techo y mordió el suelo a poca distancia de sus pies.

«El ángulo de incidencia es igual al ángulo de refracción», recordó vagamente de sus clases de tiro. Disparó dos veces hacia la zona donde vio que rebotaban las balas. Siempre apuntaba hacia una zona de piedra lisa, estudiando el efecto con el máximo cuidado.

Oyó un grito. Un punto a favor de las matemáticas.

La respuesta fue una gran descarga de balas que rebotaban. D'Agosta rodó por el suelo justo a tiempo, mientras una docena de proyectiles golpeaba la parte del suelo de la que acababa de apartarse.

–¿Cómo va? –preguntó por encima del hombro.

–Más tiempo, Vincent. Deme tiempo.

Llovieron más balas y esquirlas.

Tiempo. D'Agosta no tenía más remedio que contraatacar de nuevo. Se arrastró hacia la esquina y asomó la cabeza. Un hombre había salido de la oscuridad y corría hacia una posición más próxima. La bala de D'Agosta le rozó y le hizo batirse en retirada con un grito.

Ahora era Pendergast quien disparaba a intervalos regulares. D'Agosta se volvió y vio cómo disparaba a la mampostería que afianzaba la reja.

Se produjeron más disparos, que agujerearon el suelo alrededor de D'Agosta. Éste respondió con una de sus balas.

Pendergast había agotado las suyas.

–¡Vincent! –dijo.

–¿Qué?

–Tíreme su pistola.

–Pero...

–¡La pistola!

Pendergast la cogió, apuntó con cuidado y disparó a bocajarro en el cemento, donde estaban clavados los barrotes. Era un cemento viejo y blando, y los disparos estaban surtiendo efecto; aun así D'Agosta hizo una mueca, incapaz de no contar las balas desperdiciadas: una, dos, tres, cuatro... clic. Pendergast hizo saltar el cargador vacío y lo tiró. D'Agosta le dio el de recambio. Al otro lado de la esquina, el fuego se había intensificado. Disponían de muy poco tiempo antes de que se les echaran encima.

Sonaron siete disparos más. Pendergast se puso en cuclillas y dijo:

–Vamos a darle una patada los dos juntos. A la de tres.

La reja recibió un fuerte golpe, pero no se movió.

Pendergast disparó dos veces más y se guardó la pistola en la cintura del pantalón.

–Otra patada. Ahora desde el suelo.

Se tumbaron de espaldas, levantaron las piernas y golpearon la reja al mismo tiempo.

Se movió.

Otra vez, otra... y se soltó, cayendo por el precipicio entre rocas y piedras.

Se asomaron al borde. Había como mínimo quince metros de pared de roca hasta el punto en que arrancaba la pendiente.

–Mierda –murmuró D'Agosta.

–No hay alternativa. Tire el aparato. Procure que caiga entre arbustos, o en el sitio más blando posible. Luego empiece a bajar.

D'Agosta se inclinó hacia el precipicio y arrojó el dispositivo de microondas hacia un espeso matorral. Después, haciendo de tripas corazón, se volvió y empezó a bajar por el borde. Se deslizó lentamente sin soltar el cemento de la reja, hasta que encontró un apoyadero para los pies. Entonces bajó un poco más y repitió la operación. Tardó poco tiempo en quedar con la cabeza por debajo del nivel del túnel y las manos en la roca.

De pronto Pendergast llegó a su altura.

–Baje en diagonal. Así verá mejor los apoyaderos y no será un blanco tan fácil.

La pared era de caliza estratificada, y a pesar de su terrible verticalidad ofrecía abundantes asideros y apoyaderos. Seguro que a un escalador profesional le habría planteado pocas dificultades, pero D'Agosta estaba aterrorizado. Sus pies resbalaban constantemente, y sus zapatos de suela de piel le ayudaban muy poco.

Siguió bajando con cuidado, alternando las manos y haciendo lo posible por no tocar las rocas afiladas con su dedo herido. Pendergast, escalador veloz, se encontraba mucho más abajo.

Oyeron un eco de disparos sobre sus cabezas, seguido por una descarga tremebunda que dejó paso al silencio, y luego a varias voces:

–*Eccoli! Di là!*

Al mirar hacia arriba, D'Agosta vio unas cuantas cabezas asomadas al vacío. De pronto apareció una mano con una pistola que le apuntaba directamente. Ofrecía un blanco perfecto. Era hombre muerto.

La pistola de Pendergast disparó desde abajo: la última bala. El tirador la recibió en la frente y se tambaleó, antes de emprender un vuelo silencioso hacia las rocas de abajo. D'Agosta apartó la vista y reanudó su descenso lo más deprisa que pudo.

Arriba, en la boca del túnel, algo volvía a moverse. Vio cómo otra figura se asomaba con cautela. Esta vez lo que llevaba en la mano era el arma automática. Reconoció la forma achaparrada de una Uzi.

Se pegó a la roca. Pendergast había desaparecido. ¿Dónde se había metido?

Oyó varias ráfagas cortas y el zumbido de las balas de la Uzi. Justo cuando tanteaba el vacío con el pie, se percató de que sólo le protegía un pequeño saliente de roca, y de que si volvía a moverse quedaría al descubierto.

Se lo confirmó otra ráfaga de disparos. Estaba acorralado.

–¡Pendergast!

No hubo respuesta.

Más tiros, que le clavaron esquirlas de piedra en la cara. Movió una pierna.

A la siguiente ráfaga sintió que una bala rozaba su zapato y retiró la pierna. Estaba respirando demasiado deprisa, a bocanadas, con las manos crispadas en el minúsculo asidero.

Más disparos y fragmentos de piedra.

Estaban horadando el saliente de encima. Aunque no se moviera, acabarían cazándole. Sintió cómo un hilo de sangre resbalaba por su mejilla, debido a alguno de los cortes que le provocaron las esquirlas.

De pronto oyó un disparo, provenía de abajo. Después un grito. Se despeñó otro hombre acompañado por la Uzi.

Pendergast. Debía de haber llegado al pie del precipicio y se había apoderado del arma del muerto.

Empezó a bajar, resbalando varias veces de puro pánico. Los disparos desde abajo se multiplicaron. Era Pendergast, que le cubría, despejando la boca del túnel.

La pared empezó a perder su verticalidad. Los últimos seis o siete metros los bajó casi resbalando. De repente estaba de pie en lo más alto de un pedregal, empapado de sudor, con el corazón desbocado y las piernas como si fuesen de gelatina. Pendergast estaba en cuclillas detrás de una roca, disparando de nuevo hacia la boca del túnel.

–Coja el aparato y vámonos –dijo.

D'Agosta se incorporó, bajó corriendo hasta el matorral y recogió el arma. Tenía una muesca en uno de los bulbos, y presentaba un aspecto algo sucio y arañado, pero por lo demás no parecía haber sufrido daños. Se la colgó del hombro y corrió a esconderse entre los árboles. Pendergast se reunió con él poco después.

–Abajo, a la carretera de Greve.

Echaron a correr por la ladera, saltando sobre las raíces de los castaños mientras el ruido de disparos se amortiguaba.

De repente Pendergast dejó de correr.

En el silencio, D'Agosta oyó un sonido que llegaba desde abajo y se intensificaba. Eran ladridos de perros.

Muchos perros.

82

Tras unos segundos de atención, Pendergast se volvió hacia D'Agosta.

–Los perros que usa el conde para la caza del jabalí. Vienen de abajo, con los perreros.

–Dios mío...

–Están adiestrados para desplegarse en una línea impenetrable, acorralar a su presa y rodearla. No tenemos más alternativa que subir al otro lado de la montaña. Es nuestra única oportunidad de huir.

Dieron media vuelta y empezaron a trepar en diagonal por la cuesta, alejándose del castillo. Era una subida muy dura por la abundancia de zarzas entre los castaños y porque el suelo estaba húmedo, resbaladizo por las hojas. D'Agosta oyó los ladridos de los perros. A juzgar por la que armaban, debían de ser varias docenas. El eco reverberaba nítidamente de punta a punta del valle. Parecían acercarse.

Después de una parte especialmente abrupta del bosque, llegaron a una cuesta más suave, con viñas y hojas amarillas en el aire otoñal. Subieron sin aliento por una de las hileras de vides, tropezando con la tierra levantada y llenándose los zapatos de barro pegajoso.

No cabía duda: los perros les estaban dando alcance.

Al llegar al final del viñedo, Pendergast paró un segundo para reconocer la zona. Se encontraban en un pasillo entre dos crestas que se estrechaba hacia la cumbre, situada más o menos a un kilómetro. El castillo quedaba a sus pies, oscuro y severo en su peñasco.

–Venga, Vincent, no hay ni un segundo que perder.

Al final del viñedo había otro castañar frondoso y empinado. Lo cruzaron a trancas y barrancas, desgarrándose aún más la ropa con las zarzas. De pronto apareció ante ellos un muro en ruinas que pertenecía a una antigua *casa colonica* infestada de zarzas. Dejaron atrás las ruinas y las edificaciones, y entraron en un claro cubierto de maleza. Pendergast hizo otra pausa para examinar el último tramo.

D'Agosta tenía el corazón a punto de explotar. El aparato de microondas era un peso muerto en su hombro. Mientras recuperaba el aliento, miró hacia abajo y vislumbró un grupo de perros corriendo y ladrando. Estaban estrechando el cerco. Ya era posible oír los silbidos y los gritos de los perreros.

Pendergast miraba atentamente la parte de la cuesta en que el pasillo, acercándose a la cumbre, se estrechaba.

–Veo un brillo metálico.

–¿Hombres?

Asintió con la cabeza.

–¿Alguna vez ha cazado jabalíes?

–No.

–Pues es como nos están cazando, como jabalíes. Seguro que allí arriba, donde se estrecha la garganta, hay cazadores parapetados. Calculo que no pueden ser menos de una docena. Tienen a tiro toda la parte superior de la montaña. –Asintió como si diera su aprobación–. Es la típica caza. Los perros levantan a los jabalíes y los hacen subir por un valle que se estrecha progresivamente hasta una cresta, donde los animales no tienen más remedio que quedar al descubierto. Entonces son abatidos por los cazadores.

–¿Qué hacemos?

–Lo contrario de los jabalíes. En vez de huir de los perros, seguiremos una trayectoria lateral.

Se volvió y corrió por la ladera en ángulo recto respecto al sentido de la cuesta, siguiendo las ondulaciones del terreno. Los ladridos se acercaban. El efecto del relieve sobre el eco hacía que parecieran llegar de todas partes.

Quedaba menos de un kilómetro de cuesta. Sacando fuerzas de flaqueza, D'Agosta pensó que si lograban llegar al otro lado podrían sacar ventaja a los perros y volver a descender, pero el bosque, cada vez más frondoso y vertical, obstaculizaba su carrera. Llegaron al borde de un barranco pequeño pero muy abrupto, con un torrente que se precipitaba por un lecho de rocas afiladas. Al otro lado, a una distancia de unos seis o siete metros, se erguía un precipicio cubierto de musgo.

No se podía pasar.

Pendergast se volvió. Ahora los perros parecían estar muy cerca, hasta el punto de que D'Agosta oía el ruido de las ramas y distinguía los exabruptos de los perreros.

–No podemos cruzar este barranco –dijo Pendergast–. Eso significa que sólo nos queda una posibilidad: seguir subiendo y tratar de infiltrarnos entre los cazadores.

Sacó la pistola que le había quitado al tirador que se había caído por el precipicio y miró el cargador.

–Quedan tres balas –dijo–. Vamos.

Reanudaron el ascenso. A D'Agosta le parecía increíble seguir caminando, pero la adrenalina (y el horrible ladrido de los perros de caza) le impulsaba a hacerlo.

Al cabo de unos minutos, la frondosidad se aclaró y dejó que se filtrase más luz. Se pusieron en cuclillas y siguieron a rastras, lentamente. Más adelante, el bosque se convertía en una sucesión de prados y hondonadas llenas de maleza. El disgusto dejó a D'Agosta sin respiración. La maleza de las hondonadas era impenetrable; los prados, por su parte, eran pura hierba, con algunos árboles dispersos. Quedaba casi medio kilómetro de subida entre dos crestas rocosas, hasta llegar a una cima pelada. Era como una galería de tiro.

Pendergast dedicó como mínimo un minuto a examinar la cumbre, pese a la rapidez con que se acercaban los perros, y negó con la cabeza.

–Es inútil, Vincent; seguir subiendo sería un suicidio. Arriba habrá demasiados hombres, y seguro que han cazado jabalíes por estos montes desde que eran pequeños. No podemos pasar.

–¿Está seguro? De que haya hombres arriba, quiero decir...

Pendergast asintió observando la cresta.

–Desde aquí veo como mínimo media docena, y a saber cuántos se esconden detrás de las rocas. –Calló, pensativo.

Luego dijo muy deprisa, como si hablara solo–: Por este lado y por arriba el cerco ya se ha cerrado. Hacia abajo no podemos ir. Sería imposible cruzar la línea de perros.

–¿Está completamente seguro?

–A esos perros no podría esquivarlos ni un jabalí macho de cien kilos atravesando la maleza a cincuenta kilómetros por hora. En cuanto el jabalí llega a la línea, los perros convergen hacia él y...

Enmudeció y miró a D'Agosta con los ojos brillantes.

–¡Claro, Vincent! Sí que hay una salida. Escúcheme, ahora bajaré directamente por la cuesta. Cuando llegue a la línea de perros, sus ladridos atraerán a los demás, y se agrupará toda la jauría. Mientras tanto, usted se desplazará lateralmente unos doscientos metros, lo más deprisa que pueda, y a continuación bajará lentamente por el monte. Repito, lentamente. Cuando oiga los ladridos de los perros al acorralarme (un sonido inconfundible), sabrá que he llegado a la línea y que me están rodeando. Cuando los perros se junten, la línea se romperá. Será el momento en que usted podrá pasar. No habrá ninguno más. ¿Me explico? Esté atento al momento en que cambien los ladridos. Cuando cruce la línea, vaya directamente a la carretera de Greve.

–¿Y usted?

Pendergast enseñó la pistola.

–¿Con tres balas? Imposible.

–Es la única manera.

–Pero ¿dónde nos reuniremos? ¿En la carretera de Greve?

Pendergast negó con la cabeza.

–No me espere. Vaya a buscar al *colonnello* y vuelva lo antes posible con el máximo de refuerzos. Insisto, el máximo. ¿Me entiende? Llévese la máquina, porque tendrá que convencerle.

–Pero...

D'Agosta se calló. Acababa de entender toda la gravedad del plan de Pendergast.

–Y un carajo –dijo–. Iremos juntos.

Los ladridos se acercaban.

–Sólo puede pasar uno de los dos. Es la única posibilidad. ¡Váyase!

–De eso ni hablar. Me niego. No pienso dejarle con los perros y...

–¡Vincent, por Dios, le digo que se vaya!

Fueron las últimas palabras del agente antes de volverse y bajar por la ladera.

–¡No! –exclamó D'Agosta–. ¡Nooo...!

Pero ya era demasiado tarde.

Se quedó paralizado, clavado al suelo por la incredulidad. La silueta negra y espigada de Pendergast brincaba por el monte como un gato, con la pistola en alto. De repente desapareció entre los árboles.

No le quedaba otra opción que seguir el plan. Empezó a caminar como un robot por la montaña. Después de unos trescientos metros en sentido lateral, cambió de dirección y se dispuso a bajar.

Se detuvo de golpe. Delante, al pie de un espolón rocoso, entre los árboles, había un hombre. Desde cualquier otro ángulo le habría ocultado el espolón. Miraba a D'Agosta sin moverse.

«¡Ay, mi madre! –pensó D'Agosta–. De ésta no salgo.»

Estuvo a punto de coger el aparato de microondas, pero se lo pensó mejor. No estaba armado. Al menos no se le veía ningún arma. Era mejor abordar esa situación con los puños. Se dispuso a abalanzarse sobre él.

De pronto vaciló. Aunque fuera vestido de campesino, no se parecía al resto de los esbirros de Fosco. Era muy delgado y muy alto, unos diez centímetros más que Pendergast, con una barba muy corta y una mirada extraña. Sus ojos no eran del mismo color. El izquierdo era marrón claro y el derecho intensamente azul.

«Quizá sea de por aquí –pensó D'Agosta–, o un cazador furtivo, no sé... ¡Pues vaya momento para salir a pasear! ¡No te jode!»

De repente se acordó de los perros, que seguían ladrando como antes, a intervalos regulares.

No podía perder más tiempo. El hombre le había dado tranquilamente la espalda, sin demostrar ningún interés. D'Agosta empezó a bajar despacio, esperando oír un cambio en los ladridos.

Al mirar por encima del hombro, vio que el desconocido seguía sin moverse, pero que observaba atentamente hacia abajo.

Reanudó despacio y con prudencia su camino por el bosque. En ese momento, lo importante era Pendergast. Se escaparía. Tenía que escaparse. Tenía que...

Justo entonces oyó un ladrido histérico procedente de abajo, a la derecha. Era un sonido mucho más agudo y urgente que los anteriores. Prestó atención. Ahora eran dos perros los que aullaban, no, tres; al poco tiempo, se trataba de toda la jauría.

Los oyó converger en un solo punto, con una confusión de penetrantes ladridos. Después oyó una detonación de arma de fuego y el grito de un perro. Los aullidos frenéticos se agudizaron aún más. Era un sonido terrorífico, que quedó interrumpido por una sucesión de dos disparos. Después oyó detonaciones más graves, de alguna vieja carabina de gran calibre. No veía nada por culpa de la maleza, pero tampoco hacía falta. Los ruidos hablaban por sí solos.

Era su oportunidad. Con la máquina pegada al cuerpo, corrió monte abajo con todas sus fuerzas, saltando por encima de las zarzas o arañándose con ellas. Corría y corría a pesar de los tropiezos. Al llegar a un pequeño claro, vislumbró a Pendergast por última vez a la derecha: una figura de negro muy pequeña, rodeada por una jauría enloquecida, a la que se acercaba como mínimo una docena de hombres desde abajo y por los flancos, apuntando al agente con grandes escopetas. El alboroto de los perros que le rodeaban (con algunos, los más atrevidos, acercándose para arrancar algún trozo de carne) era increíble.

D'Agosta siguió corriendo, siempre corriendo. De pronto la línea quedó a sus espaldas.

El terrible y voraz aullido de los perros se situaba detrás y por encima de él. El pavoroso griterío de los perros y las voces agresivas de los perreros se diluían en sus tímpanos. La caza había terminado. La presa estaba acorralada, pero no era ningún jabalí, sino un ser humano: Pendergast. Y no escaparía. Esta vez no escaparía.

83

Sentado en el camastro de su celda del Centro de Detención de Manhattan, Buck escuchaba y esperaba. Era un edificio moderno e impersonal, de paredes muy blancas, con fluorescentes en cajas de cristal con refuerzo metálico. Ya era más de medianoche, pero el resto de los prisioneros no se estaban quietos. Aporreaban los barrotes, gritaban, discutían, pedían un abogado... Algunos berreaban en idiomas ininteligibles de sonoridad gutural y casi bárbara.

Le habían fichado, tomado las huellas, fotografiado, duchado, vestido con ropa limpia... Después le dieron de comer y el *Times*, y le ofrecieron llamar a un abogado, pero nadie le explicó absolutamente nada. Tenía la impresión de llevar una eternidad en la celda. Cada hora que pasaba era otro giro de tuerca. ¿Cuándo empezaría todo? ¿Era eso lo que sintió Jesucristo mientras esperaba su comparecencia ante Poncio Pilato? Buck habría preferido casi cualquier cosa (una paliza, torturas, insultos) a esa espera interminable en ese entorno frío y angustioso. Pero lo peor era que le hubieran dado una celda individual. Le trataban con una cortesía rayana en la crueldad. Se preguntó cuánto tiempo podría soportar que le trajesen comida y se la llevasen sin responder a sus preguntas, mirarle a los ojos ni abrir la boca.

Se arrodilló para rezar. ¿Cuándo empezaría todo? ¿Cuándo temblarían las paredes? ¿Cuándo se abriría el suelo para tragarse a los impuros? ¿Cuándo resonarían por doquier los gritos de los condenados? ¿Cuándo correrían a esconderse entre las rocas los reyes y los príncipes, al ver a los cuatro jinetes del Apocalipsis en el cielo? Ni siquiera tenía una ventana a la que asomarse. No podía ver nada, nada en absoluto.

El suspense le estaba matando, literalmente.

Apareció el enésimo guardián, un hombre negro y corpulento con uniforme azul y una bandeja.

–¿Qué es? –preguntó Buck, levantando la cabeza.

Silencio. El guardián deslizó una placa hacia fuera, dejó encima la bandeja, empujó la placa, cerró la ranura, se volvió y se fue.

–¿Qué está pasando fuera? –exclamó Buck–. ¿Qué...?

Pero el guardián ya no estaba.

Se levantó y volvió a sentarse en el camastro, mirando la comida: un panecillo con queso para untar y mermelada, una pechuga de pollo con salsa congelada, unas pocas judías verdes y zanahorias, una cucharada de puré de patatas que estaba duro. Era todo tan banal que le dio asco.

De repente oyó algo que se diferenciaba de los típicos ruidos carcelarios: voces, un sonido metálico y un coro de gritos entre los prisioneros. Se levantó.

¿Ya empezaba? ¿Empezaba por fin?

Aparecieron cuatro policías armados hasta los dientes en el pasillo, con andares chulescos y porras rebotando en las caderas. Venían en su busca.

Sintió un hormigueo de impaciencia. Ahora sí que pasaría algo; podía ser muy duro, y seguro que forzaría al máximo su resistencia, pero lo aceptaría fuera lo que fuese. Formaba parte del gran plan de Dios.

Se detuvieron a la altura de su celda. Él les miró. Uno de los policías se acercó y leyó una tarjeta que estaba unida con un clip a una carpeta verde.

–¿Wayne Paul Buck?

Buck asintió y se puso tenso.

–Tiene que acompañarnos.

–Estoy preparado –dijo desafiante, pero digno y sereno.

El policía abrió la celda, mientras los demás esperaban con las armas a punto.

–Salga, por favor. Dese la vuelta y ponga las manos en la espalda.

Obedeció. Iba a ser terrible. Se notaba. Sintió el frío del acero alrededor de sus muñecas y oyó un clic, presagio de lo que se avecinaba.

–Por aquí, por favor.

«Por favor.» Ya empezaban a burlarse.

Le condujeron en silencio a un ascensor y después, algunos pisos más arriba, se pararon ante una puerta de metal gris situada al fondo de un pasillo tan frío como el resto. Llamaron a la puerta.

–Adelante –dijo una voz femenina.

Al cruzar el umbral, Buck se encontró en un despachito con una mesa metálica y una sola ventana que ofrecía una visión nocturna del Lower Manhattan. La mujer sentada al otro lado era ella, la misma oficial que había traído a los centuriones para que le arrestaran.

Le plantó cara, muy erguido y orgulloso. Era su Poncio Pilato.

Ella cogió la carpeta de las manos del jefe de los policías.

–¿Ya se ha puesto en contacto con un abogado? –le preguntó.

–No necesito ninguno. Mi abogado es Dios.

Buck se fijó por primera vez en lo guapa que era. Guapa y joven. Llevaba un discreto vendaje encima de la oreja, donde la habían herido con la piedra. Buck la había salvado de la muerte. La había curado.

«El diablo tiene muchas caras», pensó.

–Usted mismo. –La mujer se levantó, descolgó su chaqueta, se la puso e hizo un gesto a los policías–. ¿Ya está listo el alguacil?

–Sí, capitana.

–Pues entonces vamos.

–¿Adónde? –preguntó Buck.

La única respuesta de la joven fue abandonar el despacho. Bajaron en otro ascensor y salieron al patio por un laberinto de pasillos. Fuera había un coche sin identificación policial, bajo la luz de una docena de lámparas de sodio. El motor estaba en marcha y había un policía uniformado al volante. En el asiento de al lado, un hombre bajo y corpulento, con traje gris de poliéster, esperaba con las manos juntas.

–Ya pueden quitarle las esposas –dijo Hayward a los policías–. Siéntenle detrás, por favor.

Le quitaron las esposas, abrieron la puerta del coche y le hicieron subir. Mientras tanto, Hayward conversó con el hombre del traje y le entregó la carpeta y una tablilla. Él estampó su firma en la tablilla, se la devolvió, subió al asiento delantero y dio un portazo.

Hayward se asomó a la ventanilla trasera.

–Supongo, señor Buck, que quiere saber qué va a pasarle.

Buck sintió una gran emoción. Ahora sí. Lo conducían a su destino final, su gran momento. Estaba preparado.

–Este señor es un alguacil que le acompañará al avión que le devolverá a Broken Arrow, Oklahoma, donde le buscan por infringir la libertad condicional.

Buck se quedó de piedra. No podía ser. Otra burla. Era un truco, una trampa.

–¿Me ha oído?

Se hizo el sordo. Tenía que ser un truco.

–El fiscal ha decidido no acusarle de ningún cargo en Nueva York. Sería demasiado follón. En realidad, tampoco es que haya hecho nada muy grave, salvo ejercer la libertad de expresión de una manera un poco sui géneris. Después de que se lo llevaran tuvimos la suerte de evitar un tumulto y dispersar pacíficamente a los demás. Se han ido todos a su casa, y ahora la zona está acordonada. Pronto el Departamento de Parques y Jardines la limpiará y la replantará a fondo. La verdad es que ya lo necesitaba antes. Conque ya ve que no ha pasado nada grave. Hemos preferido dejar que el incidente se olvidara por sí solo.

Buck escuchaba sin dar crédito a sus oídos.

–¿Y yo? –logró decir al fin.

–Ya le he dicho que le devolvemos a Oklahoma, donde tienen muchas ganas de hablar con usted. Aquí no le queremos. Ellos tenían prioridad y querían que volviera, así que al final todos contentos.

Hayward sonrió y puso una mano en el coche.

–¿Le pasa algo, señor Buck?

Él no contestó. Sí, le pasaba algo: estaba mareado. No era lo que estaba escrito. Era un truco, un truco malvado.

Hayward se asomó un poco más.

–¿Señor Buck? Si no le importa, me gustaría decirle algo personal.

Buck la miró fijamente.

–En primer lugar, Jesús sólo hay uno y no es usted. Otra cosa: soy cristiana, tan buena cristiana como puedo, aunque es posible que no siempre lo consiga. Usted no tenía ningún derecho a quedarse cruzado de brazos mientras me enfrentaba con la multitud, ni a señalarme con el dedo y juzgarme. Haría bien en leer atentamente un pasaje del Evangelio según san Mateo que dice: «No juzguéis, y no seréis juzgados... Hipócrita, saca primero la viga de tu ojo, y entonces podrás ver para sacar la brizna del ojo de tu hermano».

Hizo una pausa.

–Hágame caso: a partir de ahora preocúpese de usted, de ser buen ciudadano, de no meterse en líos y de acatar la ley.

–Pero... Usted no se da cuenta... Va a suceder. Le advierto que falta poco.

Buck casi no podía articular palabra.

–Si se está preparando el segundo advenimiento, le aseguro que usted no lo sabrá con antelación. Es de lo poco de lo que estoy segura.

Hayward sonrió, dio unas palmaditas en el lado del coche y dijo:

–Adiós, señor Buck. Pórtese bien.

84

El conde esperaba pacientemente su cena en el elegante comedor del ala principal del castillo Fosco. Los muros de la villa del siglo XV eran tan gruesos que no se oía nada salvo el suave zumbido mecánico de *Bucéfalo*, que aplicaba su pico artificial a un fruto seco en una percha blanca. Las majestuosas ventanas de la sala ofrecían un paisaje espectacular: las colinas de Chianti y el profundo valle del Greve. Fosco, sin embargo, estaba muy a gusto en una punta de la mesa, sentado en una silla de roble macizo, repasando (con deliciosa tranquilidad) los acontecimientos del día.

El ruido de unos pies arrastrándose por el pasillo le sacó de sus ensoñaciones. Poco después entró su cocinera, Assunta, con una gran bandeja; la dejó en la otra punta de la mesa y le enseñó los platos uno a uno: unos simples *maltagliati ai porcini*, rabo de buey *alla vaccinara*, *fegatini* a la brasa y un *contorno* de hinojo braseado en aceite de oliva. Platos sencillos en los que la buena mujer era una experta, y que Fosco prefería cuando estaba en el campo. ¿Que el servicio de Assunta no tenía el refinamiento y la sutileza del de Pinketts? Eso, por desgracia, no tenía remedio.

Le dio las gracias. Mientras ella se marchaba, se sirvió una copa del Chianti Classico de la finca, un vino fuera de serie. Seguidamente se entregó con entusiasmo a la cena. Tenía un hambre de lobo, pero comió despacio, saboreando cada bocado y cada trago de vino.

Cuando hubo terminado de cenar hizo sonar una campanilla de plata situada junto a su mano derecha, y Assunta reapareció.

–*Grazie* –dijo el conde, aplicando una servilleta enorme de hilo a las comisuras de sus labios.

Assunta hizo una reverencia un poco torpe.

El conde se levantó.

–Cuando haya retirado la mesa, tómese el fin de semana libre.

La cocinera le miró con curiosidad, sin levantar la cabeza.

–*Per favore, signora.* Hace meses que no va a Pontremoli a ver a su hijo.

La reverencia se hizo más pronunciada.

–*Mille grazie.*

–*Prego. Buona sera.*

El conde se volvió con gran agilidad y salió del comedor.

Después de la cocinera ya no quedaría ningún criado en el castillo. Sus hombres se habían ido tras cumplir con sus obligaciones. Hasta los que cuidaban de la finca tenían el fin de semana libre, y no volverían hasta el lunes. El único que quedaba en todos sus dominios era Giuseppe, el viejo perrero, de quien las circunstancias impedían prescindir.

De hecho, Fosco no desconfiaba de su servidumbre, ya que todos tenían lazos antiguos con su familia (de hasta ocho siglos, en algunos casos) y su lealtad estaba más allá de cualquier duda, pero quería concluir lo que tenía entre manos sin que le molestara nadie.

Recorrió lentamente las enormes salas del castillo: el *salone*, la sala de los retratos, la de armas... Fue un paseo por el espacio, pero también por el tiempo. Primero las adiciones más antiguas, del siglo XIII; después el castillo original, construido hacía un milenio y desprovisto de electricidad, agua corriente o calefacción central. El laberinto de pequeñas estancias ciegas se volvió cada vez más oscuro y agobiante. Fosco se detuvo para descolgar una antorcha de un aplique y la encendió. Después se acercó a una antigua mesa de trabajo, recogió algo y se lo guardó en el chaleco, antes de tomar un pasadizo lateral y proseguir su camino descendente, que le condujo a un laberinto subterráneo de túneles tallados en la roca viva.

Los subterráneos del castillo de los Fosco, que eran vastísimos, servían en su mayor parte de almacén para productos de la finca, empezando por el vino, cuya producción ocupaba muchas salas: maquinaria de embotellado, cubas de fermentación, incontables barricas de roble francés... Otras dependencias servían para curar jamones de jabalí. Eran salas frescas y profundas, con una infinidad de patas todavía sin despellejar colgando del techo. También existía un sector para almacenar aceite de oliva o hacer el *aceto balsamico*. Sin embargo, la parte donde se encontraba Fosco, situada a gran profundidad bajo la fortaleza originaria, no ofrecía espacios tan grandes ni tan ventilados como los anteriores, sino sótanos estrechos perforados en las entrañas del precipicio de caliza y escaleras de caracol que conducían a viejos pozos o a estancias con medio milenio en desuso.

Tomó una de esas escaleras. Hacía frío y las paredes estaban viscosas debido a la humedad. Caminó aún más despacio. Los escalones, cortados a mano, eran resbaladizos. Nadie le oiría gritar si se caía.

La escalera terminaba en un dédalo de angostas bodegas con vetustas paredes de ladrillo sembradas de nichos, cada uno de ellos con un esqueleto: un lejano antepasado o un aliado caído en alguna guerra de hacía mil años; lo más probable, en vista del gran número de esqueletos, era lo segundo. Casi no se podía respirar. La llama de la antorcha parpadeó cada vez más a lo largo del sinuoso recorrido.

Allí abajo, en el corazón del laberinto, las antiguas paredes eran cada vez más toscas. El conde pasó por varios sitios donde se habían derrumbado, dejando un montón de ladrillos y la roca al desnudo. Había tantos esqueletos que parecían abandonados de cualquier manera a las ratas, que habían mordido y dispersado los huesos.

Fosco llegó al final del subterráneo, donde la oscuridad era tan densa e impenetrable que la antorcha no servía prácticamente de nada. Dio otro paso y la movió con cautela hacia el último nicho.

El parpadeo de la llama reveló la figura del agente Pendergast con la cabeza apoyada en el pecho. Tenía el rostro lleno de arañazos y una docena de heridas que sangraban. Su traje negro, habitualmente impoluto, estaba sucio y hecho trizas, con la chaqueta tirada por el suelo, y los zapatos ingleses, hechos a medida, cubiertos de barro toscano. El agente parecía haber perdido la conciencia. Lo único que le impedía derrumbarse en el suelo a los pies de Fosco era una pesada cadena que le ceñía el pecho, y que a su vez colgaba de dos argollas de hierro, una de ellas con un candado, clavadas al muro de caliza. Pendergast tenía los brazos caídos, con una cadena en cada muñeca, para que no pudiera separarlas del fondo del nicho.

El primer movimiento de la antorcha de Fosco había sido de extrema prudencia. Sabía que su contrincante no debía ser subestimado, ni siquiera en un momento así, cuando era obvio que no estaba en situación de moverse ni de defenderse. El conde volvió a acercar la antorcha con mayor valentía.

Cuando la llama pasó ante su rostro, Pendergast se movió un poco y entreabrió los párpados.

Fosco retrocedió al instante.

–¿Agente Pendergast? –dijo con gran suavidad–. Aloysius, ¿está despierto?

Pendergast no contestó, pero seguía con los ojos abiertos. Movió débilmente los brazos y flexionó las manos, cargadas de grilletes.

–Lo siento muchísimo, pero creo que las cadenas son necesarias. No tardará en comprenderlo.

A falta de respuesta, el conde siguió hablando.

–Me imagino que estará débil y que apenas podrá moverse. También es posible que experimente cierto grado de amnesia. El fenobarbital puede tener ese efecto. Me pareció la manera más fácil de traerle al castillo sin esfuerzos innecesarios. Permítame, pues, que le refresque la memoria. Usted y el bueno del sargento D'Agosta se cansaron de mi hospitalidad y quisieron marcharse. Como es natural, yo me opuse y tuvimos un enfrentamiento muy desagradable, en el que lamento decir que perdió la vida mi amadísimo Pinketts. Usted había dejado en custodia cierto papel que me vi obligado a recuperar. Después se produjo su tentativa de escapatoria. El sargento D'Agosta, siento decirlo, la coronó con éxito, pero lo importante es que usted, querido agente Pendergast, ha regresado. ¡Vuelve a estar a buen recaudo en el seno de Castel Fosco! E insisto en que se quede como invitado. No aceptaré una negativa.

Fosco dejó la antorcha con cuidado en un aplique de hierro.

–Le ruego me disculpe por la modestia del hospedaje, aunque debo decir que estas salas no carecen de encanto natural. ¿Se ha fijado en el entramado blanco que luce en las paredes de la cueva? Es nitrito, mi querido Pendergast. Si hay alguien sensible a la alusión literaria, debería de ser usted, y tendría que ayudarle a entender lo que vendrá.

El conde metió una mano en su cintura y sacó lentamente una paleta, como si quisiera subrayar sus palabras.

Al verla, los ojos de Pendergast, apagados y atontados por la droga, brillaron fugazmente.

–¡Ajá! –exclamó el conde–. ¡Conque lo entiende! Entonces no perdamos más tiempo.

Se volvió y apartó un montón de huesos, dejando a la vista una gran cantidad de cemento recién hecho. Después usó la paleta para aplicar una gruesa capa de cemento en el borde del nicho. Seguidamente se acercó a una de las montañas de ladrillos y los trajo de dos en dos hasta la hornacina para alinearlos con cuidado encima del cemento. En pocos minutos quedó formada la primera hilera de ladrillos. Fosco empezó a aplicar otra capa de cemento por encima.

–¡Qué maravilla de ladrillos! –dijo, mientras trabajaba–. Son de hace muchos siglos, y están hechos con la propia arcilla de la montaña. Fíjese, fíjese qué solidez. ¡A mí que no me vengan con esa birria de ladrillos ingleses! He puesto mucha cal en el cemento, casi dos partes por una de arena, pero es que quiero que su última morada sea lo más sólida posible. Quiero que dure siglos y siglos, querido Pendergast. ¡Que dure hasta que suenen las trompetas del Juicio Final!

Pendergast no dijo nada, pero sus ojos habían perdido ese velo producido por la droga y observaban la labor de Fosco con un estoicismo casi felino, aunque Fosco se preguntó si estoicismo era la palabra más indicada. Al terminar la segunda hilera de ladrillos, el conde sostuvo la mirada de su víctima.

–Hacía bastante tiempo que lo preparaba –dijo–. Mucho

tiempo, si he de serle sincero. El día en que nos conocimos (en el servicio fúnebre de Jeremy Grove, donde contrastamos opiniones sobre la tabla de Ghirlandaio), me di cuenta de que era el adversario de mayor enjundia con quien me había enfrentado.

Aguardó, pero en vista de que Pendergast seguía sin hablar, ni mover nada salvo los párpados, siguió trabajando. Un arranque súbito de ira le dio suficiente energía para colocar la tercera, cuarta y quinta hileras de ladrillos.

Después de fijar en su sitio el último ladrillo de la sexta hilera, hizo otra pausa. Ya se le había pasado el enfado. Volvía a ser el Fosco de siempre. El muro, mientras tanto, llegaba a la cintura de Pendergast. El conde apartó los faldones de su chaqueta y se sentó delicadamente sobre el montón de ladrillos a descansar, con una mirada casi afable dedicada a su prisionero.

–Habrá observado que sigo el aparejo flamenco, alternando los ladrillos a lo ancho y a lo largo –dijo–. Queda bonito, ¿eh? No sé, quizá se me hubiera dado bien el oficio de albañil... Claro que construir un muro así lleva su tiempo. Considérelo mi último regalo. El de despedida. Piense que una vez colocado el último ladrillo la cosa no tardará mucho; entre uno y dos días, dependiendo del aire que se filtre por estos antiguos muros. No soy un sádico. Su muerte no se demorará más de lo necesario, aunque supongo que asfixiarse lentamente en la oscuridad no es precisamente el colmo de la clemencia. En fin, qué le vamos a hacer... –Siguió sentado para recuperar el aliento, y añadió con un tono casi pensativo–: No crea que me tomo esta responsabilidad a la ligera, señor Pendergast; comprendo que emparedarle aquí significa privarnos de un gran intelecto, y que el mundo será más aburrido sin usted, pero también resultará más seguro, al menos para mí y mis semejantes, los que prefieren vivir libres de las restricciones ideadas por sus inferiores.

Echó un vistazo al interior del nicho, que con el muro a medias quedaba sumido en una profunda oscuridad. Lo único que reflejaba la linterna eran las facciones enjutas del rostro ensangrentado de Pendergast.

La mirada del conde se volvió interrogante.

–¿Qué, nada? Bueno, pues sigamos.

Se levantó.

Las siguientes tres hileras fueron puestas en silencio. Cuando Fosco colocó en su sitio el último ladrillo de la novena y empezó a aplicar cemento fresco por encima, Pendergast se decidió a hablar. El muro había llegado a la altura de sus ojos claros, lo que hizo que su voz resonase en el interior del nuevo sepulcro.

–No lo haga –dijo con una voz que había perdido la meliflua y casi perezosa precisión que la caracterizaba.

Fosco sabía que era un efecto secundario del fenobarbital.

–¡Pero si ya está hecho, mi querido Pendergast!

Y, tras limpiar el cemento sobrante, regresó a la montaña de ladrillos.

Cuando Pendergast volvió a hablar ya estaba puesta la décima hilera.

–Tengo que hacer algo, se trata de una tarea pendiente de gran importancia para el mundo. Un miembro de mi familia tiene la capacidad de provocar un desastre. Debe permitirme que se lo impida.

Fosco interrumpió su labor para escucharle.

–Déjeme terminar esa tarea y volveré. Entonces podrá... eliminarme como mejor le parezca. Le doy mi palabra de caballero.

Fosco se rió.

–¿Qué se cree, que soy tonto? ¿Quiere que me crea que volverá por su propio pie, como Régulo a Cartago, para perder la vida? ¡Bah! Y, aunque cumpliera su palabra, ¿cuándo vendría? ¿Dentro de veinte o treinta años, viejo y cansado de la vida? –No hubo respuesta en la oscuridad del nicho–. En cuanto a la tarea a la que se refiere... Me intriga. ¿Un miembro de su familia, dice? Deme más detalles.

–Libéreme primero.

–Imposible. Además, ya veo que es hablar por hablar, y este trabajo me cansa.

Fosco acabó la décima hilera a mayor velocidad y empezó la undécima y última.

Pendergast volvió a decir algo cuando sólo quedaba el último ladrillo por encajar y fijar en el muro con cemento.

–Fosco... –Su voz era débil, sepulcral, como si saliera de lo más hondo de la tumba–. Se lo pido como caballero y ser humano, no ponga el ladrillo.

–Sí, la verdad es que es una lástima. –Fosco lo sopesó en la mano–. Pero me temo que ha llegado el momento de despedirnos. Le agradezco el placer de su compañía durante estos últimos días. No le digo *arrivederla*, sino *addio*.

Y encajó la última piedra en su lugar.

Mientras retiraba los últimos restos de cemento, oyó, o creyó oír, un ruido procedente de la tumba, un gemido gutural o una exhalación. A menos que fuera simplemente el viento gimiendo por las antiguas catacumbas... Aplicó la cabeza al muro recién hecho y prestó atención.

No se oía nada.

Retrocedió y, tras arrimar con el pie unos huesos al muro, cogió la antorcha y caminó deprisa por aquella ratonera. Cuando llegó a la escalera de caracol, empezó a subir (una docena de escalones, dos docenas, tres docenas) hacia la superficie y el cálido sol de la tarde, dejando muy atrás un mundo agitado de sombras.

85

D'Agosta guardaba silencio en el asiento trasero del coche, que ascendía por las curvas de la montaña. La campiña era tan bonita como dos días atrás: el vestido otoñal de las colinas, rojos y oros bajo el primer sol de la mañana, pero él no le prestaba atención. Su mirada permanecía fija en el aspecto siniestro de la fortaleza de Castel Fosco, que acababa de aparecer sobre su espolón de roca gris. La mera visión del castillo le produjo un escalofrío que ni siquiera el convoy de coches patrulla fue capaz de aliviar.

Cambió de una pierna a la otra el peso de la bolsa de lona. Ésta contenía el arma diabólica de Fosco. La rabia candente que se esforzaba por disimular ardía en su interior y pudo rápidamente con el escalofrío. Intentó canalizarla. La necesitaría muy pronto. Por fin habían terminado las veinticuatro horas de espera y agonía. El papeleo y la orden judicial habían tardado, pero ahí estaban. La burocracia se había dado por satisfecha. Ahora D'Agosta volvía a los dominios del enemigo, y debía conservar la calma y el control. Era consciente de que sólo tenía una oportunidad para salvar a Pendergast (suponiendo que aún estuviera vivo), y no pensaba desperdiciarla perdiendo los nervios.

A su lado, el coronel Esposito chupó con fuerza el cigarrillo y lo apagó en un cenicero. No había dicho nada en todo el viaje. Sólo se había movido para encender los cigarrillos. Se decidió a mirar por la ventana.

–Imponente residencia –dijo.

D'Agosta asintió con la cabeza.

Esposito sacó otro cigarrillo, pero se lo pensó mejor y lo guardó en la cajetilla. Después se volvió hacia D'Agosta.

–Por lo que me ha explicado, ese Fosco es muy inteligente.

Tendremos que pillarle con las manos en la masa y buscar las pruebas por nuestra cuenta. En definitiva, que entraremos deprisa.

–Perfecto.

Esposito se acarició el pelo gris peinado hacia atrás.

–También es evidente que no deja nada al azar. Tengo miedo de que Pendergast pueda estar...

No acabó la frase.

–Si no hubiéramos esperado veinticuatro horas...

El *colonnello* negó con la cabeza.

–Las cosas son como son, y no se pueden cambiar. –Se quedó callado mientras los coches cruzaban el acceso exterior en ruinas del castillo y subían por la avenida de cipreses–. Voy a pedirle una cosa, sargento –dijo al fin.

–¿Qué?

–Que me deje hablar a mí, si es tan amable. Me encargaré de que la conversación sea en inglés. ¿Fosco lo habla bien?

–A la perfección.

D'Agosta no recordaba haber estado tan cansado como en ese momento en toda su vida. Le dolían todas las extremidades y tenía el cuerpo lleno de cortes y rasguños. Pero su férrea voluntad de rescatar a Pendergast y el miedo por la suerte que pudiera estar corriendo su amigo en manos del conde le mantenían en pie. «Puede que aún esté vivo –pensó–, en la misma celda. Sí, claro. Seguro que sí.»

Dedicó unos segundos a rezar fervorosamente por que fuera así. La alternativa era demasiado horrible para planteársela.

Los coches aparcaron al pie de la segunda muralla, en un aparcamiento de gravilla. A la sombra de los pétreos contrafuertes hacía frío. D'Agosta abrió la puerta del coche y bajó ágilmente, a pesar de sus dolores.

–El Fiat –dijo–. Nuestro coche de alquiler. Ya no está.

–¿Qué modelo? –preguntó Esposito.

–Un Stylo negro, matrícula IGP 223.

Esposito se volvió hacia uno de sus hombres y le dio una orden.

El castillo parecía deshabitado, sumido en un silencio casi

fantasmal. El *colonnello* hizo una señal con la cabeza a sus hombres y fue el primero en subir por la escalera de piedra que conducía a los portones con herrajes.

Esta vez la puerta del recinto interior no se abrió sola. De hecho tardó cinco minutos en ceder despacio entre crujidos, después de que el *colonnello* la hubiera golpeado sin descanso. Fosco estaba al otro lado. Su mirada recorrió al grupo de policías hasta detenerse en D'Agosta. Sonrió.

–¡Válgame Dios! ¡Pero si es el sargento D'Agosta! ¿Qué, qué le parece Italia?

D'Agosta no contestó. La mera visión de ese grotesco personaje lo llenó de odio. «No pierdas los nervios», recordó.

Fosco respiraba con cierta dificultad, pero por lo demás era el de siempre, jovial e imperturbable.

–Les pido disculpas por haber tardado tanto. Es que hoy no esperaba visitas. –Se volvió hacia el *colonello*–. Pero aún no nos han presentado. Me llamo Fosco.

–Yo soy el coronel Orazio Esposito, del Núcleo de Investigación –dijo Esposito con rudeza–. Tenemos una orden judicial para registrar la propiedad. Le agradeceré que no se resista.

–¡Una orden judicial! –El rostro del conde reflejó una gran sorpresa–. ¿De qué se trata?

Esposito pasó de largo sin molestarse en contestarle. Tras lanzar una serie de instrucciones a sus hombres, se volvió hacia el conde.

–Mis hombres tendrán que entrar en todas las zonas del castillo.

–¡Faltaría más!

El conde se apresuró a cruzar el jardín, pasando al lado de la fuente, y penetró en la torre del homenaje, oscura y severa, interpretando de modo magistral su papel de hombre sorprendido y alarmado, pero al mismo tiempo solícito.

D'Agosta se mantuvo en el mayor de los silencios, procurando que el conde no viera la bolsa de lona. Observó que esta vez los portones no se cerraban a su paso.

El conde les condujo por la galería central hasta una habitación que D'Agosta no conocía: una biblioteca grande y elegante, con libros antiguos de pared a pared, que exhibían sus lomos estampados y dorados. La chimenea estaba encendida y chisporroteaba alegremente.

–Adelante, por favor –dijo Fosco, haciéndoles pasar–. Tomen asiento. ¿Les apetece un jerez? ¿Un puro?

–Me temo que no hay tiempo para formalidades –dijo Esposito. Metió una mano en el bolsillo, sacó un papel con sellos oficiales y lo dejó sobre la mesa–. Aquí tiene la orden judicial. Primero registraremos los sótanos, y luego iremos subiendo.

El conde había sacado un puro de una caja de madera tallada.

–Colaboraré con mucho gusto, pero me gustaría saber de qué se trata.

–El sargento D'Agosta ha formulado acusaciones muy graves contra usted.

–¿Contra mí? –dijo el conde. Miró a d'Agosta–. ¿Qué acusaciones?

–Secuestro, tentativa de asesinato... y dice que todavía tiene prisionero a Pendergast.

La sorpresa del conde se acentuó.

–Pero... pero... ¡esto es un escándalo! –Bajó el puro y miró alternativamente a Esposito y D'Agosta–. ¿Es verdad, sargento? ¿Ha formulado esas acusaciones?

–Vámonos –dijo D'Agosta impaciente.

Las dotes de actor de Fosco le sacaban de quicio, aunque ello no se reflejara en el tono de su voz. Parecía realmente un hombre dividido entre la sorpresa y la incredulidad.

–Ya. En ese caso ¿quién soy yo para protestar? –Fosco examinó el puro, cortó la punta con un pequeño cortapuros de plata y lo encendió–. De todos modos, señor coronel, puede guardarse la orden. Usted y sus hombres gozan de plena libertad para circular por el castillo. Tienen todas las puertas abiertas. Busquen donde quieran, y si puedo ayudarles no dejen de hacérmelo saber.

Esposito se volvió expeditivamente hacia un grupo de carabinieri y les dijo algo en italiano. Ellos se cuadraron y se dispersaron.

Miró a D'Agosta.

–Sargento, podría llevarnos a la sala donde pasó la noche prisionero. Acompáñenos, conde.

–De todo corazón. Los Fosco somos una familia antigua y noble. El honor, para nosotros, es lo más preciado. Es necesario aclarar lo antes posible estas acusaciones.

Miró a D'Agosta con un vestigio de indignación.

Recorrieron la galería con el sargento en cabeza y cruzaron el salón y la larga serie de elegantes estancias. El conde caminaba con esa ligereza que le era característica, indicando obras de arte y detalles interesantes al *colonnello*, que no le prestaba la menor atención. Los últimos eran los dos carabinieri que quedaban.

Llegó un momento en que D'Agosta se perdió. Miró a su alrededor, dio un paso y volvió a detenerse. Pero... ¿en aquella pared estucada no había una puerta?

–¿Sargento? –dijo Esposito.

–¿Puedo serle de alguna utilidad? –se brindó Fosco.

D'Agosta se asomó a una puerta, retrocedió y miró por otra. Habían pasado menos de veinticuatro horas. No podía haberlo olvidado. ¿O sí? Se acercó al estuco y lo tocó, pero era viejo y se deshacía al tacto. No tenía nada de reciente.

–Según el sargento, el apartamento donde estuvo prisionero se encuentra en la torre del homenaje –dijo el *colonnello* a Fosco.

El conde expresó su desconcierto con una mirada al coronel y se volvió hacia D'Agosta.

–En la torre sólo hay un apartamento, pero no queda por aquí.

–Enséñenoslo.

El conde no se hizo de rogar. Les condujo por una serie de pasadizos y salas bajas de piedra, oscuras y sin mobiliario.

–Es la parte más antigua del castillo –dijo–. Se remonta al siglo IX. Es bastante fría y deprimente, sin instalaciones modernas de luz ni agua corriente. Yo no voy nunca.

En un minuto llegaron a la puerta de hierro macizo de la torre del homenaje. A Fosco le costó abrirla, porque la cerradura estaba oxidada. Se abrió rechinando. El conde apartó telarañas y les hizo pasar a una escalera de piedra, que hizo reverberar los pasos del grupo. Al llegar al rellano, D'Agosta se detuvo ante la puerta de su apartamento. Estaba entreabierta.

–¿Es aquí? –preguntó Esposito.

El sargento asintió con la cabeza.

Esposito hizo señas a sus hombres, que acudieron, abrieron la puerta y entraron. El coronel les siguió con D'Agosta a sus espaldas.

Nada quedaba ya del agradable apartamento donde había pasado la noche. Ni rastro de alfombras, estanterías o muebles. Todas las reformas habían desaparecido: lámparas, grifos... Lo que tenían delante era una cámara fría y oscura, llena de madera vieja, relieves rotos de piedra y montones de paños viejos y mohosos. En el suelo había un candelabro de hierro macizo retorcido y herrumbroso. Todo estaba recubierto por una gran capa de polvo. Parecía un almacén reservado a los desechos de los últimos siglos.

–Sargento, ¿está seguro de que es esta habitación?

La sorpresa de D'Agosta se convirtió en desconcierto, y finalmente en rabia.

–Sí, pero no era así. En absoluto. Había dormitorios, un cuarto de baño...

Nadie dijo nada.

«Conque éste es el juego», pensó D'Agosta.

–El conde ha aprovechado las doce horas que hemos tardado en conseguir la orden judicial para cambiarlo todo.

Esposito pasó un dedo por la capa de polvo de una mesa antigua y carcomida, se lo frotó con el pulgar y miró a D'Agosta bastante fijamente. Después se volvió hacia el conde.

–¿Hay algún otro apartamento en la torre?

–Como ve, éste ocupa toda la planta superior.

Esposito volvió a mirar a D'Agosta.

–Bueno, ¿qué más?

–Bajamos a cenar. –D'Agosta se esforzó por mantener la calma–. Al comedor principal. Fosco dijo que no saldríamos vivos del castillo. Hubo algunos tiros y maté a su criado.

Las cejas del conde volvieron a arquearse.

–¿Pinketts?

Cinco minutos después entraron en el acogedor *salotto*, pero ahora el que empezaba a tener miedo era D'Agosta. No había manchas de sangre ni indicios de pelea. Los restos de un desayuno para una sola persona ocupaban la mesa.

–Espero que me disculpen –dijo Fosco con un gesto hacia los platos–. Estaba desayunando. Ya les dije que no esperaba visitas, y he dado el fin de semana libre a los criados.

Esposito se paseaba por la sala con las manos en la espalda, examinando las paredes en busca de muescas o agujeros que pudieran corresponder a algún balazo.

–Sargento –preguntó–, ¿cuántos disparos hubo?

D'Agosta reflexionó.

–Cuatro. Tres en el cuerpo de Pinketts. El otro debería estar en la pared de encima de la chimenea. Siempre que no lo hayan tapado con masilla.

Naturalmente, no había ninguna marca.

Esposito se volvió hacia el conde.

–¿Podríamos ver a ese Pinketts?

–Ha vuelto unas semanas a Inglaterra. Se fue anteayer, creo que por una muerte en la familia. Le daré su dirección y su teléfono de Dorset con muchísimo gusto.

Esposito asintió con la cabeza.

–Más tarde.

Una vez más, nadie dijo nada.

«¡No es inglés! –estuvo a punto de exclamar D'Agosta–. ¡Ni se llama Pinketts!» Pero sabía que no era el momento de insistir. Saltaba a la vista que Fosco lo había preparado todo a la perfección. Tampoco pensaba morder al anzuelo, y menos en presencia del *colonnello*.

Encontrar a Pendergast. Eso era lo importante.

Volvieron dos carabinieri y hablaron rápidamente en italiano con el *colonnello*, que miró a D'Agosta.

–Mis hombres no han encontrado ningún rastro del coche en los garajes ni en ningún otro lugar de la finca.

–Señal de que lo ha destruido.

Esposito asintió, pensativo.

–¿De qué compañía era?

–Eurocar.

Se volvió hacia sus hombres y les dijo algo en italiano. Ellos asintieron y salieron.

–Cuando Fosco volvió de Florencia, nos encerraron en un viejo almacén –dijo D'Agosta, luchando contra una creciente sensación de pánico–. Estaba en el sótano. Puedo enseñárselo. La escalera empieza en la despensa.

–Si me hace ese favor...

Esposito le indicó que les guiara.

D'Agosta les condujo a la cocina, grande y vacía, y entró en la despensa. La escalera de bajada a los depósitos subterráneos estaba tapada por un armario muy macizo con ganchos antiguos de latón cargados de ollas y otros utensilios de cobre.

«¡Bingo!», pensó D'Agosta.

–La escalera está detrás –dijo–. La ha escondido con este armario.

Esposito hizo señas a sus dos subordinados, que la movieron con gran dificultad. D'Agosta sintió frío en todo el cuerpo. La escalera ya no estaba. En su lugar había un muro tan antiguo y polvoriento como el resto de la habitación.

–¡Tóquelo! –La voz del sargento ya no podía ocultar su frustración ni el pánico que le embargaba–. ¡La ha tapiado! ¡El cemento aún tiene que estar húmedo!

El *colonnello* se acercó a la pared, sacó una navaja del bolsillo y clavó la punta en el cemento. Cayeron trocitos secos, con una lluvia de polvo. Clavó la navaja un poco más. Luego se volvió y se la ofreció a D'Agosta sin decir nada.

D'Agosta se arrodilló y palpó la base. Parecía un muro viejo y polvoriento, incluso habían quedado telarañas a la vista al retirar el armario. Se apartó y miró el resto de la habitación. No, no se equivocaba. Era aquélla.

–El conde la ha tapado. No sé cómo, pero lo ha cambiado todo. Aquí dentro había una puerta.

Se produjo otro largo silencio. La mirada de Esposito encontró la de D'Agosta y la evitó.

Al ver su expresión inquisitiva, D'Agosta se sintió más decidido que nunca.

–Vamos con el resto de sus hombres. Registrémoslo todo de una vez.

Una hora después, D'Agosta volvía a encontrarse en la galería central. Jamás habría imaginado que un solo castillo pudiera albergar tantos pasillos, salones, habitaciones, sótanos y túneles como los que acababan de registrar. La fortaleza era tan extensa que no se podía saber si habían recorrido por entero todas su desangeladas estancias y húmedas escaleras. Le palpitaban todos los músculos de cansancio. La bolsa de lona del arma de microondas le pesaba en el hombro como si fuera de plomo.

A medida que transcurría el tiempo, Esposito estaba más callado. Fosco les había acompañado durante todo el registro, abriendo todas las puertas con solicitud y paciencia, y sugiriendo incluso nuevas vías de búsqueda.

El conde carraspeó.

–¿Me permiten sugerir que volvamos a la biblioteca? Estaremos más cómodos para hablar.

Acababan de sentarse alrededor de la chimenea cuando entró uno de los carabinieri y le susurró algo a Esposito. El *colonnello* asintió con la cabeza y le despidió con un gesto. Su expresión era inescrutable. Fosco volvió a ofrecerle un puro, y esta vez Esposito aceptó. D'Agosta lo presenciaba todo cada vez más incrédulo. Empezaba a sentirse dominado por la ira, una ira teñida de horror y pena que no tenía fuerzas para controlar. Era todo irreal, como una pesadilla.

Esposito se decidió a hablar en un tono neutro.

–Mis hombres han investigado el Stylo. Lo devolvieron a Eurocar ayer a la una del mediodía. El recibo está firmado por A.X.L. Pendergast, y el pago se hizo con una tarjeta American Express, propiedad del mismo Pendergast. En el vuelo de las dos y media entre Firenze Pertola y Palermo había una plaza a nombre del agente especial A.X.L. Pendergast. Aún no hemos comprobado que estuviera en el avión, porque hoy en día las aerolíneas se ponen tan difíciles...

–¡Pues claro que constará que estaba en el avión! ¿Aún no ha entendido el juego de Fosco?

–Sargento...

–¡Es todo mentira! –dijo D'Agosta, levantándose de la silla–. ¡Lo ha orquestado todo! Igual que ha tapiado el puto pasillo, que ha cambiado el puto apartamento... ¡Lo tenía todo planeado!

–Sargento, por favor –dijo Esposito en voz baja–, repórtese.

–¡Pero si ha sido usted el que ha dicho que él era un hombre tan decidido!

–Sargento...

La voz era más firme.

D'Agosta se levantó loco de rabia, angustia y pena. Fosco tenía la tarjeta de crédito de Pendergast. ¿Cómo interpretarlo? Ahora el muy cabrón se le escurría de las manos. Pendergast había desaparecido. Hizo un esfuerzo casi sobrehumano para controlarse. Si perdía los nervios, la situación se le escaparía de las manos. Tenía que encontrar una rendija en la armadura del conde.

–O sea, que no está en el castillo. Se lo han llevado al bosque, arriba, en la montaña. Tenemos que hacer una batida.

Esposito esperó a que terminara, dando caladas al habano con expresión pensativa.

–Sargento D'Agosta –dijo finalmente–, según su versión el conde mató a cuatro personas para recuperar un violín.

–Cuatro como mínimo. ¡Estamos perdiendo el tiempo! Tenemos que...

Esposito pidió silencio con la mano.

–Perdone. Dice que el conde los mató con el aparato que ha traído usted.

–Sí.

D'Agosta trató de controlar su respiración.

–¿Por qué no se lo enseña al conde?

Sacó el dispositivo de microondas de la bolsa.

–Válgame Dios –dijo Fosco, con una mirada llena de interés–. ¿Qué es?

–El sargento nos ha dicho que un arma de microondas –dijo Esposito–; que la diseñó usted, y que la usó para quemar hasta la muerte a Locke Bullard, a un campesino de Abetone y a dos personas más en Estados Unidos.

Foscó miró al *colonnello* y a D'Agosta, primero con asombro y después con... ¿lástima?

–¿Eso dice el sargento?

–Exacto.

–¿Una máquina, dice? ¿Que liquida a la gente y la convierte en un montón de ceniza? ¿Y la he hecho yo? –Abrió los brazos con cara de sorpresa–. Me gustaría ver una demostración.

–Sargento, ¿le importaría enseñarnos cómo funciona el aparato?

D'Agosta miró el arma, haciéndola girar en sus manos. El tono escéptico de Fosco no había sido refutado por el *colonnello*. Lógico, ya que el aparato parecía sacado de unos dibujos animados, un invento de Flash Gordon.

–No sé usarlo –dijo.

–Inténtelo –contestó Esposito con un matiz de sarcasmo en la voz.

D'Agosta pensó que si lograba hacerlo funcionar podía ser su única oportunidad para volver las tornas. La última.

Apuntó hacia la chimenea, donde había una calabaza, como si la hubieran colocado aposta. En un esfuerzo de concentración, trató de acordarse con exactitud de lo que había hecho Fosco. Hizo girar un botón y apretó el gatillo.

No pasó nada.

Manipuló varios discos, pulsó un botón, apuntó y volvió a apretar el gatillo.

Tampoco.

Podía haberse estropeado durante la huida, cuando lo tiraron a los arbustos. Toqueteó los discos y apretó varias veces el gatillo con la esperanza de oír el mismo zumbido que en la demostración, pero la máquina seguía fría y muda.

–Creo que ya hemos visto bastante –manifestó Esposito en voz baja.

D'Agosta la guardó muy despacio en la bolsa de lona. Casi

no se atrevía a mirar al *colonnello*, que le observaba con una expresión de total escepticismo. No, no sólo escepticismo, sino pura incredulidad, rabia, lástima.

También Fosco le miraba por encima del hombro de Esposito. En un momento dado, sin la menor prisa, introdujo la mano por el cuello de su camisa, sacó un colgante compuesto por una cadena y un medallón y se lo colocó amorosamente sobre la pechera, antes de acariciarlo con su mano regordeta.

D'Agosta reconoció el medallón como en un fogonazo de sorpresa: un ojo sin párpados sobre un fénix resurgiendo de las cenizas. La cadena de Pendergast. El mensaje privado de Fosco no podía estar más claro.

–¡Hijo de puta!

Se lanzó sobre el conde.

Los carabinieri se le echaron encima sin perder ni un segundo y se lo llevaron a la pared del fondo de la biblioteca. El *colonnello* se apresuró a interponerse entre el sargento y Fosco.

–¡Qué hijo de puta! ¡Es la cadena de Pendergast! ¡Ya tenemos la prueba! ¡Ha matado a Pendergast y se la ha quedado!

–¿Se encuentra bien? –preguntó Esposito al conde, ignorando a D'Agosta.

–Sí, gracias –dijo Fosco, mientras volvía a sentarse y se alisaba la amplia pechera–. Sólo ha sido un susto. Para zanjar de una vez por todas la cuestión, y que no quede ni una sola duda...

Giró el disco. En el reverso del medallón había un grabado intrincado de su escudo de armas, con todas las señales del paso del tiempo.

Después de ver el blasón, Esposito se volvió hacia D'Agosta y le miró fijamente, echando chispas por sus ojos oscuros. D'Agosta, reducido por seis hombres, casi no podía moverse. Intentó dominarse y controlar su voz. La manera de decir «que no quede ni una sola duda», subrayando en especial la palabra «duda»... Era un mensaje destinado claramente a D'Agosta; un mensaje que le decía que había llegado demasiado tarde. Las doce horas que había durado la tramitación de la orden judicial habían sido fatales. La esperanza de que el conde, contra toda lógica, aún pudiera tener vivo y prisionero a Pendergast se desvaneció. Pendergast estaba muerto. «Para que no quede ni una sola duda...»

El coronel tendió una mano a Fosco.

–*Abbiamo finito qui, conte. Chiedo scusa per il disturbo, e la ringrazio per la sua pazienza con questa faccenda piuttosto spiacevole.*

El conde inclinó elegantemente la cabeza.

–*Niente disturbo, colonnello. Prego.* –Miró a D'Agosta–. *Mi dispiace per lui.*

Se dieron la mano.

–Ya nos vamos –dijo Esposito–. No hace falta que nos acompañe.

Se despidió del conde con una profunda inclinación y abandonó la sala, ignorando a D'Agosta.

El carabiniere que sujetaba al sargento le soltó. D'Agosta recogió la bolsa de lona y fue hacia la puerta. Tenía un velo rojo en la mirada. Al llegar a la puerta se detuvo para volverse hacia Fosco.

–Dese por muerto –dijo casi sin poder hablar–. Es un...

Pero enmudeció al ver que Fosco, a su vez, se volvía a mirarle, y que sus grandes facciones y sus labios húmedos componían una mueca espantosa. D'Agosta nunca había visto una sonrisa así: malévola, triunfal... Una mueca grotesca de euforia. Si el conde lo hubiera dicho en voz alta, el mensaje habría estado igual de claro: había matado a Pendergast.

De pronto la sonrisa desapareció tras una nube de humo de puro.

Durante el camino de regreso por la galería, cuando atravesaron el césped perfectamente segado y el portón de la muralla interna, el coronel Esposito no dijo nada. Tampoco abrió la boca cuando los coches bajaron por la estrecha carretera, entre cipreses y olivares. Sólo se volvió hacia D'Agosta cuando ya estaban en la carretera principal hacia Florencia.

–Me he equivocado con usted –dijo en voz baja, con enorme frialdad–. Le recibí, le di credenciales y colaboré en todo lo posible. A cambio usted hace el ridículo y nos humilla a mí y a mis hombres. Suerte tendré si el conde no reporta una *denunzia* contra mí por invadir su domicilio e insultarle.

Se inclinó un poco más.

–A partir de este momento, considere revocados todos sus privilegios oficiales. Los trámites para declararle persona non grata en Italia aún tardarán un poco, pero yo de usted, *signore*, saldría del país en el primer vuelo.

Se apoyó en el respaldo, miró fríamente por la ventana y no dijo nada más.

86

Faltaba poco para medianoche cuando el conde Fosco puso fin a su paseo de cada tarde y volvió, algo cansado, al comedor principal del castillo. Tenía por costumbre no acostarse sin haber dado un pequeño y salutífero paseo, tanto en el campo como en la ciudad. Las largas galerías y pasillos de Castel Fosco brindaban una variedad casi infinita de deambulaciones.

Tomó asiento en un sillón, delante de la chimenea, y se calentó las manos con el fuego para quitarse de encima la humedad del castillo. Decidió tomar una copa de oporto antes de irse a la cama, y quedarse un rato sentado pensando en el final de un día repleto de éxitos.

Que también suponía el final de una empresa coronada por el éxito.

Había pagado a sus hombres. Éstos habían vuelto a las cabañas y casas de labranza de la finca. Tampoco estaba ya el pequeño destacamento de policía, con el sargento D'Agosta y todos sus aspavientos. Pronto se encontraría en un avión con destino a Nueva York. Los criados tenían el fin de semana libre. No volverían hasta la mañana siguiente. El castillo estaba sumido en un silencio vigilante.

Se levantó, se sirvió una copa de oporto de una botella guardada en un antiguo aparador y volvió a la comodidad de su sillón. Por espacio de unos días, los muros del castillo se habían llenado de ruido y ajetreo. Ahora, en comparación, su quietud parecía sobrenatural.

Bebió un poco de oporto y lo encontró excelente.

Qué gran lástima no tener consigo a Pinketts, o mejor dicho Pinchetti, que siempre se adelantaba a todas sus necesidades... Una gran lástima, en verdad, pensar que yacía en una tumba anónima de la cripta familiar. Sería difícil, por no decir imposible, encontrarle un sustituto. De hecho, en honor a la verdad, estar sentado sin nadie a su lado en un edificio tan grande y tan vacío como ése hacía que Fosco se sintiera un poco solo.

Pero no (recordó), no estaba solo; tenía a Pendergast, o al menos su cadáver.

A lo largo de su vida, Fosco había tenido muchos adversarios, pero ninguno cuya exhibición de talento o de tenacidad pudiera compararse a la de Pendergast. De hecho, si no hubiera contado con la ventaja de jugar en casa, con todo lo que comportaba: topos en la policía y otros organismos, la madurez de unos planes largamente acariciados, medidas de emergencia que cubrían cualquier imprevisto, la historia podría haber tenido otro desenlace. Incluso así, conservaba un asomo de inquietud, y por eso había hecho que el paseo de esa noche diera un rodeo descendente, muy descendente, en verdad, para pasar por el actual domicilio de Pendergast. Se trataba de una simple comprobación, y de hecho encontró lo que esperaba: un muro reciente, pero perfectamente disimulado, en el que dio varios golpes y al que aplicó el oído susurrando el nombre del agente, pero sin obtener, naturalmente, la menor respuesta. Habían pasado casi treinta y seis horas. El agente estaba sin ninguna duda muerto.

Bebió un poco de oporto y se arrellanó en el sillón, regodeándose en el feliz resultado. Claro que quedaba un cabo suelto, el sargento D'Agosta... Recordó su cara de rabia, una rabia impotente y asesina, al irse a la fuerza del castillo, pero ya se le pasaría. La rabia se convertiría en resignación, después en incertidumbre y por último, tarde o temprano, en miedo. Miedo, sí, porque a esas alturas ya debía de saber con quién se enfrentaba. Fosco no estaba dispuesto a olvidar. Ataría el cabo suelto, remataría la faena y haría que D'Agosta pagara la deuda contraída con su disparo mortal a Pinchetti. Así, de paso, recuperaría su pequeño invento.

Sin embargo, no tenía prisa. No, ninguna.

Entre sorbo y sorbo de oporto, cayó en la cuenta de que los cabos sueltos no eran uno, sino dos. Viola, lady Maskelene. Se la imaginó cuidando las viñas, con sus recias extremidades tostadas por el sol mediterráneo. Su porte y movimientos tenían una mezcla de buena cuna, flexibilidad felina y sexualidad que le resultaba deliciosamente embriagadora. También tenía una manera de hablar llena de chispa, más que cualquier otra de sus conocidas. Estaba henchida de vitalidad. Allá a donde fuera aportaría calidez, incluido Castel Fosco...

Oyó un ruidito en la oscuridad, como un susurro de hojas secas en un suelo de piedra.

Se quedó con la copa en los labios.

La dejó lentamente en su sitio y se levantó para asomarse por la entrada principal del *salotto*. Al otro lado, sólo la luna, y algún que otro aplique, bañaba la larga galería de un blanco resplandor, reflejado en las armaduras de las paredes.

Nada.

Se volvió, pensativo. El viejo castillo estaba infestado de ratas. Ya era hora de que el jardinero jefe volviera a tomar medidas.

Se acercó de nuevo a la chimenea con un escalofrío que no se justificaba únicamente por el aire fresco.

Se quedó a medio camino. Había tenido una idea, algo que no dejaría de animarle.

Apartándose del fuego, se dirigió a la puertecita de su taller privado. Lo cruzó a oscuras, esquivando mesas de laboratorio y aparatos hasta llegar a la pared del fondo. Se arrodilló, palpó la superficie pulida del revestimiento de madera y accionó una pequeña palanca. Uno de los paneles de encima de su cabeza se entreabrió con un pequeño clic. El conde se levantó y lo abrió del todo. Dentro había una caja fuerte de grandes dimensiones empotrada en el muro. Introdujo un código en el teclado, que hizo que se abriese la puerta. Con cuidado y auténtica veneración, metió la mano y sacó la caja de madera en forma de pequeño ataúd que contenía el Stradivarius Stormcloud.

Se la llevó al comedor y la dejó sobre una mesa arrimada a la pared, lejos del calor del fuego. Volvió a su butaca sin abrirla, para que se acostumbrara poco a poco al cambio de temperatura. En comparación con el frío del laboratorio, delante del fuego se estaba muy a gusto. Bebió un poco más de oporto, pensando en lo que tocaría. ¿Una chacona de Bach? ¿Algún fragmento brillante de Paganini? No. Algo sencillo, limpio, refrescante... Vivaldi. «La Primavera» de *Las cuatro estaciones*.

Pocos minutos después volvió a levantarse, se acercó al violín, abrió el cierre de latón y levantó la tapa, pero no lo tocó. El instrumento necesitaba como mínimo otros diez minutos para adaptarse a la temperatura y la humedad ambientes. Lo único que hizo fue adorar con la mirada su acabado perfecto y misterioso, y sus líneas sensuales. Al contemplar el violín, se sintió embargado por una alegría prodigiosa y una gran sensación de plenitud.

Volvió a la comodidad de su sillón, donde se aflojó la corbata y se desabrochó el chaleco. El Stormcloud volvía a estar donde le correspondía: en el seno de la familia. Él, Fosco, se lo había arrebatado al olvido. Al final todo había valido la pena: los gastos, la ardua planificación, el peligro, las muertes... De hecho, valía cualquier precio o esfuerzo. Al contemplarlo y ver cómo se reflejaba en él la luz roja de la chimenea, le pareció que no era de ese mundo, sino la voz, el canto, de otro mundo mejor, el próximo.

Hacía mucho calor. Se levantó, cogió un atizador, empujó los troncos hacia el fondo y apartó un poco el sillón. «La Primavera.» La dulce melodía resonó alegremente en su cerebro, como si ya la estuviera interpretando. Cinco minutos más. Se quitó la corbata y se desabrochó los primeros botones de la camisa.

El crujido de un tronco en la chimenea le sobresaltó, haciendo que se incorporara bruscamente y derramara oporto sobre su chaleco abierto.

Volvió a acomodarse lentamente, sin saber por qué estaba inquieto. Eran los nervios. La aventura le había desgastado más de lo que pensaba. Sintió un pequeño vuelco en el estómago y dejó la copa de oporto sobre la mesa. Quizá le habría convenido tomar algo más fuerte como digestivo: un poco de Calvados, una grappa... No, mejor aún, uno de los magníficos licores de hierbas que hacían los monjes de Monte Senario.

Tenía una sensación un poco rara en el estómago, como si

estuviera descompuesto. Se levantó y se acercó pesadamente al aparador. ¡Cuánto le costaba levantar los pies! No era normal. Sacó una botellita de Amaro Borghini, se sirvió una copita del líquido marrón rojizo y volvió a su sillón. Ahora su estómago protestaba enérgicamente. Tomó dos tragos sucesivos de licor amargo. Justo en ese momento oyó otro ruido en la puerta, como un paso.

Quiso incorporarse, pero la debilidad se lo impidió. No había nadie. Por supuesto que no. Era imposible. Había dado el fin de semana libre a todos los criados. Se trataba de su imaginación, que le engañaba debido a la tensión de los últimos días. Ya no tenía edad para esos trotes.

Le ardía el estómago por la indigestión. Apuró la copa y cambió de postura para intentar ponerse cómodo. El calor empezaba a ser agobiante, pero no había nadie para apagar el fuego. ¡Maldición! Suspiró hondo entrecortadamente. Lo primero era calmarse. Cuando estuviera más tranquilo, sacaría el Stormcloud y recuperaría el buen humor con una vigorosa interpretación de «La Primavera».

Pero nada, la calma no llegaba. El conde empezaba a sentir un peso extraño que parecía aumentar lentamente desde dentro, capa a capa. No era ninguna indigestión. Estaba enfermo. Se secó la frente con un pañuelo; notaba cómo su corazón latía demasiado deprisa. Seguro que se había resfriado en la cripta debido al esfuerzo de mover los ladrillos y que había empeorado al bajar por segunda vez al subterráneo, con su ambiente de humedad y de nitrito. Le convenía tomarse unas vacaciones. De hecho estaba decidido a salir el día siguiente. Se dijo que la isla de Capraia sería el lugar perfecto...

Acercó una mano temblorosa a la copa de amaro, pero el licor, de pronto, tenía un gusto peculiar, como de brea y vinagre caliente. Quemaba en la boca, y también en la mano. Se levantó gritando mientras la copa se hacía añicos en el suelo. Giró sobre sí mismo y estuvo a punto de caer, pero recuperó el equilibrio.

Porca miseria! ¿Qué le estaba pasando?

No podía respirar. Le picaban los ojos, se le secaba la boca y le latía mucho el corazón. Al principio pensó que podía tratarse de un ataque o un infarto (había oído que muchos infartos empezaban así, con la sensación de que pasaba algo muy raro), pero no tenía ningún dolor localizado en el pecho o en el brazo. La terrible opresión crecía y crecía por dentro hasta ahogarle. Era como si se le estuvieran retorciendo las tripas. Miró a su alrededor desesperadamente, pero no había nada que pudiera ayudarle o darle una explicación, ni la botella de oporto ni el violín ni los muebles ni los suntuosos tapices.

Sentía una comezón en las entrañas, un hervor. Sus ojos temblaban y parpadeaban solos. Su boca hacía muecas involuntarias y sus dedos se movían sin querer. Hacía tanto calor que era como tener encima una manta quemando. Su piel parecía recubierta de abejas. El miedo y el calor crecían al mismo ritmo: un calor insoportable, irresistible, que nada tenía que ver con el fuego de la chimenea...

De repente lo supo. Lo supo con certeza.

–¡D'Agosta...!

Su garganta se contrajo, impidiendo que dijera nada más.

Se volvió hacia la puerta cerrada del *salotto*, pero al dar el primer paso tropezó y derribó la mesita. Se puso de rodillas. Tenía espasmos en los músculos, pero un descomunal esfuerzo de voluntad le permitió avanzar a rastras.

–Bastardo!

El grito murió en su boca. Sus extremidades empezaron a cobrar vida propia, retorciéndose de un modo espeluznante, pero sólo le faltaban unos metros. Con un impulso sobrehumano, cogió el pomo de la puerta. Quemaba. Sintió que le abrasaba la piel, pero se aferró tenazmente al tirador, se levantó un poco, lo hizo girar... Cerrado.

Se derrumbó al pie de la puerta entre convulsiones, con un alarido estrangulado. El calor no dejaba de aumentar, como lava corriendo por sus venas. Una nota aguda y penetrante, como el zumbido de un mosquito gigantesco, se había apoderado de su cabeza. Olía a quemado. ¿Qué era? De pronto el conde se puso rígido; su mandíbula se cerró involuntariamente, con tanta fuerza que los dientes se partieron, y todos sus pecados, todos sus excesos empezaron a desfilar horribles y borrosos ante él. Mientras el calor seguía aumentando (era insoportable, pero no dejaba de crecer, como una llamarada de agonía que superaba el poder de su imaginación), empezó a verlo todo más oscuro, más informe. Su mirada recorrió en zigzag la sala hasta posarse en la chimenea, donde, mientras la realidad se distorsionaba y se difuminaba, empezó a ver cosas... cosas más allá...

–Jesucristo de mi alma, ¿qué es esa forma oscura que sale del fuego?

Entonces, recurriendo al poco aliento que le quedaba, a pesar de que sus dientes se estuvieran moliendo, de la sangre que llenaba su boca y de la lengua inflada que se negaba a moverse, empezó a farfullar, entre gemidos y gárgaras, un padrenuestro:

–*Pater noster...*

Sintió que se le formaban ampollas en la piel, y que su pelo negro engominado se encrespaba entre hilillos de humo. Presa de atroces sufrimientos, clavó las uñas en el suelo de piedra y se las arrancó debido al esfuerzo que supuso pronunciar las palabras:

–*... qui es in coelis...*

Entonces, a pesar del ensordecedor zumbido de sus tímpanos, oyó una terrible carcajada, una risa gutural que parecía brotar del fondo de la tierra, y que no pertenecía al sargento D'Agosta ni a ninguna otra criatura terrenal...

–*... sanctificetur...*

En un último y supremo esfuerzo de voluntad, quiso seguir rezando, pero la grasa subcutánea de sus labios se estaba derritiendo bajo la piel.

–*... Sanctiferrrrrrr...*

Y entonces llegó el momento en que ya no le fue posible emitir ningún sonido, ni tan siquiera un grito.

87

Bryce Harriman penetró en el ambiente enrarecido y lleno de humo del despacho del director del periódico, Rupert Ritts. Hacía mucho tiempo que esperaba ese momento, y estaba decidido a disfrutarlo y prolongarlo al máximo. Sería una historia para contársela a sus hijos y nietos, e incluirla en sus memorias. Uno de los momentos que saborearía durante toda la vida.

–¡Harriman! –Ritts salió de detrás de la mesa, una muestra sui géneris de respeto, y se sentó en una esquina de la misma–. Siéntate.

Harriman lo hizo. ¿Por qué no? Que empezara hablando Ritts.

–Tu artículo sobre Hayward y el predicador es fabuloso. Casi me da pena que hayan devuelto a Oklahoma al pirado de Buck. Espero que decida volver a la Gran Manzana en cuanto acabe la condicional. –Se rió y cogió un periódico del escritorio–. Te voy a enseñar algo que seguro que te interesará: las ventas en quiosco de la semana que finaliza hoy. –Agitó el periódico ante las narices de Harriman–. Diecinueve por ciento más que el último año en las mismas fechas, seis por ciento más que la semana pasada y sesenta por ciento de ejemplares vendidos.

Ritts sonrió como si las ventas en quiosco y el porcentaje de ejemplares del *New York Post* lo fueran todo para Harriman. El periodista se puso cómodo y sonrió estudiadamente mientras le oía hablar.

–Mira esto, los ingresos por publicidad han subido tres puntos y medio.

Otra pausa, para que Harriman asimilara y calibrara la noticia en todo su esplendor.

Ritts encendió un cigarrillo, cerró la tapa del mechero con un clic y exhaló el humo.

–Luego no digas que te quito méritos, Harriman. Esta noticia la has llevado tú desde el principio. El mérito es tuyo. No digo que no te haya ayudado con alguna idea, ni que no te haya brindado mi experiencia o te haya orientado un par de veces por la vía correcta, pero la noticia era tuya.

Ritts se calló como si esperara algo. ¿Qué? ¿Un efusivo agradecimiento efectuado de rodillas? Harriman se apoyó en el respaldo y siguió sonriendo.

–Pues eso, lo que te estaba diciendo, que el mérito es tuyo. Los de arriba se han fijado en ti; fijado, pero lo que se dice fijado, ¿eh?

Harriman se preguntó a quién se refería. ¿Al jefazo en persona? ¡Menudo chiste! Seguro que no podía ni entrar en el club de su padre.

Ritts se decidió a soltar la bomba.

–La semana que viene quiero que me acompañes a la cena anual de la News Corporation en Tavern on the Green. No se me ha ocurrido a mí, aunque me parece perfecto. La idea la ha tenido... –Miró hacia arriba, como si la invitación procediese de un anfitrión celestial–. Él. Quiere conocerte y darte la mano.

Conocerle y darle la mano. ¡Qué gusto, por Dios! ¡Pero qué gusto! No veía el momento de contárselo a sus amigos.

–Hay que llevar esmoquin. ¿Tienes uno? Yo lo alquilo enfrente de Bloomingdale's, en un sitio que se llama Discount Tux. Es una ganga.

Harriman no daba crédito a sus oídos. ¡Qué tío! Ni siquiera le daba vergüenza reconocer que alquilaba el esmoquin.

–Tengo un par de ellos, gracias –dijo fríamente.

Ritts lo miró con expresión rara.

–¿Te pasa algo? Sabes lo que es la cena anual, ¿no? Yo llevo treinta años trabajando en esto y te aseguro que es lo que se dice algo especial, ¿sabes? Será el jueves. A las seis las copas en el Crystal Room y a las siete la cena. La invitación es para dos. Si tienes chati te la traes.

Harriman se inclinó.

–Lo siento, pero no creo que pueda.

–Bueno, pues ven solo. No pasa nada.

–No, no me entiende. Es que no puedo ir. Ya he quedado.

–¿Qué?

–Que estaré ocupado.

La primera reacción fue de silencio y de sorpresa. Luego Ritts bajó del escritorio.

–¿Cómo que ocupado? Pero ¿tú me has oído? ¡Te invitan a cenar con él en persona! ¡Te estoy hablando de la cena anual de News Corporation, joder!

Harriman se levantó y se limpió la manga, porque Ritts se la había manchado de ceniza al gesticular con el cigarrillo.

–He aceptado un trabajo de reportero en un periódico que se llama *The New York Times*. No sé si le suena. –Se sacó un sobre del bolsillo–. Mi carta de despido.

La dejó sobre la mesa, justo en la parte brillante donde Ritts solía apoyar el culo.

Ya estaba. Dicho y hecho. Lo había alargado al máximo, pero ya no tenía sentido perder más tiempo. Tenía mucho trabajo, empezando por arreglar el nuevo despacho. No había que olvidar que el lunes Bill Smithback volvería de su luna de miel y se encontraría con la sorpresa de su vida: a Bryce Harriman como colega, en el despacho de al lado.

Eso sí que era gordo.

¡Qué bonita era la vida!

Se volvió. Antes de llegar a la puerta sólo hizo una pausa para mirar a Ritts, que por una vez se había quedado boquiabierto, sin saber qué decir.

–Bueno, chico, nos vemos –dijo.

88

El voluminoso avión tembló al tocar la pista, levantó un poco el morro y tomó tierra mientras los inversores de empuje hacían un ruido infernal.

Cuando desaceleró, una voz perezosa sonó por el sistema de megafonía.

«Les habla el capitán. Hemos aterrizado en el Aeropuerto Kennedy. Nos dirigiremos a la terminal en cuanto recibamos la autorización. Hasta entonces se ruega que permanezcan sentados en sus asientos. Disculpen las pequeñas turbulencias que hemos sufrido. Bienvenidos a Nueva York.»

Los pocos aplausos que brotaron del mar de rostros lívidos se apagaron enseguida.

–Pequeñas turbulencias, dice –murmuró el ocupante del asiento de pasillo–. ¡Sí, hombre! ¡Y una mierda pinchada en un palo! Yo no vuelvo a volar ni que me paguen una fortuna.

Se volvió hacia el ocupante del asiento de al lado y le dio un codazo.

–¿Qué, contento de volver a estar en tierra?

El codazo devolvió a D'Agosta al presente. Se apartó lentamente de la ventanilla, por la que había estado mirando fijamente sin ver nada, y al fijarse en su vecino dijo:

–¿Cómo?

El hombre resopló de incredulidad.

–¡No se haga el duro, hombre! A mí, en la última hora, me ha pasado toda la vida por delante como mínimo dos veces.

–Lo siento. –D'Agosta volvió a mirar por la ventanilla–. La verdad es que no me he dado cuenta.

D'Agosta salió con la maleta del control de aduanas y caminó con paso rígido por la terminal 8. Estaba rodeado de gente que hablaba con gran animación, se abrazaba y reía, pero él caminaba con la vista al frente, sin ver prácticamente a nadie.

–¡Vinnie! –dijo alguien–. ¡Eh, Vinnie! ¡Aquí!

Se dio la vuelta y vio a Laura Hayward, que le saludaba e iba a su encuentro por entre la multitud; una Laura Hayward guapísima, con traje azul, pelo negro y brillante y unos ojos de un azul tan profundo como el del agua en la costa de Capraia. Sonreía, pero la sonrisa no le llegó tan hondo como sus ojos perfectos.

–¡Vinnie! –dijo al abrazarle–. ¡Vinnie!

Los brazos de D'Agosta la rodearon enseguida. Sintió la agradable fuerza de su abrazo, el calor de su aliento en el cuello y la presión de sus pechos. Fue algo galvánico. ¿Era posible que sólo hubieran pasado nueve días desde su último abrazo? Tuvo un escalofrío. Se sentía raro, como un nadador subiendo desde una gran profundidad.

–Vinnie –murmuró ella–, ¿qué puedo decir?

–No digas nada. De momento no. Ya habrá tiempo.

Hayward lo soltó lentamente.

–¡Madre mía! ¿Qué te ha pasado en el dedo?

–Locke Bullard.

Caminaron por la zona de recogida de equipajes. El silencio se alargó lo justo para volverse incómodo.

–¿Qué tal por aquí? –preguntó él por decir algo.

–Desde que llamaste ayer por la noche, poca cosa. Aún hay diez inspectores trabajando en el asesinato de Cutforth. Técnicamente. También me he enterado de que al jefe de la policía de Southampton le están lloviendo marrones por lo poco que avanza en lo de Grove.

D'Agosta apretó los dientes y quiso decir algo, pero ella le puso un dedo en los labios.

–Ya lo sé, ya lo sé, pero a veces este trabajo es así. Ahora que Buck ya no molesta, y que el *Post* tiene otras noticias, Cutforth ha desaparecido de las portadas. A la larga será uno de tantos asesinatos sin resolver. Como el de Grove, claro.

D'Agosta asintió.

–¡Qué increíble que fuera Fosco! Me ha dejado alucinada.

D'Agosta sacudió la cabeza.

–Esto de saber quién es el culpable pero no poder hacer nada es terrible.

Oyeron un pitido. La cinta más próxima empezó a moverse, con el piloto naranja encendido.

–Sí que he podido hacer algo –dijo él en voz baja.

Hayward le miró inquisitivamente.

–Ya te lo explicaré en el coche.

Diez minutos más tarde estaban en la autopista Van Wyck, a medio camino de Manhattan, con Hayward al volante. D'Agosta miraba por la ventanilla de al lado.

–O sea, que todo ha sido por un violín –dijo Hayward–. Tanto follón por un miserable violín.

–Bueno, no era un violín cualquiera.

–Me da igual. No justifica tantas muertes, y menos... –Dejó la frase a medias, como si vacilara en quebrantar un código tácito entre los dos–. ¿Dónde está?

–Lo envié por correo especial a una mujer que vive en la isla de Capraia, y que pertenece a una familia de violinistas. Se lo devolverá a la familia Fosco cuando le parezca bien y haya aparecido el nuevo heredero. No sé por qué, pero creo que es lo que habría querido Pendergast.

Era la primera vez que el nombre de Pendergast aparecía en la conversación.

–Ya sé que no podías explicarlo por teléfono –dijo ella–, pero ¿qué pasó exactamente? Quiero decir después de ayer por la mañana, cuando llevaste a la policía al castillo de Fosco.

D'Agosta no contestó.

–Venga, Vinnie, te hará bien contarlo.

Suspiró.

–Me pasé el resto del día buscando por la campiña de Chianti, hablando con granjeros, con la gente de los pueblos... Con cualquiera que pudiera haber visto u oído algo. Luego pregunté si me habían dejado algún mensaje en el hotel, y no era así; pero tenía que asegurarme. Debía estar seguro al cien por cien...

Hayward esperó. Al cabo de un rato, D'Agosta reanudó su explicación.

–En el fondo ya estaba seguro. Después de registrar todo el castillo... Y con la cara que me puso Fosco... ¡Qué horror! Si la hubieras visto... –Sacudió la cabeza–. Poco antes de medianoche volví al castillo. Entré tal como había salido. Me entretuve un poco en ver cómo funcionaba el aparato de microondas, y luego... luego lo usé. Por última vez.

–Hiciste justicia con Fosco, y vengaste a tu compañero. Yo habría hecho lo mismo.

–¿Sí? –preguntó D'Agosta en voz baja.

Ella asintió con la cabeza.

D'Agosta, violento, cambió de postura.

–No hay mucho más que explicar. Esta mañana me he quedado en Florencia, recorriendo los hospitales, los depósitos de cadáveres y las comisarías. Luego me he ido al aeropuerto.

–¿Qué has hecho con el arma?

–Desmontarla, romper las piezas y repartirlas por Florencia en media docena de contenedores de basura.

Hayward asintió.

–¿Y ahora? ¿Qué planes tienes?

D'Agosta se encogió de hombros. No se lo había planteado.

–Ni idea. Supongo que volver a Southampton y apechugar con lo que haya.

Una sonrisa se insinuó en el rostro de la capitana.

–¿No me has oído? El que está apechugando es el jefe. Volvió de vacaciones y tenía tantas ganas de protagonismo que ahora paga las consecuencias. Braskie será su adversario en las próximas elecciones, y tiene las de ganar.

–Aún peor para mí.

Hayward cambió de carril.

–Tengo que decirte otra cosa. En Nueva York vuelven a contratar personal, así que puedes trabajar otra vez en la ciudad. Puedes recuperar tu antiguo empleo.

D'Agosta negó con la cabeza.

–Qué va, he estado fuera demasiado tiempo. Ya ha pasado mi hora.

–No exageres. Están contratando por antigüedad, y con tu experiencia en Southampton y como enlace con el FBI... –Hizo una pausa para meterse por la rampa de la autopista de Long Island–. No sería en mi división, lógicamente, pero tienen vacantes en varios distritos del centro.

D'Agosta se tomó un momento para asimilarlo y la miró con dureza.

–Un momento, un momento. Recuperar mi antiguo puesto, vacantes en el centro... ¿Esto no tendrá nada que ver contigo? ¿No habrás hablado con Rocker, o algo así?

–¿Yo? Ya me conoces, como poli soy de las estrictas.

Sin embargo, su sonrisa pareció acentuarse fugazmente.

Las fauces del túnel de Queens-Midtown se abrían ante ellos, con su retícula de baldosas iluminada con fluorescentes. Hayward se metió hábilmente por el carril de peaje con pase automático.

D'Agosta la observó desde el asiento de al lado, fijándose en la armonía de sus facciones, la curva de su nariz y el pequeño surco de concentración que se le marcaba al maniobrar por el tráfico vespertino. ¡Qué placer volver a verla, estar con ella! Aun así, no podía quitarse de encima la angustia que sentía. Era como un vacío que le acompañaba en todo momento, y que resultaba imposible de llenar.

–Tienes razón –dijo al entrar en el túnel–. Como si es el violín más valioso de toda la historia. No justificaba la muerte de Pendergast. Nada justifica algo así.

Hayward mantuvo la vista en la carretera.

–No sabes si está muerto.

D'Agosta no respondió. Ya se lo había repetido a sí mismo, no una vez, sino mil. Cuántas veces, con las circunstancias en contra, cuando parecían condenados a una muerte segura, Pendergast había logrado salvarles... En algunas ocasiones de un modo casi milagroso. Esta vez, sin embargo, Pendergast no había reaparecido. Esta vez la sensación era distinta.

Una sensación a la que se añadía otra que le provocaba un malestar casi físico: era la imagen de Pendergast en el claro, rodeado de perros, con los cazadores, los perreros y los batidores acercándose. «Sólo puede pasar uno de los dos. Es la única posibilidad.»

Se le hizo un nudo en la garganta.

–Tienes razón. No tengo pruebas. Como no sea esto...

Metió la mano en el bolsillo y sacó el colgante de Pendergast con su cadena de platino: un ojo sin párpados sobre un fénix que alzaba el vuelo desde unas cenizas humeantes. Estaba picado y medio derretido. Era la cadena que había recogido del cadáver quemado y humeante de Fosco. Se la quedó mirando. Luego cerró el puño y apretó un nudillo contra sus dientes. Tenía unas ganas ridículas de llorar.

Pero lo peor de todo es que sabía que era él quien debía haberse quedado en la colina. Eso era lo que más deseaba en el mundo, haberse quedado allí.

–De todos modos, a estas alturas ya se habría puesto en contacto conmigo. O contigo. O con alguien. –Hizo una pausa–. No sé cómo decírselo a Constance.

–¿A quién?

–Constance Greene, su pupila.

No volvieron a hablar hasta el final del túnel. Después de salir a la noche de Manhattan, D'Agosta sintió que Hayward le cogía la mano.

–Déjame donde sea –dijo angustiado–. En la estación de Penn, por ejemplo. Cogeré el LIRR a Southampton.

–¿Por qué? Allí no pintas nada. Tu futuro se encuentra aquí, en Nueva York.

Mientras el coche se dirigía hacia el oeste por las avenidas Park, Madison y Quinta, D'Agosta permaneció en silencio.

–¿Tienes algún sitio donde poder dormir en la ciudad? –preguntó ella.

Él negó con la cabeza.

–Pues... –empezó a decir ella, pero se calló.

D'Agosta salió de su estupor para mirarla.

–¿Qué?

Tenía la impresión de haberla visto sonrojarse a la luz de las farolas.

–No, nada, pensaba en voz alta –dijo ella–. Si vas a volver a la policía de Nueva York y vas a trabajar en la ciudad... No sé... ¿Por qué no te quedas en mi casa? Una temporadita, ¿eh? –se apresuró a añadir–. A ver qué pasa.

Al principio D'Agosta no contestó. Miraba las luces que desfilaban sobre el parabrisas.

De pronto comprendió que tenía que dejarse ir, al menos de momento. El pasado era irrecuperable. El día de mañana era una incógnita. No podía controlar ni lo uno ni lo otro. Lo único que podía controlar, y vivir, era el presente. Ser consciente de ello no aliviaba su dolor, pero le daba fuerzas para continuar.

–Mira, Vinnie –dijo ella en voz baja–, me da igual lo que digas. Yo no me creo que Pendergast esté muerto. Tengo la intuición de que aún está vivo. Es indestructible, en la medida en que pueda serlo una persona. Ha engañado mil veces a la muerte, y no sé cómo, pero volverá a hacerlo. Estoy segura.

D'Agosta esbozó una sonrisa.

El semáforo de delante se puso rojo. Hayward frenó y se volvió a mirarle.

–Bueno, ¿qué? ¿Vienes conmigo o no? No es galante obligar a una mujer a preguntar dos veces.

Él la miró y le apretó la mano.

–Creo que me gusta la idea –dijo sonriendo abiertamente–. Creo que me gusta muchísimo.

EPÍLOGO

Un frío sol de noviembre iluminaba las lúgubres murallas de Castel Fosco, pero sin calentarlas. No había nadie en el jardín. La fuente murmuraba en soledad. Al otro lado del recinto, en la grava del aparcamiento, un remolino de hojas secas borraba las huellas del gran número de vehículos que había llegado por la mañana, y que se había ido. Ahora todo era silencio. Nadie circulaba por la estrecha carretera que descendía por la montaña. Arriba, en las almenas, sólo un cuervo contemplaba en silencio el valle del Greve.

La camioneta del forense se había llevado el cadáver de Fosco a media mañana. La policía se había quedado un poco más para hacer fotos, tomar declaraciones y buscar indicios, pero sin encontrar nada de interés. A Assunta, que era quien había encontrado el cadáver, se la había llevado su hijo, lívida y deshecha. También se habían ido los pocos criados que quedaban, aprovechando las inesperadas vacaciones. No tenía mucho sentido quedarse; el pariente más próximo de Fosco, un primo lejano, estaba de vacaciones en la costa Esmeralda de Cerdeña, y aún tardaría varios días en llegar. Además nadie tenía muchas ganas de quedarse en un sitio que había recibido la visita de una muerte truculenta. En suma, el castillo se había quedado solo en su sombra y silencio.

Un silencio que en ningún lugar era tan profundo como en los antiguos pasadizos que perforaban la roca muy por debajo del sótano del castillo. Allí abajo, ni el susurro del viento perturbaba las tumbas polvorientas y los sarcófagos de piedra de unos muertos olvidados.

El más profundo de esos pasadizos, labrado por los etruscos en la roca viva hacía casi tres mil años, se adentraba oscuramente en las profundidades hasta acabar en un túnel horizontal. Al final de ese túnel había un muro de ladrillo con un montoncito de huesos en la base. El túnel era oscuro, pero ni tan siquiera una antorcha habría permitido detectar que el muro sólo tenía cuarenta y ocho horas, y que se había levantado para tapiar una tumba antigua, no sin antes desalojar los huesos de su anterior ocupante (un caballero longobardo desconocido) y dejarlos tirados en el polvo.

La antigua tumba del otro lado del muro de ladrillo tenía las dimensiones justas para albergar a una persona. En su interior, el silencio era total. Reinaba una oscuridad tan impenetrable que hasta el paso del tiempo parecía suspendido.

De pronto ese silencio fue roto por algo, un vago sonido, un paso amortiguado.

Después se oyó un ruido parecido al que produce una bolsa de herramientas al ser dejada en el suelo. Por unos instantes todo volvió a estar en silencio, roto a su vez por un sonido inconfundible: el roce del hierro en el cemento, y el brusco impacto de un martillo en un frío cincel.

Los golpes prosiguieron a un ritmo lento y metódico, como el tictac de un reloj. Transcurrieron varios minutos. De pronto el ruido cesó. Otro silencio, seguido por un sonido más tenue: la fricción de un ladrillo en el cemento. Entonces, tras algunos golpes más, apareció una lucecita en la tumba, una rendija luminosa que dibujaba la forma rectangular de un ladrillo en la parte superior del muro. Ese ladrillo fue extraído milímetro a milímetro, con un suave ruido de fricción. Al cabo de un instante ya no estaba. Un agujero recién practicado dejaba pasar una luz suave y amarilla, que penetró en la oscuridad de la tumba.

Momentos después aparecieron dos ojos en el rectángulo de luz y se asomaron con curiosidad, o tal vez con nerviosismo.

Dos ojos: uno marrón y el otro azul.

NOTA PARA EL LECTOR

Algunos lectores se habrán dado cuenta de que en *La mano del diablo* hemos hecho algo muy poco habitual. Es posible que algunos profesores reaccionen con un gesto de exasperación, preguntándose cómo se ha podido cometer esa vil ofensa contra la alta literatura.

Nos referimos al atrevimiento con el que hemos sacado al conde Isidor Ottavio Baldassare Fosco de las páginas de *La dama de blanco*, la gran novela del escritor victoriano Wilkie Collins, para introducirlo, tal cual, en *La mano del diablo*.

Aclaremos, para aquellos lectores que no conozcan a Collins, que este autor inventó la novela policíaca moderna al publicar su obra *La piedra lunar*. A nuestro juicio, *La dama de blanco*, editada pocos años antes (1860), es su mejor novela, así como uno de los libros más populares de la época victoriana.

Pedimos disculpas por tomar prestado el personaje del conde Fosco, pero era el mayor homenaje que podíamos hacer a uno de nuestros escritores favoritos, un autor cuya influencia en nuestras obras es incuestionable. Nuestra deuda con Wilkie Collins, no sólo nuestra, sino de todos los escritores del género policíaco, lo sepan o no, es enorme. Si por ventura algunos de nuestros lectores más curiosos se sienten incitados a leer *La dama de blanco*, nos alegraremos mucho. En cuanto a los críticos que puedan elevar su voz contra la usurpación del personaje de Fosco y considerarla como una transgresión contra la literatura, les respondemos lo siguiente:

Braveggia, urla! T'affretta
a palesarmi il fondo dell'alma ria!

Título de la edición original: *Brimstone*
Traducción del inglés: Jofre Homedes Beutnagel,
cedida por Random House Mondadori, S. A.
Diseño: Serifa
Fotografía de la sobrecubierta: © Photodisc/Getty Images
Foto de solapa: © Roger M. Spiess

Círculo de Lectores, S. A. (Sociedad Unipersonal)
Travessera de Gràcia, 47-49, 08021 Barcelona
www.circulo.es
3 5 7 9 5 0 0 2 8 6 4

Licencia editorial para Círculo de Lectores
por cortesía de Random House Mondadori, S. A.

El conde Isidor Ottavio Baldassare Fosco es un personaje
de la novela *La dama de blanco*, de Wilkie Collins,
cuya primera edición es de 1860.

Depósito legal: B. 2619-2005
Fotocomposición: punt groc & associats, s. a., Barcelona
Impresión y encuadernación: Printer industria gráfica
N. II, Cuatro caminos s/n, 08620 Sant Vicenç dels Horts
Barcelona, 2005. Impreso en España
ISBN 84-672-1094-X
N.° 28076